개똥지빠귀를 사랑한 고래잡이

개똥지빠귀를 사랑한 고래잡이

발행일	2021년 10월 4일

지은이	곽기성		
펴낸이	손형국		
펴낸곳	(주)북랩		
편집인	선일영	편집	정두철, 배진용, 김현아, 박준, 장하영
디자인	이현수, 한수희, 김윤주, 허지혜	제작	박기성, 황동현, 구성우, 권태련
마케팅	김회란, 박진관		
출판등록	2004. 12. 1(제2012-000051호)		
주소	서울특별시 금천구 가산디지털 1로 168, 우림라이온스밸리 B동 B113~114호, C동 B101호		
홈페이지	www.book.co.kr		
전화번호	(02)2026-5777	팩스	(02)2026-5747

ISBN	979-11-6539-988-7 03810 (종이책)	979-11-6539-989-4 05810 (전자책)

(주)북랩 성공출판의 파트너

북랩 홈페이지와 패밀리 사이트에서 다양한 출판 솔루션을 만나 보세요!

홈페이지 book.co.kr • **블로그** blog.naver.com/essaybook • **출판문의** book@book.co.kr

작가 연락처 문의 ▶ ask.book.co.kr

작가 연락처는 개인정보이므로 북랩에서 알려드릴 수 없습니다.

개똥지빠귀를
사랑한 고래잡이

곽기성 장편소설

북랩 book Lab

길가메시여 어찌하여 이리저리 헤매고 다니시나요?

당신이 갈구하는 불멸의 삶은 찾을 수 없어요.

신들이 인간들을 창조했을 때,

그들은 인간들에게 죽음을 안겨주면서

불멸은 자신들의 손에 움켜쥐었지요.

그대 길가메시여, 맛난 음식으로 배를 채우세요.

낮으로 밤으로 즐기세요.

매일 축제를 열고,

밤낮으로 잔치판을 벌이세요.

깨끗한 옷을 차려입고,

머리는 감고 물을 퍼부어 몸은 씻으세요.

당신의 손을 잡은 아이들을 보살피고,

당신의 아내가 당신 품에서 즐거움을 누리도록 하세요.

이것이 인간의 운명입니다.

불멸은 인간의 몫이 아니랍니다.

길가메시 서사시

고래잡이의 꿈

스스로 예술이 되어버린

혁명가를 꿈꾸는 남자가 있었다.

지상 천국을 갈망하였던 그는

삶을 살기보다는 비틀고 유희하였으며

신을 동경하며 세상을 탄핵하였다.

그렇게 세계를 살해해버린 그는 이제

고래를 찾아 바다로 길을 나서려 한다.

고래 노래를 부르지 않는 바다를 잊은

녹슨 새장 안 개똥지빠귀를 떠나려 한다.

그는 넘실대는 파도의 푸른 바다를 몽상하였고

빛나는 작살을 움켜쥐고서

물 뿜는 고래를 추격하는 꿈을 꾸었다.

새장에 넣을 수 없는 그의 고래는

영혼을 떨게 할 만큼 우렁차면서 원대하였고

바다를 노래하는 시의 가슴을 그는 사랑하였다.

그의 고래는 시였고 혁명이었고 신이었고 사랑이었다.

그것이 그를 부르고 있었다.

그는 바다로 떠나야 했다.

더는 시와 혁명과 신과 사랑을 노래 않는

비릿한, 회색의 파편 더미들을 떨쳐버려야 했다.

길을 나서며 호두나무 고목 아래 녹슨 새장은 열어두었다.

개똥지빠귀를 위한 자유였다.

그에게 자유는 '사랑하지 않음'이었다.

그리고 그는 고래의 항구 장생포를 찾아왔다.

항구는 거친 고래잡이들로 붐볐다.

모두 큰소리로 자신의 고래들을 외쳤다.

그들은 듣지 않았다.

그도 듣지 않고 그도 외쳤다.

그의 고래는 누구의 고래보다 더 웅장하고 더 숭고했다.

대양을 유영하는 그것은 신의 목소리로 마무리된 절대 언어의 시였다.

그는 작살을 마련했고 배를 빌렸다.

바다가 그를 기다리고 있었다.

고래가 파도를 가르고 있었다.

그러나 그는 고래를 잡을 수 없었다.

고래는 그보다 멀리 앞서 달렸고 그의 작살을 피해 갔다.

간혹 그의 작살이 널찍한 그것의 등을 찌르기도 하였으나

수서 포유류답게 피하지방으로 부풀어 오른

두텁고 탄력 있는 등가죽을 꿰뚫지는 못하였다.

무딘 작살은 녹슬어있었고

그의 팔뚝은 우람함과는 거리가 멀어 가늘고 수척했다.

무엇보다 고래를 향한 욕망과 의지가 부족했다.

그는 고래를 뒤쫓는 추격자로서 자부했고 그것으로 위로를 받았다.

어쨌든 고래를 쫓으며 바다의 시를 노래하고 있으니까

어쨌든 신을 마주하며 혁명을 꿈꾸고 있으니까

어쨌든 꿈을 좇고 있으니까

이미 성취되어버린 꿈은 그를 두렵게 했다.

사라져버릴 꿈도 두려웠다.

그의 고래는 잡히지도 않는, 잡아서도 안 되는 그것이었다.

고래는 잡기 위해 있지 않았다.

그것이 고래의 존재 이유였다.

고래는 고래이어야만 했다.

절대의 바다를 유영하는 시이어야 했다.

결국 그는 불가능을 향한 도전자로서 머물러야만 했고

그것은 스스로를 위대하게 만들었으나

그는 늘 빈손으로 항구로 돌아왔다.

녹슨 작살을 한 손에 늘어뜨리고 낡은 장화 뒤축을 끌면서 돌아왔다.

그때마다 그는 후미진 뒷골목 녹슨 양철 지붕 아래 구석방을 찾았다.

그곳에서 그는 늙은 창녀의 품에 안겨 울었다.

잡히지 않는, 잡지 않은 그의 고래는

늙은 여인의 마른 두 다리 사이에서 유영하고 있었다.

사랑은 어디에도 없었다.

오그라든 가슴과 시든 아랫도리만이 사랑을 찾아 헤매었다.

고래를 찾아왔으나 늙은 창녀의

녹슨 양철 지붕 집, 칠 벗겨진 대문만을 두드렸다.

구원의 빛은 오래전에 꺼져버렸고

위로와 위안만이 존재함을

파랑새는 무지개 저 너머에도 있지 않음을

양철 지붕 아래 구석방에서 슬프고도 아프게 자각했다.

그랬지, 늙은 창녀는

빨간 핏빛 꽃무늬 브래지어 깊숙이

그가 던진 화대를 뭉쳐 넣으며 말했었지.

"여행자는 사랑 따위를 꿈꿀 순 없어."

"여기서 사랑을 살 수는 없지."

"우리는 사랑을 팔지 않아."

"우리는 반짝이는 죽음의 희열을 팔고 있어."

"반짝이는 망각의 죽음을 팔고 있지."

늙은 창녀는 어떤 명석한 철학자보다도 어떤 눈 밝은 예언가보다도

깊은 울림의 언어를 가지고 있었다.

위대한 몽상가를 흔들어 지상으로 끌어내린 늙은 여자는

자신의 두 다리 사이로 그를 밀어 넣을

원초의 힘, 망각의 힘 또한 지니고 있었다.

사실이지 죽음을 망각시킬 고래가 필요했을 뿐.

늘 있는 죽음을 망각시킬, 일용할 고래, 그것을 꿈꾸었었지.

혁명을 꿈꾸듯 천국을 꿈꾸듯

그래서 바다를 찾아왔었지.

하지만 그는 죽음을 망각시키지 못했고

반짝이는 망각의 죽음만을 화대를 치르고 샀다.

그 반짝임의 희열은 절정의 순간 사라지고

사랑을 찾지 못한 그는 바다를 떠나려 한다.

올 때 그랬던 것처럼

빈손으로 귀환의 길 위에 선 그는

세상에 존재하는 빛나는 모든 아름다움을 위하여

마르지 않는 영원한 진리의 샘을 위하여

식지 않는 청춘의 열정을 위하여

술잔을 들어 올릴 순 없었다.

대신 통곡했다.

죽은 모든 이들을 위하여

모든 죽을 이들을 위하여

그의 눈물은 잠든 여인의 앙상한 가랑이 사이를

적시며 흘러내려 비릿한 작은 생명을 만들었다.

잠든 여인의 깊고 거친 숨소리는

물 얼룩 빛바랜 벽지 위를 쓸며 다니다가

녹슨 양철 지붕 아래로 스며들었다.

그렇게 밤은 깊어지면서 깨어났다.

그는 밤새 잠들지 못했다.

충혈된 두 눈과 지친 다리를 끌며 집으로 돌아왔을 때

뒤란 호두나무 고목 아래 개똥지빠귀는 사라지고 없었다.

봄이 왔고 겨울 철새는 떠나갔다.

개똥지빠귀의 부재는 개똥지빠귀의 존재를 일깨웠다.

그것은 사랑이었다.

사랑의 부재가 자유를 준 것이 아니었다.

자유는 사랑이었다.

사랑만이 자유를 가능하게 했다.

바다의 고래를 새장에 넣을 수 없듯

겨울 철새 개똥지빠귀는 12월 겨울 들판을 날아야 했다.

고래가 아닌 개똥지빠귀는

개똥지빠귀의 노래를 불러야 했다.

그는 소리도 없고 눈물도 없는 울음을 토해냈다.

그는 다가올 겨울을 기다려야 했다.

자유로이 떠난 개똥지빠귀가 자유로이 돌아올 그때

개똥지빠귀는 자신의 소설을 끝냈으리라.

그가 고래 노래를 부르며 세상 외진 구석으로 떠도는 동안

완성할 수 없는 시를 꿈꾸며 이 골목 저 골목 헤매는 동안

교살당한 신, 참수당한 혁명과 뒤엉켜 난교의 밤을 지새는 동안

개똥지빠귀는 자신의 소설을 완성했으리라.

그것은 그의 죽음으로 결말지어지리라.

개똥지빠귀가 그를 살해할 것이리라.

그의 고래를 죽이리라.

그의 시를, 혁명을, 신을 죽이리라.

그것은 말할 수 없는 그의 기꺼움이 되리라.

영원한 안식과도 같은 기쁨.

마침내 세 번의 울음 뒤에 찾아온.

그를 위한, 세계를 위한, 사랑을 위한.

그러나 그는 알고 있다.

그는 다시 바다와 고래의 꿈에 취해 떠날지도 모른다.

모든 젊은이들이

아비를 살해하지 못했던

영원히 철들지 못하는

나이 든 아이들이 그래왔던 것처럼

무너진 제단 아래

눈물짓던 여인들이 그래왔던 것처럼

고래는, 시는 부활할 것이며

영혼이 가난한 이들의 일용 양식이 되리라.

허기와 격정을 잠재울 아편이 되리라.

어쩌랴, 가난한 이들에겐 그것마저 없다면.

수난의 가엾은 피조물들에게서 그런 기쁨마저 앗아간다면.

그럼에도 빈손의 바다 여행이 그에게 남겨준 것들이 또 있으니
장생포는 고래잡이배를 띄우지 않은 지 오래되었고
잡힌 고래들이야 그물에 걸린 죽은 고래들뿐이라는 고래의 진실.
너무 아름다운 것은 성취될 수 없다는 예술의 진실.
시간(屍姦)과 몽정으로 아이를 만들 수 없다는 꿈의 진실.
선지자와 혁명가의 희망, 그것은 짝퉁의 약속에 불과하다는 희망의 진실.
사람들을 움직이는 것은 진실이 아니라 위조된 믿음이라는 신념의 진실.
지옥으로 가는 길은 진실이라 불리는 핏물로 얼룩져있음의 진실의 진실.

이 많은 진실들 앞에서 처음
그가 뜬눈으로 세상을 마주 보게 되고
자신이 살해해버린 회색의 그 비릿한 파편 더미에서
한 줄기 피어오르는 사과 향내를 맡아낼 수 있게 된다면
그는 마침내 개똥지빠귀를 사랑하는 법을 배우게 되리라.
세상에서 사랑이 사라진 것은 아니었다.
그가 헛되이 찾으려 애쓰던 그런 사랑이 없었을 뿐.

목차

#1.
혁명전사와 낙오자

또 그 꿈이다. 두 달 전부터 그 꿈을 삼 일에 한 번꼴로 꾸고 있다. 정확히 말하자면 꿈이라기보다는 기억이다. 완전히 사라졌던, 있는 줄도 몰랐던 기억이 두 달 전부터 꿈에서 되살아났다. 어린 시절, 6~7세쯤 되었을까, 그 무렵의 기억으로 아마 여름이었을 것이다. 눅눅하니 무더웠었고 추적추적 비가 내리고 있었으니까.

늦은 밤 악다구니 욕설 소리에 어린 진구는 잠에서 깨어났다. 침대를 빠져나온 진구는 울렁이는 가슴을 누르며 방문을 밀고 마루로 발을 내디뎠다. 돌아선 옆모습의 아버지가 눈에 들어왔다. 아버지는 옆구리를 움켜쥐고 있었다. 그 움켜쥔 손 밑으로 피가 흘러내렸다. 아버지는 진구에게 눈길도 주지 않고 비가 내리는 마당으로 절뚝이며 달려나갔다. 아버지가 사라진 대청의 마룻바닥에는 피 묻은 칼이 떨어져 있었다. 그것은 파나 양파, 무 따위를 썰 때 어머니의 손에 들려있던 그 칼이었다.

진구는 열린 마루문 바깥의 비 내리는 어두운 마당을 보았다. 아버지가 저 마당으로 달려나가기 전에 어머니가 먼저 뛰쳐나갔을 것이다. 진구는 마당으로부터 눈길을 거두고 잠자던 방으로 돌아갔다. 옷장과 침대 사이의 좁은 틈에 몸을 말아 넣어 웅크려 앉았다. 아버지와 어머니는 늘 싸웠다. 진구는 애원했다. 내일도 그날들과 다름이 없기를. 어머니는 아버지와 싸운 다음 날에도 얼굴의 멍 자국을 화장으로 가리고 언제나처럼 들일을 나갔었다. 아버지는 무엇을 했었는지 모르겠다. 싸운 다음 날 아버지의 기억은 없다. 그러나 그날 아버지는 돌아오지 않았다. 비에 젖은 몸으로 혼자 돌아온 어머니는 걸레로 마룻바닥의 피를 닦았다. 방금 일어난 척, 애써 태연한 척, 방에서 걸어나가자 어머니는 처연하게 웃어 보였다. 그날 이후 진구는 아버지 없는 아이로 자라났다. 진구가 꿈에서 깨어날 때는 언제나 어머니의 그 처연한 웃음에서 깨어난다. 빙산처럼 그 아래에 많은 말을 감춘 웃음이었다.

침대에 걸터앉은 진구는 차가운 물을 한 컵 들이켰다. 그것으로 꿈도 어머니의 처연한 웃음도 털어버렸다. 허리와 다리가 묵직했다. 목도 부어있었다. 음모론 분쇄, 주문국 수호를 외치며 광화문 광장을 누비고 다녔던 어제의 분주했던 하루가 만들어낸 훈장 같은 피로였다. 진구는 대한민국 개혁의 상징 주문국 의원을 지켜내기 위해 전투를 치르듯 매주 토요일마다 KTX에 몸을 싣고 서울을 오가고 있다. 아버지가 사라지던 그날의 기억이 꿈으로 되살아났던 그 무렵부터였으니 이 전투 역시 벌써 두 달째다. 그리고 이 전투는 휴일인 오늘 아침에도 계속되어야 한다. 진구는 노트북부터 켰다. 네이버로 들어가 언론사의 기사들을 일별했다. 어제의 광화문 집회를 머리기사로 다룬 언론사들이 제법 있었지만 그 수는 줄어들고 있다. 안타깝게도 집회의 동력도 떨어지고 있다. 아무리 참여를 독려해도 녹취록 사건이 처음 터졌던 두 달 전과 비교하면 집회 인원은 3분의 1이 될까 말까다. 더 분발해야 했다. 마우스를 재바르게 움직이던 중, 진구를 격분시키는 기사가 눈에 들어왔다. 〈하나하나 사실로 드러나고 있는 주문국 녹취록〉 제목부터 선정적이다. 아예 '주문국 녹취록'이라 못 박아놓고 있다. 주문국 의원이 펀드 사기 사건의 공모자임을 기정사실화하려는 작당이다. 무시하고 건너뛰려다 화가 치밀기도 하고 그냥 넘길 수 없다는 충동에 이끌려 저도 모르게 클릭했다. 기사 앞머리에 보란 듯 떡하니 그놈의 녹취록부터 먼저 올려놓았다.

　　〈하나하나 사실로 드러나고 있는 주문국 녹취록〉

　　인터넷을 떠돌다 검찰 수사까지 불러일으킨 이른바 '주문국 녹취록'이 점차 사실로 밝혀지고 있다. 기사의 이해를 돕기 위하여 정치권을 뒤흔드는 녹취록의 전문을 먼저 아래에 첨부하였다.

　기사의 이해를 돕기 위함이 아니다. 기사의 앞머리에 놓음으로써 그놈의 소위 '주문국 녹취록'에 권위를 부여하여 사실로 믿게 만들려는 악의적 수작이다. 마땅히 이딴 건 그냥 지나쳐버려야 당연하지만 진구는 주저했다. 익히 다 아는 내용이긴 해도 지금껏 한 번도 정독한 적이 없었다는 데 생각이 미쳤다. 두 달여 전, 처음 녹취록이 인터넷상에 출현했을 땐 치밀어 오르는 화를 억누르느라 꼼꼼히 읽을 수가 없었다. 어차피 내용도 눈에 제대로 들어오지도 않았다. 그저 '주문국'이라는 인명만이 시야를 가득 채웠었다. 그 이후로는 그런 쓰레기는 읽어볼 마음조차 갖지 않았다. 언론을 도배한 관련 기사들에서 부분적으로 인용되었거나 언급되었기에 그럴 필요도 없었다. 진구는 잠시 고민했다. 그 잠시 후, 진구는 녹취록을 정독해보기로 마음을 먹었다. 아무리 화가 나더라도, 비록 쓰레기라 하더라도 마주할 건 마주해야 하는 것이다. 고개를 돌린다고 해서 존재하는 그것이 사라지지는 않는다. 적을 알아야 적을 이길 수 있다.

[주문국 녹취록]

일시: 2018년 3월 16일 금요일 오후 9시 5분.

장소: 대구 수성구 000, 000횟집 별실

참석자: 주문국,

      A(남성),

      B(여성),

      C(펀드 사기 기획자)

4인용 좌탁에 주문국과 여성 B가 나란히 앉고 맞은편에 펀드 사기 기획자 C와 남성 A가 앉음.

-생략-

주문국: 사전협의는 다 끝났으니 확인차 결론만 간결하게 얘기하자고. 먼저 내가 확인할 게 있어요. 그쪽 선수들은 진용이 다 갖추어진 건 확실하죠?

C: 당연하지요. 제일로 중요한 게 그쪽 선수들 아니겠습니까. 제가 이 바닥에 오래 있으면서 그쪽 사람들과 인연이 꽤 깊습니다. 그 사람들 비록 어둠의 세계에 살고 있지만, 금융 쪽으로도 이해가 상당히 깊고 정치판도 빈틈없이 짚어낼 줄 아는 전문가들입니다.

A: 의원님, C의 말을 믿으셔도 될 겁니다.

주문국: 좋아요, 좋아요. 중요한 건 그 사람들이 꼬리 자르기를 얼마나 잘 하느냐 하는 겁니다. 일 터지고 나서, 어떤 일이 있어도 내 선까지 올라와서는 안 됩니다. 입에 자물쇠 꽉꽉 채우는 거, 알겠죠? 만일 내가 다치게 되면 여럿 다치게 됩니다. 이건 협박이 아닙니다. 내가 동원할 수 있는 검찰이나 경찰 몰빵하면 그쪽 쑥대밭으로 만들어버릴 수도 있어요.

C: 물론이죠. 지당하신 말씀이십니다.

주문국: 좋아요. 내가 할 일은, 그러니까, 펀드 판매사와 수탁사, 사무관리사인 예탁결제원이 펀드 운용에 있어서 문제를 발견하더라도 입 다물고 넘어가게 하는 것?

C: 그렇죠. 어느 하나에서라도 자금 흐름이 이상하다며 꼬치꼬치 캐고 들면 그때는 그야말로…

주문국: 알아요, 알아. 문제는 돈인데, 그 사람들 입 다물게 하려면 입에 넣어 줄 게 있어야지.

C: 당연하죠.

주문국: 내가 총괄적으로 관리하면서 건네주는 건 위험하니 C가 그건 알

아서 해야 할 거요. 난 그 사람들에게 일단 당신 얘기 정도만 운을 띄우는 것으로.

　C: 알겠습니다.

　주문국: 그리고 마지막으로 할 얘기가 있는데…

　C: 아, 네. 근데, 여기서…

　주문국: 아, 괜찮아, 괜찮아. 우린 이제 서로 보여줄 거 다 보여줬잖아. 다 내놓고 발가벗고 한자리에 앉아있는 거나 마찬가지잖아.

　B: 아이, 참 의원님도.

　주문국: 아이고, 우리 B가 부끄러움을 다 타시고!

　A: 그러게 말입니다.

　주문국: 자 얘기해봐요. 전해 듣긴 했지만 내 귀로 듣는 건 다르니까.

　C: 네, 알겠습니다. 주 의원님께는 ○○억, A와 B에게는 각각 ○억입니다.

　주문국: 조건은 펀드가 개시되고 3개월 안에 현찰로 지급할 것. 내 것에 한해서.

　C: 3개월은 좀 빡빡합니다만…

　주문국: 아니, 3개월.

　C: 아… 네, 알겠습니다. 의원님 것에 한해서. 나머지 두 분은 아무래도 자금이 돌고 나서야 가능하겠습니다.

　-생략-

　울컥 화부터 치밀었다. 쓰레기는 역시 쓰레기였다. 적을 알고 뭐고를 떠나서 괜히 읽었다 싶었다. 탭을 닫아버리려다 그래도 내친

걸음이라는 생각에서, 나아가 이 기레기들이 무슨 트집을 잡으려는지 확인은 해야 한다는 일종의 전사로서의 의무감에 아래로 읽어내려갔다.

녹취록에 등장하는 당사자인 여당의 유력 대선 후보 주문국 의원은 녹취록은 조작된 것이라며 강력히 부인하고 있고, 주 의원 지지자들의 반발은 여전히 거세다. 그런 가운데 검찰이 새로운 사실을 또 하나 밝혀냈다고 한다. 위 녹취록에 의하면 2018년 3월 16일 주문국 의원은 A로 지칭되는 남성과 B로 지칭되는 여성과 함께 대구 수성구의 모 횟집에서 5,000억대 펀드 사기 사건의 숨은 기획자로 알려진 C를 만나 펀드 사기를 공모한 것으로 되어있다. 그러나 주 의원은 그날 대구에 간 적이 없고, 서울에서 가족 모임을 가졌다며 강하게 주장해왔는데, 검찰이 본격적으로 수사를 개시한 이후 밝혀진 증거들에 의하면 주 의원은 그날 밤부터 다음날 오전까지 줄곧 대구에 머물렀던 것으로 드러난 것이다. 물론 이것만으로 이른바 '주문국 녹취록'이 전부 사실이라고 믿을 근거는 되지 못하겠으나 주 의원이 거짓말을 했다는 사실에는 변함이 없으며 녹취록을 저잣거리의 음모론을 넘어서서 더 신빙성 있게 만드는 것 역시 사실이다.

또한, 이른바 '주문국 녹취록'에서 주 의원의 역할로 설정된 펀드 판매사와 수탁사, 사무관리사인 예탁결제원에 대한 영향력의 행사는 그 결정적 증거를 찾아내거나 증언을 이끌어내지는 못하였다 하더라도 지금까지 밝혀진 정황 증거상 사실일 개연성이 높다. 검찰 수사로 밝혀진 바에 의하면 판매사인 농협이나 수탁사인 하나은행, 사무관리사인 예탁결제원 중 어느 한 곳에서라도 펀드 운용사에 대한 제대로 된 감시 기능이 작동되었다면 미리 피할 수 있었던 희대의 사기 사건을 세 곳 모두 약속이나 한 듯 외면해 버렸다는 것인데, 이 사실은 이 세 펀드 관련사들을 통제해 움직일 수 있는 강력한 컨트롤 타워를 상정하지 않을 수 없게 한다. 펀드 사기 사건이 발생할 당시나 현재의 시점에서 그만한 힘을 가진 강력한 인물은 누구일까? 이른바 '주문국 녹취록'이 한국 정치와 대선 판도를 뒤흔들 폭탄의 뇌관이 되었음을 이제 인정해야 할 때이다.

기사 읽기를 마치자 진구의 분노 게이지가 급상승했다.

"씨바! 이거 순 추측뿐이잖아. 기껏 밝혀낸 거라곤 우리 의원님이 그날 대구에 계셨다는 그것밖에 없잖아. 씨바! 그거야 녹취록을 조작해낸 새끼가 어쩌다 의원님 일정 알아내고 거기에다 꿰맞추면 되는 거고. 어디서 씨바! 이딴 걸 기사라고."

진구는 방금 자신의 입으로 마구 쏟아낸 것들에서 욕설과 존칭은 빼고 기사 아래에 그대로 댓글로 달았다. 이 한 번의 배설로 그나마 화가 조금 누그러졌다. 이제 검을 뽑아 들고 적들을 향해 달려가야 할 차례다. 그는 다른 언론사의 주문국 의원 관련 기사들도 확인했다. 거의 녹취록과 펀드 비리 관련 기사였지만 자녀 입시에서의 허위 스펙 품앗이 기사도 그 수가 늘고 있었다. 탈탈 털 요량으로 검찰이 별건 수사로 건드렸기 때문이다. 주문국 의원에 호의적이든 비판적이든 가리지 않고 닥치는 대로 기사를 읽고는, 사실은 제목만 쓱 훑고는 댓글을 달아 나갔다. 복사해서 붙이기 기능을 활용했다. 몇 개의 댓글을 미리 작성한 다음 기사 제목에 맞춰 그것들 가운데 하나를 선택해 복사와 붙이기를 반복했다.

개똥지빠귀를 사랑한 고래잡이

"대선 후보 지지율 1위, 주문국이 겁나긴 겁나는가 보다. 기레기들이 이리도 날뛰는 걸 보니. 적폐청산, 토착 왜구 척결과 개혁의 길은 멀고도 험하다."

"같은 날 대구에 있었다는 것만으로 조작 녹취록이 사실이라고? 대구 인구가 250만인데 그렇담 그날 대구에 있었던 250만 전부가 펀드 사기 공범일 가능성이 있겠네."

"니들이 아무리 지롤을 떨어도 대선은 주문국이 먹는다."

"냄새가 난다. 냄새가 나. 출처를 알 수 없는, 유령처럼 인터넷을 떠도는 녹취록을 빌미로 검찰이 수사를 개시하더니 이제 슬슬 먼지털이식 별건 수사로 넘어가려는 분위기. 적폐세력들이 움직이는 거야. 놈들의 가장 무서운 적을 무너뜨리기 위해."

"녹취를 떴다면 그 원본으로서 녹음 파일이 있어야 할 텐데, 그 원본 녹음 파일은 어디 있는 거지? 일단 그것부터 먼저 제시하시죠."

네이버 메인 화면의 언론사는 모조리 뒤졌다. 주문국 관련 기사가 70여 개, 전부 댓글을 하나씩 달고 공감, 비공감은 1일 한도 만큼 눌렀다. 이제 한 바퀴 더 돌 차례다. 한 기사당 3개까지 댓글이 가능하니 세 바퀴는 돌아야 한다. 진구는 매서운 매의 눈으로 모니터를 노려본다. 마우스를 움켜쥔 오른손은 칼잡이처럼 정확하고 날렵하다. 검객이 따로 없다. 그는 최전선의 최선봉에 선 최고의 전사다. 그는 자판과 마우스로 세상을 칼질하면서 세상을 움직이고 있다. 이때 그의 심장은 박동치고 전신의 신경은 팽팽히 긴장해 있다. 그는 끓어오르는 생명의 활기로 살아있었다. 그는 세계와 하나 되어 요동치고 있었다.

네이버 연계 언론사의 3회전 댓글 달기의 다음 일정은 페이스북이다. 진구의 페친은 꽉 찬 5,000명. 어제 밤늦게 올린 주문국 수호 광화문 집회 포스팅은 400여 개의 '좋아요'와 30여 개의 댓글이 달려있다. 30여 개의 댓글을 일일이 확인하고 공감을 눌러주고 답글을 달아준다. 진구의 견해에 이의를 제기하는 작자들은 여지없이 친구 삭제를 해버렸기에 이들 모두는 하나같이 진구의 친구요, 동지요, 전우들일 뿐이다. 그들은 개혁을 기원하는 진구의 열정적 활동에 뜨거운 찬사를 보내고 그를 존경하고 그를 영웅처럼 떠받든다. 그들에게 진구는 썩어빠진 이 나라를 구원할 혁명가이자 철학자이며 메시아이다. 진구는 그렇게 스스로 믿고 있다.

방문을 두드리는 노크 소리가 들린 것은 진구의 답글에 달린 답글에 또 답글을 한창 달고 있을 때였다. 짜증이 치밀지만 애써 누른 뒤 모니터에서 눈을 떼고 몸을 돌렸다. 번들거리는 플라스틱 재질의 1.2평 고시원 방문 너머에 인기척이 있다.

"실장이오."

분위기를 확 잡치는 목소리다. 공인중개사 공부 중이라는 고시원 실장 놈이다. 이놈은 한 번 본 적도 없는 주문국 의원을 무슨 전래의 원수 대하듯 한다. 푹 퍼진 얼굴에 점 찍어놓은 것처럼 생기다 만 눈, 납작한 들창코, 이렇게 못생기기도 힘들다. 진구는 그의 이름도 모른다. 그가 있을 때는 실장이라 부르고 그가 없으면 못생긴 실장이라 몬 실장, 몬실이 놈, 몬실이 새끼라고 지칭한다.

"뭔 일이오?"

"잠깐 내 좀 봅시다."

"아, 뭔 일이냐고, 아침부터."

"아침은 무슨, 점심때가 다 지났는데. 별것 아니고, 옆방에 같이 좀 가봅시다. 이 친구 요 며칠 통 안 보이네. 식당에 내려오지도 않고. 신발장에 신발은 그대로 있는데. 문은 잠겨있고, 전화도 안 받고. 은근 신경 쓰이네."

"그거야 혼자 하면 되지. 나까지 뭐하러. 실장이니 방 열쇠는 있을 거 아니요."

"오해받을까 싶어 그러지. 뭐라도 없어져 봐. 나만 욕먹잖아. 복도에 CCTV가 빤히 지켜보고 있는데."

"오해는 무슨 얼어 죽을. 잃어버릴 만한 게 있긴 뭐가 있다고. 공시생 생활이 7년째라는데."

"그래도 폰하고 노트북은 있잖아. 아, 어서 좀 나와보소. 한 지붕 생활이 벌써 몇 년째인데 의리란 게 있지."

몬실이 입에서 의리란 말을 듣게 될 줄은 몰랐다. 그렇더라도 그의 말이 영 틀린 건 아니다. 옆방의 친구와는 진구가 마지막 사법시험을 준비하던 그때부터 지금까지 벌써 5년째 같은 고시원 생활을 이어가고 있다. 지하철역에서 가깝고 걸어서 10분 거리에 남부도서관이 있어 옆방 친구나 진구나 유독 수험생이 많은 이 고시원을 옮길 생각을 하지 않았었다. 한편, 진구가 사법시험을 몇 년 준비하다 그 제도가 폐지되자 7급, 9급 공무원 시험으로 갈아타 왔던 것과는 달리 이 친구는 줄곧 9급 행정직을 고수해왔었다. 어딘지 우직스럽고 고지식한 데가 있으나 심성은 고운 친구였다. 한 달보름 전 진구가 공시생 낭인 생활을 접고 선배의 소개로 취직을 하게 되자 이 친구는 없는 살림에 주머니를 털어 진구에게 취업 축하주를 사주기도 했었다.

방문을 열고 복도로 나섰다. 복도에는 무릎이 불룩하니 늘어난 추리닝의 몬실이가 열쇠고리에 손가락을 끼워 빙빙 돌리며 서 있다. 점심을 먹은 뒤 양치질도 하지 않았는지 김치 냄새가 훅 풍겨왔다.

"사시생, 이 정도 수고쯤은 해 줄 수 있잖아. 안 그래?"

몬실이는 진구를 사시생으로 부른다. 실패한 사법시험 수험생으로서의 자신의 과거를 환기시키는 이 호칭이 진구는 듣기 거슬렸다. 공인중개사 4수생 주제에 진구의 아픈 데를 콕콕 찌르는 것이다. 소위 그 '주문국 녹취록' 사건을 놓고 두 달 전 고시원 주방에서 놈과 벌인 격한 설전 이후 놈은 더욱 집요하게 이 '사시생' 호칭을 사용한다. 주문국 의원을 신적폐라 비난해대는 놈에게 개혁을 거부하는 적폐세력, 토착왜구라고 몰아붙였던 기억이 생생하다. 놈의 붉으락푸르락 흥분해있던 얼굴도.

몬실이는 손가락에 끼워 돌리던 열쇠로 문을 따고 안으로 문을 밀었다. 문은 10cm가량 틈이 벌어지더니 더는 안으로 밀리지 않았다. 무언가로 기둥처럼 문 안쪽을 받쳐놓은 것 같았다. 몬실이가 문틈으로 방안을 들여다보았지만 문 뒤편은 확인 불가능했다. 몬실이 놈과 무엇이든 함께 한다는 게 영 내키지는 않았지만 어쩔 수 없이 진구도 거들었다. 둘이서 동시에 힘주어 밀자 무엇이 툭 꺾어지듯 문은 안으로 밀렸다.

먼저 진구의 눈에 들어온 것은 맨발의 발 두 개였다. 그 두 개의 발은 밀어 놓은 방문과 벽 사이에 끼어 문 뒤로 삐죽이 나와 있었다. 몬실이 놈이 문손잡이를 놓고 화들짝 뒤로 물러났다. 놈은 몇 걸음 뒤로 더 물러나더니 아예 복도로 나가버렸다. 진구는 벌렁대는 가슴을 누르며 손잡이를 잡았다. 손이 떨려왔다. 문은 뒤로 쉽게 당겨지지 않았다. 힘주어 당기면 가능이야 하겠지만 섬찟한 생각에 그만두었다. 고개를 돌려 넣어 확인해야 했다. 진구는 문손잡이를 잡은 채로, 감히 발은 들여놓지 못하고 목만을 빼 방문 뒤로 천천히 얼굴을 꺾었다. 진구의 방처럼 번들거리는 그 플라스틱 방문 뒤에는 그가 있었다. 진구가 5년 동안 알고 지냈던 옆방 친구, 한 달 보름 전 안지랑 막창 골목에서 취업 축하주를 사주던 그 친구가 방문 손잡이에 넥타이로 목을 매 죽어있었다.

두 다리에 힘이 쭉 빠져나갔다. 털썩 소리가 나게 방바닥에 주저앉았다. 병들이 부딪치며 구르는 소리가 귀를 울렸다. 그것이 진구에게 방안을 둘러보게 했다. 빈 소주병들이 발치에 굴러다녔다. 세 개였다. 주량이 한 병 반 정도로 알고 있는데 세 병이나 마셨나 보았다. 그 소주병들 이외에 방은 정갈하게 깨끗했다. 그 깨끗함이 너무 완벽해 소름이 끼칠 정도였다. 무슨 마음으로 목을 매달기 전에 이토록 방을 빈틈없이 정리해 놓았을까. 각 잡히게 개어놓은 이불들, 일직선으로 정리된 책들, 제 자리에 반듯반듯하게 자리 잡은 각종의 옷가지와 생활용품들, 먼지 하나 없이 반들반들하게 걸레질 된 방바닥. 자살하기 전 이생에서의 마지막 거주지였던 1.2평 고시원 방을 이토록 온 힘을 기울여 청소하고 정리하면서 무슨 생각을 했을까. 두려웠을까… 외로웠을까…

몬 실장의 전화통화가 어지러운 생각에서 진구를 벗어나게 했다. 몬 실장은 경찰을 부르고 있었다. 진구는 다리에 힘을 모아 몸을 일으켰다. 목을 옥죈 그 넥타이를 풀어주고 싶었다. 드라마나 영화의 범죄 수사물, 형사물이 넘쳐나는 세상에 누가 가르쳐주지 않아도 현장을 훼손해서는 안 된다는 것쯤은 안다. 그러나 죽은 친구의 숨통을 죄고 있는 그 넥타이만은 풀어주고 싶었다. 손은 여전히 떨렸다. 다리도 흔들렸다. 몇 번의 헛손질 끝에 겨우 넥타이를 벗겨내고 시신을 반듯이 바닥에 눕힐 수 있었다.

진구가 시신을 눕히느라 숙였던 허리를 다시 세웠을 때 책상 위에 놓인 A4 용지가 그제야 눈에 들어왔다. 그것이 무엇인지는 보지 않아도 알 수 있었다. 책상 앞으로 다가갔으나 유서를 손으로 집어 들지는 않았다. 그것을 집어 드는 순간 죽은 친구가 죽기 전 만들어낸 이 방안의 완벽함이 깨져 버릴 것만 같았다. 그것은 죽은 친구에 대한 예의가 아닐 것이다. 책상에 놓인 그대로 유서를 읽어내려갔다.

　어머니 아버지 죄송합니다. 이 세상에 제가 있을 곳은 없는 것 같습니다. 세상은 저를 받아주지 않네요. 저를 위한 자리를 내어

주지를 않습니다. 어디든 가리지 않고 비집고 들어가 내 자리를 마련해보려 했었지만, 그것마저 호락호락하지 않았습니다. 이 세상에서 제가 할 수 있는 일은 아무것도 없었습니다. 저에겐 왜 이리 모든 것들이 가혹하기만 한 지 모르겠습니다. 한 번 낙오자는 영원한 낙오자로 만들어버리는, 기회조차 주어지지 않는 이 세상이 두렵고 원망스럽습니다. 용기를 쥐어 짜내는 것도 이제 더는 못하겠습니다. 제가 가진 것들 전부가 바짝 말라버렸습니다. 용기도 의욕도 의지도 희망도 꿈도 미래도 모두 사라져버렸습니다. 제 손에는 아무것도 없고, 제 주변에는 아무도 없습니다. 죄송합니다. 저를 용서하십시오.

유서는 소주 세 병을 물 마시듯 들이킨 뒤 바로 써 내려 간 것 같았다. 아마 아무것도 먹지 않은 빈속이었으리라. 혈관을 타고 빠르게 번져나가는 알코올 탓인지 또박또박하던 글씨가 뒷부분에서는 흔들려 있었다. 유서로 미루어 이 친구도 진구처럼 취업을 알아보려 애를 썼던 모양이었다. 나이는 먹어가고 공무원 시험에 자신감은 자꾸 떨어지고 부모님께 손 벌리기도 더는 염치가 없기도 했을 것이다. 진구 자신의 경험으로 충분히 이해할 수 있었다. 하지만 취업은 뜻대로 이루어지지 않았을 것이다. 경력도 없는 30대 중반의 남자를 받아 줄 번듯한 회사는 없었다. 쉽게 취직할 수 있는 곳이라 해도 시험공부만 해왔던 책상물림이 적응하기는 쉽지 않았을 것이다. 그런 곳은 대부분이 그 안에서 살아남기 위한 난투극이 일상으로 벌어지는 곳이 아니던가. 주머니를 털어 진구에게 취업 축하주를 사주었던 그의 마음을 알 수 있을 것 같았다. 이제부터 시작이니 열심히 싸우라고.

"뭐 하는교. 괜히 이것저것 손대지 말고 얼른 나오소."

몬 실장의 짜증 섞인 목소리가 또 진구를 깨웠다. 몬실이 놈은 이제부터 치러야 할 일 처리가 벌써 귀찮게 생각되는 모양이었다. 한 사람의 죽음은 어느새 성가신 뒤처리의 문제가 되어버렸다. 채 5분도 지나지 않아 지구대에서 경찰 둘이 출동했다. 목격자 진술 조서를 작성하거나 참고인 조사를 받을 일이 있을지 모르니 연락처를 달라는 경찰에게 진구는 자기 전화번호를 던져주고 자신의 방으로 돌아와 버렸다.

다시 혼자가 되자 죽은 옆방 친구의 깔끔하게 정돈된 방이 다른 의미로 다가왔다. 그 방과 그 방에 놓인 것들은 그 친구가 자유의지로 마음대로 할 수 있는 유일한 공간이자 사물들이었다. 뜻대로 되는 것이 하나도 없는 세상에서 유일하게 그의 뜻대로 할 수 있는 곳, 할 수 있는 것들. 그는 죽기 전 마지막으로 온전한 자신으로 있고 싶었는지도 몰랐다. 한번 날개를 펴보지도 못하고 실패만 해왔던 인생에서 유일하게 그가 마음대로 할 수 있었던 공간, 그곳에서 미미한 존재, 아무도 기억해 주지 않는 존재로서 그가 할 수 있는 유일한 것이 방 정리와 청소였는지도 몰랐다. 한편으로는 그 정돈 행위가 저항처럼 읽히기도 했다. 세상을 향한 반항의 몸짓 같은 것. 섬찟할 만큼 완벽하게 정리해 놓은 그 방을 그는 자신을 거부했던 세상을 향해 돌을 던지듯 집어 던지고 싶었는지도 몰랐다.

그러나 진구는 알 수 있었다. 그렇게 포장되었을 그 이면에 웅크린 그 친구의 외로움과 두려움과 끝 모를 절망을. 진구의 가슴이 서늘해져 왔다. 자신으로 있고 싶었든, 세상에 저항하고 싶었든, 자신의 죽음을 준비하고 있던 그 시간 동안 그는 두려움과 절망과 외로움과의 처절한 싸움을 혼자서 벌이고 있었다. 자살을 피하고 싶은 건 죽음 그 자체보다 그 과정 때문일지도 모른다.

#2.
옵티머스 컨설팅

"우리 물건 황금 같네! 대박일세, 판매하자! 옵티머스 컨설팅 화이팅! 화이팅!"

구호를 마지막으로 진구가 지겹도록 싫어하는 아침 체조가 끝났다. 옵티머스 컨설팅 사장이 앞으로 나섰다. 말쑥한 정장 차림에 50대 중반의 돈 냄새가 나는 남자다. 그러나 꽤 험하게 살아왔을 것 같은 인생 역정은 숨길 수 없다. 입가가 빈정대듯 삐뚤어질 때가 그렇다. 지금은 아니다. 사장 김봉익은 활짝 웃고 있다.

"아, 좋은 소식이 있습니다. 뭐냐고요? 자, 들어보세요. 여러분 제가 넉 달 전에 달성군의 임야 소개해 드린 적 있죠. 달성군 구지면 도동리의 전답 포함된 임야, 그거 대박 났습니다. 어제 시의회에서 도로확장공사 결정이 났네요. 꼬불꼬불 산길이 쫙 펴진 4차선으로, 거기에 터널까지 빵! 땅값이 못해도 3배는 뛰어오를 겁니다. 대박이죠, 대박. 하하하, 이게 바로 부동산 투자의 묘미죠. 나비처럼 날아서 벌처럼 대박 물건을 콕 찍어 내는 것. 누가 우리 회사를 두고 기획부동산이라 했습니까? 우리 옵티머스 컨설팅은 엉터리 땅이나 팔아먹는 그런 기획부동산과는 차원이 다릅니다, 차원이. 우리는 모험적인 투자 컨설팅 회사입니다. 하이 리스크 하이 리턴. 대박을 노리고 위험을 무릅쓰면서 과감히 투자하는, 에, 그러니까, 말하자면 위험을 무릅쓰니 우리는 벤처회사입니다. 벤처회사. 안 그렇습니까?"

박수 소리가 텔레마케팅 사무실 안을 울려 퍼졌다. 휘파람 소리도 섞여들었다. 개중에는 발을 구르는 축도 있었다. 축하할 일이긴 한데 그래도 부동산 회사가 벤처라는 건 좀 그랬다. 떠들썩한 소란을 즐기던 김봉익 사장이 두 팔을 근엄하게 들어 올려 좌중을 진정시켰다. 그는 뒤를 향해 손뼉을 두 번 쳤다. 기다리고 있었는지 아래층 접견실에서 근무하는 여직원이 문을 열고 들어섰다. 그녀는 네모난 플라스틱 쟁반을 들고 있었고 그 쟁반 위에는 만 원권 지폐 다발이 수북이 쌓여있었다. 얼굴 가득 미소를 품은 사장은 집게손가락 끝으로 그 돈다발들을 리듬을 넣어 톡톡 두드렸다.

"경사스러운 일은 하나 더 있습니다. 어제 큼지막한 계약이 한 건 마무리되었습니다. 지금 여러분이 판매에 주력하는 바로 그 물건이지요. 여러분의 노력은 헛되지 않았습니다. 이렇게 또 하나의 대박이 터졌습니다. 이정애 과장님, 앞으로 나~아오~세~요!"

사장이 길게 목소리를 뽑으며 박수를 치자, 텔레마케터들도 박수로 응답했다. 투자설계팀 자리에서 일어선 40대 여성이 앞으로 우쭐우쭐 걸어나갔다. 사장 옆으로 다가간 그녀는 돌아서며 두 팔을 번쩍 쳐들고 두 손을 흔들었다. 얼굴 위로는 김봉익 사장이 보여주는 만큼이나 입이 찢어지게 큰 미소를 품고 있었다. 그럴 만도 했다. 쟁반 위의 저 돈이 전부 성과급 수당으로 그녀에게 지급되는 것이다.

"2600만 원." 사장이 말했다. "판매금액의 10%, 어제 2억 6천짜리 계약이 한 건 마무리됐죠. 하하하하! 대박 축하드립니다, 이정애 과장님! 자, 한 바퀴 도시죠."

접견실 여직원이 돈다발 쟁반을 이정애 씨에게 건넸다. 이정애 씨는 돈다발 쟁반을 머리 위로 번쩍 치켜들고는 살랑살랑 흔들었다. 그 흔들림을 따라 돈의 향기가 사무실 안을 번져나갔다. 텔레마케터들은 약에 취하듯 그 향기에 취해 갔다. 진구도 크게 예외는 아니었다. 한번에 저 돈을 벌 수 있다면 무엇이든지 할 수 있을 것 같았다. 돈 쟁반은 이정애 과장의 손에 들려 텔레마케터들 앞을 차례차례로 돌았다. 모두 돈다발을 한 번씩 쓰다듬었다. 돈다발이 진구의 손바닥을 스칠 때 그 느낌이라니. 부자를 증오해왔던 진구였지만 이때만은 부자가 존경스러웠다. 돈의 힘이란 그런 것이었다.

"자, 분발합시다!" 사장이 소리쳤다. "여러분 모두가 이정애 과장처럼 될 수 있습니다. 돈 냄새만 따라가세요. 돈 냄새만. 저 돈이 이제 여러분들의 것이 됩니다. 자, 그럼 지금부터 팀별 조회시간을 갖도록 하겠습니다."

진구의 팀이 의자를 끌어당겨 모였다. 진구의 팀은 재산운용팀이다. 이곳 옵티머스 컨설팅에는 7개의 팀이 있다. 심사팀, 분석팀, 투자신탁팀, 투자설계팀, 투자지원팀, 인프라팀, 재산운용팀. 다들 이름만 다르지 하는 일은 다 똑같다. 즉 땅을 파는 것. 개발 예정지나 개발 진행지의 투자가치가 있는 땅들을 판다. 랜덤으로 전화를 걸거나 지인들에게 연락해서 상품성을 설명한 뒤 계약으로 이끄는 일이다. 계약이 성사되고 대금결제가 마무리되면 총금액의 10%를 성과급으로 받게 된다. 물론 월급도 있다. 한 달에 140만 원. 여기에 출근만 하면 점심값으로 하루 만 원씩 지급 받는다. 근무조건은 주 5일 근무에 오전 10시 출근 오후 4시 퇴근. 꽤 괜찮은 편이다. 문제는 땅을 팔기가 쉽지 않다는 것. 진구는 한 달이 넘는 동안 단 한 건의 매매 실적도 올린 적이 없었다.

"자자! 리딩을 시작하겠습니다."

팀장이 손뼉을 쳐서 주의를 끌었다. 팀장의 손에는 A4용지가 들려있었다. 거기에는 2주 전부터 판매에 집중하는 부동산의 주요 정보가 담겨있다. 고객의 귀를 솔깃하게 만들 정보이다. 그것을 팀장이 읽으면 팀원은 따라 복창한다. 이를 두고 굳이 영어를 써서 '리딩'이라 한다.

"모두 목청 가다듬으시고. 하나! 우리의 물건은 주변 시세보다 30~40% 싸다!"

팀장이 A4 용지를 눈앞에 들고 읽자 팀원 모두 따라 복창했다. 진구도 따라 했다.

"둘! 우리 땅은 의성 군위 신공항 예정지에서 직선거리로 1km 떨어진 곳으로 개발 예정지이다."

팀원 모두 따라 복창했다. 진구도 따라 했다.

"셋! 우리 땅은 당장이라도 땅값 상승이 기대되는 최고의 투자 수익 예상지이다."

팀원 모두 따라 복창했고, 진구도 따라 했다.

"계약하자! 계약하자! 땅을 팔자!"

역시 팀원 모두 따라 복창했다. 진구도 따라 한 뒤 자기 자리로 돌아갔다. 이제부터 각개 전투의 시간이다. 진구는 언제나 랜덤 전화 걸기다. 지인이라 부를 만한 이들이 없다. 고향 친구는 애초에 친구라 부를 수 있는 이들이 없었고, 사법시험 낭인, 공시생 낭인 합쳐 8년은 학교 동창이라 부를 친구들을 모조리 소멸시켰다. 페이스북 친구들이야 많지만 그들은 어디까지나 온라인 친구들이다. 그들 연락처도 모른다. 민주당 당원으로서 정치 활동을 몇 년 해온 덕분에 당원과 당 관계자들은 많이 알고 있고 연락처도 갖고 있지만 그들에게 땅을 팔 목적으로 전화를 걸 수는 없었다. 그들에게 진구는 투사이지 장사꾼이 아니었다. 오늘도 랜덤이다.

"안녕하세요. 저는 옵티머스 컨설팅에서 연락드린 정진구 과장이라 하구요."

"어디라구요?"

"네, 여기는 개발 예정지의 투자 수익이 예상되는 토지만 전문적으로 거래하는 회사--"

뚜… 전화가 끊어졌다. 늘 겪는 일이다. 잠시 호흡을 가다듬은 뒤 다시 번호를 누른다. 그렇지만 대개 1분 이상 통화하기 힘들다. 그렇게 30여 분이 지나서야 40대 후반으로 짐작되는 목소리가 제법 깐깐한 여성과 의외로 제법 길게 통화한다.

"그러니까 대구 신공항 이전 예정지 인근 땅이란 말이죠?"

"네, 그래요. 신공항 예정지에서 1km밖에 떨어져 있지 않아요. 근데 이건 사모님에게만 말씀드리는 건데요. 신공항에 의성과 군위에 각각 공항역이 두 군데 생기잖아요. 그중 의성역에서 따지자면 800m밖에 떨어져 있지 않아요. 역 주변으로 신도시가 생기고 상권도 형성되고 그러면-"

"괜찮네요."

"그렇죠!" 진구가 소리 없는 탄성을 질렀다. "이거 큰돈 들이지 않고 소액으로 투자할 수도 있어요. 한 몇 년만 던져놓으면 노후 보장용으로 딱 안성맞춤이에요. 요즘 은행 금리로는-"

"거기 지번 좀 알려주세요."

"네?"

"거기 지번 좀 알려달라고요."

"아, 지번은 뭐하시게요?"

"여기서 조회 좀 해보게요."

"아, 네⋯. 그게 근데 지번을 이렇게 알려드리기가 좀 그러네요. 저, 오해는 마시고요. 그게, 지번이 우리 회사가 가진 자산이고 정보잖아요. 예전엔 고객님께서 요구하시면 알려드리고 그랬었는데, 고객분들께서 현장까지 찾아가셔서 여기저기 묻고 다니시고 자꾸 그러니까 지주분께서 그만 땅을 거두어들이시는 경우도 생기고 그래서⋯."

"가르쳐 줄 수 없다는 건가요."

"네, 고객님 그게 참 죄송하게 되었습니다."

"아니 그럼, 땅이 어디 붙어있는지도 모르고, 그 땅이 개발 가능한 땅인지도 모르고 땅을 사라는 거예요?"

진구의 마음이 급해졌다.

"아니, 고객님 그 땅이 지금은 평당 46만 원 하는데 당장 구매하시지 않으시면 곧 오를 예정이거든요. 사시겠다는 고객님들 문의 전화도 많고요. 이건 특별히 고객님께만--"

"그럼 그 사람들한테 파세요. 아니면 당신이 사시든가. 이런 전화질 하면서 먹고 사느니, 차라리 그런 땅 투자로 돈 버는 게 더 쉽고 더 많이 벌지 않나요?"

"어, 그게--"

전화는 끊어졌다. 제대로 한 방 욕을 먹었다. 고객을 찾아 다시 전화 걸 의욕이 그만 사라지고 말았다. 그렇다고 가만히 앉아 있을 수만은 없다. 팀장 보는 눈이 있으니 전화 거는 시늉을 해야 한다. 점심시간까지 앞으로 한 시간, 또 어떻게든 버텨야 한다.

늘 이렇다. 조회와 팀 미팅, 식사와 휴식 시간을 제외하면 텔레마케팅 시간은 오전 오후 각 2시간씩 하루 4시간뿐이지만 이마저도 진구에겐 버거웠다. 무작위로 전화를 걸어서 똑같은 말을 던지고 언제나 거절당하거나 방금처럼 욕을 먹거나 한다. 월 급료와 점심값을 합쳐 160만 원 그것 때문에 그냥 버티고 있다. 의아한 것은 한 달이 넘도록 실적 한 건 없는데도 간부들로부터 압박이 없다는 것이다. 보통의 경우 길게 잡아도 열흘 정도가 기다려주는 한계다. 그동안에도 실적이 없으면 간부들의 눈치 주기가 장난이 아니다. 그러면 이 지점에서 모두 선택의 갈림길에 서게 된다. 회사를 그만두거나 아니면 랜덤 전화 걸기를 버리고 지인 단계로 넘어간다. 친척, 학교 동창, 과거 다니던 직장의 동료, 동네 이웃 가리지 않고 부동산 영업을 펼치게 된다. 그런데도 여전히 실적이 없으면 회사를 떠나야 한다. 이직률이 매우 높은 곳이 이 바닥이다. 유일한 예외가 진구였다. 아무도 진구의 무실적을 문제 삼지 않았다. 그저 못 본 척 모른 척했다. 진구로선 그를 이곳에 소개해준 대구 시의원인 허주만 의원의 영향력 탓이리라 짐작할 뿐이다. 이런 상황이 진구를 더 불편하게 만들었지만 여기를 떠나서 대책이 없으니 그냥 뭉개고 있다.

12시가 되었다. 점심시간이다. 또 어떻게 오전을 버텨냈다. 전화기를 내려놓고 일어서니 벌써 텔레마케팅실 입구에는 아래층의 접견실 여직원이 기다리고 있다. 문을 나서는 이들에게 점심값으로 만 원씩 나누어준다. 진구가 막 만 원을 받아 쥐고 돌아서는데 접견실 여직원이 불렀다.

"정진구씨 4층에 내려가 보세요."

"4층이요? 왜요?"

4층은 접견실이다. 성사된 거래의 계약서 작성을 위한 경우가 아니라면 텔레마케터가 갈 일이 없는 곳이다.

"사장님이 찾으세요."

"사장님이?"

드디어 올 것이 왔나 싶어 접견실 여직원의 눈치를 살펴보았지만 알아낼 수 있는 것은 없었다. 텔레마케팅실을 빠져나가는 직원들에게 점심값을 나누어주기 바빴다. 아무래도 좋다는 생각으로 진구는 4층으로 내려갔다.

접견실은 입사 당시 한 번 들렀었고 이번이 두 번째지만 그 호화로움은 여전히 놀라웠다. 전화기 한 대만 달랑 놓여있는, 유리로 칸막이 쳐진 책상들뿐인 5층의 텔레마케팅 사무실과는 그 차원이 달랐다. 바닥의 푹신한 카펫에, 시트지가 아닌 원목으로 마무리된 벽체에, 한눈에도 비싸 보이는 화분들에, 공기 중에는 향긋하면서도 은은한 향내마저 감돌았다. 계약서를 작성하러 방문한 고객은 여기서 왕의 대접을 받게 된다. 진구는 접견실 왼편에 자리 잡은 사장실 문을 노크하고 안으로 들어갔다.

"어이 어서 와."

사장인 김봉익이 큰 동작으로 한 손을 들어 올리며 진구를 맞았다. 눈치를 보아하니 진구의 무실적을 따지기 위함은 아닌 듯했다. 더구나 사장 맞은편에 진구 또래의 젊은 여성이 앉아 있다. 이름은 모르지만 아는 사람이다. 민주당 대구시당 행사, 혹은 집회나 시위 등에서 가끔 마주친 적이 있었다. 또 있다. 성서공단에 자리 잡은 대학 선배 회사의 사무실 직원이기도 하다. 거기서도 한 번 마주쳤었다. 인사는 나누지 않았지만.

"안녕하세요. 오율아라고 합니다. 정진구 씨 맞죠?"

옆자리에 앉자마자 먼저 인사를 건넨다. 꽤 도전적이다. 남자를 경계하거나 조심스러워하는 태도라고는 찾아볼 수 없다. 진구의 눈을 똑바로 찌르며 마주 본다.

"아 네, 안녕하세요. 어, 저를 아세요?"

"유명하시잖아요. 대구 제일의 열혈 전사라고."

입가를 살짝 일그러뜨리며 흘리는 미소가 묘하다. 칭찬 같기도 하고 빈정거림 같기도 하고. 무엇이든 무시하기로 한다. 용무가 있으니.

"저를 부르셨다는데…"

"아니 뭐 별것 아니야."

사장이 웃는 얼굴로 손을 내저었다. 그런데 그 웃음이 또 묘하다. 좀 억지스럽고 어딘지 조심스럽다. 사장이 오율아를 턱짓으로 가리켰다.

"이 친구도 찾아왔고, 그러다 보니 자네 생각도 나고. 허 의원이 소개해줬는데 내가 그간 너무 신경을 못 써준 것 같기도 하고, 그래서 불렀어."

허 의원을 들먹이는 건 이해하겠지만 오율아 씨가 찾아온 것과는 무슨 상관이 있다는 건지 모를 일이었다.

"율아가 가끔 자네 얘길 해주더군."

오율아 씨가 뭐하러 사장에게 진구 얘길 했을까. 업무상 관련이라도 있다는 건가. 중소기업의 사무실 직원이 부동산 업자와 일 관계로 엮일 일이 있긴 있을까? 진구가 오율아를 돌아보았다가 사장을 보았다. 두 사람의 관계가 궁금했다.

"율아하고는 예전에 일 쪼까 같이 했어."

전라도 말투가 나왔다. 충청도 말씨가 섞일 때도 가끔 있다. 대구 출신이라는 데 말투는 전국구다. 오율아와의 관계만이 아니라 사장이라는 이 사람의 정체도 진구로서는 궁금했다. 오늘은 좀 예외이긴 해도 언제나 포커페이스다. 드러난 것보다 감추는 게 많은 사람이다.

"이 일 말인가요. 부동산 일, 율아 씨와 같이 하셨어요?"

"아니, 그건 아니고. 근데 지난 토요일도 서울 갔었는가? 으쌰으쌰 하러 광화문에."

"네."

짧게 대답한 진구는 사장을 살폈다. 회사 직원들 누구와도 사적인 대화란 걸 해본 적이 없는데 어찌 광화문 집회 참석을 알고 있나 싶었다. 사장의 얼굴과 태도에서 긴장이라 부를 만한 게 엿보였다. 조심스레 주시하는 그런 긴장.

"여기 율아가 자네 얘길 해주더군. 토요일마다 서울 원정을 떠나는 열혈 전사라고. 헌데, 참, 그게 그 주문국 녹취록이라는 게 좀 거시기 허긴 허제?"

"거시기 하다뇨?"

진구가 따지듯 되물었다. 주문국의 이름이 등장하는 순간 진구는 예민해졌다. 사장 김봉익이 진구의 눈치를 슬쩍 살폈다.

"그러니까, 그 주문국 녹취록 말이여. 국회의원이 돼서 그런 사기 작당을 다 해불고."

"무슨 말씀을 하시는 거죠? 주문국 녹취록이 아니죠. 사기는 더더욱 아니고요."

진구가 화가 난 것처럼 반박했다. 부동산 텔레마케터가 아니라 투사로서의 정진구가 돌아와 있었다.

"주문국 의원님이 그런 공모에 함께했다는 어떤 물적인 증거도 없지 않습니까. 그런 녹취록이야 지금 당장이라도 만들어낼 수 있지요. 사장님 이름으로 녹취록 하나 만들어볼까요? 살인도 좋고 뭐든지 사장님이 범죄를 모의했다고 말이죠. 그런 다음 인터넷에 확 깔아버려요? 김봉익 녹취록으로요?"

오버했다. 달아오른 얼굴로 어느새 소리치듯 말하고 있었다. 한데 의외로 사장은 웃고 있었다. 경계와 긴장이 풀린, 여유를 되찾은 모습이었다. 돌이켜보면 이제껏 사장은 어딘지 모르게 진구를 멀리한다는 인상도 있었는데 오늘은, 아니 방금은 달랐다. 이제 사장은 오랜 친구를 대하듯 활짝 웃고 있었다. 그 웃는 얼굴로 사장이 손을 저었다.

"그래, 알았어, 알았어. 내가 미안혀."

"사장님이 잘못하셨어요."

오율아가 김봉익을 나무랐다. 오율아는 재미있다는 얼굴로 빙글거리고 있었다.

"내가 얘기했었잖아요. 진구씨 좋은 사람이라고."

오율아는 진구의 어깨를 손끝으로 톡톡 쳤다. 어깨에 닿는 그 손끝이 상큼하면서도 부드러웠다. 기분 좋은 그 감촉 덕분에 오율아에게 따지지 못했다. 그녀의 말이 어딘지 이상했었다. 좋은 사람이라니, 김봉익 사장이 진구를 나쁜 사람이라 한 적이 있었나?

"그래 이 친구 좋은 친구야."

사장이 진구에게 눈을 맞추며 말했다.

"밥이나 먹으러 가자구. 율아도 내가 점심 같이 먹자고 불렀어. 근무하는 회사가 성서공단이잖아. 여기 반월당까지는 지하철로 잠깐이지. 자, 그만 가자구."

세 사람은 약전골목의 매운탕집에 자리를 잡았다. 율아가 재바르게 검색해 찾아낸 맛집이었다. 서로 어색할 수도 있는 세 사람이었지만 식사 분위기는 시종 밝았다. 대화는 주로 사장과 율아가 주고받았고 진구는 대개 듣는 편으로 가끔 맞장구쳐주고 대꾸만 하는 정도였다. 율아는 잘 웃었고 사장은 시시껄렁한 농담을 잘 던졌다. 대부분 음담패설류의 우스갯소리들.

"어이, 총각과 처자, 내 수수께끼 함 내볼 테니까 알아맞혀 봐. 세상 사람들이 말이여, 여자를 두고 아가씨라 부르기도 하고 아줌마라 부르기도 하고 할매라 부르기도 하는데 와 그래 다 다르게 불러쌌는지 아는감?"

"모르겠는데요."

"어… 글쎄요, 모르겠는데요."

율아는 대답이 즉각적이었고 진구는 한 박자 늦었다.

"어허! 이러니 나이가 차도 장개도 못 들고 시집도 못 가는 것이여. 잘 들어보더라고. 아가씨는 아까하고 또 하니 아가씨고, 아줌마는 아조 많이 했으니께 아줌마고 할매는 할 만큼 했으니께 할매인 것이여."

율아가 앉은뱅이 탁자를 손바닥으로 두드려대며 깔깔댔지만 진구는 좀 멋쩍었다. 얼굴이 살짝 붉어지기도 했다. 한편으로 또 이 두 사람의 관계가 궁금해졌다. 일을 같이 한 적이 있다고 했었고, 나이 차이로 봐서는 고용주와 피고용자의 관계가 틀림없을 텐데, 참으로 둘은 서로 스스럼이 없었다. 서로 잘 이해하는 신뢰라고나 할까, 이성 관계로서의 남녀관계와는 다른 격의 없는 편안함 같은 것이 두 사람 사이에 깔려있었다.

"오늘 저녁 수성구청장 퇴진 시위 나올 거지요."

웃음을 지우지 않은 채로 율아가 물었다.

"또 무슨 시위를 해? 그것도 평일 저녁에."

사장이 끼어들었다.

"있잖습니까. 선거 개입."

진구가 대답했다.

"대구 시장하고 경찰이 개입하면서 박중기의 구청장 당선을 거저 만들어 준거나 마찬가지잖습니까. 그러니 물고 늘어져야지요. 그리고 평일 저녁이 아니면 다들 시간이 안 납니다. 주말이면 서울로 원정 시위 가야 하니 사람이 없죠."

"아, 선거 개입 그거, 박구청장이 좀 무리를 하긴 했지."

"무리 정도가 아닌 거죠. 민주주의 실현의 가장 기초인 선거에 있어서 민의를 권력의 힘으로 왜곡한 거죠. 우리의 헌법적 가치를 흔들어버린 겁니다."

"알어, 알어. 그리 어려운 말 안 해도 다 알아 묵어. 내도 젊은 사람들의 순수한 열정을 모르는 바도 아니고. 한데 알고 보면 다 그게 그거여. 크게 나쁜 사람도 없고 크게 좋은 사람도 없어. 내가 옳니 니가 옳니 서로 싸우고 그래도 알고 보면 다들 한통속이기도 하고 그래."

"맞아요. 여자만 보면 침 흘리며 덤벼드는 것도 다 한통속 맞아요."

율아가 깔깔댔다. 사장은 껄껄거렸다. 진구는 두 사람이 탐탁지 않았다. 진지하지 못하게 세상을 너무 가볍게 살아가는 이들.

"그럼 저녁에 또 봐요."

율아가 진구의 어깨를 툭 쳤다.

#3.
신과 아버지

집회 참석률이 저조하다. 수성구청 앞 인도에 결집한 인원은 기껏해야 20여 명. 그나마 대구 성폭력 피해 상담소에서 인원을 지원해 주어 이 정도다. 소장까지 합쳐 6명. 거기엔 율아도 포함된다. 일종의 품앗이다. 저쪽에서 힘을 실어주었으니 우리도 저쪽 행사에 얼굴을 내밀어야 한다. 이번 주 토요일에 뭔 강연회인가 토론회인가가 있다고 들었다.

진행을 책임진 진구가 메가폰을 들었다. 이 정도 인원으로 뭔 힘이 나겠냐만 이럴 때일수록 더 분발해야 했다. 벌써 저쪽 사람들이 동원됐다. 지나가는 시민인 척 가장하고 멀찌감치 떨어져 서 있지만, 이쪽의 기세가 흔들린다 싶으면 방해 작업을 펼칠 것이다. 시끄럽다느니 통행권을 보장하라느니 따위로. 그 전에 저들을 압도해버려야 한다. 간단한 자기소개 인사 후 구호부터 외쳤다.

"선거 부정, 수성구청장 박중기는 사퇴하라!"

"선거개입, 대구 경찰청장 처벌하라!"

"관권선거, 대구 시장 물러나라!"

20여 참여자들이 구호를 따라 외치고 손팻말을 흔들어대지만 아무래도 약하다. 그래도 어쩔 수 없다. 구호만 외쳐댈 순 없으니 다음으로 진행했다. 참여자 중 장급 인사 몇몇을 소개했다. 대구 성폭력 피해 상담소의 윤명자 소장, 노조 활동가 조대홍 위원장, 허주만 대구 시의원 정도. 먼저 윤명자 소장에게 메가폰을 넘겼으나 자기 얘기만 했다. 남성들을 성폭력 가해자로 싸잡아 비난하면서 상담소 활동 광고만 해 댔다. 마지막에 체면상 수성구청장 박중기 사퇴 구호 하나 정도는 외쳐주었다. 조대홍 위원장도 마찬가지. 새로운 노조 조직을 대구에 건설하고 있다며 많은 관심과 지지를 부탁한다는 말만 줄기차게 늘어놓았다. 그도 박중기 사퇴 구호로 마무리하였다. 믿을 만한 사람은 역시 허주만 의원뿐이다. 수성구 청장 박중기의 선거 부정을 조목조목 비판했다.

"--- 대구 시민 여러분, 어디 한 번 생각해 보시기 바랍니다. 어떻게 우리 당의 구청장 후보 선거 사무실 개소식 날, 그날 딱 맞추어서 우리 후보의 선거 사무실을 압수수색 합니까? 경찰이 신내림을 받은 게 아니라면 말이죠. 이건 경찰과 박중기 구청장이 한통속이라는 증거 그 이상도 이하도 아닙니다. 뭐라 변명할 여지가 없죠. 그런데 우리가 대구 시경을 항의 방문하니 뭐라는 줄 아십니까? 압수수색영장은 검찰이 청구하고 법원이 발부하니 자기들과는 아무 상관이 없다는 겁니다. 검찰과 법원 평계를 다 대더군요. 경찰이 영장을 신청하니 검찰이 청구하고 법원이 발부하는 것 아니겠습니까. 아, 다 좋습니다. 그래서 결과가 어찌 되었나요? 전부 무혐의, 불기소 처분 아니었습니까. 우리 후보가 결백한 무죄라는 걸 검찰이 인정해 준겁니다. 하지만 그래 봤자 뭐합니까. 선거 앞두고 선거 사무실 압수수색 받았다고 언론이 도배를 해버렸으니 선거는 끝난 거죠. 경찰은 입이 백 개라도 할 말 없습니다. 선거 부정의 공범입니다, 공범. 대구 시장도 마찬가집니다. 시장인지 수성구청장 선거 운동원인지 도무지 구별을 못 하겠더군요. 시청 정무직 공무원들 총동원해서 당시 박중기 후보의 선거를 아주 조직적으로 지원한 증거들이 차고 넘치지를 않습니까. 아예 시청에다 박중기 후보 선거 사무실을 차려놓았더군요. 도대체 시장이란 자가 선출된 공직자로서 자신의 지위라는 것을 어떻게 이해하고 있는지 궁금합니다. 그 시장이라는 지위가 사적 이익을 위해 얼마든지 남용될 수 있다고 착각하고 있는 건 아닌지 모르겠더군요. 박중기 구청장이 현 대구 시장의 고교 동문 후배라고 하니 하는 말입니다. 선후배끼리 밀어주고 당겨주고, 이 끼리끼리의 패거리 문화, 이거 청산하지 못하면 대한민국의 미래는 없습니다. 누구에게나 평등하고 공정할 수 있는 대원칙의 준수, 이에 따른 결과의 정의로움, 그것만이 우리의 혼탁한 정치를 맑게 만들 수 있을 것입니다."

박수가 터져 나왔다. 조대홍 위원장의 박수 소리가 가장 컸다. 함성까지 질러댔다. 멋진 연설이었고, 진구도 박수를 쳤지만 아쉬움은 있었다. 보수의 텃밭에서 보수 후보였던 박중기 구청장이 선거 부정을 저지를 수밖에 없었던, 그 발단이 되었던 사건을 허주만 의원은 전혀 언급하지 않았다. 부동산 관련 비리가 그것이었다. 박중기가 공천받은 직후, 수성구 관내 재개발 지역에 부인과 처제의 명의로 주택을 매입한 사실이 드러났고 시세 차익으로 8억 정도를 남겼다는 사실도 밝혀지면서 재선이 사실상 물 건너갔다는 얘기가 지역 정가에 돌았다. 대구에서 처음으로 민주당 구청장 탄생이 예상되었었다. 이를 뒤집은 것이 경찰과 대구 시장의 선거개입으로서의 부정 선거였다.

메가폰을 넘겨받은 진구는 집회 참여자들이 들고 있는 손팻말에서 몇 개의 구호를 골라 외쳤다. 그는 참여자들을 몇 팀으로 나눈 뒤 좀 더 넓게 흩어져서 팀별로 대시민 홍보전을 펼치게 하고는 허주만 의원에게로 다가갔다.

"재개발 비리 건도 함께 이슈화해야 하지 않겠습니까?"

허주만이 보일 듯 말 듯 인상을 찌푸렸다. 못마땅해하고 있었다.

"그건 이미 지나간 이슈야. 경찰도 불기소 의견으로 검찰에 송치했고 검찰도 무혐의 처리했어. 그러니 건드려봐야 좋을 것도 없어."

"제 말은, 그래서 더 건드려야 한다는 겁니다. 경찰의 부실 수사 의혹도 건드리고, 박중기 구청장과 검찰과의 유착 의혹도 건드리고요. 사실 시민들은 정치적 이슈보다 생활 문제에 더 관심을 두지 않습니까. 누가 당선되든지 그건 그다지 관심 없지만 주택 문제는 훨씬 민감하게 반응하지 않습니까."

"알아, 알지만 말이야--"

구청 입구 부근에서 갑자기 일어난 소란이 둘의 대화를 방해했다. 꽤 거친 목소리가 들려왔다.

"다 좋은데, 보행에 지장 되게는 하지 맙시다."

"우리는 길을 막고 있는 게 아닙니다."

"사람을 돌아가게 만드는 게 길 막고 있는 게 아니면 뭐요?"

보아하니 보행자들과 시비가 붙은 모양이었다. 아무래도 구청장 쪽 사람들인 것 같았다. 손팻말을 든 세 사람이 인도의 3분의 2가량을 막고 있는 건 사실이지만 지나다니기 힘들 정도는 아니었다. 작정하고 덤비는 게 분명했다. 이런 일의 처리는 언제나 진구의 몫이었다. 오히려 기대하던 바였다. 본때를 보여줄 기회였다. 얼핏 보아하니 상대는 둘인데 하나만 나서고 있고 어려 보이는 나머지 한 사람은 일당을 받고 나왔는지 그저 자리만 지키고 있었다. 그러니 한 놈만 조지면 된다.

"이것 보세요, 아저씨. 그냥 가세요. 충분히 지나갈 수 있겠구만."

"누가 길을 못 지나간다 했는교." 역시 나이 든 맷집이 좀 있어 보이는 한 놈만이 나섰다. "불편하다는 거 아니요. 왜 우리가 당신들 땜에 발품을 더 팔아가며 길을 돌아가야 하는 거요?"

"운동이라고 생각하소. 다이어트도 좀 하고 좋지 않소. 딱 보니 다욧트가 필요한 거 같은데."

"이게, 누구 인생에 간섭하고 지랄이야. 한참 어린 새끼가."

가까이서 마주 보니 머리가 살짝 벗겨져서 그렇지 상대는 대략 40대 초반이다. 기껏해야 진구보다 대여섯 살 많은 정도.

"나보다 몇 살 더 처먹었는지는 모르겠지만 뒈질 날이 가까운 게 자랑은 아니지."

"이런 쌍놈의 새끼가!"

"이런 씨벌놈이!"

상대가 진구의 몸을 확 밀치는 순간 진구는 상대의 뒷덜미를 한 손으로 움켜쥐고 다른 한 손으로는 주먹을 쥐고 치켜들었다. 진구도 상대도 주먹질은 하지 않았지만 곧 엉겨 붙었다. 1초도 못 견디고 둘은 엉킨 채로 쓰러져 보도블록 위를 엎치락뒤치락 뒹굴었다. 예정된 순서로 사람들이 우르르 몰려와 둘을 떼어냈다.

"개놈의 새끼, 너 박중기가 보낸 놈이지."

"더러븐 새끼야, 넌 허주만이 똘마니냐? 왜, 다음에는 허주만이가 구청장 하고 싶대? 벌써 선거운동하고 있는 거여?"

"생 양아치 같은 새끼. 지금이 어느 땐데 평화시위를 방해하고 지랄이야…"

"그만해!"

누군가 진구의 팔을 잡아끌었다. 언제 왔는지 여자 친구 혜리가 뒤에 서 있었다. 한동안 연락이 서로 뜸했었기에 시위 참석을 권유하는 문자를 보내긴 했어도 정말 올 줄은 몰랐다. 그것도 하필 혜리가 가장 싫어하는 꼴을 한창 보여주고 있을 때. 혜리는 다시 한번 진구의 팔을 잡아끌었다. 거기에는 억센 분노가 담겨있었다.

"그만해."

할 수 없이 진구가 돌아섰다. 혜리의 뒤로는 낮에 점심을 함께 했던 율아가 빤히 진구를 지켜보고 있었다.

그 난동 이후에도 시위는 계속되었다. 박중기 측 사람들과 으르렁거리기도 계속되었다. 혜리의 눈치를 살핀 진구는 손팻말만 들고 말없이 서 있어야만 했다. 혜리는 손팻말도 없이 진구 옆에 말없이 서 있었다. 30분쯤 더 지나 허주만이 시위를 그만 마치자고 했다. 개인 일정이 있는 몇몇을 제외하고 모두 뒤풀이 장소인 반월당의 단골집으로 우르르 몰려갔다. 곡주사라는 가게인데, 모임이나 집회가 있는 날은 대개 곡주사나 바보주막으로 몰려들었다.

진구는 밥을 거의 입에 대지 않았다. 막걸리만 연거푸 몇 잔 들이켰다. 나란히 앉은 혜리는 말없이 밥만 먹었다. 진구 맞은편에 자리 잡았던 허주만 의원은 식사가 끝나자 바쁘다며 먼저 일어섰다. 성폭력 상담소 팀도 모두 자리를 떴는데 배웅하러 갔었는지 둘은 되돌아왔다. 율아와 동료 여성이었다. 율아는 비어있는 진구의 맞은편으로 동료와 함께 자리를 옮겨 앉으며 말을 건넸다.

"오늘의 활극 인상적이었습니다."

비난인지 칭찬인지 알 수 없는 말투였다. 진구로선 예상치 못한 태도였다. 찌푸린 얼굴의 혜리 때문에 보란 듯 드러내지는 못했지만, 진구는 오늘의 길거리 싸움을 스스로 뿌듯하게 여겼었다. 더구나 그놈과 격하게 몸싸움을 벌일 때의 그 느낌이라니. 그때 그는 살아있었다. 해방감 같은 것, 권력의 느낌 같은 걸 가졌었다. 짜릿함 비슷한 것이었다. 하여튼 그는 전사로서의 자신의 몫을 다했다. 오늘의 시위 참여자들도 한결같이 통쾌하다든가 따끔하게 잘 혼내주었다며 진구를 격려하거나 심지어 찬사를 보내기까지 했었다. 유일한 예외라면 혜리였다. 대놓고 말하진 않았지만 혜리는 진구의 행동을 길거리 난동꾼 정도로 취급하고 있었다.

"요즘은 건달들도 길거리에서 그렇게 안 싸워요."

혜리가 처음으로 입을 뗐다. 식사를 마쳤는지 젓가락을 내려놓고 있었다. 오율아는 동의의 의미로 살짝 웃어 보였지만 말은 달리했다.

"열정으로 이해하시면 되잖아요. 요새 남자들 계산만 빠르지 그렇게 열정적으로 온몸을 던지는 남자는 보기 드물어요."

"열정이라기보다는 배설이겠죠. 욕구불만을 쏟아낼 데가 없으니 길거리에서 그렇게 싸움박질이나 해대는 거죠. 노상 방뇨하듯이요. 힘을 정작 쏟아야 할 데는 안 쏟고 말예요. 공시생이 서울로 원정시위를 다니지를 않나, 당 행사나 모임에는 빠지지를 않고 얼굴을 내밀고. 언제 시험공부 할 시간이나 있는지."

혜리는 진구가 부동산 회사에 취업했다는 사실을 모른다. 율아가 진구에게로 짧은 시선을 던졌지만 발설하지는 않았다. 그간의 사정을 이해하겠다는 듯 자기 술잔을 들어 가만히 입을 축였다.

진구가 시험공부란 걸 사실상 접어버린 건 오래되었다. 사법시험 폐지 이후로 벌써 몇 년째다. 사시 폐지 후 하는 수 없이 7급과 9급 공무원 시험을 준비했었지만 그는 공부에 몰입할 수 없었다. 사시와 7, 9급은 그에게 다른 의미였다. 사시는 그에게 있어서 열정을 쏟아낼 원대한 이상이요 꿈이었다면 7, 9급은 먹고 살기 위한 삶의 방편이었다. 아마 그때부터였을 것이다. 사시 폐지로 그의 꿈이 사라진 뒤부터 그는 정치활동에 몰입했었다. 당연히 시험공부는 뒷전이었고 그는 매년 공무원 시험에서 낙방했다.

"정치에 적극적이라 하더라도 좀 실속있게 했으면 좋겠어요." 혜리가 진구는 처다보지도 않고 하소연처럼 율아에게 말을 건넸다. "이건 그저 몸빵이에요. 정치도 옳게 하려면 공부가 필요하잖아요. 피켓 들고 길거리를 쏘다니며 소리나 질러댄다고, 아님 키보드 휘두르며 전사질이나 해댄다고 해서 뭐가 되겠어요. 자기 미래도 준비해야 하잖아요."

"다 우리의 미래를 위해서 그러는 거야." 진구가 마침내 발끈하며 항변했다. "주문국 의원을 적폐세력의 함정에서 구해내는 것이 우리의 미래를 만들어내는 거라고. 주문국 의원이 나서서 대한민국을 개혁하지 않으면 대한민국의 미래는 없어. 대한민국의 미래가 없으면 나의 미래도 없어."

"주문국이 도리어 적폐라면 어쩔 건데?"

순간 자리를 지키고 있던 열 명가량의 좌중이 얼음이 되었다. 감히 주문국 의원을 건드린 것이다. 그렇지만 혜리는 조금도 주눅 들거나 굽히는 기색이 없었다. 오히려 더 기세등등했다.

"너, 신문을 읽기나 하니? 더베스트 프라임 펀드 사기 사건, 피해액만 해도 5,000억이야 5,000억. 이런 거대 사기 사건이 권력의 비호 없이 가능하다고 봐? 2년 가까이 사기가 진행되었는데 관계 기관 어디도 알아차리지 못했다는 게 말이나 돼? 그것뿐이야 어디. 아예 수사가 제대로 안 되고 있잖아. 합수단 말이야. 서울 남부 지검의 증권범죄합동수사단, 그건 또 왜 해체했는데? 다 인정하듯이 합수단 성과가 좋았잖아. 금융범죄에 그만큼 효과적인 수사 조직이 있긴 있었어? 그런 조직을 더베스트 프라임 펀드 사기 사건이 터지자마자 해체해버렸잖아. 넌 이것들이 전부 우연의 일치로 보이니?"

"우연의 일치든 아니든 뭐가 중요해. 지금까지 몇 달이나 수사해서 주문국 의원이 사기 사건에 관련되었다는 증거 하나라도 찾아냈어? 없잖아. 의심과 추측뿐이잖아. 겨우 한다는 게 피의사실을 불법적으로 공표해서는 여론 재판으로 몰아가려고나 하고. 아, 하나 있구나. 그 유명한 주문국 녹취록. 그런데 어쩌냐? 녹취록만 있지, 녹취를 떴던 원본이 없으니? 그런데도 허, 기껏 그런 녹취록 하나 가지고 주문국 의원을 걸어 넣겠다고?"

"너도 참 심각하다. 너도 녹취록 하나밖에 안 보이니? 방금 내가 얘기한 건 귀에도 안 들어오니? 아님 내 말을 이해하지를 못하는 거니? 잘 들어. 나도 너 입장 생각해서 웬만하면 참으려고 했는데, 네가 아버지처럼 따르는 그 허주만이 말이야--"

"허주만 의원이 니 친구냐? 허주만 의원님이야."

혜리의 눈이 번쩍했다. 그것은 경멸을 담고 있었다. 그러나 혜리는 그 경멸을 말로써 직접 드러내지는 않았다. 할 말만 계속했다.

"허주만은 한때 주문국의 보좌관이었어. 지금도 중앙의 당직이나 국회의원 비례 자리 바라고 서울의 주문국 의원실을 뻔질나게 들락거리고 있어. 충성 맹세하듯이. 아마 주문국을 위해서라면 죽는시늉이라도 할 걸? 그런 허주만이 이번 펀드 사기 사건과 아무 관련이 없을까? 주문국이 요긴하게 써먹지 않았을까? 그 '주문국 녹취록의 남자 A가 허주만일 가능성은 없을까?"

"녹취록부터 엉터린데, 거기서 난데없이 왜 우리 허 의원님이 나와!"

진구가 소리쳤지만 혜리는 눈썹 하나 꿈쩍하지 않았다.

"녹취록은 사실로 드러나고 있어. 주문국이 펀드 사기 공범이면 허주만도 공범이야. 사기꾼인 거지."

"오버하지 마라."

진구가 경고했다. 물론 그게 혜리에게 먹힐 리는 없었다.

"왜, 너한테 하느님과 같은 주문국을 사기꾼 범죄자 취급하고 너한테 아버지 같은 허주만은 그 똘마니 취급을 해서?"

"야!"

"야! 계속 들어. 내가 틀린 말 했어? 너한테 주문국은 신이잖아, 안 그래? 왜냐면 주문국은 네가 가지지 못한 걸 전부 갖고 있으니까. 너는 사시 실패생이지만 주문국은 대학 3학년에 합격했어. 어디 내놓아도 빠지지 않는 훌륭한 집안에 인물까지 좋아. 거기다 4선 의원에 유력한 대선 후보. 바로 네가 꿈에서도 되고 싶은 사람이잖아."

"그래, 그렇게 훌륭한 사람 지지하고 성원하는 게 뭐가 잘못됐다고 그러는 거야. 신처럼 좀 떠받들면 어때서?"

"지지와 성원이나 떠받드는 문제가 아니야. 난 너를 말하고 있는 거야. 너의 욕망, 너의 꿈, 너의 좌절을."

진구는 받아치려다 멈추었다. 혜리는 오늘 작심하고 진구를 찾아왔다. 시위에 참여하기 위한 걸음이 아니었다.

"넌 네가 가장 되고 싶은 너의 이상인 그 주문국이 절대 될 수는 없어. 그건 너도 잘 알고 있지. 근데 넌 그렇게 되고 싶어. 그럼 어쩌겠어. 너를 기쁘게 해주는 너만의 환상계를 만들어야지. 넌 네가 주문국이라고 착각하는 거야. 주문국과 너를 동일시하는 거야. 너를 주문국에다 투사해놓은 거지. 그런 뒤 주문국이 성공하면 너도 잘 됐다고 믿는 거야. 주문국이 대통령이 되면 너도 대통령에 당선되었다고 믿게 될 걸? 너는 정치인 주문국을 지지하는 게 아냐. 너의 이상을 실현한 신으로서의 주문국을 사랑하는 거야. 주문국에 던져넣은 너 자신을 사랑하는 거지. 너는 지독한 나르시시스트에 불과해. 신을 사랑하는 나르시시스트. 그 신이 자신이라 착각하는 나르시시스트. 그래서 넌 아까와 같은 길거리 싸움질도 벌이는 거야. 왜냐면 주문국과 동일한 넌 신인데, 감히 범접할 수 없는 위대한 신인데, 하찮은 것들이 감히 신을 거부하고 대드니 화가 치미는 거지. 어때, 내 말이 틀렸어?"

진구는 혜리를 노려보기만 했다. 혜리도 진구를 마주 보았지만 그 눈은 좀 전의 그 경멸을 담고 있지는 않았다. 안타까움이나 동정 비슷하면서도 근본적으로는 무관심이었다. 그것이 진구를 움츠러들게 했다. 혜리는 지금 결판을 지으려 하고 있었다. 사실은 결말이지만. 혜리가 말했다.

"오늘 너에게 꼭 묻고 싶은 게 있어. 언제까지 넌 그렇게 살래? 언제부터 넌 너의 인생을 살 거야?"

진구는 대답하지 않았다. 대답할 답이 없었다. 그의 미래가 없는 것과 마찬가지였다. 그의 미래는 자신의 미래가 아니라 주문국과 허주만의 미래였다. 그들이 그의 미래였다. 이것은 진구가 표면적으로는 인정하지 않으면서도 인정하는 진실이었다. 혜리는 진구를 외통수로 몰아넣었고, 진구의 가장 약한 곳 가장 아픈 곳을 찔렀다. 정직함을 제외한 어떤 달변의 변명도 혜리를 만족시키지 못할 것이다. 그러나 진구는 정직할 수 없었고, 혜리는 오래 기다리지 않았다. 혜리는 등 뒤에 두었던 자신의 백팩을 들고 일어서더니 총총 곡주사를 빠져 나가버렸다. 그녀에게 못마땅한 눈길을 보내고 있던 동석한 이들에게는 까딱 목례만을 던졌다.

파국이었다. 혜리와의 이 파국은 오래전부터 예고되어 있었다. 오늘은 이미 예정된 결과였다. 지금껏 두 사람의 관계가 무너지지 않고 유지되고 있었다는 사실이 오히려 더 신기했다. 혜리의 자존심이 용납하지 않았는지도 몰랐다. 남자가 별볼 일 없게 되자 차버렸다는 식의 수군거림 따위는 혜리의 인생에 존재해서는 안 되는 것이었다. 진구는 솔직히 홀가분함 비슷한 걸 느꼈다. 혜리와 함께 세워야 할 미래는 늘 시계 제로의 안개로 가득 차 있었다. 그의 앞에 지옥이 펼쳐져 있더라도 이젠 최소한 안개는 없었다.

"여걸 같네요."

퍼뜩 정신이 돌아왔다. 율아가 빤히 쳐다보고 있었다.

"부럽기도 하고요."

율아의 옆자리에 앉은 성폭력 상담소 팀의 한 사람이 율아를 거들었다. 이들 둘은 방금 진구를 매몰차게 끊어내고 떠나버린 여자를 호의적으로 언급했다. 불쾌할 수도 있겠지만 진구는 괘념치 않기로 했다. 혜리와 감정적 연결이 끊어진 지는 벌써 오래였다. 진구 스스로 담담하게 받아들이고 있었다.

"반가워요. 서영미라고 해요. 정진구 씨죠?"

"네, 정진구라고 합니다."

반사적으로 대답을 던지고 나서야 진구는 그녀를 살펴보았다. 40대 초반의 어딘지 가냘퍼 보이는 여자였다. 뒷날 일어날 불행한 사건의 예감이었는지 불운의 그림자가 늘 따라다닌다는 그런 인상도 받았다.

"상담소 직원으로 윤 소장과 같이 일하고 있어요."

율아의 설명에 서영미라는 여성을 다시 살펴보았다. 아무래도 윤명자 부류의 여자들처럼 보이지는 않았다. 윤명자와는 어울리지 않았다. 남자를 혐오하면서도 남자처럼 되길 바라며 항상 불만을 품고 다니는 짧은 머리의 거세고 늘 성이 나 있는 여자들.

"걱정 말아요. 윤 소장과 같이 일한다고 해서 전부가 페미니스트는 아니니까."

진구는 고개를 끄덕이면서 질문을 담은 눈을 율아에게로 돌렸다. 반듯한 척하길 좋아하는 남자들 말고, 보통의 남자들이라면 페미니스트가 질색인 게 사실이었다. 페미니즘의 대의에는 동의하더라도 그랬다. 사실 진구는 페미니즘의 대의에는 동의하고 있었다.

"뭐, 나는 페미니스트이기도 하고 아니기도 하고 그래요. 남자를 혼내주는 걸 즐기면서도 또 남자를 좋아하기도 하거든요. 하하하!"

율아는 방금 여자 친구에게 버림받은 남자를 앞에 두고 목젖이 보이도록 깔깔 웃었다.

"토요일 봐요. 그날 상담소 행사에 오실 거죠."

율아는 막걸리 잔을 들어 단숨에 들이켰다. 진구는 이제 율아라는 이 여자의 정체가 궁금해졌다.

#4.
오율아 vs 윤명자

'성폭력 사례 발표 및 예방 대책을 위한 대토론회'

YMCA 3층 강당 정면 벽에 걸린 현수막의 글귀이다. 이 거창한 글귀만으로 오늘 행사는 다 치른 것이나 마찬가지였다. 보고서에 올려 예산을 타내기 위한 사업 실적용 행사이니 늘 등장하는 발표자들이 늘 하는 얘기만 늘어놓을 것이다. 품앗이로 참석한 진구 같은 이들은 보고서에 첨부하기 위한 사진 찍기용 존재들이다. 오늘도 서울의 광화문 광장에서는 주문국 수호 집회가 개최되고 있는데 이렇게 시간을 낭비하고 있었다.

운동권 출신도 아니고 여성 운동에 그다지 호의적이지도 않았던 진구는 이쪽 여성계 사람들과는 안면이 넓지 않았다. 듬성듬성 의자를 채운 참석자 중에 통성명이라도 나눈 적이 있는 이들은 오율아와 서영미가 전부였다. 벌써 시작된 토론회를 방해하지 않으려 조용히 그들 곁으로 다가가 자리를 잡았다.

"몇 시에 끝나죠?"

진구가 목소리를 낮춰 던진 인사가 이것이었다.

"4시나 5시쯤 끝나요." 율아가 전혀 낮추지 않은 목소리로 대답했다. 예의 그 현수막 아래의 토론자들도 들릴만한 목소리였다. "왜요, 바로 가시게요? 안 되죠. 뒤풀이까지 참석해야 그게 예의죠."

모른 척할 걸 그랬다. 괜히 아는 척하는 바람에 뒤풀이 마칠 때까지 꼼짝없이 붙잡혀있게 되었다. 오늘 하루는 이것으로 종 쳤다. 광화문 집회야 어쩔 수 없다 치더라도 진구의 키보드 활극을 고대하는 네이버 메인 화면의 언론사들과 페이스북마저 포기해야 하다니. 아쉬움에 폰을 꺼내 페이스북을 열었다. 멀티태스킹이다. 귀로 들어오는 건 들리는 대로 두고 눈과 손으로는 짧게나마 답글도 달고 '좋아요'도 누른다. 그런데 스피크 볼륨이 너무 높다. 귀로 들어오는 양이 압도적이다.

"--- 우리 상담소의 성폭력 방지사업은 그간 다양하고 폭넓은 실적들을 쌓아왔습니다." 윤명자 소장의 쨍쨍한 목소리였다. 자신의 상담소 자랑을 늘어놓고 있었다. "작년 한 해 동안 상담 건수만 1,400여 건이었으며 ---"

"와, 대단타"

"전화만 걸려와도 한 건으로 계산하죠. 그래도 부족하다 싶으면 허위로 상담일지 작성하기도 하고."

페이스북에 '좋아요'를 누르다 내뱉은 진구의 탄성에 율아가 시큰둥하게 대꾸했다. 윤명자의 목소리는 멈추지 않고 들려왔다.

"--- 성폭력 관련 각종 실태 조사와 통계 작성, 성폭력 예방 대시민 계몽 및 홍보활동, 성매매 피해자 지원 활동, 각종 토론회 개최, 성인지 감수성의 사회적 향상과 신장을 위한 다양한 노력, 무엇보다도 우리 상담소는 올바른 성 관념의 사회적 정착을 위한 교육활동에 치중해왔습니다. 우리 상담소에서 배출된 성교육 강사들만 해도 수십 명에 이르고 있으며 ---"

"맞아 교육사업은 열심히 했지." 또 율아였다. "소장 혼자서만 1년에 강의 백 번 이상은 했을 걸."

"와우 열성적이네요."

"열성적이죠, 돈벌이에. 한 번 강연에 소장급이면 40~50만 원 받아요. 그거 세금도 없어요. 봉투째 소장 주머니로, 인마이포켓. 상담소 일은 여기 영미 언니가 다 해요. 그렇게 바깥으로 강의 나다니는데 일할 시간이나 나겠어요."

"그만 해." 서영미가 말렸다.

"언니도 자기 것 좀 챙겨. 언제까지 윤 소장 뒤치다꺼리나 해 주며 살 거야?"

"뒤치다꺼리 아니야. 난 이 일이 좋아."

"하여튼, 대책 없는 이상주의자 몽상가. 아름다운 꿈만으로는 살아갈 수 없잖아."

"꿈만으로도 못 살지만, 꿈이 없어도 살아갈 수 없어."

"알았어, 알았다구."

율아가 서영미의 손등을 톡톡 두드리더니 서영미의 손을 꼭 쥐었다. 서영미는 율아에게로 살짝 어깨를 기울여 기댔다. 윤 소장의 기조 발제가 끝나자 성폭행 사례 발표가 이어졌다. 발표는 무미건조했다. 여러 사례를 나열한 뒤 그 각각의 상황적 특성과 피해자의 심리적 조건을 분석하여 성폭력을 미연에 예방하겠다는 취지인 듯했으나, TV나 신문 따위에서 자주 접해 익숙해 있던 것들이 대부분이라 신선감도 떨어지고 제시되는 대책 또한 늘 들어오던 것들이어서 예방 효과가 있을지도 의문이었다. 윤 소장도 발표자로 나섰다. 윤 소장은 자신이 직접 상담한 사례라며 친인척 성폭행을 다루었다.

"--- A양의 부모는 거듭된 사업 실패로 이혼한 뒤 A양을 A양의 큰아버지 댁에 맡기고는 연락 두절 상태가 되었습니다. 이후 A양은 사촌 오빠로부터 지속적인 성폭행을 당하게 되는데, 밤마다 방으로 기어들어와 덮쳤다고 하더군요. 물론 저항을 하지 않은 건 아니지만 하기 힘든 상황이었죠. 삼촌 집에 얹혀사는 입장이라 우선 심리적으로 위축되어있었고 같은 학교에 다니는 사촌 오빠로부터의 학교생활에서의 도움도, 그러니까 시골 학교에서의 텃세 같은 거, 그런 거로부터 보호받을 필요성 때문에 사실 저항이 불가능했죠. 그러던 중 같은 마을에 사는 동급생 여학생과 친해지게 됩니다. 이 여학생은 흔히 말하는 이반이라 불리는 무리에 속해 있었죠. 레즈비언 말입니다. 말하자면 A양도 차츰 레즈비언에 눈뜨게 된 거죠. 어찌 보면 동성 사이가 아닌 남녀 간의 모든 성관계는 강간이라는 진실을 사촌 오빠 덕분에 A양은 일찌감치 깨달았다고 해야겠죠. 둘은 자주 만났고 폭력적인 남녀 간의 사랑이 아니라 자매애 넘치는 사랑을 이어가게 되었죠. 둘은 서로의 몸과 마음을 간절히 원했고, 또 둘은 서로의 몸과 마음을 아낌없이 서로에게 주었죠. 그러나 달콤한 사랑은 오래가지 못했습니다. 예전과는 달리 유달리 자신을 강하게 거부하는 A양에게 의심을 품은 사촌 오빠가 A양의 뒤를 밟았고 둘만의 사랑의 현장을 들키게 되었죠. 남자의 그 잘난 자존심 때문에 격분한 사촌 오빠는 A양의 연인을 A양이 보는 앞에서 성폭행하게 됩니다. 흔히 하는 말이 있잖아요. 남자 맛을 몰라서 여자끼리 그런다고. 교정 강간이라고 하는. 그것도 A양이 보는 앞에서 강간을 ---"

"정말 너무하네. 관음증도 아니고."

화가 치민 목소리의 주인공은 율아가 아니라 의외로 서영미였다. 서영미는 율아에게 기대고 있던 상체를 똑바로 세웠고 턱은 치켜들려 있었다. 한편 율아는 입을 굳게 다문 채로 얼음처럼 굳어있었다. 그러나 그 눈은 불처럼 타오르고 있었다.

"--- 당시 사촌 오빠는 술에 취해있었다고 하더군요. 성폭행 후 술에 취해 잠에 곯아떨어진 사촌 오빠를 A양은 둔기로 수차례 내리치게 됩니다. 다행히 죽지는 않았다고 하는데, 더 이상 큰아버지 집에 머무를 수 없게 된 A양은 가출하게 되었고 결국은 성매매 집결지, 즉 집창촌으로 흘러들었죠. 말하자면 성폭행 피해의 결과가 매매춘이었던 거죠. 성폭행의 피해자가 성매매 피해자가 된 거죠. 이는 가부장제가 지속되는 한 영원히 변하지 않을 여성들을 억압하고 착취하는 사회적 구조인 것입니다. 이 가부장제 사회 구조를 깨는 것 그것만이 성폭행이 완전히 사라진 그런 세상을 만들어 나가는 ---"

그 뒤로도 계속된 윤명자의 발표는 한국의 페미니스트들에게서 흔히 듣게 되는 남성 혐오와 자매애로 채워졌다. 사례 발표가 모두 끝나 토론과 질의응답이 이어졌으나 질의자나 응답자나 열의를 찾아보기 힘들었다. 어차피 보고서용 행사였다. 그동안 율아나 영미나 입 한 번 벙긋하지 않았다. 뒤풀이 장소인 바보주막으로 걸어가는 동안에도 침묵을 지켰다. 그것이 진구로서는 적당한 핑계를 대고 도망치기 어렵게 만들었다. 바보주막으로 향하는 무리 중에 남자라곤 진구를 포함해 셋밖에 없었지만 어쩔 수 없었다.

바보주막에서는 전운이라 부를만한 것이 감돌았다. 주막의 대청과 방을 터서 20여 명이 함께한 가운데 윤명자는 율아와 영미를 마주한 진구의 옆자리를 작정하고 비집고 들어왔다. 몸매의 굴곡을 잘 살린 딱 들러붙는 재킷을 걸친 그녀에게서 향수 향이 희미하게 번져 나왔다. 윤명자는 50대 초반의 육감적인 몸을 진구에게로 슬쩍 기울였다.

"오늘 토론회 어땠어?"

딱히 누구에게랄 것 없는 질문을 윤명자가 던졌지만 율아도 영미도 대꾸는 없었다. 어색함에 진구가 엉거주춤 가장 무난한 대답을 해야 했다.

"잘 들었습니다. 수고 많으셨습니다."

"아, 지난 월요일 무용담의 주인공이시네."

윤명자는 어깨를 진구에게 밀착한 채로 진구의 가슴을 손목의 스냅을 이용하여 손등으로 툭 쳤다. 그동안에도 윤명자의 눈은 율아에 고정되어 있었다. 율아를 노려보고 있었다. 율아도 마찬가지였다.

"내가 발표한 사례는 어땠어?" 윤명자가 말했다. "한국 여성의 수난을 전형적으로 보여주는 대표적 사례라고 생각되지 않아?"

"네, 가슴이 막 다 아프더군요." 율아가 티 나게 빈정댔다. "어디서 그런 훌륭한 사례는 다 발굴하셨어요?"

"발표 전에 내가 말하지 않았나? 내가 직접 상담한 거라고."

"그렇군요. 근데, 상담 내용을 당사자 동의 없이 그렇게 마구 발표해도 되는 건가요? 당사자가 알면 굉장히 불쾌하게 여길 텐데요? 그 사람 과거 신상을 까발린 거잖아요."

"그래서 당사자가 특정되지 않도록 A양이라고 호칭했잖아. 내용도 살짝 바꾸었고. 술에 취해 잠든 사촌오빠를 둔기로 내리쳤다고 했지만 사실은 그게 아니거든. 사촌 오빠를 어떻게 했는지 그것까지 전부 다 밝히는 건 그 A양에게 엄청난 실례가 될 게 뻔하니까 내가 배려한 거지. A양은 나한테 고마워해야 될 거야."

"그런 일로는 전혀 고마워하지 않을 거 같은데요."

"아니 고마워할 거야."

"아니 고마워하지 않을 겁니다."

"정말 그럴까?"

되묻는 윤명자의 눈이 위협적으로 빛났다. 율아는 조금도 위축되지 않았다.

"그래요. 전혀 고마워하지 않을 겁니다."

둘의 접전에서 양보라곤 존재하지 않았다. 진구는 제삼자로서 구경꾼의 자세를 취했지만, 서영미는 토론회에서 반발하던 모습과는 달리 어딘지 주눅이 들어있었다. 윤명자가 그녀의 시선을 피해 고개를 돌리고 있는 서영미와 그녀를 쏘아보는 율아를 번갈아 보았다. 꽤 위압적이었고, 윤명자의 이런 태도에는 강한 지배력 같은 것이 엿보였다. 그러나 그 지배력은 율아에게는 통하지 않았다. 윤명자의 입술이 일그러지며 비틀렸다.

"둘이 잘 어울리네. 알지? 페미니즘은 이론이고 레즈비어니즘은 실천이라는 거. 가부장제가 분쇄되는 그날까지 사회적 약자로서 우리는 자매애로 뭉쳐야 한다는 거. 남자에게 눈길 주고 그러면 안 돼."

진구로서는 뜨악했다. 뜬금없기도 했다. 윤명자는 여전히 진구에게 어깨를 밀착시키고 있었다. 자리가 복잡해서 옆으로 물러서기도 몸을 비스듬히 기울여 피하기도 어색해서 모른 척하고 있었던 거였다. 율아도 어처구니없었던 모양이었다. 실소가 떠올랐다가 사라졌다. 율아가 되바라지게 받아쳤다.

"어때서요? 남자가 끌리면 남자도 만나고 그러는 거죠."

"끌리는 게 아니고 꼴리는 거겠지."

"끌리든 꼴리든 그게 뭔 상관이 있고 뭔 차이가 있죠. 난 끌려야 꼴리고 꼴려야 끌리거든요."

"나는 남자보다 먼저 대의를 생각하라는 거야. 우리가 마땅히 해야 하는 것, 우리가 원해야만 하는 것, 즉 우리가 어떻게 살아가야 하는가 하는 문제를 말하는 거야."

"저와는 생각이 다르군요. 우리는 지금 당장 우리가 원하는 그것들을 하면서 살기에도 빠듯하지 않나요? 정리되지 않고 혼란스럽더라도 그 모습 그대로를 사랑하며 살면 안 되나요? 왜 자기 정체성을 하나로만 고집하고 굳이 힘들게 그것을 고수하려 발버둥을 쳐야 하죠?"

"세상을 바꾸기 위해서는 명확한 목표를 던져주어야 하는 거야. 분열된 정체성, 혼란 따위는 진보와 변화의 적이야."

"나는 세상을 바꾸고 싶은 생각이 없어요. 그냥 주어진 세상을 살아가고 싶어요. 그것만으로도 벅차요."

"젊은 나이에 꼴통들이나 할 소리를 해대고 있네."

"소장님은 나이 들어서도 철이 없는 것 같네요."

"내가 철이 없다고? 넌 아직 철드는 게 무엇인지 몰라."

"아뇨, 알아요. 소장님을 보면서 알게 되었죠. 참 많은 걸 가르쳐 주셨죠. 자신은 50만 원짜리 강사료 챙기면서 활동가들의 5만 원짜리 강사료에서 후원금 명목으로 만 원씩 떼어내 착복, 허위로 성폭력 피해자 상담 서류 작성, 성폭력 피해자에게 가해자와 합의 종용하면서 양쪽에 기부 강요, 엉터리 사업계획서로 정부와 지자체 지원금 받아 챙기기 등등으로 철드는 게 무엇인지 참으로 멋지게 가르쳐주셨죠. 인생을 아주 새롭게 배우게 됐죠. 너무 감사해요."

처음으로 소장의 어깨가 진구에게서 떨어졌다. 윤 소장은 격한 분노와 흥분의 소용돌이에 휩싸여 있었다. 동시에 그것을 억누르느라 안간힘을 쏟고 있었다. 소장은 율아에게 찌를 듯 눈을 고정한 채로 천천히 일어섰다. 일어서서도 율아를 노려보던 소장은 휙 몸을 돌려 마당을 향해 대청을 가로질러 걸어갔다. 소장의 빳빳한 뒷모습에서 뿜어나오는 날것 그대로의 적의는 진구에게도 가감 없이 전해졌다.

"너무 심했던 거 아니니?" 서영미가 말했다.

"상관없어 언니."

"그래도…"

서영미가 불안한 눈으로 마당을 기웃댔다. 윤 소장은 누군가와 통화를 하는지 마당 한편에서 전화기를 귀에 대고 서 있었다.

"뭐 페미니즘은 이론이고 레즈비어니즘은 실천이라고?" 율아가 빈정댔다. "자칭 레즈비언 래디컬 페미니스트의 옷 입은 꼬라지 좀 봐. 저게 탈 코르셋이야? 사무실 남자 직원, 영남씨 말이야. 걔한 테 꼬리 치려고 저리 입고 다니는 거야. 향수도 뿌리고. 오늘 걔 토론회에 안 나왔거든. 그만둔다는 말도 있고. 그래서 저렇게 성질머리도 더러워진 거야. 걔 대타인가, 방금 진구 씨한테 꼬리 치는 것 같던데."

사정을 다 알 수 없는 진구로서도 틀린 말은 아닌 것 같았지만 그렇다고 다 맞지도 않는 것 같았다. 윤 소장은 율아와 서영미를 질투하고 있다는 느낌이었다. 하긴 그것을 율아나 서영미가 자신의 입으로 말할 수는 없었을 것이다.

"혹시 두 분에게 감정 상한 게 있는 것 아닌가요?"

진구의 말뜻을 두 사람은 바로 알아차렸다.

"미친 여자예요." 율아가 말했다. "뭐든지 자기 손에 다 틀어쥐고, 자기 뱃속에 다 털어 넣어야 만족하는 여자죠. 영미 언니도 참 답답해요. 뭐하러 저런 여자 밑에서 고생을 사서 하는지 모르겠어요."

"내가 제일 하고 싶어서 하는 일이잖아." 서영미가 대꾸했다. "더구나 우리가 하는 일이 세상을 좀 더 아름답게 만들자고 하는 거잖아. 소장도 언젠가는 지금보다는 좀 더 아름답게 바뀔 수 있을 거야."

"참 답답하다, 언니. 언제 꿈에서 깨어날래. 윤 소장, 상담소에서 번 돈으로 딸 둘을 미국 유학 보내고 있어. 윤 소장에게 상담소는 억대 연봉의 직장이야. 이 직장에서 주는 월급만 받을 생각은 눈곱만큼도 없는 사람이야. 레즈비어니즘을 입에 올리면서 진구씨에게 꼬리 치는 거 봐. 윤 소장은 그런 사람이야."

서영미로부터 더는 대꾸가 없었다. 진구가 생각하기에 윤명자가 아무리 싫어도 서영미는 대안이 없어 보였다. 지역의 다른 여성단체로 옮길 수도 없을 것이다. 지역 여성단체 네트워크에서의 윤명자의 영향력이라면 서영미 정도는 얼마든 통제가 가능하다. 그렇다고 여성단체와 인연을 끊을 수도 없다. 40대에 접어든 시민단체 경력밖에 없는 여자가 세상에 나가서 할 수 있는 일이 별로 없었다. 인생을 새로이 계획하기에는 좀 늦은 나이였다. 더구나 예쁘고 착한 심성만으로 헤쳐나가기에는 세상이 너무 험한 게 사실 아닌가.

한동안 말없이 술만 마시다 셋은 일찍 자리를 털고 일어섰다. 율아와 영미는 집이 그다지 멀지 않으니 술도 깨울 겸 걸어가겠다고 했고 진구는 지하철을 탔다. 빈자리가 있어 앉았는데 술기운에 깜빡 졸았나 보았다. 안지랑역을 지나쳐 다음 역인 대명역에서 내렸다. 반대편 플랫폼으로 건너가 다시 지하철을 타고 돌아갈까도 생각했으나 겨우 한 정거장이니 걸어가려는 마음으로 역을 빠져나왔다. 그런데 어이없게도 반대편 출구로 나와버렸다. 다시 내려가려다 고시원이 위치한 안지랑역으로 걸어가면서 횡단보도를 만나면

도로를 건너기로 했다. 얼마 걷지 않아 진구는 한 무리의 사람들과 마주쳤다. 그들은 모두 20대 중후반으로 모임을 마치고 인사를 나누는 듯했다. 그들 뒤로는 거대한 그림 간판이 건물 2층 높이로 건물 전면을 거의 뒤덮다시피 걸려있었다. 그 그림 간판의 대부분을 채운 것은 질서정연하게 줄지어 서 있는 학사모를 쓴 사람들이었다. 그 학사모를 쓴 무리 위로 기다랗게 남겨놓은 하늘빛 공간에는 '2019년 10개월 만에 103,764명 수료'라는 글자가 보였고, 또 그 위로는 '지구촌의 전무후무한 빛 새천지 예수 교회'라는 글자가 박혀있었다. 여기가 바로 소문이 무성한 그 새천지 교회였다. 겨우 지하철 한 정거장밖에 떨어지지 않은 고시원에서 수년을 생활해왔었지만, 새천지 교회가 코앞에 있다는 사실은 오늘 처음 알았다. 워낙 떠도는 말들이 부정적이라 조심스럽기도 했으나 호기심도 일어 슬그머니 건물 안과 사람들을 살폈다. 건물이나 막 흩어지려는 20대의 젊은이들이나 별다른 특이점은 없었다. 다만 그들 중에 낯이 익은 이가 있었다. 그도 진구를 알아보았다. 작년에 고시원에 들어와 벌써 1년 가까이 한 지붕 아래서 생활해온 친구이다. 이름은 모른다. 어쩌다 복도나 주방에서 마주치면 '안녕하세요.'만 반복하는 정도다. 잠깐 당황한 빛을 보이던 그 친구가 먼저 아는 척을 했다.

"안녕하세요."

"안녕하세요."

고시원에서와 다름없는 인사를 주고받았다. 마찬가지로 고시원에서와 다름없이 각자 자기 일을 했다. 걸어가는 것이다. 문제는 고시원이 위치한 안지랑역 방향으로 걸어가는 이들은 그들 둘뿐이라는 것. 나머지는 모두 지하철역으로 내려가거나 다른 방향을 선택했다. 어쩔 수 없이 둘은 나란히 걸어야 했고 또 어쩔 수 없이 대화라는 걸 하게 되었다.

"새-천지 신-자인가요?"

"네."

이것으로 대화는 끊어졌다. 한동안 걷기만 했다. 먼저 말 걸기를 시도한 쪽은 이번엔 이름을 모르는 그 친구였다.

"제가 불편하세요?"

"네? 아니요. 불편할 일이 뭐가 있겠습니까."

"다들 새천지라면 전염병 피하듯 피하잖아요."

"그럴리가요. 다들은 아니죠. 방금 피한다고 했는데, 자신이 전염병 보균자라 생각하세요?"

"아니요. 그럴리가요."

"그럼 뭐, 불편한 일 없는 거죠."

"네…"

대화는 또 끊어졌다. 둘은 걷기만 했다. 진구가 받게 된 이름 모르는 이 친구의 첫인상은 성실해 보인다는 것이었다. 어딘지 순진한 구석도 있어 보였다. 이런 친구들이 이상주의적 열정에 쉽게 빠져들곤 하는 것이다. 새천지를 두고 말하자면, 이 친구의 첫인상 때문이 아니어도 진구는 새천지를 특별히 사악한 집단으로 여기지 않았다. 좀 유별난 기독교의 한 분파 정도. 유물론자이자 무신론자인 진구로서는 기독교 내의 이단이니 정통이니 따위의 논쟁이나 다툼에 관심이 없었다. 진구로서는 모두가 존재하지도 않는 신에 미쳐버린 '환자들'에 불과했다. 고시원에 거의 이르러서 새천지는 자신의 이름을 말해주었다. 이영운이라 했다. 물론 진구도 이름을 알려주었다.

진구가 허주만 의원의 전화를 받은 것은 다음날 오전이었다. 첫 마디가 '야 뉴스 봤냐?' 였다. 다음 마디는 '이거, 박중기 이 새끼 짓이야.' 였다. 욕설을 반 정도 섞어가며 허주만이 마구잡이로 토해낸 것들을 정리하면 다음과 같았다.

'차기 구청장 선거를 노리고 일찌감치 자신이 기획했던 지난 월요일의 수성구청 앞 박중기 퇴진 시위에 박중기가 위기의식을 느꼈다. 그래서 반격을 준비했다. 그러나 마땅한 반격 거리가 없었기에 있지도 않은 것들을 허주만의 비리인 양 이것저것 긁어모은 뒤 언론플레이를 했다. 기레기 언론의 개소리에 사정을 모르는 시민들은 허주만이 무슨 큰 비리라도 저지른 것처럼 벌써 항의 전화가 걸려온다. 가만두지 않겠다. 몇 배로 되돌려주겠다. 오래전에 준비해 놓은 것이 있다. 그것만 터뜨리면 박중기의 정치 생명은 끝장이다. 곧 보궐 선거를 준비해야 할 것이다.'

전화를 끊은 뒤 진구는 언론사를 검색했다. 지방 시의원 비리 건은 아직 중앙 언론에는 어필하지 않았는지, 아니면 박중기의 영향력이 중앙 언론에는 미치지 못하는지 주요 언론사에서는 확인되지 않았다. 대구 매일신문에 기사가 하나 올라온 게 전부였다. 교통시설물 업체로부터 뇌물 2천만 원 수수와 대구지하철공사 채용과정

에 외압행사가 허주만의 비리로 적시되어 있었다. 진구는 가볍게
웃어넘겼다. 허주만 의원은 이깟 비리를 저지를 사람이 아니었다.

#5.
가슴은 좌파 머리는 우파

한 달 전인가 그 무렵부터 새롭게 발굴해낸 진구의 즐거움이 하나 생겼다. '날아라 강실장' 유투브 시청이 그것이었다. 거침없는 입담으로 보수 진영 정치인들을 마구잡이로 초토화시키는 그 유쾌함과 통렬함이라니. 오늘도 새로운 영상이 하나 올라와 있다. 하필 오늘 강실장의 타깃은 박중기다. '나도 대구 사람으로 대구 지역 정치인 쌍욕 좀 풀겠습니다.'로 시작한다. 시청하지 않을 수가 없다. 먼저 '좋아요'부터 꽉꽉 눌러준다. 그가 대구 사람이라니 더 반갑다. 어쩌면 지난 월요일 수성구청 앞 시위가 이번 유투브 제작의 자극이 되었을지도 모르겠다. 그러고 보니 그가 모자를 눌러쓰고 고색창연한 보잉 선글라스에 마스크를 착용하는 이유를 알 만했다. 신상이 드러나면 그를 알고 있던 이들과의 관계가 얼마나 피곤해질까. 보수의 심장이라 불리는 곳이 아닌가. 마스크 덕분에 자동으로 음성이 변조된 그의 목소리가 더욱 믿음직하게 들린다.

"--- 아, 들어보세요. 박중기란 놈은 대구의 재선 구청장 색퀴인데, 지가 능력이 있어서 재선까지 해 처먹느냐? 노! 노! 노! 여러분, 줄 아시죠? 선,

라인, 경상도 말로 끄내끼, 그거 하나 잘 붙잡은 덕에 저렇게 출세 하이웨이를 달리는 겁니다. 아, 그렇다고 줄만 잘 잡으면 되느냐? 왜 이러세요. 순진하시게. 그건 아니죵. 졸나게 열나게 주뎅이가 터지도록 윗놈 색퀴들 똥꼬 빨아제껴 줘야지요이~잉 ---"

역시 수위가 세다. 강 실장 특유의 막말과 음란성 멘트와 육두문자는 가히 따를 자가 없다. 하여튼 이 맛에 그의 유투브 시청한다. 영상의 배경도 그의 욕 범벅 입담과 잘 어울린다. 다리를 살짝 벌린 반라의 여성이 소주잔을 들고 배시시 미소를 흘리는 주류회사 달력이 뒷벽에 붙어있다. 미투와 페미니즘 열풍, 여성단체들의 불매운동에 밀려 근래에는 주류업계에서 저런 선정적인 달력을 제작하지 않는다. 아마 해가 지난 달력일 것이다.

"--- 아니, 이 넘 색퀴는 재개발 비리로 8억이나 해 처먹고도 또 당선이 되요. 역시 수구꼴통의 도시답다고요? 틀린 말은 아닌데, 그게 다가 아니죠잉. 얘기했잖아요. 똥꼬 빨기. 아따, 경찰들 똥꼬도 빨아제껴부럿어잉~ 아니, 경찰이 이넘 시키를 빨아제꼈나? 암튼 서로 물고 빨면서 서로 꿀떡꿀떡 했겠지요. 뭐를 꿀떡 삼켰냐고? 그건 시청자 여러분의 상상에 맡기지요. 허허! 그거 화기를 접촉하지 않은 생 단백질이라 좀 비릴 텐데 식성도 좋으서 ---"

진구가 배를 잡으며 넘어가고 있는데 전화벨 소리가 울렸다. 시골의 어머니였다. 받지 않고 무시했다. 두 번째 울리자 받았다.

"왜요?"

"대구 왔다."

'가겠다'나 '간다'도 아니고 '왔다'였다. 고시원 주방에 벌써 도착해 있는 모양이었다. 반찬거리를 싸 들고 왔을 것이다. 마지못해 컴퓨터를 끄고 몸을 일으켰다. 주방으로 내려가니 반찬 보따리를 식탁 위에다 풀어 놓고 기다리고 있었다. 깍두기 김치부터 땅콩 조림, 멸치볶음, 따위들. 그리고 처음 보는 60대 후반의 남자도 있다. 남자는 한 손을 어머니의 어깨에 척 걸치고 있다. 바뀐 어머니의 새 남친이다. 아마도 진구의 반찬거리를 실어나르기 위해 이 남자의 차를 신세졌을 것이다. 진구는 남자는 무시하고 어머니에게 짧게 인사만 던지고 반찬들을 냉장고 안 지정된 칸에다 밀어 넣었다. 막 냉장고 문을 닫는데 주방 문이 열렸다.

"어이구, 또 오셨네요."

하필이면 몬실이 놈이다. 놈은 주방 안을 기웃댔다. 정탐꾼 같은 놈, 인기척이 나니 실장실에서 어슬렁어슬렁 기어 나온 모양이었다. 점심 먹으러 가자는 어머니의 말에 얼른 고시원을 나와버렸다. 3분도 걷지 않아도 되는 거리에 안지랑 막창 골목이 있으니 거기로 갔다.

음식 주문에 필요한 말 이외에 진구는 침묵을 지켰다. 어머니가 새 남친을 소개해도 자기 이름을 밝히는 이상의 말은 하지 않았다. 진구는 곱창 굽는 일에 집중했고 말은 어머니의 새 남친이 주로 했다.

"공무원 시험 준비하고 있다고 들었네."

"네."

진구는 부동산 회사 취업을 어머니에게 알리지 않았었다.

"사법고시 폐지되기 전에는 사법고시도 준비했었다고?"

"네, 그랬죠."

"자네 어머니가 고생이 참 많네. 시골서 혼자 농사도 지어야 하고, 자식 공부 뒷바라지도 해야 하고."

남자는 어머니의 어깨에 팔을 척 걸친다. 진구는 안주로 나온 길게 썬 당근을 하나 손으로 집어 씹었다.

"자네가 사법고시 패쓰하기만 했더라면 자네 어머니의 고생도 끝나고 보람도 있었을 텐데. 동네에도 떡하니 현수막도 하나 안 걸렸겠나. 뭐, 9급도 괜찮아. 공무원보다 좋은 직장이 어딨나. 월급 제때 척척 나오지, 잘리기를 하나…"

이 남자는 작심하고 진구의 아픈 데를 찌르고 있다. 어째 데리고 오는 남자마다 한결같이 이런 놈들인지 모르겠다. 그래도 많이 나아진 게 이 정도였다. 같은 동네 남자들을 안 만나고 다니는 것만 해도 다행이라면 다행이었다. 마누라 있는 남자 만나고 다니다 동네에서 머리채 잡고 싸움질 벌인 게 한두 번이 아니었다. 지금은 사망처리 된 아버지가 실종된 이후로 동네에서 거의 매년 보게 되는 풍경이었다. 진구가 있는 자리에서도 동네 여자들은 어머니를 두고 신랑 잡아먹은 창녀 년이라 불러댔다. 진구가 사법시험에 매달린 이유도 이 때문이었다. 비참한 밑바닥 인생을 일거에 뒤집을 로또는 그에게 사법시험이었다. 그래서 대학도 법대에 지원했었다. 한마디로 사법시험은 그의 인생의 명운을 건 인생 목표였다. 시험에 몇 차례 떨어지다 마침내 그 시험마저 폐지되어 사라진 순간 그의 인생도 사라진 것이나 마찬가지였다. 그에게 로스쿨은 크게 의미가 없었다. '사법고시 패스'라는 한방이 필요했다. 물론 그에겐 로스쿨 합격 가능성도 의문이었지만 비싼 로스쿨 학비도 없었다.

어머니와 새 남친을 돌려보낸 진구는 자신의 방으로 가기 전에 주방부터 먼저 들렀다. 급하게 냉장고에 쑤셔 넣은 반찬 통들을 정리하기 위함이었다. 주방에는 새천지 이영운이 식사를 하고 있었다. 일요일에 왜 교회를 가지 않았느냐는 진구의 물음에 영운은 식사를 마치고 갈 거라고 했다. 고시원에서 둘이 나눈 최초의 대화다운 대화였다. 막 다음 대화를 이어가려는데 몬실이 놈이 나타났다. 역시 정탐꾼이었다. 특히나 근래 들어 부쩍 정탐꾼질이 심하다. 진구의 뒤를 밟고 있는 것만 같다.

"두 분은 돌아가셨나 보네. 근데 와우, 부러버. 두 분 애정이 철철 넘치셔. 나이 들어서도 그렇게 사랑하며 살아야 하는 거야. 하여튼 어머님 참 능력자시네. 이번에도 애인이 바뀌셨어."

주먹으로 아구창을 날려버리고 싶었지만 자제했다. 놈을 상대하는 좋은 방법 중 하나는 무시하는 것이다. 놈의 빈정거림을 들리지도 않는 척, 아예 놈이 존재하지도 않는 척 냉장고 문을 열었다. 약이 살짝 오른 몬실이 놈이 딴엔 진구를 자극한답시고 가까이 다가와 얼쩡거렸으나 진구는 반찬 통들을 정리하기만 했다. 무안해진 놈은 옆으로 몇 걸음 물러나더니 고시원에서 아무도 말을 걸지 않는 이영운을 입방정을 떨 상대로 지목했다. 무너진 자존심을 세워보려는 나름의 안간힘이었다. 제 딴엔 목에 힘도 주었다.

"뭔 일 하능교? 공시생은 아닌 것 같고, 자격증 준비하는 것도 아닐 테고. 뭔 비즈니스 같은 거 하요? 고시원은 비워놓고 맨날 돌아당기는 거 같던데."

입실한 지 일 년이 되어가는 사람에게 이런 질문이 뜬금없고 많이 어이없기도 하고 또 꽤 무례하기도 해서 거친 반격이 예상되었지만 이영운은 고개도 들지 않고 대답도 없이 식사에만 열중했다. 그것이 몬실이 놈을 발끈하게 만들었다.

"이보서, 뭔 이상한 사교 집단 비스무리한 활동하는 거 아니요? 내 여기 실장으로서 분명히 얘기하는데 우리 고시원에 사이비 종교 집단이 드나드는 건 내가 용납 못하요. 알것소?"

이영운이 젓가락을 내려놓고 고개를 들었다. 이영운은 몬실이 놈이 아니라 진구를 보았다. 자신이 새천지교도임을 실장에게 얘기했느냐고 이영운은 묻고 있었다. 진구로서는 이영운의 의심 때문이 아니라 몬실이 놈의 말투와 태도가 거슬리기도 하고 기회다 싶어 냉장고 문을 쾅 닫고 놈에게 쏘아붙였다.

"여보세요, 실장님. 당신이 뭔데 남의 사생활에 간섭하고 그라요. 여기 있는 영운 씨가 당신한테 뭔 피해라도 입혔소. 시끄럽기를 하요, 고시원비를 제때 내지를 않았소, 주방이나 화장실을 어지럽히기를 했소, 아님, 당신에게 시비를 걸기라도 했소. 있는 듯 없는 듯 지내는 사람에게 꼴랑 실장, 그것도 감투랍시고 지금 완장질 하겠다는 거요?"

자신은 알아차리지 못했지만 진구의 말투나 태도가 꽤 위협적이었나 보았다. 막창집에서 점심을 먹으며 쌓였던, 꾹꾹 눌러오던 울화가 폭발 직전이었던 건 사실이었다. 몬실이는 입가를 씰룩이며 진구를 노려보다가 주방을 나가버렸다. 영운은 여전히 말이 없었지만 그에게 고마워하고 있음을 진구는 알 수 있었다.

어찌 때우든 옵티머스 컨설팅의 시계는 어쨌거나 돌아갔다. 벌써 수요일이다. 오늘은 첫 전화에서부터 고객에게 욕을 먹었다. 그렇게 시작된 욕 먹기가 벌써 세 번째다. 전화를 끊고 나니 11시가 좀 넘었다. 점심시간까지 앞으로 40여 분. 익숙해진 시간 뭉개기가 시작되었다. 12시가 되자 가장 먼저 일어나 점심값 만 원을 받아챙긴 뒤 반월당역으로 갔다. 학창시절의 과 선배를 만나러 가는 길이다. 다름 아닌 율아가 다니는 회사의 경영자다. 어젯밤에 전화가 걸려와서는 점심 같이 하자며 성서공단의 자기 회사로 오라는 것이다. 그다지 내키지는 않았다. 공시생 생활을 정리하고 직장에 다니고 있기에 힘들다고 둘러댔더니, 율아에게 들어 다 안다고 했다. 진구가 다니는 부동산 회사는 점심시간 이후에 체조를 포함하여 휴식 시간을 한 시간 준다고 하니 이를 더하면 실제로는 2시간이 점심시간이 된다며 상관없다는 것이다. 더구나 허주만 의원의 소개로 입사했다면 오후엔 아예 회사로 돌아가지 않아도 괜찮다고 했다. 사정을 다 꿰고 있었다.

성서공단역에서 내려 택시를 잡아타고 선배 회사로 갔다. 뜻밖에도 회사 정문 앞에서 노조 활동가 조대홍을 만났다. 그는 확성기를 들고 해고의 부당성을 소리 높여 외치고 있었다. 그의 옆으로는 50대로 짐작되는 두 남자가 팻말을 들고 서 있었다.

'해고는 살인이다. 유현곤 사장은 부당해고 즉각 철회하라!!'

'유현곤 사장은 이정도와 한용수를 원직 복직시켜라!!'

팻말 위의 문구들이다. 아마도 유현곤 선배가 노동자들에게 갑질을 해댄 모양이었다. 유현곤 선배를 만나기가 꺼려지는 이유는 바로 이런 것이었다. 그는 어차피 노동자들을 쥐어짜야만 생존이 가능한 회사의 주인인 사장이었다.

"여기는 웬일로?"

진구를 맞는 조대홍의 태도는 마뜩잖음 그것이었다. 나이야 대여섯 살 위이지만 동문 선배도 아닌데 함부로 던지는 반말투에 기분도 상했다.

"유 선배가 좀 보자고 해서."

맞받아친 진구의 반말투에 조대홍이 눈살을 찌푸렸다.

"변절자, 자본가 놈 만나서 뭐하게."

유현곤은 학생운동권 출신이지만, 좌파의 이념과 정책에 철저히 비판적이며 또한 운동권 출신들과는 관계를 단절하고 회사경영자로서만 지낸다. 변절자로 불리는 이유이다. 진구도 그 호칭에 이의를 제기하지는 않는 편이지만 그래도 그것이 조대홍의 입에서 흘러나오니 듣기 싫었다.

"그건 알 바 아니고."

조대홍의 안면 근육이 일그러졌다. 무시하고 진구는 그를 지나쳐 정문으로 들어섰다. 곱게 물러설 인간이 아니라 생각했는데 역시 조대홍은 진구의 뒤통수에다 대고 소리를 질렀다.

"아! 그렇지. 옵티머스 컨설팅. 그거 재미가 좀 어때? 그래, 어리숙한 놈 한 놈 물어서 대박 한번 터뜨려봐. 10억짜리 한 건이면 수당이 1억이잖아. 1억 벌면 혼자 꿀꺽하지 말고 소주 한 잔 사!"

조대홍은 진구의 밥벌이로서의 일을 알고 있었다. 서로 가깝게 지내는 허주만 의원이 말해주었을 것이다. 화도 치밀고 무엇이든 되받아치고 싶지만 아무것도 떠오르지 않았다. 발걸음만 급히 했다. 회사 현관에 이르렀을 때 확성기를 통해 울려 나오는 조대홍의 외침 소리가 들려왔다.

"유현곤은 부당해고 즉각 철회하라!"

노동자들을 위해서, 크게는 진보적 가치를 위하여 앞뒤 가리지 않고 애쓰는 그의 열성은 인정하는데, 한 인간으로서의 조대홍은 전혀 내키지 않았다.

사무실에서 율아를 만났다. 방금 식사를 마치고 돌아온 듯했다. 진구가 반가움을 보이며 몇 차례 말을 건넸으나 짧은 대답만이 연이어 돌아왔다. 에너지 넘치고 대인관계에 적극적이었던 율아답지 않았다. 화장도 유난히 짙었다. 얼굴이 부어있는 것 같기도 했다. 눈가에 먹물 같은 검은 기운도 얼핏 보였다. 진구는 사장실 문을 막 밀고 들어서려 할 때쯤에야 그것이 멍 자국임을 알아차렸다. 짙은 화장도 부은 얼굴도 이해되었다. 돌아서서 그 사정을 물으려다 모른 척하는 게 더 나으리라는 생각에 문을 밀고 사장실로 들어섰다. 진구가 들어서자 유현곤은 어딘가로 전화를 걸었다. 구내식당인 듯 식사를 부탁하고 있었다. 통화가 끝나자 진구가 회사 정문에서의 일을 꺼냈다. 따지고 싶은 마음이 없잖아 있었다.

"방금 조대홍이 봤습니다."

"일주일째 저러고 있어."

별일 아니라는 투의 대답에 살짝 화가 치밀었다.

"부당해고라는데, 힘없는 노동자들 아닙니까, 사정이 어렵더라도 웬만하면—"

"부당해고 아니다. 회사에서 말썽을 피워 적절한 절차를 밟아 해고했다. 만일 해고가 부당했다면 노동위원회에 부당해고 구제신청을 하면 돼. 하지만 해도 안 될 걸 아니까 저렇게 억지를 부리고 있는 거야. 우리 회사 직원들 아무도 저들에게 동조 안 해."

"그래도 노조 활동가인 조대홍이 저리 나서는 걸 보면—"

"나서는 걸 보면? 뭐, 합당한 이유나 근거가 있다는 거야? 방금 얘기했잖아. 그런 게 있으면 절차를 밟으라고. 사실 조대홍이가 저들을 부추기고 있는데, 원래 활동가라는 이름을 이마에 붙이고 다니는 이들, 그자들은 뭐든지 활동하는 모습을 보여야만 먹고 살잖아. 그게 다야. 아님, 다른 목적이 있거나."

"다른 목적이요?"

"그건 내가 알 수 없지."

유현곤은 대답을 회피하고 있었지만 진구는 캐묻지는 않기로 했다. 때마침 아주머니 한 분이 점심을 차린 큼지막한 쟁반을 들고 사장실 안으로 들어서기도 했다. 고맙다는 인사와 함께 쟁반을 받아든 현곤은 쟁반을 탁자 위에 올려놓았다. 구내 식당에서 사용하는 식판이 아니라 밥은 밥그릇에 반찬들은 접시에 담겨 있었다. 이것이 유현곤 사장이 후배를 불러놓고 최대한 예의를 차려 대접하는 방식이었다. 구내식당과 똑같은 음식에 용기를 달리하는 것. 그의 복장도 언제나 무미건조한 회갈색의 근무복 차림이다. 진구가 탁자를 두고 마주 앉으며 말했다.

"밥이나 같이 먹자고 부른 건 아닐 테고 뭔 일이 있나요?"

젓가락을 들어 올리던 현곤이 잠깐 생각에 잠겼다 입을 뗐다.

"율아 말이야, 우리 회사 사무실 직원 율아. 요즘 무슨 일이 있는지 혹시 아는 것 있나?"

"그거야 선배님이 더 잘 아시지 않습니까."

막상 대꾸하고 나서야 율아 얼굴의 멍 자국을 생각해냈다.

"어떤 놈에게 맞은 것 같아 보이던데요."

"많이 안 좋은 일이 있는 건 분명한데 통 말을 안 해. 혹시 네가 있는 그쪽 사람들 사이에서 무슨 일이 있었나 싶기도 하고 그래서 널 보자고 했어."

"제가 아는 한 특별한 일은 없었습니다. 윤명자 소장과 으르렁대기는 했지만."

"그 사정은 나도 아는데, 윤소장이 지배욕이 강하긴 해도 저 정도 폭력적이지는 않을 걸. 더구나 율아가 윤소장에게 힘으로 당할 정도로 약하지도 않고."

둘은 말없이 밥을 먹었다. 그러나 몇 숟갈 들지 않아 현곤이 다시 입을 열었다.

"그것도 있고 네 얘기도 좀 하자고 불렀어. 지금 일하고 있는, 허주만이 너에게 소개해준 그 부동산 회사 말이야. 그곳이 어떤 곳인지 설마 모르는 건 아니지?"

"기획부동산 아닙니다."

"맞아."

"아닙니다. 우리 회사에서 투자를 권유했던 달성군 구지 땅, 대박 났습니다. 도로확장이 확정되면서 몇 배 땅값이 뛰게 생겼습니다. 기획부동산이라면 이런 일 없죠. 투자자들 모두 쪽박 차야죠."

"그런 게 미끼라는 거야. 거기 땅 매입해서 재미 본 투자자들 명단, 뽑을 수 있으면 어디 한번 뽑아봐. 아마 거의 그 회사 관계자들일 걸?"

"그럴 리가요."

"아니, 그럴 거야. 확인해봐. 그런데 그게 전부가 아니야. 네가 아버지처럼 따르는 허주만과 너의 회사 사장 김봉익과의 연루설이 돌고 있어. 달성군 구지 땅 대박도 그래. 시의원인 허주만이 김봉익에게 사전에 도로확장공사 정보를 흘렸을 수도 있어. 그리고 네가 옵티머스 컨설팅에 취업한 것도 우연이 아냐. 너, 지금껏 실적 한 건도 없다며? 그런데도 쫓겨나지 않는 건 다 이유가 있는 거야. 순진한 투자자들 눈물 뽑아내는 그런 회사 다니는 것도 말리고 싶지만, 그보다도 네가 혹 비리 사건에 연루되어 험한 꼴 당하는 게 아닌가 싶어 너를 보자고 한 거야."

"아니요. 선배님이 잘못 알고 있는 겁니다."

"더 들어봐. 네가 모르는 게 많아. 너의 사장 김봉익과는 허 의원만이 아니라 수성구청장 박중기도 연루되어있다는 말이 있어. 박중기가 재개발 비리로 곤욕을 치뤘잖아. 그 재개발 비리에 김봉익이 개입되어있다는 거야. 내가 판단하건데 김봉익과 허주만 박중기는 한

묶음으로 묶여있어. 한통속인 거지. 아니, 조금만 생각해봐."

항의하려는 진구를 현곤은 손짓으로 제지했다.

"허주만이 박중기의 재개발 비리 건은 안 건드리지? 그렇지 않나? 박중기도 마찬가지야. 언론이 터뜨린 허주만의 비리, 그거 박중기 작품이라는 거 아는 사람은 다 알아. 그런데 그 비리들 중에 기획부동산 연루 소문과 관련된 거 있었어? 없었잖아. 둘 다 김봉익과 연결된 건 건드리지 않기로 암묵적으로 합의가 된 거야."

진구로서는 반박할 마땅한 말을 찾지는 못했지만 화는 치밀었다. 이 변절자 선배를 그냥 두어서는 안 되겠다는 생각이었다.

"선배님, 혹시 같은 과 동기인 허주만 의원과 박중기 구청장이 잘 나가니까--"

"내가 질투해서 이런다고? 나는 정치는 하라고 안겨줘도 안 해. 학창시절에 할 만큼 했어. 학교 다닐 때는 제대로 하지도 않은 이들이 졸업 후에 정치한답시고 나서고 그러는 거야. 박중기는 보수 정치권 인사들 따라다니며 떨어지는 부스러기나 주워 먹거나 여자들 뒤만 따라다녔어. 허주만은 운동권 주변을 얼쩡거리기만 했고."

"그게 아니죠. 박중기는 그렇다 치더라도 허주만 의원은 과격파 운동권으로 소문이 났다고 그럽디다. 지금은 나이도 먹었고 시의원이라는 지위도 있어 점잖게 처신하지만, 학생 때는 전경과 싸움에서도 제일 일선에 나섰다는 거죠. 그 덕에 돌에 맞아 머리가 깨지기도 했다고. 그 흉터 나도 직접 봤지요. 적어도 30바늘은 꿰맨 것 같습디다."

"아, 그거. 허주만이 그 흉터의 역사를 그렇게 포장했단 말이지. 허주만이 만나거든 그 흉터 어떻게 해서 만들어졌는지 내가 아주 궁금해 하더라고 전해줘."

"그 흉터가 어때서요?"

"직접 물어봐."

"좋아요. 기억이란 입장에 따라 달라질 수도 있고, 재구성되기도 하니까, 세 동기분의 과거사를 두고 제가 지금 어떤 판단을 내리기는 힘들다고 쳐요. 하지만 현재의 모습은 저로서도 판단 가능합니다. 선배님이나 저나 구시대적 인물인 박중기에 대한 판단은 비슷하니 일단 박중기는 제쳐 놓고 선배님과 허주만 의원의 현재 모습을 비교한다면 누구의 손을 들어줄 것 같습니까? 누가 더 가치 있는 삶을 살고 있고, 누가 더 우리 사회에 보탬이 된다고 보십니까? 단도직입적으로 말해서 누가 더 역사의 발전 방향에 부합하는 진보적 가치를 실현하고 있다고 보십니까?"

"알아, 네가 나를 어떻게 생각하는지. 네가 보기에 나는 진보의 가치와 대의를 저버린 변절자잖아. 너희들 표현을 빌리자면, 친일파 잔재, 토착 왜구, 미국의 앞잡이, 독재 권력에 빌붙었던 자이지. 이런 다양한 낙인찍기가 얼마나 엉터리인지 나도 할 말이 많지만 그걸 여기서 다 풀어낼 수는 없고, 하나만 얘기하겠어. 나는 나에게 변절자라 비난하며 그런 낙인들을 마구 찍어대는 이들에게 진보란 무엇인지 물어보고 싶어. 진보란 도대체 무엇이지?"

진구는 대답하지 않았다. 유현곤은 진보의 개념을 묻고 있는 것이 아니었고 진구에게 질문을 던진 것도 아니었다. 유현곤은 곧바로 스스로 대답했다.

"큰 틀에서 평등을 갈구하는 사회주의적 지향? 그렇게 다들 받아들이지. 나도 그랬었고. 그렇지 않나?"

"그-렇죠."

진구로선 무엇이든 유현곤의 견해에 동의한다는 사실이 내키지 않았지만 틀린 말은 아니기에 일단 동의는 했다. 도대체 뭔 말을 하고자 이러는지 궁금증도 없지 않아 일었다. 이제야 눈치챈 바이지만, 유현곤도 여느 때와는 달랐다. 회갈색의 근무복으로 상징되는, 회사 일만을 입에 올리던 그가 아니었다. 과거 운동권으로서의 열정과 치열함이 되살아난 듯했고, 어딘지 진지하게 작정한 것 같기도 했다. 어디 들어보자는 심산으로 진구는 젓가락을 든 채로 소파 깊숙이 엉덩이를 묻었다. 유현곤이 말했다.

"하지만 나의 학창시절에 일어난 사회주의권 붕괴, 그것은 나에게 진보의 개념, 진보가 곧바로 사회주의라는 개념 자체를 흔들어버렸어. 당시 사회주의 종주국인 소련에서의 진보는 우파적 지향, 즉 자본주의적 지향이었잖아. 자본주의권에서의 진보가 사회주의적 지향을 지녔다면 당시 붕괴하는 사회주의권에서의 진보는 이와 정반대였던 거지. 나는 혼란스러웠어. 그때 내가 부딪힌 문제는 과연 진보라는 보편 개념이란 것이 존재하기는 하는가? 하는 거였어. 오랜 고민 끝의 결론은 그런 건 없다는 것이었지. 그때 내가 생각해낸 진보는 상황적 결과적 진보였어. 어떤 정치적 경제적 사회적 행동이 진보냐 퇴행이냐를 결정하는 기준은 그것의 당시 특정 상황에서의 결과가 그때의 공동체의 보편이익에 맞아떨어지느냐 아니냐가 되어야 한다는 거였지. 목적론적 혹은 계급론적 관점에서가 아니라. 일례를 하나 들어보자면, 계급론적 관점에서는 퇴행으로 간주하는 해고요건을 완화하여 노동시장의 유연성을 높이는 그것이 현재의 상황에선 도리어 손쉬운 고용으로 이어져 결과적으로 모두의 이익에 도움이 된다면 이는 진보적 행위가 된다는 것이지. 하지만 계급론적 관점에서 일반적으로 진보적인 행위로 이해되는, 해고가 힘들도록 법률로 그 요건을 강화하는 것, 그것이 오히려 고용주들의 고용을 꺼리게 만듦으로써 고용을 악화시켜 노동자들의 삶을 어렵게 만든다면, 그 행위는 공동체 전체의 이익에 반하는 퇴보가 될 수도 있다는 것이지. 이런 것들이 내가 30대 때 진보의 개념을 두고 고민한 것이었어. 요즘은 여기에 더해 고민의 영역이 좀 늘었어. 고도성장기가 끝나면서 취업난이 가중되고, 거스를 수 없는 세계화의 대세 속에 중산층이 흔들리는 현실에서 진보와 퇴행을 가르는 주요한 기준은 무엇일까? 하는 것. 내 생각에 그것은 경쟁에 있어서의 공정성의 문제야. 먼저 자리를 잡은 이들이 후발주자들이 오를 사다리를 걷어 차버리는 행위를 못하게 만드는 데 동의하느냐 하지 않느냐 하는 그것이 또한 진보와 퇴행을 가르는 기준이 아닌가 하는 것이지. 말하자면 기득권자를 눌러 신참자들이 설 자리를 마련해 주느냐 않느냐 하는 것이지. 그렇다면 여기에서 나의 질문이 있어. 목적론적 또는 계급론적 관점이 아니라 이렇게 공동체 전체의 이익과 경쟁에서의 공정이라는 기준으로 보았을 때 과연 허주만이 나보다 더 진보적일까? 허주만의 이미 드러났거나 숨겨진 비리들로 판단한다면?"

허주만 의원의 비리라는 건 모두 개소리에 불과하다. 그러니 당연히 허주만 의원이 더 진보적이다는 대꾸가 입 끝을 맴돌았다. 그러나 진구는 그것을 삼켰다. 유현곤 선배로부터 이런 이야기를 듣기는 처음이었다. 선배의 개인적 과거사와 학창 시절 그때의 고민을 지금껏 들어본 적이 없었다. 늘 자랑스레 과거를 입에 올렸던 허주만 의원과는 달랐다. 그 세대에 있어서 주류는 아닐지 몰라도, 절대적이라 믿었던 그 가치의 흔들림을 경험해야만 했던 세대가 품었던 고민일 수 있었다. 진구로선 솔직히 더 듣고 싶었다. 유현곤 선배의 논리에 동의하거나 설득당한 것과는 거리가 멀었다. 그렇다고 호기심이라고 하기도 힘들었다. 굳이 말하자면 한 인간 또는 한 세대에 대한 이해와 통찰의 기회 혹은 반면교사의 기회로 여겨졌다. 이는 따지자면 진구답지 않은 태도였다. 견해를 달리하는 타인의 목소리는 그것이 무엇이든 들을 가치조차 없다던, 반박 불가의 진실을 자신이 품고 있음에 추호의 의심도 없었던 진구가 아니었나.

"네가 가진 계급론적 관점으로는 기업주, 자본가는 악의 전형으로 이해되겠지." 유현곤이 말했다. "사회주의적 지향이라는 목적론적 관점에 비추어도 마찬가지이고. 그러니 나는 당연히 변절자이지. 하지만 좀 더 이해의 깊이를 더하다 보면 그렇지 않다는 걸 알게 돼. 계급이나 이념적 지향이 아니라 사람의 문제로 보자는 거지. 너도 알다시피 이 회사 내가 창업한 게 아니라 사원으로 일하다 인수한 거잖아. 전임 사장인 강필구 사장이 이 회사 창립했지. 힘들게 회사를 일으켰어. 그 과정과 내가 이 회사에 입사한 사정을 알게 되면 너도 기업주나 자본가를 보는 눈이 달라질지도 몰라. 들어봐. 강필구 사장은 경기도가 고향으로 원래는 파주에 회사를 차렸어. 나름 탄탄한 중소기업이었지. 그런 회사가 파업으로 무너졌어. 현장 투신한 학출들이 주도한 장기간 파업으로 회사는 문을 닫고 빚만 안은 채 이혼까지 당하고 떠돌다가 대구로 내려왔어. 여기서 다시 맨땅에서 시작해서 회사를 일으켰어. 내가 입사할 무렵에는 이제 막 회사가 자리 잡으려는 때였어. 나는 당시 다니던 회사가 문을 닫는 바람에 새 직장을 알아보고 있었는데, 나에게 이 회사를 소개해준 선배가 신신당부를 했어. 강 사장이 세상에서 제일 싫어하는 사람이 운동권 출신이니 절대 운동권 경력을 밝히지 말라고. 그러겠다고 대답은 했지만 그럴 수는 없었어. 사람을 속이는 게 싫었지. 그래서 면접 자리에서 사실대로 얘기했어. 운동권에다 집시법 위반으로 빵도 몇 달 살았다고 다 얘기했지. 나는 당연히 떨어졌을 줄 알았어. 그런데 이틀 뒤 전화가 와서는 다음날 출근하라는 거야. 그 이후로 바닥부터 하나하나 밟고 올라가 이 회사를 인수하게까지 된 거지. 물론 아직 빚덩이이긴 하지만."

현곤은 회상에 잠긴 듯 잠시 창밖을 내다보았다가 말을 이었다.

"낡은 이념의 교과서에서 제시하는 계급 분석으로는 실존의 인간이 품은 그 다양함과 복잡함을 다 이해할 수는 없다는 말을 하고 싶었다. 뭐랄까 녹슬고 낡은 새장 안에다 삶과 인간이 가진 풍부함을 가두어놓았다고나 할까? 하긴 내가 무슨 말을 하더라도 너에겐 난 영원한 변절자일 거야. 하지만 내 입장에선 난 변절이 아니라 전향이었어. 나의 판단과 나의 의지로 다른 삶을 선택한 거지. 부연하자면 이 전향이라는 거, 이거 아무나 못 한다는 걸 말해주고 싶다. 전향도 끝까지 가본 사람만이 하는 거야. 그 길의 끝에서 그것이 아님을 알고 되돌아온 거지. 더불어서 하나 꼭 말해주고 싶은 건, 내 심장은 여전히 왼쪽에서 뛴다는 거야. 내 가슴은 여전히 좌파야. 내 머리는 우파지만 내 가슴은 좌파. 난 머리 없는 좌파도 싫어하지만, 가슴 없는 우파도 싫어해."

유현곤이 긴 얘기를 마쳤을 때는 국도 밥도 식어있었다. 얘기를 듣느라 겨우 반 남짓밖에 먹지 못했지만 진구는 수저를 내려놓았다. 식욕이 없었다. 현곤도 밥그릇을 다 비우지 않았지만 수저를 내려놓고 일어섰다. 현곤은 커피를 두 잔 만들어 들고 왔다. 물론 드롭커피가 아니라 인스턴트 믹스커피였다. 현곤이 말했다.

"여담으로 내가 대구 운동권에서 변절자가 되어버린 아주 리얼한 이유, 그럴듯하게 표현하자면 좀 더 실존적인 이유를 말해줄까? 운동권 출신 중에 나처럼 기업을 경영하는 이들이 몇 더 있어. 자신이 일으켰거나 가업으로 물려받았거나, 무엇이건 간에 그들을 변절자라고 비난하지는 않아. 왜인 줄 아니? 그들은 운동권 모임에도 꼬박꼬박 참석하고 술도 사주고 밥도 사주고 성금을 모금하면 거금도 투척하고, 일자리 없는 후배들 취직도 시켜주거든. 내 말은, 그들의 기업가로서의 사회적 경제적 행위가 아니라 친소관계와 이해관계에 따라 변절자와 투철한 의지의 소유자를 구분하고 수구꼴통과 진보를 나눈다는 거야. 진보의 가치와 이름을 이렇게 오염시켜도 되는지 모르겠다."

현곤은 커피를 한 모금 넘기고는 또 창밖을 바라보았다. 이런 현곤에게서 어떤 쓸쓸함 같은 것이 배어 나왔다. 이후 커피를 다 마시도록 두 사람은 거의 대화를 나누지 않았다. 커피를 담았던 종이컵을 내려놓으며 진구는 일어섰다. 사장실을 나와 사무실을 지나올 때 율아는 보이지 않았다. 확성기를 들고 있던 정문 앞의 조대홍도 사라지고 없었다. 구호로 가득한 팻말을 든 두 해고노동자만 덜렁하니 서 있었다.

회사로 돌아가는 평일 낮의 지하철은 한산했다. 진구는 현곤 선배를 생각했다. 자주 대하는 편은 아니었지만 오늘처럼 말이 많기는 처음이었다. 진구의 짐작대로 작정한 것 같았다. 율아가 폭행당한 건이나 진구의 의심스러운 부동산 회사 취업 건도 나름의 이유이긴 했겠지만, 어쩌면 그것들을 핑계 삼아 그 뒤에 쏟아낸 그 긴 이야기들을 들려주기 위해 진구를 불렀는지도 몰랐다. 진구로선 불편한 관심이었다.

도대체 현곤 선배는 그에게 무엇을 원하는 걸까? 그의 변화? 어림도 없었다. 그는 변하지 않을 것이다. 그의 의지는 흔들리지 않을 것이고 그는 변절자가 되지 않을 것이다. 그가 지금 변한다면 도대체 그에게 무엇이 남는단 말인가. 실패한 사시생? 30대 중반의 나이? 동네 사람들에게 손가락질받는 어머니? 1.2평의 고시원 방? 언제 잘릴지 모르는 솔직히 하는 일이 좀 의심스러운 부동산 회사? 그렇지, 그 부동산 회사는 아직 2시간의 전화질을 더 요구하고 있었다. 오늘 하루를 마저 버티기 위해 지하철을 내리면서 진구는 의외로 율아를 생각했다. 눈 주위의 멍 자국과 부어오른 얼굴의 율아. 그 얼굴은 익숙했고 먼 기억을 깨우는 힘이 있었다. 그리고 마음이 아팠다.

#6.
종고적 인간들

여성단체는 토요일을 좋아하는 모양이었다. 또 토요일에 일정을 잡았다. 대구 여성단체연합에서 주최하는 박중기 사퇴 요구 시위가 토요일이다. 무시하고 주문국 수호를 위한 광화문 집회로 달아나버리려 했으나 허주만 의원의 참여 독려 전화에 어쩌지 못하고 진구도 머릿수를 채우러 수성구청 앞으로 갔다. 하긴 이 집회의 실질적인 주도자는 허주만 의원이다. 박중기가 작당한 허주만 의원 비리 폭로 건에 대응하여 보복 차원으로 이루어지는 시위인 셈이다. 허주만이 직접 나서기 속보이니 여성단체를 내세웠고, 준비 작업과 현장의 시위는 윤명자가 주도했다. 참여자의 면면도 지난 시위와 다를 바 없었다. 다만 율아는 보이지 않았다. 지난 시위와 다른 점이라면 방송국 관계자들이 카메라를 들고 서 있다는 것. 허주만 의원이 드러나지 않게 준비를 단단히 한 모양이었다.

주요 이슈는 성추행, 구청장을 항의 방문한 여성단체 소속 여성을 박중기가 성추행했다는 것이다. 아무리 색골이라 하더라도 항의 방문한, 그것도 여성단체 소속 여성에게 성추행을 저질렀다는 것도 어처구니가 없었지만 그 피해당사자가 서영미였다는 게 진구로서는 더 놀라웠다. 서영미가 시위대 앞에서 자신이 겪은 사건의 개요를 설명한 바에 의하면, 여성단체가 요구한 여성 전용 쉼터 설치에 박중기가 미온적인 반응을 보이자 이를 매듭짓기 위해 항의 방문했던 지난해 7월 사건이 발생했다는데, 따져보면 벌써 6개월 전의 일이었다. 서영미로서는 많은 고민을 했다고 한다. 드러내 말하기 부끄러웠다는 것이다. 그 때문인지 서영미는 고개를 푹 숙이고 들릴 듯 말 듯 기어들어 가는 목소리로 당시의 상황과 사건을 떠듬떠듬 설명했다. 그 같은 설명마저 몇 차례 끊어졌다 이어지기를 반복했다. 박중기 쪽 사람들이 날린 야유와 거친 욕설 때문이었다.

"어디서 거짓말만 늘어놓고 있어!"

"개소리 작작해!"

"사기꾼 같은 년, 죽여버릴 거야!"

격한 외침이 있을 때마다 서영미는 움찔움찔 목을 움츠렸다. 고개도 더 떨어뜨렸다. 보는 사람이 다 안쓰러울 지경이었다. 감정의 기복 없이 지나치게 서술적이라 폭로라고 부르기도 힘든 사건 설명이 겨우 끝나자 몇 번의 구호 제창이 당연한 순서로 이어졌다. 선창하는 서영미는 여전히 고개를 숙이고 어깨를 움츠린 채였고 목소리에도 힘이 없었다. 성추행 사건을 설명하면서 그때의 고통과 수치가 되살아났을 거라며 이해하려 해도 그 정도가 심했다. 6개월 전의 일이니 심적 고통도 제법 가라앉았을 법한데도 말이다. 다음으로 윤명자가 마이크를 넘겨받았다. 뜻밖에도 평소의 쨍쨍거리는 고음의 목소리가 아니었다.

"--- 이 무자비한 슬픔을 어찌 감당해야 할까요. 우리 여성들은 언제까지 이 천형과도 같은 비탄과 탄식의 강에 빠져 허우적대야만 하는 건가요. 우리는 언제까지 이렇게 찢긴 가슴과 상처투성이의 몸뚱이로 절규하며 가시밭길 자갈길을 걸어야만 하는 건가요. 우리가 지켜주지 못했던 순결한 희생자, 우리의 서영미 피해자는 우리가 보듬어 안고 다독여 치유하고 함께 아파해야 할 우리 자신들, 바로 나입니다. 우리는 인내와 굴곡의 역사를 넘어 변혁의 큰 강에서 하나가 되어 ---"

윤명자가 이렇게 감성이 충만한 인물인 줄은 몰랐다. 시낭송회로 착각할 뻔했다. 진구로서는 좀 오글거렸지만 시위 참여자들은 뭉클하고 울컥한 얼굴들이었다. 다음 차례는 허주만 의원. 서로 합의라도 한 건지 허 의원도 슬픔이 묻어나는 저음이었다.

"--- 박중기 구청장과 저는 같은 대학의 같은 과 동기입니다. 젊은 시절부터 그를 보아왔고 그래서 그의 인간적 면모를 누구보다 잘 알고 있지요. 학창 시절부터 우리는 박 구청장이 위험스럽다는 말들을 자주 입에 올리곤 했었죠. 그의 여성 편력은 화려하다는 설명으로는 부족했으니까요. 난잡했다는 어휘가 아마 가장 적절할 것입니다. 그 결과가 오늘의 성추행 사건이 아닌가 합니다. 사필귀정인 셈이죠. ---

--- 여러분 지금이 어떤 시대인가요. 수천 년을 억눌려 살아왔던 여성들이 마침내 해방의 제 목소리를 내는 시대 아닌가요. 저는 감히 고백합니다. 저는 남성이지만 가부장제의 억압으로부터 이 땅 여성들의 해방을 기원하는 페미니스트입니다. 저는 '82년생 김

지영'을 읽고 눈물을 흘렸고 ---"

뒷부분에서 또 오글거렸으나 진구는 박수를 쳤다. 이후, 시작 무렵의 우려와는 달리 시위는 예정된 순서를 모두 마치고 별 탈 없이 끝났다. 박중기가 동원한 자들은 윤명자와 허주만 의원의 연설 중에도, 연설이 끝나고 구호로 가득한 팻말을 들고 시위를 이어가는 동안에도 소란을 피워댔지만, 물리적 충돌로 이어지지는 않았다.

"구청장실에서 대낮에 성추행을 당했다고? 거짓말도 정도껏 해!"

"어떤 미친놈이 항의하러 온 성폭력 상담소 직원을 성추행하나!"

"그걸 믿을 사람이 있다고 봐? 이 사기꾼, 너 조심해!"

한편으로 이는 진구가 많이 자제한 덕분이기도 했다. 폭발 직전까지 내몰렸었지만 잘 참아낸 자신을 대견스러워하기까지 했다. 진짜 사건은 뒤풀이 장소인 곡주사에서 터졌다. 찰떡궁합이요, 허주만 의원을 위해서라면 간이라도 빼 줄 것 같았던 조대홍이 허주만과 격하게 말싸움을 벌였다.

"아니, 이 보십시오. 허 선배. 그거 딱 내가 혼자 덮어쓰는 판인데 나도 남는 게 있어야 할 게 아니요."

의원님 아니면 형님으로 깍듯이 호칭하던 조대홍이 '선배님'도 아니고 '선배'라고 불렀다. 진구만이 아니라 둘의 관계를 잘 아는 그 자리의 모두에게 이는 대단한 놀라움이었다. 모두 대화와 식사를 멈추고 두 사람을 주시했다. 서영미만이 예외였다. 수성구청 앞 시위 현장에서 그랬던 것처럼 고개를 푹 숙이고 있었다. 허주만이 이런 서영미에게 짧게 시선을 던졌다.

"야, 너만 이런다는 거 알아?"

"그 친구와 난 사정이 다르지요."

조대홍도 서영미에게 짧게 시선을 던졌다. 진구만의 착각인지 몰라도 거기에는 비웃음이 담겨있었다. 여전히 서영미는 고개를 들지 않았다.

"난 처자식이 있는 몸 아니오. 그러니 우리 새끼들과 마누라 몫도 받아야 하지 않겠소."

"이 새끼야, 욕심부리지 마!"

허주만 의원의 거칠고 격한 반응이 조대홍의 무례함보다 모두를 더 놀라게 했다. 시의원의 신분으로 많은 이들이 지켜보는 가운데 거친 욕설을 입에 올린 것도 처음이지만, 흥분한 채로 조급함을 보이면서 이렇게 격한 감정을 드러낸 것도 진구가 아는 한 처음이었다. 반면 조대홍은 조금도 흔들림이 없었다. 주눅 들지도 않았다. 도리어 한껏 여유를 부렸다.

"이거 왜 이러십니까. 나도 살아야 할 거 아니오. 40이 넘도록 노조 활동가로 여태껏 최저생계비만으로 살아왔는데 언제까지 그럴 수만은 없지 않겠소. 허 선배야말로 시의원이라는 감투에다 들어보니 여기저기 제법 챙겨 먹었던데, 너무 지나친 욕심은 부리지 마슈. 과유불급이라 하지 않았소."

"이런 개새끼, 죽여버리겠어!"

허주만이 막걸리 잔을 집어던졌다. 그것은 조대홍의 왼쪽 어깨를 때렸다. 뿌연 막걸리는 조대홍의 옷에도 얼굴에도 범벅이 되었다. 시위 참여자들만이 아니라 곡주사 홀 안의 모두가 대화와 움직임을 멈추고 사태를 주시했다. 조대홍은 반격하지 않았다. 조대홍은 얼굴 위를 흐르는 막걸리를 손으로 훔쳐 털어냈다.

"이것으로 빚은 갚은 것으로 합시다."

조대홍은 상의와 바지에 흥건한 막걸리를 쫓아내듯 툴툴 털면서 일어섰다. 그는 자기가 먹은 건 계산하겠다며 2만 원을 계산대에 던지고 곡주사를 빠져나갔다. 시선으로 그를 뒤쫓던 진구가 허주만에게로 고개를 돌리다 서영미와 눈이 마주쳤다. 서영미는 뒤풀이 장소에 자리 잡은 이후 처음으로 고개를 들고 있었다. 입술을 잘근잘근 씹고 있는 서영미의 표정이 복잡했다. 공포와 분노가 뒤섞인 가운데 절망감도 엿보였다. 진구가 허주만을 살피기 위해 고개를 더 돌렸을 때 허주만은 몸을 일으키고 있었다. 허주만은 인사도 않고, 자기 먹은 몫도 계산하지 않고 가게를 빠져나갔다. 그렇다고 조대홍을 뒤쫓는 것 같지는 않았다. 그의 걸음이 흔들리고 있었다. 어쩌면 진구의 눈이 흔들렸는지도 모를 일이었다.

진구는 고시원으로 돌아와서도 자신의 방으로 향하진 않았다. 근래 이런 일이 자주 있었다. 키보드 전사로서의 임무를 등한시하는 셈이었다. 고시원에는 개인 방이 아니면 갈 곳이라곤 주방밖에 없었다. 주방에서는 새천지 이영운이 늦은 식사를 하고 있었다. 늘 그랬다. 이영운은 다른 이들의 식사시간대를 피해서 주방을 드나들었다. 그런 이영운이 먼저 말을 걸어왔다.

"늦었네요. 식사하게요?"

"아니, 먹었어요."

영운이 진구를 빤히 올려다보았다. 주방에는 그럼 무슨 일로 들렀느냐고 묻고 있었다. 대충 둘러댈까 하다 솔직히 말해버렸다.

"방으로 올라가기가 싫네요."

영운은 무심히 고개를 끄덕였는데 그것이 진구의 마음을 이해한다는 의미인지 아닌지 알 수 없었다.

"외출했다 돌아온 길인가 봐요?"

"아, 오늘 집회가 있었어요. 여성단체에서 주도한 건데 수성구청장이 성추행을 저질렀거든요. 그것도 성폭력 상담소 직원에게. 아마 곧 중앙 언론은 모르겠지만 최소한 지역 언론은 타게 될 겁니다."

"무엇이든 언론 플레이가 최고죠. 근데 그런 집회에 참석한다니 묻는 건데요, 혹시 진구 형제도 페미니스트예요?"

"내가 페미니스트요? 난 마초라고 더 많이 불리죠. 왜요, 페미니스트들에게 반감이라도 있어요."

"반감이라기보다는 문제 의식을 갖는 편이에요. 특히 한국의 페미니즘은 좀 심각하다고 보거든요."

"페미니스트라고 해서 모두가 메갈리아나 워마드류의 남성혐오주의자는 아니죠."

"남성혐오라면 차라리 눈감아 줄 수 있다고 봐요. 지나친 면이 있긴 하지만 한편으로는 한국의 남자들이 잘못하는 것도 많잖아요. 특히 기성세대들요. 근데 이런 말 하면 불쾌하실지 모르겠지만 한국의 페미니스트는 권력과 너무 유착해 있다는 생각이에요. 권력 주변을, 더 정확히는 권력을 쥔 남성들 주변을 맴돌면서 그 권력을 나누어 먹으며 공생하고 있다고 할까요. 그러다 보니 여성주의적 활동이라는 게 실은 일부 남성 권력자들을 위한 정치 행위가 되어버리더군요."

한마디로 여성단체들이 당파성이 너무 강해서 좌파만 편들고 있다는 말을 이영운은 돌려서 하고 있었다. 틀린 말은 아니지만 인정하고 싶지 않았다.

"어느 한 편을 든다기보다, 여성들의 정의와 좌파 진영의 정의가 일치하니 외관상 그렇게 보이는 것 아니겠어요."

"그럴까요?"

이영운이 보일 듯 말 듯 묘한 웃음을 보였다. 딱 걸렸다는 그런.

"그렇다면 좌파 진영에서 최근 쉴새 없이 반복되는 미투는 뭐죠? 여성들의 정의와 일치한다는 좌파의 정의로부터의 우연적인 일탈에 불과한 것일까요? 나는 아니라고 봐요. 일탈이 되풀이되어 일상화되어있다면 그것은 우연이 아니라 구조인 거죠. 그렇게 구조화된 좌파 진영의 반여성주의가 여성들의 정의와 일치한다고 볼 수는 없겠죠. 더 문제는, 왜 여성단체가 그 구조화된 일탈을 두고 미온적으로 대처하거나 아니면 두둔하기조차 하느냐 하는 겁니다."

이영운은 근래 좌파 진영의 유명 정치인들에게서 연이어 터져 나오는 성추행 사건과 이에 대한 여성단체들의 적극적이지 못한 대처를 비난하고 있었다. 그 문제를 두고서는 진구로서도 할 말이 없었다. 욕먹어도 싸다는 생각이었다. 구질구질한 변명 따위 하고 싶지 않았다. 진구의 생각을 읽었는지, 이영운이 진구를 찌를 것처럼 빤히 쏘아보았다. 기회를 놓치지 않고 한바탕 쏟아낼 기세였다. 너절한 변명이야 늘어놓지 않더라도 그 입을 어떻게든 막아버릴 수 있겠지만, 왜인지 그러고 싶지 않았다. 어딘지 맥이 탁 풀린 기분이었다. 돌이켜보니 유현곤 선배의 긴 이야기를 듣고 난 뒤의 그때도 이와 비슷했었던 것 같았다. 한편으로는 뭐라는지 한번 들어보자는 객기 비슷한 것도 일었다. 팔짱을 낀 진구가 몸을 의자 깊숙이 묻었다. 들어줄 테니 어디 해보라는. 이영운은 기다렸다는 듯 말을 쏟아냈다.

"제 생각에 뿌리에서부터 한국의 여성 운동은 변질되었다고 봐요. 여성단체를 이끄는 이들이 과거 학생으로서 운동권이었거나 그 주변을 맴돌고 있을 때 그들은 남성 활동가들의 반여성적 태도에 전혀 비판적이지 못했죠. 이는 60년대의 미국의 여성 활동가들과 비교가 돼요. 미국에서는 운동단체 남성 활동가들의 가부장적이고 남성중심주의적 태도에 반발하여 사적인 영역에서의 여성해방을 부르짖으며 제2 물결 페미니즘으로서의 래디컬 페미니즘을 등장시켰죠. 당시 미국의 남성 민권운동가들은 여성 활동가들에게 커피 심부름을 시키거나 심지어는 여자들은 '엎드리기만 하면 된다.'는 농담을 던지기도 했어요. 엎드린다는 게 무슨 뜻인지는 알죠? 체위에서의 후배위요. 대놓고 말해서, 힘들게 싸우는 남성 활동가들을 위해 다리나 벌려달라는 얘기였죠. 이런 태도에 반발해서 '사적인 것이 정치적인 것'이라는 슬로건을 내세우며 미국에서 새로운 여성 운동으로서의 래디컬 페미니즘이 만들어졌어요. 그러니 미국의 페미니즘은 남성 활동가, 이후의 남성 권력자들과는 척을 지게 되었죠. 하지만 한국에서는 전혀 다르게 전개되었어요. 한참 선배 되시는 분에게 들은 얘기가 있어요. 그분은 운동권 출신이었는데, 80년대엔 수배받는 운동권에게 빵순이를 만들어주었다고 하더라고요. 체포되어 감방에 가게 되면 그 뒷바라지를 해줄 여성 활동가 말이죠. 물론 보편화 된 상황은 아니었다지만, 하여튼 운동권의 이런 빵순이 문화, 또는 빵순이라는 어휘 자체에 당시의 여학생 운동권들은 집단적 차원에서는 문제 제기를 하지 않았다고 해요. 사실상 수긍하고 받아들인 거죠. 사회변혁을 위해 필요하다는 논리 구조 위에서요. 말하자면 대한민국 버전의 '엎드리기만 하면 되는 여성', 즉 후배위로서의 '빵순이'를 한국 여성 운동권들은 자신들이 담당해야 할 하나의 역할로 동의했던 셈이죠. 남성들을 위한 보조역할 말이죠. 바로 여기에서 한국의 여성 운동은 여성 운동이라 부를 수 없는 길로 나아가게 되었다고 봐요. 그때 그렇게 수단으로서의 여성의 지위를 저항 없이 수용했던 여성 운동권들이 현재 내로라하는 여성단체의 지도급 인사가 되었고, 그들이 지금 미투를 부르짖으며 페미니스트를 자처하고 있죠. 그런 그들에겐 조개 줍는 일보다는 쓰나미 대비가 언제나 더 우선으로 매달려야만 하는 일인 것이죠. 말하자면 그들은 학생 운동권이었을 때 그랬던 것처럼 페미니즘을 사회변혁에 복무하는 일개의 수단으로만 이해하고 있는 거죠. 그런 기능적 수단적 이해의 결과로, 나아가 그런 관점을 현실 정치에 실현하면서 그들은 페미니즘운동을 상대의 사생활을 파고들어 상대를 공격하고 무너뜨리는 흉기로 변질시켜버렸던 거죠. 그리고 이렇게 페미니즘을 정치의 도구로 활용하다 보니 그 도구를 함께 사용하는 같은 진영의 동지 남성들에게는 이 페미니즘의 논리를 적용시키지 않게 되었고, 그것이 습관으로 굳어져 자기 진영의 미투에 둔감한 좌파 관변단체로서의 지금의 여성단체들이 만들어지게 된 거죠. 이건 엄밀히 말해서 페미니즘이 아니에요. 페미니즘의 외피를 둘러싼 정치투쟁, 권력투쟁인 거죠. 그런데 여학생 운동권들의 당시의 그 같은 반여성주의적 태도는 이후의 여성 운동을 망쳐놓은 것으로만 끝나지 않았어요. 자신들의 전근대적 반여성주의를 정정할 기회를 놓치게 되면서 남성 운동권들도 망쳐놓았죠. 그 '빵순이'에 여성 운동권들로부터 아무런 반발도 경험하지 않았던 덕분에, 그때 그렇게 여성들을 수단으로밖에 이해할 수 없었던 남성 운동권들이 이제 권력자가 되어 지금도 여성을 여전히 빵순이 취급하면서 생각 없이 성추행을 저지르고 있죠. 그 '빵순이'의 사고 틀에서 여성은 남성들의 욕구에 부응하는 존재에 불과했거든요. 미국의 그 '엎드리기만 하면 되는 여자' 말이죠. 이런 이유로 좌파 진영의 미투가 우연적 일탈이 아니라 일상화된 구조라고 제가 얘기했던 거예요."

이영운은 한국의 여성단체만이 아니라 좌파 진영 전체를 싸잡아 욕해댔다. 맥이 탁 풀렸었던 기분 상태나 어디 한번 들어보자는 애초의 객기와는 달리 듣다 보니 반발감이 먼저 일었다. 하지만 문제는 틀린 말이 아니라는 것이었다. 여성단체들이 연합하여 주도한 오늘의 박중기 성추행 폭로 시위가 그 증거였다. 진구가 보기에도 박중기의 서영미 성추행 사건은 어딘지 미심쩍은 데가 많았고, 여성단체들이 허주만을 위해, 허주만과 한편이 되어 작정하고 움직인 건 사실이었다. 어찌 보면 서영미는 80년대 당시의 빵순이 역할을 수행했던 셈이었다. 솔직히 이영운에게 반박할 구석을 찾기가 힘이

들었다. 이영운이 오늘 집회의 속사정을 훤히 꿰뚫고서 따지고 드는 것만 같았다. 그러나 도리어 반박하기 힘들다는 이 같은 사실이 진구를 발끈하게 했다. 전사로서의 정진구가 되살아나고 있었다. 전사의 자존심과 오기의 문제이기도 했다. 세상에 완벽한 것이 어디 있겠나. 저쪽이 내가 가진 것을 때리면 나도 저쪽이 가진 것을 때릴 수밖에 없다. 상대의 약한 고리를 집중해 쳐야 한다.

"새천지 활동한 지 오래됐어요?"

영운에게서 긴장과 경계가 떠올랐다가 사라졌다. 대화에서 벗어난 질문의 의도도 파악한 듯했다.

"3년 정도 됐죠, 군 제대한 다음 해부터니까."

"나는 정말이지 궁금해요. 새천지가, 더 넓게는 종교라는 것이 정말 인간을 구원할 수 있다고 믿어요?"

"질문이 잘못되었다는 거 아시죠. 종교인에게 구원의 믿음 여부를 물었잖아요. 구원의 믿음이 없다면 종교활동을 해야 할 이유가 사라지지 않나요?"

"꼭 그렇지만은 않죠. 등산 모임이 반드시 산을 타기 위한 모임이 아닌 것처럼 말이죠. 뽕도 따고 임도 보고."

영운이 이마를 찌푸렸지만 진구는 모른 척했다.

"나는 기독교 교리도 새천지 교리도 몰라요. 다만 새천지에서는 144,000명 안에만 들면 구원받아 영생을 얻는다고 주장한다는 정도는 알죠. 나는 그것을 정말 믿는지 궁금하고, 오직 그 때문에 새천지 신자가 되었는지 궁금한 거죠."

"그건 이미 대답했어요. 혹시 다른 말씀을 하고 싶으신 거예요?"

"거짓 희망이죠. 불쾌하게 생각지 말아요. 미래에 대한 불안이 구원, 즉 미래에 대한 최고의 희망을 던져주는 새천지로 달려가게 만든 게 아닌가 하는 거죠. 새천지에 몰려드는 이들 중 많은 이들이 2~30대 젊은 층이라고 들었어요. 부모보다 더 가난한 최초의 세대로 불리는 한국에서 미래를 가장 불안하게 여기는 이들이죠. 취업이나 결혼 등 자신들의 미래에서 희망을 찾기 힘들어 N포세대로 불리는 이들이잖아요. 이들에게 새천지는 현재의 비참함을 벗어나게 해주는 엄청난 희망을 던지는 거죠. 심지어는 그들에게 실망했던, 그래서 늘 미안함을 품고 있던 그 가족들까지 다 구원할 수 있게 해주는 그런 꿈같은 희망. 듣기로 144,000명 안에 들기만 하면 제사장이 되어 그 가족들까지 모두 구원받는다고 하더군요. 어찌 보면 전형적인 한국적 가족 중심주의죠. 자신의 행위에 따라 심판받는 것이 아니라 가족이라는 혈연적 관계에 의존한다는 점에서 전근대적이기도 하고요. 어쨌든 새천지는 각자도생의 정글 세상에서 현실의 비루함, 흔적 없는 자신의 존재감을 보상해주는 엄청난 희망을 던져준다는 거죠. 정신적 마스터베이션이라고나 할까요? 아니 잠깐만."

진구가 한 손을 들어 이의를 제기하려는 영운을 제지했다.

"알아요. 구원을 믿느냐는 질문을 반복한 것이나 마찬가지라는 거. 하지만 강조하는 지점이 달라요. 구원에 강조점이 놓인 것이 아니라, 현실의 초라함과 미래에 대한 불안에 강조점이 놓여있어요. 내 말은 자신의 초라함과 미래에 대한 불안이 없었다면 과연 거대한 희망을 던져주는 새천지 신도가 되었을까? 하는 겁니다."

"당연하죠. 우리 새천지의 희망은 거짓되지 않습니다."

영운의 대답은 짧았지만 의문의 여지 없이 단호했다. 구원과 천국에 확신을 품은 이에게 진구의 논리는 설득력이 없었다. 찔러도 피 한 방울 나지 않았다. 좀 더 강한 것이 필요했다. 진구는 새천지의 이단성을 비판했다. 대개의 이단이 그렇듯이 새천지도 종말론을 팔아먹고 사는 것 아니냐고 따졌다. 이에 영운은 기독교의 본질이 종말론이라고 응수했다. 현재의 기독교가 종말을 잊고 현실의 소유에만 집착함으로써 기독교의 본질을 배반했다는 것이다. 초기의 기독교는 사회주의적 공동체로 곧 다가올 예수의 재림과 종말을 대비해 개인 재산의 소유도 금지했다는 것이다. 이후 종말이 지연되자 사람들은 종말을 잊어버리면서 교회는 소유에 집착했고 그것이 교회의 타락을 불러왔다고 했다. 반면 새천지는 그 초기 교회의 순수한 신앙의 형태로 돌아가는 신앙 행위라고 강변했다. 더 나아가 영운의 반박은 여기에 그치지 않았다. 영운은 진구가 꿈꾸는 혁명이 다름 아니게 종말론을 팔아먹는 종말론의 변종이라고 공박했다. 혁명을 이루어 현재의 타락한 세상을 끝장내고 천국과도 같은 신세계를 꿈꾸는 것, 그것은 종말론의 타락한 버전이 아니고 무엇이냐는 것이었다. 혁명가들이 꿈꾸는 신세계와 영운 자신이 고대하는 새천지가 무엇이 다르냐고도 쏘아붙였다. 말이 막히자 진구는 포교의 방법으로 새천지 신자임을 속이고 접근하는 새천지의 모략 전도를 비난했다. 그러자 영운은 더 큰 정의를 위한 사소한 정의의 희생으로 설명했다. 말하자면 필요악이라는 것이었다.

"새천지의 역사를 위해서는 거짓과 모략, 폭력 등 불법행위도 용납이 된다고 봐요. 대의를 이루기 위한 작은 희생인 셈이죠. 결벽주의는 관념 속에서만 존재할 수 있을 뿐이죠. 진구 형제의 선배들, 혁명을 꿈꾸었던 그들도 한때는 어쩌면 지금도 우리와 같은 생각을 품고 있을걸요. 혁명을 위해서는 불법행위도 필요하다는 사고. 혁명 자체가 본질적으로 폭력이고 불법이잖아요. 세상을 뒤집겠다는 혁명가의 불법은 묵인하거나 심지어 찬양하기까지 하면서, 영혼을 뒤집겠다는 영혼 혁명가의 불법은 왜 단죄되어야 하는 거죠? 우리가 소수파라서요?"

틀린 말이 아니었다. 진구 자신도 정의의 실현을 위해서는 폭력이라는 불법행위가 필요하다고 믿고 있었다. 시위 현장에서의 그의 과격함의 뿌리도 따지고 보면 여기에 논리적 근거를 두고 있었다. 따라서 영운의 반박은 진구의 입을 또 막아 버렸다. 벌써 몇차례 말문이 막힌 셈이었는데, 그런데도 처음처럼 반발감은 일어나지 않았다. 그보다는 대화를 나눌수록 두 사람이 심연 깊은 곳에서 서로 통하여 연결되고 있다는 설명하기 힘든 감정마저 가지게 되었다. 어쨌건 둘은 판을 깨지 않고 대화를 지속하고 있지 않은가. 이는 놀라운 경험이었다. 계속하여 두 사람은 깊게는 아니지만, 사적인 영역마저 드러내 보여주며 여러 얘기를 나누었다.

영운은 자신은 비록 지방대 출신이지만 부모는 서울의 명문대 졸업자들로 모두 교수로 재직 중인 인텔리 집안에서 태어나 자랐다고 했다. 아버지는 교회의 장로이기도 하셨지만, 자신은 기존의 교회에서 영혼의 갈급함을 채워주는 어떤 말씀도 듣지 못해 결국

기성 교회를 떠나 새천지에서 영혼의 보금자리를 발견했다는 것이다. 덕분에 부모님들과는 완전히 단절된 생활을 벌써 3년째 이어가고 있다고 했다. 진구도 자신의 가족 얘기를 들려주었다. 아버지가 일찍 돌아가셨고 시골에서 어머니 혼자 농사를 짓고 있다는 정도만. 이렇게 서로 좀 편해진 탓인지 진구는 함부로 입에 올리기 힘든 말들도 생각 없이 내뱉기도 했다. 새천지를 히로뽕이나 코카인에 비유한 것이다.

"내 생각에 말이죠. 예수가 살던 그 시대에 유대교는 마리화나 정도 였다면 예수는 히로뽕이나 코카인이 아니었나 싶네요. 종말과 천국이라는 뽕을 확 뿌려버린. 그런데 지금은 안정된 기득권자로서의 기성의 교회가 온화하면서도 좀은 밋밋한 마리화나가 되었다면 새천지는 히로뽕이나 코카인 정도가 아닌가 싶네요. 화끈하고 강렬하죠."

말을 뱉고 나서 아차 했지만 이미 늦어있었다. 감정을 좀처럼 드러내지 않던 영운이 발끈 화를 냈다.

"그건 마찬가지죠. 진구 형제가 소속된 운동단체들도 뽕을 뿌리고 있지 않나요? 한때는 혁명이란 뽕을 뿌려대더니 그것이 먹혀들지 않으니 이젠 개혁이라는 뽕, 적폐청산이라는 뽕을 뿌려대고 있잖아요. 개혁과 적폐청산만 이루고 나면 이 대한민국은 곧 천국이 될 것처럼 말하고 있잖아요. 그리고 이게 다가 아니죠. 뽕 먹인 효과를 높이기 위해서 사탄도 만들어냈죠. 미국이라는 사탄, 일본이라는 사탄에 미국보다 미국을 더 사랑하는 사람이라는 사탄과 토착왜구라는 사탄도 만들어냈죠. 이런 사탄들로 둘러싸인 세상에서 뽕의 위력은 참으로 대단하죠. 개혁뽕, 적폐청산뽕이 인도하는 신세계의 천국은 저 멀리 구름 위에서 더욱 밝고 찬란하게 빛나는 것이겠죠."

진구는 따지어 덤벼들지는 않기로 했다. 애초에 욕먹을 빌미를 제공했으니. 조금은 무안해하며 다음 대화거리를 찾고 있을 때 몬실이가 주방문을 밀치고 안으로 들어섰다.

"오우! 유명인."

진구에게 던지는 빈정거림이었지만 진구는 이해를 못 했다.

"주빠님께서 뉴스를 탔더구만. 으쌰으쌰!"

몬실이가 구호 외치는 흉내를 냈다. 수성구청 앞 시위가 벌써 방송에 보도된 모양이었다. 거기에 진구가 보였던 것이고. 그래도 이해되지 않는 건 남았다. 짐작은 가지만 물었다.

"주빠는 뭐요?"

"오, 모르셨군만. 최신 신조언데. 주빠는 주문국 지지빠들."

"아, 그러니까 우리 주문국 의원님이 아주 충성스러운 지지자 그룹을 갖고 있다는 그런 말이네. 이거, 대단한 칭찬이네. 우리 주 의원님 체급이 쑥쑥 올라가고 있는걸."

"뭐, 그럴 수도 있겠지. 음, 근데 이건 어디까지나 내 생각이 아니고 인터넷에 떠도는 것들인데, 주빠의 주를 한자어 술로 해석해서 술빠, 술빨이, 술빠리 따위로 다양하게 불리기도 하더군. 여기에다 의미의 확장이 이루어지면서 술꽐라, 째리뽕으로 호칭 되기도 하고. 나 개인적으로는 째리뽕이 젤로 잘 어울리는 것 같다만. 술뽕, 주뽕 맞은 사람들 말이지. 째리뽕"

뽕을 입에 올리다니, 이 자식이 영운과의 대화를 엿들었나 싶었지만 그건 아닌 것 같았다. 몬실이 놈은 진구만을 노리고 있었다. 진구는 몬실이가 밉살스럽기도 하지만 그냥 귀찮아졌다.

"세상이 좆 같은 데, 뽕이라도 맞으며 살아야지 어쩌겠소. 우리 주 의원님이 뽕 가는 뽕이라도 놓아주면 감사합니다, 하고 맞아야지, 안 그렇소. 저녁 식사하러 온 모양인데 많이 드슈. 내는 아주 몹시 굉장히 바쁜 몸이라서."

진구는 일어섰다. 영운은 벌써 일어나 있었다. 둘은 몬실이만을 남겨놓고 주방을 나와 각자 자신의 방으로 돌아갔다. 침대 위로 몸을 던지고서야 진구는 영운이 그답지 않게 많은 말을 했음을 알아차렸다. 비록 투닥대며 언쟁을 벌인 것에 불과했으나 영운은 진구와의 대화를 거부하지는 않았다. 오히려 더 적극적이었다. 몬실이와는 달랐다. 몬실이는 아예 상대조차 하려 들지 않고 피해버리지 않았나. 진구가 몬실이와의 사이에서 영운의 편을 들어 준 이후 영운이 진구에게 호감을 갖고 있는 건 분명한 것 같은데, 그것 말고도 다른 게 있어 보였다. 외로운 건가. 설마 그럴 리가. 서로 잘 챙겨주기로 소문난 그렇게 많은 새천지 교회의 형제와 자매들이 있지 않은가. 진구는 침대에서 몸을 일으켰다. 컴퓨터를 켰다. 전사로 돌아갈 시간이었다. 그러나 그는 바로 전사로 변신하지는 못했다. 컴퓨터를 켠 이후 한동안 그의 의식을 장악한 것은 뒤풀이 자리에서의 사건이었다. 허 의원과 조대홍, 그 둘은 어떻게 그렇게 갑자기 원수가 되어버렸을까?

#7.
너무 아름다운 것은 이루어질 수 없다

　서영미의 죽음을 처음 접한 것은 TV 뉴스였다. 그러나 고시원 방에서 컴퓨터로 TV를 시청할 당시에는 타살로 의심된다는 그 자살자가 서영미인 줄은 몰랐다. 지역 뉴스에서는 40대 초반의 여성 A 씨라고만 죽은 이의 신원을 밝혔다.

　"--- 지난 20일 대구 남산동의 한 주택가에서 목매단 시신으로 발견된 40대 초반의 여성 A 씨의 사인을 두고 논란이 이는 가운데, 자살로 사건을 마무리 지으려던 경찰은 유가족들의 항의를 받아들여 타살의 가능성도 열어두고 있다고 합니다. 유가족들의 주장에 의하면 주저흔이라고 보기 힘든 상흔들이 목 주위와 손목 등에서 발견되었다는 것인데, 이에 경찰은 일단 국과수에 부검을 의뢰한 상태이며 부검이 끝나는 대로 살인 사건으로 입건하여 수사를 개시할지 여부를 판단할 것이라고 합니다. ---"

　목매단 시신으로 발견된 40대 초반의 여성 A 씨가 서영미임을 알게 된 것은 허주만 의원의 전화를 받고서였다.

　"맞아. 영미야. 발견자가 율아야. 전화를 받지 않자 집으로 찾아갔다가 발견했어."

"율아씨 많이 놀랐겠습니다."

"놀란 정도가 아니야. 둘은 서로 그런 사이였잖아. 그런데 한마디 말도 없이 자살을 해버렸지."

"타살일 가능성도 있다고 하던데요."

"자살일 거야. 요즘 좀 많이 힘들어했었지. 품었던 이상은 높았었는데 여성 운동가로서 살아가기가 녹록지 않았잖아. 그래서 묻는 건데 혹 영미가 자네에게 뭔 말이라도 한 게 없었나?"

"뭔 말이라뇨?"

"그러니까 영미가 상담소에서의 자기 일과 관련해서 무엇이든지."

"아니요. 영미 씨와는 그리 가까운 사이도 아니었고. 지난 시위 뒤풀이 이후로는 본 적도 없습니다."

"그래? 알았어, 부검 끝나고 시신이 유족에게 인도되면 장례를 치를 거야. 그때 문상이나 같이 가보자."

전화를 끊고 나서야 허주만 의원의 목소리가 시니컬하면서도 어딘지 지친 기색이 엿보였다는 생각이 들었다. 며칠 전, 뒤풀이 자리에서 벌어진 조대홍과의 그 사건의 여파 탓으로 이해했다. 부검 결과는 설 연휴 이틀 뒤에 나왔다. 사인은 타살로 결론이 났다. 살해방식은 최소한 공범 둘 이상이 저지른 것으로, 한 사람 혹은 두 사람이 서영미가 움직이지 못하게 힘으로 제압하고, 다른 한 사람은 목에 밧줄을 건 것으로 추정되었다. 이러한 타살 결론에 확증을 보탠 것이 또 있었다. 죽기 나흘 전 서영미의 통장으로 6억이라는 거금이 입금되었는데, 입금된 당일 전액이 현금으로 인출되었다는 사실이 밝혀졌다. 은행 직원에 의하면 서영미가 직접 여행 가방에 넣어 가져갔다고 한다. 하지만 그 많은 현금이 서영미의 거처에서 하나도 발견되지 않았다는 것이다. 경찰은 단순 살인이 아닌 더 큰 사건과 연루된 사건으로 인지하고 수사 인원을 보강했다는 것이다. 서영미가 큰일에 말려든 것만은 틀림없어 보였다.

장례는 고인의 언니네와 조카들이 상주를 맡아 치러졌다. 진구는 허 의원과 함께 문상을 갔다. 서로 약속을 했었는지 장례식장 입구에서 윤명자 소장이 서성대며 기다리고 있었다. 셋은 빈소에 들러 절을 한 뒤 먼저 와서 자리를 잡고 있던 상담소 직원들과 합류했다. 성폭력 상담소 관계자는 모두 모인 것 같았다. 눈가의 멍 자국은 사라졌지만 그 대신 울어서 눈이 퉁퉁 부은 율아도 그 자리에 있었다. 책임자인 소장이 가장 늦게 합류한 셈이었다.

침울하면서도 어색한 분위기가 그들이 앉은 탁자 주변을 지배했다. 서영미와 전혀 어울리지 않는 일들이 그녀에게서 일어난 것이다. 타살도 그렇고 거금 6억도 그렇고. 모두 서영미의 죽음을 감당하기 힘들어했다. 조용히 음식을 먹었고 술을 마셨다. 대화를 나누더라도 고인인 서영미는 가급적 입에 올리지 않으려 했다. 최근에 발생한 우한발 코로나 19가 더 자주 언급되었다. 벌써 몇몇은 취해있었다. 허주만 의원도 화가 난 것처럼 급히 술을 넘기고 있었다. 윤명자가 말렸지만 듣지 않았다.

"영미는 너무 순수했지."

제법 취기가 오른 허주만이 내뱉은 첫소리였다. 여전히 화가 난 것 같았고, 어딘지 시니컬 했다. 칭찬인지 욕인지 구분하기 힘든 말투였다.

"세상을 너무 몰랐어. 정치를 이해하지도 못했지. 아름다운 꿈과 이상만으로 세상을 바꿀 수 있다고 믿었었지. 순진한 건지, 어리석은 건지." 취해 풀어지기 시작한 허주만의 눈이 윤명자를 보았다. "그건 영미 자신에게 딱 어울리는 말이었지. 안 그래, 윤 소장. 너무 아름다운 것은 이루어질 수 없다는 것."

윤명자는 반응이 없었다. 주변의 눈치를 얼핏 살피고는 알아차리기 힘들 정도로 고개만 끄덕였다. 반응은 예상치 못한 곳에서 나왔다. 줄곧 침묵을 지키고 있던 율아였다.

"그것, 아름다운 것은 이루어질 수 없다는 그것, 영미가 그런 말을 하던가요?"

"그래, 영미가 그 말을 했지. 자신은 너무 아름다운 꿈만을 꾸었었는데, 그런 꿈은 실현 불가능하다는 걸 알게 되었다면서. 그래서 나는 아직도 타살이 아니라 자살이라고 믿고 있는 거야. 영미는 자신을 지탱해주던 걸 잃어버린 절망에 빠졌던 거였어. 바보 같은 것. 세상에서 가장 멍청한 인간인 것이지."

율아는 굳어버린 듯 꼼짝 않았다. 눈만을 꾹 누르듯 힘주어 감았다가 떴다. 그 율아의 눈이 광채로 번들거리고 있었다. 이해할 수 없게도 진구는 율아의 이 작은 행동과 눈빛에서 전율 비슷한 것을 느꼈다. 그 순간 율아는 전혀 다른 사람처럼 생각되었다. 그럼에도 그 전혀 다른 존재가 완전히 낯설지가 않았다. 율아가 원래부터 지니고 있었으나 잘 감추어져 있던 그 무엇이 번쩍하며 고개를 든 것 같았다. 지킬과 하이드라고나 할까. 그것을 어떻게 이름을 붙이든, 하여튼 율아에게 무슨 일인가 일어나고 있었다. 그것은 허주만도 마찬가지였다. 그는 진구 앞에서 한 번도 보인 적이 없었던 술에 취해 흐트러진 모습을 보였다. 심지어 문상 예절에 어긋나게도 고인을 비난하기까지 했었다. 그에게도 무슨 일이 일어나고 있었다. 아니면 벌써 일어났거나.

　허주만은 한잔 더 하자며 진구를 붙잡았다. 둘은 장례식장을 나와 택시를 잡아타고 단골 노래방을 찾았다. 술과 안주를 주문한 허주만은 도우미 아가씨도 둘을 요청했다. 도우미를 부른 건 시의원으로 당선된 이후 처음 있는 일이었다. 시의원으로서 조심해야 한다며 진구가 말렸으나 듣지 않았다. 아가씨들이 들어오자 급한 서너 잔의 건배 후, 허주만은 혼자 마이크를 잡고 몇 곡을 연이어 불러댔다. 마이크를 진구에게 넘긴 뒤로는 자신의 파트너 도우미 아가씨를 끌어안고 거칠게 희롱하기 시작했다. 그 정도가 지나쳐 폭력적이기까지 했다. 여자가 밀쳐냈지만 허주만은 막무가내였다. 이 또한 본 적이 없는 일이었다. 시의원으로 당선되기 전에도 진구 앞에서 이런 모습을 보인 적은 없었다. 끝내 진구가 나서서 말려야만 했다. 여자와 떨어진 뒤, 연거푸 몇 잔의 술을 더 들이킨 허주만은 마구잡이로 이것저것 선곡을 하더니 마이크를 잡고 또 몇 곡을 혼자서 불렀다. 취해버린 탓인지 선곡해놓은 곡들을 전부 다 부르지도 못했다.
　"야, 진구야."
　소파로 몸을 던진 허주만은 혀 꼬부라진 소리를 했다. 선곡을 위해 책자를 넘기던 진구는 소파에 몸을 깊숙이 묻었다. 술 취하기만 하면 반복되는 그 '라떼' 레퍼토리가 시작될 것 같았다. 예상은 틀리지 않았다.

"너희들은 말이야, 참 행복해. 참 편하게 운동한다. 우리 때는 말이야. 5공 6공 때 아니었나. 우리는 목숨 내걸고 운동했다. 미래의 우리 인생을 내던졌었지. 민족 해방의 미래와 우리의 미래를 맞바꾸었었지. 자기를 버리는 희생만이 필요했었어."

진구로서는 자주 듣는 소리라 무덤덤했지만 도우미들은 아니었다. 방금 여자를 끌어안고 분탕질 치던 남자의 입에서 느닷없이 쏟아져 나오는 5공, 6공이니 민족 해방이니 따위는 무척이나 생경했다.

"그렇지만 그렇게 안일해서는 안 되지. 이 나라 한반도는 아직도 식민지야. 일본의 식민지였다가 이제는 미국의 식민지. 우리 땅의 순결이 더러운 미군기지들로 짓밟히고 있어. 영구 분단을 획책하기 위해 6.25를 일으켰던 미국이 이 땅을 영구히 지배하기 위해 이 땅에 박아놓은 미군기지들. 그런 미국이 이제는 일본도 끌어들이고 있어."

"저, 근데요. 6.25는 북한이 남침한 거 아니에요?"

연설 도중 감히 끼어든 것은 허주만의 파트너 도우미 여성이었다. 허주만은 파리를 내쫓듯 팔을 내저었다.

"무식한 소리. 너희 같은 것들이 있으니 우리 민족이 이 꼴을 못 면하는 거야. 6.25는 미국이 각본과 시나리오를 다 짜고 연출까지 했던 전쟁이야. 2차 대전 후 남은 무기 소비용으로 기획된 미국의 군산복합체를 위한 전쟁이었어. 그 전쟁은 아직도 계속되고 있어.

미국과 식민지 민중과의 전쟁. 우리는 현재 민족 해방 전쟁 중인 거야."

이의를 제기했던 도우미 여성은 안주로 나온 과일을 하나 입에 털어 넣고는 고개를 돌려버렸다. 허주만은 도우미의 반응 따위 아랑곳 않고 계속했다.

"진구야, 잘 들어. 이런 전쟁 중에는 우린 동지들끼리 똘똘 뭉쳐야 하는 거야. 적들은 우리의 틈을 노리고 있어. 사소한 틈을 말이야. 민족을 위한 대의에 헌신하다 보면 이런저런 일들이 생기게 마련이야. 그런 것들 하나하나 흠잡으면 안 되는 거야. 동지에 대한 비판은 적들을 이롭게 하는 것이지. 중요한 것은 대의야. 그것만을 부여잡고 우리는 오직 한 길로만 달려가야 하는 거야. 흔들림 없이."

허주만은 두 번 비틀거린 뒤 겨우 몸을 일으켰다. '라떼' 레퍼토리의 대미를 장식할 때가 되었다.

"사~랑도 명~예도 이~름도 남김없~이 한평생 나가자~던 뜨~거운 맹~세~~ 세~월은 흘러~가도 산~천은 안~다~~"

임을 위한 행진곡이었다. 불끈 쥔 주먹으로는 허공을 찌르며 리듬을 넣고 있었다. 이런 허주만의 뒤로는 그가 신청해 놓았지만 부르지 못했던 곡의 반주가 흐르고 있었다. 곡목은 나훈아의 '사랑의 배신자'였다.

얄밉게 떠~난 님~아. 얄밉게 떠~난 님~아

윤명자 소장의 비리가 폭로된 것은 서영미 문상을 다녀온 이틀 뒤였다. 진구는 광화문 집회 참석차 서울로 올라가는 KTX 안에서 알게 되었다. 허주만 의원 비리 건과는 달리 지방의 일간지에서 제법 크게 다루었다. 그것도 두 곳에서 동시에. 의외로 저쪽에서 이슈화하지 않는 바람에 금세 잊혀졌던 허주만 의원의 경우와는 그 파장이 다를 것으로 예상되었다. 폭로자는 윤명자가 소장으로 있는 대구 성폭력 상담소의 유일한 남자 직원이었던 영남 씨였다. 폭로된 비리들은 대부분이 성폭력 예방 토론회와 그 뒤 이어진 뒤풀이 자리에서 율아에게 들어 알고 있던 것들이었기에 놀랍지도 않았다. 터질 게 터졌다는 정도. 다만 성추행 폭로는 예외였다. 윤명자가 여직원, 남자 직원 가리지 않고 성추행을 저질렀다는 것이다.

> "--- 여직원들에게는 남편과의 부부관계를 꼬치꼬치 캐묻기도 했고, 여성용 성기구, 일명 딜도의 사용법을 설명한다면서 과도한 신체 접촉을 시도해 수치심을 가지게 했다. 한편 남자 직원에게는 소장실로 불러 어깨가 결리니 주물러달라는 등의 방법으로 신체 접촉을 유도하거나 지나친 성적 농담을 던지기도 해 역시 수치심을 불러일으켰다는 것이다. 이에 경찰은 정식으로 고소, 고발장이 접수되는 대로 수사에 나설 예정이라며 ---"

남녀를 가리리 않는, 무엇이든 자기 손에 움켜쥐어야 직성이 풀리는 윤명자다웠다. 더 윤명자다웠던 것은 다음날 자신의 페이스북에 올린 반박 글이었다. 언론에 폭로된 비리를 모두 부인했다. 성추행 건을 두고는 오히려 자신이 해당 남자 직원에게 성추행당했다며 그 직원을 고소하겠다고 큰소리쳤다. 나아가 이런 엉터리 폭로의 배후가 의심된다며 그 배후로 박중기를 지목하기도 했다.

"--- 이번 폭로는 수성구청장 박중기의 기획으로 의심이 돼요. 나름으로 알아본 바에 의하면 우리 상담소에서 해고당한 그 남자 직원은 거짓 폭로가 있기 전 박 구청장을 수차례 만난 것으로 드러났네요. 뻔하잖아요. 왜 만났는지. 사실 박 청장으로서는 그럴 만도 했겠죠. 우리 상담소 직원인 서영미의 성추행 폭로로 벼랑 끝 위기에 몰렸으니 필사적인 물타기가 필요했던 거죠. 그쪽에서는 뻔뻔스럽게도 성추행을 부인해 왔었는데, 우리 상담소의 신뢰를 떨어뜨려 버리면 자신들의 주장에 더 힘이 실리지 않겠어요? 그야말로 죽기 살기로 덤벼든 거죠. 그리고 이건 좀 조심스럽긴 한데, 박 청장의 성추행을 폭로했던 서영미의 죽음도 어쩌면 그 배후에 박중기가 버티고 있을지도 모른다는 합리적 의심을 가져봅니다. 성추행 폭로 시위 현장에서 우리 피해자를 협박하는 박 청장 지지자들의 욕설들이 난무했었다는 것 다 알고 있잖아요. 충분히 그럴 개연성이 있다고 보이지 않나요? ---"

비리 폭로를 박중기의 기획으로 몰아가는 건 설득력이 떨어졌다. 서영미의 성추행 폭로가 있기 전에도 윤명자의 비리 폭로자인 영남 씨는 상담소를 그만둔다는 말이 있을 정도로 윤명자와 갈등을 빚고 있었다. 한편 서영미의 죽음에 박중기를 연결시킨 건 좀 지나친 게 아닌가 싶었지만, 전혀 불가능한 상상만은 아니었다. 그리고 윤명자는 말을 넘어서 바로 행동으로도 나섰다. 다음날 수성구청 앞에서의 집회가 조직되었다. 진구로서는 평일 오후 2시라 직장 문제도 있고, 윤명자란 인물이 그다지 탐탁지도 않고, 윤명자가 저지른 비리 행위들이 진구가 알기론 대부분 사실로 인정되기에 집회 따위 모른 척하려 했으나 허주만 의원이 가만두지 않았다.

"나도 윤 소장 썩 좋게 보지는 않아. 그래도 우리는 동지 아닌가. 지난번 내가 말했지. 대의를 위해서는 사소한 결점은 묻어줄 줄 알아야 된다고. 쓰나미가 밀려오는데 조개나 줍고 있을 수는 없잖아. 윤 소장 무너지면 우리 진영 전체가 흔들릴 수 있어. 윤 소장 하나의 문제가 아니야. 윤 소장을 방어하지 못하면 전국의 여성단체들이 하나씩 하나씩 그다음 차례가 될 거야. 여성단체들이 무너지면 우리 진영을 지탱하는 한 축이 무너지는 거야. 옳고 그르고 그딴 거 따질 계제가 아니야. 적과의 전투에서 승리하느냐 패배하느냐의 문제야. 그러니 아무 소리 말고 집회 나와. 근무는 걱정 마. 내가 김 사장에게 전화 넣어 줄 테니까 오전 근무만 마치고 바로 구청 앞으로 와."

'적과의 전투에서 승리하느냐 패배하느냐의 문제야.' 그 말만이 뇌리에 남았다. 어쩌면 진구가 그 말만을 붙잡았는지도 몰랐다. 허주만 의원의 강한 요구를 뿌리칠 수는 없어 집회에 참석은 해야 할 테니 그런 자신의 행동을 정당화할 필요가 있었다.

어떤 동기에서든, 좌파 진영의 결집력만은 인정해야 했다. 결집력은 대개 상대를 공격할 때보다 방어에서 나타나는 편인데, 윤명자를 지켜내기 위해 평일 낮에 200여 명이나 모여들었다. 대구에서의 좌파 진영의 역량을 고려하면 거의 총집결이나 마찬가지였다. 집회가 시작되기도 전에 여기저기서 구호가 터져 나왔다.

"거짓 폭로 배후 조종 박중기는 자폭하라!"

"우리는 진실을 원한다. 음모론을 분쇄하자!"

"서영미를 살려내라! 서영미를 살려내라!"

집회가 시작되고 언변이 뛰어난 연사들이 격정적인 연설을 쏟아냈다. 연사들은 서영미의 죽음을 집중적으로 다루었다. 허주만 의원도 포함된 그들의 입에서 서영미 살해자는 어느덧 박중기가 되었다. 연루 의혹의 수준이 아니라 박중기는 그들 모두에겐 확정된 살인범이었다. 윤명자 비리 폭로 또한 박중기의 이러한 살인 행각을 덮기 위한 비열한 정치적 술수가 되어버렸다. 집회 참여자인 청중들은 광분했다. 그 광분으로 집회 열기는 후끈 달아올랐다. 진구도 덩달아 달아올랐다. 진구가 알고 있던 윤명자의 인간성이나 비리 문제 따위 중요하지 않았다. 서영미의 죽음도 중요하지 않았다. 서영미의 죽음이 집회 주최자들의 입맛에 맞추어 어떻게 찢어발겨지든 문제가 아니었다. 이렇게 많은 사람들과 한 자리에서 한 목소리로 외친다는 사실이 중요했다. 이 순간 진구는 살아있었다. 그는 남자 잡아먹은 창녀 년의 아들도 아니었고, 실패한 사시생도 아니었고, 전화기만 달랑 놓인 칸막이 쳐진 작은 책상에서 전화질이나 해대는 초라한 직장인도 아니었다. 그는 대양의 거센 파도를 올라타고 질주하고 있었다. 그는 폭풍우의 한 가운데 서 있었다. 지금 그의 몸짓은 역사가 될 것이고 그는 세계와 호흡을 함께하고 있었다. 그 자신이 바로 세계였다. 그러나 이 완벽한 세계에 오물을 떨어뜨리는 자들은 언제나 있기 마련이었다. 박중기 지지자들도 모여들었다. 그들은 윤명자를 성폭력 피해자를 팔아먹는 장사꾼, 직원들을 성추행하는 성폭행범이라며 비난을 퍼부었다. 집회의 대의를 훼손했다거나, 있지도 않은 윤명자를 향한 동지적 애정 때문이 아니라, 자신의 조화로운 세계를 흔들어 그 아름다움에 흠집을 낸 자들을 진구는 용서할 수 없었다. 그들은 그의 삶의 유일한 활력소를 파괴하려는 자들이었다. 그의 생명을 앗아가려는 자들이었다. 진구는 사람들을 헤치고 그들에게로 갔다. 그들에게 삿대질을 했다.

"뭐 하는 인간들이야. 당신네들!"

"뭐가 문제야. 우리도 당신네들처럼 시위하는 인간이다, 왜."

급 낮은 대화의 주고받음이었지만 어쩔 수 없었다. 진구는 논리와 설득의 세계에 서 있지 않았다. 이 순간 진구에게 필요한 것은 토해냄과 쏟아냄이었다.

"이 양반들아, 하필 왜 우리가 집회하는 바로 옆에서 이 짓들이냐고! 방해하지 말고 꺼지라고!"

"이봐, 그건 당신이 결정할 문제가 아냐. 경찰들이 다 알아서 한다고. 그러니 꺼지고 싶으면 너나 꺼져. 아님 아닥하고 있든가. 좆도 모르는 새끼가."

진구의 가슴에서 울컥하고 무엇이 솟아올랐다. 기억나지는 않지만 진구는 입에 담기도 힘든 욕설을 퍼부었고 상대도 똑같이 응대했다. 그렇게 서로 막말 욕설을 주고받다가 드디어는 몸싸움을 벌였고 주먹마저 주고받았다. 경찰이 달려들어 둘을 뜯어말림과 동시에 둘을 현장 체포했다. 진구는 즉결에 넘겨져 유치장 구류 3일을 선고받았다. 2월 초의 추위 속에서 진구는 비좁고 불결한 경찰서 유치장에서 3일을 지내야 했다.

3일 뒤, 수성 경찰서 정문에서 허주만 의원은 진구를 기다리고 있었다. 경찰서 유치장에서 풀려나는 걸 두고 출소라고 부를 수 있을지는 모르겠지만 하여튼 출소 축하주가 그 이유였다. 한편으로는 축하할만하기도 했다. 그날의 총집결 시위 투쟁이 효과를 보았는지, 성추행 고소와 내부 비리 고발의 키를 쥔 성폭력 상담소 유일의 남자 직원인 영남 씨가 고소와 고발을 않겠다는 약속을 해왔다는 것이다. 아마도 영남 씨를 둘러싼 인적 관계가 총동원되어 그를 주저앉혔을 것이다. 영남 씨의 전화기로 쏟아졌을 문자 폭탄을 포함, 압력과 회유와 협박 등 활용 가능한 모든 자원이 동원되었음이 분명했다. 어쩌면 상담소 내부 비리 사건이 서영미 피살 사건과 얽히면서 일이 너무 커져 버려 겁을 먹었을 수도 있었다. 아무튼 고소 고발을 막아낸 힘들 가운데에는 진구의 폭력 행위도 포함될 터이고 간접적 압력으로 작용했을 것이다. 그 승리의 싸움에서 진구는 의도했든 하지 않았든 나름으로 역할을 해낸 셈이었다. 어쨌든 축하를 받을 만했고, 몇몇 당 관계자들도 자리를 함께했다. 그리고 율아도 나와 있었다. 진구로선 꽤 뜻밖이었다. 작은 종이 쇼핑백을 한 손에 든 율아는 의외다 싶게 활짝 웃는 얼굴로 진구를 맞았다. 율아는 쇼핑백에서 무언가를 꺼내 진구 앞으로 내밀었다.
"자, 이거."
율아의 손 위에는 두부가 올려져 있었다. 한 모는 아니고 반 모 정도로 마트에서 판매하는 포장 두부였다. 그것은 먹기 좋게 적당한 크기로 썰려있었다.

"이야, 미인은 역시 영웅을 알아보네요." 시당 홍보 담당자가 박수를 쳤다. "어서 먹어요. 출소 후 두부는 진리잖아."

진구는 어색해졌다. 스스로 전사로서 자부심이야 품고 있을지라도 영웅으로 떠받들어지는 건 좀 부담스러웠다. 시위 도중 발생한 일이긴 해도 어쨌든 자기 분을 참지 못한 폭력 행위임에는 틀림이 없었다. 게다가 기껏 유치장에서 풀려난 걸 두고 몇 년은 감방 생활을 했던 것처럼 출소라 갖다 붙이는 것도 조금은 불편했다. 불과 한두 달 전만 하더라도 거리낌 없이 우쭐댔을 수도 있는 일이었으나 지금은 아니었다. 진구로서도 그게 의아했다. 그 밖에 그를 불편하게 만든 건 또 있었다. 허주만 의원의 태도였다. 그는 두 손을 재킷 주머니에 찌른 채 거리를 두고 서서 율아를 쏘아보고 있었다. 모른 척하고 있지만 율아 또한 분명 허주만 의원의 시선을 의식하고 있었다. 진구가 마지못해 한 점을 집어 입으로 가져가 삼켰다.

"한 번은 정 없다고 하지 않나요? 하나 더."

율아가 두부를 다시 내밀었다. 율아는 또 활짝 웃었고, 율아를 쏘아보는 허주만 의원의 눈은 알아차리긴 힘들지만, 진구가 판단하기로 적의가 틀림없는 그런 눈빛을 띠었다. 진구는 둘 사이에 엉거주춤 끼어버린 것만 같았다. 진구가 멈칫하자 율아가 두부를 든 손을 더 앞으로 내밀었다. 그때 진구는 보았다. 율아가 뒤집어쓴 웃음의 장막 너머로 그것이 보였다. 필사의 간절함 같은 것. 엉겁결에 진구는 손을 뻗어 두부를 집었다. 진구는 허주만 의원과 얼핏 눈을 한번 맞춘 뒤 두부를 입으로 가져갔다. 두부 먹어주는 게 율아에게 그리도 간절한 일인가? 그건 아닐 것이다. 그렇다면 무엇 때문에? 진구는 두부 한 조각을 천천히 씹어 삼키는 동안에도 그 이유를 찾지 못했다. 그 이유는 1년이나 지나서 진구의 삶이 완전히 뒤바뀌고 나서야 알게 되었다.

그들은 범어역 인근 먹자거리의 호프집으로 몰려갔다. 진구가 자리를 잡자 율아가 맞은편에 앉았다. 율아는 부동산 회사 사장실에서 보았던 그 율아로 돌아와 있었다. 에너지 넘치고 반항기 있어 보이는 도전적인 율아. 어쨌든 그래 보였다. 허주만 의원도 율아와 진구를 가끔 흘낏대는 것 말고는 율아에게 특별난 관심을 보이지는 않았다. 그들은 술을 마시고 왁자하게 떠들며 대화를 나누었다.

율아는 진구에게 이것저것 많은 것들을 물었다. 주로 진구 개인과 관계된 것들. 취미, 가족, 친구, 직장 따위들. 진구도 비슷한 질문을 했다. 율아가 진구에게 들려준 바에 의하면 그녀는 고아나 마찬가지였다. 어릴 적에 부모가 사업 실패로 빚만을 안고 길거리로 나앉게 되자 율아를 의성의 큰아버지 댁에 맡겼는데, 이후로 부모는 이혼하고 연락이 두절 되었다는 것이다. 덕분에 한동안 눈칫밥을 먹으며 괄시도 받아가며 살았다고 했다. 그러나 고2 무렵부터는 큰아버지 댁에 신세 지기 싫어 혼자 대구로 나와 생활하기 시작했었고, 그 와중에 다니던 학교도 그만두는 바람에 검정고시로 대학에, 그것도 또래들보다 3년이나 늦게 진학했는데, 대학 생활도 생업과 겸해야 했다는 것이다. 덕분에 동기들과 어울릴 틈이 없어 학창시절 친구가 거의 없다고 했다. 많지 않은 나이에 누구보다 험난한 삶을 살아온 셈이었다. 얘기를 듣다 보니 어릴 적부터 거친 세파를 겪어온 이력이 율아에게서 엿보였다. 한편 윤명자와 알게 된 계기는 혹시나 싶어 묻기가 조심스러웠는데, 율아가 먼저 솔직하게 얘기해 주었다. 성폭행 사건을 겪게 돼 상담소를 찾은 뒤로 인간적 관계를 이어오고 있으며, 한때는 성폭행 상담원으로 일한 적도 있다는 것이다. 이어 율아의 현재 직장 생활로 막 화제가 옮겨갔을 때 허주만 의원이 손뼉을 쳐 좌중을 주목시켰다.

"축하해야 할 멋진 소식이 있습니다."

"뭔데요, 로또 맞았어요?"

"새장가 들어요?"

우스갯소리들과 낄낄거림의 소란 가운데, 허주만이 어딘지 뻣뻣한 기분이 드는 웃음을 얼굴 가득 머금고 말했다.

"아니, 아니. 그것보다 더 좋은 거. 여러분들이 기대하고 고대하던 것. 아직 아무도 모르고 있으니 지금 말해버리면 천기누설에 해당 될라나? 하하! 아, 오늘 박중기를 만났습니다. 담판을 지었죠. 박중기로부터 항복을 받아냈습니다. 박중기가 사퇴한답니다. 우리의 투쟁이 드디어 성과를 얻었습니다."

박수와 환호가 터져 나왔다. 진구도 환호하고 박수를 쳤지만 곧 의문이 일었다. 환호가 가라앉기를 기다렸다가 말했다.

"박중기가 의외로 쉽게 무너지네요. 재선을 위해 노골적으로 선거 부정까지 저질렀던 인간이 겨우 몇 번의 시위로 사퇴를 해요? 여론도 박중기에게 그렇게 부정적이지도 않았잖아요."

"하긴, 좀 그렇긴 해." 시당에서 홍보를 담당하는 친구가 동조

했다.

"다 이유가 있으니까 그러는 것 아니겠나." 허주만이 말했다. 무언가 자기만이 아는 것이 있다는 투였다. 그는 잠시 뜸을 들인 뒤 말을 이었다. "아무래도 박중기가 어리석은 일을 저지른 것 같아. 그래서 그 일이 더 커지기 전에 덮고 가버릴 심산인 거야. 뭐냐면, 내 짐작에…" 허주만이 목소리를 낮추며 주위를 경계했다. "서영미를 박중기가 살해한 것 같아. 우리가 서영미의 피살 사건을 지난 집회에서 전면에 내세우자 박중기가--"

"좆같은 씨발 새끼!"

율아였다. 떠들썩한 분위기 가운데 대화를 나누느라 알아차리지 못했지만 율아는 제법 취해있었다. 율아는 더는 말이 없이 고개를 푹 꺾었다. 절친인 서영미의 죽음이 불러온 고통이 되살아난 것으로 모두 이해했다. 옆자리의 북구 갑 사무국장이 율아의 등을 토닥였다. 진구는 탁자 위에 올려진 율아의 손등을 가만히 두드려 주었다. 모두 율아에게 위로의 말 한마디씩을 건넸지만 허주만 의원만은 예외였다. 그는 얼음처럼 굳은 얼굴을 하고 있었다. 그 굳은 피부 뒤에서 진구는 이제는 뚜렷해진 적의를 읽었다. 그러나 허주만은 어떨지 몰라도, 그 자리의 모두는 곧 율아를 잊었다. 박중기의 사퇴는 모두를 들뜨게 하고 흥분하게 했다. 그런 한편 서영미의 살해범으로서의 박중기는 지난 집회에서와 마찬가지로 폭발력 있는 이슈였다. 그럼에도 그 가능성을 높이 보는 측과 부정적 견해를 보이는 측으로 주장이 나뉘었다. 전자의 경우 그 논리적 근거는 부족했으나 그렇게 믿고 싶어하는 것 같았다. 박중기는 하여튼 나쁜 놈이니까. 반면 후자의 입장은 서영미가 현금으로 인출했다는 문제의 그 6억을 설명할 길이 없다는 것이었다. 서영미의 죽음은 구청장 사퇴를 둘러싼 정치적 공방이 위험하게 과열된 결과가 아니라 돈 문제, 그것도 범죄적 검은돈과 연루되어있다는 주장이었다. 시간이 지날수록 술자리를 지배한 견해는 전자가 되었다. 모두 박중기를 미워하고 있었다. 박중기가 살인범이기를 원하고 있었다.

"눈먼 병신 같은 것들. 하나만 알고 둘은 모르는 것들. 눈앞에 두고도 몰라."

율아가 나지막이 중얼거렸다. 진구만이 그 소리를 들었다. 율아는 푹 꺾었던 머리를 반쯤 들고 자신의 500cc 호프 잔을 응시하고 있었다.

"괜찮아?" 진구가 물었다.

"괜찮냐고? 그따위 멍청이 같은 질문이 어디 있어."

율아는 머리를 똑바로 세우고 진구를 노려보았다. 두 눈의 번들거림이 예사롭지 않았다. 그것이 어딘지 기억에 있었다. 오래 기억을 더듬을 필요도 없었다. 서영미 장례식장에서의 그 눈빛이었다. 진구를 전율케 했던. 그러나 율아는 곧 그 번들거림을 지우고 백치처럼 배시시 웃더니 오른손을 앞으로 쑥 내밀었다. 그 손의 모양새가 유별났다. 엄지와 검지 둘은 수평으로 나란히 하고 나머지 손가락은 주먹을 쥐고 있었는데, 어디선가 본 적이 있는 손 모양새였다. 율아가 주먹으로 내지르듯이 손을 몇 차례 앞으로 내밀고 나서야 마침내 기억해냈다. 6.9cm. 한국 남성 평균 성기 사이즈를 뜻하는 손 모양으로, 노골적으로 남성 혐오를 표방하는 일부 인터넷 여성 커뮤니티에서 한국 남성을 비하하는 의미로 사용되고 있었다. 실제 한국 남성의 평균 크기가 6.9cm인지는 알려진 바는 없지만 물건도 조그마해서 쓸모없는 놈들이라는 한국 남성을 향한 혐오를 그 속에 담고 있는 상징이었다.

그 상징이 진구의 눈앞에 내밀어져 있었다. 술기운 탓인지, 술기운을 빌었는지는 알 수 없지만, 하여간에 이것은 도발이었다. 도발에는 도발로 맞서는 게 최상책. 진구는 왼손으로 오른팔 팔꿈치를 움켜잡은 뒤 주먹을 꽉 쥐고서 오른쪽 팔뚝을 앞뒤로 흔들어 보였다. 6.9cm가 아니라 내 것은 팔뚝만 하다는 항의 차원의 받아치기였다. 그러자 율아의 두 눈이 음험한 빛을 뿜었다.

"Really?"

웬 영어? 진구는 한국어로 대꾸했다.

"물론이지요."

"I can't believe it."

"나는 거짓말을 하지 않습니다."

진구가 증명해 보이겠다는 듯 오른쪽 팔뚝을 두 번 앞뒤로 세차게 흔들어 보였다.

"Prove it."

"언제든지 가능하지요. 시간만 내주시면."

"OK, Come on, right now!"

율아는 장난을 치는 것도, 농담을 하는 것도 아니었다. 율아는 손가방을 들고 일어서더니 성큼성큼 입구로 걸어갔다. 함께한 이들에게 인사도 없었다. 진구도 일어나지 않을 수 없었다. 다른 이들에게는 서둘러 변명거리를 마련했다. 율아가 몸이 좋지 않다. 귀가하겠다고 하니 택시 승강장까지 바래다주겠다. 나도 3일간의 유치장 생활에 피곤하다. 일찍 돌아가서 쉬고 싶다. 이렇게 둘러대고 자리를 벗어나려는데 허주만이 진구를 불러세웠다.

"박중기 한 번 찾아가 봐. 너랑 얘기를 좀 하고 싶다면서 너에게 전화하겠다고 하더라. 어쨌든 너의 선배 아니냐. 한때는 선배로 대우하고 따르기도 했다며."

말을 끝낸 허주만의 시선이 입구에 서 있는 율아에게로 옮겨갔다. 그의 눈에서는 예의 그 적의가 다시 살아나고 있었다. 허주만이 진구에게로 다시 눈을 돌렸을 때, 진구는 그에게서 경고의 빛을 읽었다. 무어라 딱 집어 정의하기 힘들고 명징한 의식으로 알아차리지 못했지만 진구는 허주만에게서 총체적으로 위협이나 위험을 감지했다. 더불어 불안과 두려움의 그림자도.

호프 가게를 빠져나온 둘은 인근의 모텔로 들어가 첫 관계를 가졌다. 도발적이었던 술자리에서의 태도와는 달리 율아는 진구를 다정스럽게 대했다. 진구도 마찬가지였다. 첫 관계이기에 조심스러웠던 탓도 있겠지만 진구는 율아를 많이 배려했다. 부드럽게 율아를 안았다. 율아의 몸은 따뜻했다. 그 따뜻함이 진구의 가슴에까지 전해졌다. 율아의 몸을 만지면서도 율아의 영혼을 애무하고 있는 것만 같았다. 지금껏 그렇게 깊숙하게 빨려 들어가는 듯한 그런 성적 관계를 가져본 적이 없었다. 진구에게 이제까지 섹스는 욕구의 배출 단지 그것이었었다.

섹스가 끝난 뒤 율아는 자신이 작가 지망생임을 밝혔다. 소설을 쓰고 있다고 했다. 현재 작업 중인 중편 소설이 3분의 2가량 마무리 되었는데, 제대로 된 글을 쓰고 있는지 걱정스럽다며 글이 든 USB를 진구에게 건네주었다. 시간 나면 읽어보고 평을 좀 부탁한다는 거였다. 죽은 서영미에게도 같은 부탁을 했었는데 그런 일을 당하는 바람에 듣지 못했다는 것이다.

율아와 헤어져 고시원으로 돌아온 진구는 USB부터 확인했다. 달랑 '잔혹 신화' 폴더가 하나 들어있었다. 잔혹 신화라, 잔혹 동화의 신화 버전인가? 율아답다는 생각에 웃음을 흘리며 '잔혹 신화' 폴더를 클릭했다. '한국의 새'라는 폴더 하나와 잔혹 신화 1, 잔혹 신화 2, 이렇게 두 개의 파일이 들어있었다. 2개의 '잔혹 신화' 파일을 확인해 보니 3분의 2가량 완성했다는 그 소설이었다. 글을 읽기 전에 호기심에 '한국의 새' 폴더도 클릭해 보았다. 새 이름으로 된 수십 개의 폴더가 그 안에 들어있었다. 고방오리, 쇠기러기, 붉은부리갈매기, 긴부리도요, 개똥지빠귀, 쇠재두루미, 검은머리딱새… 그 가운데 긴부리도요 폴더를 클릭해 보았다. 폴더명과 같은 파일명의 끝에 1, 2, 3으로 번호를 붙인 이미지 파일이 셋, 문서 파일이 하나 들어있었다. 이미지 파일을 클릭하니 파일명처럼 부리가 긴 새의 사진이 떴다. 문서 파일을 클릭하니 간단한 설명이 첨부되어 있었다.

"긴부리도요는 시베리아 동부, 알레스카 서부해안에서 번식하고 미국 등의 해안에서 월동한다. 우리나라에서 1999년에 첫 관찰되어 ---"

두어 줄 읽고는 파일을 닫았다. 인터넷을 검색한 뒤 해당 항목을 찾아 복사해서 붙여놓은 글이었다. 아마도 율아는 새에 관심과 애정이 많은 모양이었다. 진구는 '잔혹 신화' 파일 두 개만 따로 복사하기 귀찮다기보다, 율아가 관심과 애정을 가지고 있다는 생각에서였는지 막연한 끌림에 한국의 새 폴더가 포함된 '잔혹 신화' 폴더 전부를 통으로 자신의 노트북으로 옮겼다. 그런 뒤 다시 폴더를 열고 파일을 열어 잔혹 신화 1부를 읽기 시작했다.

#8.
잔혹 신화 1

남자를 잡아먹는 여자

산도 강도 바다도 하늘도 태어나기 전, 시간조차 존재하지 않았을 때, 세상은 미동도 없는 짙은 어둠의 안개로 가득했다. 그것은 위와 아래도 앞뒤도 좌우도 없었다. 방향 없이 하나로 뭉쳐진 이 고요와 정적의 세계에 최초의 바람이 일었다. 짙은 어둠의 안개는 바람에 휩쓸려 흩어지더니 위와 아래를 분별 지으며 하늘과 땅을 만들었다. 이리하여 하늘의 최고신 한 호르마스트 텡그리와 땅의 대모신 아부카허허가 태어났다.

'시작은 미약하였으나 그 끝은 창대하리라.' 텡그리는 황량한 대지 위에 자신의 씨앗들을 뿌려댔다. 아부카허허는 그 넓은 자궁으로 그 모든 씨앗들을 키워냈다. 산과 강과 계곡과 평원과 바다와 구름과 비와 폭풍과 파도와 눈보라가 만들어졌다. 나무와 풀과 짐승과 새와 물고기와 곤충들이 태어나고 인간들이 그 모습을 드러내면서 세상을 가득 채웠다. 더불어 이들을 각기 주재하는 신들도 태어나 세상을 활보하기 시작했다. 이 모두가 아부카허허의 깊은 자궁에서 출발했다. 아부카허허의 자궁을 거치지 않은 것은 아무것도 없었다. 아부카허허는 늙어갔고 지쳐갔다. 휴식이 필요했으나 황소 같은 텡그리는 멈춤이 없었다. 그를 멈추게 할 방법은 하나뿐이었다. 아부카허허는 몰래 대장간에서 낫을 벼렸다. 깊은 밤, 하늘이 죽음과 같은 잠에 빠져들었을 때 아부카허허는 하늘을 겨누어 낫을 휘둘렀다. 단 한 번의 낫질로 텡그리의 남근은 싹둑 잘려나갔다. 찢어지는 비명과 함께 잠에서 깨어난 텡그리는 자신의 잘려나간 남근을 찾아 대지를 뒤졌으나 찾을 수가 없었다. 깜깜한 밤이었고 대지는 너무 많은 것들로 가득 차 있었다. 날이 밝아서야 힘들게 겨우 찾아낼 수 있었으나 그것은 이미 뾰쪽한 이빨과 날름거리는 혓바닥의 뱀이 삼킨 뒤였다.

진구가 읽기를 멈추고 킬킬댔다. 글 제목이 '잔혹 신화'인 이유가 있었다. 도입부에서부터 신의 남근이 낫에 잘려나가고 그것을 또 뱀이 삼켜버리는 장면이었다. 진구는 노트북을 바짝 앞으로 끌어당겼다. 여전히 킬킬대며 '잔혹 신화' 읽기를 계속했다.

석 달 뒤 뱀은 남근을 닮은 알을 낳다가 몸이 찢어져 죽었다. 텡그리의 남근은 뱀이 삼키기에는 너무 거대했었다. 하나의 생명도 허투루 할 수 없었던 아부카허허는 그 남근을 닮은 알을 자신의 자궁에 품었다. 그렇게 열 달 후, 황소 같은 정력의 텡그리라는 하나의 아버지와 뱀과 아부카허허라는 두 생모를 둔 바나무허허가 태어났다.

텡그리의 남근을 통째로 타고난 바나무허허는 그 출생부터가 사랑의 존재로 사랑의 신이었다. 세상 만물을 향한 애정으로 충만한 바나무허허는 모든 존재하는 것들을 사랑하였다. 그중 인간을 가장 사랑하였으니 그것의 그림자로 질투도 세상에 뿌려졌다. 다름 아니게 바로 그 질투의 희생이 되어 죄를 지은 바나무허허는 신으로서의 기억이 지워진 채 인간이 되는 벌을 받아 인간계로 추방되었다. 일설로는 인간을 너무 사랑한 나머지 스스로 인간이 되는 형벌을 자처했다고 전해지기도 한다. 그 바나무허허의 인간으로서의 이름은 시두리이다. 이 이야기는 인간이 된 바나무허허, 곧 시두리의 이야기이다.

인간으로 태어난 시두리의 인간 아비는 누구인지 알 수 없다. 유랑극단을 따라다니던 어미가 출산일을 역으로 더듬어 계산해보니 추운 북쪽 지방을 지날 무렵에 만났던 사내들 중 하나가 아닌가 미루어 짐작했을 뿐이었다.

"추운 지방엔 멋진 남정네들이 많았죠."

시두리의 어미는 아이에게 젖을 물리며 이렇게 말하곤 했다.

"우리는 그곳을 뒤덮은 눈과 얼음을 다 녹일 기세로 뜨거운 사랑을 나누고 또 나누었어요. 호! 호! 우린 집안에선 옷을 입고 있을 겨를이 거의 없다시피 했죠. 아마 난 사랑하기 위해 태어났나 봐요. 사랑 없는 세상, 아무도 사랑을 하지 않는 그런 세상을 어떻게 상상할 수 있고 또 살아갈 수 있을까요?"

그러나 시두리의 어미는 남자들을 사랑한 만큼 자기 딸을 사랑하지는 않았다. 시두리가 젖을 떼자마자 아이를 자신이 한동안 신세 지며 머무르고 있던 돼지치기 농가에 떨구어놓고는 때마침 되돌아온 유랑극단을 따라 홀로 떠나갔다. 아이 양육의 대가로 얼마의 금전을 내놓았다는 말도 있지만 그건 알 수 없다. 하여간에 시두리가 그 돼지치기 농가에서 천덕꾸러기로 자라난 것만은 틀림이 없다. 시두리는 돼지들과 뒹굴며 무릎 위로까지 올라오는 어른 장화에 낡고 험한 옷을 걸치고 돼지 똥을 치우며 커나갔다. 또래의 아이들이 시두리를 돼지 불알이라 놀려대기도 했는데, 하필이면 왜 수컷 돼지 생식기를 여자아이의 멸칭으로 갖다 붙였는지는 알 수 없는 일이지만, 어쩌면 이는 시두리의 사랑의 신으로서의 과거와 시두리가 인간으로서 앞으로 겪게 될 운명을 아이들만이 갖는 직감으로 감지하면서 또한 예감하고 예고한 것이었는지도 모르겠다.

돼지 불알이라 놀림을 당하든 어울리지 않게 큰 장화에 돼지똥을 칠하고 다니든 시두리의 타고난 용모가 뿜어내는 아름다움은 감출 수가 없었다. 10살 무렵이 되자 벌써 인근에 소문이 파다하게 퍼져나가기 시작했다. 16살이 되자 돼지치기 농부는 시두리에게 더는 돼지우리를 치우게 할 수 없었다. 자기 눈으로 보아도 돼지우리와 시두리의 미모가 충돌하여 빚어내는 부조화는 명백했다. 하지만 문제는 이보다 더 심각한 데 있었다. 돼지들이 문제였다. 시두리가 가까이 있으면 그 식성 좋은 것들이 도통 먹으려 들지를 않았다. 심한 경우 괴성을 지르며 시두리 주변을 몰려다니거나 저네들끼리 치고받고 싸움박질을 벌여대기 일쑤였다. 주둥이가 터져 찢어진 연놈, 갈비뼈가 부러져나간 연놈, 눈알이 빠져 애꾸가 된 연놈들이 하나둘 생겨났다. 이렇게 돼지들만으로도 골치가 아픈데 또 이게 전부가 아니었다. 이웃과 지나는 이들의 애정 어린 항의도 만만치가 않았다. 물론 이들의 애정담은 항의는 탐심에 젖은 항의에 지나지 않았으며 대개 남자들의 입에서 토해진 것들이었다.

"어찌 여자애에게 돼지우리 청소를 다 시키누?"

마을 끝자락에 자리 잡은 대장간 대장장이 놈이 허리 숙인 시두리의 굴곡진 뒤태를 곁눈으로 훑으며 내뱉은 말이다. 그때 시두리는 갈퀴를 두 손으로 움켜쥐고서 돼지똥을 긁어내고 있었는데, 만 6세부터 시작해 벌써 10년을 채우게 되는 시두리의 돼지우리 청소를 이제야 알아차린 모양이었다. 그리 크지도 않은 한마을에 살면서.

육소간 주인 놈도 참견하고 들었다

"쟤도 다 컸고 처자 태도 솔솔 풍기는데, 돼지똥 속에다 파묻어 둘 수만은 없잖여?"

다음 날 잡을 돼지를 고르겠다며 들른 이놈도 돼지는 쳐다보지도 않고 시두리의 알맞게 부풀어 오른 가슴에 눈을 맞추고만 있었다. 꼭 이런 음탕한 놈들의 입질 때문만은 아니더라도 농부는 벌써 시두리에게 돼지를 맡길 수 없다는 결론을 내리고 있었다. 문제는 자기 딸도 아니면서 일도 않는 아이를 먹여주고 입혀주고 재워주는 데 들어가는 만만치 않은 비용이었다. 돼지는 먹여주기만 하면 살을 찌워 고기라도 만들어내기에 팔아 돈을 마련할 수도 있겠지만 시두리는 만들어 팔 게 없었다. 며칠을 본전 계산을 하며 고심하던 농부는 마침내 그럴싸한 묘안을 생각해냈다.

"얘, 시두리야."

저녁 식사를 마친 뒤 한동안 마누라와 수군대던 돼지치기가 시두리를 불렀다. 설거지를 막 끝내고 부엌에서 솥단지의 물기를 닦고 있던 시두리가 행주를 쥔 손을 멈추고 돼지치기를 가늘게 뜬 눈으로 주시했다. 평소와 다르게 그의 말투가 은근하니 다정스러웠다.

"이리 좀 와봐."

돼지치기가 손끝을 까딱까딱 자기가 앉은 맞은편을 가리켰다. 좀 전까지 시두리가 저녁을 먹었던 자리였다. 그 옆으로는 두툼하니 살이 오른 농부의 마누라가 달덩이 같은 머리에 방금 황금 덩이를 발견해낸 듯한 그런 행복에 겨운 낯짝을 하고 있었다. 시두리가 다가가자 달덩이 마누라는 식탁을 한 손으로 짚고 기우뚱 몸을 일으켜 뒤뚱뒤뚱 침실로 걸음을 옮겼다. 그 와중에도 살 속에 파묻힌 달덩이의 반짝이는 좁쌀 눈은 시두리를 위아래로 쓸고 있었다. 그 눈길은 돼지치기 농부의 말투만큼이나 또한 은근했다.

달덩이 마누라가 방으로 사라지자 돼지치기가 입을 열어 꺼낸 얘기는 이러했다. 말인즉, 먹이랴 입히랴 시두리 너에게 돈이 많이 들어간다. 내 자식도 아닌 너에게 그럴 이유가 뭐가 있냐. 그러니 니 밥벌이는 니가 해야 하지 않겠냐. 지금까진 돼지치기로 니 밥벌이를 해왔다만 이젠 할 수 없게 됐다. 이게 다 너를 위한 것인데, 과년한 처자 몸에 돼지똥 냄새를 풍기게 할 수는 없다고 본다. 그렇다고 네가 목수나 대장장이 일을 배울 수도 없고… 이 지점에서 돼지치기는 말을 끊고 길게 뜸을 들였다. 주저의 빛도 없지 않아 있었다. 시두리를 종이나 하녀처럼 막 부려왔지만, 어쨌든 갓난아기 적부터 키워온 딸과 같은 아이가 아닌가. 그렇지만 무언가가, 아마도 눈앞에 아른거리는 황금 덩이가 용기를 북돋워 주었는지 결국 할 말을 했다. 한참을 돌려 어렵사리 꺼내긴 했지만, 한마디로 그것은 동네 사람들 모르게 남자를 손님으로 받으라는 얘기였다.

"그거 좋은 생각이네요."

시두리가 일말의 망설임도 없이 던진 대답이었다.

"돼지 먹이고 돼지우리 치우는 것보다 나은 것 아니에요? 어디 남자들이 돼지똥보다 못하기야 하겠어요."

의외로 쉽게 얻어낸 동의에 돼지치기가 우물쭈물하는 사이에 시두리가 기습 제안을 던졌다.

"돈은 7:3. 7은 내가 갖는 걸로. 먹고 자는 건 공짜."

"이런, 아니, 아니!"

돼지치기로선 생각지도 못한 역습이었다. 돈은 당연히 지금껏 키워준 자기가 다 먹는 것 아닌가? 은혜를 원수로 갚아도 유분수지 배은망덕도 이런 배은망덕이.

"아니면 없었던 일로."

시두리가 식탁 위에 올려놓았던 행주를 한 손에 움켜쥐고는 단호하게 몸을 일으켰다. 엉겁결에 엉거주춤 따라 일어선 돼지치기가 시두리의 손을 잡아끌어 다시 자리에 앉혔다. 이후로 둘의 밀고 당기는 지리한 협상이 시작되었다. 시두리는 완강했고, 방안에서 엿듣고 있던 달덩이 마누라까지 뛰쳐나와 거들었지만 누가 갑의 위치를 점하는지는 명백했다. 그날 저녁 이후로 그들의 역관계는 뒤집어졌다. 시두리가 최대한 양보한 끝에 돈은 5:5로 나눌 것, 자고 먹는 것 무료 제공, 헛간을 개조하여 시두리가 독립적으로 머물 쾌적한 공간을 마련해 주는 것으로 결정이 났다. 시두리의 승리라면 승리였다.

이렇게 하여 시두리가 손님으로 받게 된 첫 남자는 방앗간 주인으로 같은 동네 사람이었다. 돼지치기가 말한 '동네 사람들 모르게'는 '동네 여자들 모르게'였다. 돼지치기의 좁은 인맥이 섭외할 수 있는 범위는 자기가 사는 동네를 벗어나지를 못했던 셈이다. 조만간 돼지치기의 비밀스러운 비즈니스가 동네 주민들에게 알려질 게 틀림없었다. 그러나 이런 것이야 앞으로 일어날 사건들에 비추어보면 사소한 일에 불과했다. 사단은 첫 남자를 받은 다음 날 아침에 바로 일어났다.

거울에 비친 시두리의 얼굴이 달라져 있었다. 멍 자국 비슷한 흐릿한 검은 얼룩이 목에서부터 시작해서 구불구불 얼굴을 돌아 감아 오르고 있었다. 숯검정이라도 묻었나 싶어 손으로 문질러보았지만 지워지지 않았다. 피부 깊숙이 배어든, 깊은 살 속에서 우러나오는 검은 빛깔이었다. 더구나 이 형상, 무언가를 닮은 듯한 이 형상에는 시두리의 기억을 자극하는 힘이 있었다. 까마득한 먼 기억, 끄집어 올릴 수 없는 깊은 어둠 속에 잠겨있는 기억을 끌어올리는 힘 같은 것이었다. 그것은 아련한 향수 같기도 했고 가슴 한 구석을 지그시 압박하여 누르는 통증 같기도 했다. 깨닫지 못하는 사이에 한줄기 눈물이 시두리의 볼을 타고 내렸다. 서둘러 눈물을 훔친 시두리는 깊은 어둠 속의 그 기억을 끌어올리려 애쓰기보다는 두꺼운 분칠로 그 멍 자국 닮은 형상을 덮어버렸다.

그런데 문제는 이게 전부가 아니었다. 식욕이 뚝 떨어져 버렸다. 배는 고프면서도 도무지 입맛이 돌지 않았다. 달덩이 마누라가 날라온 아침은 아예 손도 대지 않고 물려버렸다. 점심은 배고픔에 몇 차례 시도해보다가 그만두었다. 허기가 더욱 심해진 저녁이 되어서는 눈을 감고 빵을 한입 베어 물어보았으나 바로 뱉어버렸다. 목에 걸려 삼킬 수가 없었다. 다음날도 마찬가지였다. 그렇게 마침내 사흘째 되는 날 허기를 더는 견디지 못한 시두리가 죽기 살기로 수프 한 숟갈을 목구멍으로 밀어 넣었으나 그녀의 몸은 격한 구역질로 대답해주었다. 시큼한 위액이 뒤섞인 수프 한 숟갈을 그대로 토해 내고 말았다. 음식을 삼킬 수 없다는 사실을 인정해야 했다.

이런 중에도 마을 남자들은 밤이 되면 지갑을 챙겨 들고 시두리를 찾아왔다. 그와 함께 아침이 될 때마다 시두리의 얼굴을 감아 오르는 그 검은 얼룩은 더 진해졌고 그 형상은 더욱 뚜렷해졌다. 그것은 차츰 뱀을 닮아갔다. 열흘이 지나자 완벽한 뱀의 모습을 갖추었다. 가슴 위 인후부에서 시작되어 목 뒤를 돌아가며 감아 올라가 이마 한가운데에서 삼각형의 뱀 대가리가 입을 딱 벌렸다. 매끄럽게 날름거리는 갈라진 혓바닥과 완만하게 곡선을 그린 송곳처럼 뾰쪽한 이빨들이 끔찍하도록 선명했다. 가늘게 찢어진 두 눈은 상대를 잡아먹을 기세로 칼날 같은 빛을 쏘았다. 그 뱀도 시두리처럼 굶주려 보였다. 무엇이든 먹잇감이 나타나기만 하면 당장이라도 긴 몸을 날려 한입에 집어삼키려 들 것만 같았다. 그 굶주려 광포해 보이는 뱀 형상이 지닌 흉측함은 시두리를 몸서리치게 만들면서도 동시에 시두리를 더 배고프게 만들었다.

마침내 시두리는 결심을 했다. 문신 같은 흉한 뱀 형상이야 어떻게든 짙은 화장으로 덮어버릴 수 있겠지만 배고픔은 견딜 수 없었다. 마을에서 두 개의 강을 건너고 산 하나를 돌아 깊은 계곡 속 오두막에 홀로 살고 있다는 눈먼 점쟁이 노파를 찾아가기로 한 것이다. 멀어진 두 눈 대신 최고신 한 호르마스트 텡그리의 눈을 빌려 쓴다는 노파의 이름은 티이레스. 지금의 시간만이 아니라 시간을 거슬러서 혹은 시간을 앞질러서 일어났거나 일어나거나 일어나게 될 일들을 읽을 수 있는 밝은 눈을 최고신에게서 얻었으나 그 대가로 깜깜 멀어버린 어둠의 눈을 갖게 된 여인이었다. 그 노파라면 시두리가 겪고 있는 이해 불가능한 일들을 설명해낼 것 같았다.

보름 남짓 동안 벌어들인 돈을 경비 삼아 말을 빌려 길을 나섰다. 출발하여 얼마 가지 않아 마을의 끝자락에 해당하는 대장간 뒤 야트막한 언덕에 올라섰다. 말을 세운 시두리는 마을을 돌아보았다. 비록 고향이라 부를 수는 없어도 어쨌든 자신이 태어났고 지금껏 자라온 그 마을을 처음으로 벗어나려는 순간이었다. 곧 돌아올 짧은 여행이라 특별히 회한이랄 것도 없겠지만, 아무리 그래도 시두리로서는 지나치다 싶게 담담했다. 솔직하자면 후련한 마음도 있었다. 통쾌함을 닮은 후련함. 그런데 이 후련함은 불과 몇 달 후 다시 이 언덕을 올라 마을을 영원히 떠나게 될 때 갖게 되는 감정과 비슷했다. 어쩌면 이 후련함은 그때의 그런 감정만이 아니라 그런 감정을 만들게 된 사건의 예고였는지도 몰랐다.

하룻밤을 주막에서 보내고 이틀째 되는 저녁 무렵 노파의 오두막에 이르렀다. 노파의 초가 오두막은 말을 타고 오르기 힘든 심한 비탈 위에 삐딱하니 자리 잡고 있었다. 어딘지 방문자를 못마땅해 하는 듯 보였다. 그것은 오두막 뒤에 버티고 선 두 아름은 될 성싶은 고목의 참나무도 마찬가지였다. 방책을 둘러친 것처럼 오두막을 막아서듯이 가지를 그 위로 늘어뜨리고 있었다. 시두리가 말을 끌고 마당이라 부르기도 힘들 오두막 앞 좁다란 돌투성이 평지로 들어섰다. 노파는 두 팔로 무릎을 감싸안은 채로 축대 위에 쪼그려 앉아 있었다. 노파는 고개를 돌리지도 않고 앙상하게 마른 팔을 들어 시두리를 불렀다.

"어서 와. 이제 왔구먼."

"내가 올 줄 알고 있었나요?"

노파는 대답 없이 몸을 일으켜 오두막 안으로 걸음을 옮겼다. 뒤따라 들어선 오두막 안은 무척 어두웠다. 거적을 둘러친 출입구를 빼면 문이든 창문이든 벽을 뚫어놓은 데라곤 없었다. 막힌 벽들은 매달아 놓은 말린 향초로 빈틈없이 덮여있었다. 그것들이 내뿜는 무수한 향기들이 시두리의 코를 찔렀다. 환상이었을까, 수북이 쌓아 올린 말린 향초 더미가 뭉클 연기를 뿜어 올리며 불타고 있었다.

"배고프지?"

노파의 목소리에 불타는 향초 더미는 사라졌다. 노파의 웅크린 앙상한 어깨가 느릿느릿 돌아섰다. 짜부라든 노파의 두 눈이 시두리를 향했다. 눈먼 눈이 시두리를 읽어내리고 있었다. 시두리는 그것을 느낄 수 있었다. 그 눈먼 눈은 이 오두막 안과 같은 어둠 속에서만 보이는 눈인지도 몰랐다.

"사람을 잡아먹어. 남자든 여자든 너와 잠자리를 함께 했던 사람을 잡아먹으면 넌 허기를 면할 수 있어. 너와 잠자리를 함께 하지 않은 인간은 잡아먹을 수 없어."

"하지만 어떻게?"

"알게 될 거야."

시두리의 '어떻게'는 어찌 사람이 사람을 잡아먹을 수 있느냐고 따지듯 되묻는 그 '어떻게'가 아니었다. 돼지를 도살해 잡듯 사람을 잡아먹는 방법을 묻는 그 '어떻게'였다. 따라서 노파는 시두리의 질문에 어울리는 대답을 한 셈이었다.

덧붙이자면 노파의 말을 듣는 순간, 시두리는 피할 수 없고 예정된 운명처럼 허기를 면하기 위해서는 사람을 잡아먹어야 한다는 사실을 받아들이고 있었다. 거부감 따윈 애초에 없었다. 다만 그 방법이 문제였을 뿐이었다. 그럼에도 사람을 잡아먹어야 한다는 피할 수 없는 그녀의 운명, 그것은 그녀 자신을 혐오의 눈길로 바라보게 만들었다. 인간이 인간을 잡아먹는다는 것. 세상에 같은 종을 주식으로 잡아먹으며 살아가는 존재는 없다. 이것은 저주였다. 벗어날 길이 있다면 벗어나야만 하는.

"다르게 살아갈 방법은 없는가요?"

"없어."

노파의 눈먼 눈에 미세한 움찔거림이 일었다. 그것은 주저와 망설임이었다. 동시에 애달픔과 비틀린 비웃음도 섞여 있었다. 한편으로는 누구도 믿지 않게 되어버린 고달프고 찌든 인생을 살아온 노인네가 가질만한 물기 없이 건조한 얼굴도 엿보였다. 마르고 주름진 입술을 헤집고 억양 없는 목소리가 흘러나왔다.

"있긴 있어. 하지만 찾지 마. 불가능해."

"알고 싶어요."

"안돼, 지금은 안돼. 다음에. 넌 언젠가, 아마도 조만간 여기 계곡 아래 길을 다시 지나가게 될 거야. 그때도 알고 싶다면 나를 찾아와. 하지만 권하고 싶지는 않아. 희망이라 불리는 것이 더 크고 더 많은 고통과 절망을 안겨주기도 하기 때문이야. 너의 지금 꼴이 비록 비루하고 흉하더라도 거기에 만족해. 누구나 할 것 없이 인간은 죄다 엉터리에다 엉망진창이지 않나. 모든 인간이 아주 공평하게도 말이지. 분칠하지 않는다면 말이야. 네가 화장으로 얼굴을 덮는 것처럼. 그렇다고 해서 그 뱀이 사라지지는 않지. 언제나 그 자리에 있지. 그러니 차라리 그 비루함과 흉함과 엉터리와 엉망진창의 가운데 욕심 없이 주저앉아있는 편이 나아. 거기를 벗어나고자 아름다움을 꿈꾸는 순간 그것은 독이 되어버리기 일쑤니까. 아름다움은 아름다움을 찾지 않음으로 해서만 만들어지는 것인지도 몰라."

노파가 느릿느릿 말린 향초의 벽을 마주하여 돌아섰다. 수그린 어깨가 완고했다. 노파의 말이 맞을지도 모르지만 시두리는 노파가 살아온 것으로 짐작되는 그것처럼 그렇게 주저앉아 살고 싶지는 않았다. 희망이 절망의 동의어일지라도 희망은 버릴 수 있는 것이 아니었다. 노파는 다음 기회에 알려주겠다고 했다. 일단 그때까지는 기다려 보는 것이다. 시두리는 오두막을 나왔다. 말을 끌고 비탈을 내려가 계곡 입구 마을에서 하루를 묵은 뒤 또 이틀을 말을 타고서 자신이 태어나 자란 동네로 돌아왔다. 그 이틀 동안 시두리의 머리를 점령한 것은 희망이 아니라 당장 절실한 문제인 예의 그 '방법'이었다. 돼지 잡듯이 사람을 잡는 방법.

점쟁이 노파의 말이 맞았다. 그 방법은 가르쳐주지 않아도 알게 되었다. 여행에서 돌아온 뒤 5일째 되는 날이었다. 그날은 방앗간 주인 놈이 벌써 세 번째 시두리를 찾은 날이기도 했다. 일을 치른 뒤 옷가지를 챙겨입던 그놈이 상의 단추를 채우던 손놀림을 멈추더니 침대 위에 맥없이 널브러져 있던 시두리를 내려다보았다. 정확히는 시두리의 이마에 눈을 고정했다.

"뭐지?"

방앗간 주인 놈이 한 손을 뻗어 손가락 끝으로 시두리의 이마를 살살 문질렀다. 그러나 그것으로 성에 안 차는지, 이내 놈은 침대보를 끌어당겨 시두리의 이마를 닦아댔다. 격렬했던 정사 탓이라기보다는 허기에 지쳐있던 시두리가 그의 손을 멈추게 할 기회를 놓쳐버린 사이 뾰쪽한 이빨에 갈라진 혀를 날름거리는 삼각형의 뱀 대가리가 시두리의 이마에 그 모습을 드러냈다.

"이년 이거, 먹물 처넣은 거여? 대갈빡에다가."

발끈한 시두리가 누운 채로 놈의 배를 걷어찼다. 그러나 시두리가 몸을 일으키기도 전에 놈은 몸을 날려 시두리의 배를 깔고 올라탔다. 놈은 침대보를 움켜쥐고 시두리의 얼굴을 마구 문질러댔다. 인후부에서 시작해서 목 뒤를 감아 이마에 이른 뱀 문신 전체가 시두리가 아닌 타인의 눈에 처음으로 드러나는 순간이었다. 시두리의 얼굴 근육이 치욕과 분노로 움찔거린 탓인지 모르겠으나 얼굴 위의 뱀의 형상이 살아있는 것처럼 꿈틀거렸다. 같은 순간 시두리의 아랫배 깊은 곳에서 검은 그림자의 덩어리 하나가 연기처럼 뭉클 피어올랐다. 그것은 시두리에게 낯설면서도 익숙한 존재였다. 그것은 태곳적부터 자신의 일부였던 것처럼 여겨졌다. 그러면서도 시두리가 알지 못했던 그것은 시두리의 혈관을 타고 질주하듯 온몸으로 번져나가면서 시두리를 먹어갔다. 그것은 살아있었다. 야성으로 가득 찬, 똘똘 뭉쳐진 욕망 덩어리 같은 그것은 또한 절망적으로 굶주려있었다. 산 생명체라면 무엇이든 먹어치울 것이다. 그 생명체가 비록 인간이라 하더라도.

시두리에게서 그것이 튀어나왔다. 튀어나왔다기보다는 시두리가 그것이 되었다. 그것은 시두리의 얼굴에 새겨진 문신으로서의 그 뱀이었다. 그것은 뾰쪽한 이빨들을 드러내며 입을 딱 벌렸다. 큰 수박만 한 삼각형의 대가리에 달라붙은 그것의 두 눈은 광기로 번들거렸다. 굶주림의 광기였다. 시두리가 정신을 차렸을 즈음엔 벌써 방앗간 주인 놈의 몸뚱이가 뱀으로 변신한 시두리의 입속으로 반쯤 먹힌 상태였다. 자신보다 더 덩치가 큰 놈의 몸뚱이를 어떻게 욱여넣었는지는 모르겠지만, 시두리의 배도 불러오지 않은 채로 곧 놈은 시두리의 뱃속으로 사라졌다. 방안에 놈이 남긴 것은 아직 걸치지 못한 모자뿐이었다.

포식을 끝낸 시두리는 식후 졸음으로 침대에 쓰러져 잠이 들었다. 죽음과도 같은 깊은 잠이었다. 그렇게 3일간을 내리 잔 뒤에야 마침내 의식이 돌아오고 잠에서 깨어났다. 잠에서 깨어난 시두리가 처음으로 한 일은 '잡아먹는 그 방법'을 되짚어보며 그 방법을 찾아내는 것이었다. 그것은 얼굴에 문신으로 새겨진 뱀을 살아있는 뱀으로 끌어올려 내는 방법이었다. 거기에는 격한 동물적 분노라 부를 것이 있었다. 그 격한 야성이 시두리의 혈관을 흐르는 피 속의 그 뱀을 깨웠었다. 그러니 그 격한 야성을 불러일으키기만 하면 될 일이었다. 그것을 위해서는 뱀 문신을 보여주는 것만으로도 충분했다. 그 흉한 꼴을 보고 시두리를 밀어내지 않을 사람은 없을 터였다. 그것은 시두리로서는 치욕이었다. 시두리로서도 뱀이 얼굴을 휘감은 자신의 모습을 아름답다고 생각지도 않았고 심지어 혐오의 눈길로 자신을 바라보기도 했지만, 타인에 의해 그 같은 눈길을 받으며 자신이 모욕당하는 건 다른 문제였다. 사랑받고 싶지 않은 사람이 세상 그 어디에 있을까.

다음으로 한 일은 소화 시키고 남은 방앗간 주인 놈의 뼈들과 놈과 함께 삼켜버린 놈의 신발과 옷가지들을 뱉어내는 것이었다. 처음 계획은 땅에다 구덩이를 파고 그것들을 토해낸 뒤에 다시 그 위에다 흙을 덮어 위장해두는 것이었으나 때마침 겨울철이라 얼어버린 땅을 파내기가 쉽지 않았다. 그래서 임시방편으로 생각해낸 것이 돼지우리에 깔 건초를 쌓아둔 창고의 한쪽 구석에다 그것들을 토해낸 다음 건초로 그 위를 덮어 두는 것이었다.

한편 마을은 방앗간 주인의 실종사건으로 소란스러워져 있었다. 별의별 괴상한 소문이 다 돌았다. 밤길에 개울을 건너다 쌓인 눈에 발이 미끄러져 빠져 죽었는데 시체가 센 물살에 밀려 멀리 떠내려갔다. 지난달 마을을 거쳐 간 유랑극단 여가수와 눈이 맞았다가 이제야 도망을 간 것이다. 야밤에 함부로 돌아다니다 사나운 들짐승에게 잡아먹혔다. 방앗간을 노리고 누군가가 작정하고 살해를 했다. 그러나 어느 누구도 16살의 여자아이를 의심하지는 않았다. 여자이고 나이도 어린 데다가 시두리의 미모와 끔찍한 사건을 하나로 묶어 연결짓기가 쉽지 않았다. 돼지치기와 그의 달덩이 마누라만이 예외였다. 방앗간 놈이 사라졌다는 소식을 전해 들은 돼지치기가 저녁 무렵 시두리의 방을 찾아와 벽에 걸린 놈의 모자를 발견했다. 흔들어 깨워도 일어나지 못하는 시두리의 죽음 같은 깊은 잠은 그의 의심을 더 부채질했다. 먹지 못해 늘 허기져있던 시두리는 쉬이 잠들지 못하고 언제나 예민하게 깨어있었던 터였다. 더구나 시두리의 얼굴 위의 뱀도 보았다. 화장으로 덮을 틈도 없이 잠에 빠져들었던 것이다. 그 이유를 설명 듣지 못했던 며칠간의 출타가 문신을 위한 여행으로 이해했으나 께름칙하기는 마찬가지였다.

　돼지치기의 의심과는 별개로 돈벌이는 돈벌이였다. 시두리가 깨어나자 돼지치기는 그 즉시 영업을 재개했다. 마을의 어수선함과는 상관없이 영업은 순조로웠다. 돼지치기가 어떻게 물색했는지 심지어 여자도 데려왔다. 사과 농장 과수댁이었다. 시두리는 환영했다. 시두리는 그것이 어떤 사랑이든 사랑에 있어서 가리는 것이 없었다. 전 인류를 사랑하라면 사랑할 수 있을 것도 같았다.

문제는 역시 배고픔이었다. 방앗간 주인은 딱 13일 동안만 배고 픔을 면하게 해주었다. 다시 굶주림에 시달리게 된 시두리는 염소 농장 주인을 두 번째로 먹어치웠다. 뱀을 불러내는 데 별로 힘을 들이지도 않았다. 세 번째는 대장장이였다. 수시로 드나들던 대장 장이를 그야말로 게눈 감추듯 먹어치웠다. 그러자 이쯤 되자 온 마 을이 발칵 뒤집혀 버렸다. 제법 큰 마을이긴 했지만, 기껏해야 200 여 호의 마을에서 불과 두 달도 안 되는 사이에 세 명이나 사라져 버렸다. 마을에 무서운 저주의 악령이 배회하고 있다는 흉흉한 소 문마저 나돌았다. 밤이 되면 모두 문을 걸어 잠그고 외출을 삼갔 다. 시두리의 밤 영업마저 지장 받게 되자 돈 욕심에 떠밀린 돼지 치기가 나섰다. 그간 돼지치기는 의심을 쌓아오고 있었다. 그도 그 럴 것이 실종된 남자들은 은밀히 시두리를 찾은 그날 모두 마을에 서 사라졌고, 시두리는 남자들이 사라진 그날부터 대략 3일간 깊 은 잠에 빠져들어 있었던 것이다. 그 3일은 말하자면 식후 졸음으 로 잡아먹은 한 사람을 소화 시키는 데 필요한 시간이었다. 돼지치 기로서는 시두리가 그들을 잡아먹었으리라고는 상상조차 못 했겠 지만 그들에게 무언가를 저질렀을 거라고 충분히 의심할 만했다. 돼지치기는 세 남자의 실종을 두고 시두리가 무슨 짓을 했는지 캐 물었다.

"나는 모르는 일이죠."

시두리의 대답은 짧고 명쾌했다. 어떤 의문과 의심도 끼어들 여 지가 없어 보였다. 돼지치기는 믿기로 했다. 그로서는 그렇게 믿고 싶었을 것이다. 지속적인 영업을 위해서. 아니면 다른 욕심이 저도 모르는 사이 끼어들어 그를 잡아끈 때문이거나. 며칠 남자를 들이지 않은 시두리는 어떤 남자도 홀릴만한 유혹의 에너지를 뿜어댔다. 돼지치기는 시두리의 손을 잡아 자신의 사타구니로 끌어당겼다. 이에 대한 시두리의 반응은 방금 내뱉은 그 대답만큼이나 명쾌했다. 화대를 먼저 계산하라는 것. 돼지치기는 어쩔 수 없이 지갑을 열어 돈을 치르고 정사를 나누었으나 불행하게도 그날은 시두리가 무척이나 배가 고픈 날이었다. 정사가 끝나자마자 시두리는 돼지치기를 먹어치워 버렸다. 뱀 문신을 보여줄 필요도 없었다. 상대에게서 혐오의 눈길과 모멸적 행동을 유도하지 않고도 격한 야성을 불러일으킬 수 있을 정도로 뱀을 깨우는 일에 시두리는 능숙해져 있었다.

돼지치기를 잡아먹고 난 뒤 하루 만인 다음날 밤에 시두리는 잠에서 깨어났다. 지금까지의 평균보다 이틀 일찍 일어난 셈인데 돼지치기 마누라 달덩이가 몽둥이로 두들겨 패 깨운 것이다. 정확히 말하자면 몽둥이라기보다는 대퇴부 뼈였다. 누구의 뼈인지는 알 수 없었다. 꽤 험악한 달덩이의 얼굴로 보아 짐작건대 시두리가 잡아먹은 남자들 중 하나일 것이다. 돼지치기는 아니었다. 아직 그의 뼈다귀는 뱉어내지 못했으니.

"니가 죽였지. 내 남편도 니가 죽였지."

달덩이는 후줄근하고 꼬질꼬질한 가죽조끼와 신발 한 짝을 잠이 덜 깬 채 누워있는 시두리의 가슴에다 내팽개쳤다. 겨우 정신을 차린 시두리가 보아하니 대장장이의 조끼와 신발 같았다. 방앗간 주인 놈과 마찬가지로 놈의 뼈다귀와 함께 토해낸 걸 헛간 다른 한쪽 구석에다 건초로 잘 덮어두었는데, 그걸 몹쓸 달덩이 년이 기어이 찾아낸 모양이었다. 아마도 사라진 돼지치기를 찾느라 여기저기 마구 들쑤시고 다니다 발견했을 것이다. 이런 사태를 미리 예비하지 못한 시두리의 불찰이었다. 좀 더 잘 덮어두었어야 했다. 지저분한 조끼와 신발 한 짝을 손가락 끝으로 살짝 집어 침대 밖으로 떨어뜨린 뒤 시두리가 몸을 일으켰다. 벽에 걸린 돼지치기의 윗도리가 눈에 들어왔다. 바지만 입고 윗도리는 걸치지도 못한 돼지치기를 서둘러 삼켜버렸던 기억이 났다.

"그래, 내가 먹었지. 니 남편도 내가 꿀꺽했지."

"더러운 창녀 년! 남자 잡아먹은 년!"

달덩이가 부르르 몸을 떨었다.

"너네들이 시켰잖아. 기억 안 나? 그리고 배고픈 걸 어떡해, 뭐든 먹어야지?"

시두리가 오른쪽 검지를 세워 달덩이의 축 늘어진 왼쪽 가슴을 쿡쿡 찔렀다. 이 도발에 대한 달덩이의 대응은 대장장이의 것으로 짐작되는 대퇴부 뼈로 시두리를 후려치는 것이었다. 머리, 팔, 등짝, 다리 할 것 없이 시두리 위로 무지막지한 뼈 매질이 시작되었다. 머리가 깨지고 팔과 다리의 살이 터졌다. 죽을 것 같았다. 하지만 죽어도 좋다고 생각했다. 사람을 잡아먹어야만 살아갈 수 있다면 차라리 죽는 편이 나았다. 이제껏 시두리는 자신의 저주스러운 식성을 애써 외면해왔었다. 이것은 자신의 식인 식성을 끔찍이 여기면서도 그 식성에서 벗어날 희망 찾기를 외면하는 것이기도 했다. 당시에는 부정했음에도 노파의 자포자기적 삶의 태도와 희망이 절망의 동의어가 될 수 있다는 노파의 경고가 어린 시두리에게 나름 먹혀들었던 것이다. 그러나 지금 뼈 매질을 당하고 있는 이 순간 시두리는 자신의 저주스러운 식인 식성만이 아니라 자포자기적 절망도 똑바로 마주 대하고 있었다. 그것은 인간의 삶이 아니었다. 여태껏 지옥을 살고 있었다. 죽음이 지옥을 벗어나게 해준다면 환영할 수도 있었다. 시두리는 죽음을 받아들였다. 포기의 순간이었다. 그렇게 그녀의 의지에 있어서 삶과 죽음의 경계를 건넜다고 생각된 그때, 그녀의 가슴 깊은 곳에서 불꽃 하나가 펄렁 몸을 일으켰다. 그 불꽃은 이내 격하게 타오르며 그녀의 가슴을 가득 채웠다. 이어 무덤이라 불러도 좋을 까마득한 바닥에 묻혀있던 기억 하나가 되살아났다. 자신의 능력을 말해주는 기억이었다. 불의 기억, 불을 불러내는 기억이었다.

매질이 계속되는 중에 시두리는 몸을 일으켰다. 시두리가 허리를 펴고 꼿꼿이 몸을 세웠다. 이 순간 시두리는 돼지똥을 치우던 시두리도, 밤마다 손님을 받던 시두리도, 삶의 의지를 잃고 매질을 당하는 시두리도 아니었다. 범접하기 힘든 위엄이 그녀에게서 뿜어져 나왔다. 위험스러운 기운도 넘쳐흘렀다. 급작스러운 두려움에 사로잡힌 달덩이가 놀라 뼈를 떨어뜨리고 주춤주춤 뒤로 물러섰지만 이미 늦어있었다. 시두리가 검으로 베듯 한 손을 휘두르자 달덩이의 몸에 화르르 불꽃이 일었다. 그야말로 돼지 멱을 따는 비명을 내지르면서 달덩이가 방바닥을 뒹굴며 발버둥을 쳤지만 불은 꺼지지 않았다. 오히려 방안의 가구와 침대보와 옷가지에 불을 옮겨붙이고 말았다. 얼마 지나지 않아 방 전체가 불길에 휩싸였고 달덩이는 버둥대기를 멈추었다. 불길의 한가운데에서 시두리는 전혀 뜨거움을 느끼지 못했다. 시두리는 천천히 몸을 돌려 연기와 불길을 헤치고 바깥으로 걸어 나왔다.

불길은 시두리가 머물던 방을 넘어 그 방이 자리 잡은 헛간으로 번져가고 있었다. 곧 인접한 본체도 불길에 휩싸일 것이다. 돼지치기는 먹어치웠고 그 마누라 달덩이는 불에 타 죽었다. 격한 구역질이 시두리를 덮쳤다. 쓰러지듯 두 손과 두 무릎으로 땅바닥에 엎드린 시두리가 토악질로 뱃속을 게워내기 시작했다. 소화가 덜 된 돼지치기와 그의 옷가지가 겨울의 언 땅 위로 쏟아져 내렸다. 형체를 알아볼 정도는 아니지만 뼈마디에는 살점들이 그대로 붙어있었다. 옷가지들은 범벅된 위액으로 끈적였다. 이것들이 또 구역질을 일으켰지만 토해낼 것이 없었다. 속은 완전히 비워졌다. 그만큼 속은 시원했다. 통쾌하기까지 했다. 이곳을 벗어나는 거야. 이제 '남자 잡아먹는 창녀 년'을 끝내는 거다. 시두리가 몸을 일으켜 걷기 시작했다. 들러야 할 곳이 있었다.

오두막 안은 예전 그대로였다. 달라진 게 있다면 벽에 매달아 놓았던 말린 향초들이 모두 바닥에 내려져 쌓여있다는 것. 점쟁이 노파는 그 향초 더미 위에 가부좌를 틀고 앉아 시두리를 기다리고 있었다. 뒤로 틀어 올려 쪽을 찌고 있던 머리는 풀어헤쳐 놓았다. 길게 늘어뜨린 회백색의 머리카락은 고개 숙인 노파의 깡마른 얼굴을 장막처럼 가렸다.

"가르쳐 주세요. 다르게 살아갈 방법을."

노파가 고개를 들었다. 머리카락 장막 사이로 짜부라든 눈이 꿈틀댔다.

"어리석은 아이야. 꿈이란 것이, 무엇이든 갈망하고 기대한다는 것이 얼마나 위험한 일인지 모르느냐. 그것이 너를 죽일 것이야."

"나는 큰 것을 원하는 게 아니에요. 나는 몽상가가 아니에요. 기적을 바라지도 않고 천국을 꿈꾸지도 않아요. 남들처럼 사람을 잡아먹지 않고 살아갈 수만 있다면 그것으로 충분해요."

"너에겐 그것이 큰 것이며 기적이고 천국이야. 모든 사람은 다 각자 자기만의 벽에 갇혀 살아가. 어떤 이들에겐 아무것도 아닐 수도 있지만 그들 각자에게는 넘을 수 없는 그런 벽들이지. 나만 보아도 알 수 있지 않나. 모두가 두 눈으로 밝은 세상을 보고 있지만 나는 어둠 속에 갇혀있어. 누구나 가지고 있는 두 눈을 내가 원한다면 그건 커다란 꿈일까, 소소한 소망일까?"

"당신이 가지지 못했다고 나도 가지지 말란 말인가요."

"헛된 희망을 품지 말라는 얘기야. 불신의 인간과 거짓의 세상을 믿지 말라는 것이지."

"불신과 거짓만이 전부가 아니에요."

"그건 네가 아직 어린 탓이야. 이 노인네의 말을 잘 들어봐. 사실은 그렇게 믿었던 것이었지만, 난 내 눈을 뜨게 할 기회가 있었어. 20여 년 전이었어. 세상의 진실을 찾아 세상 끝을 헤매고 다니다 추운 북쪽 지방의 신성한 땅을 찾아 들어갔을 때였지."

노파가 허리를 펴고 머리를 치켜들었다. 노파의 보이지 않는 눈이 움막 밖 먼 곳을 응시했다. 노파는 그 추운 북쪽 지방을 회상하고 있었다. 노파가 말했다.

"내가 얼어붙은 어두운 금단의 숲속으로 발을 들여놓자 한 호르마스트 텡그리의 목소리가 들려왔어. 그때까지 그의 눈은 가져 보았지만 그의 목소리를 듣는 건 처음이었지. 그 목소리는 내가 찾고 있던 세상의 진실은 알려주지 않고, 나에게 현재와 과거와 미래를 읽는 눈을 잃어버리는 대신 세상을 볼 수 있는 눈을 주겠다고 했어. 광명의 빛을 말이야. 순간 기뻤지만 곧 나는 주저했어. 뜬눈으로 훤히 보이는 그 세상을 내가 감당할 수 있을지 확신이 없었던 거야. 눈먼 눈으로 보아오고 귀로 들어 알게 된 세상만으로도 그것은 불신과 거짓의 악취로 가득했었어. 그런데 눈을 뜨고서까지 더 세세히 보아야 할 이유가 있을까. 굳이 그것들을 내 눈으로 확인해야만 할까. 아니, 난 자신이 없었어. 아이야, 너도 마찬가지야. 내가 눈을 뜨게 되더라도 눈을 감아버리고 싶어지는 것처럼, 너도 사람을 잡아먹지 않고 살 수 있게 된다 하더라도 곧 잡아먹고 싶어질걸. 추악한 것들, 혐오스러운 것들, 너를 분노로 이끄는 것들, 너의 분칠한 모습밖에 사랑할 줄 모르는 것들을 모두 잡아먹어 버리고 싶어질걸. 사라져버린 사람 잡아먹는 너의 그 능력을 아쉬워하며 너의 뱀을, 너의 야수를 그리워하게 될 거야. 한데, 알고 보면 이것이 바로 그 추운 지방의 숲이 나에게 알려준 세상의 진실이었어. 빛을 갈망하여 눈을 뜨게 되면, 어둠을 그리워하며 다시 감아버리고 싶어진다는 것. 그 이후로 난 나의 눈먼 눈에 만족하고 살아왔어."

"당신은 용기도 사랑도 없었군요. 비록 다시 사람을 잡아먹고 싶어지고, 잃어버린 그 능력을 아쉬워하게 되더라도 나는 내가 지금 원하는 그것을 얻겠어요. 아무리 세상이 나를 배신하더라도 난 그 세상을 사랑하며 살겠어요."

"용기와 사랑의 문제가 아니야. 나는 정직함의 문제를 말하는 거야. 자신을 똑바로 볼 수 있는 정직함. 더구나 넌 그것을 얻기도 전에 죽을 거야. 그것은 얻을 수 있는 것이 아니기에 너의 갈망이 너를 죽일 거야. 내 눈도 마찬가지였어. 빛을 주겠다고는 했지만 그건 얻을 수 있는 게 아니었어. 텡그리는 그것을 나에게 줄 수 있는 능력이 사실은 없었어. 텡그리는 젊은 신들에게 쫓겨나 뒷방으로 물러난 퇴물의 신이었어. 텡그리가 할 수 있는 거라고는 나의 입을 빌려 과거와 현재와 미래의 일을 전해주는 게 전부였어. 텡그리는 헛된 욕망일랑 버리라는, 현재에 만족하며 살라는 가르침을 주려는 것뿐이었어."

"내가 원하는 것을 얻을 수 있을지 없을지 그건 중요하지 않아요. 그것을 얻으려다 죽을 수 있다는 사실도 중요하지 않아요. 내가 그것을 얻으려 한다는 사실만이 중요해요. 그리고 다시 말하지만, 당신이 가진 문제는 용기와 사랑이 없었다는 그것이었어요. 당신은 정직함을 말하면서 오히려 당신 자신에게 정직하지 않았어요. 당신은 도망쳤어요. 당신은 두려웠어요. 잃게 될 것이 두려웠고, 지금의 당신이 아닌 다른 당신이 두려웠고, 미래가 두려웠죠. 아무도 당신을 사랑하지 않을까 두려웠어요. 그 무엇보다도 이 모든 두려움의 근원으로서의 두려움, 당신은 그 누구도 그 무엇도 사랑할 수 없어서 두려웠습니다. 당신은 당신을 둘러싼 세상과 당신의 삶과 당신 자신을 사랑할 의지도 자신도 없었던 겁니다. 그래서 주저앉는 걸 선택한 거죠. 현재의 자신에게 눌려 지내기로 한 거죠. 이를 두고 당신은 정직함으로 치장을 하는 거죠."

"그럼 넌 그 무엇이든, 그 누구든 있는 그대로를 온전히 사랑할 수 있다는 거니? 그렇다면 지금의 흉한 모습의 너는 왜 사랑하지 못하니? 왜 지금의 너에게서 벗어나려 그리도 애를 쓰는 거니? 진실로 무엇이든 사랑한다면 아무리 흉하더라도 너 자신부터 사랑해야지."

시두리는 말문이 막혔다. 누구나 그렇듯 시두리도 사랑받기를 원하였으나, 사랑받기를 원하는 흉한 그 자신을 시두리는 사랑할 수 없었다.

"그것 봐. 이것이 너야. 넌 그 무엇이든 그 누구이든 사랑할 수는 없었어. 넌 인간이 품은 악마마저도 사랑할 수 있다며 큰소리쳤으나 넌 그 악마를 사랑하는 데 실패했었어. 그 덕분에 이렇게 흉한 너로 살아가는 거야."

어딘지 이상했다. 시두리가 태어나기 전의 일을 말하고 있었다.

"무슨 말이죠? 전생에 내가 저지른 잘못으로 벌이라도 받아 이런 나로 살아간다는 건가요?"

노파의 짜부라진 눈이 꿈틀했다. 누설해서는 안 될 말을 흘린 것이다. 그것은 그 자체로 수수께끼인 시두리의 불행한 운명이라는 그 수수께끼를 풀 단서를 암시하고 있었다. 시두리는 대답을 기다렸다. 그러나 노파는 입을 굳게 닫았다. 움직임도 표정의 변화도 없었다. 굳어버린 석상처럼 그렇게 앉아있었다. 노파로부터 시두리의 전생 이야기를 들을 수는 없을 것이다. 더 이상의 누설은 없을 것이다. 그러나 시두리는 자신의 전생과 얽힌 불행한 운명의 수수께끼를 풀 대답은 듣지 못하더라도 자신의 미래는 포기할 수 없었다. 지금과 다르게 살아갈 방법으로서의 그 답은 들어야 했다.

"나는 희망을 버릴 수 없어요. 언젠가 이런 흉한 나마저도 내가 사랑할 수 있을 것이라는 희망도요. 그러니 가르쳐주세요. 다르게 살아갈 방법을요. 희망을 뒤쫓다가 죽음에 이르더라도 당신을 원망하지는 않을 겁니다."

노파는 벌목꾼의 도끼에 거목이 쓰러지는 것처럼 느릿하게 그렇게 마른 향초 더미 위로 늙고 마른 몸을 넘어뜨렸다. 그것은 시두리 말리기를 포기한 체념의 태도처럼 보이면서도 이제야 자기 의무를 마쳤다는 안도의 모습 같기도 했다. 이는 또한 시두리가 자신의 말을 듣지 않을 것임을 알고 있었다는 태도로 이해될 수도 있었다.

"나를 태워. 그럼 가르쳐 주지."

"죽기를 원하나요?"

"내가 해야 할 일도 다 했고, 내가 할 수 있는 일도 다 했어. 벌써 죽었어야 할 목숨이 너를 기다리다 늦어졌어. 그러니 답을 얻고 싶으면 나를 태워."

노파는 자신의 죽음을 미리 준비해 놓고 있었다. 마른 향초를 깔아놓은 것도 그 때문이었다. 시두리로서는 주저할 이유가 없었다. 노파는 향초 향내를 타고 삶과 죽음의 경계를 건너갈 것이다. 칼질하듯 시두리가 허공에다 손을 긋자 점쟁이 노파의 몸에서 불꽃이 일었다. 그것은 마른 향초로 옮겨붙으며 회색빛 연기를 피워올렸다. 연기를 뚫고 노파의 목소리가 들려왔다.

"너를 사랑하는 사람을 만나게 되면 너의 모습을 그대로 보여주고 또한 들려줘. 네가 몸으로 혹은 마음으로 사랑했던 그 많은 남자들과 여자들, 네 머리의 뱀 문신, 너의 뱀이 살아나 사람을 잡아먹는 것, 너의 불의 능력과 그 능력으로 네가 저지른 것들 모두 다. 너의 비천함과 혐오스러움과 잔혹함과 욕정과 악마를 모두 다. 그래도 그 사람이 여전히 너를 사랑하겠다면 그때 비로소 너의 저주가 풀리게 될 것이야. 허나 잊지 마. 네가 찾는 사람이란 자신을 혐오하면서 자신에게서 벗어나기를 원하는 그런 너를 사랑해 줄 수 있는 사람이야. 그런데 네가 너를 흉하게 여기면서 자신을 사랑하지도 못하는데 그런 너를 사랑할 수 있는 사람이 과연 있긴 있을까? 그래서 불가능하다고 한 것이야. 그래서 너의 헛된 꿈이 너를 죽음으로 이끌 거라고 말한 것이야. 차라리 지금의 너를 그대로 받아들여. 벗어나려 하지도 말고. 사랑을 찾지도 말라는 말이야. 사랑은 위험해. 희망도 위험해. 희망은 절망을 불러오고 절망은 죽음을 불러올 거야."

불길이 노파를 잡아먹어 버렸는지 마지막 몇 마디는 꺼져가는 목소리였다. 그 뒤로 더는 말이 없었다. 잔소리를 또 덧붙이긴 했지만 어쨌거나 점쟁이 노파는 답을 알려주고 죽었다. 답을 들은 시두리는 불타는 오두막을 떠났다.

시두리는 그녀를 사랑해줄 사람을 찾아서 어느 도시로 흘러들었다. 따뜻한 남쪽의 그 항구도시는 늘 사람들로 붐볐다. 그곳에서 시두리가 자신을 의탁한 곳은 번화가 뒷골목에 자리 잡은 '인생의 즐거운 벗'이라는 유곽이었다. 비록 손님으로 상대할지라도 다른 어디에서보다 많은 이들을 만날 수 있는 곳이기에 자신을 사랑해 줄 사람을 여기서 더 쉽게 찾을 수 있을 것 같았다. 더구나 시두리 는 세상에서 가장 오래된 이 직업을 싫어하지 않았다. 어떤 종류와 방식의 것이든 시두리는 사랑에는 언제나 누구에게나 열려있었다. 한편으로는 그것 말고는 나이 어린 여자로서 시두리가 할 수 있는 일이라곤 없었다. 어디까지나 먹고사는 문제였다.

그러나 누구나 예상하다시피 시두리의 있는 그대로를 사랑해줄 만한, 그런 가능성이라도 있는 사람을 쉽게 만날 수는 없었다. 그 러는 중에도 굶주림은 더해갔다. 이 도시로의 여행 중에 한 남자 를 잡아먹은 이래 27일째 되는 날, 더 이상 견디지 못한 시두리가 그날 밤을 묵어간 남자를 잡아먹었다. 그 남자는 무역선 선장이라 자신을 밝혔는데 실은 밀수선 선장이었다.

다음날 오전 무렵 그 밀수선에서 심부름꾼 노릇하는 시두리 또 래의 소년이 찾아왔다. 소년의 부탁을 받은 청소하는 아이가 포만 감에 깊은 잠에 빠져든 시두리를 흔들어 깨웠다. 얼마나 세게 흔들 었는지 아이의 손자국이 시두리의 드러난 어깨에 찍혀있을 정도였 다. 청소하는 아이의 뒤에서 소년이 말했다.

"우리 선장님 여기 왔다고 하던데?"

"어, 아침 일찍이 떠났어. 오늘 난바다 출항이라면서."

부스스 눈을 비비고 일어나 아직 잠결이지만 감쪽같이 거짓말을 해치웠다. 벌써 6명째 아닌가. 나름 익숙해졌고 완전범죄에도 능숙해졌다. 불리한 증거물일랑 하나도 남기지 않고 모조리 먹어치웠다. 혹 의심이 가더라도 설마하니 자기 선장이 16세 소녀의 뱃속에서 소화되고 있으리라고 누가 생각이나 할까. 알겠다는 얼굴로 심부름꾼 소년이 방안을 한 바퀴 쓰윽 둘러보고는 방문으로 몸을 돌렸을 때 시두리가 소년을 붙잡았다. 내처 달려왔는지 목이 말라 보였다.

"시원한 물이라도 한잔 마시고 가."

소년은 사양하지 않았다. 시두리가 자기로 된 조그만 컵에다 따라준 물을 단숨에 들이켰다. 시두리가 한잔 더 따라주며 물었다.

"일은 할 만해? 뱃일 말이야."

소년은 눈을 찌푸렸다가 대답했다.

"재미없어."

"재미도 없으면서 뭐하러 그 일을 해. 다른 일을 찾지."

소년은 또 눈을 찌푸렸다.

"하기 싫다고 안 할 수 있는 일이 아니야. 그래도 아주 싫지는 않아. 뱃일을 배우고 있어. 언젠가 난 고래잡이배를 탈 거야. 난 최고의 고래잡이 작살꾼이 되어 바다를 달리며 세상에서 가장 멋지고 가장 큰 고래를 잡을 거야."

"멋지네."

"멋지지."

"그래도 위험하지 않아? 다치기도 하고 죽기도 하고 그럴 텐데?"

"다치는 거, 죽는 거, 그게 뭐 대수야? 난 그딴 거 겁나지 않아."

"목숨은 소중한 거야."

소년은 비웃었다. 그때 시두리는 비로소 알았다. 소년도 시두리처럼 자신을 사랑하지 않고 있었다. 소년의 비웃음은 시두리가 아니라 소년 자신을 향하는 것이었다. 소년의 몸속에는 다른 남자가 들어있었다. 좌절과 배신과 치욕을 경험한 남자였다. 그것이 시두리의 마음을 아프게 했다. 소년이 말했다.

"내 양아버지가 몸값을 받고 날 선장에게 팔아넘겼어. 양아버지에게 빌붙어 살던 나의 엄마는 모른 척했고. 그때 난 한 번 죽었어. 한 번 더 죽는다고 별일 있겠어?"

둘의 다른 점도 있었다. 시두리는 비록 자신을 사랑하지는 못할지라도 사랑받기를 바랐고 사랑하기를 갈망했으나 소년은 모두를 거부하고 있었다. 소년에게는 바다와 고래만이 전부였다.

물잔을 내려놓은 소년은 짧은 감사의 인사를 던지고 선장을 찾아 길거리로 달려나갔다. 소년의 발걸음은 가벼웠다. 비록 몸값 노예의 신분이지만 이름도 묻지 못한 소년의 눈은 맑았고 그 꿈은 진지했다. 시두리가 희망을 버리지 않은 것처럼, 소년은 자신의 꿈을 믿고 있었다. 언젠가 몸값을 다 치르고 나면 멋진 고래잡이 작살꾼이 될 것이다.

시두리의 일상은 변함이 없었다. 변하는 것이 있다면 그녀의 방과 다른 여인들의 방을 이어주는 참나무 널빤지 마루 아래에서 쌓여가는 뼈다귀와 옷가지와 신발과 이런저런 사소한 소지품들의 양이었다. 여전히 사랑은 어디에도 없었다. 마루 아래에 쌓인 것들만이 시간을 말해주고 있었고, 그것들만이 시두리가 여기서 살아가고 있음을 증언해주고 있었다. 그러나 이러한 평온인지 갈증을 숨긴 지루함인지 알 수 없는 나날은 깨어지기 마련이었다.

뼈다귀가 발견되었다. 손님 중 개를 데리고 온 자가 있었다. 모아 놓은 양털을 도매상에 넘기러 도시를 찾은 양치기였는데, 그의 보더콜리 종 양치기 개가 마루 아래로 달려 들어가 뼈를 하나 물고 나왔다. 하필 그것이 머리뼈, 해골이었다. 가게가 발칵 뒤집혀 지고 도시 당국에서 조사가 나왔다. 당국에서는 피살자의 신원을 확인하여 그들이 유곽 '인생의 즐거운 벗'에 거주하는 누구와 연관이 있으며 손님으로 찾은 자들이라면 가게의 여자들 가운데 누구와 밤을 보냈는지 확인하려 들었다. 그러나 시두리는 잡아먹을 대상으로 이 도시 거주자들이 아닌 외부인들만을 주의 깊게 골랐으므로 마루 아래에서 발견된 피복이나 소소한 소지품들로 피살자를 특정할 수는 없었다. 그 덕에 '인생의 즐거운 벗'에 거주하는 모든 이들이 살해 용의자가 되었다. 가게는 문을 닫아야 했고 시두리는 굶어야 했다. 길거리 사냥을 나서기에는 너무 위험했다. 도심지의 한 유곽 마루 아래에서 한꺼번에 열한 구의 유골이 발견된 항구도시는 굳이 당국이 나서지 않더라도 스스로 바짝 경계를 강화하고 있었다.

시두리는 야반도주를 선택했다. 당국의 조사가 겁이 나서가 아니었다. 배고픔이 그 한 이유였음은 틀림없겠지만 그것이 또 전부는 아니었다. 시두리는 기다리지 않고 찾아가기로 했다. 정확히는 찾아내기로 한 것이다. 그녀의 저주를 풀어 줄 사람을.

이제 시두리가 떠난 남쪽의 항구도시에 시두리는 그 이름으로만
남게 되었다. 야반도주 탓에 시두리는 범인으로 믿어졌고 시두리
의 이름 앞에는 변하지 않는 수식어처럼 '남자 잡아먹은 창녀 년'
이 붙었다.

#9.
속이 편하지 않은

'남자 잡아먹은 창녀 년'

많이 듣던 소리였다. 열 살도 되기 전부터 진구는 이 소리를 들으며 커왔다. 지금도 어머니가 있는 시골로 돌아가면 듣게 되는 소리다. 그것을 율아의 글에서 또 듣게 될 줄이야. 소설 속 주인공 시두리는 그의 어머니와 닮아 있었다. 바닥의 삶, 거친 생명력, 눈치 보지 않는 담대함. 거침없이 드러내는 욕망. 잔혹 신화 2부에서 시두리의 무엇을 보게 될까. 진구가 보고 싶은 것은 아닐 것이다. 진구는 잔혹 신화 2부는 읽지 않고 덮어버렸다. 앞으로도 읽을 일은 없을 것이다.

토요일은 율아와 함께 보냈다. 직접 만든 요리를 대접하겠다며 율아는 자신의 원룸으로 진구를 초대했다. 덕분에 광화문 집회에 불참하는 셈이지만 상관 않기로 했다. 율아와 보내는 시간은 그만큼 가치가 있었다. 주문국 의원을 위한 시간보다 더 의미 있는 시간을 갖게 되는 건 아마 처음일 것이다. 율아와 함께하는 일분일초가 즐거움이었다. 율아는 잘 웃고 활기찼다. 그녀가 차려놓은 음식들도 정갈하면서도 맛깔스러웠다. 대화는 다양한 주제로 옮겨가며 이어졌다. 무엇보다도 율아와의 섹스는 최고였다. 사실 대화나 식사 따위, 다른 모든 것들은 율아와의 섹스 그것을 위해 필요했고, 그것 때문에 그 의미가 있었다. 율아도 이 점을 분명히 했다. '서로 즐기는 것 이상의 선을 넘지는 않는다.' 한차례 열락의 시간이 지났을 때 율아가 물었다.

"내 글 읽어봤어?"

"응"

율아가 침대에서 허리를 일으켜 세웠다. 율아는 누워있는 진구를 내려다보았다. 그 눈길에는 희미하게 번지는 긴장과 함께 어떤 기대나 기다림 같은 것이 있었다. 진구에게서 무언가를 기대하고 기다리고 있는 건 분명한데, 진구는 그것이 무엇인지 알 수 없었다. 멋진 작품 평? 그건 아닌 것 같았다.

"어…때?"

"어… 잘 모르겠어. 1부만 읽었거든."

모호한 질문에 애매한 대답. 진구는 율아의 눈을 슬쩍 피했다.

"그…래?"

율아는 생각에 빠져든 것처럼 잠시 멈추어있다가 침대에 몸을 눕혔다. 그동안 숨을 참고 있었는지 길게 숨을 들이마셨다가 내뱉었다. 율아의 벌거벗은 가슴이 솟아올랐다가 내려갔다. 진구가 그 가슴을 보며 말했다.

"오늘 박중기 찾아가 봐야 해."

"박중기는 뭐하러?"

급히 몸을 일으키는 율아의 목소리가 날카로웠다.

"몰라. 보자고 전화가 왔어. 허주만 의원에게서 전해 듣긴 했지만, 그러니까 자기를 찾아오라는, 무시하려 했었어. 그런데 어제 전화까지 와서 보자고 하니 안 갈 수가 없잖아. 그래도 과 선배인데. 동아리 선배이기도 하고. 마침 오늘 상경 투쟁도 하지 않기로 했고. 박중기도 오늘과 내일 모처럼 일정을 비워놓았다고 하고."

"그-래?"

율아의 목소리가 떨렸다. 진구를 내려다보는 율아의 눈이 흔들렸다. 그 눈에서 진구는 격렬함과 슬픔이 뒤섞인 무엇을 보았다고 생각했다. 율아는 눈을 감았다. 눈을 감은 채로 침대에 반듯이 몸을 눕힌 율아는 이불을 끌어당겨 가슴을 덮었다. 두 손은 배 위로 가지런히 모아 포갰다. 그 모습이 어딘지 관 속의 시신을 닮아 있었다.

"잘 갔다 와."

율아가 입만을 달싹였다. 그 입도 일자로 다물어지고 정적이란 것이 율아의 몸을 둘러쌌다. 율아는 자기만의 세계로 빠져들고 있었다. 율아의 그 세계에서 진구는 밀려나고 있었다. 그 세계에 진구는 없었다. 불쾌함이 일지는 않았다. 율아의 눈에서 보았던 격렬함과 슬픔이 뒤섞인 그 무엇 때문인지도 몰랐다. 그래도 서운함은 있었지만 내색하지는 않았다. 어차피 섹스는 끝났고 둘이 함께한 목적은 이미 달성되었다. 진구는 일어나 옷을 입었다. 가겠다는 짧은 인사만 던지고 율아의 원룸을 빠져나왔다.

박중기가 찍어 준 주소는 대구시 교외였다. 가창면 용계리. 그리 멀지는 않았다. 가장 가까운 지하철역에서 택시로 갈아타고 가더라도 만 원 정도면 가능한 거리였다. 본의 아니게 일찍 출발한 탓에 여유가 있어 환승 버스를 이용했다. 용계리 버스 정류장에서 내려 헐티재 방향으로 200여 미터 걷자 그곳에 도착했다. 도심에서 멀지 않은 때문인지 주말농장으로 짐작되는 중소규모 농지들이 주변에 널려있었다. 농막용 임시 거처나 창고용의 컨테이너도 여럿 눈에 띄었다. 박중기가 머물고 있는 곳도 그런 곳들 중 하나였다. 다만 훨씬 고급스러웠다. 농막의 수준을 넘어선 살림집으로서의 구조와 현대식 외양을 갖춘 이동식 모듈러 주택이었다. 주택의 내부는 천장과 벽체 모두 홍송과 편백이라는 원목으로 마감 처리되어 있어 전원주택의 맛을 더했다. 세컨드하우스 용도로 사용되는 듯 보였다.

거실의 다갈색 페브릭 소파에 앉은 진구와 박중기는 서로 의례적 안부를 물은 뒤, 한동안 학창 시절 얘기나 동아리 선후배들의 사소한 개인사 따위를 의미 없이 주고받았다. 탐색전이 끝났을 즈음 박중기가 본론으로 들어갔다. 박중기는 선배의 입장에서 진구를 불렀다고 했다. 후배로서 선배에게 최소한의 예의나 경우는 갖추어줬으면 한다는 것이 요지였다. 자신에 반대하는 집회나 시위 정도는 정치적 입장을 달리하니 이해한다. 다만 자신의 지지자들에게 주먹을 휘두르는 건 지나치다. 자신은 단순히 학적부상의 선배가 아니라 졸업 후에도 모임이 이어지는 주식 동아리 선배이기도 하지 않느냐는 거였다. 서로 알고 지내는 선후배 사이로서 자신의 최소한의 체면 정도는 살펴달라고 했다.

"네, 그 정도는 어렵지 않습니다." 진구는 시원하게 대답했다. "앞으로는 그럴 일도 없을 것 아니겠습니까."

"그럴 일도 없을 거라고?"

"사퇴하실 거 아닙니까?"

"사퇴? 누가 그래?"

"허 의원님께 들었습니다. 선배님과 얘기가 됐다고."

"뭐, 허주만이? 허주만이 이 자식, 해도 너무 하네. 이 자식이, 지금 이러고 있을 때야. 자기 계산밖에 모르는 새끼."

"아닌가요?"

박중기는 소파를 박차고 일어나 주방으로 걸어갔다. 냉장고에서 생수병을 꺼내 병째로 들이킨 뒤 한동안 그 자리에 서 있었다. 진구는 그의 뒤통수에다 대고 사퇴 여부를 다시 확인하려다 참았다. 박중기가 생수병을 든 채로 돌아오자 진구가 재차 물었다.

"사퇴하실 거 아니었습니까?"

박중기는 대답 대신 선 채로 물을 한 모금 마셨다. 아주 천천히 음미하듯이. 박중기는 화를 누르고 있었다. 박중기는 생수병을 탁자 위에 내려놓고 다갈색의 페브릭 소파에 던지듯 몸도 내렸다. 턱을 약간 치켜든 그는 내려 깐 눈으로 진구를 비스듬히 보았다. 이때 그의 태도는 귀찮고 성가시다는, 얼른 끝내버려야겠다는 그것이었다. 그가 입을 뗐다.

"너, 오율이라고 알지?"

진구는 기분이 상했다. 박중기는 그의 태도에서 보이는 그것처럼 진구는 아랑곳하지 않고 자기 이야기만 던졌다. 그래도 율아를 언급했기에 대답은 했다.

"알죠."

"너하고 요즘 가깝게 지낸다는 소문이 있던데?"

"어떻게 알았죠?"

"대구 바닥 좁아. 한 다리 건너면 다 알아."

아무리 그래도 율아와의 관계는 이제 겨우 이틀째다. 둘의 사이를 짐작할 만한 이들은 출소 축하주 모임에 함께 했던 이들뿐이었다. 그들 중에 박중기와 연결되는 사람이라면 허주만 의원이 유일했다. 허주만 의원이 둘의 관계를 뭐하러 박중기에게 말해주었을까? 율아나 진구 자신이나 시시콜콜 사생활이 모니터 될 정도로 셀럽급의 유명인물은 아니지 않은가.

"그 여자 조심해."

"왜요? 율아가 직업 킬러라도 된다는 말인가요?"

빈정대는 진구를 박중기가 안 됐다는 얼굴을 하고서 보았다.

"너 걔가 어떤 여자인지 아무것도 모르지?"

"내가 굳이 알아야 할 필요가 있나요? 우리는 서로 부담 주지 않는 편하게 만나는 사이일 뿐입니다."

"그래? 그렇다면 내가 아는 걸 다 얘기해도 상관없겠네. 오율아, 그 여자의 정체 말이지."

진구로선 박중기가 왜 이러나 싶었다. 무슨 속사정이 있는지는 모르겠지만 난데없이 율아의 정체를 까발리겠다는 것이다. 한편으로 박중기는 진구의 선택을 요구하고 있었다. 물러서고 싶지 않았던 진구는 입을 닫았다. 박중기는 입을 열었다.

"오율아, 걔 자갈마당 출신이야. 집창촌 창녀였어. 몸 팔아 번 돈으로 대학 졸업장도 땄지. 참 눈물겹지, 안 그래?"

화부터 먼저 났다. 박중기는 율아의 정체를 까발린 것이 아니라 과거를 까발렸다. 비겁한 짓이었다. 아무리 율아와의 관계가 육체적인 것에 불과하다 하더라도 진구 앞에서 대놓고 율아의 과거를 까발리는 건 율아에 대한 예의도 진구에 대한 예의도 아니었다. 시간이 지나면 어차피 알게 된다 하더라도 이런 방식은 아니었다. 그렇지만 진구는 대놓고 반발하지는 못했다. 어쨌든 율아와의 관계를 가볍게 취급해버린 건 그 자신이었다. 한편으로 진구는 화가 치솟는 가운데 율아의 소설 속 주인공 시두리와 시골의 어머니를 생각하고 있었다. 작중 시두리는 창녀였고 진구의 어머니는 동네에서 그렇게 불리고 있었다. 박중기가 계속했다.

"걔가 윤명자나 허주만과는 어떻게 연결되었는 줄 아니? 그 다리 역할을 유현곤이 했어. 그 성인군자 같은 현곤이 놈이 창녀촌을 드나든 거지. 매번 율아만 찾았다지? 그러던 중에 율아가 다른 손님에게 강간을 당한 거야. 창녀가 무슨 강간을 당하냐고? 들어봐. 손님 중 마음에 드는 남자가 있어 바깥에서 만났다는 거야. 그런데 이놈이 그렇게 해버린 거지. 저항하는 율아를 주먹으로 패기도 했고. 그러자 이를 알게 된 유현곤 이놈이 성폭력 상담소 소장인 윤명자에게 연결시켜 준 거야. 강간범이 된 그놈에게서 합의금도 꽤 받아냈지 아마. 재밌는 건 더 있어. 율아 얘, 성적 취향이 참 다양해. 성적 정체성이라고 하나? 윤명자와 그렇고 그런 사이가 된 거야. 그러다가 허주만과도 그런 사이가 됐고. 그런데 허주만이 이놈이 동기 사랑 나라 사랑이랍시고 걔를 나에게도 소개시켜 주더라. 내가 마다할 리가 없잖아. 돌고 돌았던 거지. 그렇게 돌고 돌다가 원점 회귀를 하더라. 현곤이 놈 회사에 취직을 하더군. 둘은 그렇게 매일 보고 지내는 사이가 됐지. 뭐 상관은 없지. 넌 필요할 때마다 가끔 걔 아랫도리만 있으면 되는 거잖아. 안 그래?"

맞는 말이다. 율아와의 관계는 애초부터 성적인 것으로 한정되었다. 율아도 진구도 그 이상의 것을 원하지 않았다. 율아의 과거가 어떠했는지 따위, 진구와 같이 있지 않은 시간에 율아가 무얼하는지 따위는 진구가 개입하거나 간섭할 거리가 아니었다. 진구는 화를 가라앉혔다. 박중기는 진구를 자극하려 했겠지만 그 시도는 실패했다. 오히려 그의 의도를 드러내고 말았다. 진구는 자신이 왜 여기로 불려왔는지 그 이유를 알게 되었다. 율아였다. 박중기의 체면을 손상시키는 진구의 폭력적 행동이 아니라 율아가 본론이었다. 박중기는 진구와 율아를 떼어놓으려 하고 있었다. 돌이켜보면 허주만도 같은 의도를 지녔던 것으로 생각되었다. 진구에게 접근하는 율아를 경계하던 '출소 축하주' 모임에서의 허주만의 적의를 품은 태도가 그러했다. 그리고 그간의 이러한 사정을 짚어보면 허주만과 박중기가 이 '떼어놓기'에 공모했음이 틀림없었다. 하지만 왜, 무엇 때문에? 이들이 율아를 아직도 원하고 있어서? 그건 아닐 것이다. 율아에게서 진구를 떼어놓는다고 해서 율아가 이들에게 가지는 않는다. 율아는 현실적 필요성이든 성적 욕구이든 자신이 원하지 않으면 몸도 움직이지 않는 여자였다. 진구가 알지 못하는 다른 이유가 있었다. 그것은 아마 율아와 관계되어 허주만과 박중기가 공통의 이해를 갖는 그런 이유일 것이다.

"뭔 말인지 알겠지?" 박중기가 말했다. 박중기는 관심 없는 척하면서도 진구를 살피고 있었다. "오율아 걔는 유현곤, 윤명자, 허주만, 나까지 다 거쳐 간 여자야. 이런 여자를 흔히 걸레라고 하지."

"보기에 따라 다르게 이해할 수도 있죠." 진구가 대들 듯 말했다. "방금 말씀하신 그 네 사람이 율아를 거쳐 간 게 아니라 율아가 그 네 사람을 거쳐 갔을 수도 있죠. 율아가 그 네 사람을 섭렵했다고나 할까요? 이런 사람을 두고 흔히 인생을 마음껏 즐기는 여자라고 하죠."

"너 참 속이 편한 놈이구나." 박중기가 일어섰다. "허주만이 그 인간 보거든 전해. 나는 사퇴하지 않을 거라고."

박중기는 주방으로 걸어가면서 물을 또 한 모금 마셨다. 한눈에도 고급스러워 보이는 원목 싱크대 앞으로 다가간 그는 냉장고를 열어 이것저것 끄집어냈다. 저녁을 준비할 모양이었다. 그렇지만 박중기는 저녁 준비를 도와달라거나 저녁을 먹고 가라는 말은 없이 바쁘게 움직여대기만 했다. 너와의 볼일은 끝났으니 그만 가보라는 말이었다. 더 있고 싶지도 않았지만 기분은 더러웠다. 유현곤은 그나마 구내식당 밥이라도 챙겨주었다. 식판이 아니라 밥그릇과 접시를 따로 준비하는 성의도 보였다. 진구는 가겠다며 나와버렸다. 박중기는 형식적이나마 붙잡는 시늉도 하지 않았다.

다음날 진구는 율아의 원룸을 찾아갔다. 율아는 박중기와의 만남에 대해서 진구에게 묻지 않았고, 진구도 원목으로 인테리어 된 전원주택에서의 대화를 입 밖으로 꺼내지 않았다. 둘은 서로의 몸만을 찾았다. 둘의 몸은 서로 거칠고 격렬하게 부딪혔다. 진구는 집요하고 맹목적으로 율아의 몸을 파고들었고, 율아는 진구의 몸을 주먹으로 때리고 손으로 할퀴고 뱀처럼 이빨로 물어뜯었다. 그것은 봄날의 꽃향기 흐르는 환락은 결코 아니었다. 겨울을 앞둔 늦가을의 밤 폭풍우 같은 어둡고 자기 파괴적인 열정이었다. 진구는 성난 들소였고 율아는 독기 오른 뱀이었다. 밤 폭풍우의 거칠고 사나운 격정은 길었다. 그 길었던 폭풍우가 끝나자 둘은 지쳤고 시간도 점심때를 훌쩍 넘겼다. 그들은 배가 고팠다. 중국집에 전화를 걸어 짜장면과 짬뽕 각각 하나씩에 만두를 한 접시 주문했다. 주문한 음식이 배달되자 둘은 먹는 일에 집중했다. 대화는 없었다. 그 대화 없음이 답답해지려 할 즈음 율아가 입을 뗐다.

"내 글 다 읽었어?"

진구는 입에 든 짜장면을 먼저 삼켰다.

"아니, 아직."

예상했다는 듯, 율아는 짬뽕을 한 젓가락 집어 입안으로 밀어 넣었을 뿐 더 말이 없었다. 그것이 진구를 불편하게 했다.

"저녁도 안 주더라."

무엇이든 대화를 이어가기 위해 내뱉는다는 게 어제 일을 말해버렸다. 단무지를 젓가락으로 집어 올리다 말고 율아가 빤히 진구를 쳐다보았다.

"아, 박중기. 저녁때가 되었는데 저녁 먹고 가라는 소리도 안 하더라. 사람을 불러놓고는."

율아는 단무지를 입으로 가져가 천천히 씹었다. 단무지가 입안에 든 채로 율아가 말했다.

"뭐라 그래. 박중기."

"아니, 뭐, 이런저런…"

"괜찮아. 얘기해봐."

율아는 짬뽕 한 젓가락을 후루룩 소리 나게 입안으로 털어 넣었다. 짬뽕 국물이 율아의 입가로 붉게 번졌다. 식탁 위로는 붉은 국물 몇 방울도 떨어졌다. 진구는 그 붉은 국물 방울에 시선을 집중한 채로 어제 일을 이야기하기 시작했다. 선배의 체면을 살려달라는 박중기의 부탁에서부터 율아의 과거 이야기까지 전부를 들려주었다. 율아의 과거 부분에서 주춤했으나 율아는 '괜찮아. 얘기해봐.'만을 반복했다. 듣는 동안 율아의 얼굴은 굳어있었지만 별다른 표정의 변화가 없었다. 면 가닥을 세듯 느릿느릿 짬뽕만을 먹어댔다. 진구가 얘기를 마쳐서야 짬뽕 먹기를 그만두었다. 가면을 쓴 것 같은 표정 없는 얼굴로 율아가 물었다.

"그게 다야?"

"어, 그래."

"다른 얘기는 없었어?"

"없었어."

"한 가지만 얘기하겠어. 다 사실인데 하나가 틀렸어. 틀렸다기보다는 오해의 소지가 있어서 바로잡고 싶어. 유현곤 사장과 나는 아무 관계가 아니야. 회사 사장과 그 회사 직원의 관계일 뿐이야.

그 일을 그만둔 이후로 줄곧 그래왔어. 내가 그 일을 그만두겠다고 했을 때 유현곤 사장은 선뜻 회사에 일자리를 마련해 주었어. 그 이후로 유현곤 사장은 나에게 인생의 훌륭한 선배로 늘 있어 줬어. 그게 다야. 유현곤 사장의 인격을 모독하는 일은 없었으면 하는 바램이야. 이건 나를 위한 변명이 아니야. 변명하고 싶지도 않고. 아니, 설사 내가 유현곤 사장과 내연의 관계라고 해서 그게 무슨 상관이야?"

"아무 상관 없어." 진구가 동의했다. "우리는 같이 있는 현재의 순간만 즐기면 되는 거잖아."

율아가 진구를 빤히 쳐다보았다. 율아 얼굴의 가면이 더 두꺼워진 것 같았다. 가면 너머의 율아를 도저히 알 수가 없었다.

"그래 맞아."

율아가 말했다. 율아는 짬뽕을 마저 먹기 시작했다. 급하게 먹어 댔다. 국물까지 다 마셔 그릇을 깨끗이 비운 뒤에는 만두도 자기 몫으로 반을 가른 다음 먹어치웠다. 마지막 만두까지 다 먹고 나서 율아가 소리치듯 내뱉었다.

"박중기, 그거 개새끼야. 색골 새끼."

"알-아."

진구로선 당혹스러웠다. 자신을 덮어 감추었던 두꺼운 가면의 율아가 조절되지 않은 난폭한 감정을 그의 앞에서 날것 그대로 드러내 보여주고 있었다.

"알-아, 그 인간이 어떤 놈인지."

"넌 다 알지 못해. 네가 모르는 것도 있어. 그 새끼 날 강간했던 놈이야."

"설-마?"

"설마라고? 기억나? 네가 우리 회사에 들렀을 때. 그때 난 짙은 화장을 하고 있었지만 내 눈의 멍 자국을 다 가리지는 못했을 걸. 너도 알아보았잖아. 그거 그 새끼한테 맞아 생긴 거라고. 내가 죽자고 저항하니 주먹질을 해댄 거야. 그런데 그렇게 당한 장소가 어딘지 알아. 어제 네가 찾아갔던 그 멋진 전원주택 안이었어. 네가 앉아서 그놈과 얘기를 나누었던 바로 그 소파 위에서. 다갈색 페브릭 소파 말이야."

원치는 않았지만 진구의 상상력은 빠르게 작동했다. 어제 자신이 앉았던 그 소파에서 두들겨 맞고 강간당하는 율아는 그의 눈앞에 있었다. 진구가 벌컥했다.

"이런, 더러운 새끼."

"강간범 새끼지."

"왜 가만있었어. 고소해버리지 않고."

"고소? 허, 너 보기보다 순진하네. 집창촌 출신의 여자가 지역 정가에 튼튼한 인맥을 갖춘 구청장을 고소해. 선거에서 시장이 뒤에서 밀어주고 경찰이 앞에서 끌어주는 그런 사람을? 넌 아직도 정의라는 게 이 세상에 존재한다고 믿고 있니? 이 세상의 정의는 오직 힘이 전부야. 힘없는 사람은 다른 방법으로 갚아줄 수밖에 없어."

다른 방법. 틀린 말은 아니다. 법이 관리하는 정의는 언제나 너무 멀리 있었고, 시간과 비용이 많이 들었고, 승산도 낮았다. 율아는 가슴의 응어리를 풀어낼 복수를 원하고 있었다. 주먹이 가장 확실하고 가장 빠르고 편하고 가장 통쾌하고 사실 유일하다. 그것은 또한 정의의 실현이기도 했다. 약자의 정의, 그 약자의 정의는 진구도 바라는 바였다. 어제의 무시와 모욕을 갚아주는 것이다. 마음대로 사람을 불러놓고는 자기 이야기가 끝나자마자 쫓아내는 그런 놈은 맞아야 한다. 늘씬하도록. 그의 가슴이 후련해지도록. 명분도 있다. 강간범이지 않은가. 얻어맞더라도 형사 고소 따위 꿈도 못 꿀 것이다. 그러나 진구는 자신의 폭발적 감정을 드러내지는 않았다. 율아 앞에서 그래서는 안 될 것 같았다. 좀 전의 벌컥 했던 감정 그것만으로 충분했다. 율아를 위한 감정의 폭발, 그것은 둘 사이에서 필요하거나 요구되는 것이 아니었다. 진구는 알겠다는 뜻으로 천천히 고개를 끄덕였다. 그리고 말했다.

"오늘 가서 따져봐야겠어."

진구는 남은 짜장면을 마저 먹었다. 먹으면서 그는 '주문국 녹취록'을 화제로 삼았다. 그것이 엉터리임을 강변했다. 녹취를 뜬 원본 녹음 파일만 언론에 던져버리면 될 것을 그게 없으니 저렇게 변죽만 울려댄다고 비난을 쏟아냈다. 일찌감치 식사를 마쳤던 율아는 묵묵히 듣고만 있었다. 예의 그 두꺼운 가면의 얼굴로 돌아와 있었다. 짜장면 그릇을 깨끗이 비우고 반 남겨놓은 만두를 마저 먹어 치운 뒤에는 영화를 한 편 감상했다. 킬링타임용 액션 영화로 진구가 다운받아 율아의 USB에 담아 가져온 것이었다. 조금은 의아하게도 율아는 USB를 건네받으면서 잔혹 신화 폴더를 통째로 복사해놓았다는 진구에게 그 폴더 안의 '한국의 새' 폴더도 복사했느냐고 물었다. 진구가 '잔혹 신화' 파일들만 따로 복사하기 귀찮아서

다 같이 복사했었다고 대답하니 그저 고개만 두 번 끄덕였다. 영화 시청을 마치고서야 진구는 박중기에게 따지러 가야겠다며 율아의 원룸을 나왔다.

박중기는 어제처럼 혼자였다. 마침 블라인드도 내려져 바깥에서 볼 수 없게 되어있었다. 진구는 거두절미하고, 소파에 앉지도 않고 마주 선 채로 선배 따위 무시하고 여차하면 팰 기세로 따지고 들었다.

"당신, 율아를 성폭행했다며. 저항하니 얼굴에 멍이 들도록 주먹으로 때리기도 했고."

"이 자식 뭐야."

"대답이나 해."

"이 자식 봐라. 후배 새끼가 어디 와서 행패야? 그래 내가 때렸다. 그런 년은 맞아도 싸."

"이런 개놈의 새끼."

진구의 발이 박중기의 배를 걷어찼다. 이어진 진구의 주먹은 배를 맞아 웅크린 박중기의 턱과 어깨와 등을 내리쬤었다. 그 몇 번의 발길질과 주먹질로 박중기는 마룻바닥으로 내려앉아 버렸다. 그래도 분이 풀리지 않았다. 쓰러진 박중기의 가슴과 옆구리와 장딴지를 연이어 발뒤꿈치로 내리쬤었다.

"죽여버리겠어."

진구는 고함을 질렀고 박중기는 비명을 질렀다.

"너, 이 새끼 미쳤구나. 정신 차려 등신 같은 놈아!"

"너나 정신 차려."

마지막으로 배를 걷어찼다. 아마 숨도 제대로 쉬기 힘들 것이다.

"똑바로 들어. 이 꼴통 새끼야. 너는 너밖에 모르지. 넌 언제나 그랬어. 여자만 보면 침 질질 흘리며 어찌 해보려 덤벼들었고, 돈에 굶주린 것처럼 환장해 있었고, 권력을 쥐기 위해서는 무슨 짓이든지 했어. 넌 시장 놈 똥구멍도 빨았을 걸. 대한민국의 천민자본주의를 대표하는 인간이 너 같은 놈이야. 자기 혼자 살기 위해서는 무슨 짓이든 할 놈. 욕망의 더러운 포로. 강간질이나 하고 다니는 쓰레기. 너처럼 너밖에 모르고 자기 욕망에 빠져 허덕대는 인간은 세상에서 사라져야 이 세상이 좀 더 밝아질 거야."

옆구리를 움켜쥐고 한동안 호흡을 가다듬던 박중기는 한쪽 팔꿈치로 마룻바닥을 짚으며 겨우 허리를 세웠다.

"허, 여기 이상주의자 하나 나셨네. 이 철없는 몽상가 멍청이야, 세상은 정글이야. 내가 죽이지 못하면 내가 죽어. 환하게 빛나는 선의, 그런 것이 세상을 밝고 아름답게 만들 것 같아? 그런 건 화장지로 쓱 닦으면 지워지는 분칠 같은 거야. 이 등신아, 아름다운 것은 이루어질 수 없는 법이야! 잘 들어, 바보 같은 놈아. 나는 솔직한 거야. 나는 내 욕망에 솔직할 뿐이야. 누구나 가지고 있는 그 욕망에 충실한 게 그리도 죄냐. 진짜 죄가 무엇인지, 진짜 나쁜 놈이 누군지 알아? 등신 새끼야, 나보다 더한 놈들은 거짓말하는 위선자들이야. 입에 똥을 처물고 꽃향기를 팔아대는 놈들, 온몸에 정의를 문신 새기고 사기 치는 놈들이야. 잘 살펴봐. 네놈 주위에 그런 년놈들 천지야."

진구의 예상과 달리 박중기는 비굴하지 않았다. 돈과 권력에 환장한 이런 색골 놈은 몇 대 맞으면 살려달라고 애걸할 줄 알았다. 박중기는 오히려 당당했다. 진구에게 그것은 뻔뻔함이었다. 철면피 같은 놈. 진구가 박중기에게로 다가갔다. 위협을 감지한 박중기는 몸을 뒤로 끌었지만 도망갈 수는 없었다. 진구는 박중기의 가슴팍을 발뒤꿈치로 두 번 내리찍었다.

"폭행범으로 고소하려면 고소해. 나도 너를 온 천하가 다 아는 강간범으로 만들어버릴 테니까."

진구는 끙끙대는 박중기를 내려보다가 몸을 돌려 현관으로 걸음을 옮겼다. 할 일은 다 했다. 그 뒤의 일은 알 바 아니다. 어떻게 되든 상관없었다. 진구가 막 현관문 손잡이를 쥐었을 때 박중기의 쥐어 짜낸 목소리가 들려왔다.

"네놈은 끝까지 바보구나. 눈먼 바보 같은 놈. 네놈은 지금 네놈이 무엇을 하고 있는지도 모르고 있어. 넌 속 편한 새끼가 아니었어. 넌 나에게 화가 난 것이 아니고 율아 그년에게 화가 난 거야. 정신 차려. 내가 율아를 때린 건 맞지만 율아를 성폭행하진 않았어. 내가 왜 때렸고 그 멍 자국이 왜 생겼는지는 율아 그년에게 물어봐, 이 멍청아."

진구는 돌아보지도 않고 현관문을 밀고 바깥으로 나왔다. 바깥은 어두웠다. 2월 초의 겨울 해는 짧았다. 진구는 버스 정류장으로 터덜터덜 걸었다. 박중기를 두들겨 패면 속이 후련해 질 줄 알았는데 아니었다. 어딘지 명쾌하지 않음이 있었다. 박중기의 말대로 속이 편하지 않았다. 정류장에 도착해서 율아에게 전화를 걸었다. 받지 않았다. 버스는 금방 오지 않았다. 10분 남짓 기다려서야 버스가 왔다. 진구가 버스에 막 한 발을 걸쳤을 때 멀리서 소방차 사이렌 소리가 울려왔다.

#10.
살인자도 스파이도 될 수 없는

[속보] 박중기 대구 수성구청장 화재 사고로 사망

9일, 경찰은 이날 오후 6시 30분경 대구 달성군 가창면 용계리의 한 전원
주택에서 방화로 의심되는 화재가 발생했다고 밝혔다. 이 사고로 인명사고
가 일어났으며 사망자는 대구 수성구 구청장인 박중기 씨인 것으로 확인되
었다. 경찰에 의하면 반소된 집안에서 기름 냄새가 풍겼고, 주택 바깥에 설
치된 보일러 기름 탱크의 유량게이지 호스가 뜯겨나가 있었다고 한다. 이에
경찰은 뜯어낸 유량게이지 호스로 기름을 받아낸 뒤 그 기름으로 방화했을
가능성에 무게를 두고 기름 탱크 주변으로 지문 감식을 실시하는 한편 불에
탄 시신은 국과수에 부검을 의뢰했다.

점심을 마치고 자투리 시간에 뉴스를 검색하다 발견한 속보였다.
박중기가 죽은 것이다. 진구가 발길질과 주먹으로 늘씬하게 패주었
던 그 박중기가 불에 타서 죽었다. 9일이면 일요일로 어제였고, 6시
30분이면 진구가 박중기의 전원주택을 빠져나온 지 10분도 채 지
나지 않아서다. 오지 않는 버스를 기다리며 몇 차례 시간을 확인했

기에 잘 안다. 그렇다면 방화범은 그 집을 드나드는 진구를 지켜보았을 가능성이 있었다. 사실이라면 진구가 나오기를 기다렸다가 불을 질렀을 것이다. 버스에 막 올라탈 때 들려왔던 소방차의 사이렌, 그 사이렌을 울리던 소방차는 박중기의 집으로 달려가고 있었음에 틀림이 없었다. 급히 허주만 의원에게 전화를 걸었다.

"나도 방금 들었어."

"누가 그랬을까요?"

"알 수 없지. 김사장 오늘 출근했어?"

김사장이라면 옵티머스 컨설팅의 김봉익 사장을 말한 텐데 갑자기 그의 근황은 왜 묻는지 의아했다.

"네, 오늘 출근했죠. 왜요?"

"아니, 하여튼 어떤 놈이 범인인지, 이런 놈 새끼를…"

허주만 의원은 분명 정적인 박중기의 죽음에 격분하고 있었다. 한 인간의 죽음 앞에서 동기로서의 묵은 애정이라도 발동되었다는 건가. 적이 아니라 동지의 모습이었다. 혼란이 일었다. 줄기차게 구청장 사퇴를 압박하던 그 허주만 의원이 아니었다.

"사람이 죽은 건 안 된 일이지만, 이젠 사퇴를 압박할 필요도 없어졌습니다."

"그런 셈이야."

진구는 무심코 '사퇴를 압박할 필요'라고 했었다. 박중기에게 들은 바가 있어 저도 모르게 사퇴를 기정사실로 인정하지 않은 것인데 허주만은 이에 동의했다.

"저, 지난번 호프집에서 박중기에게서 사퇴를 약속받았다 하셨잖습니까."

"그랬지."

"그런데 제가 박중기를 만났을 때, 박중기는 사퇴할 생각이 전혀 없다고 했습니다."

"사실은 그거 내가 언론플레이 하려고 꾸며낸 거였어. 바람몰이 같은 거지. 이젠 네 말대로 그럴 필요도 없어졌지만."

박중기의 말이 맞았다. 박중기는 사퇴를 약속하지 않았다. 이런 거짓말은 정치판에서 자주 보게 되는 익숙한 플레이의 하나였다. 그럼에도 걸리는 게 있었다. 사퇴를 약속받았다 하더라는 허주만의 말을 전하자 박중기는 '허주만이 이 자식, 지금 이러고 있을 때야.'라고 했었는데, 그 짜증스러움 가운데 어딘지 조급함이나 위급함이 묻어나왔었다. 한편 허주만과 박중기는 둘 다 율아와 진구를 떼어놓으려 했었는데, 그 '떼어놓기'에도 조급함이 묻어나오면서 절실한 공통의 이해가 걸린 무엇이 있는 것처럼 행동했다. 박중기 쪽 사람과 주먹질을 주고받은 진구를 두 사람이 공모하여 박중기의 거처로 불러들인 것부터가 그랬다. 아무래도 율아와 진구를 급히 떼어놓으려는 시도와 지금 이러고 있어서는 안 되는 어딘지 위급해 보이는 때, 이 둘 사이에 연결이 있어 보였다. 박중기의 죽음에 반응하는 허주만의 뜻밖의 동지적인 태도가 그런 짐작을 더 부추겼다. 어쩌면 박중기는 두 사람의 절실한 공통의 이해가 걸린 그것 때문에 죽임을 당했을 수도 있었다. 그렇다면 허주만의 격분에는 이유가 있는 것이다. 그리고 그 공통의 이해에는 율아가 개입되어 있을 수 있었다. 진구는 통화가 끝나자마자 율아의 번호를 눌렀다.

꽤 오랜 대기음 끝에 율아가 받았다. 율아도 속보를 보았다고 했다.

"죽은 건 안 됐지만 어쨌든 벌을 받은 셈이야."

"그런 것 같아."

그런 것 같다니, 율아는 남 얘기하듯 말하고 있었다. 목소리에도 아무 감정이 실려있지 않았다. 아무리 증오하는 인간이더라도 사람이 죽었다는 건 충격일 수 있었다. 그것도 불에 타서 죽었다. 아니면 환성이라도 지르든가. 진구는 슬쩍 넘겨 짚어보았다.

"불에 타죽었다는 건 좀 끔찍해. 아무래도 이해관계나 원한 관계가 얽힌 주변 인물에 의한 범행 같아, 혹시 범인으로 짐작 가는 사람이라도 있어?"

"없어."

짧은 대답이 전부였다. 율아는 길게 통화할 마음도 없어 보였다. 내일 저녁 퇴근 후 찾아가도 되냐는 진구의 물음에 율아는 괜찮다고 대답하고 전화를 끊었다.

다음 날, 옵티머스 컨설팅에서의 오전 일과는 또 어찌어찌 버티며 지나갔다. 텔레마케팅룸을 빠져나가며 점심값 만 원을 받았다. 돈을 건네주던 접견실의 여직원은 진구에게 4층으로 가보라고 했다. 사장이 찾는다는 거였다. 먼저 온 손님이 있으니 바깥에서 기다렸다가 들어가라고도 했다. 율아가 또 왔나 싶었으나 아니었다. 먼저 온 손님이란 허주만 의원이었다. 시의원이 쉽게 올 수 있는 곳이 아닌데 직접 찾아왔다는 건 매우 급하거나 큰일이 있다는 얘기였다. 허 의원의 목소리는 닫힌 문을 뚫고 접견실까지 간헐적으로 들려왔다. 소리를 지르고 있었다.

"--- 야, 너 이 새끼. --- 모를 줄 알아. --- 박중기 --- 그년 내가 확인했어 ---"

김봉익 사장의 짧은 대꾸가 있었지만 들리지 않았다.

"--- 어디 있어. --- 내놔! --- 박중기 ---"

두 차례나 들려온 박중기의 이름에 진구가 바짝 귀를 세웠다. 허주만이 목소리를 낮추는 바람에 그 뒤는 들리지 않았다. 다시 김봉익 사장의 알아먹을 수 없는 웅얼거림이 들려왔다. 이어 허주만의 막말 쌍욕이 터져 나왔다.

"--- 이런 개새끼야! --- --- 갖고 있다는 거 다 알아! ---"

김봉익의 웃음소리가 들렸다. 낄낄대고 있었다. 비웃는 게 분명했다. 그 비웃음에 이어 '등신 새끼'란 욕도 들렸다. 영원한 을인 줄 알았던 김봉익이 감히 시의원에게 저리 욕설을 던져도 되나? 진구가 바짝 문 가까이 다가갔다. 김봉익의 입에서 사람 이름이 흘러나왔다. 분명하지는 않지만 '서영미' 같았다. 이어진 허주만의 목소리는 낮았다. 어딘지 으르렁거리는 느낌이었다. 늑대가 먹이를 노리는 그런 으르렁거림. 그 으르렁거림 뒤에는 또 막말 쌍욕이었다.

"--- 개놈의 새끼! --- 더러운 -- 새끼! --- 두고 봐!"

사장실 문이 왈칵 열렸다. 얼른 옆으로 비켜서려 했으나 벌게진 얼굴의 허주만과 정면에서 딱 마주치고 말았다. 허주만에게서 한순간 당황이 떠올랐지만 그것은 곧 일그러진 얼굴이 되었다. 불쾌감 같기도 적개심 같기도 했으나 확신할 수는 없었다. 허주만은 진구가 없는 것처럼 고개를 돌리더니 횡하니 접견실을 지나 바깥으로 나가버렸다. 진구에게 인사할 틈도 주지 않은 건 물론이고 어딘지 진구를 밀어내며 경계한다는 인상이었다. 적잖이 당황스러웠다. 진구에게 월급을 주는 사장과 방금 막말 쌍욕을 퍼부으며 싸워댄 탓인가? 하지만 진구를 이 회사에 보낸 건 허주만이 아닌가. 되짚어보니 어제 전화 통화에서도 진구를 대하는 허주만의 태도는 딱딱했었다. 짧게 질문을 던지거나 짧게 대답하거나, 아니면 격분하기만 했었다. 그 격분의 일부는 어쩌면 진구를 향하고 있었을 수도 있었다.

"왔나? 어서 들어와."

열린 문 너머에서 김봉익이 불렀다. 목소리는 평소와 전혀 다름이 없었다. 오히려 친근함이 묻어 있었다.

"허 의원님이 어쩐 일로 여길 다 오셨어요?"

문을 닫으며 진구가 물었다.

"아, 사업상 방문. 접견실에서 들어서 알겠지만 서로 이해가 갈리는 게 좀 있어서. 사업이란 게 그렇잖아. 세상 돈 먹기가 어디 쉽나. 그래, 회사 일은 좀 어때?"

신입도 아니고 입사한 지 석 달이나 된 진구에게 이제 적응 좀 했냐는 식으로 묻고 있었다. 진구를 소개해준 허주만과 욕설을 주고받으며 싸우고서도 진구에게는 아무 불만이나 감정이 없다는 뜻으로 읽혔다. 진구가 머리를 긁적였다. 겸연쩍기도 했다.

"네, 그럭저럭…"

"요즘 율아와 좋은 사이로 지낸다던데?"

어떻게 알았을까. 벌써 소문이 여기까지 번졌나 싶었다.

"아아, 율아가 얘기해 줬어."

김봉익이 손을 내저으며 별 것 아니라는 투로 말했지만, 진구로선 율아와 김봉익 둘의 관계가 또 궁금해졌다. 한편으로는 김봉익이 진구를 부른 이유도 짐작되었다. 율아 때문이었다. 짐작대로 김봉익이 율아를 입에 올렸다.

"율아에게 잘 해줘. 그 아이 괜찮은 아이야. 워낙 가진 거 없이 컸고, 여기저기 배신당하면서 험하게 살아오다 보니 사람을 잘 믿지 않는 버릇이 들어서 그렇지 바탕은 누구보다 반듯한 인성을 갖고 있고 따뜻한 마음을 가진 애야. 사랑이 넘치는 친구지. 사랑이 너무 넘쳐서 사랑 없이는 못사는 친구야. 그러다 보니 사랑을 위해서는 물불을 가리지 않기도 하고, 그 친구 죄는 그것뿐이야."

김봉익은 율아와 진구를 깊은 정서적 교류를 갖는 관계로 잘못 이해하고 있었다. 진구는 그게 아님을 밝히지는 않기로 했다. 굳이 밝힐 필요도 없었지만, 가타부타 그런 사적인 것들을 밝히기도 힘든 분위기가 김봉익과 김봉익의 말투에서 감돌았다. 김봉익에게서 자책이나 후회의 감정이랄 것이 풍겨 나왔었다. 그리고 그 자책과 후회는 율아를 향하고 있는 것 같았다. 미안함 비슷한 것. 둘 사이에 무슨 일이 있었나? 진구에게서 율아, 김봉익 둘을 둘러싼 궁금증이 더 커져 갔다. 그렇다고 둘 사이의 일을 직접 물어볼 수는 없었다. 김봉익과는 그럴 만큼 서로 편한 사이가 아니었다.

"일전에 율아와는 일을 같이 한 적이 있다고 하셨는데?"

"우리 가게에서 일했어. 자갈마당, 난 포주였고, 율아는 우리 가게 아가씨로 있었지."

김봉익이 밝힌 사실 그것에 놀랐다기보다 자신의 과거를 숨김없이 드러냈다는 그 사실에 먼저 놀랐다. 자신이 전직 포주라고 밝히는 건, 나름 성공한 사업가이자 회사의 사장이 언제 회사를 그만둘지도 모르는 실패한 사시생이자 가난뱅이 부하 직원에게 선뜻 던질 수 있는 말은 아니었다. 지금껏 두 사람은 서로 깊은 얘기를 나눠 본 적도 없었다. 점심 한 번 같이 먹은 게 사적 교류의 전부였다. 더구나 그 말투와 어휘는 거침없었고 노골적이었다. 그렇다고 자기 비하적이거나 시니컬 하지는 않았다. 자신의 과거 직업을 자랑스럽게는 여기지 않을지라도 부끄럽게는 여기지는 않고 있었다. 김봉익의 얼굴은 진지했다. 김봉익은 진구를 깊숙이 응시하고 있었다. 그 얼굴은 진구에게 묻고 있었다. '전직 포주였던 나를 넌 어떻게 생각하니?'라고. 또한, 그것은 동시에 율아에 대한 질문이기도 했다. 진구는 대답하지 못했다. 동네에서 '남자 잡아먹은 창녀 년' 소리를 듣고 있는 어머니를 진구는 먼저 생각했다. 율아는 진구에게 어머니와 같은 존재였다. 김봉익이 말했다.

　"율아는 가게 일을 하면서도 검정고시를 통과했고 대학을 졸업했어. 애를 많이 썼어. 그게 말처럼 쉽지 않다는 건 자네도 인생을 좀 살아봤으니 알 거 아닌가. 그리고 자네에겐 어떻게 들릴지 모르겠지만 비록 포주와 창녀의 관계지만 율아와 나 사이에는 서로 믿는 신뢰 같은, 뭐 그런 게 좀 있어. 오해하지 마. 남녀 사이는 아니니까."

　"들었습니다. 그 일을 해서 학비 벌었다는 얘기."

　진구는 율아와 김봉익 사장, 두 사람의 관계를 두고는 방금 전과는 달리 의식적으로 관심을 피했다.

"누구한테서?"

"죽은 박중기요."

"그래?"

억양 없는 무덤덤한 반응이었다. 김봉익은 진구가 박중기로부터 율아의 과거를 들었다는 사실을 알고 있었다. 율아가 말해주었을 것이다.

"벌써 10년이 넘었어." 김봉익이 말했다. "율아가 우리 나이로 18살 때 우리 가게를 찾아왔지. 20살이라고 바락바락 우기더군. 난 한눈에 알아보았지만 모른 척했어. 내가 받아주지 않으면 강도질이라도 할 것 같았어. 당장 먹고 잘 곳도 없는데다 편의점 아르바이트 같은 일은 할 상태도 아니었어. 우리 일도 제대로 할 수 있을지 걱정이었지만 그럭저럭 해내더라. 그렇게 우리 가게에서 7~8년 일했어. 중간중간 쉬기도 했지. 대학 다닐 때는 방학에만 일했어."

김봉익이 창밖을 응시했다. 창밖 이래야 접견실과는 달리 옆 건물의 벽만이 보일 뿐이었다. 김봉익은 회상에 잠겨있었다. 그에게서 전혀 기대하지 못했던 모습이었다.

"지금 생각해 보니 그때가 좋았어. 지금처럼 사기 치지도 않고. 어쩌겠어, 내친걸음 되돌릴 수는 없으니 가는 데까지 가보는 거지."

김봉익은 다시 진구를 마주 보았다. 그는 재킷 안주머니에서 봉투를 하나 꺼내 들었다.

"이거 보너스. 지났지만 구정 보너스야."

"보-너스요?"

"그래. 자네를 소개해준 허주만 의원을 생각해서 특별히 주는 거야. 다른 직원들에게는 입단속하고. 자 받아."

막상 받아들었지만 얼떨떨했다. 옵티머스 컨설팅에 정해진 급료와 성과급 외에 어떤 식으로든 보너스가 있다는 말은 듣지 못했다. 의례적인 얘기들을 몇 마디 더 나누고 나와서 확인해 보았다. 수표의 금액은 300만 원이었다. 혹시 잘못 보았나 싶어 다시 읽어 봐도 삼백만이라고 인쇄된 한글은 틀림이 없었다. 자그마치 진구의 두 달 치 월급에 해당하는 금액이었다. 그런 돈을 욕설을 퍼부으며 서로 싸운 허주만을 생각해서 보너스로 준다? 이건 보너스가 아니었다. 진구가 모르는 이유가 있었다. 더구나 보너스를 건네준 타이밍이 묘했다. 하필 허주만이 찾아왔을 그 시각에, 둘이 막말을 쏟아내며 싸우고 있을 그 시각에 맞춰 내려오라고 하다니. 퇴근 시간에도 얼마든지 가능했다. 의아한 건 더 있었다. 김봉익은 지금의 일이 사기라고 했었다. 옵티머스 컨설팅은 기획부동산이 아니라며 열변을 늘어놓던 그가 아니었나. 김봉익을 둘러싸고 무슨 일이 일어나고 있었다. 그것은 박중기의 죽음과 얽혀있을지도 몰랐다. 허주만은 김봉익과 싸우면서 박중기를 두 번이나 입에 올렸었다. 진구에게 들린 것만 해도 그렇다. 하지만 진구는 그 이상은 뭐가 뭔지 도무지 알 수 없었다. 어쩌면 율아는 알고 있을지도 몰랐다. 느닷없는 보너스도 허주만과 언쟁을 벌인 것도 필시 율아와 무관하지는 않을 것이다. 퇴근 후 찾아가기로 했으니 그때 확인해 보거나 최소한 운이라도 띄워보는 것이다.

율아는 혼자 있지 않았다. 율아의 퇴근 시간에 맞추어 방금 왔다는, 가냘픈 몸매에 어딘지 슬퍼 보이는 고향 친구라는 여자가 함께 있었다. 이수영으로 자신을 소개한 그녀는 예술 관계 일을 하고 있다며 지금은 울산의 남구 문화원에서 근무하고 있다고 했다.

"장생포 아트스테이라고 해요. 일종의 예술가 지원 사업을 펼치는 곳이에요. 작가들이 다 그렇잖아요. 생활이 힘들고, 작업실도 없고. 아트스테이에서는 매달 많지는 않지만 생활비도 지급하고 작업공간도 제공하면서 작가들끼리 서로 교류하고 소통할 기회도 마련해 주는 거예요. 전적인 해결책을 주는 건 아니겠지만 힘들어하는 작가들에게 숨통 정도는 틔워주는 역할이죠. 율아도 늘 작가가 되고 싶어했어요. 그래서 이렇게 찾아온 거예요. 올해도 입주 작가를 모집하는데 율아도 지원했으면 해서요."

율아와 나란히 침대에 걸터앉은 이수영은 율아에게 어깨를 밀착시키면서 율아의 손을 살며시 쥐었다. 식탁 의자를 끌어다 맞은 편에 앉은 진구에게 그것은 일종의 견제와 시위로 보였다. 율아는 마다하지도 않았지만 적극적이지도 않았다. 율아는 거의 말을 하지 않았다.

율아의 퇴근 시간에 맞추어 율아를 찾아온 사람이 또 있었다. 서로 겉도는 의례적인 말들만 어색하게 주고받고 있을 때 초인종이 울렸다. 현관문을 열어 준 율아는 그 자리에 굳어버렸다. 굳어버렸다기보다는 현관 밖 복도의 누군가가 들어오지 못하게 막고 서 있다는 편이 옳았다. 복도에는 60대 중반의 여자가 버티고 서 있었다. 여자는 다짜고짜 막말을 퍼부어댔다.

"내, 다 알아. 네 년이지. 니가 그랬지! 천벌 받을 년. 어디 니가 니 명대로 사나 보자. 벼락 맞아 뒈질 년!"

"그만 꺼지세요!"

소리를 지른 것은 율아가 아니라 이수영이었다. 유순해 보이는 인상과 전혀 다른 언행의 부조화에 진구는 혼란스러웠다. 물론 지금의 난데없는 상황이 던지는 혼란도 가세했다. 복도의 여자도 맞받아 소리쳤다.

"오호, 그래 네 년들 둘이서 쌍으로 또 그 작당을 했구나. 내 아들한테도 그러더니 이제 아주 질이 났나 보다."

"당신 조심해. 당신 자꾸 율아 주변 맴돌면서 괴롭히면 당신 아들이 나한테 저지른 거 다 터뜨려버릴 거야. 동네에서 고개도 들지 못하게 만들어버릴 거야. 당신의 그 잘난 아들, 그놈은 벌 받은 거야. 그러니 그만 사라져."

60대 중반의 여자는 사라지지 않았다. 그녀를 사라지게 만든 건 율아였다. 율아는 말 한마디 않고 달려들어 여자의 머리채를 휘어잡았다. 신발을 신지도 않은 맨발의 율아는 여자의 머리채를 끌고 계단으로 향하더니 곧장 1층으로 달리듯이 끌고 내려갔다. 여자가 팔을 휘두르고 욕설과 저주를 퍼부었지만 율아는 입도 벙긋하지 않았다. 느닷없는 상황의 전개에 아차 넋을 놓고 있던 진구가 급히 신발을 꿰고 따라 내려갔을 때는 상황은 이미 끝나 있었다. 여자는 건물 밖으로 쫓겨난 뒤였고 다시 진입할 엄두를 못 내고 있었다. 그만큼 율아의 기세는 거세고 거칠었다. 되돌아와서 그 여자가 누구냐고 묻자, 율아가 아니라 이수영이 대답했다. 율아의 숙모, 큰어머니라는 것이다. 숙모가 왜 저러냐는 진구의 물음에는 아무도 대답하지 않았다. 분위기가 너무 무거워 진구는 다시 묻지는 못했다.

율아가 가쁜 숨을 진정시키며 침대에 걸터앉자 이수영도 좀 전처럼 율아의 옆에 다가앉았다. 이수영은 양팔로 율아의 허리를 끌어안으며 얼굴을 율아의 어깨에 비볐다. 율아는 반응이 없었다. 어색하게 서 있던 진구가 자리를 비켜주어야 하는지를 고민하기 시작했을 때 율아가 자신의 허리를 안은 이수영의 두 팔을 풀어냈다. 그리고 말했다.

"아트스테이 입주는 좀 더 고민해 볼게."

이수영은 섭섭함을 감추려 들지 않았다. 굳이 말하자면 진구의 판정승이었다. 이수영은 일어나 자신의 소지품을 챙겨 들었다.

"그래, 알았어. 오고 싶을 때, 언제든지 와. 난 항상 너를 기다리고 있을 테니까. 우리 밥 먹으러 가자. 내가 살게."

셋은 원룸을 나와 근처 식당에서 저녁을 먹었다. 셋은 거의 입을 열지 않았다. 묵묵히 식사만 했다. 묻고 싶은 게 많았으나 진구는 모두 삼켜야 했다. 박중기에게 맞아 생겼다는 멍 자국의 진짜 이유, 김봉익을 둘러싸고 벌어지는 일들, 숙모와는 도대체 무슨 나쁜 일들이 있었는지 따위들. 식사가 끝나자 이수영은 울산으로 돌아갔고 진구와 율아는 율아의 원룸으로 되돌아왔다. 방안으로 들어서자마자 율아는 야수처럼 진구에게 덤벼들었다. 숙모를 건물 밖으로 몰아내던 거친 그 기세 그대로였다. 진구는 자신이 꼭 그 쫓겨난 숙모가 된 것만 같았다. 율아는 분노하고 있었고 증오하고 있었고 독사처럼 독을 품고 있었고 그 모든 것들을 앞뒤 없이 쏟아내며 폭발시키고 있었다. 그러나 폭발이 끝나자 율아는 언제 그랬냐는 듯 돌아누워 버렸다. 웅크린 자세로 돌아누운 율아의 그 등은 진구를 밀어내고 있었다. 외면과 거부가 명백했다. 말조차 걸 수 없었다. 진구는 일어나 옷을 걸쳤다. 간다는 말만 던지고 고시원으로 향했다.

지하철은 꽤 붐볐다. 달리는 지하철 객차 안에서 창 너머의 어둠을 보며 진구는 율아와 이수영과 율아의 숙모를 생각했다. 그들은 아마 한동네에서 살았을 것이다. 율아가 어릴 적에 맡겨졌다는 의성 큰아버지 댁의 그 동네일 것이다. 그 동네에 같이 살았던 그들이 어느 날 갑자기 같은 시각에 같은 장소에 모였다. 이는 우연이 아니었다. 이수영도 아트스테이 입주를 권유하기 위해 율아를 찾은 게 아니었다. 세 사람을 연결시켜 주는 무엇이, 아마도 나쁜 인연이 있었고 그것이 최근에 자극을 받거나 재작동한 것임이 분명했다.

지하철에서 내리기 직전 진구는 율아의 돌아누운 등을 생각했다. 외면과 거부가 명백했던 그 등이 어느새 짙은 외로움을 풍기기 시작했다. 그 등은 거부와 외면이 아니라 간절한 끌어당김의 반어적 드러냄일 수도 있었다. 화가 난 것처럼 옷을 입고 나와버린 자신의 행동이 후회되었다. 더 오래 같이 있어 주고, 듣든 말든 대꾸를 하든 말든 더 많은 말을 건넸어야 했었다. 이 후회는 뼈저린 후회가 되었다. 그 후 진구는 일 년 동안 율아를 만나지 못하게 된다.

다음 날, 11시를 좀 지났을 무렵, 접견실의 여직원이 올라와 진구를 찾았다. 랜덤의 고객에게 늘 하던 맨트를 날리고 있을 때였다. 그녀가 던져놓고 간 쪽지에는 4층으로 내려오라고 적혀있었다. 1분도 지나지 않아 통화는 끝이 났지만 진구는 5분 정도 기다렸다가 내려갔다. 접견실의 직원은 그를 사장실로 이끌었는데, 사장실에는 김봉익 사장과 형사가 그를 기다리고 있었다. 박중기 때문임을 직감했다. 달성 경찰서의 한재오 경사라고 자신을 밝힌 형사는 박중기 피살 사건을 수사 중이었다. 피살자의 주변인들을 상대로 탐문 수사를 벌이고 있었다. 근래에 여러 가지로 정치적 수세에 몰려있어 혹시 자살했을 가능성은 없느냐는 진구의 물음에 부검 결과 타살로 결론이 났다고 확인해 주었다. 후두부에 둔기로 맞은 흔적이 발견됐고, 폐에 그을음이 가득 차 있었다는 것이다. 둔기로 때려 기절시키거나 어떤 방식으로든 움직이지 못하게 만든 뒤 불을 지른 것으로 추정된다고 했다. 뜯겨나간 유량게이지 호스가 이를 뒷받침하는 증거가 된다는 것이다. 대답을 마친 형사는 박중기가 죽임을 당한 2월 9일 진구의 일정부터 물었다. 범죄 수사물을 자주 접했던 덕분에 통화 기록과 휴대폰 위치추적 등으로 누구든지 동선이 쉽게 파악될 수 있음을 진구는 잘 알고 있었다. 솔직하게 그날의 일정을 모두 말해주었다.

"그러니까 정진구 씨는 박중기 구청장이 살해되기 직전에 그 집을 빠져나왔다는 거네요. 버스 정류장에서 소방차의 사이렌 소리를 들었다는 것이고."

"그렇죠. 집을 나오고 25분쯤 지나 사이렌 소리가 들린 것으로 기억합니다. 버스가 많이 늦게 왔거든요."

진구는 25분으로 시간을 살짝 늘였다. 기껏해야 15분, 아무리 여유 있게 잡아도 20분을 넘지 않았지만 경찰이 그 정도까지 파악할 수 있으랴 싶었고 파악한들 또 어떠랴 싶었다. 형사가 말했다.

"우리가 파악하기로는 사건 전날 토요일에도 박 구청장을 찾아갔던데, 그렇게 이틀에 걸쳐 서로 내왕할 특별한 일이라도 있었나요?"

조심해야 했다. 박중기를 폭행한 사실을 밝히면 진구는 가장 유력한 용의자로 지목된다. 피의자로 구속될 수도 있었다. 그리고 무엇보다 율아를 끌어들이고 싶지도 않았다. 멍 자국이니 강간이니 따위로 율아를 엮이게 하고 싶지 않았다. 진구는 정치적 입장이 서로 달라 논쟁이 있었다고만 얘기했다. 같은 과 선배라는 위치에서 박중기가 불렀기에 후배로서 간 것뿐이라는 핑계도 덧붙였다.

"언쟁만 했었나요? 아니면 그 이상도 있었나요? 예컨대 몸싸움이라든가. 정진구 씨는 박중기 구청장 퇴진 시위 현장에서 구청장 쪽 사람과 충돌을 일으켜 즉결에 넘겨진 적이 있더군요."

역시, 언제 꺼내나 싶었다. 진구가 긴장했다.

"그게, 저…"

"아니 됐습니다."

형사는 손목만을 움직여 손을 내저었다. 어차피 사실을 말하지 않을 테니 들을 필요도 없다는 뜻으로 읽혔다.

"이 사진만 확인 좀 해주세요."

형사는 탁자 위의 봉투에서 사진을 하나 꺼냈다. cctv를 캡처한 뒤 프린터로 출력한 사진이었다. 여자로 짐작되는 사람의 뒷모습이 보였다. 해가 진 뒤 촬영된 탓인지 사진은 많이 흐렸다. 누군지 알아보기 힘들었다. 그럼에도 떠오르는 사람은 있었다. 어디가 어떠하다고 딱 집어서 단정하기는 힘들지만 어깨로부터 내려오는 선이 닮아 있었다. 율아의 어깨선이 그러했다. 늘 당당하고 활기차지만 어딘지 모르게 웅크린 듯한 어깨선.

"진구 씨가 박 구청장의 집을 나오기 4분 전, 그러니까 진구 씨가 같은 길을 지나가고 2분 30초 뒤 이 여성의 모습이 포착되었습니다. 방향으로 보아 진구 씨처럼 박 구청장의 집으로 걸어가고 있었죠. 이 길은 박 구청장 집으로만 이어져 있으니까요. 진구씨가 박 구청장의 집을 나오고 얼마 지나지 않아, 정확히는 7분 지나 불이 났는데, 이 여성이 빠져나오는 모습은 확인되지 않았습니다. 아마도 집 뒤의 텃밭을 건너 다른 길로 빠져나간 것 같더군요. 하여튼 화재현장에서 여성의 시신은 발견되지 않았으니까요. 사진 잘 한번 보세요. 뒷모습이긴 하지만 혹시 아는 사람은 아닌가요?"

진구는 아주 짧은 동안 망설인 뒤 모르겠다고 대답했다. 우선은 흐릿한 뒷모습 사진만으로 율아를 특정할 확신이 서지 않아서였지만, 다른 한편으로는, 아마도 더 중요하게는 율아를 엮이게 하고 싶지 않아서였다. 형사는 진구를 꿰뚫을 것처럼 쳐다보았다. 한재오 경사라는 달성서의 이 형사는 진구의 마음을 읽었는지도 몰랐다. 그런데 진구에게 눈을 고정하고 있는 사람은 달성서 형사만이 아니었다. 대답을 마치고 나서야 진구는 김봉익이 그를 빤히 쳐다보고 있음을 알아차렸다. 눈이 마주치자 김봉익은 천천히 눈길을 돌렸다. 달성서 형사는 혹 새로이 기억나는 사실이 있으면 연락해

달라며 자신의 명함을 건네주었다. 자신도 용의자냐는 진구의 물음에 세상 사람 모두가 형사에게는 용의자라고 형사는 대답했다. 즉 진구는 용의자라는 말이었다. 아마도 상당히 유력한 용의자일 것이다.

"자네는 사람을 죽일 사람이 못 돼. 스파이도 될 수 없는 사람이기도 하고." 형사가 나가자 김봉익이 말했다.

무슨 뜻인지 진구가 물었다. 살인자가 될 수 없다는 건 그렇다 치더라도 스파이는 또 무슨 소린지 의아했다. 김봉익은 좋은 뜻으로 한 말이라는 것만 알면 된다며 웃음으로 얼버무렸다. 진구는 일어서며 구정 상여금 얘기를 꺼냈다. 과분한 금액에 고맙다는 인사를 한 뒤 사장실을 나왔다. 아직 12시 전이라 접견실의 여직원은 4층에 있었다. 진구는 점심값으로 만 원을 받아들고 회사를 빠져나왔다.

점심을 먹으면서도 퇴근 후 고시원으로 돌아와서도 진구의 머리는 cctv에서 캡처한 흐릿한 여인의 뒷모습으로 가득 차 있었다. 그 사진 속의 여자가 율아일까? 불이 났을 그 시각에 율아는 진구의 전화를 받지 않았다는 사실이 생각났다. 정말 율아일까? 그렇다고 율아에게 물어볼 수는 없는 일이었다.

잠을 청하기 위해 불을 끄고 침대에 몸을 눕히자 기다렸다는 듯 몇 개의 의문 덩어리가 진구를 사로잡았다. 형사는 왜 진구에게 직접 전화를 걸어 만나자고 하지 않고 회사로 먼저 찾아와서 진구를 보자고 했을까. 진구가 옵티머스 컨설팅 직원이라는 사실은 또 어떻게 알았지? 애초에 진구를 유력 용의자로 점찍고 미행했다는 건가. 혹 용의자의 범위에 김봉익도 포함이 되는 것인가. 형사는 진구를 조사한다는 핑계로 실은 김봉익을 건드려보고 있는 것인가. 그럴 수도 있었다. 김봉익과 박중기의 부동산 비리 연루설은 유현곤도 알고 있지 않은가. 서로 비리로 엮여 있다 보면 갈등도 생기고 사고가 일어나기도 하니까. 하여튼 하나같이 지금으로선 진구가 풀 길 없는 의문들이었다.

진구는 머리를 흔들어 의문들을 털어버리고 잠을 청했다. 그러나 쉬이 잠들지 못했다. 가슴이 답답하고 내장이 활동을 멈추어버린 것만 같았다. 몸을 일으켜 창문을 열었다. 찬바람이라도 좀 쐬면 나아질지도 몰랐다. 그 소리를 알아차린 것은 창문을 열고도 1분은 지나서였다. 처음엔 듣지조차 못했다. 그것은 나지막한 훌쩍임 소리였다. 누군가 소리죽여 울고 있었다. 진구가 짐작건대 그 울음의 주인은 이영운이었다. 진구는 소리 나지 않게 창문을 살며시 닫았다.

#11.
그들을 버티게 하는 것

　다음 날 퇴근 후 '날아라 강실장' 유튜버를 검색했다. 역시 예상을 벗어나지 않았다. 박중기를 토막 치고 난도질했음이 틀림없어 보이는 동영상이 하나 올라와 있었다. 올린 날짜를 확인해 보니 어제 수요일이었다. 바로 클릭했다.

"안녕하세요, 구독자 여러분. 하늘이 정의롭다는 사실에 새삼 감사하는 며칠이었습니다. 정의는 역시 죽지 않고 살아있었네요. 하늘은 우리를 저버리지 않았습니다. 그놈이 죽었어요. 제가 일전에 잘근잘근 씹어대던 놈 있죠? 박중기라고, 대구 수성구 구청장, 그놈이 씨원허게 가버렸슴. 아니지 씨원허게가 아니고 화끈하게 골로 가버렸다요. 불과 함께 떠나버렸으니께. 하여튼 뜨거운 거 좋아하는 놈은 뜨겁게도 가시네요. 아랫도리의 뜨거운 열정을 불사르다 불과 더불어 뜨겁게도 산화하셨다~~ 이거죵. 그래도 우야든동 그 아랫도리 무쟈게 대단한 놈은 마자요. 성폭력 상담소 직원을 성추행다 해블고. 내는 그쪽 피메일들 보면 꼬치가 안 서는데, 무서브서리 ---"

솔직히 좀 심했다. 박중기를 누구보다 싫어하고 직접 두들겨 패주기도 했지만 죽은 자에 대한 최소한의 예의는 필요하다는 생각이었다. 하지만 동시에 진구의 또 다른 자아는 비록 상상의 영역에서이긴 해도 폭소를 쏟아내고 있었다. 속을 훅 뚫어주는 사이다가 아닌가. 이런 걸 두고 사이다라 한다. 정치인들이 언론에다 대고 쏘아대는 거, 그런 건 김빠진 사이다지.

"--- 아따 언 놈이 타살이라 그래요? 쪽 팔리니께 가버린 거제. 선거 부정에 부동산 의혹에 성추행, 따다닥! 딱 삼박자. 할 건 다 했어. 안 부끄럽겠어? 내라도 죽어. 왜 살어? 그리고 성추행도 사람을 가려가며 해야지. 아무리 꼴려도 그렇지, 어따 꼴페미를 건드려. 정 급하면 있잖아, 야, 야 말이여 ~~ 잘 알지? 흔들흔들, 탁탁탁! ---"

강실장은 욕설 용도의 가운뎃손가락을 세워 자신의 어깨너머를 쿡쿡 찌르며 가리켰다. 다리를 살짝 벌리고서 소주잔을 들고 배시시 유혹의 미소를 흘리는 반라의 여성 사진이 뒷벽에 붙어있었다. 주류회사 달력으로 '날아라, 강실장' 구독자들 사이에서 어느새 강실장의 상징이 되어버린 이미지다. 진구의 입에서 낄낄거림이 흘러나왔다. 전국구 사투리 그의 찰진 입담에 더해 가운뎃손가락은 압권이었다. 이 맛에 강실장의 유튜브를 시청한다. 강실장은 자살 주장을 계속해서 늘어놓았다.

"--- 타살이라는 거 다 음모론이여. 수꼴시키들이 발악하는 거여. 생각해 보더라고, 곧 보궐 선거가 있을 거 아니여. 어디 대구 수성구청장 하나만 새로 뽑는대? 광역 단체장 두 곳이 더 있잖여. 수성구청장 하나 정돈 넘겨줘도 상관 음써. 문제는 광역 단체장 두 군데여. 거기를 이길라면 우짜든동 박중기는 타살이 되어야 하는겨. 그래서 기레기들 하고 건찰놈들이 저리 기를 써감써 타살이라고 우기는 것이여. 은근슬쩍 우리 쪽에서 죽였다고 연기를 슬슬 피워감서 말이지. 아니, 그놈 시키 저승 보내서 우리가 남는 게 뭐가 있냐고? 욕만 얻어 처먹제. 머리가 나쁘면 눈치라도 있어야제! 아, 여기서 잠깐, 더 자세하고 정확한 사정을 알고 싶으시다? 그러면 요즘 잘 나가는 '타란툴라 뉴스' 사이트에 들어가 보셔. 내도 거기서 소스를 구해 와여~~ ---"

자살이 아니라 타살이라는 건 진구가 더 잘 알고 있다. 부검 결과를 형사에게 들은 바도 있지만, 당시의 박중기로 판단해도 그는 자살할 사람이 아니었다. 자살할 틈도 없었다. 그런데도 그는 자살이 믿고 싶어졌다. 자신도 이해하기 힘들었지만 그의 마음은 그렇게 흐르고 있었다. 그 흐름을 타고서 강실장의 유튜브가 끝나자 '타란툴라 뉴스' 사이트를 검색해서 들어갔다. 강실장은 잘 나간다고 했으나 진구로서는 처음 들어보는 언론사였다. 아마도 근래에 정치 담론 시장에서 우후죽순 생겨나는 중소규모 인터넷 언론사들 중 하나일 것이다. 메인 페이지의 최신 뉴스 항목에 박중기 관련 기사가 떠 있었다. 제목부터 직설적이고 노골적이었다. 덕분에 좀 유치하긴 했다.

'박중기 대구 수성구청장이 타살이라고? 누가 그래?'

클릭해서 기사를 읽었다. 내용은 강실장이 자신의 유튜브에서 얘기한 범위를 크게 벗어나지 않았다. 깊이 있는 분석 같은 것도 기대할 수준은 못 되었다. 솔직히 기사조차도 눈에 잘 들어오지 않았다. 차라리 기사보다는 기사 상단에 큼지막하게 자리 잡은 배너광고가 더 눈길을 사로잡았다.

'100만 원 투자하면 열흘 만에 두 배 보장'

붉은색 광고 문자들이 물고기의 꼬리처럼 살랑살랑 춤을 추었다. 금단의 붉은 열매 같기도 하고, 유혹의 손짓 같기도 했다. 보너스 받은 것도 있어 살짝 구미가 당겼으나 한동안 등한히 했던 전사로서의 의무가 남아 있었다. 진구는 네이버로 넘어가 언론사들을 훑기 시작했다. 주문국 의원 관련 기사들은 빠지지 않고 클릭한 뒤 댓글과 '좋아요'를 달아 나갔다. 다음은 페이스북. 의무를 끝내자 9시가 가까워져 있었다. 저녁을 먹지 않은 탓에 배도 슬슬 고팠다.

주방으로 내려온 진구는 영운과 조우했다. 늦은 저녁을 먹고 있었다. 지난밤 영운의 울음소리를 기억해낸 진구는 조심스레 영운을 살폈으나 영운에서 별다른 점을 찾을 수 없었다. 영운은 오히려 반갑게 진구를 맞았다. 라면으로 떼울 작정이었던 진구는 냄비에 물을 받아 가스레인지 위에다 올려놓고 영운과 마주했다. 이제는 영운을 대하는 일에 스스럼이 없었다. 편한 마음으로 진구가 물었다.

"일은 잘 돼요?"

"네? 일이요?"

"아, 전도 사업."

"네… 저는 전도 사업엔 재주가 없나 봐요. 신심과 열정만 있지 그걸 증명해 보이는 데는 미숙해요."

영운은 너무 솔직했다. 그 솔직함이 영운과의 거리를 더 성큼 줄여준 것 같았다.

"전도 사업을 잘 해야 교회에서 인정받지 않나요?"

"그렇긴 한데, 꼭 그렇지만도 않아요."

진구는 영운의 대답에서 낙담을 읽었다. 그래서 어젯밤 훌쩍였던 걸까? 아무래도 그 때문은 아닌 것 같았다.

"학교를 그만두고부터는 전도 사업도 힘들어요." 식사를 끝낸 영운이 젓가락을 내려놓으며 말했다. "생활 영역에 있는 사람들이라고 해봐야 여기 고시원생들과 아르바이트하는 편의점 동료가 전부잖아요. 사람을 만날 수 있어야 전도도 하죠. 학교 다닐 때는 동아리 활동하면서 전도도 활발히 했었는데."

"그 동아리들, 다 정체를 감추고 활동하는 동아리 맞죠. 위장 동아리라고 하는?"

영운은 웃었다. 진구도 악의가 없었지만 영운도 악의 없이 받아들였다. 영운이 물었다.

"위장 동아리라고 하니 생각나는 거 없으세요?"

"무슨 대답을 원하는지 모르겠네요."

"80년대의 운동권들요. 선배들에게 듣기로 그때는 종교나 문화

동아리 이름을 내걸고는 실제 하는 일은 마르크스 레닌주의나 주체사상을 공부했다고 해요. 일명 위장 동아리였죠. 새천지가 그 흉내를 냈다고 해서 그렇게 욕먹을 일인지 모르겠네요."

"허, 듣고 보니 그렇네요."

진구가 일어섰다. 물이 끓고 있었다. 라면을 뜯어 넣고 스프도 넣고 계란도 하나 풀었다. 젓가락을 집어 냄비 속 라면을 한 번 뒤집고 나서야 식탁으로 돌아왔다. 진구가 말했다.

"어디서 들었는데 새천지가 운동권 방식을 벤치마킹했다는 말도 있어요. 운동권 출신 중에 새천지로 넘어간 이들이 꽤 있는데 이들이 예전의 활동 방식을 그대로 새천지에 적용했다는 거죠."

"사실일 겁니다. 운동권 출신들이 꽤 유입되었다고 해요. 광주의 베드로 지파 장년부의 경우는 전부 운동권 출신이라는 말도 있어요. 이 베드로 지파가 전도 방식을 개발해서 전국에 전파했다고도 해요. 위장 동아리도 그 방식 중 하나일 거고요."

"운동권에서 새천지라… 어찌 보면 새천지도 시대적 현상으로 해석될 수 있지 않을까요. 80년대 이념의 시대가 저물고 사람들의 영혼에, 특히 청년들의 영혼에 공백이 생기자 목마른 그 영혼들을 채워줄 무엇이 필요했고 이런 필요에 맞추어 유행처럼 나타난 현상 같은 것 말이죠."

"우리를 유행에 비유하는 건 좀 그렇네요. 우리 새천지는 유행이 아니라 삶의 문제에 해답을 추구하는 근본적 진리를 말하고 있어요. 가장 본질적인 것, 변하지 않는 것. 말하자면 우리는 해답을 추구했고 그 해답을 찾은 것이죠. 우리 새천지의 운동권 출신들도 해답을 찾았기에 운동권을 버리고 새천지로 넘어온 것이죠. 반면에 운동권으로 그대로 남은 이들과 그 계보를 잇는 좌파 진영은 해답을 찾지 못하고 있고 여전히 미혹에 빠져있는 셈이죠."

진구는 졸지에 해답을 찾지 못한 미혹에 빠진 존재, 뒤처진 존재가 되어버렸다. 악의는 없었겠지만 말뜻이 그러했다.

"우리를 답을 찾지 못한 미혹에 빠진 존재로 규정하는 건 좀 그렇네요." 진구가 영운을 흉내 내어 말했다. "우리는 이 한국 사회가 어떤 구조로 구축되어 있고, 그것은 또 어떤 역사적 과정에 의해 생성되었으며, 앞으로 역사의 발전을 위해서는 무엇을 해야 하는지에 대한 우리만의 뚜렷한 답을 갖고 있어요. 따라서 우리는 사람이 사람답게 사는 미래의 더 나은 세상을 향해 뚜벅뚜벅 흔들림 없이 나아가고 있는 것이죠."

영운은 웃었다. 그렇다고 진구에게 동의하는 건 아니었다. 영운은 뚜껑을 닫아놓은 반찬 통들을 옆으로 밀친 뒤, 두 팔꿈치를 식탁 위에 올리며 진구 앞으로 바짝 다가앉았다.

"그럴까요? 정말 흔들림 없이 미래를 향해 뚜벅뚜벅 나아가고 있다고 생각하세요? 한국 좌파 진영이 제시하는 미래, 더 나은 세상이라고 말하는, 이 지상에 그들이 건설하고자 하는 천국은 그렇다면 무엇이죠? 사람답게 사는 세상이라는, 모호하게 얼버무린 구름 같은 그런 천국 말고, 어떤 구체적 천국을 말하는 거죠? 솔직히, 그런 천국의 비전을 갖고 있기는 하나요?"

영운의 물음에 진구는 마땅한 대답 거리를 찾지 못했다. 그런 생각을 해본 적도 없다는 사실을 처음 깨달았다. 부끄럽지만 사실이었다.

"한때는 있었죠." 영운이 말했다. "사회주의 혁명과 지상 천국으로서의 공산주의 건설. 하지만 그 천국은 사라져버리지 않았나요? 천국에 살던 사람들이 자신들의 천국을 허물어버리고 그 천국을 집단 탈출해버렸으니까요. 그러니까 한국의 좌파는 미래를, 천국을 상실해버린 거죠. 그렇다면 비전 상실의 이런 한국 좌파는 어떻게 정의 내릴 수가 있을까요? 제 생각엔 무너진 폐허의 그 천국으로 돌아갈 수도 없고, 새로운 천국을 상상할 능력도 없는 엉거주춤 우왕좌왕하는 자들로 정의 내릴 수 있지 않을까 해요. 그리고 천국을 상실한 좌파, 그것은 엄밀한 의미에서 좌파가 아니라고 봐요. 우파와 달리 좌파는 언제나 파랑새가 저 산 너머에 살고 있다며 사람들을 유혹하고 그 파랑새를 잡으러 가자고 대중을 끌어모은 뒤, 그들의 앞에 섬으로써 권력을 쥐었는데 이제는 대중들에게 던져줄 그 파랑새가 없잖아요. 좌파의 존재 기반이 사라져버렸으니 좌파도 없다고 보아야 하는 거죠."

진구는 웃었다. 뒷부분에 이르러서는 궤변에 가까운 주장이 되었지만 재미있다는 생각도 들었다. 진구는 반박하기에 앞서 가스레인지로 먼저 달려갔다. 급히 불을 끄고 냄비를 내렸지만 벌써 늦어 있었다. 살짝 불어버린 라면을 먹게 생겼다. 진구는 냄비째로 들고 와 영운과 마주하고 앉았다. 라면도 급했지만 반박도 급했다. 젓가락을 든 채로 진구가 말했다.

"그 없다고 보아야 한다는 좌파가 한국 정치의 주류로 자리 잡은 건 어떻게 설명하죠. 제1당으로 국민의 지지를 받는 건 또 어떻게 이해해야 하죠? 대통령을 당선시켜 주고 국회에 과반이 넘는 의석을 만들어 준 국민은 또 뭐죠?"

진구는 라면 한 젓가락을 입안으로 쑤셔 넣었다. 영운은 한쪽으로 밀어 놓았던 반찬 통들 가운데 하나를 끌어당겨 뚜껑을 열어 진구 앞으로 내밀었다. 진구가 냉장고에서 꺼내놓을 생각을 못 한 김치였다. 고시원에서 제공하는 김치가 아니라 새천지 동료들이 가져다준 것이리라. 무엇이건 라면에는 역시 김치가 진리다. 김치를 집어 입으로 가져가는 진구를 지켜보며 영운이 말했다.

"원론적 의미의 좌파, 근원적 의미의 좌파는 한국에 없다는 말이었습니다. 그리고 유권자들도 좌파들이 제시하는 그 좌파적 미래에 동의해서 표를 준 건 아니었죠. 엄밀히 말해서 미래를 제시하지도 않았죠. 무지개 같은 알록달록한 애드벌룬을 띄워놓고는 저것이 미래라고 우긴 것뿐이죠. 유권자들로서는 그런 애드벌룬마저 없다면 마음 의지할 곳도 없으니 믿는 척했던 것이고요. 그러나 더 정확히 말하자면 차악을 선택한 것 아닐까요? 우파라고 자칭하는 이들이 너무 천박했잖아요. 뻔뻔했고요. 국민으로서 의무는 제대로 이행하지도 않으면서 자기 뱃속 챙기기만 급한 자들로 가득했잖아요. 얼마 전 죽은 박중기가 대표적 인물 아니던가요."

"그건 그래요."

진구는 우파와 박중기를 언급한 부분만 동의했다. 김치와 함께 입안에서 씹던 라면을 얼른 삼켰다.

"그런데 애드벌룬 때문만은 아니죠. 물론 사회주의 이념이 붕괴하기 전처럼 과학적 미래의 설계도를 제시할 수는 없다는 것, 천국으로 가는 계단 앞으로 사람들을 이끌 수 없다는 건 인정해요. 그렇지만 아무런 희망도 보여주지 못한 건 아니지요. 작은 희망들을 쌓아가면서 큰 희망의 먼 미래를 만들어가고 있잖아요. 그리고 좌파 진영이 차악이라는 주장도 받아들일 수가 없네요. 차악, 그건 정말 아니죠. 좌파는 선 그 자체가 아니던가요. 정의이기도 하고요. 좌파는 언제나 약한 자들의 편에 서서 그들과 고통을 함께 나누고 그들과 더불어 억압과 착취를 뚫고 해방의 새 세상을 열어나가는 길을 힘차게 달려왔었잖아요."

말해 놓고도 속이 좀 느글거렸다. 초등학생들에게나 먹힐 유치하고 상투적인 선동적 문구들을 그놈의 '차악'에 반발하면서 그만 나열해버렸다. 영운은 웃고만 있었다. 그것이 진구를 더 민망하게 만들었다. 영운이 식탁에 바짝 몸을 붙이면서 진구와의 거리를 더 좁혔다. 이전에도 그랬던 것처럼 작심하고 진구에게 쏟아낼 태세였다. 진구는 라면을 젓가락 가득 집어서 입안으로 밀어 넣으면서 들을 준비를 했다. 영운의 말이라면 이젠 감정적 반발 없이 들어줄 수 있었다. 영운은 진구의 불룩해진 볼에 잠깐 눈길을 던졌다가 입을 뗐다.

"그 작은 희망이란 것들이 어떤 것들이죠? 그 작은 희망이란 것들이 결국은 죄다 혁명이라는 거대한 희망을 팔아먹었던 철 지난 이념의 찌끄레기들 아니었던가요? 그래서 손대는 정책마다 실패로다 돌아가 버렸잖아요. 현실 자본주의라는 경제체제, 사회체제와 반하거나 어긋나는 정책들이었으니까요. 슬그머니 꼬리를 내린 소득주도 성장 정책, 실정만 거듭하는 부동산 정책, 맹목적 교육 평등주의가 다 그런 거죠. 심지어는 평화를 구걸하는 대북정책도 그래요. 폭압적 군주정인 북한을 좌파의 정체성을 지닌 권력으로 착각하고 있는 것 같아요. 그래서 같은 좌파들끼리 협력해 평화를 만들어보자, 뭐 이렇게 믿고 있는 것 같아요. 힘으로 유지되지 않는 평화는 인류 역사이래 있어 본 적이 없다는 사실을, 늘 역사를 입에 올리는 자들이 어떻게 그렇게 까맣게 잊어버릴 수 있는지 모르겠더군요. 이 또한 따지고 보면 철 지난 이념을 맹종한 탓 아니겠어요. 그 이념의 지배를 받던 사람들로부터 거부당하고 결국엔 그 사람들에게 살해당해버린 그 죽어버린 이념 말이죠. 그 죽어버린 이념에서 벗어나지 못하는 한국의 좌파는 역사를 거꾸로 돌리고 있는 거예요. 그러나 역사는 거꾸로 돌아가지는 않잖아요. 그래서 그들은 그 이념이 살아있던 시대로 돌아가는 꿈만 꾸고 있는 거죠. 그 꿈속에서 그들은 살아가고 있는 거예요. 이는 명백한 정신적 퇴행이에요. 한국의 좌파는 우리 사회의 성숙을 방해하고 뒤로 밀어버린 이 퇴행에 역사적 책임을 져야만 해요."

라면과 김치가 입안을 가득 채우고 있어서 진구는 바로 대꾸를 하지 못했다. 하지만 라면과 김치가 아니더라도 마땅한 대꾸 거리를 찾지는 못했을 것이다. 영운은 그가 생각지도 못했던 것들을 꼬집어대고 있었다. 현 정부의 정책들이 철 지난 이념의 찌꺼기들에 불과했기에 실패할 수밖에 없었다는 비판도 그러했지만, 정신적 퇴행으로서 꿈속에서 혁명을 꿈꾸며 살아가고 있다는 지적은 특히 더 그러했다. 솔직히 진구로선 이렇게까지 고민을 해 본 적이 없었다. 헤어진 여자 친구 혜리가 나무랐던 것처럼 늘 행동만이 앞섰었다. 진리는 이미 그의 손에 쥐어져 있다고 확신했었다. 그러니 진실을 찾기 위한 고민 따위 필요 없다고 믿었었다. 그러나 영운은 그것이 아니라고 말하고 있었다. 당신과 생각을 달리하는, 당신과 다른 시각에서 사물을 바라보는 사람들이 있고 그들의 논리와 주장도 가벼이 넘겨서는 안 된다고 말하고 있었다. 영운이 옳고 그름을 떠나서 영운은 진구에게 생각이란 걸 하게 만들었다. 영운이 말을 이었다.

"하지만 그들도 혁명을 꿈꾸는 그 꿈속에서만 살아갈 수 없다는 사실을 잘 알아요. 그래도 그들은 혁명의 꿈을 쉼 없이 팔아야 해요. 왜냐면 그들은 이제 학생이 아니고 가족을 부양하는 가장들이에요. 먹여 살려야 할 식구들이 달려있죠. 이제 그들에게 혁명은 꿈이 아니라 직업이 되어요. 혁명을 팔아서 먹고살아야 해요. 그런데 과거의 그 멋지게 빛나던 혁명은 팔 수가 없어요. 불량으로 폐기처분 됐잖아요. 그래서 고안해 낸 것이 혁명의 간판을 내걸고 다른 걸 파는 거예요. 분노와 증오를 팔아요. 개혁과 적폐청산이라는 이름으로 자행되는 적들에 대한 분노와 증오, 세상에 대한 분노와 증오요. 혁명과 천국 대신 때려 부수어야 할 세상을 남겨놓고 그 세상을 활개 치는 악마들을 풀어놓은 거죠. 적폐들, 토착왜구들. 그런데 던져주어야 할 아름다운 미래는 없고 때려 부수어야 할 세상과 절멸시켜야 할 악마 같은 적들만 있다면 당신들이 할 수 있는 일은 무엇일까요? 미래라는 것, 희망이라는 것이 없으니 남은 건 광기와 잔인한 폭력밖에 없어요. 인터넷 공간을 떠도는 그 무수한 광기 어린 폭력들이 그 한 예이지요. 누구든 가리지 않고 자신들의 반대편에 서 있다는 이유만으로 우르르 덤벼들어 물어뜯고 난도질해버리지 않나요. 이런 행위들, 이런 정치활동을 두고 뭐라 지칭해야 할까요? 이런 정치 행위가 용납되는 수준을 넘어 장려되기까지 하는 그 진영을 두고 우리는 무엇이라 불러야 할까요? 이것이 과연 차악이 아닌 선일까요. 정의이고 역사의 진보일까요. 그렇게 생각하세요? 차악이라 불러주는 것만도 다행이라 여겨야 하는 거 아닌가요? 보수 진영이 조금이라도 정신을 차리게 되면 차악이 아니라 최악, 극악이 되어버릴지도 몰라요. 사실 벌써 그렇게 바뀌어 가고 있어요."

진구는 되도록 라면을 천천히 씹어서 삼켰다. 진구는 영운의 긴 열변에 설득되지도 동의하지도 않았다. 그럴 수가 없었다. 영운에의 동의는 곧 자기 존재의 부정이었다. 영운은 심지어 진구가 주방으로 내려오기 전 키보드 전사로서 수행했던 그 과업마저 광기 어린 폭력에 불과한 악행으로까지 몰아붙였다. 동의가 아니라 어떤 식으로든 아니면 억지를 섞어서라도 영운에게 반박을 쏟아부어야만 지금까지의 진구다웠다. 하지만 그럴 마음이 일어나지 않았다. 시위 현장에서의 폭력 행위로 구류를 사는 따위, 그간 실제로 광기 어린 모습을 보여왔기 때문이 아니었다. 그보다는 논리나 설득을 떠나 영운의 진지함과 치열함에 감정적 동화가 일어났다고 보는 편이 옳았다. 이상하게도 그랬다. 영운과 마주하면 늘 아웅다웅 논쟁을 벌이면서도 영운에게 점점 가까이 다가가는 것 같았는데 그것이 오늘은, 특히 지금 이 순간은 더 심했다. 뭐랄까, 진구 자신의 깊숙한 내면과 투명한 눈으로 마주하면서 저항할 수 없는 힘에 붙잡혀 그것 속으로 끌려 들어가는 것만 같았다. 그리고 그 끌려감에는 희미한 불안감이 함께 하고 있었다. 그것은 진구가 저항해왔던 자기 존재의 부정과 그를 둘러싼 세계의 파괴가 불러일으키는 불안감이었다.

그러나 이 불안을 자아내는 끌림은 영운이 가진 진구를 당기는 힘 탓만은 아니었다. 영운의 인력이 작동하지 않은 건 아니지만 사실은 진구 스스로가 그렇게 움직이고 있었다. 이는 근래에 진구에게서 일어나는 진구의 근원을 흔드는 변화였지만 진구는 이 변화를 눈치채지 못하고 있었다.

진구는 라면을 입으로 가져가지도 않았고 무슨 말이든 입을 떼지도 않았다. 영운도 자신이 좀 심했다는 마음이 들었는지, 아니면 너무 많은 말을 토해냈다는 생각에서였는지 입을 다물었다. 전에 없던 어색한 침묵이 진구와 영운 사이의 식탁 위를 가로질렀다. 때마침 몬실이의 등장이 둘 사이의 그 불편함을 깨주었다. 기웃거리기 좋아하는 참견쟁이 놈이 또 어김없이 나타나자, 영운은 그 즉시 김치통을 제외한 식탁 위의 반찬 통들을 챙겨 냉장고로 가져갔다. 영운은 진구에게만 짧은 인사를 던지고 나가버렸다. 하지만 진구에게는 마저 먹어야 할 라면이 남아 있었다. 영운이 닫아버린 출입문을 떨떠름하니 쳐다보던 몬실이가 진구에게 말을 걸었다.

"먼 얘기들을 그리 재미나게들 나누셨수?"

진구는 라면을 한 젓가락 입으로 가져갔다. 김치도 한 조각 입으로 가져갔다. 진구는 최대한 라면과 김치를 천천히 씹었다. 다 삼키고 난 다음에 대답했다.

"세상 사는 얘기."

"그렇지! 사람 사는 재미가 그것이지, 세상 사는 얘기하기. 하여튼 요즘은 재밌는 것들도 많아요. 저~음점 사실로 드러나는 주문국 녹취록도 그렇고, 수성구청장 박중기를 죽여버린 것도 그렇고."

"박중기는 자살이라는 말도 있습디다."

녹취록으로 주문국 의원을 걸고 드는 몬실이 놈이 미워서 괜히 해본 소리였다. 유투버 강실장을 믿고 싶은 마음도 없지 않아 있긴 있었다.

"하~ 역시 우리 사시생은 다른 세상에 거하시는 주빠님이 맞긴 맞으셔. 박 구청장이 뭐하러 자살을 하것소."

"성추행을 폭로한 서영미를 살해했을지 어찌 아오. 그게 드러날 것 같으니 자살했을 수도 있지 않겠소."

자신이 말해 놓고도 억지스러웠다. 자신의 성추행을 폭로했다고 해서 그 폭로자를 죽여버리는 그런 어리석은 정치인은 세상에 없을 것이다. 죽였다 하더라도 다른 이유에서였을 것이다. 스스로 민망하기도 하고 눈앞의 몬실이 놈이 꼴 보기 싫기도 해서 바닥에 라면이 남았지만 냄비를 들고 일어서 버렸다. 하지만 잡은 기회를 놓칠 몬실이 놈이 아니었다. 진구의 뒤통수에다 대고 한바탕 쏟아 냈다.

"아니, 이보세요. 그 거짓말쟁이 여자를 왜 죽여요? 가만히 놔둬도 거짓말 뽀록나고 박 구청장 결백이 증명될 텐데. 댁이 그리도 숭배하는 허주만이 증명해준 알리바이도 있고, 박 구청장 주변 인물은 경찰도 아예 용의 대상에 포함 시키지도 않았다고 하잖소.

그 6억, 그 돈만 추적하면 범인의 꼬리가 밟힌다는 건 누구나 아는 사실 아니오. 그런데 박 구청장이 그 거짓말쟁이 여자를 죽였다고? 그 금방 뽀록날 거짓말 때문에? 역시 주빠는 술빠가 맞는 갑소. 째리뿅!"

주먹이 불끈했지만 참았다. 저런 놈이 걸고넘어질 빌미를 제공해준 자신이 어리석었다. 특히나 허주만 의원이 마련해준 박중기의 알리바이는 진구의 입을 꼼짝 못 하게 묶어버렸다. 처음 박중기를 서영미 살해범으로 몰아가던 당시엔 어디까지나 정치적 공세의 의미가 강했었으나, 그러던 것이 경찰 수사가 진행되면서 진범 의혹이 일어나게 되었다. 서영미 피살 추정 시각에 즈음해서 박중기의 시간이 비어있었다. 늘 일정이 빡빡한 정치인이자 구청장으로서는 좀체 보기 힘든 일이었다. 이때 위기에 처한 박중기를 구해준 사람이 허주만이었다. 허주만 의원은 자신이 앞장서서 박중기를 서영미 살해범으로 몰아갔던 그 구청 앞 시위 5일 뒤, 그러니까 박중기가 피살되기 전날 박중기의 무죄를 증언해주었다. 서영미의 피살 추정 시각에 같은 대학 동기로서 줄곧 자신과 개인적 만남을 갖고 있었다며 경찰에 증언했던 것이다. 정치적 적대 관계의 두 사람의 사적 만남이 외부에 알려지게 되면 구설수에 오르면서 쓸데없는 오해를 살 소지가 다분하기에 그때까지 박중기나 허주만이나 서로 말을 아꼈다는 거였다. 이를 진구는 박중기의 죽음 이틀 뒤인 김봉익과 허주만이 옵티머스 컨설팅 사장실에서 격하게 욕설을 주고받았던 그 날 저녁에 전해 듣게 되었지만 어이없어하면서도 허주만에게 따지고 들지는 않았다. 허주만 의원이 예전 같지 않아서였다. 허주만은 그 무렵부터 진구에게 거리를 두고 있었다.

반박 거리가 없었던 진구는 몬실이의 빈정거림을 못 들은 척, 냄비에 남은 라면의 물기를 제거한 뒤 음식물 쓰레기통에 버리고, 세제를 냄비에 떨어뜨리고, 수세미를 들어 냄비를 닦기 시작했다. 충분히 거품이 일자 수전 손잡이를 들어 올려 냄비를 헹궈냈다. 세제가 깨끗이 제거되었음을 확인하고는 냄비의 물기를 대충 털어낸 다음 싱크대 위에 엎어놓았다. 그동안 몬실이는 진구의 응대를 기다리며 엉거주춤 서 있었다. 그런 몬실이 놈과 눈도 마주치지 않고 바로 주방을 나가려는데 몬실이 놈이 먼저 나가버렸다.

뒤따라 주방을 나선 진구가 돌아서 주방 문을 닫으려다 멈추었다. 방금도 엄청난 얘기들을 저 좁은 주방 안에서 풀어놓았었다. 사람이 교행하기도 힘들 정도로 집기들로 가득한 주방이었다. 식탁 하나에 의자 여섯, 고시원생 각자의 칸이 정해져 있는 양문형 냉장고가 3대, 김치냉장고 하나, 싱크대와 그 위의 공간을 꽉 채운 수납장들, 바닥에는 음식물 쓰레기와 일반 쓰레기를 구분해 놓은 쓰레기통이 두 개, 이 모든 것들은 음식 냄새에 찌들고 기름때에 찌들고 손때에 찌들어 있었다. 저런 비좁고 찌든 세계에서 그들은 천지를 창조하고 있었다. 인간과 삶과 세계와 우주를 논했었다. 어쩌면 진구를, 그리고 영운을 버티게 하는 건 그런 거대한 천지 창조행위일지도 몰랐다. 그 행위 동안 그들의 자아는 팽창될 대로 팽창되어 전 우주를 덮으며 자신과 세계의 주인이었다. 단 그 순간만. 주방 문을 닫으려다 멈추어서서 그 안을 들여다보는 지금은 아니었다. 그는 주방의 집기들만큼이나 찌들어서 비좁은 틈바구니에 처박혀 있었다. 나아가 예감 같은 것이었을까. 어쩌면 자신들을 버티게 하는 그 천지창조 행위가 더는 가능하지 않을지도 모른다는 불안감이 주방 문을 닫으려다 멈추어선 이 순간 진구의 가슴으로 스며들기도 했다. 그 불안은 진구가 영운의 긴 열변에 침묵으로 반응한 뒤 진구의 가슴에서 희미하게 피어올랐던 그 불안과 같은 종류의 불안이었다.

#12.
살인자가 찾고 있는 것

사흘 만에 또 그 꿈이다. 비가 추적추적 내리는 늦은 여름밤, 옆구리에 피를 흘리는 아버지는 마루를 박차고 비 내리는 마당의 어둠 속으로 절뚝이며 달려나갔다. 어머니를 뒤쫓아간 아버지는 그러나 돌아오지 않았다. 어머니만 돌아왔다. 어머니는 마루에 떨어진 아버지의 피를 걸레로 닦아냈다. 어린 진구와 눈이 마주치자 처연한 웃음을 지어 보였다. 언제나 그랬듯, 풀어내지 못한 말들을 빙산처럼 그 아래에 감춘 그 처연한 웃음에서 진구는 또 깨어났다.

그날 이후로 표면적으로는 실종이지만 아버지가 죽었다는 건 누구나 다 인정하는 사실이었다. 법적으로도 사망처리 되었다. 그렇게 그날 이후 벌써 30년이 가까워온다. 진구가 그때 아버지의 나이가 되었다. 진구는 아버지의 부재를 늘 의식하며 자랐다. 육체적 힘이 중요시되고 이웃 간의 농사일 관련 사소한 분쟁이 끊이지 않는 가난한 산골 마을이라 더욱 그러했다. 그에게 아버지는 갈구하지만 가질 수 없는 존재였다. 가끔 아버지 역할을 자임하고 나서는 남자들이 있긴 있었다. 그들은 모두 어머니의 정부였다. 그들은 하나같이 두 여자의 머리채 난투극 이후 모두 어머니와 진구를 떠나갔다. 그 남자들이 내키지 않을 때가 더 많았음에도 그들의 떠나감은 진구에게 아버지의 실종 못지않은 상실이었다. 아버지의 경우와 별다르지 않게 폭력을 동반하는 구질하고 지저분한 실존적 상실이었다. 이 때문에 아버지를 갈구하는 진구의 갈망은 더 깊어가면서도 더 깊이 숨겨지기도 했다. 시골을 떠난 20세 이후로는 아버지를 잊고 살았다. 대신 그 갈망은 의식 아래의 세계로 꺼져 앉아버렸다. 오히려 그것이 더 치명적일 수도 있었다. 상실의 상처는 받지 않을지 몰라도 온몸에 퍼지는 독이 될 수도 있었다. 그 침잠된 갈망은 진구에게 늘 대안의 아버지를 찾도록 만들었다. 어머니보다도 여자 친구보다도 그 허상에 불과한 대안의 아버지가 언제나 진구에게 우선이었고 더 큰 비중을 차지했었다. 이는 여자 친구 혜리가 진구를 떠난 한 이유이기도 했다.

진구는 율아가 보고 싶었다. 진구가 율아를 찾은 건 그 꿈에서 깨어난 뒤 덮쳐온 깊은 외로움 때문이었다. 그것은 아버지의 상실이 던지는 외로움이었다. 그것은 두 달 전 처음 그 꿈을 꾸기 시작했을 때부터 그 존재를 드러냈었으나 진구가 알아차릴 정도로 뚜렷하지는 않았다. 그러던 것이 2주 전 율아와 첫 관계를 가졌던 그 무렵부터 마치 율아가 진구의 아버지를 죽여버리기라도 한 것처럼 아버지 상실의 그 외로움은 뚜렷한 자기 형태를 가지면서 꿈을 깬 뒤엔 언제나 진구를 덮쳐왔었다. 그럴 때마다 진구는 키보드 전사로 변신하는 것으로, 죽은 아버지를 살려내기라도 할 것처럼 적들의 머리 위로 미친 듯 피바람을 일으키는 것으로 그것을 떨쳐버릴 수 있었다. 그러나 키보드 전사질을 광기 어린 폭력으로 깎아내렸던 영운과의 대화 탓인지는 몰라도 오늘은 그러고 싶지 않았다. 그리 하더라도 외로움이 사라질 것 같지도 않았다. 시간을 확인해 보니 7시 조금 지났다. 목소리라도 들어볼까 했으나 전화하기에는 이른 시간이었다.

점심 전의 첫 전화는 받지 않았다. 점심을 마치고 식당을 걸어 나오면서 다시 걸었다. 2월 중순 겨울 끝자락의 바람은 아직 차가웠다. 7~8번 신호음이 울리고서야 율아가 받았다. 겨우 3일 만이지만 의례적 안부부터 먼저 물었다.

"잘 지냈어?"

"응."

"그래, 점심은 먹었어?"

"방금."

율아의 대답은 짧았고, 목소리는 기계음을 닮아 있었다.

"어, 그 숙모라는 분 다시 찾아오거나 그러지는 않았어?"

"안 왔어."

진구는 다음 말을 찾지 못했다. 하는 수 없이 본론으로 들어갔다.

"오늘 저녁 같이 먹을까?"

"오늘 약속 있어."

1초의 주저도 없는 거절이었다.

"화났어? 나한테 화난 거 있어?"

짧은 웃음이 전화기 너머에서 울려왔다.

"우리가 화를 내거나 하는 그런 사이니? 우린 서로 필요하면 만나면 되는 거 아니었어?"

맞는 말이었다.

"그건 그래. 좋아, 그럼, 내일은?"

"내일도 바빠. 근데, 내일은 토요일인데 서울 가야 하는 거 아니었어? 광화문, 주문국 수호 집회."

"너하고 약속 잡히면 안 가려고 했지."

몇 초간 율아는 말이 없었다. 얼굴을 볼 수는 없지만 고심하고 있다는 인상을 받았다.

"다음 주 언제?" 율아가 말했다. "다음 주, 주중에 시간 될 거 같아. 다음 주 수요일쯤 해서 봐."

"그래 다음 주 수요일--"

말을 마치기도 전에 전화는 끊어졌다. 진구는 회사로 돌아가는 길을 걸으면서 율아와의 지난 과정들을 곱씹어보았다. 그가 실수하거나 잘못한 일이 분명 있을 터였다. 그러나 회사에 이를 때까지 아무것도 찾지 못했다.

옵티머스 부동산 컨설팅에서는 변함없는 일상이 기다리고 있었다. 1시 20분이 되자 전 직원이 자신의 자리에 서서 체조를 시작했다. 체조 리딩은 인프라팀장 차례였다. 인프라팀장의 구령에 맞춰 팔을 흔들고 목을 돌렸다. 마지못해 따라 하는 진구의 동작은 한 박자 늦거나 틀렸다. 입사하고 3개월이 지났으나 여전히 적응되지 않는 시간이었다. 20대 후반부터 60대의 남녀 수십 명이 전화기만 달랑 하나 놓인 칸막이 쳐진 자신의 책상 앞에서 씩씩한 척 애쓰며 몸을 흔드는 모습, 기괴하다는 말밖에 달리 할 말이 없었다.

체조가 중반쯤 진행되었을 무렵, 그 일상적 기괴함을 흔들어버린 사건이 발생했다. 60대 중반의 베이지색 바람막이 차림의 남자가 텔레마케팅실 문을 밀치고 안으로 들어섰다. 그 바로 뒤를 접견실 여직원이 황급히 따라붙었다.

"어르신 여긴 들어오시면 안 돼요."

"사장하고 뭔 얘길 해. 땅 판 사람하고 얘길해야지!"

남자가 목소리를 높였다. 그 목소리에는 떨림이 있었다. 걸음걸이에도 흔들림이 있었다.

"사장님 곧 오신다니까요."

"사장하고는 일 없대두! 이정애 과장, 이정애 과장 나 좀 봅시다."

투자설계팀의 이정애 씨를 찾고 있었다. 남자의 눈은 무언가에 쫓기듯 불안하게 사무실 안을 휘저었다.

"이정애 과장!"

남자가 마침내 고함을 질렀다. 이정애 씨는 벌써 고개를 빼고서 남자를 살피고 있었지만 남자의 눈에는 보이지 않는 모양이었다. 이정애 씨가 책상들 사이를 지나 남자에게로 걸어갔다.

"아니 사장님 여기서 이러시면 어떡해요?"

이정애 씨가 다정스레 남자의 팔을 잡았지만 남자는 뿌리쳤다.

"내 돈 내놔!"

"아니, 무슨 말씀을--"

"내 돈, 내 돈 2억 6천, 내 돈 내놔! 그거 내가 평생 벌어 모은 돈이야. 나 그거 없으면 거리로 나앉아! 나앉는다구!"

남자는 바닥에 털썩 내려앉았다. 막무가내의 버티기식 주저앉기가 아니었다. 다리의 힘이 빠져 더는 서 있을 수 없는 것 같았다. 허리를 세울 기력도 없는지 두 팔을 지지대처럼 뒤로 받치고 두 손으로는 바닥을 짚었다. 방금까지 구령에 맞춰 씩씩하게 체조를 하던 텔레마케팅실 직원들은 제 자리에 그대로 굳은 채 서서 남자를 내려다보았다.

한눈에도 남자는 교육을 많이 받았거나 책상물림의 사무실 경력이 있어 보이지는 않았다. 중소기업의 생산직 사원으로 평생을 살아온 티가 역력했다. 회사도 이리저리 옮겨 다니지 않고 한 직장을 평생직장으로 알고 다녔을 것이다. 그만큼 남자에게서는 우직함과 성실성이 물씬 배어 나왔다. 저금리 시대에 나름 고민하다, 아마 퇴직금을 포함 가진 현금을 모두 털어 이정애 씨가 권유하는 부동산에 던져넣었을 것이다. 2억6천이라면 한 달여 전 이정애 씨가 성과급으로 받았던 2천6백만 원, 그 현금다발을 쌓아 올린 사각 쟁반을 들고 텔레마케팅실을 한 바퀴 돌게 만든 그 계약 건이 틀림없었다. 진구가 경탄과 부러움의 눈길로 바라보았던.

"이정애 과장, 당신이 그랬잖아. 노후 보장으로 최고라고. 금방 땅값이 오를 거라고."

남자가 거의 울먹였다. 남자는 주머니를 뒤져 접어놓은 종이를 꺼내 펼쳤다. 손으로 쓴 싸인펜 글씨들이 보였다. 남자는 그것을 눈으로 읽으면서 이정애 씨를 올려다보았다.

"나도 알아봤어. 그 땅 비-오톱 1등급 토지라고 그래. 비오톱 1등급은 절대 개발할 수 없는 땅이잖아. 아무도 안 사고 팔리지도 않는 땅이잖아. 거기에다 개인 등기도 아니고 공-유지분등기였어. 누가 사, 그런 땅을. 어떻게 그런 땅을 나에게 팔 수 있어."

마지막에는 거의 흐느끼는 목소리가 되었다. 남자는 계약서를 작성하고 금액을 다 치르고 나서야 여기저기 알아봤던 모양이었다. 그 알아본 것들을 지금 들고 있는 종이에다 꼼꼼히 기록한 뒤 그것을 보면서 항의하며 따지고 있었다. 비오톱 1등급이라든지, 공유지분등기라든지, 땅 매입을 마무리 지은 뒤 알게 된 부동산 관련 용어였을 것이다.

"사장님, 개발 가능성이 없는 땅도 아니고, 팔지 못하는 땅도 아니에요." 이정애 씨가 남자를 달랬다. 남자에게서 몇 걸음 뒤로 물러선 그녀의 목소리는 기계음처럼 억양이 없으면서도 떨림이 있었다. "사장님, 더 기다려 보셔야 해요. 투자라는 게 그런 거잖아요. 가능성은 좀 적지만 한 번 터지면 크게 먹는 거잖아요. 땅 사신지 얼마나 됐다고 그러세요. 곧 대박 날 거예요. 기다려 보세요. 그렇지만 되 물리는 건 안 돼요."

대박 나지 않을 거라는 건 진구도 알고 있고, 테레마케팅실의 모두가 알고 있다. 최면처럼 대박을 믿고 있었을 뿐이었다. 그 믿음은 종교 같은 것이었다. 인 맞은 144,000명 안에 들기만 하면 제사장이 되어 영생을 얻게 될 것이라며 새천지 이영운이 믿고 있는 것과도 비슷했다. 그 같은 최면이 60대 중반의 성실해 보이는 남자의 등장으로 진구에게서 깨져버렸다.

남자는 푹 꺾은 고개를 가로저었다. 남자는 천천히 고개를 들었다. 얼굴이 번들거렸다. 울고 있었다. 무너져내린 남자의 모습이었다. 이제야 알아차렸지만, 남자는 옵티머스 컨설팅을 찾아오기 전부터 무너져내리려 있었다. 남자는 자신이 투자한 돈을 되돌려받을 수 없다는 사실을 알고서 옵티머스 컨설팅을 찾아온 것이었다. 텔레마케팅실로 들어설 때부터 절망적이었던 남자의 얼굴과 몸짓이 그것을 말해주고 있었다. 남자는 오른쪽으로 한 번 기우뚱하더니 일어섰다. 남자는 칸막이 쳐진 책상들을 가로질러 흔들흔들 창이 나 있는 쪽으로 걸어갔다. 아무도 감히 막아서지를 못했다. 위험을 감지한 몇몇이 남자에게 달려갔을 때는 이미 늦어있었다. 남자가 창밖으로 몸을 던진 뒤였다.

남자의 죽음은 진구를 떠받치는 세계의 한쪽 귀퉁이를 허물어뜨렸다. 자기기만과 허위의식으로 유지되던 세계였다. 옵티머스 부동산 컨설팅은 모험적인 투자로 대박의 꿈을 파는 부동산회사가 아니었다. 사기가 주목적인 기획부동산이었다. 자살 사건으로 그날부터 회사는 문을 닫게 되지만 문을 닫지 않았더라도 진구로서는 더는 회사를 다닐 수 없었을 것이다.

한 남자의 자살은 기획부동산 하나를 문 닫게 만드는 것으로 그치지 않았다. 자살 사건으로 세상 사람들의 관심이 집중되자 언론이 옵티머스 컨설팅을 파헤치기 시작했다. 끔찍한 사건이 있었음에도, 아니 오히려 그 때문에 더 작정하고, 달아나듯 전투를 치르듯 주문국 수호 광화문 집회를 다녀온 다음 날인 일요일이 되자 벌써 인터넷 언론이 시끄러웠다. 언론은 옵티머스 컨설팅의 자금 흐름을 추적했다. 언론이 밝힌 바에 의하면 옵티머스 컨설팅의 부동산 판매금액은 지난 2년 동안 무려 3,000억에 이르렀다. 그 3,000억은 거의 전부가 그 근원을 따져보면 5,000억대 사기 사건으로 충격을 던져준 더 베스트 프라임 사모펀드사의 투자금이었다. 월요일이 되자 주요 일간지와 공중파와 종편들도 가세했다. 옵티머스 컨설팅과 더 베스트 프라임 자산운용사의 연결 의혹이 중점적으로 다루어졌다. 당연히 주문국 의원의 이름도 앞머리에 등장했다. 소위 '주문국 녹취록'과 함께.

> "--- 단독 취재에 의하면 5,000억대 펀드 사기 사건을 일으킨 더 베스트 프라임 자산 운용사(이하 프라임)의 사라졌다고 알려진 3,000여억 원이 대구 소재 기획부동산회사인 옵티머스 부동산 컨설팅(이하 옵티머스)에 투자된 것으로 밝혀졌습니다. 이는 옵티머스의 부동산 거래 내역과 자금의 흐름을 역추적하는 과정에서 드러난 것으로, 프라임은 인수 합병한 회사와 페이퍼 컴퍼니를 통하여 발행한 전환사채나 신주인수권부 사채를 매입하는 등 복잡한 과정을 거쳐 세탁한 거액의 자금을 옵티머스와 옵티머스가 설립한 페이퍼 컴퍼니 등이 소유한 부동산에 투자하는 방식으로 펀드 자금을 빼돌린 것으로 밝혀졌습니다. 장부상으로는 3,000여억 원이 투자 항목으로 잡혀있지만 투자된 부동산들이 비오톱 1급지 등 개발 불가능한 임야가 대부분인 데다 실거래가의 몇십 배 많게는 몇백 배의 부풀린 금액으로 매입한 것들이어서 투자 자금을 환수하기는 어려울 것으로 보입니다. ---
>
> --- 여러 언론에서 제기하는 의혹은, 아무리 복잡한 자금 세탁 과정을 거쳤다 하더라도 3,000여억 원에 이르는 거액의 자금 흐름을 어떻게 수사당국이 놓칠 수 있었느냐 하는 점입니다. 과연 검찰이나 경찰이 몰랐을까요?

수사 무마를 위한 외압의 의혹이 본격적으로 제기되고 있는 가운데 그 외압의 실체로 주문국 의원이 거론되고 있기도 합니다. 이른바 '주문국 녹취록'이 점차 사실로 밝혀지고 있다는 점에서 외압의 실체로서 주문국 의원의 이름이 다시 등장할 수밖에 없을 듯합니다. 소위 '주문국 녹취록'에 의하면 2018년 3월 16일 주문국 의원은 남성 A 씨, 여성 B 씨와 함께 대구의 모 횟집에서 5,000억대 펀드 사기 사건의 숨은 기획자로 알려진 C를 만나 펀드 사기를 공모한 것으로 되어있습니다. 이번 언론의 취재로 프라임이 투자한 대부분 자금이 옵티머스의 부동산을 매입한 것으로 드러남으로써 옵티머스 대표인 김봉익 씨가 녹취록의 C 씨로 추정되며 ---"

아무리 생각해도 너무 빠르다. 자살 사건이 발생하고 겨우 3일 만에, 그것도 토, 일요일이 끼어있었는데 이렇게 빠르게 자금 추적을 해낼 수는 없는 일이다. 언론이 밝혀낸 자금 흐름이 사실이라면 이미 증거를 확보하고 있던 경찰이나 검찰 내부의 인물이 '이때다' 하고 언론에 흘렸을 가능성이 크다. 하지만 이렇게 해석하게 되면 위 기사가 제기하고 있는 것처럼 펀드 사기 수사에 있어서 외압의 실체를 인정하는 꼴이 되어버린다. 3,000억이라는 돈의 흐름을 놓친 것이 아니라 벌써 파악하고도 외압으로 깔아뭉개고 있다가 이제야 터뜨리고 있다는 것이다. 위 기사에서는 그 외압의 실체로 주문국 의원을 들먹이고 있다. 그러나 그럴 리는 없다. 주문국 의원을 무너뜨리기 위한 정치적 기획에서 비롯된 흔하디흔한 음모론에 불과할 것이다. 다름 아니게 언론 개혁이 필요한 이유이다. 진구는 앞뒤 없이 그렇게 단정하고 그렇게 믿었다.

그러나 진구의 머릿속은 그리 편치가 않았다. 허주만 의원 때문이었다. 허주만은 옵티머스 컨설팅 김봉익 사장과 가까운 사이가 아닌가. 두 사람은 사업상 관계라고 김봉익은 말했었다. 시의원인 정치인과 과거 집창촌 포주였던 기획부동산 사장과의 사업상 관계란 것이 존재할 수 있는지도 의문이었지만, 하여튼 김봉익과 사업상 관계인 허주만 의원은 한때 주문국 의원의 보좌관이었고 지금도 뻔질나게 서울의 주문국 의원실을 드나들고 있다. 진구로선 이해하기 힘든 시의원과 기획부동산 사장이라는 그 둘 사이에 자신이 모르는 무엇이 있다는 느낌을 지울 수가 없었다. 혹시 서영미가 죽기 직전 현금으로 인출 했다던 그 6억도 이들과 연결된 것은 아닐까? 머리는 혼란해졌고 생각들이 꼬리를 물었다. 이런 가운데 진구의 의문과 혼란을 더 가중시키는 기사도 눈에 띄었다. 레거시 미디어의 메이저 언론사도 아니었고 좌파적 성향도 아니었지만 진구가 가끔 찾아보는 인터넷 언론사의 기사였다.

"--- 소식통에 의하면 소위 '주문국 녹취록'에 언급된 그 A 씨가 대구 시의원인 허주만 의원으로 추정되고 있다. 허주만 시의원이 주문국 의원의 보좌관 출신이라는 점에서 김봉익 옵티머스 컨설팅 사장과 주문국 의원을 연결해주는 역할을 맡았을 가능성이 ---"

아니면 말고 식으로, 조회 수 올리기의 사기성 기사들로 유명한 곳이기도 하고, '추정'이라는 말로 얼버무리며 증거가 될 만한 어떤 근거도 제시하고 있지는 않지만 진구의 마음은 더욱 편치 않게 되었다. 의문과 혼란스러움에서 벗어나고픈 욕망에 허주만 의원에게 전화를 걸었다. 분명한 대답을 듣고 싶었다. 허주만은 진구가 질문을 다 마치기도 전에 화가 난 것처럼 말을 쏟아냈다.

"주문국 의원과는 아무 상관이 없어. 나도 마찬가지이고. 그것들 전부가 적들이 우리를 흔들고 분열시키려는 기획에 불과한 것들이야. 그리고 죽은 서영미는 왜 또 거기서 튀어나와? 난데없이."

대답은 분명했지만 의문과 혼란스러움이 제거된 것은 아니었다. 허주만 의원은 아니라고 부정만 했을 뿐이었다. 진구가 따졌다.

"김봉익 사장이 펀드 사기 사건에 개입된 건 틀림없는 사실 아닙니까. 주문국 의원님은 오래전부터 펀드 사기 사건 연루설이 돌았었고요. 그런데 한때 주 의원님의 보좌관이셨던 선배님은 김봉익 사장과 가까운 사이이니 저로서도--"

"날 의심한다고? 주문국 의원도 의심하고?"

"아니, 그렇다는 게 아니라 언론에서--"

"엉터리 언론은 믿을 게 못 돼. 언제부터 네가 언론을 그리 신뢰했어?"

"언론을 믿는 건 아니지만 선배님의 대답을 듣고 싶었습니다."

전화기 너머의 허주만은 대꾸가 없었다. 그것이 진구를 불편하면서도 불안하게 만들었다. 화가 난 것일 수도 있고, 언론이 제기한 의혹들이 사실일 수도 있었다.

"좋아." 허주만의 목소리가 울려왔다. "김봉익을 같이 만나서 네가 묻고 싶은 거 다 물어봐. 그럼 해결되겠지? 그렇잖아도 김봉익과 약속이 있어. 내일 오후 9시에 옵티머스 컨설팅, 거기서 보자."

알겠다고 대답해놓고 보니 오후 9시는 좀 늦은 시각이었다. 그리고 진구는 자신이 허주만을 의원님이 아니라 선배님이라 호칭했다는 사실도 전화를 끊고 나서야 깨달았다. 허주만의 목소리가 신경질적으로 날카로웠다는 사실도.

다음 날 저녁을 마치고 나니 시간 여유가 좀 있었다. 하지만 무엇이라도 하기엔 애매한 시간이어서 바로 출발했다. 반월당역에서 하차한 뒤 회사로 방향을 잡아 걸음을 옮기고 나서야 왜 하필 약속 장소를 옵티머스 컨설팅으로 잡았는지 의아한 생각이 들었다. 자살 사건으로 문을 닫은 회사에서 굳이 만나야 할 이유라도 있다는 건가. 도착해 보니 접견실과 사장실이 있는 4층은 불이 밝혀져 있었다. 엘리베이터를 타고 올라가 4층에서 내렸다. 이 시간에 회사를 찾은 것도 처음이지만 텅 빈 접견실도 처음이었다. 접견실 여직원 둘 중 하나는 언제나 자리를 지키고 있었었다. 진구는 고급 카펫이 깔려있고 화려한 가구로 채워진 은은한 향기가 풍기는 접견실을 걸어 사장실로 갔다. 노크를 했으나 대답이 없었다. 잠시 기다렸다가 다시 노크했다. 역시 반응이 없었다. 15분이나 일찍 도착했으니 허주만 의원은 아직 오지 않았을 것이고 김봉익 사장은 잠시 자리를 비웠을 수도 있었다. 접견실에서 기다릴까 하다 사장실 문을 밀었다.

무심코 사장실 안으로 한 발 내디디던 진구는 손잡이를 쥔 채 얼어 붙어버렸다. 김봉익 사장이 바닥에 엎어져 있었다. 그의 머리에서 흘러내린 피는 머리가 닿은 바닥에 그의 머리를 중심으로 둥

그렇게 원을 그리고 있었다. 죽은 것이다. 사장실도 폭격 맞은 것처럼 엉망이었다. 집기들은 죄다 넘어져 있고 서랍은 전부 열려있거나 바닥에 엎어져 있었다. 서랍에서 쏟아진 서류와 잡동사니들이 바닥 가득 흩어져있어 발 디디기도 힘들 지경이었다. 살인범이 자신이 원하는 무엇을 찾아 난폭하게 사장실을 뒤진 흔적이었다.

진구는 전화기를 주머니에서 꺼내 들었다. 112에 신고하려다 먼저 허주만 의원에게 전화를 걸었다. 습관 비슷한 것으로 그래야 할 것 같았다. 그가 늘 믿고 따르는 허주만 의원은 이런 상황에 대한 답도 줄 것이다. 허주만은 전화를 받지 않았다. 2분쯤 기다렸다가 다시 걸었지만 또 받지 않았다. 다시 2분쯤 기다렸다가 걸어보았지만 역시 받지 않았다. 더는 기다릴 수 없다는 생각에 막 112 버튼을 누르려는데 허주만으로부터 전화가 걸려왔다.

"지금 가고 있어. 좀 늦을 것 같다."

"김봉익 사장이 죽었습니다."

허주만의 첫소리에 진구가 던진 첫소리였다.

"무엇? 김봉익이 죽었다고?"

"네, 누군가에게 살해당했습니다. 사무실을 온통 다 뒤집어놓았는데 범인이 무엇을 찾고 있었던 것 같습니다."

"112에 신고는 했어?"

"아니요, 아직."

"그래?"

"어떻게 하죠?"

"일단 경찰에 신고부터 해. 혹시라도 겁이 나서 도망가면 더 의심을 받아. 뒷문과 계단에는 없지만 정문 출입구와 엘리베이터에는 cctv도 있어. 하루도 지나지 않아서 네 신원을 파악해낼 거야. cctv가 아니라도 휴대폰 위치추적만으로도 그 정도는 가능해. 더구나 넌 그 회사 직원이었잖아. 경찰은 회사 직원들부터 먼저 용의선상에 올려놓고 수사를 시작할 거야. 아, 그리고 거기서 나와 만나기로 했다는 얘기는 경찰에게 하지 마. 난 정치인이라 괜한 구설에 휘말릴 수도 있어. 내년에 있을 구청장 보궐 선거에 도움 될 거 하나도 없어."

허주만은 준비된 원고를 읽듯이 좌르륵 쏟아냈다. 경찰 수사 관련 사정도 다 꿰고 있었다. 전화를 끊고 경찰에 전화를 걸었다. 경찰은 5분도 지나지 않아서 현장에 출동했다. 경찰은 진구에게 몇 가지 질문을 던졌다. 진구의 기본적 인적 사항부터 시신을 발견한 시각, 현장에 손을 댄 게 있는지, 김봉익과의 관계, 늦은 시간에 회사를 찾은 이유 등을 물었다. 모두 쉽게 대답했지만 마지막 질문은 그렇지 못했다. 허주만 의원을 고려해야 했다. 얼른 떠오르는 대로 회사에 두고 온 개인 물품이 있어 가지러 왔다고 둘러댔다. 경찰은 참고인 진술을 위한 출석요구서가 날아갈지도 모르니 요구가 있으면 응해달라고 하고는 진구를 보내줬다.

고시원으로 돌아가는 지하철 안에서 진구는 생각에 빠져들었다. 최근 자신의 주변에서 너무 많은 이들이 죽어가고 있었다. 고시원 옆방의 자살자, 서영미의 피살, 박중기의 죽음, 자기 돈을 돌려달라며 회사의 5층 창문에서 뛰어내린 아직도 그 이름을 모르는 언론에서 A 씨로 지칭되는 60대 중반의 남자, 그리고 그 남자를 죽게 만든 회사의 사장인 김봉익의 죽음. 마치 죽음의 행진 같았다. 불안한 예감이지만 이 행진은 아직 진행 중인 것처럼 생각되었다. 누가 마지막으로 죽으면 이 행진은 끝이 날까? 진구는 눈을 감고 시트에 머리를 기댔다. 자신이 죽으면 이 행진이 끝이 나려나. 최종 목적지는 자신의 죽음인가?

고시원으로 돌아온 뒤, 늦은 시간이지만 율아에게 전화를 걸었다. 김봉익의 죽음을 알려주어야 할 것 같았다. 두 번 시도했지만 통화하지 못했다. 하는 수 없이 카톡으로 오늘 밤의 사건을 짧게 정리해서 보냈다. 카톡을 보내고 바로 잠자리에 들었다. 키보드 전사로 변신하기에는 몸도 마음도 너무 무거웠다.

다음날 일어나 확인해 보니 율아는 진구가 보낸 카톡을 읽었다. 그러나 답은 없었다. 김봉익의 죽음은 율아로선 가볍게 넘길 수 있는 사건이 아니었다. 어떤 식으로든 반응이 있어야 했다. 무반응은 위험신호로 읽혔다. 율아에게 좋지 않은 일이 일어나고 있었다. 아니면 벌써 일어났거나. 전화를 걸어보았지만 역시 받지 않았다. 눈곱만 떼고 옷을 챙겨입고 고시원을 나섰다. 지하철이 아니라 택시를 잡아탔다. 율아가 세든 원룸 앞에서 내려 허겁지겁 계단을 올랐다. 율아의 원룸 215호의 현관문은 열려있고 두 남자가 그 앞에 서 있었다. 한 사람은 작업복 차림이고 나머지 한 사람은 운동복 차림이었다.

"누구시죠?"

"그러는 댁은 누구요?"

60대 후반으로 짐작되는 운동복 차림의 남자가 되물었다. 남자는 진구를 경계하고 있었다. 가늘게 뜬 눈으로 진구를 살폈다. 아무래도 이 건물 4층에 살고 있다는 건물 주인 같았다.

"아, 저는 여기 세입자의 친구 됩니다."

"그래요? 그럼, 걱정돼서 오셨구만."

"무슨 일이 있었나요?"

"아침에 보니 이렇게 현관문을 뜯어놓았지 뭐요!" 남자는 흥분한 어조로 소리쳤다. "어떤 놈이 그랬는지. 원룸에 세 들어 사는 사람들한테서 훔쳐갈 게 뭐가 있다고."

"읍아, 그러니까 여기 입주자는 무사하고요?"

"어젯밤에 여기 없었다고 그래. 앞으로도 일 때문에 당분간 멀리 가 있을 거라고 하데. 근데, 여기 아가씨가 어찌 됐는지도 모르고 찾아오셨수?" 화를 주체 못 하던 얼굴이 금세 의혹의 표정이 되었다. "정말 여기 아가씨하고 아는 사람 맞소?"

"아 네, 전화를 받지 않아서요. 걱정돼서 와봤습니다."

남자의 표정이 또 바뀌었다. 염탐꾼의 눈빛이었다.

"둘-이 싸웠수? 사랑싸움? 사랑싸움은 칼로 물베기여."

"아니, 그게 아니라…"

상상력 풍부하고 오지랖 넓은 남자는 진구의 대답에는 벌써 관심이 사라지고 없었다. 그는 진구 어깨너머를 살피고 있었다.

"어젯밤에 뭔 소리 못 들었는가?"

돌아보니 진구 또래의 남자가 계단을 내려오고 있었다.

"소리야 제가 많이 냈죠. 밤늦게까지 이삿짐 옮기느라 시끄러웠을 텐데, 여기 사시는 분들 잠도 못 주무셨는 거 아닌지 모르겠습니다."

어젯밤에 이사 온 모양이었다. 운동복 차림의 건물 주인 남자는 진구를 지나쳐 그 남자에게로 갔다. 진구는 문을 수리 중인 작업복의 남자에게 양해를 구하고 율아의 원룸 안으로 들어갔다. 실내는 난장판이었다. 어젯밤 보았던 옵티머스 컨설팅 사장실의 폭격 맞은 것 같은 엉망 그대로였다. 이것 역시 도둑의 흔적은 아니었다. 고가품이라고는 할 수 없지만 팔면 푼돈이나마 챙길 만한 것들은 그대로 있었다. 이삿짐을 나르느라 시끄러운 틈을 타 마음껏 율아의 원룸을 뒤졌을 그자는 자신이 원하는 그것만을 찾고 있었다. 그리고 그 무엇을 찾고 있었던 그자는 김봉익을 살해한 살인자가 틀림없었다.

#13.
천국도 악마도 사라진

"남구 보건소 감염병 예방팀입니다."

"어디-요?"

"대구광역시 남구 보건소 감염병 예방팀입니다. 정진구 씨죠?"

"맞는데요. 무슨 일이죠?"

"지금 거주하고 계시는 앞산 고시원에서 코로나 19 확진자가 발생했습니다. 거주지 관할 보건소인 남구 보건소를 방문하셔서 코로나 검사를 받으시기 바랍니다."

전화를 끊고 나서도 현실감이 없었다. 율아의 원룸을 나와 지하철역으로 걸어가던 중 걸려온 전화에서 난데없이 코로나 검사를 받으라는 말을 듣게 되었다. 코로나 19 바이러스가 중국의 우한을 중심으로 대유행이었고, 한국에서도 소수의 감염자가 발생하고 있었지만, 바로 그 소수의 감염자가 될 가능성에 진구가 걸려든 것이다. 가장 먼저 떠오른 생각은 고시원생 중 누가 코로나 확진 판정을 받았을까 하는 것이었다. 솔직히 화부터 먼저 났다. 욕도 나왔다. 그 사람도 피해자에 불과하다는 이성의 울림보다는 자신에게 닥친 위험이나 입게 될 피해의 직접적 원인 제공자에 대한 응징의 감정이 앞섰다. 한 대 때려주고 싶은 마음이었다.

남구 보건소는 1호선 교대역 근처에 있었다. 고시원으로 돌아가는 길에 들렀다. 검체 채취 담당자는 기다란 면봉으로 진구의 코를 찔렀다. 어찌나 깊숙이 찌르는지 코를 지나 뇌를 뚫고 두개골 벽에 가 닿는 느낌이었다. 검사자의 설명으로는 위음성 결과가 나오지 않으려면 면봉을 코 안 깊숙이 집어넣어 바이러스가 충분히 묻어나와야 한다는 것이다. 결과는 빠르면 하루 만에 나오거나 늦어도 이틀 후엔 가능하다며 전화나 문자로 통지가 갈 것이라고 했다. 주의 사항도 일러주었다. 항상 마스크를 착용할 것과 돌아가는 길에 대중교통은 이용하지 말고 택시를 타되 택시의 차량 번호를 기록해두라고 했다. 고시원생 중 확진자가 누구냐는 진구의 질문에 보건소 직원은 자신은 알지 못하며 알더라도 알려줄 수가 없다고 했다. 확진자의 신원은 택시로 고시원에 도착한 뒤, 현관 유리문을 밀고 고시원 안으로 들어서는 순간 밝혀졌다.

"내 이럴 줄 알았어, 이럴 줄 알았다니까!"

몬실이 놈이 실장실 문을 박차고 달려 나오며 호들갑을 떨었다. 마스크를 복면강도처럼 덮어쓰고 있었다.

"그놈, 그놈이 새천지였어!"

못 들은 척, 바쁜 척 지나치려던 진구가 멈추어섰다.

"이영운이, 이영운이 그놈, 그 나쁜 놈 새끼 말이오."

진구는 내심 발끈했다. 새천지에 동의하지도 않고 새천지를 인정하지도 않지만 무턱대고 새천지를 악으로 규정하고 악마로 몰아가는 행태엔 반발이 앞섰다. 그동안 이영운과 다져온 인간적 관계 때문인지도 몰랐다.

"그게 뭐 어째서. 남이야 새천지든 헌천지든."

"어허, 이렇게 늦네, 늦어. 그놈이 우리 고시원에 코로나 바이러스를 확 뿌려버렸단 말이지. 그 사이비 새천지에서 잔뜩 묻혀와서."

아차 싶었다. 왜 그 생각을 못 했을까. 코로나를 퍼뜨리고 다녔다며 비난의 화살이 집중되는 31번 확진자가 새천지였다. 그렇다면 당연히 이영운이 확진자일 가능성을 의심했어야 했다.

"이영운이 이 새끼, 대구 의료원에 입원했어. 어디 퇴원해 돌아오기만 해봐라. 당장 쫓아내 버릴 테니까. 어디 사이비 새끼가 우리 고시원에 살살 기어들어 와서는."

더 듣기 싫어 방으로 올라와 버렸다. 편한 일상복으로 갈아입고 나서야 몬실이 놈에게 한 마디 쏘아주지 못한 것이 후회가 되었다. 자기가 뭔데 누굴 고시원에서 마음대로 쫓아낸단 말인가.

검사 결과는 다음 날 문자로 통지를 받았다. 다행히 음성이었다. 고시원생 중에서도 양성 확진자는 아무도 없었다. 이영운이 워낙 사람들과의 접촉을 꺼려왔던 덕분일 수도 있었다. 반면 대구에서의 확진자 수는 폭발적이었다. 거의 새천지 신자들이었다. 며칠 만에 수십 명 대를 훌쩍 넘겨 하루에 수백 명의 확진자가 발생했다. 병상이 부족해 자택에서 대기하는 확진자가 천 단위를 넘기기도 했다. 기저 질환자들의 사망 소식도 전해졌다. 공포가 대구를 휩쓸었고 거리에서 사람들이 사라졌다. 그 공포는 전국으로도 번져갔다. 정치권 일부에서는 대구와 대구 시민을 조롱하고 폄하하는 말들을 토해내기도 했다. 같은 진영 사람들이었지만 진구는 귀에 거슬리고 불쾌했다. 대구에서의 코로나 대확산 이후 보고 듣게 되는 전부가 우울하고 화가 나는 것들 뿐이었다.

유일하게 진구가 반긴 것이라면 주문국 의원과 관련된 것들이었다. 옵티머스 컨설팅에서의 자살 사건 이후 더욱 크게 확산되어 갔던 주문국 의원의 더 베스트 프라임 5천억 대 사기 사건 연루설이 세인의 관심에서 사라져버렸다. 김봉익의 피살로 그것은 불에 기름은 끼얹은 형국으로 발전할 수도 있었지만 아무도 관심을 갖지 않았다. 김봉익 피살 사건 역시도 아예 다루어지지도 않거나 언론의 한쪽 구석으로 밀려나 버렸다. 언론은 코로나와 새천지만 열심히 팔아댔다. 경찰이나 검찰도 마찬가지였다. 어디에서도 수사에 착수했다는 소식은 없었다. 수사야 당연히 개시했겠지만 전해지는 것이 없었다. 주문국 의원도 이런 분위기에 날쌔게 편승했다. 새천지를 성토하는 격한 글들을 연일 트위터와 페이스북에 쏟아냈다. 새천지는 주문국 의원의 그 글들에서 공공의 적을 넘어 사냥감으로서의 악마가 되어있었다. 진구는 그 글들에 댓글도 달고 '좋아요'도 누르고 자신의 페이스북에 공유도 했다. 영운과의 대화들 이후로 진구의 키보드 전사로서의 활력은 눈에 띄게 떨어졌고, 더구나 새천지 관련 이슈였지만, 그래도 당연히 이영운보다는 주문국이 우선이었다. 주문국 의원은 기자들과의 인터뷰에서도 거침이 없었다. 어제는 새천지 신도 명단 확보를 위해 새천지 교회 압수수색 실시를 요구하기도 했다. 행정명령으로는 부족하다는 게 그 이유였다.

"행정명령만으로는 신도 명단을 숨기는 저들을 강제할 수 없습니다. 정부는 방역을 방해하는 저들을 향해 그 어느 때보다도 강경한 태도를 보여줄 필요가 있습니다."

검찰은 그러나 적폐세력답게 압수수색영장을 법원에 청구하지 않았다. 압수수색으로 확보한 명단을 방역 목적으로 사용할 수 없다는 법리적 이유와 새천지 신도들이 더 숨어버릴 수 있어 방역에 오히려 실효성이 떨어질 거라는 핑계를 댔다. 방역 당국도 압수수색에는 실효성의 이유를 들어 반대한다는 기사가 한쪽 귀퉁이에서 눈에 띄긴 했지만 그딴 건 읽어보지도 않았다. 그런 건 주문국 의원을 흠집 내기 위한, 도리어 주문국 지지자들을 더욱더 분노하게 만드는 악의적 기사에 불과했다. 지지자들은 이미 소위 '주문국 녹취록' 사건으로 충분히 분노하고 있었다.

이제껏 쌓여온 주문국 지지자들의 분노는 새천지가 모두 뒤집어썼다. 주문국 의원의 새천지 강경 대응이 낳은 결과였다. 그리고 그 분노는 조율되지 못하기도 했다. 대구에서 폭력적 사태를 불러일으켰다. 주문국 지지자들이 폐쇄된 새천지 교회에 폭도로 난입했다. 그들은 문을 뜯고 뛰어들어 집기류들을 뒤집어엎고 기물을 부수고 벽에다 스프레이를 뿌려댔다. 경찰이 출동해 그들을 체포했을 때 그들 중에 자신이 민주당 당원이거나 주문국 지지자임을 밝힌 이는 아무도 없었다. 모두가 코로나19 확산의 주범인 새천지에 분노한 선량한 시민들이었다.

진구도 연락을 받았지만 동참하지는 않았다. 진구의 반새천지는 주문국의 SNS에 동조하는 수준을 넘지 않았다. 왠지 가장 힘없는 자들에게 때 만난 것처럼 횡포를 부리는 것만 같아서였다. 지금의 새천지는 아무리 난폭하게 다루더라도 저항도 할 수 없고 동정도 받을 수 없는, 공공이 적이 되어버린 집단이었다. 이러한 이들에게 폭력을 휘두른다는 것은 정의의 구현이 아니라 비겁함으로 인식되었다. 좌파의 모토인 사회적 약자에 대한 배려의 차원에서 진구는 이해하려 했다. 현재 새천지는 우리 사회의 최약자였다. 이는 어쩌면 이영운 때문일 수도 있었다. 어쩌면 주문국 의원을 향한 맹목적 지지가 진구에게서 흔들린 때문일 수도 있었다. 진구는 주문국 의원의 5,000억대 펀드 사기 사건 연루 의혹을 두고 자신에게서 일어났던 그 의문과 혼란스러움을 해소하지 못하고 있었다.

이영운은 새천지 교회 난입 사건이 발생한 다음 날 퇴원했다. 보름 정도 입원해 있었던 셈이었다. 병실에서 어쩔 수 없이 먹고 자기만 한 덕분인지 얼굴이 더 희어졌고 말쑥해졌다. 그것 말고도 이영운은 입원 전과 달라진 데가 있었다. 좀 더 깊어졌고, 좀 더 성숙해진 느낌이었다. 그런 한편 불안이라 불러도 될지 모르겠으나 희미한 흔들림도 엿보였다. 하여튼 그것을 무엇이라 딱 집어 정의하기는 힘들지만 예전의 확신에 가득 찬 철벽의 이영운은 아니었다. 얼굴이 복잡해져 있었다.

이영운은 고시원에서 환영받지 못했다. 새천지 신자이자 코로나 확진자는 비록 완치되었다 하더라도 사실은 어디에서든 환영받지 못했다. 그들은 대한민국 국민이지만 무국적자나 마찬가지였다. 진구의 방으로 찾아온 이영운과 인사를 주고받은 뒤 더 얘기를 나누기 위해 주방으로 내려갔을 때 주방 입구에서 몬실이 놈과 마주쳤다. 예상했던 바이지만 몬실이는 이영운을 내쫓으려 했다.

"당신 새천지잖아. 여긴 왜 왔어?"

몬실이의 반응을 예상했는지 영운은 담담했다.

"코로나 완치됐으니 내가 살던 곳으로 되돌아온 거죠. 그게 뭐라도 잘못됐나요?"

"내가 코로나 얘길 했나? 당신은 새천지잖아. 새천지 새끼가 어디 감히 여길 들어와."

"새천지는 고시원에서 생활하면 안 된다고 법률로 정해져 있는가요? 대한민국은 종교의 자유가 보장되는 나라가 아니었나요?"

"너 같은 사이비 새끼한테는 종교의 자유 같은 거 없어. 최소한이 고시원에서는 그런 거 없어. 내가 실장으로 자리를 지키고 있는한 그래. 그러니 그만 꺼져."

몬실이가 영운에게로 다가들었다. 위협적인 태도였다. 말로 안되면 힘이라도 행사하려는 기세였다. 보다못해 진구가 나섰다.

"그만하시지."

"사시생 아저씨는 빠지셔. 이건 이 새끼와 나와의 문제니까."

"내가 보기에는 공인중개사 4수생 아저씨가 먼저 빠져야 할 것같은데?"

몬실이 최대의 아픈 데를 건드렸다. 말이 4수생이지 몬실이는 공인중개사 포기한 지 오래다. 두 번 떨어지고부터였을 것이다. 대학졸업 후 3년이 되도록 취업에 실패하자, 이런저런 아르바이트로 전전하다 공인중개사를 목표로 잡았었는데 그것마저 두 번 실패하자, 명분은 공인중개사 수험생이고 현실은 고시원 실장을 직업으로 살아가고 있었다. 그가 고시원이라는 회사에서 받는 급료는 고시원 입구의 실장실 무료 제공과 월 50만 원의 현금이 전부였다.

진구의 찌르기는 효과를 보았다. 몬실이의 얼굴이 붉게 달아올랐다. 몬실이는 입을 뗐다가 닫기를 두 번 반복한 뒤에야 말을 할 수 있었다.

"사시생 아저씨는 공시생까지 더하면 8수생 아닌가?"

몬실이가 반격한답시고 진구의 아픈 데를 건드렸지만, 그 정도는 예상하고 있었다.

"그렇지. 내가 하늘 같은 고참이지. 고참 대우나 잘 하쇼."

"오해하지 마셔. 아까워서 그래. 2년만 더해서 강산이 변할 때까지 갈고 닦았더라면 지성이면 감천이라고 하늘도 감복해서 큰 은혜를 베풀었을 거요."

"아, 그렇지 하늘이 감복하면 떠~억하니 고시원 실장 자리 하나 내려줄지도 모르지. 얼마나 좋아. 퇴직금도 없지, 상여금도 없지, 일 년 365일 쉬는 날도 없지. 이거 뭐, 이런 꿀 발린 직장이 세상에 어딨어. 한 번 자리 꿰차면 그야말로 평생직장 되는 거지. 늙어 죽을 때까지 1평 반짜리 멋진 실장실 차지하고 앉아서."

몬실이의 얼굴이 더 붉게 달아올랐다. 입이 움찔거렸으나 말이 되어 나오지는 않았다. 몬실이는 진구를 노려보다 몸을 휙 돌려 실장실로 돌아가 버렸다.

"고맙습니다."

영운이 깍듯이 허리를 숙였다. 그 깍듯함에는 정중한 감사의 인사를 넘어 어딘지 긴장의 냄새가 났다. 그것은 영운을 경계하는 주변인들의 태도에서 비롯된 것만은 아니었다. 어떤 중대한 결정을 내리기 전의 긴장으로 진구에게 읽혔다.

주방 식탁에 마주 앉은 두 사람은 주로 영운의 치료 과정과 병원 생활을 화제로 삼았다. 영운은 편하게 쉬었다고 했다. 아르바이트도 않고 새천지 활동에서도 놓여나 참으로 오랜만에 자신만의 시간을 가질 수 있었다는 것이다. 20대의 끝자락에서 지금까지 살아온 시간을 되돌아보면서 많은 생각을 했다고 했다. 영운의 얼굴이 더 깊어지고 더 성숙해진 이유를 알 것 같았다. 영운은 또 퇴원하는 길에 새천지 교회도 다녀왔다고 했다. 퇴원 전 병원에서 교회 난입 사건을 전화로 전해 듣고 확인차 들러보았다는 것이다.

"난장판이었어요. 주문국 지지자들의 소행이라던데, 그런가요?"

진구는 인정했다. 공식적으로는 선량한 시민들이지만 주문국 지지자들이 사건을 일으켰음은 누구나 다 아는 사실이었다.

"그들 대부분이 민주당 당원이라던데 그것도 사실이에요?"

진구는 이 또한 인정했다.

"혹시 진구 형제님도 그 자리에 있었어요?"

"아니요, 연락이 오긴 왔었지만 가지는 않았죠."

영운은 웃었다.

"아니 왜요? 당원이시면서 누구보다 열렬한 지지자잖아요."

"그냥 그러기 싫었어요."

영운은 또 웃었다. 그 미소가 맑고 선량하다는 생각이 들었다. 동시에 어딘지 서늘한 느낌이 있었다.

"어떤 식으로든 반응을 보여야 할 것 같아요." 영운이 말했다. "그들이 법적으로는 처벌을 받았지만 영웅시되고 있잖아요. 그들이 영웅이 아니라 광기 어린 폭도에 불과하다는 사실을 알려야 할 것 같아요. 새천지 교회에 난입한 그들이 로마의 르네상스 건축물을 모조리 파괴해버린 루터파 기독교도나 이슬람을 모욕한다며 인류 문화유산인 석굴 불상들을 폭파해버린 탈레반과 무슨 차이가 있을까요? 그들은 대중의 분노에 편승해 소수파를 향해 폭력을 휘두르는 파시스트에 불과한 자들일 뿐이죠. 그들이 파시스트임을 고발하는 행동이 필요하다고 봐요. 민주당 대구시당 앞에서 항의 시위를 생각 중입니다. 그들의 대부분이 민주당 당원이니 당 차원에서 책임을 져야 한다고 봅니다."

진구는 직감적으로 위험을 감지했다. 악마들이 우글대는 사악한 집단으로 굳어버린 새천지가 자기 목소리를 내어 길거리라는 열린 공간에서 공개적으로 항의한다? 그것은 도발이었다. 그 도발에는 대가가 따르기 마련이었다.

"꼭 해야겠어요? 지금은 새천지가 어디든 나설 때가 아니란 건 잘 알잖아요."

"교회 간부들도 내게 그런 말을 했어요. 하지 말라고 말리면서. 하지만 나는 새천지의 이름으로 항의하려는 게 아닙니다. 선량한 시민의 한 사람으로서 민주주의 사회에서 용납되지 않는 난폭한 행위를 고발하고 그 행위에 대한 책임을 지라는 그런 당연한 목소리를 내려는 겁니다. 단지 새천지 신도라는 이유로 그런 목소리마저 낼 수 없다면 우리 사회가 정말 민주주의 사회인지 나는 의심할 수밖에 없어요. 전체주의 국가가 아닌 자유민주주의 사회에서는 누구의 목소리라도 존중받아야 하는 거잖아요."

영운의 의지는 확고했다. 말릴 수 있는 일이 아니었다.

이틀 후 이영운은 계획을 실행했다.

'새천지 교회 폭력 난입 민주당은 사과하라!'

신천동의 민주당 대구시당 앞 인도 위, 이영운은 손팻말을 들고 꼿꼿이 서 있었다. 걱정이 앞섰지만 함께 서 있을 수는 없어 진구는 시당으로 올라가 만약의 사태에 대비했다. 그 만약의 사태는 1시간도 지나지 않아 전조를 보이기 시작했다. 연락을 받고 몇몇 열성 당원들이 시당으로 몰려들었다. 그들 중 반은 새천지 교회에 난입했던 자들이었다. 그들은 새천지 따위, 두들겨 패서 쫓아버리자고 목소리를 높였다. 시당 사무처장이 누구나 시위할 권리는 있다며 이들을 말렸다. 두꺼운 뿔테 안경을 걸친 호인 형의 그는 꽤 합리적인 사고의 소유자였다. 그는 자신이 직접 대화해 보겠다고 했다. 사무처장과 열성 당원들이 우르르 인도로 내려갔다. 진구도 그 뒤를 따랐다. 사무처장이 영운을 마주하고 섰다.

"새천지 교회 난입 사건과 우리 민주당은 아무 관련이 없습니다. 그것은 개인들의 행위에 불과합니다."

"난입한 그들 대부분이 민주당원인 건 어떻게 설명하시겠어요." 영운이 받아쳤다. 영운은 의식적으로 진구와는 눈을 마주치지 않으려 했다.

"아무리 그렇더라도 공식적으로는 우리 민주당이 개입하지 않았기에 우리 당의 이름으로 사과할 수는 없습니다. 지금 어림없는 무리한 요구를 하시는 겁니다."

"그런 걸 두고 손바닥으로 하늘을 가린다고 하지 않나요? 비리 사건으로 위기에 몰린 주문국이 새천지를 때리는 것으로 탈출구로 삼았고, 당신들은 눈에 보이지 않는 주문국의 오더를 받고 직접 주먹으로 새천지를 때린 거 아닌가요?"

"이런 더러운 새천지 새끼가!"

욕설이 터져 나왔지만 영운은 담담했다.

"나는 비록 새천지 신도이기는 하지만 새천지가 아니라 양심적인 시민의 한 사람으로 여기에 섰습니다."

"새천지가 아니라 양심적인 시민? 농담해?"

"그렇다면 댁들도 민주당이 아니라 선량한 개인? 농담하세요?"

영운은 한 발짝도 물러서지 않았다. 당원들로부터 욕설이 마구 쏟아져 나왔다. 분위기가 험악하게 가열되고 있었다. 진구로선 제어할 마땅한 방법을 찾을 수가 없었다. 사무처장도 안 되겠다 싶었는지 뒤로 물러서 버렸다. 신호이기라도 한 듯 누군가가 영운의 손팻말을 낚아챘다. 영운은 팻말을 뺏으려 달려들었다. 둘은 서로 밀고 당겼다. 진구가 얼른 두 사람 사이에 끼어들었다.

"서로 몸에 손대는 행동은 하지 맙시다."

진구는 팻말을 뺏어 영운에게 돌려주었다. 손팻말을 뺏었다가 도로 뺏긴 이가 바로 항의했다.

"이보세요, 진구 씨 왜 이러세요? 지금 누구 편을 들고 있는 거요?"

"누구 편이 아니라 룰을 얘기하는 겁니다."

"룰 같은 소리 하지 마세요. 우리가 룰이 있어서 새천지 교회를 때려 부순 줄 알아요? 우리한텐 적 아니면 우리 편, 이것 둘밖에 없어요. 그리고 적들에겐 룰이란 건 필요없어요. 잘 알면서 왜 그래요?"

진구가 늘 하던 소리였다. 진구의 의식과 행동의 기준이 그것이었다. 맥이 탁 풀렸다. 자신이 어디 서 있는지 알 수 없어져 버렸다. 그래도 뭔가는 해야 했다.

"폭력은 삼갑시다."

기껏 떠오른 말이 이것이었다. 손팻말을 뺏긴 이가 웃었다. 진구로서도 자신이 뱉어놓고도 자신의 입에서 나온 말인지 의심스러웠다.

"진구 씨, 어디 아파요? 대구 시당 최고의 전사께서 왜 이러서? 비켜요. 진구 씨가 못하면 우리가 해야지."

그의 눈이 번들거렸다. 진구가 고집을 부리지 않은 건 그 눈이 두려워서가 아니었다. 자신이 누구인지 알 수 없어져 버린 그 혼란스러움 때문이었다. 진구는 뒤로 밀려났다. 당원들 무리가 영운을 덮쳤다. 손팻말을 뺏어 발로 밟아 부수어버렸다. 그들은 영운의 두 팔을 움켜쥐고 잡아끌었다. 당사에서 멀리 쫓아내 버리려는 것이다. 영운은 거칠게 저항했다. 영운은 주먹마저 휘둘러댔다. 생각지도 못한 일이었다. 더 놀라운 건, 고함을 지르는 당원들 무리와는 달리 영운은 입 한번 벙긋하지 않고 주먹질을 해댔다. 그 모습이 너무 기괴했다. 이 세계에 살지 않는 다른 세계의 존재가 차원합체에 의해 서로 섞여든 것만 같았다. 그렇다고 해서 영운을 잡아끌던 당원들이 영운의 주먹질에 가만히 있었다는 건 아니다. 그 즉시 난투극이 이어졌다. 당연히 영운이 일방적으로 당하는 난투극이었다. 오래 계속되지도 않았다. 진구가 말리려 뛰어들었고, 급히 달려든 사무처장도 뜯어말렸다. 땅바닥에 쓰러진 영운은 입가가 터졌고 코피를 흘렸으며 두 눈은 부어올랐다. 가슴을 차였는지 가슴을 두 손으로 움켜쥐고 있었다. 그래도 말은 하지 않았다. 입은 꼭 닫혀있었다.

사무처장은 자신의 실수를 알아차렸다. 아무리 공공의 적 새천지라 하더라도 당사 앞에서 당원들에 의해 폭행당했다. 그것도 집단 폭행이었다. 영운은 신속히 병원으로 옮겨졌다. 가까운 파티마 병원 응급실에서 검사를 받았다. 다행히 특별한 이상은 발견되지 않았다. 부러지거나 찢어진 데도 없었고 타박상이 전부였다. 그래도 의사는 뇌진탕이 의심된다며, 혹시 긴급 상황이 발생할지도 모르니 응급실에서 하루쯤 머문 뒤의 퇴원을 권유했다. 영운은 그러겠다고 동의했다. 영운은 가해자들을 폭력 행위로 고소하지는 않겠다고 했다. 병원비만 납부해 줄 것을 요구했다. 사무처장은 그러겠다며 간편식으로 먹을 것까지 사 들고 와서 영운의 손에 쥐어주었다. 진구는 한동안 영운과 같이 있다가 응급실을 빠져나와서 고시원으로 돌아왔다.

고시원으로 돌아오는 동안에도, 돌아와서도 진구는 생각에 빠져 있었다. 그는 자신이 혼란스러워하는 이유를 찾고 있었다. 당연하던 것이 갑자기 당연하지 않게 되었다. 새천지 교회 난입 사건에 동참하지 않은 것도 그렇지만 당사 앞에서의 당원들의 과격함을 뜯어말린 일을 두고 이영운과의 관계 때문으로 이해하고 넘기기에는 석연치 않은 데가 있었다. 그것은 외부적 관계에 그 이유를 두기보다는 그의 변화와 연결되어 있었다. 주문국 의원과 허주만 의원을 향하던 그의 확신이 최근 흔들린 탓도 있겠지만 그것만으로는 설명이 충분하지 않았다. 다른 이유가 있었다. 그 때문에 그가 변하고 있었다. 하지만 무엇 때문에? 왜? 그리고 어떻게? 진구는 아무리 해도 그 답을 찾을 수 없었다. 생각에 지친 진구는 율아에게 전화를 걸어보았다. 역시 받지 않았다. 카톡을 보냈다. 잘 있냐는 내용이었다. 그것은 일상적 안부 인사가 아니었다. 김봉익의 죽음과 율아의 원룸이 털린 이후로 그것은 생명과 직결된 물음이었다. 율아는 카톡은 읽었다. 그러나 답은 여전히 없었다.

영운은 다음날 점심 무렵에 퇴원했다. 자신의 방에서 한동안 분주히 움직이는 소리가 들리더니 그 뒤로 쥐죽은 듯이 고요했다. 저녁이 되자 영운은 진구의 방을 찾았다.
"저, 괜찮으시면 같이 소주 한잔할 수 있을까요?"
진구의 방문을 두드린 이영운의 입에서 듣게 된 말이었다. 아르바이트와 새천지 교회밖에 모르는 이영운이었다. 그런 영운의 입에서 흘러나오리라고는 꿈에서도 기대하지 않았던 말이기도 했다. 진구는 흔쾌히 동의했다.
두 사람은 걸어서 3분 거리의 안지랑 막창 골목을 찾았다. 주문한 음식이 나오고 막창이 적당히 구워질 때까지 영운은 말이 없었다. 진구는 영운의 침묵을 존중했다. 말을 걸지 않았다. 영운은 소주를 천천히 음미하듯 마셨다. 두 잔째를 넘긴 뒤 처음으로 입을 열었다.

"진구 형제님, 고마웠어요."

진구는 당사 앞에서 그의 편을 들어준 데 대한 인사로 이해했다.

"한 사람에게 여럿이 덤비는 건 비겁한 거지요."

"그것도 그렇지만, 고시원에서 저와 대화 상대를 해준 사람은 진구 형제님밖에 없어요."

그것은 진구도 마찬가지였다. 마주치기만 하면 서로 으르렁대는 몬실이 놈을 제외하면 고시원에서는 영운이 진구의 유일한 대화 상대였다. 옆방의 그 공시생 친구가 자살한 이후로는 더욱 그랬다. 간간이 말을 섞던 218호 택배 기사나 그 밖의 고시원생들과의 대화가 그 이후로 왠지 힘들어졌었다. 문득 진구는 영운에게서 외로움을 감지했다. 지난달 밤, 창문을 열자 들려왔던 영운의 훌쩍임 소리도 기억해냈다.

"교회에 친구들 많이 있잖아요. 다들 마음과 뜻이 통하는 친구들일 텐데."

"그렇긴 해요. 그렇지만 교회 친구들과는 언제나 성경 말씀과 전도 사업 얘기만 했어요."

다른 얘기도 하고 싶었다는 건가? 자신의 믿음을 위해 학업도 가족도 개인적 미래도 모두 포기하고 던져버렸던 이영운이 아닌가. 영운은 소주잔을 입으로 가져갔다. 이번엔 좀 급하게 들이켰다. 진구가 잔을 채워주자 그 잔도 바로 비워버렸다. 영운의 잔을 다시 채워주면서 그제야 진구는 영운에게 무슨 일이 일어났음을 깨달았다.

"저…"

영운이 조심스레 운을 뗐다.

"진구 형제님을 형이라 불러도 될까요?"

진구로선 뜻밖이었지만 두말하면 잔소리였다.

"그리 불러주면 내가 고맙지요. 오늘 멋진 동생 하나 생겼네. 그런 의미로 자 한잔!"

진구는 잔을 들어 올리며 일부러 활짝 웃었다. 영운은 부끄러운 듯 쑥스럽게 웃음을 지어 보였다. 심성이 고운 착한 아이였다. 그것이 도리어 불안했다. 이 세상은 착한 사람이 살아가기에 힘든 곳이다.

"형에게 할 말이 있어요."

"무슨 말?"

영운은 잔을 비우고 막창 한 점을 입으로 가져갔다. 그것을 씹어 삼킨 뒤에 대답했다.

"저 새천지 탈퇴했어요."

"그게 무슨, 정말?"

"네, 오늘 병원 퇴원하면서 전화로 내 뜻을 얘기했어요."

잘했다고 말하기도 어려웠다. 그 결정이 갖는 고심의 무게를 알기 때문이었다. 새천지는 영운의 전부였다.

"새천지에서 안 좋은 일이라도 있었어?"

"아뇨, 형제자매들과는 아무 일도 없었어요. 내가 혼자 판단하고 결정한 일이에요."

"쉽지 않은 결정이었을 텐데."

"생각 많이 했어요. 코로나가 그 기회를 준 셈이에요. 확진 판정을 받고 완치 후 퇴원하기까지 보름 동안 음압 1인실에서 줄곧 혼자서만 있었잖아요. 새천지 신도가 되고부터, 아니 내 짧은 인생을 통 털어도 그렇게 긴 시간을 혼자 있어 본 건 처음이었어요. 그동안 거리를 두게 된 거예요. 그렇잖아요, 뭐든 거리를 두고 보게 되면 못 보던 것들도 보게 되는 거잖아요."

"그랬었구나. 뭘 보게 되었는지 궁금하네."

영운은 희미하게 웃었다. 힘이 빠진 그런 웃음이었다.

"여러 가지요. 형이 말해준 그 거짓 희망도 보게 되었어요. 그 144,000명 있잖아요, 인을 맞으면 제사장이 되어 영생을 얻게 된다는, 그것을 진실로 믿었던 건 아닌 거 같아요. 돌이켜보니 그래요. 그것이 주는 희망을 믿었던 것 같아요. 로또가 그렇잖아요. 복권을 사면서 당첨을 기대하면서 샀다기보다는 사실은 당첨을 꿈꿀 수 있는 그 희망을 사는 거잖아요. 며칠이 행복해지는 희망이요. 나도 새천지에서 로또 당첨의 꿈을 꾸고 있었던 것 같아요."

영운은 잔을 비웠다. 영운의 주량을 알 수는 없지만 아무래도 급히 마시는 것 같았다.

"천천히 마셔. 오늘 저녁, 시간은 많아."

영운은 또 웃기만 했다. 진구가 말했다.

"내 생각으로는 말이야, 영생을 얻게 된다는 그 144,000명, 그것이 윤활유 역할을 했던 건 아닐까 싶기도 해. 새천지에서의 행동을 위한 윤활유 말이지. 새천지라는 조직 안에서의 활동이라는,

자신의 존재감을 확인하는데 필요한 행동을 위한 윤활유 같은 거. 대의나 신념이란 것도 그렇잖아, 그것 자체를 믿기 때문이 아니라 그것이 있기에 행동에 나설 수 있게 만들거든. 그리고 사람은 행동하지 않으면 자신이 살아있다는 확신을 얻을 수 없는 것이고."

영운이 또 웃었다. 이번엔 웃음이 좀 달랐다. 장난기가 배어있었다.

"그거 혹시 형 이야기하는 거 아니에요? 대의를 믿어서가 아니라 대의가 필요하다는."

진구도 따라 웃었지만 거리낌 없이 웃을 수는 없었다. 영운과 대화를 나누다 보면 새천지를 향한 진구의 공격이나 비판의 화살들 대부분이 진구 자신에게로 되돌아왔다. 종말론을 팔아먹는다는 새천지 비판은 진구가 꿈꾸는 혁명이란 것이 종말론의 변종에 불과하다는 화살이 되어 돌아왔고, 새천지가 전도의 방법으로 삼는 모략 전도의 비도덕성을 문제 삼았으나 그것은 혁명이 갖는 본질적 불법성이라는 더 큰 비난의 문제에 직면했다. 종교는 아편이라는 어떤 유명한 이의 말을 빌어 새천지를 마약에 빗대자 혁명이란 것, 개혁이란 것, 적폐청산이란 것이 결국은 파랑새를 팔아먹는 민중의 아편이 아니고 무엇이냐는 강한 반발에 부딪혔다. 따지고 보면 어느 순간 진구 자신이 새천지가 되어있었다. 지금도 그랬다. 좀 더 솔직 하자면, 사람답게 사는 세상을 만들기 위한 역사적 책무를 지고 있다고 믿고 있는 자신과 새천지의 그 도장 맞은 144,000명이 어떻게 다른지 구별하기도 힘들었다. 둘 다 선민의식으로 똘똘 뭉쳐있다는 점에서 특히 그랬다. 이래서 혁명과 천국은 형제지간이라고 하는가 보았다.

"우리 새천지하고 형들 사람들하고 많이 닮은 거 알아요?"

진구는 뜨끔했다. 생각을 읽고 있나 싶었다.

"코로나 완치 후 퇴원하자마자 일부러 교회를 찾아갔었어요. 난입한 폭도들이 저지른 것들을 내 눈으로 보고 싶었죠. 그런데 거기서 무엇을 본 줄 알아요? 나를 보았어요. 새천지를 본 거죠."

"새천지는 폭력적이지는 않잖아. 기물을 파괴하지도 않고 사람을 폭행하지도 않고."

"단지 폭력의 문제가 아니에요. 신념에 빠진 광기의 모습을 말하는 거예요. 자신의 신념을 위해서는 무엇이든 할 수 있고, 무엇이든 용인된다는 자기 합리화, 정당화의 광기요. 내가 그랬었거든요. 민주당사 앞에서의 시위, 그건 나의 그런 광기와 싸우겠다는, 나를 상대로 하는 저항의 시위였어요. 그래서 어찌 보면 그건 새천지를 향한 시위이기도 했어요. 거기서 또 예의 그 광기를 마주했죠. 사실은 그 광기를 마주하러 간 거예요. 그 광기에게 늘씬하게 맞고 싶었죠. 죽도록 얻어맞아 나의 광기를 몰아내 버리고 싶었어요. 다 토해내 버리고 싶었어요."

진구는 주먹을 휘두르면서도, 당원들에게 얻어맞으면서도 입 한번 벙긋 않던 영운을 떠올렸다. 그때 영운은 자신의 광기와 싸우고 있었던 셈이었다. 그리고 그 광기는 진구도 품고 있는 것이었다. 영운과의 대화는 또 자신의 문제로 회귀했다. 진구가 물었다.

"그래, 이젠 자신에게서 그 광기를 다 몰아낸 것 같아?"

영운은 소주잔을 들어 입안으로 털어 넣은 다음 대답했다.

"전부는 아니겠지만 그런 것 같아요."

대답하는 영운의 목소리가 꼬였다. 급히 술을 마시더니 벌써 꽤 취해버린 것 같았다. 영운은 머리를 앞으로 푹 꺾었다. 잠깐 그대로 내버려 두었다가 진구는 영운의 어깨를 톡톡 두드렸다. 영운은 반응이 없었다. 진구가 손끝으로 영운의 어깨를 살짝 흔들었지만 마찬가지였다. 진구는 은근히 불안해졌다. 영운은 술에 취해 반응을 않는 것이 아니었다. 자신의 얼굴을 감추고 있었다. 진구는 기다렸다. 마침내 영운이 천천히 고개를 들었다. 영운의 눈자위가 벌개져 있었다. 울음보를 터뜨릴 것만 같았다. 그 울음을 꾹꾹 누른 목소리로 영운이 말했다.

"형, 나 사실 두려웠어요. 번듯한 직장에 취업할 자신도 없었고, 명문대 출신에 교수인 아버지나 어머니처럼 될 자신도 없었어요. 그래서 새천지로 도망쳤던 거예요. 거짓 희망으로 도망쳤던 거예요. 로또를 꿈꾸었던 거예요."

영운은 자신의 얘기를 하면서 또 진구를 말하고 있었다. 진구도 사실은 도망을 쳤다. 사법시험 실패 후, 그는 정치 투사의 길로 도망쳤다. 그러나 진구는 그 사실을 인정할 수 없었다. 형으로서 말해야 했다.

"도망은 누구나 치는 거야. 자신 앞에 닥쳐온 난관을 용감하게 깨부수고 앞으로 전진만 하는 그런 영웅은 세상에 아무도 없어. 도망쳤다가 되돌아오고 다시 도망치고 다시 되돌아오고 그러는 거지. 나도 마찬가지로 늘 그랬어."

영운은 다시 고개를 숙였다가 들었다. 고통을 인내하는 듯 입술을 깨물고 있었다.

"알아요, 형. 그런데요, 거짓 희망이 그렇게 나쁜 건가요? 로또 당첨의 꿈이 아니더라도 모두 거짓 희망은 다 갖고 있는 거잖아요? 그것이 있어서 다 버티고 사는 거 아닌가요? 저, 솔직히요, 새천지에 있을 때 가장 행복했어요. 그 행복이란 게 비록 영원히 지속 가능한 행복은 아니겠지만 그때의 그 부풀어 오른 자아의 짜릿함은 잊을 수가 없어요. 난 처음으로 세상으로부터 인정받았어요. 나혼자가 아니라는 소속감과 연대감, 미래에 대한 흔들림 없는 확신, 비록 이 모든 것이 거짓이었을 망정 그때만은 정말 행복했어요. 그것은 이 세상의 그 무엇도 그 누구도 주지 못하는 것이었어요."

진구는 그 느낌, 그 행복감을 충분히 이해했다. 그는 시위 대열에 서서 목소리 높여 함께 외칠 때, 사명감에 부풀어 올라 SNS 공간에서 적들을 난도질할 때 가장 행복했었다. 그때 그는 살아있었고 세상은 그에게 등을 돌리지 않고 그와 함께 나아가고 있었다. 그때 그는 세상의 중심에 서 있었다. 그렇지만 이영운에게 동조할수는 없었다.

"그게 소위 말하는 아편이라는 거 아닌가?"

막상 뱉어놓고 바로 후회했다. 너무 무성의했다. 영운의 아픔을 충분히 살피지 못했다. 한편으로는 의도적으로 살피지 않았는지도 몰랐다. 또 자신의 문제로 되돌아와 진구 자신을 파헤치게 될 수도 있었다.

"아편이 그렇게 나쁜가요." 영운이 따지듯 반발했다. "우리처럼 희망 없이 살아가는 이들에게 아편이라도 없으면 어떻게 살 수 있

겠어요. 새천지 탈퇴자로서 옳은 것보다 새천지 신도로서 틀리는
게 더 나을지도 모르잖아요. 이제 어디서 그런 희망, 그런 만족감
과 충일감, 그런 자기 효능감을 얻을 수 있을까요? 어디에서요? 앞
으로 그런 행복한 날이 나에게 또 있을 수 있을까요?"

마지막에 영운은 거의 울먹였다. 더는 이 화제로 대화를 끌고 가
서는 안 될 것 같았다.

"미래는 아무도 알 수 없는 거야. 희망은 어디에나 존재해. 우리
가 그것을 발견해내지 못할 뿐이야."

진구 자신도 믿지 않는 말이었다. 진구가 얼른 덧붙였다.

"그래, 이제 어떡할 거야. 세워놓은 계획이라도 있어?"

다행히 영운은 진구의 화제 전환에 따라주었다.

"일단 부모님께 돌아가기로 했어요. 짐도 다 싸놓았어요. 그 다
음은 모르겠어요. 나에게서 천국도 악마도 다 사라져버렸는데 무
엇을 붙잡고 살아야 할지 모르겠어요."

"나도 모르고 살아."

영운이 웃었고 진구도 웃었다. 두 사람은 이후 그들이 감당할 수
없는 그들의 미래를 놓고 얘기하지 않았다. 현실의 민감한 주제도
건드리지 않았다. 연애 이야기를 주로 화제로 삼았다. 영운은 새천
지 신도가 된 이후로 연애를 못 해봤다고 했다. 새천지에서 여자
는 27세 남자는 30세까지 연애가 금지되어있다는 것이다. 진구는
새천지를 탈퇴한 만큼 여자 친구 만들기를 적극 권장했다. 급하면
아쉬운 대로 원나잇도 괜찮다고 하자, 영운은 고개를 끄덕이며 웃
었다. 다행히 영운의 표정은 줄곧 밝았다. 둘은 전화번호도 주고받

았다.

술자리를 마칠 무렵, 진구는 내일 멋진 아침을 만들어주겠다고 약속했다. 헤어지는 마당에 식사 대접을 하겠다는 것이었는데, 식당 밥보다는 직접 만든 요리가 의미가 있을 것 같다는 이유에서였다. 막창집을 나온 진구는 그 약속을 지키기 위해 영운을 끌고 가까운 마트로 갔다. 먹고 싶은 것을 얘기하라고 하니 영운은 가리는 것이 없다며 주는 대로 먹겠다며 얼버무렸다. 진구가 거듭 선택을 강요하자 영운은 시원한 동태탕이 먹고 싶다고 대답했다. 동태탕 거리를 사 들고 둘은 어깨동무를 하고서 고시원으로 돌아왔다. 둘은 그들의 방문 앞에서 헤어졌다. 영운이 말했다.

"형, 고마워요."

동태탕이라고 해봐야 별것 없었다. 손질이 다 된 재료를 넣고 물 붓고 끓이면 그만이었다. 다음 날 아침, 동태탕이 적당히 끓어오르자 진구는 영운에게 전화를 걸었다. 영운이 내려올 때쯤 동태탕은 알맞게 완성될 것이다. 영운은 전화를 받지 않았다. 전화를 끊고 잠시 기다렸다가 다시 걸어보았지만 여전히 받지 않았다. 자고 있을 수도 있었다. 깊이 잠들었거나 수면을 방해받지 않기 위해 벨소리를 무음으로 돌려놓았을 수도 있었다. 올라가 깨워야 했다. 가스레인지의 불을 끄고 2층으로 올라가 영운의 방문을 두드렸다. 대답이 없었다. 손잡이를 돌려보니 문은 잠겨있었다. 외출했나? 그럴 리는 없었다. 영운처럼 꼼꼼하고 정확한 성격의 소유자가 아침 식사 약속을 잊었을 리가 없었다. 전화를 받지 않을 이유도 없었다. 불안과 두려움이 진구를 덮쳤다. 몇 번을 더 문을 두드려도 대답이 없자 진구는 1층으로 달려 내려가 실장실 문을 두드렸다.

"아, 뭔데?"

현관으로 뚫린 작은 창을 연 몬실이 놈은 인상부터 찌푸렸다.

"영운이 방 열쇠 좀 줘봐요."

"그 새천지 새끼 방 열쇠는 뭐하게."

"아, 줘보라니까!"

"여보세요, 당신 방도 아닌데 내가 왜 그 방 열쇠를 당신한테 줘?"

"영운이가, 영운이가 전화도 안 받고 문을 두드려도 대답도 안해. 그러니 어서 열쇠 줘봐."

"어디 외출했겠지. 일이 바쁘면 전화 못 받을 수도 있잖아."

"야, 이 씨발 새끼야! 이런 개새끼가, 주뎅이를 확 찢어버려! 얼른 열쇠나 줘!"

순간 발끈하던 몬실이도 심상치 않음을 감지했는지 열쇠 걸이에서 열쇠를 뽑아 진구에게 넘겨주었다. 진구는 2층으로 달려 올라갔다. 그 뒤를 몬실이도 따랐다. 진구의 손이 덜덜 떨려왔다. 열쇠구멍으로 열쇠를 밀어 넣는 데 몇 번이나 실패했다. 마침내 열쇠가 꽂히고 문을 땄으나 문은 안으로 밀리지 않았다. 다리가 후들거려 더 서 있을 수가 없었다. 두 손으로 문손잡이를 움켜쥐고 쪼그려 앉았다. 뒤따라온 몬실이가 진구의 머리 위로 힘을 넣어 방문을 밀었다. 문은 10cm가량 열리다가 말았다.

"아, 같이 좀 밀어봅시다."

진구는 고개를 저었다. 진구는 뒤로 물러나며 복도에 주저앉아 버렸다. 몬실이가 무언가 한마디 하려다 그만두고 혼자 방문을 밀었다. 두 손으로 내려치듯 체중을 실어 문을 밀자 문은 조금씩 뒤로 밀렸다. 한 사람이 비집고 들어갈 수 있을 정도로 틈이 벌어졌을 때 문 뒤로 영운의 두 발이 보였다.

#14.
위험한 여자

영운은 지난 1월의 자살자와 똑같은 방식으로 죽어있었다. 문손잡이에 넥타이로 올가미를 만들어 걸고 그 올가미에 목을 매달았다. 부모님 댁으로 돌아가기 위해 준비한 때문이기도 했겠지만 방도 깨끗이 정리되어 있었다. 유서는 다만 짧았다. '죄송합니다'만 적혀있었다. 영운의 부모는 장례식은 가족장으로 치르겠다고 했다. 진구는 영운과의 마지막 인사를 시신 가방 안의 영운과 나누었다.

진구는 이틀을 꼬박 방에만 틀어박혀 있었다. 어디든 나가고 싶지 않았다. 아무도 만나고 싶지 않았다. 허기가 져서 견디기 힘들면 군것질거리로 사다 놓은 과자 부스러기 몇 조각을 입에 넣는 것으로 허기만 면했다.

진구에게 영운의 죽음은 친한 동생의 죽음 이상이었다. 진구는 영운에게서 자신을 보았다. 비록 거짓의 희망이었고 엉터리 대의였지만 그것들을 위해 자기의 전부를 바친 영운에게서 진구 자신의 모습을 찾아내기는 어려운 일이 아니었다. 영운도 그렇지만 진구 역시도 영혼을 뛰게 하는 가치 있고 숭고한 사명을 가슴에 품지 않고는 살아가기 힘든 존재들이었다. 그들은 바닥에서 우글거리는 곤충 무리처럼 살아갈 수는 없었다. 그들은 그 무리가 되기 싫어 그 무리로부터 도망쳐 나온 자들이었다. 어쩌면 그 무리조차 될 수 없었을지도 몰라도, 오히려 바로 그 때문에 그들은 더욱 하늘을 훨훨 날아다녀야 했고, 태양의 파도를 가르며 내달려야 했다. 자신의 영혼을 가득 채우고 자아를 팽팽하게 부풀려 올리는 그 무엇을 늘 필요로 했었다. 그것이 신이든, 혁명이든, 예술이든 상관없었다. 영운은 그것들이 허구에 불과함을 깨닫고 바닥으로 내려선 순간, 그 바닥에 뚫린 깊고 컴컴한 구덩이를 마주하고는 죽음을 선택했다. 날개가 부러져 수직 낙하한 자들이 마주하는 암흑의 구덩이였다.

삼 일째 되는 날 진구는 털고 일어섰다. 영운을 보내주기로 했다. 그에게 영운을 보내준다는 것은 영운과 자신은 다르다는 선언과 다르지 않았다. 그의 날개는 아직 튼튼하다는 자기주장이기도 했다. 먼저 주방으로 내려갔다. 배를 채우는 일이 우선이었다. 동태탕을 찾았으나 냄비는 비어있었다. 누군가 먹어치웠다. 범인은 몬실이 놈이 틀림없었다. 고시원에서 남의 음식에 손댈 인간은 그놈밖에 없었다. 더구나 몬실이 놈은 그 동태탕이 영운을 위한 것임을 알고 있었다. 쓰레기 같은 놈, 벌레들이 우글대는 바닥의 삶이란 원래 이런 것이다. 날개를 가진 그가 감내해야만 하는 현실이었다.

진구가 감내해야 할, 그에게 덤벼드는 벌레는 동태탕을 훔쳐먹는 좀 벌레로 끝나지 않았다. 진구가 영운의 죽음으로부터 털고 일어난 이틀 뒤, 거대한 몸집에 맹독을 품은 독사 같은 벌레가 '주문국 녹취록' 전문을 인터넷커뮤니티에 풀어버렸다. 이제껏 인터넷을 흘러 다니다 메이저 언론에까지 포착되었던 소위 '주문국 녹취록'은 전체 녹취록의 일부인 데다 000 처리된 부분도 있었다. 특히 인명에 있어서 주문국을 제외하고는 전부 익명처리였었다. 이번은 아니었다. 대화가 빠짐없이 실려있었다. 인명도 마찬가지였다. 5,000억대 사기 사건의 숨은 기획자라는 C는 예상대로 옵티머스 컨설팅 사장 김봉익이었다. A로 지칭되던 남성은 실망스럽게도 허주만 의원이었다. B로 지칭되는 여성은, 의외라는 생각이 들었으나 윤명자였다. 그러나 이게 전부가 아니었다. 실명 녹취록의 끝에 '### 부록'이라는 제목의 첨부된 글이 달려있었다. 그 부록에는 서영미와 김봉익 살해사건의 범인을 밝혀놓았다. 단숨에 급하게 읽어내렸던 진구는 길게 숨을 들이마신 뒤, 제목부터 아예 '주문국 녹취록'으로 시작되는 그것을 두 눈을 똑바로 뜨고 다시 읽어내리기 시작했다.

〈주문국 녹취록〉

일시: 2018년 3월 16일 금요일 오후 9시 5분.
경찰 수사로 밝혀진 바에 의하면 주문국의 승용차가 동대구 IC를 빠져나온 시각은 같은 날 오후 8시 43분.
장소: 대구 수성구 들안길, '해녀대합실' 횟집 별실 6호
참석자: 주문국, 허주만, 윤명자, 김봉익

별실 6호의 4인용 앉은뱅이 탁자에 주문국과 윤명자가 나란히 앉고 맞은편에 김봉익과 허주만 앉음.

김봉익: 이렇게 의원님께서 직접 내려와 주셔서 무어라 감사의 인사를 드려야 할지 모르겠습니다.

주문국: 우리 허주만 의원이 애를 많이 썼지요.

윤명자: 의원님 저도 애썼습니다.

주문국: 그야 당연하지요. 우리 윤 소장님 아니었으면 이 일도 성사되기 힘들었을 겁니다. 소장님께서는 여성계 쪽으로 해서 저를 많이 도와주셨죠.

김봉익: 저, 어떻게 할까요? 식사를 먼저 하시고 우리 얘기를 할까요, 아니면 우리 얘기 먼저 하고…

주문국: 얘기 먼저 끝내고.

김봉익: 알겠습니다. 그럼, 주방에 알려놓겠습니다.

김봉익 문을 열고 나감

주문국: (목소리를 낮추어서) 어이 주만이, 저 새끼 믿을 수 있어, 확실해? 아차 하면 내 정치 생명 한순간에 날아가. 내가 이렇게 직접 나서는 거 위험 부담이 너무 커. 저 새끼가 나와의 직거래가 아니면 일을 않겠다고 우긴다니 어쩔 수 없이 이렇게 내려왔지만.

허주만: (목소리를 낮추어서) 물론이죠. 저하고 10년 가까이 같이 일했지만, 아직 사고 친 거 한 건도 없습니다. 말씀드렸다시피 제가 보내드린 의원님 선거 자금, 다 저놈에게서 흘러나온 겁니다.

윤명자: 믿으셔도 될 겁니다. 바닥 인생을 살았지만 정치를 좀 아는 인간이에요.

주문국: 우리 명자가 믿어도 된다면 믿어야겠지.

윤명자: 아유, 의원님 감사합니다.

김봉익 문 열고 들어옴

김봉익: 주방에 얘기 넣어두었습니다. 말씀 시작하시지요.

주문국: 사전협의는 다 끝났으니 확인 차 결론만 간결하게 얘기 하자구. 먼저 내가 확인할 게 있어요. 그쪽 선수들은 진용이 다 갖추어진 건 확실하죠?

김봉익: 당연하지요. 제일로 중요한 게 그쪽 선수들 아니겠습니까. 제가 이 바닥에 오래 있으면서 그쪽 사람들과 인연이 꽤 깊습니다. 그 사람들 비록 어둠의 세계에 살고 있지만, 금융 쪽으로도 이해가 상당히 깊고 정치판도 빈틈없이 짚어낼 줄 아는 전문가들입니다.

허주만: 의원님, 김 사장의 말을 믿으셔도 될 겁니다.

주문국: 좋아요, 좋아요. 중요한 건 그 사람들이 꼬리 자르기를 얼마나 잘 하느냐 하는 겁니다. 일 터지고 나서, 어떤 일이 있어도 내 선까지 올라와서는 안 됩니다. 입에 자물쇠 꽉꽉 채우는 거, 알겠죠? 만일 내가 다치게 되면 여럿 다치게 됩니다. 이건 협박이 아닙니다. 내가 동원할 수 있는 검찰이나 경찰 몰빵하면 그쪽 쑥대밭으로 만들어버릴 수도 있어요.

김봉익: 물론이죠. 지당하신 말씀이십니다.

주문국: 좋아요. 내가 할 일은, 그러니까, 펀드 판매사와 수탁사, 사무관리사인 예탁결제원이 펀드 운용에 있어서 문제를 발견하더라도 입 다물고 넘어가게 하는 것?

김봉익: 그렇죠. 어느 하나에서라도 자금 흐름이 이상하다며 꼬치꼬치 캐고 들면 그때는 그야말로…

주문국: 알아요, 알아. 문제는 돈인데, 그 사람들 입 다물게 하려면 입에 넣어 줄 게 있어야지.

김봉익: 당연하죠.

주문국: 내가 총괄적으로 관리하면서 건네주는 건 위험하니 김 사장이 그건 알아서 해야 할 거요. 난 그 사람들에게 일단 당신 얘기 정도만 하는 것으로.

김봉익: 알겠습니다.

주문국: 그리고 마지막으로 할 얘기가 있는데…

김봉익: 아, 네. 근데, 여기서…

주문국: 아, 괜찮아, 괜찮아. 우린 이제 서로 보여줄 거 다 보여줬잖아. 다 내놓고 발가벗고 한자리에 앉아있는 거나 마찬가지야.

윤명자: 아이, 참 의원님도.

주문국: 아이고, 우리 소장님이 부끄러움을 다 타시고!

허주만: 그러게 말입니다.

주문국: 자 얘기해봐요. 전해 듣긴 했지만 내 귀로 듣는 건 다르니까.

김봉익: 네, 알겠습니다. 주 의원님께는 50억, 허 의원과 윤 소장에게는 각각 6억입니다.

주문국: 조건은 펀드가 개시되고 3개월 안에 현찰로 지급할 것. 내 것에 한해서.

김봉익: 3개월은 좀 빡빡합니다만…

주문군: 아니, 3개월.

김봉익: 아… 네, 알겠습니다. 의원님 것에 한해서. 나머지 두 분은 아무래도 자금이 돌고 나서야 가능하겠습니다.

주문국: 좋아요, 좋아요. 그리고 말인데, 저쪽 사람들 입도 막아야 할 거 아니요.

허주만: 의원님 그건 다 준비되었습니다. 사건이 터지면 야당에서도 캐고 드는 시늉만 하다가 잠잠해질 겁니다.

주문국: 그래요? 틀림없죠?

김봉익: 물론이지요.

주문국: 알겠어요. 자, 그럼 얘기 다 끝났죠. 더 할 얘기 있어요?

김봉익: 없습니다.

주문국: 그럼, 이제부터 먹고 마시고 마음껏 즐기는 시간인가?

허주만: 편하게 회포 푸십시오. 먼 길 오셨는데.

주문국: 그래, 허리띠 딱 풀어놓고 술 한잔 먹어볼까.

부록

서영미는 6억을 현찰로 인출한 4일 뒤인 지난 1월 19일 살해되었다. 현금은 서영미의 집에서 발견되지 않았다. 그 6억은 김봉익이 윤명자에게 주기로 한, 위 녹취록에 언급된 바로 그 6억이다. 그 6억에 얽힌 서영미 피살의 전말은 아래와 같다.

허주만과 윤명자는 주문국이 받기로 한 50억과 비교해 자신들은 기껏 6억에 불과하다며 더 많은 돈을 수차례 요구했다. 이에 불쾌해진 김봉익은 현금으로 건네지 않고 알아서 찾아가라며 윤명자 몫의 6억을 서영미 명의의 페이퍼 컴퍼니 통장으로 입금하고는 윤명자에게 통장을 던져주었다. 2년

전, 서영미는 윤명자의 요설에 속아 돈세탁을 위한 페이퍼 컴퍼니 설립에 자신의 명의와 통장을 빌려준 적이 있었다.

그러나 윤명자는 위험부담을 안고 자신의 계좌로 이체할 수도, 수백 회에 걸쳐 ATM기에서 현금으로 인출할 수도 없었기에 서영미에게 은행 창구에서의 전액 인출을 요청하였다. 순수하고 열정적인 여성 활동가였던 서영미는 윤명자의 요구에 일단은 6억을 현금으로 인출하여 건네주었으나, 그 뒤그 6억의 출처를 의심하면서 윤명자에게 따지고 들었다. 경찰에 신고하겠다며 윤명자를 위협하기도 했다. 그래서 살해되었다. 살인범은 윤명자와 허주만과 박중기이다.

허주만과 박중기가 살해 공범이 된 이유는 둘 다 펀드 사기 사건의 공범으로서 서영미의 입을 막는 데 공통의 이해가 걸려있었기 때문이기도 했지만 각자만의 이유도 있었다.

먼저 허주만이 공범이 된 이유는, 그것은 오직 돈 때문이었다. 허주만은 서영미 살해의 대가로 3억을 요구했고 이에 혼자서 서영미를 살해하기 힘들었던 윤명자가 동의하면서 둘은 공범이 되었다.

허주만이 유독 돈에 집착을 품게 된 이유를 부연 설명하자면 다음과 같다. 허주만도 후배 남성 A의 명의로 페이퍼 컴퍼니를 만들어 사기 사건에 이용하였다. 김봉익은 허주만에게 지급될 6억도 같은 이유로 그 A 명의의 페이퍼 컴퍼니 통장으로 입금하고는 허주만에게 통장을 던져주었다. 이에 허주만은 윤명자가 서영미에게 그랬던 것처럼 A에게 은행 창구에서의 전액 인출을 요청했으나 검은돈임을 알아차린 A는 배달 사고를 저질러 오히려 전액을 가로채버렸다. 한 푼도 챙길 수 없었던 허주만은 자신이 잃어버린 그 돈을 어떻게든 채우려 욕망하면서 살인으로까지 나아갔다.

한편 박중기는 허주만에게 잡힌 약점이 있어, 공범의 대가로 돈은 한 푼도 챙기지 못하면서 오로지 허주만의 협박에 의해 살해 공범이 되었다. 참고로 박중기는 야당 쪽 유력 인사들의 포섭 역할을 담당한 수고비로 역시 6억이 책정되었으나 그 금액에 불만을 제기하지 않아 그 6억을 김봉익에게서 현금으로 전해 받았다.

서영미 살해 방법은 이러하다. 허주만이 서영미의 입을 틀어막고 박중기가 움직이지 못하도록 붙잡고 있는 사이 윤명자가 서영미의 목에 올가미를 걸었다. 자살로 위장하려 했으나 부검 결과를 확인한 경찰은 타살로 결론지었다. 윤명자와 허주만과 박중기는 살해 공범이다.

끝으로, 김봉익 살해범을 밝히자면, 그 범인은 허주만이다. 허주만이 판단하기에, 김봉익이 안전한 현금으로 전달해주지 않고 통장으로, 더욱이 타인 명의의 통장으로 각 6억씩을 입금함으로써 허주만과 윤명자를 곤란에 빠뜨릴 수 있었던 것은 몰래 녹음하여 만들어 둔 '주문국 녹취록'의 원본 녹음 파일로 김봉익이 그들을 협박할 수 있었기 때문이었다. 이에 허주만은 그 원본 녹음 파일을 김봉익에게서 빼앗으려 무리하게 시도하다 김봉익을 살해하게 되었다.

읽기를 마친 진구는 가는 숨을 토해냈다. 익명으로 처리된 녹취록과 실명 녹취록은 그 감이 달랐다. 그 생생한 감각에 소름이 돋았다. 그 소름은 코로나 광풍으로 잊고 있었던 의문과 혼란스러움을 다시 불러일으켰다. 그것은 옵티머스 컨설팅에서의 자살 사건으로 재차 언론의 조명을 받게 되었던 주문국 의원의 펀드 사기 사건 연루 의혹이 진구에게 불러일으켰던 그 의문과 혼란스러움이었다. 그것은 해소되지 않은 채로 가라앉아있다 되살아났다.

그런 한편 서영미와 김봉익 살해를 다룬 부록은 소름을 넘어 전율에 가까웠다. 서영미는 박중기와 허주만과 윤명자에게 살해당했고, 김봉익은 허주만에게 살해당했다? 진구가 감당할 수 있는 사실들이 아니었다. 박중기를 잡아먹지 못해 안달인 허주만과 윤명자가 박중기를 끌어들여 자기 진영 사람이라는 서영미를 살해했다는 주장을 어떻게 받아들여야 할까. 박중기는 도대체 허주만에게 무슨 약점이 잡혔기에 서영미 살해에 절실한 이해도 없이 살해 공범이 되었다는 건가. 접수 불가의 상황에 진구는 직면했다. 김봉익 살해도 마찬가지. 사실이라면 허주만은 진구와 같이 김봉익을 만나기로 약속한 그날 진구와 만나기 직전에 김봉익을 살해한 것이 된다. 경찰 발표에 의하면 김봉익의 사망 시각은 그날 오후 8시에서 8시 30분경, 진구가 사장실에 도착하기 직전이었다. 게다가 김봉익 살해범이 허주만이라면 율아의 원룸을 뒤진 자도 허주만이 된다. 이뿐만이 아니다. 부록에서 주장하듯 김봉익 살해 이유가 녹취록의 원본 녹음 파일 때문이라면, 이는 율아도 그 녹음 파일을 갖고 있었다는 말이 된다. 율아가 그 녹음 파일을 갖고 있었기에 김봉익을 살해한 범인이 옵티머스 컨설팅 사장실을 뒤진 것처럼 율아의 원룸도 뒤졌을 테니까. 나아가 또한 이는 실명 녹취록을 인터넷에 흘린 장본인이 율아라는 말이 된다. 녹음 파일이 있어야 녹취록을 뜰 수 있는데, 그 녹음 파일을 가졌다고 추정할 수 있는 사람은 율아뿐이기 때문이다.

하지만 그럴 리가 없었다. 이 모든 것들은 녹취록이 증명 안 된 것처럼 사실일 리가 없었다. 광고 수익과 직결되는 조회 수에 미친 놈들이 양산해내는 가짜 뉴스 가운데 하나가 틀림없었다. 실명 녹취록과 부록의 아래에 달린 댓글들도 대체로 믿기 힘들다는 분위기였다. 확인 차원이라기보다 알려주어야 할 것 같아서 허주만 의원에게 전화를 걸었다. 받지 않았다. 10분 후 다시 걸어보았지만 역시 받지 않았다. 현재 시각은 오후 7시 15분이다. 이 시각에 시의원으로서의 공식 업무는 없다. 대민, 대인 접촉도 요즘은 코로나로 인해 거의 사라졌다. 전화를 받지 않을 일이 없었다. 전문이 공개된 실명의 녹취록과 아무래도 관련이 있어 보였다. 이는 달리 말하자면 실명 녹취록과 부록이 사실일 가능성이 있다는 의미였다.

8시 무렵에 전화가 걸려왔다. 허주만이 아니라 예상 밖에 율아였다.

"괜찮아?"

진구가 던진 첫 마디였다.

"괜찮아. 녹취록 실명으로 공개된 것 읽어봤어?"

율아의 첫 마디는 녹취록이었다. 직감처럼 와 닿는 게 있었다. 실명의 '주문국 녹취록'을 인터넷에 풀어버린 맹독을 품은 벌레는 정말이지 율아일지도 모른다. 진구는 자신의 직감을 애써 감추고 대답했다.

"좀 전에 읽었어."

"어제 저녁에 떴는데 이제 읽었어? 그래, 어떻게 생각해?"

율아는 진구가 '주문국 녹취록'을 사실로 믿는지를 묻고 있었다. 3주 동안이나 전화를 받지 않다가 불쑥 전화를 걸어와서는 실명의

'주문국 녹취록'을 사실로 믿느냐고 묻고 있는 것이다. 진구의 직감은 확신으로 바뀌어 갔다. 거대한 몸집의 맹독성의 벌레는 율아였다. 문제는 율아가 실명의 '주문국 녹취록' 유포자라면 그 녹취록도 사실로 받아들여야 한다는 점이었다. 녹취록 유포자로서의 율아의 인격을 믿어서가 아니었다. 율아가 실명의 녹취록을 인터넷에 흘렸다는 건 율아가 실명 녹취록의 원본으로서 녹음 파일을 갖고 있었다는 걸 의미하며 이는 김봉익 살해범이 율아의 원룸을 뒤진 이유를 또한 설명해준다. 그리고 율아의 원룸을 난폭하게 뒤졌을 뿐만이 아니라 김봉익을 살해하면서까지 그것을 찾으려 했을 정도라면 그것이 치명적 진실을 담고 있다는, 그러니까 실명 녹취록이 밝힌 내용이 모두 사실이라는 의미이다. 즉 주문국 의원은 펀드 사기 공범자라는 말이다. 여기서 진구는 제동이 걸리기 시작했다. 그럴 리가 없었다. 실명의 '주문국 녹취록'이 사실일 리가 없었다. 더욱이 이는 실명 녹취록의 진실성의 문제로만 끝나지 않는 것이었다. 자연스레 김봉익 살해범의 정체로까지 나아가게 된다. 실명 녹취록의 진실성을 인정하게 되면 그런 위험한 녹취록의 원본 녹음 파일을 빼앗기 위해 김봉익을 살해했다는 부록의 주장이 설득력을 얻게 된다. 그리고 녹음 파일을 빼앗기 위해 김봉익을 살해했다면 그 살인범은 허주만일 가능성은 커진다. 정황상 그렇다. 그 녹음 파일이 공개되면 치명적 상처를 입을 자는 허주만이다. 주문국이 사실은 더 크게 다치고 윤명자도 마찬가지이지만 그들이 김봉익 살해라는 행동에 직접 나서지는 않았을 것이다. 사주하거나 도왔을지는 몰라도. 더군다나 허주만은 옵티머스 컨설팅 사장실에서 욕설을 쏟아내며 김봉익과 싸운 적이 있지 않나. 그때 가지고 있다는 것 안다며 내놓으라고 고함을 질렀었는데, 내놓으라는 그것이 그 녹음 파일 말고 다른 것일 수 있을까? 진구는 이 지점에서 완전히 멈추어버렸다. 허주만을 살인자로 인정할 수는 없었다. 녹취록의 부록에서는 허주만이 서영미 살해의 공범이라고까지 주장했었다. 진구가 수용할 수 있는 용량의 한계를 넘어서도 한참 넘어섰다. 진구는 허주만을 의심할 수 있을지는 몰라도 허주만을 밟고 앞으로 더 나아갈 수는 없었다. 주문국을 펀드 사기 공범으로 인정할 수 없는 심정과 마찬가지였다. 주문국과 허주만은 그가 쉽게 넘을 수 있는 산이 아니었다. 아무리 흠투성이더라도, 아무리 엄청난 의혹과 의심이 쌓이더라도 그에게 아직은 신이었고 아직은 아버지였다.

"어떻게 생각해?"

대답을 기다리던 율아가 재촉했다. 진구는 망설였다. 한편으로는 자신을 이런 진퇴양난의 처지로 몰아넣은 율아에게 어린애처럼 화도 났다.

"그야 가짜 뉴스겠지."

진구가 대들 듯 대답했다. 막상 대답은 했으나 자신이 부끄러워졌다. 변명처럼 덧붙였다.

"녹취록을 믿도록 만들려면 녹음 파일만 언론에 풀어버리면 되잖아. 검찰이나 경찰에 넘겨도 되고. 그렇게 하지 않는다는 건 녹음 파일이 없다는 증거라고 봐. 그러니 가짜라고 봐."

율아는 5초 정도 말이 없었다. 진구의 대답이 틀렸다는, 그 대답을 인정하지 않겠다는 무언의 시위처럼 여겨졌다.

"영미 언니 살해범으로 윤명자와 허주만과 박중기를, 김봉익 사장 살해범으로 허주만을 지목한 건 어떻게 생각해?"

율아는 실명 녹취록의 부록을 들이댐으로써 칼끝으로 진구의 목을 겨누었다. 율아는 선택을 요구했다. 여전히 어린애처럼 화가 나면서도 진구는 멈칫하고 주저했다.

"그-것도 가짜겠지. 아무 증거도 제시 못 하고 있잖아. 단정적으로 결론만 말하잖아."

진구는 허주만을 선택했다. 율아는 3초 정도 말이 없었다.

"김봉익 사장에게 들은 게 있어. 살해당하기 전에."

진구는 반응을 보이지 않았다. 이어질 말을 기다렸다.

"영미 언니 통장으로 6억을 넣어줬다고 그랬어. 윤명자 몫으로. 허주만 몫으로는 다른 남자에게 또 6억을 넣어줬고."

"어…"

예상치 못한 공격이었다.

"영미 언니가 살해된 뒤에 내게 얘기해줬어."

"그-래?"

믿지 못해 의심하면서도 진구는 알고 있었다. 율아는 사실을 말하고 있었다. 그리고 김봉익이 서영미의 통장으로 6억을 송금한 것이 사실이라면 실명 녹취록과 부록은 가짜 뉴스가 아니라 진실에 훌쩍 가까이 다가가 버린다. 단지 6억이라는 금액의 수치 하나가 녹취록과 그 부록에 등장하는 수치와 일치한 것으로 끝나는 문제가 아니었다. 부록에서 설명된 사건들은 모두 그 6억에서 출발했다. 따라서 실명 녹취록의 부록에서 제시한 사건 전체 얼개의 신뢰도를 높이면서 진구가 애써 외면하고 거부하던 것들을 인정하기 싫지만 인정해야 하는 문제에 부닥치게 되었다. 억지를 부리며 버티던 진구는 붕괴라 부를 혼란으로 빠져들었다. 그 혼란의 가운데에서 그의 머리와 그의 가슴은 서로 찢어져 버렸다. 그렇게 찢어진 머리는 율아에게로 가슴은 주문국과 허주만에게로 가버렸다. 그리고 그 둘 사이의 건너기 힘든 간격은 금세 진구의 에너지를 고갈시켰다. 더는 이 문제의 핵심과 본질을 파고들 자신과 힘이 없었다.

"그런데, 다른 남자?"

겨우 꺼낸 말이 이것이었다. 화제를 전환하고 싶은 욕구도 한몫했다.

"이름은 얘기하지 않았어. 나도 묻지 않았고. 지금의 짐작으로는 조대홍 같아."

조대홍이라면? 집회 뒤풀이 자리에서 허주만이 조대홍에게 막걸리 잔을 집어던졌던 그 사건이 바로 떠올랐다. 그때 둘은 서로 욕심부리지 말라며 험한 말을 주고받으며 싸웠었다. 그 욕심이 실명 녹취록의 부록에서 언급된 배달 사고를 일으킨 그 6억을 두고 벌이는 두 사람의 욕심이라면? 화제의 전환은 실패했다. 실명의 녹취록과 그 부록은 더욱 진실이 되어갔다. 율아가 허주만을 이기고 있었다. 머리가 가슴을 밀어내고 있었다. 진구는 안간힘으로 버텼다.

"내가 준 글 다 읽었어?"

진구는 율아의 말뜻을 금방 알아듣지 못했다. 눈을 두 번 끔벅인 뒤에야 겨우 율아의 미완성 소설 '잔혹 신화'를 기억해냈다.

"아… 미안, 아직."

"괜찮아."

율아의 목소리는 무덤덤했다.

"허주만이나 윤명자를 만나서 확인해 보아야 하지 않을까?"

이번에도 율아의 말뜻을 금방 알아듣지 못했다. 진구의 탓이 아니었다. 율아가 내뱉은 말이 그만큼 느닷없었다. 목소리도 무덤덤함이 아니라 따지듯 날카로웠다. 공격적이기조차 했었다.

"만나-다니?"

"실명 녹취록과 부록이 사실인지 확인해봐야 하는 것 아니야? 특히 그 6억."

율아는 끝장을 보려는 작정이었다. 독기마저 감지되었다. 그 독기가 진구를 정신이 번쩍 들도록 만들었다. 진구는 율아가 밀어붙이는 그 끝장을 피할 수 없다는 사실을 인정해야 했다. 더는 물러설 곳도 사실 없었다. 눈 감고 외면하면서 억지를 부린다고 해서 존재하는 세상이 사라지지는 않는다. 그의 목줄을 노리고 달려드는 진실이라는 이름의 사자로부터 도망칠 수는 없었다. 진구는 자신을 다잡아야 했다. 상황에 휘둘려 떠밀려 다니는 자신이 되고 싶지는 않았다. 끝장을 보려면 자신의 손으로 끝을 내야 하는 것이다.

"허주만 의원을 만나봐야겠어."

"허주만은 서울 출장 가서 만나기 힘들 거야."

"아니면 윤명자라도."

"윤명자도 집에 틀어박혀서 꼼짝 안 해. 실명 녹취록이 인터넷에 뜬 이후로 그러고 있어."

율아는 그 두 사람의 움직임까지 파악해놓고 있었다. 섬찟함이 일었다. 율아가 자신을 몰아간다는 느낌도 있었다. 하지만 무시했다. 오히려 둘을 만나야겠다는 마음이 더 굳어졌다. 허주만이 전화를 받지 않은 건 비록 몸은 집 바깥에서 움직이고 있더라도 그 역시도 윤명자처럼 틀어박힌 것이다. 무엇이 무서워서? 실명 녹취록과 그 부록의 사실 여부를 허주만에게 확인받아야 했다. 그것은 그의 날개를 확인하는 일로 그의 생존의 문제이기도 했다.

"그렇다면 윤명자 집이라도 찾아가 봐야겠지."

"주소 알아?"

"몰라."

"내가 알아. 주소 찍어줄게. 자, 그럼."

전화는 끊어졌다. 그 끊어짐이 당혹스러울 정도로 갑작스러웠다. 통화 끊김 음은 마치 마지막을 선언하는 거대한 단절의 울림처럼 들렸다. 그 단절의 당혹스러움이 가라앉고 나서야 진구는 정작 자신이 하고 싶었거나 묻고 싶었던 말은 한마디도 꺼내지 못했다는 사실을 깨달았다. 아무리 확신하였다 하더라도 실명 녹취록의 유포자가 율아인지 물었어야 했다. 박중기의 죽음을 둘러싼 의문도 확인해봤어야 했다. 율아는 그런 기회조차 주지 않았다. 율아는 전화를 걸었던 자신의 목적을 달성하고는 전화를 끊어버렸다. 진구로서는 그 목적이 무엇인지도 궁금했다. 율아를 둘러싸고 의문들은 쌓여가고 있었다. 확신할 수 있는 건 하나뿐이었다. 서영미와 김봉익의 죽음, 어쩌면 박중기의 죽음까지 포함하여 이런 죽음들과 얽혀 최근 진행되는 사건들에 율아가 어떤 역할을 담당하고 있다는 사실이었다.

　율아는 윤명자의 주소와 연락처를 9시가 되어서야 보내주었다. 그동안 허주만은 계속 전화를 받지 않았다. 늦은 시간이지만 윤명자를 만나기로 작정했다. 윤명자를 찾아가기 전에 먼저 전화부터 걸었다. 예상대로 받지 않았다. 주소는 네이버로 검색해보니 오래된 주택가였다. 오래된 주택가들이 대부분 그렇듯 거리뷰로 확인해 보아도 부촌은 아니었다. 화강암으로 외벽을 마감한 간간이 자리 잡은 2층이나 3층의 신축 건물들과 3~40년 묵은 낡은 벽돌집들, 외벽에 타일을 붙여놓은 혹은 시멘트 미장 후 페인트를 칠한 2층 주택들, 창고 같은 조립식 패널 주택들이 마구 섞여 있는 그런 지역이었다. 나이 드신 분들이 많이 거주하는, 그런데도 주차 전쟁이 일상화된 전형적인 서민 동네인 셈이었다. 연봉으로 계산해서 1억이 넘는다는 윤명자의 경제력과는 어울리지 않았다. 아무래도 자신의 수입을 숨기기 위한 위장으로밖에 이해되지 않았다. 윤명자라면 충분히 그럴 수 있었다.

　밤이었지만 집을 찾기는 어렵지 않았다. 1층에 철학관이 자리 잡은 청회색 타일의 3층 건물을 지나 미용실 옆의 2층 벽돌집이었다. 윤명자는 2층에 살고 있었다. 대문에서 2층의 초인종을 누르자 윤명자가 인터폰에 나왔다. 진구가 인터폰에 대고 자신을 밝히자 윤명자는 대뜸 뭐하러 왔느냐고 따졌다.

"실명의 그 녹취록 읽어보셨죠? 묻고 싶은 게 있습니다."

"그거 다 엉터리인 거 잘 알잖아."

윤명자는 진구를 완강히 밀어내고 있었다. 인터폰을 끊어버릴지도 몰랐다. 돌려 말할 틈이 없었다.

"영미 씨가 은행에서 인출 했던 6억 하고 녹취록에서 받기로 한 6억이 일치--"

"다 거짓말이라잖아! 씨바 믿을 걸 믿어야지!"

윤명자가 악을 썼다. 인터폰이 끊어지기 전에 진구가 얼른 소리쳤다.

"율아에게 들었습니다! 김봉익 사장이 영미 씨에게 6억을 보내주었다고!"

인터폰은 끊어지지 않았지만 윤명자의 반응은 없었다. 몰아쉬는 숨소리가 인터폰 너머로 들리는 것 같기도 했다. 진구는 기다렸다. 마침내 윤명자가 말했다.

"잠깐 기다려 봐요. 내려갈 테니."

윤명자는 10분가량 지나서 내려왔다. 그 사이 어찌 시간을 만들어냈는지 화장을 다 하고 향수까지 뿌렸다. 은은한 매혹적인 향내가 윤명자의 육감적 몸을 둘러싸고 맴돌았다.

"인근에는 커피숍도 없고 있더라도 코로나로 영업하는지도 모르겠어요. 그러니 근처 공원으로 가요. 가까운 곳에 동네 공원이 있어요."

정중하면서도 다정한 말투였다. 방금 반말에 욕을 입에 달았던 여자가 맞나 싶었다. 경계가 필요했다. 동네 공원은 걸어서 3분 거리였다. 어디서나 쉽게 볼 수 있는 특색 없는 흔한 소공원이었다. 정자 하나와 아무도 사용하지 않을 것 같은 운동시설 5~6개에 벤치 몇 개가 공원에 흩어져있었다. 소나무와 남천, 광나무 따위 상록수들로 둘러싸여 가장 으슥한 곳에 자리 잡은 벤치에 그들은 앉았다. 꽃샘추위가 덮친 3월의 밤 날씨는 손이 시리게 추웠다. 윤명자가 벌어진 외투의 앞자락을 끌어모으며 물었다.

"율아가 뭐라 그래요?"

"인터폰으로 얘기한 그대로입니다. 김봉익 사장이 살해당하기 전에 율아가 만났다는데, 김 사장 말에 의하면 영미 씨가 죽임을 당하기 전에 영미 씨 통장으로 김사장이 6억을 넣어주었답니다. 은행에서 영미 씨가 현금으로 인출 했던 윤 소장님 몫으로 설정된 그 돈이죠."

"진구 씨는 그 말을 믿어요?"

"율아나 김봉익 사장이 거짓말했다고 생각지는 않습니다."

"그러니까, 그 사람들 말을 믿는다고요? 그 사람들이 어떤 사람들인지 알고 하는 말이에요? 김봉익은 전직 포주였고, 오율아 걔는 전직 창녀였어요. 둘은 포주와 창녀 사이로 처음 만났어요. 그 이후로도 계속 만나고 있죠. 뭔 사이인지는 모르겠지만. 그런데 그런 것들 말을 믿어요? 그런 것들은 입에서 털어내는 말이라고는 전부 새빨간 거짓말뿐이에요."

성폭력 상담소 소장의 입에서 듣게 되리라 기대했던 말은 아니었다. 윤명자를 포함하여 한국의 여성단체 여성들은 성매매도 가부장제 아래에서 필연적으로 일어날 수밖에 없는 구조적 성폭력의 하나라고 주장하며 성매매 여성을 늘 성매매 피해 여성으로 지칭해 왔었다. 더구나 율아는 아무리 가벼운 관계라고 하더라도 진구와 만나는 사이임을 알고 있을 텐데 '성매매 여성'이 아니라, 하다 못해 '매춘부'도 아닌 비하의 의미를 노골적으로 드러내는 '창녀'로 불렀다. 목구멍까지 넘어온 욕을 진구는 삼켰다.

"그 두 사람이 과거에 무슨 일을 했었는지는 알고 있습니다. 그들이 하는 말의 진실성은 그들의 과거 직업과는 관계없습니다."

"호호! 많이 순진하시네. 좋아요, 좋아요. 하여튼 최근에 율아를 만나기는 만났다는 거네요? 율아, 사라진 지 오래 됐다던데, 누구와도 연락도 안 되고."

"아니요. 만나지는 못했습니다. 전화 통화만."

"정말이요? 에이, 솔직하게 얘기해요." 윤명자는 진구의 어깨를 툭 쳤다. "피 끓고 몸이 타는 청춘이 전화 통화만 했을라고."

"내가 뭐하러 거짓말을 하겠습니까. 전화도 몇 주 만에 처음 통화가 된 겁니다."

윤명자는 진구를 마주 보며 진구의 얼굴을 살폈다. 가늘게 뜬 눈에 육감적 입술이 움찔거렸다. 진구의 말을 믿지 않는 눈치였다

"알았어요. 근데, 어디서 뭐 하고 있다는 말은 안 해요?"

"전혀."

윤명자는 입술을 잘근잘근 씹었다. 마찬가지로 진구의 말을 믿지 않는 눈치였다. 목을 빼고 한참 진구를 살피던 윤명자가 허리를 똑바로 세웠다.

"오율아, 걔 믿지 말아요. 위험한 여자예요. 자꾸 걔 과거를 들추

는 것 같아 무엇하지만, 걔 어릴 때 사람도 죽인 여자예요."

"뭔 소리죠? 율아가 살인을 저질렀다는 겁니까?"

"믿기지 않겠지만, 오율아가 직접 자기 입으로 나에게 얘기해준 겁니다. 사촌 오빠를 불로 태워 죽였다고."

"사-촌 오빠를 불로 태워 죽여요?"

"그래요, 사촌 오빠."

"그럴 리가…"

부정을 하면서도 진구는 율아의 원룸을 찾아와 소란을 피웠던 율아의 숙모라는 여자를 생각했다. 그 초로의 여자는 '내 아들한 테도 그러더니 이제 아주 질이 났나 보다.'고 했었다. 그 날은 박중 기의 피살 이틀 뒤였었고, 박중기도 불에 타 죽었다. 불이 나기 전 cctv에 잡힌 뒷모습의 인물도 율아를 닮은 여자였다. 만일 율아의 숙모가 박중기 방화 살해사건을 뉴스에서 접한 뒤 자기 아들 사건 과의 유사성을 발견하고 율아의 원룸으로 쳐들어온 것이라면? 어 릴 적 동네 친구인 이수영이라는 여자도 그날 율아를 찾아왔었는 데, 그 친구도 박중기 사건을 접하고 율아를 찾은 것이라면? 그래 서 그 세 사람이 같은 시간에 같은 장소에서 조우한 것이라면? 진 구의 맥이 탁 풀렸다. 율아는 사촌 오빠를 태워죽였을 수도 있었 다. 그리고 박중기도. 실명 녹취록의 부록에서 서영미와 김봉익의 살해범은 밝혔으나 박중기 살해범의 정체는 언급이 없었다. 녹취 록과 그 부록의 유포자가 율아라면, 그리고 그 율아가 박중기를 불태워 죽였다면 당연히 박중기 살해범을 그 부록에서 밝히지 않 았을 것이다.

"진구 씨가 순진하다고 내가 말한 이유를 알겠죠. 오율아는 한 번도 반듯한 인생을 살아본 적이 없는 길거리를 떠도는 여자에 불과해요. 지난번 YMCA 강당에서의 내 사례 발표 기억나요. 그 사례의 당사자가 사실은 율아예요. 그때 난 둔기로 사촌오빠를 수차례 내려쳤다고만 했었는데 사실은 그게 아니었죠. 삽으로 머리를 내리친 뒤 기절한 사촌오빠에게 기름을 붓고 불을 질러버렸죠. 맙소사, 아무리 그래도 자기 사촌 오빠를 불을 질러 죽여요? 율아 걔 그런 여자예요. 무슨 짓을 저지를지도 알 수 없고, 어디로 튈지도 모르는 뿌리도 없고 근본도 없는 여자지요."

또 율아를 두고 함부로 말했다. 무엇이든 항의의 뜻을 보이려 했으나 입이 떨어지지 않았다. 부록에서 밝히지 않은 박중기를 태워 죽인 살해범은 율아였다. 진구는 그렇게 내심으로 결론을 내렸다. 윤명자의 말대로 사촌오빠도 죽였을 것이다. 불로 태워 죽이는 똑같은 방법으로. 진구의 머릿속으로 검은 연기가 밀려들었다. 율아가 그들을 살해하며 피워올린 불길이 내뿜는 연기였다. 그 연기의 가운데에서 사물의 분간은 불가능했다. 율아도 그 인물을 특정하기가 힘들어졌다. 율아가 누구인지 알 수 없어졌다. 율아를 덮은 그 검은 연기는 또한 허주만도 윤명자도 진구에게 신적 존재인 주문국도 덮어버렸다. 그들 모두가 누구인지 알기 힘들어져 버렸다. 그의 세계는 밤처럼 어두워졌다. 율아가 만든 세계였다. 진구로서도 새삼 놀라웠다. 율아가 암흑 속으로 빨려들어 가자 그의 세계도 따라서 빨려 들어가 버렸다.

"정신 똑바로 차려야 해요. 진구 씨도 위험해질 수 있어요. 듣기로는 오율아가 진구 씨를 작정하고 유혹했다고 하던데, 오율아 그 년이 괜히 그랬겠어요? 이유가 있고 목적이 있으니까 그랬겠죠."

율아를 두고 '그년'이라고까지 불렀지만 진구는 듣고만 있었다. 머릿속의 검은 연기는 더 짙어지고 있었다. 반응이 없자 윤명자가 바로 일어섰다. 진구는 일어나지 않았다. 그러자 윤명자는 한 발짝 걸음을 뗌으로써 더 얘기할 의사가 없음을 분명히 했다. 대화는 끝난 것이다. 율아가 그랬듯 윤명자도 자신이 해야 할 말만 했고, 자신에게 필요한 것만 진구에게서 얻으려 했다. 무엇이든 내어줄 의사는 손톱만큼도 없었다. 진구는 죽고 죽이는, 양쪽에서 총질을 해대는 전쟁터의 한가운데에 서 있었다. 암흑의 연기 어둠 속에서도 그것은 정신이 번쩍 들도록 자각할 수 있었다.

그 섬찟한 자각이 진구를 벤치에서 일어나게 했다. 진구는 공원 입구 쪽으로 성큼 걸음을 뗐다. 서영미와 김봉익의 피살을 두고 따지고 싶은 것들이 남아 있었으나 모두 접었다. 결말은 어차피 허주만과 지어야 했다. 애초부터 윤명자에게서 자신이 원하는 대답을 얻을 수 있을 것이라 기대하지 않았었다. 성급한 마음에 허주만의 대타로 찾아온 것일 뿐이었다. 윤명자는 종범에 불과했고 결정은 허주만이 한다. 더 정확히는 주문국이 한다. 서울로 달려간 허주만은 주문국을 만났을 터이고, 주문국과 실명 녹취록과 그 부록을 두고 논의를 거친 후 어떤 결론을 들고 올 것이다. 그러니 윤명자로선 얘길 하더라도 실명 녹취록과 그 부록과 관련해서는 오로지 부정으로만 일관하려 들 것이다. 섣불리 변명을 늘어놓다 의도치 않게 그들의 속내를 드러내거나 주문국이 그리는 계획과 어긋날 수도 있으니 자신의 견해랍시고 함부로 입 밖으로 뱉어낼 수도 없을 것이다. 진구도 윤명자도 우선은 허주만이 들고 올 그 결론을 기다려야 했다. 두 사람은 윤명자의 집 앞으로 걸어갔다.

"저녁 식사했어요? 아직 저녁 전이죠?"

대문 앞에 멈추어 서자 윤명자가 말했다. 눈으로는 웃음을 흘리며 한 손은 진구의 팔꿈치를 슬그머니 잡았다.

"나도 아직 안 먹었어요. 올라가서 저녁 먹고 가요. 혼자서 밥 먹기 싫어서 그래요."

윤명자는 진구의 팔꿈치를 잡은 손에 살그머니 힘을 주면서 끌어당겼다. 10시가 넘은 시각이었다. 저녁을 먹자는 얘기가 아니었다. 유혹이었다. 굴곡지고 풍부한 몸매를 가진 50대의 윤명자는 30대인 진구의 눈에도 매력적인 여성이었다. 혈기왕성한 진구의 피는 윤명자에게로 쏠렸다. 그것은 또한 머릿속의 검은 연기를 흩어버리는 가장 손쉬운 방법이기도 했다. 그 방법이 눈앞에 있었다. 윤명자도 그것을 의도하여 이러는 것이다. 윤명자가 던지는 유혹의 의미가 그것이었다. '율아는 버려라. 우왕좌왕하지 말고 내 편에 서라.'

"미안해요. 저녁은 먹었어요."

진구는 짧게 고개를 숙여 보이고 돌아섰다. 윤명자를 경계해야 한다는 마음에서였지만 그를 붙잡는 윤명자의 눈에서 무언가를 보았기 때문이기도 했다. 그것은 두려움이었다. 그것은 가면 깊숙이 감추어져 있었지만 아무리 그래도 슬금슬금 흘러나왔다. 진구로서는 그 두려움의 정체를 알아내기까지는 윤명자의 편이 될 수 없었다. 더욱이 무엇보다도 그의 머릿속의 검은 연기는 자신의 판단과 결정에 따라 자신이 흩어버려야 했다. 윤명자의 도움 따위는 필요 없었다.

#15.
추락하다

    진구가 고시원으로 돌아온 직후인 밤 11시 무렵에 허주만 의원으로부터 연락이 왔다. 허주만은 방금 윤명자와도 통화했다면서 내일 오전에 만나자며 약속을 잡았다. 시간은 오전 11시 30분, 장소는 들안길 횟집 '해녀대합실' 별실 6호. 녹취록에서 언급된, 주문국, 허주만, 윤명자, 김봉익, 이렇게 네 사람이 모여 5,000억대 펀드 사기를 모의했다는 그곳이다. 진구는 왜 하필 그곳이냐고 묻지 않았고 허주만도 왜 하필 그곳인지 설명하지 않았다. 답은 내일 그 자리에서 얻게 될 것이다.

    다음 날 진구는 정각 11시 30분에 '해녀대합실' 별실 6호에 도착했다. 일부러 시간을 맞추었다. 적어도 5분은 일찍 와서 기다리곤 했던 허주만에 대한 예의는 오늘 버렸다. 6호실의 미닫이 방문을 옆으로 밀자 허주만이 보였다. 허주만은 먼저 와서 기다리고 있었다. 두 사람은 의례적인 인사도 나누지 않았다. 그런 것들이 지금 아무 의미가 없다는 것쯤은 서로 잘 알고 있었다.

    "사실입니까?"

    "그래 사실이야."

허주만은 실명 녹취록에 첨부된 부록의 주장은 부정했지만 녹취록은 사실로 인정했다. 진구가 원하지 않았던 답이지만 피할 수도 없는 답이었다. 녹취록은 사실이었다. 그가 신처럼 우러르던 주문국과 아버지처럼 따르던 허주만은 땅바닥을 기어 다니는 벌레들 가운데 한 마리였다. 녹취록이 사실이라면 아무리 허주만이 부정해도 녹취록의 부록도 사실일 가능성이 컸다. 허주만은 경제 사범을 넘어서 살인범일 수도 있었다. 진구의 날개는 영운이 그러했던 것처럼 꺾였다. 진구는 부록은 제쳐두고 일단 녹취록부터 따졌다.

"왜, 그랬나요?"

진구의 물음에 허주만은 웃었다.

"넌 아직도 꿈만 꾸고 있어. 세상은 천사가 이끄는 길을 따라 전진하고 있진 않아."

"하지만 선배님은 그렇게 말하지 않았잖아요. 언제나 무지개와 파랑새를 노래했잖습니까."

"사람을 움직이기 위한 정치적 수사와 세상을 실제로 바꾸는 힘은 달라. 세상을 바꾸는 데는 돈이 필요해. 나는 사람을 움직이면서 세상을 바꾸고자 했을 뿐이야. 이 둘은 현재는 간격이 존재하지만 우리가 어떻게 세상을 바꾸느냐에 따라 그 간격은 차츰 좁혀지는 것이지."

"아, 그러니까 사기 친 돈으로 세상을 바꾸겠다는 거군요 좀, 솔직하시죠. 그냥 돈이 필요했다고, 돈 욕심이 났다고 하세요. 그러면 차라리 인정하겠습니다."

허주만은 물잔을 들어 한 모금 들이켰다. 그러는 동안에도 눈은 진구의 얼굴에 고정되어 진구를 파헤치고 있었다.

"좋아, 인정하겠어. 나는 돈을 원했어. 자본주의 사회에서 돈보다 더 큰 권력은 없어."

"그래서 주문국도 돈을 원했었군요. 대통령을 꿈꾸는 사람이?"

진구는 말을 끝내고 나서야 '주문국' 뒤에 '의원님'이라는 존칭을 붙이지 않았음을 알아차렸다.

"알아, 알아. 실망도 했고 화도 날 거야. 그래도 우리가 저쪽 사람들보다 더 낫지 않나? 너 우리에게 실망했다고 해서 저쪽, 수구 꼴통 새끼들에게로 갈 거야? 친일파 잔재들, 미국의 앞잡이들, 독재 권력에 빌붙었던 놈들에게로?"

저쪽 사람들이 친일파 잔재들, 미국의 앞잡이들, 독재 권력에 빌붙었던 놈들인지, 그 확신마저도 이제 흐려졌으나 아니라는 확신도 갖고 있지 않아 진구는 대답을 못 했다. 한편으로는 진구가 지금부터 집중하려는 문제에서 벗어나 있어 대답할 필요를 느끼지 못하기도 했다.

"아니잖아."

허주만은 동의를 강요했다. 자신의 페이스로 끌어들이려는 의도였다. 그 얕은 의도가 너무 뻔해서 진구는 무대응으로 일관했다. 입을 다물었다. 이를 허주만은 동의로 읽은 모양이었다.

"거봐, 너도 인정하잖아. 잘 들어, 세상은 어차피 차악끼리 대결이야. 아무리 악이라 하더라도 그것이 선에 좀 더 가까우면 그것은 선이 되는 거야. 나는 내가 선이라고 믿어."

어떤 궤변의 논리를 갖다 붙이더라도 허주만이 선은 아니었다.

선을 팔아먹고 살았던 흔하디흔한 그런 정치인들 중 하나일 뿐이었다. 그러나 허주만과 선이니 아니니 따위를 놓고 따지기조차 싫고, 또 그것을 위한 자리도 아니기에 본론에 집중하고자 진구는 자기 생각을 입 밖으로 드러내지 않았다. 어이없게도 이 또한 동의로 읽었는지, 허주만이 진구 앞으로 바싹 다가앉았다. 입가에는 보일 듯 말 듯 웃음까지 빼물었다.

"오늘 널 보자고 한 건, 실은 더 중요한 일 때문이야. 물론 녹취록과 관계된 일이야. 녹취록을 떴던 원본 녹음 파일, 그것을 찾아야 해."

녹음 파일을 찾는다? 허주만일 수도 있는, 김봉익을 살해한 범인도 율아의 원룸을 뒤진 침입자도 진구의 확신에 가까운 짐작에 의하면 그 녹음 파일을 찾고 있었다. 실명 녹취록의 부록에서도 또한 그 녹음 파일을 찾으려다 김봉익을 살해한 것으로 되어있었다. 실명 녹취록이 사실임은 이미 인정받았으니, 이제 그 부록을 놓고 따져야 할 때였다. 진구는 기다리던 본론으로 바로 들어갔다.

"그것을 찾으려다 김봉익을 죽였어요?"

허주만은 너털웃음을 터뜨렸다.

"얘기했잖아. 아니라고. 하긴 사정을 알고 보면 유력한 용의자이긴 하지. 김봉익이 그놈의 녹취록으로 우리를 협박했으니까. 지금도 누군가가 우리를 협박하고 있고. 하지만 난 알리바이가 있어. 나는 김봉익이 살해되는 시각에 다른 사람과 있었어."

"누구죠? 내가 아는 사람인가요?"

허주만은 대답을 망설였다. 진구가 아는 사람이라는 뜻이었다.

그리고 그 상대는 여자가 틀림없었다.

"좋아, 좋아. 다 얘기해 주지. 자네하고 얘기가 잘 되면 이리로 올 거야. 같이 점심 먹기로 했으니까. 누구냐면 윤 소장이야. 그때 난 윤 소장하고 같이 있었어. 윤 소장 집에서. 어제 너도 거길 들렀다며?"

어젯밤 자신을 유혹하던 윤명자의 굴곡지고 적당히 살이 오른 몸매가 떠올랐다. 두 사람이 그런 사이라는 게 좀 의외이긴 했지만 그럴 수 있다고 인정했다. 하지만 오히려 그들이 내연의 관계라는 사실이 허주만의 알리바이를 약화시켰다.

"윤 소장과 그런 사이라면 윤 소장이 얼마든지 선배를 위해 거짓말도 할 수 있지 않겠어요?"

허주만의 이마가 찌푸려졌다. 진구가 따지고 드니 못마땅하기도 했겠지만 그보다는 의원님이 아니라 선배라는 호칭에 더 기분이 상한 것 같았다. 사실 선배라는 호칭은 한 달 전부터 진구가 허주만에게 사용해왔었다. 김봉익이 피살되기 직전, 허주만의 펀드 사기 사건 연루 의혹이 제기될 때였다. 그리고 오늘도 이미 몇 차례 입에 올렸었다. 그러나 방금의 선배는 그 의미가 달랐다. 이전의 선배는 윗사람을 대하는 태도가 말투에서 그나마 남아있었다면 방금은 학적부상 관계로서의 선배일 뿐이었다. 이제 진구에게 허주만은 의원님이 아니라 선배였다.

"내 휴대폰 위치 추적이라도 해봐." 허주만이 대답했다. "그럼 알 수 있겠지. 윤 소장 번호와 내 번호가 같은 기지국에서 함께 잡힌 시간이 나올 거야."

대답이 너무 막힘이 없었고 너무 그럴싸했다. 준비된 대답으로 읽혔다. 그날 김봉익의 시신을 발견한 뒤 허주만에게 전화를 걸었을 그때도 그랬었다. 옵티머스 컨설팅 주변의 cctv 위치를 다 꿰고 있었고 휴대폰 위치 추적이 될 수 있다는 점도 진구에게 주의시켰었다. 허주만의 그럴듯한 해명은 진구의 의심을 오히려 더 키웠다. 그날 허주만은 15분 일찍 옵티머스 컨설팅에 도착한 진구의 전화를 세 번이나 받지 않았었다. 전화를 받지 못할 사정이 의심스러웠다.

"그거야 윤 소장이 선배의 전화기를 갖고 있으면 해결되죠. 그날 왜 내 전화를 세 번이나 못 받았죠? 내가 그리 일찍 현장에 도착하리란 것을 계산에 넣지 못한 것 아닌가요? 선배가 일을 저지른 뒤, 전화기를 맡겨놓은 윤 소장에게 달려가고 있을 때 내가 전화 걸었던 것 아닌가요?"

허주만에게서 짧은 순간 당황이 떠올랐다가 사라졌다. 진구는 직감하고 확신했다. 김봉익 살해범은 허주만이었다. 그러나 허주만은 허주만이었다. 잽싸게 당황을 감추었다. 허주만은 폭소를 터뜨리며 박수를 쳤다.

"야, 너 소설가로 나서야 되겠다. 상상력 대단하네. 추리 소설이나 범죄 수사물, 뭐 이런 거로 글 한번 써봐. 내가 보증하는데, 너 크게 성공할 거야."

말을 마침과 동시에 허주만은 웃음을 뚝 그치고 진구를 노려보았다.

"네가 말한 건 전부 가설에 기반을 둔 추측뿐이야. 그 어떤 것도 내가 김봉익을 죽였다는 증거는 되지 못해. 그리고 나는 김봉익을 안 죽였어. 누가 죽였을지는 짐작하고 있긴 하지만."

허주만은 능숙하게 진구의 창끝을 피하면서 그 창의 방향마저 바꾸려 했다.

"그럼, 누가 죽인 거죠?"

"박중기 쪽 사람."

"그 사람들이 김봉익 사장을 왜 죽이죠?"

"그렇지, 그게 궁금할 거야. 들어봐. 김봉익 이 인간이 저쪽 사람들도 끌어들이면서 우리에게 했던 그대로 대화를 녹음했어. 그걸로 협박도 했고. 먹혀들어 갔지. 저쪽 사람들 완전 김봉익이 꼬붕 노릇했어. 하지만 우리에게는 안 먹혔지. 우린 말을 안 들었어. 그러니 우리 쪽 것만 공개해버린 거야. 주문국 의원만 실명 처리해서. 하여튼 저쪽에서도 우리처럼 녹음 파일을 빼앗아 파기하려 했고 김봉익은 안 뺏기려 하고, 그러다 싸움이 일어나고, 그 와중에 박중기가 죽임을 당하니 저쪽에서도 보복 차원에서 아니면 녹음 파일을 내놓으라고 위협하다 김봉익을 죽여버린 거야."

허주만의 설명은 일견 그럴듯했으나 김봉익 살해범이 허주만이라는 진구의 확신을 흔들 정도는 아니었다. 그리고 그 확신은 서영미의 살해범도 확신하게 해주었다. 허주만의 눈을 똑바로 보았다.

"그럼, 영미 씨는 누가 죽였죠?"

"내가 죽였다고 믿는 거야?"

허주만이 몸을 바짝 진구 쪽으로 당기며 진구의 눈을 마주 응시했다. 감히 대들지 말라고 말하고 있었다. 진구는 물러서지 않왔다.

"앞뒤 정황상 가장 유력하지 않나요?"

"넌 그 앞뒤의 정황을 다 이해하지 못하고 있어."

"그럼, 이해시켜줘 보세요."

진구의 도발에 허주만이 몸을 뒤로 뺐다.

"좋아, 말해주지. 영미는 김봉익이 죽였어. 우리가 왜 영미를 죽이겠어. 같은 우리 편인데. 영미는 그 6억을 두고 돈을 입금한 김봉익에게 따지고 들었어. 물론 처음에는 윤 소장에게 먼저 따졌지. 윤 소장이 그 6억을 출금해달라고 했고, 윤 소장에게 건네질 돈이었으니까. 난처해진 윤 소장은 사실대로 얘기했어. 그러자 영미는 김봉익에게 따지기 시작했어. 사기를 폭로해 버리겠다며 협박도 했고. 그러자 김봉익이 죽여버린 거야. 나와 박중기와 윤 소장이 영미를 죽였다는 건 우리에게 덮어씌우기 위한 억지에 불과해. 그놈의 실명 녹취록을 인터넷에 흘린 작자가 김봉익 쪽 사람이라면 당연하지 않겠나."

이 역시 그럴듯한 설명이었지만 설득력은 떨어지고 억지스러웠다. 그렇지만 딱 집어 어디가 어떠하다고 따지고들 수는 없었다. 그리고 서영미가 같은 편이었는지는 의문이었다. 서영미는 허주만과는 제법 거리를 두고 있었고, 윤명자와는 어쩔 수 없이 협력하고 있었다. 서영미는 돌아갈 곳이 없어서 그 자리에 머물러 있었을 뿐이었다. 그것을 두고 같은 편이라 부르기는 힘들었다.

"그 녹취록 원본 녹음 파일을 찾아야 해. 그 녹음 파일이 저쪽 인간들 손에 들어간다고 생각해봐. 그건 악몽이야. 나나 윤 소장,

주문국 의원이 끝장나는 것으로 끝나지 않아. 다가올 대선을 포기해야 하는 것은 물론이고, 우리 진영 전체가 회복하기 힘든 치명상을 입게 될 거야."

진구는 허주만과는 달리 그 녹음 파일을 꼭 찾아내야 할 이유를 찾기 힘들었다. 주문국과 허주만에게 충성해야 할 이유를 찾기 힘든 것과 마찬가지였다. 녹취록이 사실로 드러난 이상, 그럴듯한 설명에도 불구하고 허주만이 김봉익과 서영미의 살해범으로 여전히 확신과 의심이 드는 이상, 그들에게 충성할 이유는 사라지고 없었다. 그러므로 충성할 이유가 없는 그들과 그들이 속한 진영을 위해 녹음 파일을 찾아내려 애쓸 이유도 없었다.

"오율아."

허주만이 또 진구 쪽으로 바짝 다가앉았다. 진구는 허주만의 말뜻을 바로 알아먹었지만 반응을 보이지는 않았다.

"실명 녹취록을 언론에 흘린 건 오율아이고, 오율아가 그 녹음 파일을 갖고 있어. 그러니 박중기 쪽 사람들도 율아의 원룸 현관문을 뜯고 방을 뒤진 거야. 진구 넌 오율아와 연락이 되는 유일한 사람이야. 네가 율아를 만나서 그것을 찾아와야 해."

진구를 만나자고 한 이유가 이것이었다. 윤명자도 진구가 율아를 입에 올리자 진구를 만나주었다. 공원에서 나눈 대화도 율아를 중심으로 이루어졌다. 허주만이 녹취록이 사실임을 밝힌 이유도 실은 이것 때문일 것이다. 녹음 파일을 찾아오기를 요구하면서 녹취록이 거짓이라고 말할 수는 없었을 테니까.

"내가 왜 그것을 찾아야 하죠?"

"왜냐고? 왜냐면, 넌 우리와 같은 편이니까."

"솔직히 같은 편인지 이젠 의심스럽네요."

"저쪽, 수꼴 새끼들에게로 가겠다는 그런 얘기야?"

뜬금없이 또 진영의 문제로 환원시키고 있었다. 진구를 움직이기에 가장 효과적이라 믿는 모양이었다.

"아뇨, 저쪽으로 가지도 않을뿐더러, 어느 쪽으로 가고 안 가고 와는 상관없는 일입니다."

"그럼 뭐야?"

녹음 파일을 찾는 일에 굳이 편을 따지자면, 허주만의 진영 개념에서는 편의 분류에도 포함되지 않는 율아의 편이었다. 다만 율아의 편을 들기 전에 먼저 확인하고 싶은 것이 있었다. 진구로선 율아가 그 녹음 파일로 무얼 하려는지 궁금했다.

"궁금한 건 율아가 왜 그 녹음 파일을 갖고 있냐는 겁니다."

"김봉익이 주었으니 갖고 있겠지."

"말뜻을 이해를 못 하셨네요. 내 말은 율아가 그 녹음 파일에 어떤 이해가 걸려있기에 그것을 움켜쥐고 있냐는 겁니다. 김봉익은 사기 주범으로 공범들의 통제를 위해 필요했겠지만 율아는 그런 이해가 없지 않겠어요. 그런데도 무슨 이유로 율아가 그 녹음 파일을 움켜쥐고 있냐는 겁니다. 생명의 위협을 감수하면서까지."

"왜냐면… 그년이 아주 나쁜 년이니까. 누구든 해코지하고 싶어 안달하는 그런 나쁜 년이니까 그렇지."

대답이 어이없어 웃음이 나왔다. 해코지하고 싶어서 목숨까지 거는 바보가 세상에 있을까. 있다 하더라도 율아는 그 정도로 바보가 아니었다. 허주만은 그 이유를 알지만 말하지 않고 있었다. 허주만은 숨기는 것이 있었다. 그럼에도 허주만은 은연중에 중요한 진실을 드러냈다. 율아는 누군가를 해코지하고 싶은 것이다. 그 누군가에는 허주만이 포함될 것이고 아마 윤명자도 포함될 것이다. 하지만 왜? 그러나 진구는 그것을 따지기 전에 화부터 먼저 났다. 어제 윤명자에 이어 허주만도 대놓고 진구 앞에서 율아를 그년이라 불렀다. 오늘도 머릿속의 검은 연기는 여전하지만 그냥 넘기고 싶지 않았다.

"율아와 나 사이를 알고 있죠?"

"알지."

"그런데도 내 앞에서 율아를 '그년'이라 불러요?"

"허! 너 설마…" 허주만의 얼굴 위로 비웃음이 번졌다. "율아, 그년과 감정적으로 엮인 거야?"

"내 말은 최소한의 예의 정도는 지키라는 겁니다!"

"너, 미쳤구나. 정신 차려, 이 친구야. 어제 들었지? 그년 자기 사촌 오빠를 태워죽인 년이야. 전직 창녀이기도 하고."

진구가 발끈했으나 허주만이 진구의 입을 막으려는 것처럼 손바닥을 보이며 팔을 앞으로 쭉 뻗었다.

"기다려 봐. 보여줄 게 있어."

허주만은 전화기를 들었다. 허주만은 전원을 켜고 패턴 암호를 푼 뒤, 몇 번을 터치한 다음 진구에게 내밀었다. 받아들고 보니 동영상이었다. 여자의 신음 소리가 들렸다. 허주만의 폰을 눈앞으로 당겨 확인했다. 신음의 주인은 율아였다. 벌거벗은 율아와 벌거벗은 박중기가 소파 위에 엉켜있었다. 그 소파가 눈에 익었다. 박중기의 전원주택에서 보았던 그 다갈색 페브릭 소파였다. 그 동영상이 촬영된 장소는 그 전원주택의 거실이었다. 원목으로 마감된 벽과 천정을 확인할 수 있었다. 전화기를 쥔 진구의 손이 떨려왔다. 떨림을 들킬 것 같아 전화기를 허주만에게 넘겨버렸다.

"이게 왜 당신 폰에 있죠?"

허주만은 '당신'이란 호칭을 문제 삼지는 않았다.

"촬영자가 나에게 주었지. 촬영자는 너의 사랑스런 연인 율아이고."

그럴 리가 없었다. 자신의 성관계 동영상을 촬영한 뒤 그것을 여기저기 뿌리고 다니는 여자는 세상에 없다. 설사 그랬다 하더라도 사유가 있다고 보아야 한다. 협박을 당했을 수도 있다.

"당신들이 율아에게 무슨 짓을 한--"

허주만의 전화벨이 울렸다. 허주만이 손을 들어 진구의 입을 막은 뒤 통화 버튼을 눌렀다. 통화는 길지 않았다. 통화가 끝났을 때 허주만의 얼굴은 새파랗게 질려있었다.

"윤 소장이 죽었어."

윤 소장이 죽다니? 허주만과 말을 섞기 싫어 빤히 쳐다만 보았다.

"윤명자, 윤명자가 집에 불이 나서 죽었어. 어젯밤에. 경찰은 타살을 의심하고 있어. 어디 이게 말이 돼? 또 불이야. 또 불에 타 죽었어."

윤명자가 죽었다? 그것도 불에 타서? 그것도 어젯밤에? 오늘 새벽이 아니라 어젯밤이라면 진구와 헤어진 직후라는 말이다. 박중기의 경우와 일치했다. 박중기도 진구가 그 전원주택을 떠난 직후에 피살되었다. 박중기는 율아가 죽였다. 그렇다면--

"이거 율아 그년 짓이야! 그년이 윤 소장을 죽였어. 박중기도 그년 짓이야!"

허주만이 흥분해서 소리쳤다. 그 흥분에서 진구는 두려움의 냄새를 맡았다. 허주만은 윤명자처럼 두려워하고 있었다. 그 두려움에 진구로선 공감하기보다 반발이 앞섰다. 박중기 살해범을 율아로 확신하고 있었고, 윤명자도 같은 방법으로 살해당했지만 진구는 허주만의 범인 단정에 반발만이 앞섰다.

"아니 어떻게 율아가 그랬다고 그렇게 단정할 수 있죠?"

"뭐라는 거야? 사촌 오빠를 태워죽였잖아. 한 번 배운 그 짓이 어디 가겠어?"

"사촌 오빠를 태워죽였다는 증거도 없잖습니까?"

진구가 억지를 부렸다. 그런데 놀랍게도 한편으로는 그 억지를 믿고 싶었다.

"그년이 자기 입으로 말했어. 난 그 숙모라는 여자도 만나봤어. 그 여자도 율아에게 들었다고 했어. 율아 그년이 자기 아들을 태워죽였다고 고래고래 소리 지르며 다 얘기했다는 거야."

"좋아요, 사촌 오빠를 태워죽였다 쳐요. 그렇다고 해서 그것이 모든 방화 살인 사건이 율아의 범행이라는 증거가 될 수는 없습니다. 율아가 윤명자를 태워 죽일 이유가 없잖습니까."

"어리석기는. 김봉익과 율아의 관계를 넌 모르지. 율아는 김봉익의 사람이야. 율아는 김봉익의 복수를 하고 있는 거야. 그래서 윤명자를 태워 죽인 거야. 율아 그년이 실명으로 녹취록을 폭로한 것도 다 그 때문이야.”

　허주만의 설명은 꼬여있었다. 김봉익을 박중기 쪽 사람들이 죽였다고 해놓고서는 그 복수를 김봉익의 사람이라는 율아는 박중기의 정적에 해당하는 윤명자에게 한다? 게다가 율아가 언론에 흘린 실명 녹취록도 박중기 진영의 저쪽 녹취록이 아니라 이쪽 것이었다. 허주만은 거짓말의 산을 쌓고 있었다. 김봉익 살해범이 허주만 자신이 아니라 박중기 쪽 사람들이라는 거짓말도 그러했고, 박중기 쪽 사람들에게 죽임을 당한 김봉익의 복수로 율아가 윤명자를 죽였다는 방금 들켜버린 거짓말도 그러했지만, 서영미의 죽음을 김봉익의 짓으로 밀어버린, 애초에 그다지 믿지도 않았던 허주만의 허술한 변명도 마찬가지였다. 그 변명은 이젠 진구에겐 거짓으로 더욱 확신이 깊어갔다. 서영미와 율아는 연인 관계로 짐작되는데 그런 서영미를 살해했다는 김봉익을 위하여 죽음의 복수를 벌인다는 건 또 얼마나 엉터리인가. 이로써 허주만의 입에서 흘러나오는 말은 아무것도 믿을 수 없게 되어버렸다. 갑작스레 피로감이 밀려들었다. 그 피로감에는 배신감과 절망감도 섞여 있었다. 대꾸하기조차 싫고 그럴 기력마저 떨어져 그저 입을 꾹 다물었다. 이를 자신의 언변에 설득당한 것으로 착각했는지, 되든 안 되든 일단 밀어붙여 보자는 심산에서였는지, 아니면 윤명자의 죽음이 불러일으킨 두려움에 떠밀린 조급함 때문이었는지 허주만은 허리를 낮추며 진구에게 머리를 바짝 들이밀었다.

　“잘 들어, 사람을 태워죽이는 이런 악마 같은 년이니까 녹음 파일을 갖고 있는 거야. 그것으로 뭐라도 사악한 짓을 저지르고 싶어서. 최소한 돈이라도 뜯어내려 할 거야. 그러니 어떤 수를 써서라도 그 녹음 파일을 찾아야 해."

짜증스러움이 왈칵 치밀어 올라왔다. 경멸의 감정도 그 뒤를 따랐다. 그 감정의 힘으로 목소리를 만들었다.

"율아가 방화 살인범인지 악마인지는 모르겠습니다. 설사 그렇다 하더라도 내가 왜 그 녹음 파일을 찾아와야 하는지는 모르겠네요."

"그-래?"

허주만이 허리를 곧게 폈다. 이것은 적의를 품은 반응이었다. 순식간의 그 변환이 진구로선 놀라웠다. 이는 진구의 반응을 어느 정도는 예상하거나 짐작하고 있었기에 가능한 신속함이었다. 허주만은 애초에 진구를 자신의 편으로 믿지 않고 있었다.

"너 설마 했는데, 율아와 같이?"

"뭔 얘기를 하고 싶은 겁니까?"

"아니 됐어."

허주만은 입을 다물었다. 그 동작에서 허주만의 적의는 더 깊어졌다. 진구는 직감했다. 허주만은 진구를 율아의 공범으로 의심하고 있었다. 그 근거는 진구와 율아가 관계를 가진 며칠 뒤 박중기가 살해되었고, 박중기도 그렇고 윤명자도 진구와 만남을 가진 직후에 살해된 것이다. 진구로서도 이것은 의문이었다.

"그러니까 너의 말인즉, 이 허주만이 아니라 율아 그년과 같이 가겠다는 거네?"

허주만이 진구의 눈을 똑바로 보며 물었다. 진구도 똑바로 보며 대답했다.

"아니요."

사실이지 아니었다. 진구가 원하더라도 율아가 원하지 않을 것이다. 진구는 지금 허허벌판에 혼자 서 있었다.

"어느 쪽도 아니다? 그럴 수는 없어. 어느 편이든 편을 들어야해. 어느 편에도 속하지 않는다는 건 어디로부터도 공격받지 않는중립을 의미하지 않아. 그건 모두로부터 공격받는 고립을 의미해. 즉 네가 안전하지 못하다는 말이야."

이건 협박이었다. 녹취록 원본 녹음 파일을 율아에게서 뺏어오지 않으면, 최소한 그런 노력마저도 기울이지 않으면 가만두지 않겠다는 그것이었다. 진구는 일어섰다. 더 앉아있을 이유가 없었다. 인사도 않고 6호실을 나와버렸다. 등 뒤로 6호실 문을 막 닫았을때, 진구의 뒤통수로 적의로 똘똘 뭉친 허주만의 악 받친 목소리가 날아들었다.

"너 이 새끼, 조심해!"

이 적의 가득한 목소리에서 펀드 사기 모의장소였던 이곳을 하필 허주만이 약속 장소로 잡았던 이유를 알게 되었다. 오만이었다. 실명 녹취록과 그 부록 따위 전혀 개의치 않는다는, 그런 것정도야 얼마든지 처리할 수 있다는, 자신들이 가진 힘을 과시하려는 오만 그것이었다. 그 오만함이 녹취록이 사실임을 인정하는 의외의 정직함으로까지 나아갔을 것이다. 물론 진구가 그 녹음 파일을 찾아오게 하려면 어쩔 수 없는 선택이긴 했었지만.

진구는 고시원으로 바로 가지 않고 율아의 원룸을 찾아갔다. 율아가 있으리라 기대한 건 아니었다. 가보고 싶은 마음이 앞섰고 다른 이유도 있었다. 늘 율아의 주위를 배회하던 율아의 숙모와 마주칠 수 있기를 바랐다. 그의 바람은 원룸 주변을 얼쩡거린 지 10분도 지나지 않아 이루어졌다. 율아의 숙모가 먼저 진구를 알아보았다. 율아 숙모는 또한 진구가 묻지 않아도 율아의 과거를 쏟아내며 들려주었다.

　"--- 그년이 우리 아들을 꼬드겼어. 한창 공부해야 할 고3이었는데, 우리 아들을 꼬드겼다고. 매일 밤 자기 방으로 끌어들였어. 화냥년인 거야, 아주 화냥년. 그 짓을 하고 싶어 미친년이야. XXX 같은 년. 우리 아들하고 밤마다 그 짓 하는 것도 모자라 동네 여자애하고도 그 짓을 하고 다녔어. 이년이 별종 미친년이야. XXX 같은 년. 우리 아들이 그걸 알아버렸는데 가만있었겠어? 술 먹고 가서 붙어먹고 있던 두 년을 죽자고 패버렸지. 맞아 죽어도 싼 년들이야. 둘 다 죽여버렸어야 했어. 우리 아들이 잘못한 거라곤, 그때 그것들을 죽이지 못한 거 그것뿐이야. 두들겨 맞은 분풀이 한다고 이년들이 술 취해 잠든 우리 아들에게 기름을 퍼붓고 불을 질러 버렸어. 우리 아들이 불에 타 죽었다고, 우리 아들이. XXX 같은 년, 보일러 기름통에서 기름을 빼냈어. 기름 남은 거 알아보는 그 호스, 그거 뜯어서 기름을 빼낸 거야. 여기 구청장이 불타 죽었을 때도 단박에 알아봤어. 기름 빼낸 게 똑 같아. XXX 같은 년. ---"

　율아의 숙모가 거짓을 말하고 있는 것 같지는 않았다. 그 사건의 세부 묘사와 그 사건과 얽힌 여러 주변 사정이야 처한 위치에 따라 다를 수 있겠지만 율아가 사촌 오빠를 태워죽였다는 사실만은 틀림이 없어 보였다. 박중기가 불에 타죽은 뒤, 율아의 원룸에 쳐들어온 율아의 숙모가 다짜고짜 '네 짓이지!'라며 달려든 사정도, 또 그렇게 단정할 수 있었던 이유도 이해되었다. 이로써 진구는 박중기와 윤명자도 율아가 죽었음을 의심의 여지 없이 확신했다. 율아의 숙모와의 조우를 내심으로 바랐던 이유가 사실 이를 위해서였다.

율아를 범인으로 확신하자 그 살해 동기도 저절로 풀려나왔다. 서영미 살해에 대한 보복응징이었다. 물증은 없지만 실명 녹취록의 부록에서 밝힌 대로 서영미의 살해범은 심증상으론 박중기와 허주만, 윤명자가 틀림없었다. 김봉익이 서영미 살해범이라는 허주만의 주장은 그가 오늘 쌓은 거짓말들로 설득력을 상실했다. 반면 그들 셋이 서영미를 살해했다면 앞뒤가 그나마 맞아떨어졌다. 그들이 범인이었다. 윤명자와 허주만의 서영미 살해 동기는 실명 녹취록의 부록에 설명된 대로였을 것이다. 한편 이해하기 힘들었던 약점이 잡혀 공범이 되었다던 박중기의 약점은 오늘 짐작할 수 있었다. 율아와의 성관계 동영상이었다. 그것으로 박중기를 협박하여 살해 공범으로 만들었고 구청장 사퇴도 압박했을 것이다. 최악 인간성의 끝판왕을 보는 기분이었다. 서영미 살해 공범이면서도 허주만과 윤명자는 정치적 공세의 하나로서 박중기를 서영미 살해범으로 몰아붙인 것이다. 그러다 너무 지나치면 공범인 자신들도 위험하다 싶었을 테고, 그래서 박중기의 알리바이를 허주만은 부라부랴 만들어주었을 것이다. 그들은 서영미 살해의 공범이면서도 구청장이라는 작은 권력을 차지하기 위해 서로 죽자고 싸우고 있었던 셈이었다. 율아는 이런 그들을, 자신의 연인이었던 서영미를 살해한 이런 그들을 하나씩 죽여나가고 있었다. 윤명자와 허주만이 진구 앞에서 드러내 보였던 그 두려움의 근원이 바로 이것이었다. 서영미 살해 공범인 그들을 향한 율아의 살해 위협, 율아는 그들을 죽이려 하고 있었다. 그들이 가진 권력으로 실명 녹취록과 그 부록이야 어떻게 덮어버릴 수 있을지 몰라도 불을 들고 덤비는 율아는 막을 수 없을 것이다. 그들 중에 둘은 이미 불에 타 죽었다. 다음 차례는 허주만이었다.

또한, 이로써 허주만이 녹취록 원본 녹음 파일을 찾으려 그리도 발버둥 쳐대는 이유도 설명되었다. 이는 율아가 그 녹음 파일을 틀어쥐고 있는 이유이기도 했다. 실명 녹취록의 부록에서는 김봉익이 그 녹음 파일로 허주만을 곤란에 빠뜨릴 수 있었기에, 그런 상황에서 벗어나기 위해 그것을 빼앗으려다 김봉익을 죽인 것으로 설명되었지만 그것만으로는 부족했다. 박중기가 죽임을 당했을 때 허주만은 율아가 서영미 살해공범인 그들을 노리고 있음을 알게 되었다. 옵티머스 컨설팅 사장실에서 허주만은 김봉익과 욕설을 주고받으면서 '그년 내가 확인했어'라고 했었다. 여기서 '그년'은 진구도 확인했던 cctv 캡처 사진의 율아였다. 그러나 김봉익이나 율아가 그 녹음 파일을 틀어쥐고 있는 한 허주만은 박중기를 살해하고 이어서 윤명자와 자신을 노리는 율아를 함부로 할 수가 없었다. 박중기 살해범으로 지목해 경찰이 율아를 검거하게 만들 수가 없었다. 우선은 무슨 수를 써서든 그 녹음 파일부터 빼앗아야 했다. 돌이켜보면 달성서의 한재오 경사가 진구를 만나러 굳이 옵티머스 컨설팅을 찾은 이유도 사실은 이 때문이었을 것이다. 그 파일을 내놓도록 하기 위해 한재오 경사만이 아니라 다양하게 경찰들을 움직여 어떤 식으로든 김봉익을 압박하고 협박하려 했을 것이다. 박중기 살해 공범으로 엮으려고 했을 가능성이 가장 컸다. 하여간에 박중기 피살 이후 그 녹음 파일은 허주만의 발목을 움켜쥔 족쇄이자 허주만의 목을 겨눈 비수가 되어버렸다. 녹취록이 인터넷에 유포된 지 오래지만, 박중기 피살 이후에야 그 녹음 파일을 빼앗으려 발버둥 쳐대는 이유였다. 율아에게 죽임을 당하지 않기 위해서였다. 그래서 필사적으로 그것을 빼앗으려다 김봉익을 죽이게 되었고, 또 그래서 율아에게 접근이 쉬운 진구를 필요로 하는 것이다. 만약 진구가 그 파일을 찾는 데 동의했다면, 그 파일을 빼앗은 뒤 율아를 죽이라고 했을지도 몰랐다. 아니면 진구를 이용해 율아가 숨은 곳을 파악한 뒤 자신이 직접 율아를 죽이려 했거나. 율아가 진구를 피한 이유가 어쩌면 이 때문인지도 몰랐다. 율아가 보기에 진구는 허주만의 아들이었다.

한편으로 설명되지 않는 의문도 있었다. 율아는 어떻게 해서 박중기와 허주만과 윤명자가 서영미를 죽였고 허주만이 김봉익을 살해했음을 알아냈을까? 진구처럼 심중만은 아닐 것이다. 심중만으로 박중기와 윤명자를 서영미 살해범으로 확정하여 그들을 죽일 수는 없는 일이었다. 확신이 서 있어야 가능했다. 이외에도 의문은 더 있었다. 진구를 심각한 고민에 빠뜨린 의문이었다. 율아가 박중기와 윤명자를 살해했다면 무엇 때문에 진구가 그 둘을 만난 직후에 그들을 살해했을까? 왜 하필 범행 시각을 그리 맞추었을까? 윤명자의 경우, 율아는 윤명자를 찾아가 보라며 전화번호와 주소까지 찍어주면서 진구를 내몰다시피 했다. 진구를 범인으로 몰아가기 위해, 진구에게 범행을 뒤집어씌우기 위해 그랬던 걸까? 설마….

진구는 고시원으로 돌아와서야 중대한 사실을 알아차렸다. 그의 세계는 무너져내렸다. 그는 상상계에 불과한 허구의 세계 위에서 영웅적 전사의 자부심으로 살아왔었다. 그러나 그의 상상계의 신이었던 주문국은 펀드 사기 공범이었고, 그의 아버지였던 허주만은 사기 공범에 살인자였다. 그의 발밑은 무너지고 그 아래 벌레들의 세계로 그는 추락했다. 그의 날개는 꺾어졌다.

그 날개의 꺾어짐으로 진구는 주문국과 허주만이라는 산을 넘어서게 되었다. 문제는 그 산 너머였다. 거기에는 황무지만 있었다. 이영운이 직면한 그 황무지였다. 그는 불과 열흘도 지나지 않는 사이에 이영운이 되었다. 이영운은 죽었지만 그는 계속 살아야 하나? 황무지만이 끝도 없이 펼쳐진 그 지상과의 수직 충돌에서 그는 살아남을 수 있을까.

#16.
뻐꾸기 둥지로부터의 탈출

서부경찰서 형사로부터 연락이 온 것은 허주만과의 만남이 있은 이틀 뒤였다. 갑갑한 고시원을 나와 앞산 자락길을 걷고 있을 때 전화가 걸려왔다. 윤명자 방화 살해 사건 관련 건이었다. 고시원으로 찾아가겠다고 했으나 진구는 날씨도 많이 풀려 따뜻하고 코로나 감염도 주의해야 하니 야외에서 만나는 것이 좋겠다고 제안했다. 형사가 동의하자 약속 장소를 앞산 고산골로 잡았다. 진구는 안지랑골을 거쳐 고산골로 향하던 중이었다.

남기찬 경사라고 자신을 밝힌 서부서 형사는 키는 작지만 딱 벌어진 어깨에 영리하고 빠른 눈빛을 하고 있었다. 두 사람은 고산골 공룡 공원의 벤치에서 만났다. 공룡 공원이라고 해봐야 움직이는 공룡 조형물 몇 개가 서 있는 게 전부였다. 코로나 사태 이전에는 공룡 울음소리도 들려주고 머리와 꼬리도 흔들어주더니 이제는 그마저도 않는다. 늘 소란스럽던 아이들도 없다. 형사와 만나기에 나쁜 장소는 아니었다. 남 형사는 외투 주머니에서 수첩과 볼펜을 꺼냈다. 그는 볼펜으로 수첩을 탁탁 두드렸다.

"지난 3월 18일 수요일, 피살된 윤명자 씨를 만났죠?"

예상했던 질문이었다.

"만났습니다. 오후 10시 정도였을 겁니다, 아마."

"어디서 만났죠?"

"윤 소장 집 근처 공원이요."

"공원이라… 그 뒤에는요?"

"뒤라면?"

"공원에서 헤어진 건 아니지 않나요?"

"윤명자 씨의 집 앞까지 바래다준 뒤 헤어졌죠."

"집안으로 함께 들어가지는 않고?"

느닷없는 반말투였다. 기분이 상하거나 화가 나기보다 먼저 의아했다. 이어 긴장했다. 이것은 형사의 의도된 행동이었다. 형사가 노리는 것이 있었다. 조심해야 했다.

"내가 왜 그 여자가 사는 집안에 들어갑니까?"

"아, 그러니까 캄캄한 늦은 밤에 두 남녀가 으슥한 공원에서 만나 얘기를 나누다가 집까지만 바래다주고 그냥 돌아갔다는 얘기네?"

"잘 아시네."

이어진 반말투에 이번엔 기분이 상했다. 형사는 진구와 눈을 똑바로 맞추었다. 형사는 볼펜으로 수첩을 또 탁탁 두드렸다. 별것 아닌 그 작은 행동이 신경을 건드렸다. 형사는 진구를 긁어 자극하고 있었다. 참고인이 아니라 용의자라는 건 알겠는데 형사가 노리는 것이 무엇인지는 알 수 없었다.

"거짓말하지 마시지."

거짓말하지 마시지? 어이없다는 생각부터 먼저 들었다. 한편으로는 이 사람이 형사가 맞나 싶기도 했다. 대뜸 거짓말하지 말라니. 형사가 거짓말 말란다고 거짓을 말하지 않을 용의자가 있긴 있을까. 형사는 진구를 조사할 목적으로 진구와 만나고 있는 것이 아니었다. 다른 의도가 있었다. 괜히 불쾌해졌다. 뒤늦게 화도 났다.

"거짓말인지 아닌지는 경찰이 조사해서 증거를 들이미세요. 난 집 앞까지만 바래다주고 돌아왔었으니까."

진구가 일어섰다. 더 얘기할 것도 없었고 하고 싶지도 않았다.

"얘기 다 했나요? 나는 다 한 것 같으니 운동 마저 해야겠네요. 내가 범인이라는 증거가 확보되면 정식으로 피의자 소환해서 조사하세요. 그때 경찰서에서 봅시다."

형사는 일어나지 않았다. 형사는 오히려 여유를 보였다. 형사는 두 팔을 뒤로 뻗어 벤치를 짚으며 거만하게 상체를 젖혔다. 삐딱하니 턱을 치켜든 형사가 진구를 올려다보며 말했다.

"정진구 씨, 혹시 그거 알아? 당신은 세 건의 살인 사건에 모두 연루된 용의자야. 수성구청장 박중기 방화 살해 사건, 김봉익 폭행 살해 사건, 윤명자 방화 살해 사건, 세 건 전부 다 그들이 살해되기 직전 아니면 직후에 그 범행 현장에 당신이 있었어. 이걸 두고 우연이라고 우기면 누가 믿을 것 같아? 살인 용의자가 안 될 수가 없지. 더구나 박중기 구청장과는 악연도 좀 있네. 구청장 퇴진 시위에서 박 청장 쪽 사람을 폭행해서 구류처분을 받았어. 이것만으로도 제1 용의자가 되고도 남지. 그뿐이야? 당신에게 불리한 증인이나 증언들도 하나둘 쌓이고 있어. 당신이 박 구청장 집을 나왔다가 cctv가 없는 뒷길로 되돌아가는 걸 보았다는 증인을 어제 찾아냈지. 김봉익 건도 마찬가지. 허주만 의원에 의하면 당신이 약속 시간인 9시보다 제법 일찍 옵티머스 컨설팅에 간 것 같다고 하더군. 뭐하러 당신은 그리 일찍 그 범행 현장에 갔을까? 살해된 김봉익을 한시라도 빨리 보고 싶어서? 당신 말대로 조만간 당신은 피의자로 전환되고 구속영장도 청구될 거야. 당연히 구속되겠지. 자, 그럼 경찰서가 아니라 구치소에서 보자구."

형사는 수첩과 볼펜을 외투 주머니에 집어넣고 바로 일어섰다. 그는 오직 이 말을 위해 진구를 보자고 한 것이다. 그 외의 어설픈 취조 흉내 따위는 의미가 없었다. 그리고 길게 늘어놓은 그의 마지막 말은 틀림없는 협박이었다. 박중기가 살해당한 지가 언젠데 한 달이 더 지나서 이제 증인이 나타나고, 김봉익을 만나러 겨우 15분 일찍 간 게 전부인데 그걸 두고 살해 의도를 품고 있었던 것으로 해석을 하다니.

이 협박의 뒤에는 허주만의 그림자가 어른거렸다. 사건 당일 김봉익과의 약속이 있었다는 사실을 밝히지 말아달라던 허주만이 아니었나. 더구나 그는 김봉익 살해범이었다. 그런 그가 자신의 말을 뒤집고 경찰에 그 약속 사실을 약속 시간과 함께 알렸고, 진구가 살인 의도를 품고 계획적으로 더 이른 시간에 현장에 갔던 것처럼 털어놓았다. 실은 털어놓았다기보다 방금 만난 남기찬 형사 같은 서로 내통하던 경찰과 협의했을 것이다. cctv가 없는 뒷길로 해서 박중기에게로 되돌아가는 걸 보았다는 증인도 마찬가지로 허주만과 경찰이 협의해서 그 증인을 만들어냈을 것이다. 아니면 아예 그 같은 증인도 없으면서 있는 척 진구를 협박했거나.

형사의 협박에서 그 협박을 조종한 허주만이라는 그림자의 확인은 진구에게 있어서 인식의 지평을 넓혀주었다. 보이지 않던 것들이 보였다. 허주만의 의도와 그 의도에 따른 움직임들이 그것이었다. 이는 진구가 마침내 허주만이라는 산을 넘어서면서 그 산에 가려져 보이지 않던 것들을 볼 수 있게 되었기에 사실은 가능한 일이었다.

허주만은 애초부터 진구에게 김봉익 살해 혐의를 뒤집어씌우기 위해 함께 김봉익을 만나자고 했음이 분명했다. 허주만의 펀드 사기 연루 의혹을 따지고 드는 진구에게 같이 김봉익을 만나 그 의혹을 확인해 보자는 것부터 이상했다. 스스로 밝힌 바에 의하면 김봉익과 허주만은 펀드 사기 공범이지 않은가. 자신의 연루 의혹을 풀어보겠다는 그런 의도 따위는 아예 가지고 있지 않았다. 김봉익 살해 혐의를 진구에게 씌우려 했던 이유도 짐작 가능했다. 박중기 살해범이 율아임을 그 cctv 캡처 사진으로 알고 있었던 허주만으로서는 진구가 박중기를 만난 직후에 피살 사건이 발생했으니 진구를 박중기 살해 공범으로 의심했을 수도 있었다. 율아라는 여우에게 홀려 율아의 꼬드김에 넘어가 박중기를 살해해버린 진구로 의심된 것이다. 그런데다 진구가 자신의 펀드 사기 연루 의혹마저 따지고 드니 '어디 너 한번 죽어봐라'식의 속 좁은 정신의 발로에서 진구에게 김봉익 살해 혐의를 씌워버리려는 그런 앙심을 품었을 것이다.

또한, 박중기가 살해당하기 전 진구와 율아 사이를 갈라놓으려 했던 허주만과 박중기의 이해하기 힘들었던 행동도 이제 이해되었다. 이후 박중기의 피살까진 예상하진 않았겠지만, 적과 아의 진영으로 나누는데 익숙한 그들에게 있어서 적과 어울린다는 것만으로도 위험을 감지했을 터였다. 김봉익은 사기 공범이면서도 비실명의 주문국 녹취록을 인터넷에 흘린 허주만의 적이었으며, 이 점에서 박중기도 허주만과 공통의 이해를 갖는 동지였다. 허주만의 말대로 김봉익은 박중기쪽 사람들과의 대화도 몰래 녹음해 두었을 것이고, 박중기도 김봉익에게 협박당했을 것이다. 이런 그들에게 율아는 어디까지나 그들의 적인 김봉익의 사람이었다. 게다가 어쩌면 서영미의 죽음을 율아가 캐고 다녔을지도 몰랐다. 그랬었다면 그들은 서영미 살해 공범으로서 진구를 율아에게서 떼어내는 일에 절실한 이해를 갖고서 또한 야합했을 것이다.

　하여간에 이제 진구는 허주만에게 있어서 적이자 살인범이 되어 있었다. 김봉익에게 진구는 살인자도 스파이도 될 수 없는 사람이었다면, 허주만에게 진구는 스파이는 되지 못하더라도 살인자는 될 수 있는 인간이었다. 돌이켜보니 진구는 허주만의 스파이였었다. 허주만의 소개로 옵티머스 컨설팅에 취직한 때가 비실명의 '주문국 녹취록'이 인터넷에 떠돌기 시작한 그즈음이 아닌가. 김봉익이 그 유포자로 당연히 의심을 받았을 터이고 그런 자의 감시자로 진구가 선택되었을 것이다. 그래서 김봉익은 진구를 경계했으나, 율아가 함께한 사장실에서의 만남 이후 도저히 스파이 노릇을 할 수 없는 인물임을 알아차리고 경계를 풀었을 것이다. 아마 허주만도 진구가 스파이가 될 수 없다는 건 진작에 알아차렸을지도 모른다. 어쩌면 처음부터 파악했을 수도 있었다. 다만 견제구 정도는 해낼 것이란 판단에 그저 던져두고 있었는데 의외로 살인자가 되어 돌아온 배신자로서의 진구였다.

그러나 엄밀히 논하자면 허주만은 박중기와 윤명자 살해의 공범으로 진구를 의심하고는 있을지라도 확신하고 있지는 않을 것이다. 그래서 허주만은 남기찬 형사에게 진구를 협박하게 하여, 말하자면 진구에게 선택을 강요한 것이다. 동지 아니면 적. 율아에게서 녹취록 원본 녹음 파일을 뺏어오든지 아니면 세 건의 연쇄 살인 사건의 피의자로 구속이 되든지. 그러나 진구가 율아에게서 녹음 파일을 빼앗아 올 일은 없을 것이다. 남은 선택지는 하나뿐이었다. 진구로선 솔직히 어디 해보려면 해보라는 심정이었다. 그를 살아가게 하던 그의 세계가 무너져내렸는데, 더 아래로 추락할 데가 있을까, 구속 따위가 무슨 대수일까 싶었다. 그는 이미 벌레가 우글거리는 바닥에서 뒹굴고 있었다. 그는 10년 전에 떠나온 뒤 한 번도 찾지 않은 시골 동네로 돌아가 있었다. 그곳에서 그는 남자 잡아먹은 창녀 년의 아들이었다.

더 아래로의 추락은 아닐지라도 같은 추락을 한 번 더 경험할 수는 있었다. 고시원으로 돌아와서 또 그 추락을 겪게 되었다. 고시원 현관문을 밀고 들어섰을 때, 마침 주방에서 나오던 212호의 안경잡이 공시생과 마주쳤다. 안경잡이 공시생은 뉴스를 검색하다 알게 되었다면서 고시원 실장이 명예훼손으로 고소당해 경찰 조사를 받으러 간 것 같다며 진구에게 알려주었다. 확실하냐는 진구의 물음에 기사에는 대구 남구의 A 고시원 실장이 명예훼손으로 고소당했다고 되어있는데, 대구 남구에서 A 고시원이라면 이곳 앞산 고시원밖에 없고, 길게 자리를 비운 적도 없었고 갈 데도 없는 실장이 오후 내내 실장실을 비운 걸 보니 확실하다는 거였다.

처음에는 웃었다. 무엇보다 고소해서 웃었다. 몬실이는 기회가 되면 늘씬하게 주먹으로 패주고 싶었던 놈이었다. 주먹은 아니더라도 아무튼 경찰이 대신해서 패주고 있었다. 그리고 같은 고시원에서 같은 날 두 사람이 경찰 조사를 받았다는 사실이 우스워서 웃었다. 한 사람은 연쇄 살인 사건의 용의자로, 또 한 사람은 명예훼손 피의자로.

자신의 방으로 돌아와 지역 일간지의 인터넷판을 확인한 뒤로는 진구의 얼굴에서 웃음이 사라졌다. 대구 남구 A 고시원의 강xx 실장으로 지칭된 몬실이는 사자명예훼손 혐의로 죽은 자의 가족에 의해 고소당했다. 여기서 죽은 자는 박중기였다. 박중기의 가족은 유튜브 '날아라 강실장'의 그 강실장을 고소했다. 몬실이 놈이 유튜브 '날아라 강실장'의 그 강실장이었다.

--- 일명 '강실장'으로 불리며 거침없는 입담으로 특정 정치 진영 내에서 인기몰이를 하던 유튜버 강xx 씨가 사자명예훼손 혐의로 입건되었다. 고 박중기 수성구청장의 가족에 의해 명예훼손의 증거로 경찰에 제출된 것은 박 구청장이 방화 살해되기 전과 그 직후에 강 씨에 의해 제작된 유튜브 동영상들이었다. 수사를 담당한 경찰에 의하면 지금은 유튜브에서 삭제된 이 동

영상들은 도무지 정치 담론이라 부를 수 없을 정도로 욕설과 성적인 모욕으로 가득했다고 한다. 한편 사자명예훼손의 피의자 신분으로 경찰 조사를 받고 있는 강 씨는 사기 혐의로 피소될 가능성도 있는 것으로 알려졌다. 강 씨는 인터넷상에 1인 신문사를 차려놓고 거기서 만들어낸 선정적인 가짜 뉴스를 자신의 인기 유투브를 통해 유포하면서, 역으로 유투브 구독자들을 자신의 1인 신문사 사이트로 끌어들이기도 하였다. 그런데 이 사이트에 링크된 광고가 도박업체의 광고로, 사정을 알지 못하고 그 광고에 이끌린 이들에게서 피해자가 속출했다고 한다. 피해자들은 고소를 준비 중이라고 하는데, 한 피해자의 안타까운 사정을 들어보았다.

"소액 투자로 큰돈 벌게 해준다는 배너광고 보고 회원 가입했어요. 처음엔 10만 원 넣고 이틀인가 해보다가 100만 원 넣으면 열흘 만에 두 배로 벌 수 있다는 말에 혹해서 그만 돈을 넣고 말았어요. 사기란 걸 깨달았을 땐 벌써 늦어버렸어요. 제 돈을 도박 사이트에서 배팅해서 다 날렸더라구요. 제 비번을 이용해서요. 쌍둥이로 갓난애 둘 있는 주부인데요. 직장 쉬면서 집에 있는 시간에 아이들 분유값이라도 벌어보려다 이렇게 되었어요. 부끄러운 일이긴 한데 화도 나요. 도박업체도 나쁘지만 저를 거기로 끌어들인 강 실장이 알고 보면 더 나쁜 놈이에요."

경찰에 의하면, 강 씨는 이렇게 해서 도박업체가 벌어들인 금액의 20%를 수수료로 챙겼다. 강 씨의 인기 유투브는 강 씨의 돈벌이를 위해 도박 사이트로 이어지는 입구에 불과했던 셈이었다. 정치 담론 시장의 극단적 폐해를 보여주는 한 예가 아닐까 한다.

아무리 인터넷판이지만 거의 라이브 수준이었다. 현재 피고소자를 불러 조사 중인 사건이 그대로 언론을 탔다. 단단히 화가 난 박중기 가족 측에서 언론사나 기자를 움직였을 수도 있었다.

화가 나기는 진구도 마찬가지였다. 너무 화가 나서 기운이 다 빠질 정도였다. 굳이 비유하자면, 가면을 쓴 극좌 테러리스트의 가면을 벗겨보니 극우의 수구꼴통으로 그 정체가 드러난 셈이었다. 허탈감의 차원이 아니었다. 허주만과의 만남 이후 그래도 붕괴되지 않고 남아 있던 것이 있었다면 그것마저 완전히 내려 앉아버리고 말았다. 그는 바보가 되어버린 것이다. 쓰레기 같은 놈이며, 쓸어버려야 할 적이라 확신하던 그런 인간이 직접 제작하고 등장하는 유튜브를 시청하면서 그에게 마음의 박수를 보내고 '좋아요'와 '구독'을 꾹꾹 눌러 응원하고 소리치며 환호했던 셈이었다.

이런 걸 두고 영혼을 강간당했다고 해야 할지도 모르겠다. 기껏 마스크와 썬그라스와 모자에 속아 넘어가다니. 눈앞에 보이면 죽자고 패버리고 싶었다. 충동에 내몰리듯 1층 실장실로 내려가 보았다. 몬실이 놈은 없었다. 아직 돌아오지 않았다. 내친김에 현관으로 뚫린, 수부 용도로 사용하는 실장실의 작은 창을 열어보았다. 방문과 달리 잠그지 않았는지 창은 열렸다. 허리를 숙여 안을 들여다보았다. 유튜브 스타 강실장의 상징과도 같은 주류업계의 철지난, 이제는 제작하지도 않는 그 달력 사진을 볼 수 있었다. 소주잔을 들고 배시시 웃음을 흘리는 다리를 살짝 벌린 반라의 여성 사진. 몬실이 놈은 틈이 날 때마다 저 반라의 여자를 두고 엉큼한 생각을 품었을 것이다. 하지만 따지고 보면 진구 역시도 바로 저

반라의 여자였던 셈이었다. 몬실이 놈의 엉큼함에 마음껏 농락을 당한 바보 같은 정진구. 몬실이 놈의 고약한 사타구니 악취가 풍겨 나오는 것만 같아 쾅 소리 나게 창문을 닫고 2층 자신의 방으로 올라와 버렸다. 두 시간가량 지나 폭력적 충동이 제법 가라앉았을 즈음 다시 내려갔다. 몬실이 놈은 돌아와 있었다. 수부 용도의 창문을 두드려 놈을 불렀다.

"아, 뭔데?"

첫 마디가 짜증 섞인 반말지거리였다.

"주방에서 나 좀 봐."

"아, 그래 뭐냐고 묻잖아."

"당신이 요즘 잘 나가는 '날아라 강실장'의 그 강실장이라며?"

몬실이 놈이 배시시 웃음을 흘렸다. 승리감과 비웃음이 반반 섞인 웃음이었다.

"흠, 내가 좀 유명해졌지. 우리 사시생님 동지분들 덕분에 말이지. 다 그 동지분들이 무지하게 응원해주고 지지해준 덕분 아니겠어? 왜? 내 사인이 필요해? 등 내밀어봐 일필휘지로 한 방 휘갈겨 줄 테니까."

"니 사인은 필요 없고. 얘기 좀 해."

"오우~ 얼마든지 환영하지. 나는 내 팬들이 원하는 거라면 그 어떤 요청도 거절하지 않아. 좋아, 좋아, 아주 좋아!"

몬실이는 냉큼 문을 열고 나와 성큼성큼 주방으로 걸어갔다. 도발은 진구가 작정했으나 오히려 몬실이 놈이 앞서서 걸어오고 있었다.

"그래 뭔 얘길 하고 싶으신가?"

몬실이가 식탁 위로 두 팔을 올려 팔짱을 끼면서 생글거렸다. 그 알미운 얼굴 위로 한바탕 욕을 퍼부어주고 싶었지만, 막상 몬실이를 마주하게 되자 할 말이 없다는 사실을 깨달았다. 무엇을 말한단 말인가. 우파 수구꼴통 새끼가 무엇하러 좌파 흉내를 냈냐고 따질 것인가. 죽은 박중기의 명예를 훼손했다며 도덕적으로 훈계질이라도 할 것인가. 선량한 사람들을 도박 사이트로 유인하는 사기질로 돈을 벌었다며 욕설이라도 있는 대로 퍼부을 것인가. 어느 것도 몬실이 놈에겐 우습게 들릴 것이다. 진구로서도 우스웠다. 진구가 바라는 것은 이놈을 늘씬하게 패주는 것뿐이었다.

"영혼 없는 새끼!"

의도하지 않았던 말이 튀어나왔다. 발끈하는 반발을 예상했으나 몬실이는 오히려 더 생글거렸다.

"영혼이 밥 먹여주나? 돈만 잘 벌면 되는 거지. 이번에 재미 좀 봤지. 아니 근데, 유물론자 좌파 사시생께서 영혼을 다 입에 올리시고? 유물론자는 오직 물질, 대갈통에 든 것도 전부 물질 아니었어?"

엉터리이긴 해도 몬실이가 유물론을 입에 올릴 줄을 몰랐다. 그런 걸 두고 속류유물론이라 한다고 쏘아주고 싶었지만 그 같은 말이 통하는 자리가 아니었다. 대신 놈의 사기성 돈벌이를 걸고넘어졌다.

"사기를 치더라도 돈만 잘 벌면 된다? 그러니까 너희 우파 인간들이 욕을 처먹는 거야. 돈만 밝히는 자기만 아는 이기적인 인간들이라고."

"아하, 그러니까 너희들은 돈 앞에서 아주 매우 대단히 굉장히 굉장히 청렴결백하다는 거지? 와우~ 주문국, 허주만, 윤명자, 아주 대단한 청백리들 나셨더구만. 이름까지 다 까발린 그 녹취록은 당연히 읽어보셨겠지?"

녹취록이 사실임을 누구보다 잘 알고 있으면서도 진구는 인정하기도 싫었고 화부터 났다.

"우파 꼴통이면서도 좌파팔이로 사기 쳐서 돈 번 인간이 할 소리는 아닌 것 같은데? 당신 같은 인간이 우파의 전형이지. 돈이 된다면 뭐든지 다 하는 거. 자기 정신도 뽑아서 팔아버리잖아. 돈 된다면, 나라도 팔아먹을 거잖아. 토착왜구 소리를 괜히 듣겠어?"

"또, 그 소리. 내 영혼이 그리 걱정되시나? 잘 모르시는 것 같아 얘기해 주는데, 난 좌파를 팔아먹은 적은 있어도 한 번도 좌파팔이 해본 적은 없어."

"당신의 유튜브가 좌파팔이 아니면 뭐지?"

"말을 못 알아듣네. 좌파팔이가 아니라 난 좌파를 팔아먹었다고! 좌파 인간들을 팔아먹은 거야. 이해 못 하겠어? 너희들을 도박으로 이끌어서 쫄딱 망하게 하려 한 거야. 너희들을 팔아먹은 거란 말이야, 도박 사이트에다가. 내가 너희들 입맛에 맞는 속 시원한 소리만 딱딱 해대니 나를 아주 교주처럼 떠받들어. 그러니 내가 도박 사이트로 저네들을 몰아넣어도 헬렐레~ 할렐루야~ 좋다고 돈을 마구 털어 넣어. 난 말이야, 당신의 염려와는 달리 한 번도 우파를 떠난 적이 없었어. 난 자유 우파의 전사로서 내 일을 다

한 거야. 돈도 벌면서 말이지. 이런 걸 두고 마당의 쓰레기도 쓸어내고 돈도 주웠다고 하나?"

한마디로 좌파 엿 먹이면서 돈도 벌려고 1인 신문사도 만들고 유튜브도 제작했다는 얘기다. 솔직히, 진구가 엿 먹은 건 맞다. 돈도 벌어줄 뻔했다. 놈이 기사 상단에 올려놓은 도박 사이트로 연결되는 배너 광고를 클릭할 뻔했었다. 울컥 화가 치밀었다. 몬실이 같은 놈 농간에 놀아나다니. 졸지에 몬실이 놈의 빗자루에 쓸려나간 쓰레기 꼴이 되고 말았다.

"이런 거지 같은 새끼가! 너 같은 새끼가 저지른 사기 짓이 선량한 국민의 눈물을 얼마나 뽑아낸 줄 알기나 해? 너한테 사기당한 자들 중에는 애들 분유값이라도 벌어보려고 했던 사람들도 있어. 넌 그런 사람들 등을 친 거야."

몬실이가 코웃음을 쳤다.

"선량한 국민? 방화 살해당한 사람을 두고 잘 죽었다고 떠들어대는 데도 박수를 보내면서 '좋아요'와 '구독'을 눌러대는 인간들이 선량한 국민? 그런 인간들은 백만 명을 사기 치더라도 난 양심의 가책 같은 건 하나도 못 느낄 거야."

"아예 사리 분별력마저 잃어버렸네. 뭐가 옳고 그런지 판단이 서지도 않지? 너 같은 놈이 뭐가 정의이고 선인지 알 턱이나 있겠어?"

몬실이가 웃었다. 진구가 가엾다는 웃음이었다. 진구가 생각해도 자신의 대응은 생각 없이 주워섬긴 말이었다. 엄밀히 말해서 몬실이는 영 틀린 말을 하지도 않았다. 더욱이 정의이니 선이니 따위를 가르는 분별력은 진구가 최근에 상실하고 있었다. 그럼에도, 아니 사실은 바로 이 때문에 몬실이의 비웃음은 진구를 폭발 직전까지 몰고 갔다. 몬실이가 권총을 쏘는 것처럼 진구를 겨냥해 손가락을 까닥까닥했다.

"이보라구. 좌파를 팔아먹어 돈 벌 이런 멋진 사업 아이템을 어디서 얻었는지 알아? 바로 당신이야. 당신이란 말이야, 정진구 씨! 기억나? 작년 말 주문국 녹취록 사건이 터졌을 때 이 자리에서 당신과 논쟁한 적 있었지? 물증만 없다뿐이지, 누가 보아도 주문국의 비리가 분명한데도 당신은 알아차리지 못하더군. 한마디로 주문국 교주의 광신도였지. 나는 생각했어. '정진구 같은 이런 광신도는 전국에 깔려있다. 이 광신도들을 이용해서 돈 좀 벌어보자. 평생을 고시원 실장으로 살 수는 없잖아. 이들에게 뽕을 팍팍 뿌려 정신 못 차리게 만든 다음 도박 사이트라는 악마의 아가리로 처넣는 거야! 이들에게 뿌릴 뽕이라고 해야 별것 있겠어? 반대 진영을 악마화하는 최악의 설명들만 믿으려 하니 그런 것들만 던져주면 되는 거야.' 허! 예상대로 척척 잘도 받아먹더군. 그리고는 내 뽕에 취해 나를 찬양하며 도박 사이트로 몰려가더군. 바보 같은 것들. 나한테 저네들 대갈통이 강간당하는 것도 모르고. 난 저네들 대갈통에다 내 정액을 쑤셔 박아 넣어 준 거야."

많이 참았다. 지금까지 참은 것도 엄청난 인내력을 보여준 셈이다. 몸을 일으킴과 동시에 주먹을 내질러 놈의 면상을 쳤다. 놈이 얼굴을 두 손으로 감싸 쥐고 욕을 뱉어냈다. 그 사이 진구는 식탁을 돌아가 놈을 발뒤꿈치로 내리찍듯이 걷어찼다. 놈은 벌러덩 의자와 함께 바닥으로 넘어졌다. 넘어진 놈의 몸뚱이에 대고 사정없이 발길질을 내질렀다. 주먹으로도 턱과 옆구리를 내리찍었다. 몬실이 놈도 넘어진 채로 주먹질과 발길질로 맞섰지만 어림없었다. 놈은 일방적으로 진구에게 얻어맞았다. 마침 주방 앞을 지나던 218호의 택배 기사가 아니었다면 진구는 놈을 죽여버렸을지도 몰랐다. 진구의 주먹에는 광기가 실려있었다. 절망의 광기 같은 것. 한편으로는 무너지지 않으려는 안간힘의 광기 같은 것. 여기서 무너져 주저앉는다면 이영운의 길을 따라갈지도 몰랐다. 결국은 두려움이었다. 두려움이 그를 폭력의 광기로 몰아넣었다.

싸움이 뜯어 말려지자 몬실이 놈이 제일 먼저 한 일은 전화기를 꺼내 자기 얼굴을 찍어대는 일이었다. 그 얼굴은 찢어진 입에서 흘러나온 피와 터진 코피로 피 얼룩 범벅에다 눈은 벌써 퉁퉁 부어올라 있었다. 1시간도 지나지 않아 피멍이 시퍼렇게 들 것이다.

"폭행으로 고소해버리겠어!"

"병신 새끼야, 싸움은 같이 한 거야!"

밀리기 싫어 일단은 소리를 쳤지만 일방적 폭행임은 진구 자신이 더 잘 알고 있었다. 법정까지 가서 싸우면 무조건 진다.

"병원 가야겠어. 치료비 준비나 단단히 해."

몬실이는 주방을 나가버렸다. 진구의 눈먼 광기가 겁이 나서 달아난 것일 수도 있었다. 무엇이든 곧 치료비 청구서를 들고 올 것이다. 치료비만이라면 다행이다. 제대로 한몫 잡을 심산으로 합의금도 무리하게 요구할 것이다. 그런 다음에 고소를 해도 할 것이다. 안 그럴 놈이 아니었다.

자신의 방으로 돌아오고서야 진구는 제정신을 차렸다. 몬실이가 경멸받아야 할 놈은 맞지만 그것이 그렇게 미친 듯이 두들겨 맞아야 하는 이유가 될 수는 없었다. 그는 그때 정상이 아니었다. 이러다 무슨 짓을 저지를지 몰랐다. 서부서의 남 형사는 그를 연쇄 살인범으로 몰아가려 하고 있었다. 아마도 남 형사는 진구가 살인범이 아님을 알고 있을 것이다. 하여튼 허주만이 뒤에서 그렇게 작업하고 있었다. 무엇이든 이번 폭행 건이 연쇄 살인 건으로 구속영장을 청구하면 받아들여질 가능성을 더 높여버린 건 사실이었다.

그날 밤 진구는 짐을 쌌다. 짐이라고 해봐야 얼마 되지 않는 옷가지와 책 몇 권이 전부였다. 그 많던 법률 서적은 사법시험이 폐지된 이후 죄다 버렸고, 공무원 수험서는 옵티머스 컨설팅에 다니기 시작한 뒤 또 모두 버렸다. 짐을 싸고 보니 지금까지 그의 인생이 라면 박스 세 개와 등산배낭 하나에 다 들어가 있었다. 라면 박스 세 개는 218호의 택배 기사에게 택배 부탁을 했다. 수신지는 어머니가 있는 시골이었다. 어머니에게는 머리 식힐 겸 여행 좀 다니겠다고만 해두었다. 등산배낭은 이제 시작되는 그의 떠돌이 도망자 인생의 동반자가 될 것이다. 다음 날 아침 진구는 배낭을 메고 고시원을 나왔다. 그가 8년을 살았던 곳이다. 아쉬움이나 회한 같은 건 없었다. 오히려 홀가분하고 시원했다. 우선은 유현곤 선배를 찾아가 볼 생각이었다. 딱히 마땅한 이유라곤 없었다. 가봐야 할 것 같았고 가보고 싶었다.

진구는 지하철에 오르고 두 정거장 지난 뒤에야 깨달았다. 자신이 무슨 짓을 저지를지 몰라서, 구속영장 청구가 받아들여질 것이 두려워서 고시원을 도망쳐 나온 것이 아니었다. 그것들도 한 이유였겠지만 고시원을 도망쳐버린 진짜 이유는 고시원을 벗어나고 싶어서였다. 8년의 고시원 생활은 그의 정신을 말려버리고 그의 영혼을 비틀어 꼬아버린 것만 같았다. 이렇게라도 떠나야 했다. 몬실이처럼 고시원 귀신이 될 수는 없었다. 그 8년의 감옥으로부터 이제 탈출하는 것이다. 영화 '쇼생크 탈출'의 주인공이 20여 년의 죄수 생활에서 벗어났을 때 기분이 이와 비슷했으리라. 차이가 있다면 영화의 주인공과는 달리 그의 주머니는 그리 두둑하지 않았다. 김봉익에게서 받은 특별 상여금 300만 원이 전부였다. 김봉익 사장이 이런 일을 일찍이 예상하고 예정에 없던 상여금을 진구의 손에다 쥐어준 것만 같았다.

"이번 기회에 세상 두루두루 돌아다녀 보는 것도 괜찮을 것 같아."

유현곤과 마주 앉은 진구가 간략한 사정 얘기와 함께 고시원을 도망쳐 나왔음을 밝히자 유현곤은 이렇게 말했다. 진구가 연쇄 살인 사건의 용의자라는 사실은 들을 가치조차 없다는 투였다. 다만 몬실이 폭행 건은 어떻게든 해결해야 할 거라며 기소 중지되어 수배가 떨어질 수도 있다고 했다. 그래도 까짓것 별것 아니니 마음껏, 적어도 1년은 떠돌아다녀 보라고 했다.

"넌 너무 오랫동안 좁은 세계에만 갇혀있었어. 고시원을 말하는 게 아니야. 시험 준비하느라 책만 보며 책이라는 세계에 갇혀있거나 진영 정치의 패거리 문화라는 그들만의 게토에 갇혀있었어. 그거 사람 병들게 만든다. 내가 보기에 넌 병이 심하게 든 것 같았어. 그것 치유한다고 생각해. 일단은 여행한다 생각하고 돌아다니는 거야. 그러다 돈 떨어지면 급한 대로 일도 하고. 머리 쓰는 일보다는 몸 쓰는 일을 해보는 게 좋아. 하긴 떠돌이 생활이니 일용직 노동 말고는 할 일도 없을 거야. 새벽 인력 시장 뛰어도 되고, 시골로 가면 농사철에 일손 못 구해서 젊은 사람은 대환영이야. 일당도 적지 않고. 그렇게 이런 일 저런 일 하고 돌아다니면서 마음 정리도 해보는 거야. 생각지도 못한 미래를 만나게 될지도 몰라."

유현곤 선배도 도주가 아니라 탈출로 받아들이고 있었다. 다 듣고 보니 도주가 아닌 이 탈출이 새로운 도약을 위한 최고의 선택처럼도 생각되었다. 마음이 한결 편해졌다. 사라진 율아 얘기를 꺼내볼까 하는데 현곤이 먼저 운을 뗐다.

"그런데 걱정되어서 하는 말인데, 율아와는 안 좋은 일이라도 있었어?"

"안 좋은 일이라기보다는… 혹시 율아하고 저 사이 알고 있어요?"

"들었어. 너 얘기 자주 하더라. 그랬었는데 회사 그만두기 얼마 전부터 너 얘길 일절 않다가 갑자기 소설을 쓰고 싶다는 전화 한 통화를 남기고는 사라져버리네. 그 뒤로는 전화도 안 받더니 어제부터는 아예 없는 번호라네. 잠수를 탄 모양인데, 아무래도 그 실명 녹취록과 얽힌 게 있는 것 같아. 죽은 김봉익 사장과 율아는 오랜 관계였잖아."

현곤은 진구를 빤히 마주 보았다. 율아와 얽힌 알고 있는 일이 더 있냐고 묻고 있었다. 얘기해주어야 할 것 같았다. 진구는 녹취록이 사실임을 허주만이 인정했다는 것으로부터 시작해서, 자신의 판단으론 서영미와 김봉익 살해범을 밝힌 실명 녹취록의 부록 역시 모두 사실임이 확실하다는 것, 허주만이 녹음 파일을 찾기 위해 율아를 뒤쫓고 있다는 것. 그래서 아마 전화번호를 바꿔버렸거나 아예 타인 명의로 전화를 개통했을 거라는 것. 사촌 오빠를 죽였던 방법으로 박중기와 윤명자를 죽여버린 것으로 보이는 율아, 둘을 살해한 이유로는 서영미의 죽음에 대한 보복 차원이라는 것들을 전부 얘기해 주었다. 사실로 드러났다는 녹취록도 그렇고, 밝혀진 서영미와 김봉익의 살해범들도 그렇고, 무덤덤하게만 듣고 있던 현곤은 율아가 사촌오빠와 박중기와 윤명자를 불태워 죽였을 거라는 마지막 부분에서는 곤혹스러운 표정을 지었다.

"사촌 오빠를 죽였다는 얘기는 처음 듣는다. 박중기와 윤명자를 죽였을 거라는 것도 당황스럽고. 하지만 그게 전부 사실이라 하더라도 나는 율아를 끔찍한 살인범으로 비난하고 싶지는 않아. 물론 그것이 비난받아 마땅한 행위라는 사실에는 의심의 여지도 없지만, 박중기와 윤명자 그 작자들이 어떤 인간들인지 내가 잘 아니까 그래. 허주만도 마찬가지이고, 그 인간들 율아를 함부로 대하고 이용만 해 먹은 것들이야. 내가 큰 잘못을 저질렀어. 내가 율아를 그들에게 연결해주었으니."

"연결해주었다는 그 얘기까지는 들었습니다. 그것도 죽은 박중기에게서요."

진구는 '박중기'에 악센트를 주었다. 연결해준 뒤 율아에게 일어난 일들을, 박중기가 들려준 것과는 다를 것으로 생각되는 현곤의 얘기를 듣고 싶었다. 현곤도 진구의 마음을 눈치챈 것 같았다.

"그 이후로 율아와 그들 사이에서 벌어졌던 일들을 율아가 내게 직접 얘기해준 적은 없어. 나도 짐작하는 것뿐이야. 내 생각에 윤명자가 율아를 길들이려 했던 것 같아. 그루밍이라고 하잖아. 율아가 매력이 있으니 어떻게든 손아귀에 쥐고서 마음대로 하고 싶었겠지. 하지만 율아가 누구에게 길들여질 그런 인물은 아니잖아. 게다가 그 합의금, 율아를 성폭행한 놈으로부터 받아낸, 율아는 바라지도 않았던 그 합의금의 상당액을 후원금이라는 명목으로 윤명자가 가로챘던 것 같아. 당연히 둘 사이가 어긋났겠지. 허주만과 박중기와의 관계는 나도 잘 모르겠어. 율아가 성적으로 개방적이잖아. 그냥 편하게 즐겼을 수도 있어."

율아와 윤명자의 관계는 공감이 갔지만 율아와 허주만, 박중기와의 관계는 동의하기 힘들었다.

"그랬을 수도 있고 아닐 수도 있다고 봅니다. 허주만이 율아와 박중기의 성관계 동영상을 갖고 있었습니다."

"그-래?"

유현곤은 노골적인 혐오감을 드러냈다. 그 방향은 물론 허주만을 향해 있었다.

"허주만에 의하면 율아가 촬영했다고 합니다."

"촬영해야만 했겠지. 하여튼 허주만이 그런 걸 갖고 있었다면 그 용도는 뻔하잖아. 그렇다면, 허주만과의 관계는 모르겠지만 박중기와의 관계는 원치 않았던 것일 수 있겠네. 허주만이 강요했을 수도 있겠어. 사촌오빠 말이야, 사촌오빠 죽인 일을 허주만이 알고 있다니, 허주만은 그것을 이용해 협박했을 수도 있어. 하지만 그것만 가지고 율아를 움직이지는 못했을 거야. 협박에 곁들여서 번듯한 대의명분이나 교묘한 언설로 포장했을 수도 있어. 그쪽 사람들 특성이 원래 그렇지만, 허주만이 그런 면에서 유독 뛰어나. 지난번 내가 허주만에게 물어보라던 허주만 머리의 흉터 말이야. 그거 사실은 도망치다 생긴 건데 전경의 돌에 맞아 생긴 영광의 흔적이라며 자랑하고 다니잖아. 사람들은 그렇게 믿고 있고. 이처럼 반들거리는 입술로 사람들을 잘 휘두르고 잘 속여."

짐작이 틀리지 않았다. 율아가 약점을 잡혔을 것이다. 속임을 당하거나 휘둘리기도 했을 것이다. 그렇게 믿고 싶은 마음이었다.

"지금 생각해도 가관이었어."

유현곤이 생각난 듯, 허주만을 향한 혐오감을 떨치지 않은 채로 회상에 잠겼다.

"허주만이 머리 깨진 거 말이야. 등록금 싸움하면서 본관 점거 농성할 때였어. 한 달가량 했었지. 허주만도 흉내 낸답시고 가끔 농성장에 얼굴을 내밀었었어. 밤에 자고 가기도 했었는데, 그때 마침 경찰이 덮친 거야. 다들 경찰에 저항하는데, 혼자 죽기 살기로 도망쳤어. 2층에서 뛰어내리기까지 했지. 그때 머리가 깨진 거였어. 그런데 자기는 도망치지 않고 경찰과 싸우다 그렇게 다쳤다고 우겨대더라. 모두가 그 상처의 진실을 다 알고 있는데도 그러는 거야. 그러다 수년이 지나니 경찰과 투석전 벌이다 경찰이 던진 돌에 맞았다고 또 우겨대. 그게 아마도 그 흉터의 진실을 감추는 데 더 나았던 모양이야. 허주만은 그런 인간이야."

유현곤은 경멸이 섞인 한숨 비슷한 웃음을 지어 보였다. 진구도 따라 웃었지만 진구는 율아 얘기가 더 급했다.

"그러니까 하여튼 율아 본의와는 상관없이 그 동영상을 촬영하도록 허주만이 직접적이든 간접적이든 강요했다는 거네요."

"그럴 가능성이 크다고 봐." 유현곤도 현재로 돌아왔다. "그러고 보니 율아 얼굴의 멍 자국도 이해될 것 같다. 허주만이 이놈이 박중기의 사퇴를 압박하면서 그 동영상을 박중기에게 보냈을 가능성이 있어. 멍이 생겼을 때가 박중기와 허주만이 한창 치고받고 싸울 때였잖아. 박중기가 가만있었겠어? 허주만에게 분풀이는 할 수 없고 율아에게 주먹을 휘두른 걸 거야."

이 역시 진구의 짐작과 일치했다. 허주만은 그 동영상으로 박중기의 사퇴를 압박했고, 또한 박중기의 사퇴를 확신했을 것이다. 아무리 입으로야 사퇴를 부정하더라도 그 동영상 때문에 박중기는 사퇴하지 않을 수 없었을 것이다. 그리고 율아를 성폭행하지 않았다는 박중기의 말도 사실일 가능성이 컸다. 하지만 왜 율아는 박중기에게 성폭행당했다고 거짓을 말했을까? 그 말을 믿고서 박중기를 두들겨 패기도 했는데.

"쓰레기 같은 새끼들."

현곤이 욕을 했다. 현곤의 입에서 듣기 힘든 것이 욕이었다.

"난 그들이 성적으로 자유분방한 거 다 이해해. 하지만 그것과는 별개로 아무 힘도 없는 여자 하나를 자신들의 정치적 제물로 이용하는 건 용납 못 해."

진구는 공감의 표시로 고개만 끄덕이고는 현곤을 마주 보았다.

율아와 윤명자, 허주만, 박중기의 관계는 들을 만큼 들은 것 같았다. 현곤과의 관계만 듣지 못했다. 율아에게 들은 바 있지만 확인하고 싶었다. 진구의 마음을 알아차리고 현곤이 말했다.

"율아와 나와의 관계는 직업여성과 고객과의 관계, 그것이 전부였어. 율아가 바깥에서 만난 고객에게 성폭행당하고 그 일을 그만두었을 때 우리 회사에 내가 일자리를 마련해 주었고, 그 이후로는 사장과 직원의 관계로만 있었어. 박중기나 허주만, 윤명자가 색안경을 쓰고 본다는 건 알아. 그렇지만 그들이 잘못 안 거야. 뭐 눈에 뭐만 보인다는 식이지."

유현곤의 말은 사실일 것이다. 다만 처음 들었을 그때나 지금이나 그가 성매매 업소를 드나들었다는 사실은 의아했다.

"선배님이 그런 곳에서 율아를 만났다는 거, 처음엔 믿기지 않았습니다. 선배님은 언제나 근무복을 걸친 성실함의 이미지로만 생각되었거든요."

현곤이 웃었다.

"난 성인군자가 아니야. 남들과 똑같은 욕망을 가진 사람이야. 근무복만 입고 일만 한다고 해서 욕구가 없는 건 아니다. 누구나 바깥으로 드러난 모습과는 다른 욕망을 다 가지고 있어. 구글 트렌드를 분석한 어떤 책에서 읽었는데, 미국의 유명 포르노 사이트를 접속한 이들의 상당수가 여성이며, 이들 여성의 또 상당수가 여성에게 폭력적인, 여성에게 고통과 굴욕을 강요하는 포르노를 검색했다는 거야. 그 비율이 남성들보다 2배나 높았다고 해. 포르노를 혐오하고 달달한 바닐라 섹스를 갈망한다는, 일반적으로 알려진 여성의 모습과는 다르지. 하지만 그것이 인간의 모습이야. 나는 그러한 인간의 모습을 긍정하고 나에게도 인정해."

진구는 인정하기 힘들었다.

"그건 이중적인 것이고 위선적인 거잖아요."

"그걸 이중적이니 위선적이니 그렇게 볼 필요는 없을 것 같아. 인간이 본래적으로 가진 단일화되지 않은 정체성으로 이해하면 될 것 같아. 쉽게 말해 인간은 복잡하다는 거지. 이 복잡함을 정치적 반듯함이라는 이름으로 무리하게 하나의 이상적이고 도덕적인 모습으로 단일화시키려는 노력이 오히려 인간에 대한 억압이라고 봐. 내 말은 혼란스러움을 받아들이라는 거야. 혼란스러움을 모두 없애려 할 때 전체주의가 되는 거지. 그것은 인간과 인간 실존에 대한 거부와 부정에 불과 한 거야."

"만일 형수님이 다른 사람을 만나고 있다면요?"

"그것이 나를 모욕하는 방식이 아니고 우리 관계를 흔들어놓는 것으로 이어지지만 않는다면 나는 그 사람에게 자유를 줄 거야."

진구로서는 솔직히 좀 놀랐다. 고지식해 보였던 현곤에게 듣게 되리라고 기대했던 말은 아니었다.

"그렇게 해서도, 그러니까 그렇게 서로 간에 구속이 없는 그런 자유를 주어도 결혼 관계라는 것이 유지가 되겠습니까?"

"나는 반대로, 그래야 결혼 관계가 유지된다고 생각해. 낭만적 사랑에서 말하는 결혼에 의한 두 인격체의 전일적인 합일, 자신을 버리고 통합된 다른 인격체가 되는 것, 그것은 두 사람 모두에게 폭력이라고 생각해. 나는 부부 두 사람의 관계는 협상 된 관계여야 하고, 각각의 정체성은 열린 정체성이어야 한다고 봐. 내 말은, 부부관계는 반드시 이러이러해야 한다는 교과서는 없다는 것이고, 따라서 부부 두 사람이 합의하기에 따라 각기 다 다른 부부관계가 만들어진다는 것이야. 그리고 이런 관계에 맞추어 각자의 영역, 즉 각자의 정체성은 존중되면서도 그 각자의 정체성은 고정된 것이 아니라 동의와 자발에 의해 유동적으로 서로 섞여들기도 한다는 거지. 상대를 향한 불편 부당한 요구로 점철된 서로 구속하는 방식이 아니라. 이는 달리 말하면 늘 노력하면서 만들어가는 부부 사이의 민주주의를 의미해. 상하관계나 강제가 없는. 말하자면 아직까지 여전히 남성 중심적인 사회를 살아가야 하는 여성들의 입장에서는 해방인 셈인데, 사적인 영역에서 여성해방을 실현한다는 측면에서는 어찌 보면 나는 진정한 래디컬 페미니스트인 셈이야. 그런데 실은 남자들의 입장에서도 마찬가지라고 봐. 남녀 사이의 민주주의는 남자들도 해방시켜주거든. '맨박스'라고 불리기도 하는 사회적으로 강요되는 남성다움에 갇혀 쓸데없이 에너지를 낭비할 필요가 없도록 만들어주니까."

진구로서는 그 이론적 설명에는 동의하면서도 자신의 일로 받아들이기는 힘들었다.

"말하자면 확립된 가족이라는 개념이란 없다는 거잖아요. 어떤 관계이든 쌍방이 합의하기만 하면 가족이 될 수 있다는 거잖아요. 그렇다면 굳이 가족이라는 그런 틀을 유지할 이유가 있는지 모르겠습니다. 그저 편하게 만나고 헤어지고 하면 되는 거죠."

"있다고 봐. 생각해봐. 가족만큼 지속 가능하고 안정적인 인간관계나 인간조직이 있을 수 있을까. 현대의 인간관계에서 믿음과 사랑을 주어도 배신당하지 않을 거라고 확신할 수 있는 조직이 있을 수 있을까. 완벽을 말하는 것이 아니다. 상대적으로 그렇다는 거야. 특이 아이들, 돌려받을 계산을 하지 않고 사랑을 줄 수 있는, 그럼으로써 행복감을 누릴 수 있는 가장 확실하면서도 보편적인 존재가 아이들이 아닐까."

진구는 반 정도는 공감했다. 그럼에도 실제 부부관계에서 이러한 논리들이 실현될 수 있을지는 의문이었다.

"하지만 형수님하고의 관계는…"

"아주 좋아. 멋진 동지이자, 최고의 친구야. 흔히 알고 있는 사랑의 개념을 조금 수정해 적용한다면 난 아내를 사랑하고 있어. 처음 만난 이후로 지금까지 변함없이. 단 아이가 없다는 게 아쉬워. 임신이 안 돼. 이젠 포기했지. 입양도 생각하고 있는데, 고민 중이야."

수정된 사랑의 개념이란 협상된 관계와 열린 정체성을 말하는 것이리라. 그 개념을 율아와의 사이에 적용한다면 어떻게 될까 싶었다. 생각이 여기에 미치자 진구는 자신이 현곤을 찾게 된 이유를 불현듯 깨달았다. 율아 때문이었다. 율아 얘기를 듣고 싶어서였다. 현곤도 이를 일찌감치 눈치챘을 것이다. 되짚어보니 진구의 속마음을 미리 읽고서 그에 맞추어 얘기를 풀어주었던 것 같았다. 갑자기 현곤을 마주하기가 불편해졌다. 속내를 들켜버린 셈이었다. 진구가 가야겠다며 일어섰다. 더 할 얘기도 없었다.

"잠깐 기다려 봐."

현곤이 일어서 책상으로 걸어가더니 서랍을 열고 무엇을 꺼냈다. 그것을 진구에게 건네주었다. 수표였다.

"준비도 없이 집 나왔으니 이게 필요할 거야."

　진구는 사양하며 밀어냈으나 현곤은 언제든지 갚고 싶으면 갚으라며 진구의 주머니에 밀어 넣었다.

"니 마음이나 폭행 건이 다 정리된 뒤에, 갈 데 없으면 나한테 와. 같이 일해보자."

　현곤은 진구의 어깨를 툭 쳤다. 그 가벼운 동작이 진구를 말할 수 없이 편안하게 만들었다. 그 손길에는 인간을 향한 애정이 담겨 있었다. 진구는 지금껏 현곤을 잘못 알고 있었다. 그는 변절자가 될 수 없는 사람이었다. 사람을 사랑할 줄 아는 사람은 변절이라는 것과는 거리가 먼 존재이기 때문이었다.

#17.
저 낮은 곳을 향하여

대구를 떠난 진구의 첫 행선지는 강원도 속초였다. 최대한 멀리 떠나고 싶어 선택한 곳이었다. 바다를 보고 싶다는 치기도 한몫했다. 늦은 밤에 도착했으므로 먼저 잠자리부터 찾았다. 돈을 아끼기 위해서는 찜질방이 최고였다. 다음날은 속초 시내를 돌아다녔다. 말 그대로 돌아다니기만 했다. 돈을 최대한 아껴야 하는 그로서는 할 수 있는 일이 그다지 많지 않았다. 관광지여서 그런지 물가는 유달리 비쌌다. 걷기에도 지치자 한적한 바닷가를 찾았다. 바닷가에 앉아 파도 소리를 음악 삼아 돈이 들지 않는 바다의 낭만이라도 즐겨보려는 심산이었다.

그것은 오산이고 착각이었음이 곧 밝혀졌다. 생각이 몰려들었다. 율아를 둘러싼 의문으로 진구의 머리를 채웠다. 율아는 왜 하필 진구가 박중기와 윤명자를 만난 직후에 그들을 살해했을까? 허주만처럼 진구에게 살해 혐의를 뒤집어씌우기 위해서? 그렇다면 굳이 진구에게 살인의 혐의를 씌우려 했던 이유는 또 뭐지? 허주만처럼 진구에게 품은 앙심이라도 있었나? 율아는 왜 박중기에게 성폭행당했다며 거짓말을 했을까? 진구를 격분시키기 위해? 격분시켜선 또 무얼 하려고? 율아에게 있어서 진구라는 한 인간은 도대체 어떤 존재란 말인지?

동시에 진구의 몸을 가득 채운 것도 있었다. 그것은 분노와 절망과 그것들에 뒤이은 두려움이었다. 실명의 녹취록과 첨부된 부록이 사실로 확인되면서 그의 세계는 무너졌다. 그의 삶의 이유였던 그의 신과 아버지는 살인자에다 재물을 탐내고 거짓말의 산을 쌓는 신이었고 아버지였다. 그의 신과 아버지는 이제 땅으로 추락해 죽어버렸다. 그가 살아갈 이유를 찾기가 힘이 들었다. 진구는 이영운을 생각했다. 그는 자신의 신이 죽고 그의 세계가 무너져내리자 자신의 목숨마저 끊어버렸다. 진구는 여전히 살아있었다. 살아있는 자신이 두려워지기 시작했다. 그 같은 두려움의 존재는 그가 고시원을 떠나기 전에도 알고는 있었다. 다만 뚜렷하지 않았었다. 그것은 그에게 익숙했던 세계를 떠나자 돌멩이처럼 단단한 자신의 존재감을 드러냈다. 그것은 바다를 벗어나 속초 시내를 하염없이 돌아다녀도 사라지지 않았다. 그것은 그것의 단단한 존재를 확인한 그때부터 그의 일부가 되어버렸다.

그 두려움과 율아를 둘러싼 의문으로부터 달아나기 위해 진구는 다음날부터 산을 오르기 시작했다. 머릿속이 어지러우면 몸을 피곤하게 만들어야 한다. 설악이라는 멋진 산이 곁에 있으니 멀리 갈 필요도 없었다. 보병으로 군 복무를 마친 터라 걷기에도 자신이 있었다. 첫날은 오색에서 대청봉으로 올라 천불동 계곡을 거쳐 설악동으로 하산하는 코스를 잡았다. 3월 말, 흰 눈의 겨울 설악도 아니고 단풍 찬란한 가을 설악도 아니지만 설악은 아름다웠다.

산을 걷는 동안은 분노도 절망도 두려움도 없었고, 율아를 둘러싼 꼬리를 무는 의문도 없었다. 그는 여느 등산객처럼 가쁜 호흡과 솟아나는 땀을 즐겼고, 능선에서 내려다보이는 호쾌한 조망을 마음껏 누렸다. 산은 그를 편안하게 했다. 찜질방으로 돌아와서는 깊은 숙면을 취했다. 다음날은 하루를 쉬었다. 다리와 허리의 욱신거리는 근육통은 잡념을 털어내 주었다. 하룻밤의 깊은 잠으로도 풀리지 않은 피로는 낮잠이라는 망각의 혜택을 누릴 수 있게 해주었다. 다음날은 다시 설악을 올랐다. 공룡능선에 도전했다. 설악동에서 출발해서 금강굴을 올라 마등령을 거쳐 공룡능선을 탔다. 하산은 그저께와 마찬가지로 천불동 계곡을 거쳐 설악동으로 잡았다. 공룡능선은 소문답게 힘이 들었지만, 설악은 그 장쾌함으로 그 힘듦을 충분히 보상해주었다.

그렇게 하루걸러 하루씩 설악을 오르는 진구의 나날은 계속되었다. 구곡담 계곡을 거쳐 백담사로, 서북 능선, 울산바위, 남설악의 곰배령, 두루두루 설악을 밟고 다녔다. 설악에 익숙해지자 비탐방 등산로도 몰래 탐색했다. 화채능선, 용아장성능선, 황철봉.

진구가 속초를 떠나게 된 사건은 황철봉을 오른 그날 밤 일어났다. 미시령에서 출발해서 황철봉과 너덜지대를 지나 마등령에서 공룡능선을 탄 뒤 천불동 계곡을 거쳐 설악동으로 하산이라는 장거리 코스에 지친 진구는 깊은 잠이 들었다. 새벽녘에 평소와는 다른 이상한 낌새에 설핏 잠이 깼다. 모로 잠든 그의 등 뒤에 누군가 밀착해 있었다. 그 누군가는 남자였고 그 남자의 손은 진구의 찜질복 바지 안에 들어가 있었다. 그 손은 진구의 사타구니를 깊숙이 쓸고 있었다.

"뭐 하는 새끼야!"

그 남자의 손을 떨쳐낸 진구는 주먹으로 그놈의 얼굴부터 갈 겼다.

"어이쿠! 왜 이래, 이거?"

"뭐 하는 짓이냐고, 씹새끼야!"

진구의 주먹이 연거푸 날아갔다. 숨죽이고 있던 분노가 깨어났 다. 50대 후반으로 보이는 머리가 벗겨진 성추행범 남자는 도리어 고함을 질러댔다. 잠에서 깨어난 사람들이 몰려들었다. 진구의 몸 을 더듬었던 남자는 자신의 추행은 부인하고 진구의 폭행만 물고 늘어졌다. 진구는 난폭한 폭행범이 되어있었다. 남자는 경찰을 부 르겠다고 했고, 진구는 경찰서로 같이 가자고 우겼다. 경찰서로 가 는 척 얼른 옷을 챙겨입은 진구는 그길로 속초를 도망쳤다.

이후 그의 여정은 백두대간을 중심으로 타고 내려가 지리산까지 길게 이어졌다. 경유한 도시들도 강릉, 원주, 제천, 충주, 청주, 남 원, 함양에 이르렀다. 어디에서든 1주일 이상을 머무르지 않았다. 그 일주일 동안 몸이 쓰러지도록 산을 타거나 피로에 지쳐 잠을 잤다. 한시도 멈춤의 시간을 허용하지 않았다. 그에게 있어서 멈춤 은 분노와 절망과 두려움이 되살아남을 의미했고, 율아를 둘러싼 의문들 가운데로 빠져듦을 의미했다.

그러나 율아를 둘러싼 의문에 빠져들거나 자신과 세계를 향한 분노와 절망과 두려움에 휩싸여 허둥댈 수 있는 것도 가진 돈이 주머니에 남아 있을 때까지였다. 수중에 돈이 떨어지자 먹고살 걱정이 먼저 그를 사로잡았다. 그는 영화 속 주인공이 아니었고, 떠돌이 도망자의 생활은 결코 낭만이 아니었다. 풀리지 않는 의문이나 분노, 절망, 두려움 같은 것들, 따지고 보면 다 사치일 수도 있었다. 수중에 돈이 떨어지고 생존의 문제에 직면하면서 그를 잡아먹고자 덤비는 거대한 세계가 그 이빨 가득한 아가리를 그의 눈앞에 벌리게 되자 그 사치는 있을 자리가 없어져 버렸다. 그는 그 아가리에 잡아먹혀 생존을 박탈당하거나 그 아가리를 눈앞에 두고 살아가는 법을 당장 배워야 했다. 그것은 책에서는 배울 수 없었던 것이었다. 바닥 생활에서는 오직 몸뚱이로 모든 것을 배워야 했다.

진구가 밥벌이를 위해 처음 시작한 일은 새벽 인력 시장에 출근 도장을 찍는 것이었다. 고시원을 떠나고 두 달, 함양을 떠나 대전으로 흘러들고 5일가량 지났을 무렵이었다. 통장 잔액이 100만 원 아래로 떨어지자 마음이 급해졌다. PC방에서 적당한 인력개발회사를 검색한 뒤 다음날 새벽 서구 도마동의 한 회사로 출근했다. 5월의 끝 무렵이었지만 새벽 공기에는 아직 찬 기운이 남아 있었다. 새벽 5시 50분, 하루 품을 팔기 위해 4~50명이나 되는 일용 근로자들이 인력개발회사로 몰려들었다. 그들 중 그날 일을 나간 사람은 20명을 넘기지 못했다. 진구는 그 20명에 끼어들지 못했다. 코로나의 여파는 인력 시장에도 직격탄을 때렸다.

4일째 되는 날 마침내 처음 일을 나갔다. 그의 떠돌이 생활 첫 일은 아파트 공사 현장의 자재 정리였다. 각지거나 둥근 철재 파이프를 종류별 길이별로 모아 정리하거나 못 빼는 아주머니 둘이서 못을 빼고 던져놓은 합판이나 목재를 역시 종류별 크기별 길이별로 모아 정리하는 일이었다. 일은 그다지 힘들지 않았다. 문제는 현장 용어였다. 아시바, 투바이, 다루끼, 오비끼 따위 영어와 일어가 혼재된 자재 명칭을 익히는 데는 시간이 필요했다. 현장 용어를 알아듣지 못해 몇 차례 잔소리를 듣고서야 하루 일을 마칠 수 있었다. 일당 13만 원에서 용역 수수료 만오천 원을 빼고 그의 손에 11만 5천 원이 쥐어졌다. 현장의 작업반장은 일은 좀 어설프지만 성실하다며 다음날도 나와달라고 했다. 인력개발회사 사장에게는 자신이 전화를 넣어놓을 테니까 현장으로 바로 나오면 된다는 것이었다. 그렇게 진구는 다음날도 그 다음날도 일을 할 수 있게 되었다.

사흘째 되는 날이었다. 못 빼는 아주머니 한 분이 그날따라 짙은 화장을 하고서 일터로 나왔다. 향수 냄새도 살짝 풍겼다. 길남이 아지매로 불렸던 그 아주머니는 오전 간식 시간, 빵을 먹고 있던 진구에게 사과 하나를 건네주었다. 힘쓰는 일 하려면 잘 먹어야 한다면서. 그때 손끝이 슬쩍 닿았는데 길남이 아지매는 진구에게 눈웃음을 살짝 흘렸다. 오후 간식 시간에도 길남이 아지매는 사과를 하나 주었다. 아예 진구의 손을 두 손으로 쓰다듬으며 건네주었다. 60대 초반의 어머니뻘 되는 길남이 아지매의 메시지는 분명했다. 진구는 모른 척하기로 했다. 여자로서의 끌림이 전혀 없었던 건 아니었다. 어머니를 떠올린 탓이었다. 새로 바뀐 남자 친구를 데리고 고시원을 찾았던 어머니의 얼굴과 길남이 아지매의 얼굴이 겹쳐졌었다. 길남이 아지매는 오기가 솟았는지 더 노골적으로 되었다. 못 빼는 동료 아주머니가 못에 손을 살짝 찔렸을 때였다.

"아따, 해수 엄마는 좋기도 하것수. 낮에는 못에 찔리고 밤에는 신랑한테 찔리고. 나는 낮에도 밤에도 찔러줄 인간 하나도 없네."

말은 해수 엄마에게 던지고 있었지만 눈은 진구를 노려보고 있었다. 진구는 또 모른 척했다. 길남이 아지매의 얼굴이 일그러졌다. 도발에 가까운 대시는 퇴근 무렵에 절정에 이르렀다. 일부러 일을 만들어 진구 곁을 지나가면서 그 풍만한 가슴으로 진구의 등을 쓸었다. 가면서 한 번, 돌아오면서 또 한 번. 진구는 여전히 모른 척 무시했다. 드디어 길남이 아지매는 화가 단단히 났다. 나무에서 못을 뽑는 게 아니라 나무와 못을 두들겨 패고 있었다. 해수 엄마는 사람 좋은 얼굴을 하고서 진구를 보았다가 길남이 아지매를 보았다가 했다.

사단은 다음날 일어났다. 오전 내내 진구에게 시비조로 툴툴대던 길남이 아지매가 오후에 폭발했다. 목재의 종류를 구분하여 쌓는 일에 진구의 사소한 실수가 있었다.

"아니, 여기서 일을 한 지가 언젠데 아직도 투바이하고 오비끼를 구분을 못 해? 고자 새끼도 그건 알겠다!"

고자와 목재 종류 구분하는 것과는 무슨 상관이 있는지 모르겠고, 반장도 아니면서 반장처럼 나설 일도 아니었지만, 왜 그러는지 알기에 대꾸를 하지 않았다. 그것이 도리어 길남이 아지매의 화를 더 돋우었다.

"어디 귓구멍이 처먹었나, 똥구멍이 처막혔나, 일을 못 하면 말귀라도 알아들어 처먹어야지!"

이건 좀 심했다.

"아지매 말씀이 지나치시네!"

"내가 뭐 틀린 말 했어?"

그렇게 싸움이 시작되었다. 거친 쌍욕이 오고 갔다. 진구도 길남이 아지매에게 화가 났다기보다 그동안 쌓인 울분을 토해낼 기회를 만난 셈이었다. 그는 건설 현장에서 외국인 노동자들도 잘 하지 않는 허드렛일을 하고 있었다. 사지만 성하다면 누구나 할 수 있는 단순 노동, 일은 지저분하면서 일급은 가장 적은 일. 폭력을 휘두르지 않았다뿐이지 그가 할 수 있는 욕은 다 쏟아냈다. 고함소리를 듣고 작업반장이 달려와 둘을 뜯어말렸다. 진구는 금세 얌전해졌지만 길남이 아지매는 오히려 기세가 더 등등했다. 반장은 두 사람이 싸워댄 진짜 이유를 눈치챈 것 같았다. 퇴근 무렵 반장은 진구에게 내일은 나오지 않아도 된다고 했다. 할 일이 없다며 일이 생기면 다시 부르겠다는 것인데 사실은 잘린 것이다. 잘린 이유도 알 것 같았다. 진구는 반장의 연적으로서 반장에게 견제당해 잘렸다. 이 현장으로 진구를 다시 부르는 일은 일어나지 않을 것이다.

이틀을 일이 없어 쉬고 사흘째 겨우 일거리를 만났다. 질통이라 부르는 흙 지게를 메고 3층까지 모래를 져 나르는, 현장 말로 오리지날 노가다로 불리는 일이었다. 머리는 1도 필요 없고 오직 근육의 힘만 있으면 된다. 아직 육체노동에 익숙하지 않은 진구로서는 솔직히 마라톤보다 더 힘들었다. 하루 일하고, 다음날은 아예 출근조차 하지 못했다. 지게 어깨끈에 쓸려 쓰라린 그의 두 어깨는 벌겋게 부어있었다. 온몸은 돌덩이나 마찬가지로 굳어버렸다.

이후 연속 4일을 일이 없어 공쳤다. 새벽 6시에 시작해서 혹시나 하는 생각에 8시 30분까지 기다리다 돌아오는 날들의 연속이었다. 대부분 7시가 넘어서면 돌아가 버렸지만 마땅히 갈 곳도 없는 진구로서는 죽칠 수 있을 때까지 뭉개다 인력회사를 떠났다. 진구처럼 갈 곳 없어 보이는 이들은 몇 더 있었다. 새벽마다 늘 보던 사람들이지만 말을 섞지는 않았었다. 그러나 4일째 연이어 하루에 2~3시간씩 마주하다 보니 어울리지 않을 수 없었다. 비슷한 처지의 동류의식도 작용했고, 이 바닥에서의 정보도 필요했다. 각자 계산을 원칙으로 국밥 한 그릇 던져넣으러 가자는 누군가의 제안에 진구는 따라나섰다.

진구 포함 네 사람은 걸어 5분 거리의 순대 국밥집을 찾아들었다. 간단하게 통성명을 하고 보니 모두 이 지역 사람들이 아니었다. 둘은 각각 경기도의 평택과 안산, 한 사람은 청주 사람이었다. 하나 같이 일을 하지 않으면 어디든 갈 곳이 없는 이들이었다. 아마 진구처럼 돌아갈 곳도 없을 터였다. 집도 절도 없는 사람들, 모두 각자의 사연이 있겠지만 아무도 그것을 입에 올리지 않았고 묻지도 않았다. 일 이야기만 나누었다. 일거리가 너무 없다는 것이 중심 화제였다. 안산 사람 이정옥이 자기가 계산하겠다며 소주를 한 병 시켰다. 그는 소주잔이 아닌 물잔을 네 개 가져와 소주를 똑같이 네 등분하여 나누어 따른 뒤 한 잔씩 건네주었다. 이정옥은 자기 잔을 비운 뒤, 이렇게 일없이 허송세월할 수 없다며 대전을 뜨겠다고 했다.

"초등학교 동기가 국립공원 같은 데 등산로 공사 일을 하고 있어요. 그리로 가볼까 생각 중입니다. 비만 오지 않으면 일은 늘 할 수 있어요. 그런데 공사 현장이 대개 민가에서 멀리 떨어져 있어서 산속에서 텐트 생활하거나 산 아래서 합숙하면서 매일 몇 시간씩 산을 오르내려야 하는데 그게 영 그래요. 그래도 등산 즐기는 사람들에게는 괜찮죠. 혹시 마음 있으면 얘기해요. 일할 사람이 언제나 부족하다고 하니."

평택 사람과 청주 사람은 그다지 내키지 않는다며 고개를 저었지만 진구는 마음이 끌렸다. 산은 마음껏 탈 수 있겠다 싶었다. 일단 이정옥의 전화번호는 받아두었다. 좀 더 있어 본 뒤 사정을 보아 연락하겠다고 했다.

다행히 다음 다음날 일이 있었다. 배추 수확팀에 결원이 생겨 그 땜빵용으로 사람이 필요했다. 인력회사 사장으로부터의 연락은 그 전날 받았다. 새벽 3시에 일을 시작해서 오전 11~12시에 끝나는 일인데 하겠느냐고 물었다. 말이 진구의 의향을 묻는 것이지 일을 가려서 할 수 있는 처지는 아니었다. 못 하겠다고 거절하면 사장의 일 배당 순서에서 뒤로 밀리게 된다. 진구로서도 찬밥 더운밥 가릴 처지가 아니었다. 일하지 않으면 돈을 벌지 못하는 것으로 끝나지 않고 더 쓰게 된다. 남는 시간을 무엇으로든 때우려다 보면 아무래도 돈이 들게 된다. 일없이 쉬는 5일 동안 통장 잔액이 27만 원이나 줄어들었다.

새벽 3시부터 일을 시작하려면 배추밭까지의 이동 시간을 고려해서 2시에 약속 장소에 나가야 했고 이를 위해서는 1시에는 일어나야 했다. 배추밭은 차로 3~40분 걸리는 곳에 있었다. 행정구역상 어딘지도 몰랐다. 캄캄한 도로를 달렸다가 내리니 어둠 속에 축구장만 한 배추밭이 펼쳐져 있었다. 작업반장은 진구에게 헤드랜턴을 건네준 뒤, 날의 폭이 손바닥 넓이는 될성싶은 칼을 한 자루 또 손에 쥐여주었다. 오는 길에 차 안에서 들은 바에 의하면 배추 밑동 자르기 용 칼이었다. 운전대를 쥐고 있던 작업반장은 새벽 일찍 작업해야 하는 이유도 오는 길에 설명해주었다. 봄배추 수확은 6월에 이루어지는데, 이 무렵 낮의 뜨거운 햇살에 밑동을 잘라놓은 배추가 시들어버리면 상품성이 떨어지므로 기온이 오르기 전에 끝내야 한다는 것이었다. 이 외에도 반장은 작업에 필요한 여러 가지를 말해주었다. 배추 망에다 배추를 넣는 방법, 망틀 사용법, 배추 상차시 힘을 덜 쓰는 요령 따위들이었다. 그동안 승합차 안의 일꾼들은 잠에 빠져있었다. 그들 중에 둘은 중국의 교포였고, 한 사람은 우즈베키스탄인이었다. 한국의 국제화는 육체노동현장에서는 이미 완벽하게 구현되고 있었다. 단, 10년 전이나 지금이나 벌어들이는 돈의 금액에 차이가 별로 없다는 것이 문제라면 문제였다. 싼 외국 인력이 노동현장으로 몰려드니 한국인들의 수익도 하향 평준화되고 있었다. 반장이 투덜거린 바에 의하면 그랬다.

배추 수확 작업은 농사일이 그렇듯이 고난도의 기술이나 요령이 필요하지는 않았다. 무지막지한 근력과 고래 심줄 같은 끈기와 곰을 닮은 무던한 성실성이 요구되는 일이었다. 배추 밑동 자르기가 특히 그랬다. 허리를 숙인 채 무한 반복되는 그 일은 인간 인내의 극한을 시험했다. 물론 이는 어디까지나 진구의 기준이었다. 짧게는 1년 길게는 20년을 이 일을 해왔다는 작업반원들에게 있어서 밑동 자르기는 배추 작업에서 가장 힘든 일이기는 해도 인간 인내의 시험을 받는 정도는 아니었고 가끔 허리 한 번씩 펴주면 되는 일이었다.

작업은 12시 조금 못 미쳐 끝이 났다. 일당 13만 원, 손에 쥐는 돈은 11만 5천 원짜리의 하루 일이었지만 일을 마치니 뿌듯했다. 같은 날품이어도 공사 현장과는 달랐다. 시골 출신이기에 고향을 찾은 것처럼 흙을 밟으며 일한 때문이었는지도 몰랐다. 힘이야 들었지만, 일하는 동안에도 공사 현장보다 훨씬 더 즐겁게 일했다. 반장도 처음 하는 일치고 그 정도면 괜찮다며 내일도 나와달라고 했다.

배추 수확일은 열흘가량 이어졌다. 수확 시기에 맞춰 전국을 위아래로 오르내리며 일하는 작업반의 다음 행선지는 대관령이었다. 떠나기 전날 반장으로부터 자신들과 한 팀으로 같이 일해보지 않겠느냐는 제안이 있었다. 큰돈은 못 벌어도 꾸준히 일이 있어 먹고사는 데 지장은 없다고 했다. 진구는 생각해보겠다고 했고 반장은 마음이 바뀌면 언제든 연락하라고 했다.

배추 수확일을 끝내고 나니 진구가 대전으로 흘러든 지도 벌써 한 달이 가까워오고 있었다. 떠날 때가 되었다. 경찰이 그를 찾고 있다는 어떤 기미도 없었지만 오래 한곳에 머물러 있을 수는 없었고, 있고 싶지도 않았다. 진구는 수원으로 갔다. 수원을 다음 행선지로 정한 마땅한 이유는 없었다. 떠돌이답게 즉흥적 결정이었다. 대전을 떠날 마음을 먹었을 때 수원화성의 정경이 그의 눈앞에 있었다. 기사 식당 벽에 걸린 달력 사진이었다.

수원에서도 인력회사를 찾아 출근 도장을 찍기 시작했다. 코로나의 여파는 전국 어디나 마찬가지였다. 이틀을 쉬고 하루를 일하는 정도였다. 진구의 통장 잔고는 90만 원을 기준으로 오르내렸다. 어디 다치기라도 하면 길거리로 내몰리기 딱 알맞은 수준이었다. 통장 잔고를 더 높일 필요가 있었다. 쉬지 않고 일해야 했다. 수원에서 한 달을 머무르자 한여름이 되었다. 가난한 사람에게 도시는 너무 더웠다. 산이 차라리 나았다. 진구는 안산 사람 이정옥에게 연락을 취했다. 이정옥은 사람이 필요하니 오라고 했다.

진구는 전주로 갔다. 전주 모악산 등산로 정비공사 현장이 그가 일할 곳이었다. 기술이 없는 그에게 주어진 일은 보조역할이었다. 자재를 날라다 주는 일이 사실 보조역할의 전부였다. 알고 보니 그 일은 팀원들이 직접 하기보다는 용역을 주었던 일이었다. 그런데 하루 일한 뒤로는 힘들다며 아무도 더 하겠다는 사람이 없어 용역회사마저 발을 빼버리자 어쩔 수 없이 작업팀이 맡아서 하고 있었다. 말하자면 힘들어서 아무도 하지 않겠다는 일을 진구가 맡아서 하는 셈이었다. 늘 사람이 필요할 수밖에 없는 일이었다. 말은 하지 않았지만 내심으로 모두 진구가 3일을 버티지 못할 것으로 믿고 있었다.

진구는 군소리하지 않았다. 일 할 수 있다는 사실을 다행으로 여겼다. 매일 등산이라 생각했다. 한편으로는 팀원들이 재미있어서 힘든 일이 좀은 수월하게 여겨졌다. 빈 농가를 빌려 쓰고 있는 숙소에서는 저녁마다 바비큐 파티가 벌어졌다. 비 오는 날 숙소에서의 점 백 고스톱도 묘미가 있었다. 뜯어낸 개평으로 다방에 커피를 주문하면 짧은 치마의 아가씨들이 배달을 왔다. 그 아가씨들과 주고받는 수작을 구경하는 재미도 쏠쏠했다. 그 수작의 최고봉은 단연 등산로 정비공사일 15년 경력이라는 오현태였다. 일 시작한 첫날부터 진구가 형님으로 불렀던 40대 중반에 미혼인 그는 어떤 여자라도 웃게 만드는 재주가 있었다. 아무리 짓궂은 농담과 과도한 스킨십도 여자를 불쾌하게 만들거나 화나게 하지 않았다. 비 오는 어느 날 오후, 고스톱도 시들해졌을 무렵, 그가 소주나 한잔하자며 진구를 꼬였다.

그가 진구를 데려간 곳은 식육 식당이라는 간판이 붙은 테이블 4개의 홀에 방이 하나 딸린 작은 식당이었다. 그들은 방에 자리잡아 소주를 마셨다. 소주 두 병을 비웠을 때 오현태는 노래 한 곡 하러 가자고 했다. 진구가 동의하자 그는 식당 주인을 불렀다. 오현태의 옆자리에 앉은 50대 후반의 여주인은 소주잔부터 내밀었다. 오현태는 잔을 채워주면서 10만 원만 빌려달라고 했다. 여자는 술잔을 먼저 비운 뒤, 잠깐 오현태를 쳐다보았다가 지갑을 꺼내 10만 원을 건네주었다. 식당을 나오면서 오현태는 계산도 하지 않았다. 진구가 계산하려 들자 도리어 말렸다. 식당 여주인과 오현태, 두 사람이 어떤 사이인지는 말하지 않아도 알 수 있었다.

오현태는 식당 주인에게 빌린 돈으로 노래방 유흥을 즐겼다. 티켓다방에서 도우미 둘을 부르고 술과 안주를 시켰다. 진구는 지금껏 그렇게 잘 놀 줄 아는 사람을 본 적이 없었다. 노래, 춤, 맛깔스러운 농담과 걸쭉한 음담패설, 어느 하나 빠지는 게 없었다. 도우미들도 직업상 의무에서 어울리지 않았다. 그들도 그 시간을 즐기고 있었다.

그렇게 훌쩍 두 시간이 지나자 오현태는 박양이라 부르는 자기 파트너와 2차를 간다며 진구도 같이 나가자고 했다. 오현태는 똑 부러지는 데도 있었다. '지금까지의 계산은 내가 다 하겠지만 아가 씨 2차비 계산은 진구 니가 해라.' 진구가 그만 숙소로 돌아가겠다 고 하자, 그것은 예의가 아니라고 오현태는 우겼다. 이렇게 자리를 만든 자기에 대한 예의도 아닐뿐더러 파트너 아가씨에 대한 예의 도 아니라는 것이었다. '노래방 두 시간 뛰어서 어떻게 먹고사느 냐? 쟤들도 2차 나가야 먹고 산다. 민생고 해결해주지 못하면 나라 님도 쫓겨난다. 니가 나라님보다 더 잘났냐?' 말이 청산유수였다. 진구는 웃을 수밖에 없었다. 넷은 둘씩 팔장을 끼고 노래방을 빠 져나왔다.

오현태의 파트너로부터 전화가 걸려온 것은 그 이틀 뒤, 하루 일 을 마치고 저녁도 끝냈을 때였다. 자기를 알겠냐면서 그때 노래방 에서 현태 오빠 파트너 박양이라며 현태 오빠 좀 바꿔 달라고 했 다. 전화번호를 어떻게 알았는지도 궁금했고 직접 전화하지 않고 왜 바꿔 달라는지도 의아했지만 전화기는 넘겨주었다. 오현태는 한 참을 킬킬대다가 전화를 끊은 뒤 진구의 궁금증과 의문을 해결해 주었다. '장기간 요금 미납으로 전화가 끊어졌다. 혹 급한 연락을 위해서 니 번호를 가르쳐줬다.' 명쾌한 설명이었지만 명쾌하지는 않 았다. 전화가 끊어질 정도로 전화 요금을 장기간 미납하면서 유흥 비로 하룻밤에 수십만 원을 날린다? 진구가 경험하지 못한 이해하 기 힘든 캐릭터였다. 그럼에도 오현태가 밉지는 않았다.

한 달 뒤, 오현태가 진구의 양말과 면도기와 수건 등 세면도구와 지갑 속의 현금 7만 원을 훔쳐 달아났을 때도 그가 밉지 않았다. 진구만이 아니라 팀원들 모두 조금씩 절도 피해를 입었지만 아무도 오현태를 신고하지도 욕하지도 화를 내지도 않았다. 반장의 말에 의하면 '그 인간에게 얻어먹은 술값보다는 적어.'였다. 또 한 팀원은 '이번에 빤스는 안 훔쳐갔네?'였다. 상습범 오현태는 남이 입던 팬티도 훔쳐서 입고 다니는 모양이었다.

오현태의 절도 도주 사건은 이것으로 끝난 것이 아니었다. 3일 후 예의 그 박양으로부터 전화가 걸려왔다. 첫소리가 '오현태 새끼, 있어요?'였다. 직감이 왔다. 직감은 틀리지 않았다. 박양이 마구 쏟아낸 바에 의하면 오현태가 노래방 사장, 식육 식당 여주인 할 것 없이 여기저기 깔아놓은 외상값과 빌린 돈을 다 합치면 수백만 원이 넘었다. 심지어 자기 2차비까지 외상으로 계산하고 튀었다는 것이다.

"씨발놈이 떼먹을 게 없어서 씹값을 다 떼먹냐?"

진구는 겨우 웃음을 참았다. 오현태는 티켓다방 아가씨들의 민생고를 이런 식으로 해결해주는 모양이었다. 진구가 호기심에 물었다.

"도대체 얼마나 떼였어요?"

"왜요? 아저씨가 대신 갚아줄라요?"

"아니, 그건 아니지만, 그냥…"

"그냥은 무슨, 총각 아저씨, 생각 있으면 이 번호로 전화해요. 잘해줄 테니까. 대신 외상은 안 돼!"

전화를 끊고 진구는 한참을 웃었다. 한참을 웃다가 진구는 웃는 자신을 경이의 눈으로 보게 되었다. 찜질방에서 그의 몸을 더듬던 남자를 두들겨 패고, 짙은 화장과 향수와 사과로, 마침내는 풍만한 가슴으로 유혹해오던 길남이 아지매를 끝내 모른 척했던 그가 맞나 싶었다. 그는 불과 몇 달 전만 해도 도덕심과 정의감에서, 경우와 상식으로부터 어긋남에 분노를 터뜨렸을 일을 두고 웃고 있었다. 오현태라는 도둑놈이자 사기꾼이자 바람둥이 오입쟁이를 진구는 미워하지 않고 있었다.

8월 말 더위가 한풀 꺾이고부터 진구는 서울에서 일거리를 찾았다. 벌써 제법 익숙해진 인력 시장을 기웃대며 한 달 남짓 서울을 떠돌았다. 10월로 접어들어 아침, 저녁으로 찬바람이 일고부터는 주로 시골 들녘으로 일을 다녔다. 고구마 수확, 양파, 마늘 심기, 가을 무와 배추 수확, 감 따기 등 닥치는 대로 일을 했다. 그에게 농사일은 힘들면서도 즐거움 같은 것이 있었다. 흙을 밟으며 일한다는 그것이 좋았다. 들판이 주는 막힘 없음도 좋았다. 사람들과 덜 부대껴도 된다는 사실도 좋았다. 진구는 자신이 농사 체질이 아닌가 싶었다. 어머니가 있는 시골로 들어가 농사를 업으로 삼는 것도 가끔 고려해봤다. 잘할 수 있을 것 같았다. 괜찮은 농사 관련 아이디어들도 떠오르곤 했다. 하지만 지금은 아니었다. 진구는 어느 한 곳에 뿌리내릴 자신이 없었다. 의식의 수면 위에서 뚜렷한 인식의 형태로 자리 잡고 있진 않았지만, 그는 여전히 절망하고 있었다. 무너져내린 세계에서 자신의 세계를 세울 용기를 끌어내지 못하고 있었다. 시간이 더 필요한지도 몰랐다.

11월은 사과 수확의 시기였다. 사과의 주산지 경북 청송을 찾았다. 인력개발회사에 등록한 다음 날부터 일을 시작했다. 1년의 사과 농사 기간에서 가장 바쁘고 마음 급한 수확 철에 일은 많았다. 그렇더라도 평지에서의 수월한 일들이 진구를 기다리고 있진 않았다. 그런 곳들은 대부분 집안 식구들끼리 기계의 힘을 빌려 어떻게든 해치웠다. 경사지나 계단식 사과밭에서 진구의 할 일은 여자들이 따놓은 사과를 차가 들어올 수 있는 곳까지 인력으로 들어 옮기는 일이었다. 사과 광주리를 양손에 하나씩 들고 비탈길을 오르내렸다. 목이 마르면 지천에 널린 사과를 베어 물었다. 정품 사과는 아니었다. 흠다리라고 부르는 새가 쪼았거나 병이 들어 일부가 썩어가는 사과였다. 그런 것들이 오히려 맛이 더 좋았다. 예쁘게 포장되어 비싼 가격에 팔리는 상품성을 갖춘 사과들은 겉보기는 맛있어 보였지만 막상 먹어보면 흠다리보다 당도가 떨어지거나 시원한 즙이 부족해 상대적으로 퍽퍽했다.

다음날도 같은 사과밭으로 보내졌다. 일꾼이 더 충원되면서 인부를 실어나르는 승합차에는 어제 못 보던 사람들도 있었다. 그들 중에 화장을 곱게 한 50대 후반에서 60대 초반으로 짐작되는 아주머니가 진구에게 관심을 보였다. 진구는 싫지 않았다. 사과를 따면서도 슬쩍슬쩍 진구에게 접근하거나 눈이 마주치기만 하면 웃음을 흘려보냈다. 점심시간엔 진구가 운을 떠워보았다. 진구에겐 멀리 있는 된장이 그 아주머니에겐 가까이 놓여있었다.

"아지매~ 된장 좀 밀어주면 안 잡아먹~지."

아지매는 된장을 밀어주었다. 물론 장단 맞추는 일도 빼먹지 않았다.

"아따, 젊은 총각한테 잡아먹히면 내가 영광이지~"

좌중에서 폭소가 터져 나왔다. 진구는 부끄러운 척했다. 식사를 마치고 한 시간도 지나지 않아 진구는 '영광'을 기원하는 아지매의 전화번호를 받아냈다.

두 사람은 그날 저녁 만났다. 이 지역 사람인 그 '아지매'는 시간이 많지 않음을 잘 알고 있었다. 떠돌이 진구는 언제 이곳을 떠나버릴지 모른다. 두 사람은 밀당 없이 본론으로 들어갔다. '아지매'는 자기 욕망에 솔직했고 충실했으며 적극적이었다. '아지매'는 진구를 탐닉했고, 진구도 '아지매'를 탐닉했다. 두 사람에겐 그들을 구속할 그 어떤 현실적인 상황이나 조건도 없었다. 오직 서로의 몸만을 원했다. 한 차례의 열락이 끝난 뒤 진구는 그 '아지매'를 흠다리라고 불렀다. '아지매'는 입술을 모아 뾰쪽 내밀며 뾰로통한 얼굴을 했다.

"듣기 좋은 말도 천진데, 하필 흠다리가 뭐야?"

"몰랐어요? 흠다리가 맛은 더 좋아."

여자는 깔깔 웃었다. 진구는 한 손으로 흠다리의 허리를 안고 끌어당겼다. 진구는 흠다리를 아직 집으로 돌려보내 줄 마음이 없었다. 흠다리도 바로 반응을 보였다.

청송에서의 사과 수확은 11월 말이 되자 거의 일거리가 떨어졌다. 쉬는 날이 더 많아졌다. 쉬는 날은 흠다리와 하루 종일 함께 뒹굴며 보냈다. 남은 시간이 얼마 되지 않는다는 걸 알기에 서로 현재의 시간을 최대한 즐기며 누리려 했다. 죽음을 의식하면 인생을 즐기게 된다는 이치와도 비슷했다. 마침내 사과 수확은 끝이 났다. 어쩌다 건축 현장 일이 들어왔지만, 진구는 그다지 내키지 않았다. 농사일을 찾아 떠나고 싶었다. 폰으로 마땅한 지역을 검색해보았으나 겨울철에 농사일로 바쁜 지역은 없었다. 대전에서 만났던 배추 수확팀도 겨울에는 쉬었다. 전화기를 내려놓다 문득 오현태에게 2차비를 떼였다는 박양이 생각났다. 전화번호를 입력해 놓지는 않았으나 많지 않은 통화기록을 거슬러 올라가 날짜와 맞추어보니 찾을 수 있었다. 그 번호를 눌렀다. 박양은 진구를 기억하고 있었다. 진구의 이름은 몰랐고 오현태의 동생으로. 박양은 대뜸 어디냐고 물었다.

"청송, 경북 청송에 있어."

"오현태, 그 새끼하고 같이 있어?"

"아니, 그때 이후로 본 적도 없어. 어디야? 전주?"

"아니, 금산. 충남 금산으로 옮겼어."

"황제 다방이었나, 거기서 안 좋은 일이라도 있었던 거야?"

"안 좋은 일은 무슨, 우리는 자주 옮겨 다녀."

"무엇하러?"

"남정네들이 귀찮게 구니까 그러지."

이해하지 못했다. 귀찮게 군다는 게 무엇을 뜻하는지 생각해보려는데 박양이 알아서 설명을 붙여주었다.

"좆 달린 새끼들이 원래 그렇잖아. 돈 내고 하고도 두 번만 연애하면 다 지 마누란 줄 알아. 그런 새끼들이 줄줄이 달리면 그땐 떠나야 해. 눌러앉으면 이 내 몸이 너무 무거워져서 안 돼."

진구는 웃었다. 사연이 우스워서가 아니라 박양의 거침없는 말투가 상대를 편하게 만들면서 재미있었다.

"청송 거긴 오빠 고향?"

"아니 일하러 왔어. 사과 따러. 곧 떠나야 해."

"오빠나 나나 떠돌이 인생이네. 어디로 갈 거야?"

"아무데나. 괜찮은 데 찾고 있어. 농사 일거리 많은 곳으로."

"그럼 일루와."

"거기 일 많아?"

"비닐하우스에 커피 배달 가끔 나가는데, 겨울인데도 매일 바빠. 용역회사서 일꾼 불러다 쓰고 그래."

전화를 끊고 금산 지역을 검색해 보았다. 박양의 말과는 달리 겨울철 농사일이 많은 지역은 아니었다. 대신 농장 관리인 구한다는 광고는 있었다. 상추 재배 농장으로 거처까지 제공되었다. 솔깃했다. 어떡하든 겨울을 살아남아야 한다. 이만한 곳이 없다. 통화를 시작하고 2분도 지나지 않아 오라는 답을 들었다.

제공된다는 거처는 6평 크기의 경량 철골조 이동식 농막이었다. 상추 재배용 비닐하우스들이 늘어선 한쪽 귀퉁이에 서 있었다. 좀 오래되긴 했지만, 조립식 패널이나 컨테이너 주택, 비닐하우스 농막 따위들보다는 나았다. 난방도 전기 패널이 아니라 기름보일러 온수난방이었다. 해야 할 일은 농막 주위의 7개 동 비닐하우스와 거기서 300여 미터 떨어진 5개 동 비닐하우스의 시설 관리와 밭

갈기 따위 기계 작업, 수확 시 필요한 용역 인력관리 등이었다. 한 마디로 상추 재배 농사일 전반을 농장주와 함께 책임지고 관리해야 하는 일이었다.

단순 노동이 아닌 만큼 나름의 재미도 있었지만 뒤따르는 관리자로서 책임감의 몫도 있었다. 또 그만큼 그로 인해 배우는 것도 많았다. 여태까지 주로 파종이나 수확 시기에 맞춰 일시적 노동력을 제공해왔던 것과는 달리 한 사이클 전체를 파악할 수도 있었다. 농사일에 시야를 틔워주는 일이었다. 60대 후반의 농장주는 3~4년 일을 배운 뒤의 독립을 권유하기도 했다. 농지나 시설비가 많이 드는 비닐하우스는 임대하면 된다며, 자신은 이제 나이가 들어 일이 부대끼니 자신의 농지와 시설을 임대하라고 했다. 자기 일처럼 성심성의껏 잘 해달라는 말을 미끼까지 던져가며 하고 있었다.

박양에게는 열흘쯤 지나 새로운 생활과 일에 익숙해진 뒤 연락해서 만났다. 그렇게 두 번 모텔에서 만난 뒤, 멀리 나가기도 귀찮아 세 번째는 농막으로 오라고 했더니 익숙한 대꾸가 날아들었다.

"좆 달린 것들은 어쩔 수가 없나 보다. 딱 두 번 연애하고 나니 벌써 지 마누라 취급하려 드네."

말은 그렇게 하면서도 농막으로 왔다. 일을 치르고 난 뒤에는 숙소로 돌아가기 싫다며 농막에서 자고 다음날 돌아가기까지 했다. 마누라 취급하려 든다며 타박하더니 오히려 자기가 마누라 노릇하려 들었다. 두 번째로 농막으로 불렀을 때는 자기 집처럼 속옷만 걸치고 냉장고를 뒤지더니 라면까지 끓여 먹었다. 진구는 그동안 노트북을 켜고 유튜브를 돌아다니다 깜박 잠이 들었다. 깨어나 보니 박양이 진구 옆에 엎드려 노트북을 들여다보고 있었다. 무언가를 열심히 읽고 있었다.

"뭘 그리 눈이 빠져라 보고 있어?"

"이거 재밌네."

박양은 진구를 돌아보지도 않았다. 진구가 목을 길게 빼서 노트북 화면을 들여다보았다. '흔글'이 열려있었다. 몇 줄 읽어보니 율아의 소설이었다. USB를 돌려주기 전에 긴부리도요, 개똥지빠귀 등, 새 이름의 폴더들로 가득한 '한국의 새' 폴더까지 포함하여 '잔혹 신화' 폴더를 통째로 노트북으로 옮겨놓았던 기억이 났다. 속옷만 걸친 박양이 엎드려 읽고 있는 그 '잔혹 신화'는 잊고 있던 율아를 생각나게 만들었다. 못 본 지가 일 년이 다 되어가지만 율아를 떠올리는 것만으로도 율아와 얽힌 것들이 고구마 줄기처럼 주르르 딸려 올라왔다. 율아를 둘러싼 의문들과 그의 분노와 절망과 두려움들. 그리고 '남자 잡아먹은 창녀 년'도. 진구는 박양의 속옷 안으로 손을 집어넣는 것으로 그것들을 전부 털어버렸다.

그러나 다음날 진구는 1부만 읽은 뒤, 읽지 않았던 잔혹 신화 2부를 마저 읽었다. 무엇이 읽기를 피해왔던 2부를 읽게 만들었는지, 무엇이 '남자 잡아먹은 창녀 년'으로부터 도망치지 않도록 했는지는 알지 못했다. 알려고 하지도 않았다. 읽기 전에 오래되어 아슴푸레해진 1부 스토리의 기억을 더듬어보았다. 1부는 시두리가 잡아먹은 자들의 인골이 발각되면서 야반도주로 남쪽 항구도시의 홍등가를 시두리가 떠나는 것으로 끝이 났었다.

#18.
잔혹 신화 2

아름다운 사람들

　시두리가 남쪽 항구도시의 홍등가를 떠난 지 5년이 지났다. 시두리는 이곳저곳 방랑자처럼 떠돌았지만, 어떤 목적된 방향을 그리듯 서쪽 해안가를 따라 줄곧 북상했다가 나로도라는 이름의 큰 강을 만나자 그 강을 따라 내륙 깊숙이 나아갔다. 그 5년 동안 숱한 도시와 시골들을 거쳐 지나갔다. 자신이 저지른 범행 탓에 늘 이름을 바꾸고 변장을 거듭했지만 그녀가 떠난 뒤에는 언제나 '사람 잡아먹은 창녀 년, 시두리'가 남았다. 그녀가 뒤로 남겨놓고 간 흔적들 때문이었다. 그것들은 남쪽 항구도시의 연쇄살인범이 남겨놓은 것과 같았다. '남자 잡아먹은'이 '사람 잡아먹은'으로 바뀐 것은 그 이후 여자도 가끔 잡아먹었기 때문이었다.

　그동안 시두리에게 연정을 고백한 이들은 많았다. 어릴 적부터 미모를 자랑했던 시두리는 한 해 한 해 나이를 먹을수록 사랑의 여신으로서 지녔던 아름다움과 매력의 흔적이 짙어져 갔다. 여기에 농익은 성숙미마저 더해져 남녀노소를 가리지 않고 어떤 인간이든 그 마음을 흔들어놓을 수 있었다. 계산 빠른 장사꾼도, 피를 먹고 사는 전장의 군인들도, 민초들의 생사여탈권을 거머쥔 왕족이나 귀족들도, 바다의 억센 뱃꾼들도, 투박하고 거친 농부들도. 우주를 해석하고 설명하느라 바쁜 철학자들도, 인간과 세계와 사랑을 노래하는 반들거리는 입술의 시인들도. 그러나 그들은 모두 시두리의 뱃속에서 소화되어 죽어갔다. 그들은 빛나는 외모의 시두리를 사랑할 수 있었을지는 몰라도 뱀 문신을 얼굴에 두른 사람 잡아먹은 창녀 년, 시두리를 사랑할 수는 없었다. 시두리가 화장을 지우고 얼굴을 감아 도는 뱀 문신을 보여준 뒤 그때까지 잡아먹은 자들을 나열하면 혐오감에 또는 두려움에 몸을 떨거나 욕설을 마구 퍼붓거나 거친 폭력을 휘둘러댔다. 그런 행위의 결과는 모두 뱀을 불러내는 것이었다.

조금씩 시두리는 지쳐갔다. 저주를 풀 희망은 보이지 않았다. 한편 현상금 사냥꾼들은 그녀를 뒤쫓고 있었다. 시두리에게 잡아먹힌 이들의 가족이나 친지들 또는 시두리가 거쳐온 몇몇 도시 당국이 고용한 자들이었다. 벌써 그들 중 몇을 불로 태워버리기도 했다. 그들이 두려운 건 아니지만 위험한 존재들인 것만은 사실이었다. 그럼에도 반 자포자기의 시두리는 더는 떠돌지 않고 한곳에 머물기로 했다. 어찌 되든 상관없다는 심정이면서도 그곳이 그녀를 붙잡는 힘이 있었기 때문이었다. 나로도 강을 거슬러 내륙으로 발걸음을 옮긴 지 일 년이 좀 지났을 무렵으로, 제법 규모가 있는 도시 셋을 거쳐 타르구라 불리는 네 번째 도시에 이르렀을 때였다. 나름의 안전대책은 세웠다. 도시에서 말을 타고 두어 시간 걸리는 산속에서 동굴을 찾아내 거기에서 소화 뒤처리를 하기로 했다. 최소한 식인의 흔적들이 쉽사리 발각될 가능성은 낮아졌다. 시두리는 누구든 잡아먹으면 동굴로 달려가 3일 동안 내처 잠을 잔 뒤 소화되지 않은 잔여물을 토해내고는 도시로 돌아왔다.

그렇게 일 년의 시간이 별사건 없이 흘러갔다. 시두리가 전을 펼친 조그만 잡화점도 뜻밖에 성업 중이었다. 시두리는 남쪽의 항구 도시를 떠난 이후로 세상에서 가장 오래된 직업을 그만두었다. 그 일이 싫어졌다거나 타인의 시선이 불쾌하거나 불편해서가 아니었다. 우선은 위험했다. 현상금 사냥꾼이 가장 먼저 뒤지는 곳이 홍등가였다. 게다가 하룻밤의 욕정만을 갈망하는 이들에게서 사랑을 찾아내기는 힘든 일이었다. 여기에 더해 식후 졸음의 처리 문제도 있었다. 그 일은 대개가 집단생활을 영위했으므로 잡아먹은 한 사람을 소화 시키는 3일 동안 맘 편히 잠들 수가 없었다. 시두리는 여러 직업을 전전했다. 식당이나 요릿집 허드렛일, 옷가게 점원, 아이 돌보는 보모, 심지어 막노동까지. 떠돈 지 2년여 지났을 무렵부터는 주로 작은 잡화점을 직접 차려 운영했다. 떠돌이 생활이 밑바탕이 되어 각지 특산물의 특성과 지역에 따른 그것들의 가격 차이를 잘 알았고 이를 활용해 이득을 취하는 방법도 터득했다. 더구나 이 일은 타지로 물건을 구하러 다닌다는 핑계로 가게를 며칠씩 비울 수도 있어 누군가를 잡아먹은 뒤 3일간의 잠을 위해 가게 문을 닫아두어도 누구에게도 의심을 사지 않게 해주었다. 타르구시에 정착한 뒤에는 가게에서 잠을 취하지 않고 물건을 구하러 출타한다는 핑계로 집을 나와 산속 동굴에서 3일간 잠을 잤으므로 위장에는 더욱 용이했다.

　그러나 꼬리가 길면 밟히는 법. 현상금 사냥꾼이 동굴에 나타났다. 그녀의 잡화점에서 세 블록 떨어진 향료 가게 주인 놈을 먹어치운 시두리가 산속 동굴로 향할 때 그녀의 뒤를 밟은 모양이었다. 향료 가게 주인 놈을 먹어치우길 기다리며 지켜보고 있었는지도 몰랐다. 시두리 뒤로 산더미로 쌓여있는 인골들을 확인한 현상금 사냥꾼은 날쌘 동작으로 허리춤에서 칼을 뽑아 들었다. 탐욕으로 일그러진 털북숭이 놈의 얼굴에서 누런 이빨이 보였고 역한 악취가 풍긴다 싶은 순간 칼날이 시두리의 옆구리를 파고들었다. 얼음같이 차가우면서도 불같이 뜨거운 고통이 시두리를 꿰뚫었다. 시두리가 칼을 쥔 놈의 손을 움켜잡았다. 안간힘으로 가슴의 불길도 끌어모았다. 그러나 사냥꾼은 시두리를 잘 알고 있었다. 시두리에게 불의 힘을 뽑아낼 기회를 주지 않았다. 시두리의 손을 뿌리친 놈의 칼날이 두 번째로 시두리의 옆구리를 파고들었다. 고통을 견디지 못한 시두리는 동굴 바닥에 쓰러졌다. 사냥꾼은 날렵한 동작으로 시두리의 다리를 타고 앉았다.

　"죽어, 이년. 사람 잡아먹는 창녀 년!"

　세 번째로 사냥꾼의 칼날이 쓰러진 시두리의 옆구리를 찌르고 들어왔을 때 시두리는 전부 포기해버렸다. 사냥꾼의 칼을 막아내려는 발버둥도, 불을 불러일으키려는 집중된 노력도, 자신을 사랑해줄 이를 찾고자 하는 희망도.

　"이놈, 죽어! 감히 네놈이 나설 일이 아냐."

　퍽퍽 거리는 둔탁한 타격음이 두어 번 들렸다. 마지막 일격을 노리며 시두리의 가슴을 겨누어 칼을 치켜들던 사냥꾼은 도끼질 당한 통나무처럼 옆으로 쓰러졌다. 머리가 바닥에 부딪는 둔탁한 충격음도 들렸다. 사냥꾼이 타고 앉았던 시두리의 다리 너머로 몽둥이를 든 노파의 모습이 보였다. 누군지 눈에 익었다. 기억을 짜내려 애써 보았지만 옆구리의 격한 고통이 시두리의 노력을 방해했다.

"가엾은 것."

노파는 현상금 사냥꾼의 몸뚱이를 몇 바퀴 굴려 밀어낸 뒤, 시두리의 곁에 무릎을 꿇고 앉았다. 노파는 시두리의 옆구리 옷자락을 들어 올려 상처를 살폈다. 상처는 깊었다.

"안타깝구나. 나의 능력을 모두 잃어버렸으니, 나의 손길로 너를 낫게 할 수가 없구나. 허나 아직은 때가 아니야. 넌 더 살아야 해. 잠깐만 기다려 보아라. 약초를 좀 뜯어와야겠다."

노파가 일어섰다. 그때 현상금 사냥꾼이 신음을 흘렸다. 사냥꾼은 아직 살아있었다. 노파가 몽둥이를 집어 들었다.

"내가 하겠어요."

시두리가 옆구리를 움켜쥐고 움찔움찔 허리를 일으켰다. 노파가 시두리의 어깨를 잡아주면서도 시두리를 말렸다.

"무리하지 말아라. 넌 다쳤어."

시두리는 완강하게 고개를 저었다. 시두리는 남은 힘을 모두 끌어모았다. 시두리의 가슴이 적개심과 살의로 들끓었다. 사냥꾼은 모로 누운 채로 또 신음을 흘렸다. 시두리가 사냥꾼에게로 칼질 같은 손짓을 던지자, 사냥꾼의 신음은 비명으로 바뀌었다. 이글대는 격한 불꽃이 놈의 몸을 덮쳤다. 살이 타는 냄새가 동굴을 채운다 싶더니 내장이 부풀어 터지면서 폭음이 동굴 벽을 울렸다. 곧 사냥꾼은 몇 조각의 뼈와 재만 남기고 사라졌다. 시두리는 그 과정 전부를 꼿꼿이 허리를 세운 채 눈을 똑바로 뜨고 지켜보았다. 시두리의 두 어깨를 부축해 시두리 곁에 웅크려 앉은 노파의 주름 지고 갈라진 입가에 가느다란 미소가 흘러내렸다.

"그 능력은 잘 남겨놓았군. 추한 것들은 태워버려야 하는 거야. 추한 것들을 사랑할 수는 없는 일이지. 우주의 추함은 영원히 사라지지 않을 터이니 그것들을 태울 힘도 영원히 필요한 것이지."

시두리는 노파의 말을 끝까지 듣지 못했다. 기력을 다 쏟아부은 시두리는 의식을 잃고 쓰러졌다. 시두리가 깨어났을 때 노파는 근심 어린 눈으로 시두리를 내려다보고 있었다. 시두리가 누운 채로 칼에 찔렸던 옆구리를 만져보았다. 약초 잎들이 겹겹이 상처 위를 덮고 있었다. 그 덕분인지 통증은 사라지고 없었다.

"그대로 누워있어. 반나절도 안 되어 깨어난 걸 보니, 너의 피는 속이지 못하는구나. 인간의 능력으로 너를 해치는 건 쉬운 일이 아니지. 하여튼 거의 다 나은 것 같군."

노파가 시두리의 상처 부위를 가만가만 쓰다듬었다. 그 손길은 엄마의 손길처럼 부드럽고 따뜻했다. 시두리가 허리를 일으켜 앉았다. 아무래도 노파가 낯이 익었다.

"누구시죠?"

"알 필요 없어. 나중에 알게 될 거야. 너를 돕고 있다는 것만 알면 돼. 너에게 해 줄 말이 있어 온 거야."

"도와요? 왜요?"

"아니, 아니, 그런 얘기는 말고. 그건 앞으로도 기회가 충분히 있을 거야. 지금은 너에게 필요한 것부터 먼저."

노파가 시두리를 깊숙이 응시했다. 그 눈은 갈망을 담고 있었다. 적개심 같기도 원한 같기도 했다. 노파는 마음을 가다듬으려는 듯 짧게 숨을 토해낸 뒤 말을 이었다.

"저주를 풀어야지. 이렇게 동굴에 숨어서 뼈나 뱉어내며 살아갈 수는 없잖아. 너를 사랑해줄 사람을 찾아야지. 타르구시에서 방랑을 멈춘 건 우연이 아니다. 너의 운명, 너의 욕망이 너를 이리로 이끌었다. 여기서 하루나 이틀쯤 말을 달리면 파라곤이라는 산이 나와. 그 산속에 그들이 있어. 사람이 먼저라며 누구보다 인간을 사랑한다고 자부하는 이들이야. 갸륵하게도 참으로 영혼이 아름다운 이들이지. 그들을 찾아가. 그들이라면… 아마도 그들 중에 너의 비천함과 혐오스러움과 잔혹함과 끝없는 욕정과 사악한 악마를 전부 다 사랑해 줄 이가 하나 정도는 있을 것이야. 그들은 각기 특정 무리의 집단을 이끌고 있는데, 그들의 이름은 바가쥐기, 페니서유, 쨔가카미라고 한다."

시두리는 아무래도 이 노파가 눈에 익었다. 그녀의 기억을 뒤져 보았으나 아무래도 찾을 수는 없었다. 어쩌면 전생의 기억과 연결된 존재일 수도 있었다. 점쟁이 노파가 입을 닫아버린, 식인 식성이라는 시두리 운명의 수수께끼를 풀어줄 수 있을 그 전생. 하지만 노파의 태도로 보아 알고 있더라도 가르쳐주지 않을 것이다. 시두리는 자신의 수수께끼를 풀 질문 대신 마지막으로 희망을 한 번 더 가져 보기로 했다. 그러나 그 희망은 절망을 안은 희망이었다. 그 희망은 종말을 향해가는 희망이었다. 눈먼 점쟁이 노파 티이레스는 희망을 가지지 말라고 했었다. 헛된 희망이 시두리를 죽일 것이라고 했었다. 이 마지막 희망마저도 사라진다면 시두리는 삶을 끝낼 것이다. 현상금 사냥꾼에 쫓겨 칼에 찔리는 그런 짓은 더는 경험하고 싶지 않았다. 결심이 섰다.

시두리가 일어섰다. 시두리는 구역질을 시작했다. 반쯤 소화된 위액 범벅의 향료 가게 주인 놈을 토해냈다. 삼키기보다 토해내기가 더 힘이 들었다. 허리를 숙이고 숨을 헐떡이던 시두리가 한마디 한마디를 또박또박 뱉어냈다.

"이제 사람을 잡아먹는 짓은 하지 않을 것이오. 먹을 만큼 먹었소. 마지막으로 사랑을 찾아 떠날 것이오. 이 여행에서도 아무것도 찾지 못한다면 나는 죽을 것이오."

"넌 죽을 필요 없어. 차라리 너를 실망시킨 것들을 죽여버려야지. 바가쥬기, 페니서유, 쨔가카미 말이다. 그들도 너에게 희망을 주지 못하면 그들을 태워버려. 지금껏 널 좌절시킨 것들을 모두 죽여버렸듯이."

노파의 눈이 빛을 뿜었다. 시두리는 대답하지 않았다. 아마 그들도 죽을 것이다.

시두리는 타르구의 가게로 돌아가지 않았다. 가게야 어찌 되든 좋았다. 시두리는 그길로 바가쥬기를 찾아갔다. 바가쥬기는 파라곤 산의 남동 비탈면에서 개척민 집단을 이끌고 있었다. 원래 그들은 타르구에서 말을 달려 한 달 보름 걸리는 내륙 깊숙한 곳에 살았었다. 내륙지답게 상업보다는 농업을 주로 경영하며 살아가던 그들은 토지를 놓고 동족 집단 간의 유혈의 내전을 겪은 뒤 패배하여 쫓겨났고, 수년을 방랑자처럼 떠돌며 갖은 수난을 겪고서야 물성촌이라 불리는 지금의 그곳에 정착했다. 아무도 살지 않는 황무지 같은 그곳을 굶주림의 나날을 견디며 그들은 맨손으로 개척했다. 엄혹한 시기였고 그런 만큼 규율도 엄격했다. 내부의 반발과 저항도 만만치 않았지만 신속한 생활터전 건설과 의혹의 눈초리로 사사건건 간섭을 일삼는 주변의 부족들에 대한 경계의 필요성 따위 등 현실적 요구로 인해 강력한 리더십을 그들은 인정하고 수용했다. 그 때문에 부작용도 없잖아 있었지만 하여간에 이제는 자리를 잡았고 대외관계도 안정되어 제법 윤택한 삶을 영위하고 있었다.

패전에 이은 방랑과 건설이라는 이런 고난의 역사과정 때문인지 그들은 자신들의 지도자인 촌장에게 어떤 한 덕목만을 유독 우선적으로 강조했다. 애민사상이 그것이었다. 그 개척민 집단의 개개인 하나하나를 가장 아껴주고 사랑하고 포용해 줄 수 있는 자에게만 그들의 리더가 되는 것을 그들은 허용했다. 강력한 리더십을 필요로 했던 지난 세대의 일방적 소통에 대한 반발로 이해할 수도 있겠지만 그것은 아니었다. 그들은 힘든 시기를 이끌어 지금의 생활터전을 만들어준 과거 세대와 전임 촌장에게 오히려 감사하고 있었다. 그러한 일방적 방식 또한 종류가 다른 애민의 발로로 믿고 있었다. 다만 지금은 다른 방식의 애민을 요구하고 있었다. 그것은 좀 더 섬세한 그런 종류의 것이었다. 존경받고 배려받는, 잘나고 못나고를 떠나 모두에게 공정하며 이해심 넓은 그런. 그러므로 이런 조건에 부합하는 지도자라면 시두리의 허물과 결점조차도 가슴으로 안아주고 받아들여 줄지도 몰랐다. 실제 그들을 이끌 촌장으로 최근에 새로이 선출된 바가쥬기는 늘 주민들에 대한 애정을 입에 달고 살았다.

파라곤 산 남동사면에 터를 잡은 개척지는 생각만큼 경사가 급하지 않았다. 개척지에 오르기까지는 제법 경사가 심했으나 정작 개척지는 고원 평야처럼 완만한 구릉을 이루었다. 물성촌이라는 그 이름답게 농가들은 개척지를 그물처럼 얽어놓은 얕은 개천들을 따라 점점이 흩어져있었다. 호수는 600여 호 남짓이라고 했다. 외부인을 대하는 태도에 있어서도 개방적이어서 배타적인 면을 찾아보기 힘들었다. 주변 부족들의 경계를 누그러뜨리기 위해 적극적으로 족외혼을 장려한 덕분이었다.

시두리는 곧바로 물성촌 촌장 바가쥬기를 찾아갔다. 마을 한가운데 자리 잡은 촌장의 집무실은 어울리지 않게 한길이 넘는 돌담으로 둘러쳐져 있었다. 그의 집무실은 꽤 넓고 호화스러웠다. 한눈으로 보아도 고급스러운 양탄자에 가구도 장인의 솜씨가 묻어나왔다. 특이하게도 집무실 옆으로 침실이 따로 있었다. 휴식공간이라 했으나 휴식공간 치고는 장식이 어딘지 자극적인 데가 있었다. 떠돌이 생활을 오래 한 고아로 자신을 소개한 시두리는 이곳에 정착하고 싶다는 뜻을 전했다. 두툼하게 살이 오른 바가쥬기는 둥그스레한 그 얼굴을 더욱 완전한 원형으로 만든 환한 미소로 시두리를 맞았다. 아마도 미소의 그 환함에는 시두리의 빼어난 미모가 큰 역할을 했을 것이다. 살 속에 파묻힌 바가쥬기의 탐색하는 눈길이 줄곧 시두리의 미모의 얼굴과 부푼 가슴과 가는 허리선을 오고 갔다.

"환영하오. 우리 물성촌은 누구에게든 열려있소. 빈자이든 부자이든 잘난 사람이든 못난 사람이든 여기에 살면 모두가 우리 사람이오. 나는 이곳 촌장으로서 주민들을 가슴 깊은 애정으로써 돌보고 보살필 의무가 있소. 그대 또한 마찬가지라오."

바가쥬기는 시두리를 껴안았다. 힘이 과도하게 들어간 듯, 조금 격한 감이 있었고 하체를 비비듯 밀착시키는 건 많이 뜨악했다. 벌써 그의 아랫도리는 반쯤 부풀어있었다. 이 촌장이 주민들을 사랑하는 방식은 꽤 남달랐다. 시두리로서는 굳이 마다할 이유는 없었다. 어쨌든 1단계는 그를 유혹하는 것이니.

바가쥬기는 시두리에게 일자리를 제안했다. 촌장인 바가쥬기의 수행비서직이었다. 크게 할 일은 없고 촌장 집무실 청소와 촌장이 직접 처리하기 성가신 사소한 업무들이라고 했다. 시두리가 수락하자 바가쥬기는 비어있는 오두막 하나를 거처로 제공했다. 그의 집무실에서 그리 멀지 않은 곳이었다. 오두막은 아담했지만 이 또한 성인 키를 넘는 돌담으로 둘러싸여 있었다. 바가쥬기는 사람을 시켜 오두막을 깔끔하게 청소해주었고 친절하게도 이부자리와 간단한 가재도구와 부식도 마련해주었다. 당장 필요한 물도 몇 동이나 길어오게 하여 큰 물동이를 가득 채워주었다. 이 친절한 촌장, 넘치는 애정으로 주민들을 보살핀다는 바가쥬기는 그날 밤 시두리를 겁탈했다. 저항은 무의미하고 무익했다. 아무리 가늘어도 희망의 끈을 벌써 놓아버릴 수는 없었다.

다음날 시두리는 촌장에 대해 묻고 다녔다. 자신의 희망을 묻고 다닌 것이다. 결과는 절망이었다. 사랑으로 촌민들을 다스린다는 바가쥬기의 이면은 놀라울 정도였다. 촌장으로 선출된 것부터가 도마에 올랐다. 촌장 선출에 결정적 영향을 미칠 수 있는 장로들을 매수하거나 협박했다는 것이다. 비리 사건도 있었다. 죽은 전임 촌장을 보좌하면서 공금을 횡령했다는 의혹이었다. 최악은 여성 편력, 말이 좋아 편력이지 거의 겁탈 수준이라 했다. 자기 욕망과 욕심에 이토록 거침없기가 힘이 들 정도였다. 이것이 바가쥬기가 늘 구호처럼 외쳐대는 그 애민의 실체였다. 주민들 중 몇몇은 요사스러운 그 혀에 속아 촌장을 잘못 뽑았다며 불만을 토로하기도 했다. 한마디로 시대에 맞지 않는다는 것. 초기 개척시대, 어떻게든 생존을 위해 앞뒤 가리지 않고 무엇이든 해야만 했던 벌거벗은 그 탐욕의 시대를 벗어나지 못하고 있다는 것이었다. 그때는 이기고 살아남는 것이 최우선이었고 그 나머지는 무시해도 좋았다. 자기만 살기 위해 발버둥 치는 이기심이 그다지 큰 욕이 되지 않는 시대였다. 누구나 그랬으니까. 생존보다 더 큰 가치는 존재하지 않았던 때였으니까. 하지만 지금은 최소한의 생존은 보장되는 시대라는 것, 그러니 생존 말고도 소중히 여겨야 할 가치들이 여럿 생겨났다는 것, 이를테면 승자만이 아니라 패자도 포함하여 물성촌 전체를 아우르는 이타적 사고라 부를 배려심 같은 것이나, 힘의 우위와 상관없이 누구에게나 공평하도록 정해진 규칙을 따르게 하는 것 등

등. 그러나 바가쥬기는 자신을 힘을 가진 승자로서만 인식했다. 그는 무엇보다 권력과 탐욕을 사랑하고 있었다. 그는 무엇이든 먹어 댔고 그의 배는 무척이나 컸다.

이날 밤도 바가쥬기는 시두리를 겁탈했다. 뚜렷한 거부의 의사를 밝혔음에도 막무가내였다. 그에게 겁탈은 권력이었다. 그에게 여자는 욕정을 풀어내는 대상일 뿐만 아니라 권력을 실현하고 증명하는 수단이기도 했다. 다음날 시두리는 결정을 내렸다. 알려진 바와는 달리 바가쥬기는 사람을 사랑할 위인이 못되었다. 그런 그가 누군가를 있는 그대로 사랑한다는 건 있기 힘든 일이었다. 시두리는 떠나기로 했다. 배신감과 실망을 안겨준 바가쥬기를 어떻게 처리할지는 결정하지 못했다. 그에게 선택권을 줄 작정이었다. 시두리는 전에 살던 곳으로 가재도구들을 가지러 가겠다고 했다. 지은 죄가 있는 바가쥬기는 믿지 않는 눈치였다. 미인을 잃기 싫은 욕심에 따라나서겠다고 우겼다. 촌장이 그리 한가할 수 있는지는 모르겠으나, 살림살이들을 옮기는 데 힘을 보태겠다는 그다지 설득력 없는 이유를 둘러댔다. 시두리는 거부하지 않았다. 그것은 바가쥬기의 선택이었다. 그 길은 바가쥬기에게는 죽음의 길이 되었다. 시두리는 그를 예의 그 동굴로 데려갔다. 무더기로 쌓여있는 인골들에 경악하여 몸을 떠는 바가쥬기 앞에서 시두리는 얼굴화장을 지웠다. 바가쥬기는 시두리가 예상했던 반응을 보였다. 바가쥬기의 얼굴이 혐오로 일그러졌다.

"넌 도대체 뭐 하는 어떤 년이냐!"

"보시다시피 얼굴에 뱀 문신을 먹물로 그려 넣은 년이고, 한때는 창녀였으며, 배고프면 사람을 잡아먹는 년이지. 내 뒤의 저 뼈들, 다 나에게 잡아먹힌 것들이 이 세상에 남겨놓은 쓰레기들이야. 걱정 마. 넌 안 잡아먹을 테니까. 널 먹고 싶었다면 물성촌에서 잡아먹었겠지. 네가 이 세상에 남길 쓰레기들이야 저 뼈다귀들 위에 쌓일 수도 있겠지만."

바가쥐기의 발과 주먹이 날아들었다. 그것이 그의 죽음을 재촉했다. 그는 불길에 휩싸여 비명과 함께 죽어갔다.

시두리는 이틀간을 동굴 속에서 절망의 시간을 보냈다. 희망을 품었으므로 절망은 그만큼 더 컸다. 어렵게 용기를 불러내고서야 희망을 찾아 다시 떠날 수 있었다. 이번엔 애미조나라는 집단을 이끌고 있다는 페니서유였다. 여자들로만 이루어진 그 집단은 파라곤산 남서쪽 사면 깊은 계곡 속에 자리 잡고 있었다. 그곳에서 여자들만의 천국, 애정으로 뭉친 여자들만의 평등 세상을 건설하고 있다는 소문이었다. 남자에게 배신당한 여자들, 남자에게 이용만 당한 여자들, 남자의 학대와 폭행을 견디지 못한 여자들, 원천적으로 남자를 싫어하는 여자들, 여자를 사랑하는 여자들이 모여들었다. 여자라면 누구나 애미조나에서는 환영받았다.

"어서 오시오. 충만한 애정의 가슴으로 그대를 맞이합니다."

시두리가 매춘부로서의 자신의 과거를 밝힌 뒤, 동정을 구하기 위해 거짓으로 남자들에게서 학대받았음을 덧붙이자 짧은 단발에 넓적한 얼굴의 페니서유는 격하게 환영했다. 그런데 환영의 인사가 좀 장황하니 길었다.

"--- 가슴 찢기고 상처투성이 온몸의 그대여. 그대 눈망울에 맺힌 고통과 회한의 눈물일랑 이제 내려놓으시오. 우리는 자매, 우리는 사랑, 그대가 거쳐온 무자비한 슬픔의 어두운 협곡은 여기 우리의 깊은 자매애의 골짜기에서 끝이 난다오. 남자 없는 이 애미조나에서 그대는 헤아릴 수 없는 기쁨과 행복만으로 가득할 것이오. 우리는 사랑으로 하나이오."

환영 인사라기보다 차라리 시에 가까웠다. 뭐, 좀 오글거리기는 했으나 그래도 시인을 꿈꾸는 것까지 나무랄 일은 아니었다. 페니서유도 바가쥬기처럼 그 즉시 시두리가 머물 거처를 정해주었다. 그런 뒤 집단 거주지를 함께 돌며 여기저기를 설명해주었다.

애미조나는 꽤 큰 무리를 이룬 집단이었다. 5백여 명의 여자들이 살아가고 있었다. 그들은 10명 내외로 그룹을 이루어 생활했으며, 그 각 그룹별로 배정된 가옥들이 50여 채 계곡을 따라 골짜기 양쪽으로 줄지어 세워져 있었다. 그 가옥들의 건축양식은 간결했는데, 굴곡이나 꺾어짐이 없는 반듯한 직사각형 몸체에 맞배지붕 양식으로 역시 반듯한 삼각형의 지붕을 얹은 집들이 마치 찍어낸 것처럼 똑같은 크기로 계곡을 채우고 있었다. 어딘지 모르게 수용소 냄새가 풍겼다.

시두리와 페니서유가 계곡의 오른쪽으로 올라가 계곡 가운데를 흐르는 얕은 개울을 건너 다시 계곡 입구 쪽으로 내려왔을 때였다. 웅성거림과 약간의 소란에 이어 한 무리의 여자들이 나타났다. 그들은 두건을 씌우고 몸을 묶은 누군가를 앞세우고 있었는데, 그자는 틀림없는 남자였다.

"남성거세결사단이 납치해 온 놈이오."

결박한 남자를 앞세운 여자들이 깍듯하게 페니서유에게 예를 표하고 지나가자 페니서유가 설명을 해주었다.

"우리는 한 달에 한 번, 멀리까지 나가서 남자를 한 명씩 납치해 옵니다. 거세해 버리기 위해서이지요. 덜렁거리는 페니스로밖에 생각할 줄 모르는 남자는 한마디로 이 세상의 재앙에 불과하니 그렇게 하나씩 거세해서 제거해나가는 거지요. 세상이 여자들로만 가득 할 때까지요. 우리는 언젠가는 혁명의 깃발을 높이 치켜들고 남성 멸절을 위한 성전을 벌일 것입니다. 그 큰일을 위한 결의 다지기나 예행연습, 또는 훈련 정도로 이해하면 되겠지요."

"어… 남자가 사라지면 살아가는 재미도 사라질텐데…"

"남자들이 없어도 즐거움은 얼마든지 누릴 수 있지요. 우리의 자매애는 더 많은 행복과 기쁨과 쾌락을 제공합니다. 남자들과의 그짓은 여자를 남자에게 복종시키는 행위에 불과해요. 남자의 그 흉물이 우리 여성들을 찌르고 들어오는 것, 여성은 피동적으로 찔리는 대상이 되는 것, 그것에서부터 여자의 남자에의 복종이 시작되는 것이지요. 은밀한 가장 사적인 행위, 바로 거기서부터 여성을 억누르는 남성의 권력이 시작된다는 말이지요. 따라서 우리는 남자와의 연애도 잠자리도 결혼도 모두 거부하는 것이지요."

그럴듯했지만 아닌 듯하기도 했다. 여자도 남자도 모두 시두리에게 즐거움을 주었다. 남자가 그녀를 복종시키려 한다는 생각을 해본 적은 없었다. 오히려 남자들이 그녀의 애정을 구걸했다. 물론 가끔 그런 경우가 있기는 했지만 그들은 시두리에게 철퇴를 맞았

다. 바가쥬기가 그 경우였다. 열변을 토하는 페니서유에게 이의를
제기하지는 않기로 했다.

"근데, 거기를 자르면 죽지 않나요?"

"살리려면 살릴 수도 있겠지만 굳이 그런 수고는 않지요. 그러니
죽는다고 봐야겠지요. 다 대의를 위한 희생들인 셈입니다."

페니서유는 단호했고 시두리는 그녀에게서 다부진 전사의 모습
을 보았다고 생각했다. 그래도 좀 잔인하다는 마음이 드는 건 어쩔
수 없었다.

시두리가 묵게 될 거처에는 8명의 여자들이 한 방에서 집단으로
기거하며 공동생활을 하고 있었다. 다들 애미조나로 찾아든 이유
는 각기 다 달랐지만 한편으로는 비슷했다. 남자를 피해 도망왔거
나 여자를 찾아 도망왔거나. 짧게 친 머리에 굵은 팔뚝의 억세 보
이는 방장이라는 여자가 생활규칙을 설명해주었다. 무엇을 하지
말라는 것들이 대부분으로 하라는 것은 청소와 노동이었다. 하라
는 것이든 하지 말라는 것이든 지키지 않으면 엄격한 제재가 가해
진다며 엄포를 놓았다. 하루의 일과로서 노동을 특히 강조했는데
노동하지 않는 자는 밥도 없다고 했다. 방장의 태도와 말투에는 페
니서유가 입에 달고 다니는 그 자매애는 보이지 않았다. 감옥의 간
수와 현장 십장의 모습이 어른거렸다. 간수와 십장을 합친 듯한 그
방장은 가끔 음침한 눈길로 시두리의 가슴과 허리 아래를 흘끔거
렸다. 방장의 훈계조의 설명이 끝났을 즈음 페니서유의 심부름꾼
이 찾아와 시두리를 불렀다. 예상하고 있던 바였다.

페니서유는 애미조나의 구성원들과는 달리 혼자 거주했다. 그곳

은 방이 세 개나 되었고 넓은 거실과 주방도 갖추고 있었다. 실내는 화려하지는 않지만 바가쥬기의 집무실처럼 고급스러웠다. 둘은 거실에서 사랑을 나누었다. 페니서유의 사랑은 뜨거웠다. 지나치게 뜨거웠다. 따지자면 뜨거웠다는 건 적절한 묘사가 아니었다. 뜨거움을 넘어 페니서유는 거칠게 시두리를 압박했다. 몸짓과 손의 움직임은 난폭하기까지 했다. 그들이 말하는 자매애의 그 달달한 사랑은 아니었다. 절정을 향해 나아가자 이제 페니서유는 시두리를 지배하려 들었다. 페니서유는 자신의 권위와 권력을 시두리에게서 확인받으려 했다. 페니서유는 시두리의 완전한 복종을 요구했다. 그것은 연희의 하나로서, 성적 판타지로서의 복종이 아니었다. 사랑이 끝난 이후에도 이어지며 강요되는 그런 종류의 복종이었다. 시두리가 원했던 건 이것이 아니었다. 관계가 끝나자 서둘러 페니서유의 거처를 빠져나왔다. 현관문을 나서기 직전 열린 문틈으로 침실이 엿보였다. 침대 위에는 입에 재갈을 물린 남자가 침대에 묶인 채 누워있었다. 침대보로 덮여있어 확신할 수는 없었지만 드러난 어깨가 맨살인 점으로 미루어 알몸일 가능성이 높았다.

"오늘 거세결사단이 잡아온 남자 맞아."

거처로 돌아온 시두리가 남자 얘기를 꺼내자 돌아온 말이었다.

"재미 좀 보는 거지. 대장이 며칠 갖고 놀다가 애미조나 간부들에게 돌려. 그렇게 돌리고 돌리다가 싹둑 자르는 거지. 여자들이 당하듯이 남자들도 당해보라는 거지. 뭐 그렇다고 우리한테는 돌아오지도 않아. 이야! 그러고 보니 너 참 대단타. 남자를 잡아 온 날은 여자를 부르지 않는데, 니가 꽤나 마음에 들었나 보다. 근데 그 쌈쟁이 년 지금은 또 그 남자를 덮치고 있을 걸?"

여자들이 낄낄댔다. 페니서유를 향한 존경의 감정은 그 어디에도 없었다. 자매애는 고사하고 경멸과 혐오만이 토해졌다. 이후 여자들이 쏟아낸 말들이 그 이유를 설명해주었다. 페니서유는 남편도 자식도 있었다. 타르구시에 살고 있는데 그들은 페니서유가 여기서 벌어들인 돈으로 귀족처럼 풍족한 생활을 누리고 있다는 것이다. 애미조나는 자매애로 뭉친 평등사회가 아니라 페니서유에게 착취당하는 계급사회이며, 그 착취에 기반해 지배계급인 페니서유와 몇몇 간부들이 부를 누리고 있었다. 불과 두 달 전에는 참다못한 여자들 수십 명이 폭동을 일으켰는데 이를 진압하기 위해 남자들을 불러들였다고 했다. 그 남자들은 페니서유의 남편이 끌어모은 용병들이었다. 시두리는 궁금했다. 왜 이들이 여기를 떠나지 않는지.

"여기 말고 우리가 갈 데가 없잖아."

이것이 이들의 삶이었다. 페니서유는 이런 갈 데 없는 자들의 처지를 이용해 그들의 피를 빨고 있었다. 강도 높은 노동이 강요되는 집단노동을 한창 성토하고 있을 즈음 간수와 십장을 섞어놓은 방장이 들어왔다. 모두 입을 닫았고 취침 준비를 했다. 시두리는 왜 방장이 간수와 십장을 닮았는지 그 이유를 이해했다. 시두리는 자신의 희망이 무너지는 소리를 들었다. 페니서유는 결코 있는 그대로의 시두리를 사랑할 사람이 못 되었다.

다음 날 아침 심부름꾼이 또 시두리를 찾았다. 시두리는 직감했다. 페니서유는 그녀의 매력에 흠뻑 빠져들었다. 그래서 지난밤 시두리를 지배하고 복종시키려 그리 애를 썼는지도 몰랐다. 영원히 자신의 여자로 묶어두기 위함이었다. 시두리는 자신의 매력을 이용하기로 했다. 바가쥬기와 마찬가지로 가재도구를 가지러 가야 한다는 핑계를 댔지만 이번에는 시두리가 적극 나서서 페니서유를 유혹해 동굴로 이끌었다. 예상대로 페니서유는 분칠하지 않은 시두리를 사랑할 수 없었고 결국 불에 타죽었다. 죽기 전 페니서유는 무릎을 꿇고 눈물을 줄줄 흘리며 살려달라고 빌며 애원했다. 시두리는 페니서유의 뺨을 한 대 먼저 올려붙인 뒤 불을 뿜었다.

시두리의 절망은 길지는 않았지만 깊었다. 왜 다들 세상에 알려진 바와는 그리도 다른지. 다만 죽기 전에 해볼 건 다 해보자는 심산으로 쟈가카미를 찾아갔다. 쟈가카미는 종교지도자이자 혁명가였다. 그는 최고 천신인 한 호르마스트 텡그리의 화신으로 알려져 있었다. 하여튼 스스로 그렇게 주장하고 있었다. 그는 핍박받고 가난한 이들을 하늘의 천국으로 인도하는 것이 아니라 현재의 삶에서의 구원과 이 땅에서의 지상천국 건설을 설교하고 다녔다. 그의 말은 아름다웠고 그의 이상은 숭고했다. 수많은 이들이 그를 추종하며 그의 대의를 위해 열성으로 헌신한다고 했다. 그는 힘없고 못나고 비천한 이들이 더욱 사랑받으며 그들이 신처럼 떠받들어지는 그런 지상 천국의 실현을 외친다는 것이다. 이를 위한 제1의 목표로 타르구시를 전복하여 그 시를 지배하는 권력자들을 쫓아낸 뒤, 가장 아래의 가장 낮은 자들이 가장 위의 가장 높은 권력을 쥐게 하겠다고 웅변했다. 그는 시두리 같은 인간 세계의 변두리로 밀려나 막장에서 떠도는 이들을 위해 존재하는 사람처럼 보였다. 그가 시두리에겐 마지막 희망이었다.

바가쥬기, 페니서유, 쨔가카미, 이 셋이 서로 약속이라도 했는지 쨔가카미도 파라곤산 자락에 근거지를 구축했다. 북사면 낮은 구릉 지대에 자리를 잡았는데 파라곤 산을 북쪽 머리에 두고 있는 타르구시에서 보자면 가장 멀리 떨어져 있는 셈이었다. 타르구시 권력의 전복과 그 지배자들의 타도가 목표이니 그럴 만도 했다. 타르구시가 진압병력을 풀어 쉽게 기습할 수 없는 정도의 거리는 필요했을 것이다. 어찌 보면 늘 전시상황인 셈이었다. 이 때문인지 그들의 근거지는 군사기지를 방불케 했다. 그들은 그곳을 자신들 지도자의 이름을 따서 쨔가카미 해방구라 불렀는데, 그 해방구는 나무를 깎아 세운 방책과 해자가 둘러싸고 있었다. 이 방책과 해자 바깥으로는 이들의 생활기반이 되는 농지와 목장이 자리 잡았다. 그 바깥으로는 나무를 베어내고 바위를 뽑아내면서 황무지를 개간하는 사업이 한창 진행되고 있었다. 그들은 힘든 노동 중에도 쉴 새 없이 군가와 같은 노래들을 불러댔다. 늘 전시상황이거나 어쨌거나 근거지 전체에는 활기와 에너지가 넘쳐나고 있었다. 모두 자기 일을 갖고 있었고 그 일에 전력을 다했다. 모두 확신에 가득 차 있었다. 견학하듯 잠깐 둘러본 시두리의 첫인상은 그러했다. 시두리는 처음으로 만족했다. 희망은 아직 죽지 않았다.

쨔가카미에게 바로 접근하기는 쉽지가 않았다. 인의 장벽이 한 호르마스트 텡그리의 화신을 둘러싸고 있었다. 우선은 면접관으로부터 거주 허가가 떨어져야 했다. 허가 절차는 까다롭지 않았다.

사지 멀쩡하기만 하다면 다 받아들이는 모양이었다. 거짓으로 가져다 댄 타르구시의 주소와 인적 사항을 기록한 뒤, 이후 시두리가 일하게 될 부서를 지정하여 배치하는 것으로 끝이 났다. 다만 어깨가 다부지게 각진 면접관의 연설이 애미조나에서처럼 또 좀 길었다.

"--- 우리는 모두 한 형제로 하나입니다. 너와 내가 따로 있을 수 없습니다. 너의 것도 나의 것도 따로 없습니다! --- 우리는 노동해야 합니다. 우리는 주체적이고 자주적인 존재로 스스로 생존할 수 있음을 증명해 보여야 합니다. 그 증명은 자연을 변화시키는 노동을 통해 이루어집니다! --- 우리는 건설하면서 투쟁해야 합니다. 적들은 강고하게 우리를 둘러싸고 있으며 우리의 건설과 투쟁만이 우리의 신세계로 우리를 이끌어줍니다! --- 우리는 우리의 위대한 지도자 짜가카미를 중심으로 일심동체 단결해야 합니다! 우리의 위대한 지도자 짜가카미만이 ---"

아마도 시두리 같은 이들 앞에서 수십 차례 읊어댔음이 분명한 억양 없이 달달 외워대는 연설이었다. 그런데 놀랍게도 면접관은 자신의 연설에 감동을 받은 것처럼 보였다. 시두리는 이 면접관의 얼굴이 두꺼운 가면으로 덮여있다는 인상을 받았다. 감동이라는 가면. 돌이켜보니 활기차게 노동하며 확신에 가득 차 있던 이들의 얼굴에서도 가면을 본 것 같았다. 활기와 확신이라는 가면.

시두리에게 배당된 업무는 육체적 힘을 과도하게 요구하는 일은 아니었다. 부식 창고의 재고 관리가 그녀의 담당이었다. 그럼에도 배고픔은 견디기 힘들었다. 향료 가게 주인 놈은 잡아먹은 지 하루도 지나지 않아 토해버렸으니 마지막으로 사람을 잡아먹은 날로부터 계산하면 두 달이 가까워 오고 있었다. 어찌 되든 빨리 결판을 내야 했다. 급선무는 서둘러 짜가카미를 유혹하는 일이었다. 기회는 이틀 뒤에 왔다. 그가 시찰차 부식 창고를 찾았다. 그 뒤로는 쉬웠다. 시두리의 미모는 여기서도 크게 한몫을 했다. 그날 밤 시두리는 최고신 한 호르마스트 텡그리의 화신 역시도 신이 아닌 인간임을, 그것도 남자임을 확인했다. 나름 괜찮은 남자였다. 그는 바가쥬기처럼 시두리를 겁탈하지도 페니서유처럼 지배하려 들지도 않았다. 그는 단지 예의를 갖추고서 시두리를 탐닉했을 뿐이었다. 그정중한 탐닉은 밤마다 비밀스레 이어졌다. 비밀스러움은 최고신한 호르마스트 텡그리의 화신이 지녀야 할 권위를 위해 필요했다. 시두리도 그 정도는 이해했다.

7일째 되는 날 뜻밖의 상황에 부딪혔다. 그 소년을 만났다. 남쪽 항구도시에서 잡아먹었던 밀수선 선장의 심부름꾼 소년, 소년은 이제 어엿한 청년으로 성장해 있었다. 맑았던 눈은 넘치는 에너지로 빛이 났다. 시두리는 첫눈에 그를 알아보았고 그는 잠시 눈살을 찌푸린 뒤 알아보았다. 엉거주춤 어색한 인사가 이어졌다. 그의 선장을 시두리가 잡아먹었다는 사실을 알고 있는지 걱정되었다. 시두리의 정체가 밝혀지면 짜가카미를 시험해볼 기회조차 얻지 못하고 쫓겨날지도 몰랐다. 현상금 사냥꾼에게 넘겨질 수도 있었다. 시두리가 떠오르는 대로 말을 걸어 보았지만 그는 떠듬떠듬 몇 마디 겨우 뱉어내더니 바쁘다며 자리를 떴다. 그는 시두리의 정체를 알고 있었다. 그의 태도에서 당황과 두려움을 보았다. 그렇지만 이틀

동안 아무 일도 일어나지 않았다. 그가 입을 다문 모양이었다. 이틀 뒤 그가 찾아왔다. 그가 어려운 이야기를 먼저 꺼냈다.

"어… 정말이니? 네가 사람을…"

"그래."

그는 말을 잇지 못했다. 시두리가 의문을 풀 차례였다.

"왜 아무에게도 말하지 않았지? 난 네 선장을 잡아먹었잖아."

"상관없어. 그 선장 놈, 나를 두들겨 패기만 했었는데, 잘된 거지."

"난 다른 사람도 잡아먹었어."

"알아, 사람 잡아먹는…."

그는 뒷말을 삼켰다. 무안했는지 얼른 말을 이었다.

"근데, 왜 사람을 잡아먹어?"

"사람 말고는 아무것도 못 먹으니까."

"빵도 우유도 감자도 못 먹어?"

"그래 못 먹어."

"닭고기도 돼지고기도?"

"그래, 아무것도 못 먹어."

"아, 힘들겠다."

"나, 아주 나쁜 사람이야. 사람 잡아먹는."

"글쎄… 좀 이상한 사람이긴 한데, 나쁜 건 아닌 거 같아. 사자가 사슴 잡아먹는 거하고 같은 거 아냐? 빵을 못 먹는 사자가 사슴 잡아먹었다고 나쁜 동물이라 하지는 않잖아."

"듣고 보니 그렇네. 근데, 난 사슴은 안 잡아먹고 하이에나 같은 인간들만 골라서 잡아먹었어."

"으, 맛없었겠다."

"맛없어."

"머리가 뱀으로 변신해서 잡아먹는다고 하던데?"

"응"

"뱀 문신도 있다고?"

"응"

"어… 볼 수 있어?"

"징그러워. 무섭기도 하고."

"뭐 어때서."

"그래도 보지 마."

"알았어. 넌 불도 뿜는다고 하던데?"

"그래."

"너 무서운 여자구나."

"그래, 난 무서운 여자야. 조심해!"

둘은 깔깔 웃었다. 시두리로서는 얼마 만에 이렇게 마음 편히 웃어보나 싶었다. 아마 그녀의 인생에서 처음이었으리라. 또 다른 처음도 있었다. 돼지치기 마누라 달덩이의 매질에 그 존재를 드러낸 뒤로 늘 시두리의 가슴에 자리 잡고 있던 그 격한 불꽃이 펄럭임을 멈추었다. 가만히 타오르는 고요가 가슴을 채웠다. 격렬함과 뜨거움은 사라지고 멀리 번져나가는 따뜻한 빛이 그 자리를 대신했다. 시두리가 그것의 존재를 알아차린 이후 이러기는 처음이었다. 이것은 평화였다. 이 마음의 평화는 얼굴을 감아 도는 뱀 문신도 인육을 먹어야만 하는 특이 식성도 그의 앞에서는 부끄럽게 여겨지지 않도록 해주었다. 시두리의 눈길이 그의 눈과 콧등과 입술 언저리를 맴돌았다.

"근데, 너 말이야. 바다에 나가서 고래 잡는 작살잡이 되고 싶다고 하지 않았니? 세상에서 제일 큰 고래를 잡을 거라며."

"난 지금 바다에서 고래를 쫓고 있어. 여기 쨔가카미 해방구가 나에겐 넓고 넓은 바다이고 쨔가카미님과 그분의 위대한 말씀이 나에겐 세상에서 제일 큰 고래야. 영원한 생명의 고래."

그의 얼굴이 자부심과 긍지로 빛났다. 그는 자신의 이름은 가르메쉬라고 알려주었다. 자신은 해방돌격대를 이끌고 있는데, 그 돌격대는 농부들을 착취하는 지주들을 습격해서 재물을 빼앗아오는 가장 멋진 과업을 수행하고 있다며 자랑스러워했다. 가르메쉬는 또 보자며 손을 흔들어주고 갔다. 시두리는 가르메쉬가 떠나고 나서야 알아차렸다. 그에게는 가면이 없었다. 그의 활기와 확신은 진짜였다. 가슴의 뜨거움도. 그렇지만 이 모든 것들이 왠지 불안했다. 그의 밝은 눈 깊은 곳에서 흔들림을 본 것 같기도 했다. 그것은 그에겐 가면이 없기에, 가면으로 가려지지 않았기에 가능한 일이기도 했다.

그 뒤로 둘은 자주 만나 얘기를 나누었다. 가르메쉬와 함께 있으면 시두리는 배가 고프지도 않았고 불꽃도 그 펄렁임을 멈추었다. 그렇게 5일째인가 되는 날, 그가 없어도 불꽃은 펄렁이지 않았다. 따뜻하고 밝은 빛만을 비추었다.

하지만 가르메쉬가 없으면 허기에는 시달렸다. 걷기조차 힘들 때도 있었다. 굶주림으로 쓰러지기 전에 결판을 지어야 했다. 그간 시두리는 쨔가카미를 면밀히 파악하고 조사했다. 그가 해방구 사람들을 애정으로 대하는 건 맞지만 다른 얘기들도 돌았다. 이곳 해방구와 해방구 사람들이 개간한 토지들이 모두 쨔가카미 앞으로 소유권이 설정되어 있다. 여기서 생산한 농산물을 시장에 내다 팔아 벌어들인 돈이 타르구의 은행에 쌓여있는데 그것은 모두 쨔가카미의 명의로 되어있다. 최악은 해방돌격대는 말로만 해방을 앞세울 뿐 실은 가난한 농부와 지주를 가리지 않고 마적질을 하고 다닌다는 것. 그것도 타르구시에 세금을 내는 주민들은 절대 건드리지 않는다는 것. 이는 타르구시와 묵계로 합의된 사항으로 타르구시가 해방돌격대를 보이지 않게 뒤로 지원하면서 이들을 이용해 주변 도시들을 공격하거나 타르구에 적대적인 세력들을 제거하고 있다는 것. 여기에 더해 또 하나의 최악으로, 타르구시에 쨔가카미의 부인과 아이들이 호화로운 생활을 누리며 살고 있다는 말도 있었다. 말하자면 그들은 최고신 한 호르마스트 텡그리의 인간 가족인 셈이었다. 하긴 그는 밤마다 욕정으로 충만한 인간 남자이기도 했다.

시두리로서는 확신이 서지 않았다. 가장 낮은 이들을 향한다는 쨔가카미가 설파하는 애정의 진정성을 확신할 수 없었다. 그가 과연 본래의 시두리도 받아들여 줄까? 마지막 기회이기에 신중에 신중을 기했으나 시두리는 마침내 결정을 내렸다. 그를 동굴로 데려가기로 했다. 시험이야 이곳 쨔가카미 해방구에서도 가능하겠지만 시선을 의식해야 할 이들이라곤 없는 산속 동굴 안이 쨔가카미를 더 솔직하게 만들 것 같았다. 그를 유혹하는 데는 별 어려움이 없었다. 아픈 엄마를 보러 가겠다며 동행을 요청하자 시두리의 매력에 빠져든 쨔가카미는 선선히 수락했다. 물론 출발은 각자 따로였다.

뼈들이 쌓인 어두침침한 동굴에서 그는 인간을 향한 애정으로 충만한 최고신 한 호르마스트 텡그리의 화신이 아니었다. 쨔가카미는 바가쥬기보다도 페니서유보다도 더 나쁜 새끼였다. 그들은 값싼 위선을 떨긴 했어도 최소한 자신의 욕망에 정직하기는 했다. 쨔가카미는 지독하고 철저한 위선자였을 뿐이었다. 아무도 없는 곳, 누구도 보지 않는 밀실에서 쨔가카미는 가면을 벗어던졌다. 그는 아름다운 사람이 아니었다. '칼레 쿠르다 쿠', 지금은 사용치 않는 고대어로 아름다운 것은 이루어질 수 없다. 역시 너무 아름다운 것은 이루어질 수 없는 것일까. 쨔가카미의 아름다움은 거짓과 위선과 사기와 마적질의 살인 행각으로 범벅된 아름다움이었다. 그런 쨔가카미가 더러운 년이라며 시두리를 밀쳐냈다. 시두리는 뼈들 위로 밀려 맥없이 쓰러졌다.

"네년이 사람 잡아먹은 창녀 년, 시두리였어."

시두리가 누군가의 넓적다리뼈를 지팡이 삼아 짚고 일어섰다. 허기로 풀린 다리가 후들거렸다. 호흡도 거칠었다.

"더럽기는 네놈이 더 더럽지. 해방구의 땅들 다 네놈 앞으로 되어있지 않나? 타르구 은행에는 네놈의 돈이 넘쳐나고. 청년들에겐 마적질이나 시키고. 타르구에 있다는 네놈 마누라 년과 자식새끼들은 또 뭐지? 최고신 한 호르마스트 텡그리의 화신이신 쨔가카미님! 당신은 당신을 믿고 따르는, 당신에게서 희망을 찾는 이들을 기만하고 속이는 사기꾼이자 위선자에 불과하지."

쨔가카미는 낄낄거렸다. 웃음을 참지 못해 터져 나오는 그런 낄낄거림이었다.

"너도 해방구의 그 년놈들과 하나도 다르지 않군. 나를 믿고 따르는 나에게 희망을 찾는 이들이라고? 그것들이? 그 모지리들이? 그것들 전부 등신 새끼들이야. 뭐, 혁명을 일으키겠다고? 세상을 바꾸겠다고? 한마디로 자기 꿈에 취해 정신 못 차리는 반푼이들이지. 꿈이라는 약을 빨아대고 있는 것들, 세상에서 한 번도 인정받지 못한 것들이 대단한 과업이라도 성취하고 있는 양 허세나 부리고 있지. 나는 그저 그것들의 필요와 요구에 맞추어주는 것뿐이야. 그것들에게는 내가 있어야 해. 못난 자기들의 초라함을 보상해 줄 위대한 화신으로서의 나. 그래서 나의 해방구로 모여드는 거야. 사실 그것들 어디 갈 데도 없어. 그런 갈 데 없는 것들을 내가 받아주는 거야. 어중이떠중이들, 무엇이든 때려 엎기만 갈망하는 불만에 가득 찬 못난 것들, 자기효능감을 찾아 우르르 몰려다니는 것들, 농부를 약탈하고도 해방 전사라고 착각이나 해대는 생각이라곤 할 줄 모르는 것들, 평생 그 근처에도 가보지 못한 권력의 맛 한 번 보겠다고 나선 모리배 같은 것들, 무엇 하나 스스로 판단하고 결정 내리지 못하고 떼거리로 휩쓸리면서도 자기 삶의 주인이라는 환상에 빠져 허덕대는 것들, 그것들은 나에게 크나큰 감사의 예를 올려야 될 거야. 나는 그것들을 모두 만족시켜주고 있어. 아주 행복해 하지. 나의 땅, 은행의 돈, 내 가족, 마적질, 그게 뭐가 문젠가? 뭐가 어때서?"

　시두리의 희망은 완전히 사라졌다. 그런데 놀랍게도 시두리는 절망에 빠져들지 않았다. 마지막 희망은 사라졌지만 시두리는 그것 대신으로 얻은 것이 있었다. 자신이 부끄럽지 않았다. 바가쥬기, 페니서유, 짜가카미와 비교한다면, 한때 몸담았던 세상에서 가장 오래된 직업이 가장 깨끗하고 정직한 일처럼 여겨졌다. 얼굴의 뱀 문신, 그것은 야만스러운 데가 있긴 하지만 거짓과 위선으로 뒤덮이지 않은 본능에 솔직한 가장 아름다운 얼굴이었다. 사람을 잡아먹는 것, 그것은 유별나기는 해도 선택의 여지가 없는 좀 더 세고 독특한 식성의 드러냄일 뿐이었다. 사람을 태워 죽인 것, 비록 악행이 틀림없긴 하나 그것은 더 큰 악을 겨냥한 응징의 의미도 있었다.

　따지고 보면, 시두리의 추함, 시두리의 악행은 자신의 생존을 위해 삶의 한 방편으로 취해진 것이었다. 시두리는 단지 자신에게 허락된, 자신이 살 수 있는 삶을 살았을 뿐이었다. 하지만 사람이 먼저이며 인간을 가장 사랑한다는 바가쥬기, 페니서유, 짜가카미 이들은 위선의 가면을 쓰고 거짓을 만들어 온 자들이었다. 이들 셋은 아름다운 세상을 만들겠다며 그것을 위해 헌신하던 자들이 아닌가. 그들은 자신들의 부끄러움을 부끄러움으로 알지 못하던 자들이었다. 자신들의 추함과 악행에 오히려 뻔뻔스레 당당했던 자들이었다.

　이제 시두리는 그토록 싫어했던 자신을 사랑할 수 있을 것 같았다. 자신을 그렇게 모질게도 배척했던 이 세상도 조금의 주저도 없이 사랑할 수 있을 것 같았다. 그리고 가르메쉬도. 시두리는 가르메쉬가 보고 싶어졌다.

　시두리가 이렇게 자신의 감정을 확인한 순간 시두리는 알게 되었다. 시두리에게 시두리 자신과 세상을 온 가슴으로 사랑할 힘을 준 것은 가르메쉬였다. 가르메쉬는 존재하는 모든 것들을 아름답게 만들어주었다. 격하게 펄렁이던 시두리 가슴속의 뜨거운 불꽃을 따뜻한 빛으로 바꾸어버린 것도 가르메쉬가 아니었나. 한편으로는 안타까움도 있었다. 가르메쉬에게 쟈가카미의 모든 것들을 들려주고 싶었다. 그를 미혹에서 깨어나게 해주고, 그의 가짜 신을 그가 살해하도록 이끌어 주고 싶었다. 나아가 그 엉터리 해방구의 모두에게도 전부 폭로해주고 싶었다. 그리하여 쟈가카미 같은 놈은 여기서 죽여버리는 것보다는 분노한 그들에게 맞아 죽게 하는 것이다.

　쟈가카미가 위협적으로 다가들었다. 시두리의 생각을 읽었는지도 몰랐다. 그게 아니더라도 자신의 정체를 파악해버린 시두리를 살려둘 수는 없을 것이다. 쟈가카미의 눈이 살의로 빛났다. 쟈가카미의 두 손이 시두리의 목을 움켜쥐었다. 시두리는 저항했으나 시두리의 힘으로는 쟈가카미를 떨쳐낼 수는 없었다. 뱀을 불러내든지 불길을 던져야 했다. 그러나 어느 것도 가능하지 않았다. 뱀 문신은 미동도 않았고 가슴의 불길은 격한 펄렁임을 일으키지 못하고 부드러운 빛만을 비추고 있었다. 그 부드러운 빛 가운데 가르메쉬만이 아른거렸다. 쟈가카미는 시두리의 목을 움켜쥔 손에 더욱 힘을 주었다. 시두리는 자신이 죽어가고 있다고 생각했다. 목숨에 미련은 없었다. 어차피 그냥 두어도 자신은 곧 굶주려 죽을 것이다. 다만 아쉬움은 있었다. 가르메쉬가 보고 싶었다.

#19.
세상에 아름답지 않을 것이 있을까

율아의 소설, 이것은 자전적 자기 고백서이자 실행된 연쇄 살인 계획서였다. 바가쥬기는 박중기, 페니서유는 윤명자, 짜가카미는 허주만이었다. 시두리는 물론 율아였다. 시두리도 바가쥬기와 페니서유를 태워죽였고, 율아도 박중기와 윤명자를 태워죽였다.

진구는 자신이 바보처럼 생각되었다. 후회도 되었다. 율아는 자신의 소설을 빌어서 박중기와 윤명자와 허주만 이들 셋을 죽이겠다고, 죽여버리고 싶다고 소리치고 있었다. 만일 그가 일찌감치 2부를 읽었더라면, 율아의 방화 살인을 막을 수 있었을지도 몰랐다. 율아의 살의에 가득한 그 소리침은 자신의 범행을 막아달라는 외침이었을 수도 있었다. 바로 그 때문에 몇 차례나 소설을 읽었는지 여부를 확인했었는지도 몰랐다. 사실이라면 진구는 율아의 그 절망적인 호소의 외침에 귀를 막고 있었던 셈이었다.

한편으로 율아의 소설 '잔혹 신화' 2부는 진구가 품고 있던 의문들 가운데 하나를 풀어주었다. 율아가 실명 녹취록의 부록에서 허주만과 윤명자와 박중기를 서영미 살해범으로 지목한 이유를 알게 해주었다. '너무 아름다운 것은 이루어질 수 없다.' 그것은 '잔혹 신화'에서는 짜가카미, 즉 허주만의 위선과 거짓을 폭로하여 이르는 말이었다. 허주만과 윤명자는 그 말을 서영미에게서 들었다고 했다. 서영미는 율아의 소설을 읽었으니 그 말을 그들에게 들려줄 수 있었을 것이다. 하지만 선하디선한 서영미의 인품에 비추어 그들을 비웃어주거나 비난의 목적으로 그 말을 그들에게 들려주었을 리는 없었다. 그보다는 극단적 상황에 직면하여, 아마도 죽임을 당하기 직전 허주만과 윤명자의 본질을 깨달으면서 터져 나온 탄성 같은 것이었으리라. 아니면 죽음의 순간, 그들이 범인임을 특정하는 데 도움을 주기 위해 의도적으로 그들에게 들려주었을 수도 있었다. 이 말을 입에 올리는 자들을 조심하라는 경고의 의미로, 율아에 대한 마지막 배려로서. 어느 경우이든 허주만과 윤명자가 그 말을 입에 올렸다는 건 자신들이 범인임을 자백한 것이나 마찬가지였다. 서영미의 장례식장에서 그 말에 율아가 그리도 민감한 반응을 보였던 이유도 이 때문이었을 것이다. 율아는 그 순간 허주만과 윤명자가 범인임을 확신했으리라. 그래서 그들을 죽이기로 작정했을 것이다. 한편 박중기를 서영미의 살해범으로 지목한 이유는 뚜렷하지는 않으나 짐작은 갔다. 박중기도 그 말을 알고 있었고 진구에게 소리치기도 했었다. '이 등신아, 아름다운 것은 이루어질 수 없는 법이야.'라고. 아마 율아는 허주만과 윤명자가 범인임을 확신하고는 공범들을 전부 찾아내기 위해 그 가능성이 있는 이들에게 접근해 어떤 방식으로든 확인해 보았을 것이다. 그 말을 던져보았을 수도 있었고, 그랬다면 박중기는 율아의 그물에 걸려들었을 것이다.

하지만 '잔혹 신화'는 서영미가 죽임을 당하기 전에 쓰여졌다. 그랬기에 서영미도 읽을 수 있었다. 이는 살인 계획의 실행과는 별개로 서영미가 살해당하기 전에도 율아는 그들을 죽이길 원했다는 말이 된다. 무엇 때문에? 진구는 율아 눈 주위의 멍 자국이 마음에 걸렸다. 필시 연관이 있었다. 유현곤 선배의 짐작대로 그 멍이 허주만이 갖고 있는 율아와 박중기의 성관계 동영상 때문이라면, 허주만이 그 동영상을 계획했고 또 그 동영상을 박중기 협박에 써먹었다면, 그리고 그 때문에 율아가 박중기에게 폭행을 당했다면 율아로서는 그 둘을 죽이고 싶은 충동을 품었을 수도 있었다. 한편 윤명자는 그간의 갈등과 부딪힘으로 악감정이 쌓여있었기에 소설의 형태로나마 죽여버리고 싶었는지도 몰랐다. 아니면 윤명자도 동영상 음모에 관여했을 수도 있었다. 얼마든지 그럴 인간이었다.

생각이 여기에 이르자 그동안 생존에 쫓겨 잊고 있던 것들이 되살아나 진구를 지배하기 시작했다. 진구는 붕괴되어 무너져내린 폐허의 잔해더미 위, 그 자리에 여전히 그대로 서 있었다. 오히려 그의 발밑은 더 아래로 무너져내렸다. 혹시나 하는 마지막 기대마저도 사라져버렸다. 진구에게 대안의 아버지였던 허주만은 일말의 의심의 여지도 없이 살인자가 틀림없었다. 그리고 그런 허주만을 율아는 죽이길 원하고 있었다. 살의를 품은 율아의 글은 쓰레기 같은 폐허더미 세계에 올라서 있는 너 자신을 돌아보라는 날카로운 손짓 같은 것이었다. 그것은 박양을 농막으로 하룻밤 불러들인다고 해서 덮어 지워버릴 수 있는 것이 아니었다. 그 손짓은 진구에게 도망이 아니라 다른 해결을 원하고 있었다. 떠돌이 생활을 끝내야 할 때가 되었는지도 몰랐다. 정직하자면 진구의 방랑 생활은 달아나기였을 뿐이었다.

길게 숨을 들이마신 진구가 노트북을 닫으려다 손을 멈추었다. 새로운 의문이 그를 사로잡았다. 자신의 살인 계획서이자 허주만과 윤명자 더 나아가 박중기가 서영미 살해범임을 밝히는 이 글을 무슨 이유로 진구가 읽기를 율아가 그리도 원했느냐는 것이었다. 자신의 살인 행각을 막아주기를 바랐었기에? 그럴 수도 있었다. 하지만 그것만으로는 부족했다. 진구에게 있어서 허주만은 아버지와 같은 존재로, 진구가 허주만의 사람이라는 건 누구나 다 안다. 그런 진구에게 허주만이 살인범이며 그것을 응징하기 위해 그를 죽이겠다는 계획을 밝힌 글을 굳이 읽게 한다? 자신의 범행을 막아달라고? 진구가 놓친 것이 있었다. 율아는 진구를 어떤 사람으로 생각했을까. 율아도 허주만처럼 진구에게 선택을 요구하는 것일까. 율아와 허주만 둘 중에 하나를? 허주만의 요구에 허주만을 선택하지 않은 것처럼 진구는 율아도 선택할 수 없었다. 허주만도 살인자였지만 율아도 살인자였다. 허주만은 거짓과 위선의 인간이었지만 율아는… 율아는…. 생각이 여기서 멈추었다. 생각이 이어지기 위해서는 더 솔직해질 필요가 있었다. 율아는… 율아는 전직 창녀였다. 율아의 소설 속 주인공 시두리가 그런 것처럼, 시골의 어머니가 그런 것처럼 율아도 '남자 잡아먹은 창녀 년'이었다. 진구가 벗어나려 그리도 발버둥 쳤던 그 세계의 존재였다. 이것은 또한 진구에게 해결을 원하고 있었다. 이 또한 도망침으로써 벗어날 수 있는 문제가 아니었다. 폐허더미 위의 너 자신을 돌아보라는 율아의 날카로운 손짓이 요구하는 해결과 이것의 해결은 따로 있지 않았다. 하나였다. 진구가 서 있는 그 폐허더미 위에는 율아도 서 있었고, 어머니도 서 있었다. 진구는 노트북을 닫았다.

소설을 읽은 뒤로 농장 일이 손에 잡히지 않았다. 그의 머리는 무겁고 혼란스러웠다. 농장주의 잔소리를 여러 차례 듣게 되었다. 이전의 자신으로 어떻게든 돌아갈 거라고 믿었으나 그 믿음은 곧 무너졌다. 결국 진구는 농장을 떠나게 되었다. 떠돌이 생활 이후 처음으로 행선지를 정하지 않은 떠남이었다. 그가 어떻게 경남 창원으로 흘러들었는지는 알지 못했다. 정신 차려보니 창원이었다. 진구는 예전에 그랬던 것처럼 밤에는 찜질방에서 잠을 자고 낮에는 인근의 산을 돌아다녔다. 갈 데라고는 산밖에 없었고 할 수 있는 일이라고는 산을 오르는 일밖에 없었다. 산은 언제나처럼 그를 말없이 맞아주었다. 그렇지만 그의 머리는 여전히 무겁고 혼란스러웠다.

유례없는 한파가 지나간 뒤 겨울비가 내렸다. 쏟아지지는 않았다. 추적추적 내리는, 외투를 적시고 신발을 더럽히기 알맞은 정도였다. 이날도 진구는 산을 올랐다. 구룡산이라 불리는 해발 400m가 조금 넘는 이름 없는 작은 산이었다. 우의를 걸쳤지만 무릎 아래로는 비에 젖었고 우의 속은 땀에 젖었다. 산은 고요했다. 빗소리만이 산을 채웠다. 등산객은 눈에 띄지 않았다. 정상에서 한 사람을 겨우 만났다. 판초 우의를 뒤집어쓴 그는 정상에서 조금 벗어나서 작은 바위에 걸터앉아있었다. 진구가 정상으로 올라서자 그는 알은체를 했다.

"반갑습니다."

진구는 목례로 인사를 대신했다. 70대로 보이는 그는 잠시 진구를 살폈다가 또 말을 걸었다.

"어찌 비가 이리도 내리는데 산을 다 오르셨소?"

무슨 사연이라도 있냐고 묻고 있었다. 그것은 노인 자신도 사연이 있다는 말로 들렸다. 이것저것 늘어놓고 싶지 않아 진구는 대답을 얼버무렸다.

"시도 때도 없이 그냥 산을 즐깁니다."

노인은 웃었다. 노인은 배낭을 열더니 보온병을 꺼냈다. 노인은 뚜껑을 열어 김이 오르는 차를 컵에다 한잔 따른 뒤 진구에게 내밀었다. 그 성의마저 피할 수는 없었다. 컵을 받아든 진구는 노인과는 조금 떨어져 바위 위에 걸터앉았다. 차를 맛보니 달짝지근했다.

"꿀차라오. 이런 쌀쌀하면서 비 오는 날엔 따끈한 꿀차가 최고지요."

노인의 말이 맞았다. 평소엔 입에 대지도 않는 꿀에 이리도 훌륭한 맛이 있을 줄은 몰랐다. 진구는 노인의 사연이 듣고 싶었다기보다 예의상 물어야 할 것 같았다.

"어르신은 어찌 이리 비 오는 날 산을 다 오르셨습니까?"

"나도 시도 때도 없이 산을 즐긴다오."

노인이 웃었다. 진구도 따라 웃었다. 노인이 말했다.

"이런 비가 추적추적 내리는 도무지 등산을 즐길 수 없는 날에도 산은 아름답다오. 이런 이름 없는 작은 산도 그래요. 난 그걸 알아차리는 데 50년이나 걸렸다오."

　노인은 또 웃었다. 그 웃음이 편안하면서도 깊었다. 그 편안함과 깊이에는 사람을 끌어당기는 힘이 있었다. 진구는 노인의 사연이 듣고 싶어졌다. 노인을 피하듯 비스듬히 앉아있던 진구가 몸을 틀어 노인을 마주했다. 입꼬리를 살짝 끌어올린 노인의 입가에 미소가 걸렸다. 노인이 자신의 이야기를 시작했다.

　"난 말이오, 젊어서부터 산을 탔지만 언제나 일기예보를 확인한 뒤 내 마음에 쏙 드는 좋은 날만 골라서 탔다오. 산도 훌륭한 경치와 멋진 조망을 얻을 수 있는 곳만 애써 찾아서 다녔다오. 나에게 산이란 꽃들이 화사하게 만개한 산, 단풍이 화려한 색채를 자랑하는 산, 웅장한 바위가 자태를 뽐내는 산만이 산이었소. 이런 볼거리도 없는 작은 산은 거들떠보지도 않았어요. 그것은 나 자신에게도 마찬가지였지요. 내 인생은 늘 멋져야 한다고 생각했어요. 나는 언제나 큰 것만을 꿈꾸었었지요. 사업도 크게 벌이고 돈도 제법 벌었어요. 그랬던 내가 한순간에 돈도 잃고, 가족도 친구들도 다 잃고, 크고 멋진 것들이 모두 내 손에서 떠난 뒤, 어쩔 수 없이 비루하고 엉망진창의 바닥을 돌아다니고 났더니 내가 보지 못하던 것들이 보였어요. 너나 할 것 없이 우리 모두가 비루하고 엉망진창이라는 사실을 알게 되었지요. 그리고 그 비루하고 엉망진창이라 불리는 것들을 사랑하게 된 거지요. 그것들은 모두 자신만의 아름다움을 다 갖고 있었어요. 우리 사회가 공식적으로 아름답다고 인정해온 것들보다 사실은 더 깊고 더 진실한 아름다움이 있었지요. 그 이후로 나는 산을 가리지 않고 시도 때도 없이 산을 즐기게 되었다오. 그렇다고 해서 일부러 이런 궂은 날에 이름 없는 산만 찾는 건 아니라오. 그건 주저앉는 거라오, 진흙탕 속으로 자신을 밀어넣는 거라오. 나는 단지 크고 화려하고 멋진 것들만을 꿈꾸다가, 사실은 그것들 속으로 도망쳐다니기만 하다가 내가 가진 것들, 또 누구나 갖고 있는 것들의 아름다움을 놓치지 않겠다는 거라오."

노인이 웃었다. 이 웃음은 여유로우면서도 그 가운데 슬픔이 있었다. 그 슬픔은 깊은 이해와 공감의 슬픔이었다. 세상 전부를 가슴으로 가득 품어 안은 슬픔이었다. 컵에 남은 꿀차를 마저 목으로 넘기며 진구는 그렇게 생각했다.

그날 밤은 깊이 잠들지 못했다. 깨다 잠들기를 되풀이했다. 두 번째 깨어났을 때였다. 그의 등 뒤에 누군가가 밀착해 있었다. 남자였다. 그 남자의 손은 진구의 찜질복 바지 안에서 그의 페니스를 쓰다듬고 있었다. 진구의 페니스는 반쯤 부풀어있었다. 진구는 잠깐 생각했다. 이 새끼를 두들겨 패버릴 수도 있었다. 진구는 그러지 않기로 했다. 남자의 손을 잡아 빼낸 뒤 허리를 일으켜 앉아 남자를 마주했다. 남자는 속초의 찜질방에서 그의 아랫도리를 더듬던 그 남자와 닮아 있었다. 50대 후반의 나이에 머리가 반 이상 벗겨지고 얼굴에는 주름이 자글거렸으며 배는 불룩했고 다리는 앙상했다. 진구를 따라 몸을 일으킨 남자는 진구의 시선을 피하며 뒤로 물러났다. 진구가 말했다.

"미안하지만 저는 이쪽으로 관심 없습니다. 전혀 제 취향이 아닙니다. 동의 없이 이러시면 성추행범으로 고소당할 수 있다는 거 아시죠. 그러니 제 근처로는 오지 마시기 바랍니다."

"미안합니다."

남자는 고개를 숙였다. 그의 벗겨진 머리가 수면 등 불빛에 붉게 빛이 났다. 화가 나기보다 안됐다는 생각이 먼저 들었다.

"저는 잘 모르지만 인터넷 커뮤니티 같은 데 뒤져보면 마음 맞는 분 찾을 수 있지 않나요? 아니면 아저씨 같은 분들이 모이는 카페나 레스토랑 같은 데가 있다는 얘기도 들었습니다."

고개를 든 남자가 얼굴을 일그러뜨리며 웃었다. 자신을 향한 비웃음이었다.

"나 같은 사람은 그런 곳에 끼지도 못해요. 그런 곳에 어울리려면 젊거나 잘생기거나 돈이라도 있어야 해요."

진구는 동의할 수도 하지 않을 수도 없었다. 입을 다물었다. 남자가 말했다.

"섹스의 세계만큼 불평등한 곳은 없습니다. 빈익빈부익부의 원칙이 가장 철저하게 지켜지는 곳이지요. 가장 힘센 수컷 하나가 암컷 모두를 차지하는 물개의 세계와 별반 다르지 않아요. 그나마 일부일처제가 섹스에 있어서 평등에 많은 기여를 했어요. 하지만 우리 같은 일부일처제가 적용되지 않는 성 소수자의 세계에서 성적 불평등은 그 정점을 찍죠."

남자는 또 웃었지만 얼굴의 일그러짐은 더 깊어졌다. 진구는 남자의 웃음에서 구룡산 정상에서 만났던 노인의 슬픔이 깃든 웃음을 생각해냈다. 세상에 아름답지 않은 것이 있을까.

"저와 같이 화장실 좀 가요."

"화장실은 뭐하려고요?"

"제가 자위해 드릴게요."

남자는 놀랐고 손을 저었다. 그러나 진구가 한 번 더 권하자 남자는 진구를 따라왔다. 진구는 화장실에서 남자를 만족시켜주었다. 예상은 했었으나 쉽지 않은 일이었다. 다시 하고 싶지는 않았다. 남자는 연신 감사 인사를 전하면서 은근한 눈빛을 보내기도 했으나 진구는 단호함을 보였다. 화장실에서 돌아와 남자와 떨어져 자리를 잡은 진구는 누워 생각했다. 지난 몇 년, 사람답게 사는 세상을 만들겠다며 정의감과 사명감에 부풀어 뛰어다녔던 그것들이 오늘의 이것보다 더 가치가 있었을까? 몇 년간의 그 일들이 누구를 만족시켰는지 알 수 없었다. 진구 자신만을 만족시켰던 것 같았다.

다시 잠이 든 진구는 꿈을 꾸었다. 또 그 꿈이었다. 아버지가 실종되던 그날의 기억이 꿈으로 나타나 반복되는 그 꿈. 어머니의 칼에 찔린 아버지는 어머니를 뒤쫓아 비 뿌리는 마당으로 달려나갔다. 자신의 방으로 돌아온 진구는 침대와 장롱 사이의 틈에 웅크려 두려움에 떨었다. 한참이 지나 혼자 돌아온 어머니는 마룻바닥의 피를 닦았다. 진구가 방에서 마루로 나가자 어머니는 많은 말을 감춘 그 처연한 웃음으로 진구를 마주 보았다. 진구의 꿈은 언제나 어머니의 그 처연한 웃음에서 끝났었다. 이번에도 거기서 끝났다. 다만 어머니의 얼굴이 달랐다. 어머니는 율아의 얼굴을 하고 있었다. 율아는 처연한 웃음을 진구에게 지어 보였다.

꿈에서 깨어난 뒤로 진구는 잠들지 못했다. 율아의 처연한 그 웃음이 지워지지 않았다. 어머니의 웃음처럼 그 아래에 많은 말들을 숨긴 그런 웃음이었다. 진구는 어머니의 그 처연한 웃음에서 말로 풀어내지 못한 어머니가 숨기고 있는 말이 있음을 늘 의식하고 있었다. 그리고 지금 이 순간 율아의 그 처연한 웃음으로 깨닫는 바이지만 율아도 그에게 숨긴 말이 있음을 알아차렸다. 진구에게 언어의 형태로 드러내지 못한 말이었다. 율아는 그에게 무슨 말을 숨겼던 것일까. 그것은 어머니가 감추었던 말과 같은 말일 수도 있었다. 그러나 어머니가 감추었던 말을 찾아내는 일에 무관심했던 만큼 진구는 율아가 숨긴 말이 있다는 것조차 지금껏 알아차리지 못했었다. 자책과 후회가 진구의 가슴을 눌렀다. 진구는 잠들지 못하고 밤을 새워야 했다.

다음 날 오전 진구는 창원을 떠났다. 목적지는 산청군 시천면 중산리. 지리산 천왕봉 일출을 보기 위함이었다. 느닷없이 왜 천왕봉 일출을 보고자 마음먹었는지 그 이유는 진구도 갖고 있지 않았다. 계기나 돌파가 필요하다는 막연한 느낌에 이끌렸을 뿐이었다. 추운 1월의 힘든 겨울 산행으로 자신을 괴롭히고 싶었는지도 몰랐다. 해발 1915m의 지리산은 동네 뒷산이 아니었다.

중산리의 민박집에서 오후와 밤을 보내고 새벽에 산을 올랐다. 아스팔트 포장길을 제법 걸어 등산로 초입에 들어섰을 무렵부터 간간이 눈발이 날렸다. 일기예보를 확인한 바로는 지리산에 큰 눈 예보는 없었다. 그러나 지리산은 일기예보만 믿고 안심할 수 있는 산이 아니었다. 지리산처럼 큰 산은 자신의 일기를 만들어내는 힘을 갖고 있었다. 지리산이 진구를 거부하기로 작정을 한다면 산은 자신이 가진 힘으로 진구를 밀어내버릴 수도 있었다. 이는 의지와 정신을 가진 생명체로 자연을 인식하는 철 지난 범신론적 감상의 발로가 아니었다. 변함없이 언제나 존재해왔던 숱한 자연현상들에서 자신이 원하는 상징을 찾아내고 입맛에 맞는 해석을 끌어내고자 하는 인간 욕망의 투사일 뿐이었다. 또한, 그 같은 욕망의 투사에서 자신의 내면에 웅크린 자신도 알지 못했던 자신의 한 부분을 찾아내거나 발견할 수도 있었다.

법계사를 지나서부터 눈발이 굵어지면서 폭설로 바뀌었다. 바람도 거세고 거칠어졌다. 때때로 눈보라가 미친 돌개바람처럼 휘몰아치기도 했다. 폭설과 눈보라를 대비한 진구의 준비는 부족했다. 핫팩도 넣어오지 않았고 방한 재킷은 좀 얇은 데다 발수 기능도 없었다. 체온에 눈이 녹아 재킷은 금방 눅눅해졌다. 아이젠과 스패츠만으로 이 눈 폭풍을 상대하기에는 아무래도 무리였다. 진구로서는 산이 자신에게 벌을 내리고 있는 것만 같았다. 그렇게 해석을 했다. 명료한 의식으로 인식하고 있지는 못해도 그의 가슴 깊은 곳은 그의 잘못을 알고 있었다. 그것이 고통스러운 자연환경이라는 외부의 자극을 받아 자신을 드러내 알리려 하고 있었다.

아무리 준비가 부족해도 한 번 내친 발걸음을 마무리 짓지 못하고 되돌릴 수는 없었다. 폭설 때문에 천왕봉 일출은 포기했지만 정상은 자신의 발로 찍어야 했다. 멈추어 쉬지도 못하는 걸음을 계속했다. 멈추어 쉰다는 것은 저체온의 위험을 의미했다. 힘들면 잠깐 걸음을 세우고 선 채로 호흡을 가다듬는 정도의 휴식만 허용했다. 정상을 얼마 앞두고 가파른 계단길이 이어졌다. 마침내 정상이 폭설 가운데 흐릿하게 그 모습을 드러냈을 때였다. 진구는 쉬지 않던 걸음을 멈추었다. 걸을 수가 없었다. 콧잔등이 시큰해 왔다. 눈물도 왈칵 쏟아졌다. 진구는 계단 난간에 기대었다. 그리고 울었다. 소리 내어 울었다. 주위에 등산객은 아무도 없었다. 설사 있었더라도 거친 바람 소리는 그의 울음소리를 감추어주었을 것이고 얼굴을 때려대는 눈보라는 그의 눈물을 지워버렸을 것이다. 지리산은 그에게 마음껏 울 수 있도록 배려해주었다. 진구는 자신의 잘못이 무엇인지 알았다. 율아가 그에게 숨긴 말이 무엇인지 알았다.

율아가 '잔혹 신화'가 든 USB를 진구에게 건네준 것은 특별한 신뢰의 드러냄이었다. 율아는 '잔혹 신화'를 서영미에게만 보여주었다고 했다. 그 서영미를 위해 살인을 저지를 정도로 애정이 깊었던 서영미였다. 진구에게 건네진 그 '잔혹 신화' 그 자전적 자기 고백서가 진구에게 숨긴 말이었다. 그것을 알아차리지 못한, 율아가 그를 어떤 의미로 받아들이고 있는지 알아차리지 못한 그는 둘도 없는 멍청이였다.

섹스를 위한 관계만은 아니었다. 율아가 그렇게 포장했을 뿐이었다. 그렇게 포장한 이유도 충분히 알 수 있었다. 사촌오빠를 태워 죽인 살인자에다 전직 매춘부가 그렇게 숨기지 않고 자신을 드러낼 수 있었을까? 율아는 시두리와 같은 여자를 사랑할 수 있는 그런 사람을 찾고 있었다. 율아는 진구가 그런 사람이라 믿었기에, 또는 그런 사람이기를 기대했기에 '잔혹 신화'를 건네주었다. 자신의 소설로 자신이 누구인지, 자신이 어떤 사람인지 진구에게 알리려 했었다. 그것은 또한 진구에게 던지는 물음이기도 했다. 너라면 시두리를 사랑할 수 있겠니? 다름 아닌 율아가 숨긴 말이었다. 그러나 소설의 1부에서부터 시작된 율아의 이 물음을 진구는 알아차리지 못했다. 알아차렸다면 2부를 마저 읽었을 것이다. 율아가 몇 차례나 마저 읽기를 재촉했던 것도 2부에서 더욱 뚜렷이 제시된 그 물음의 답을 듣길 원해서였을 것이다. 그러나 몇 번의 재촉에도 진구는 2부를 읽지도 않았고 율아의 그 물음에 답도 하지 않았다. 율아로서는 진구가 의식적으로 자신의 물음을 회피하는 것으로 의심했을 수도 있었다. 또한 자신의 판단을 의심했을 수도 있었다. 그 의심은 완전히 틀리지도 않았다. 진구는 '남자 잡아먹은 창녀년'으로서의 어머니를 자신의 삶에서 밀어내고 있었다. 율아가 연락을 끊어버린 것은 이 때문이리라.

되짚어보면 허주만, 박중기, 윤명자를 경험한 율아에게 진구는 마지막 희망이었다. 포기하지 않을 이유를 줄 수 있는 유일한 희망이기도 했었다. 그래서 절망이 더 컸고, 그 절망은 율아를 박중기와 윤명자 살해로 내달리게 했을 것이다. 율아가 소설 속 인물 시두리였듯이 진구는 가르메쉬였다. 소설 속 시두리는 가르메쉬를 너무 늦게 만났으나, 현실의 율아는 진구를 늦게 만나긴 했어도 아주 늦지는 않았었다. 그것을 너무 늦은 만남으로 만들어버린 것은 진구였다. 율아가 진구에게 숨긴 말이 있었듯이 진구도 율아에게 감춘 말이 있었다. 감추지 말았어야 할 말이었으나 진구는 자신이 그 말을 감추고 있다는 사실조차 알아차리지 못했었다. 그 때문에 늦은 만남이 너무 늦은 만남이 되어버렸다.

한참의 울음 뒤 정상으로 걸음을 옮겼다. 정상석을 한 번 쓰다듬고 올랐던 길로 되돌아 내려왔다. 지금의 상태로 장터목을 거쳐 몇 km를 더 돌아 내려올 자신이 없었다. 무엇보다 그가 산에 오른 목적은 달성되었다. 지리산은 그 이름처럼 사람을 현명하게 만드는 힘이 있었다. 진구는 율아를 찾아가기로 했다. 어디 있는지 알 것 같았다. 사실은 율아가 사라진 그때부터 알고 있었다. 다만 알고 있음을 회피해 왔을 뿐이었다. 그 이유는 그가 결정을 내리지 못했기 때문이었다. 이제 그는 결정을 내렸고 율아를 찾아갈 것이다. 그 전에 어머니부터 먼저 찾아가 보아야 했다. 그게 순서일 것이다. 그에게 어머니는 율아이기도 했다.

성주군 초전면 달골, 성주와 김천의 경계, 성주에서 김천으로 넘어가는 해발 600m의 고지에 자리 잡은 동네였다. 100년 전이라면 호랑이가 다녔을, 그 뿌리를 더듬어가다 보면 화전민 마을에 가닿는 그곳에서 진구는 태어나고 자랐다. 지금도 다니는 버스라고 해야 하루에 한두 대가 고작이었다. 초전면 소재지에서 버스를 내린 진구는 택시를 탔다. 산골 마을의 1월은 농한기였다. 어머니는 집에 계셨다. 군대 제대 후 처음, 10년 만의, 그것도 1년 동안의 떠돌이 생활 뒤의 귀향이었지만 어머니는 덤덤하게 진구를 맞았다.

"밥은 먹었나?"

아침부터 한 끼도 먹지 못했다. 어머니는 늦은 점심 준비를 했다. 산골에서 혼자 사는 어머니에게 10년 만에 찾은 아들을 풍성히 대접할 반찬거리가 있을 리가 없었다. 급한 대로 말린 산나물을 창고에서 꺼내와 물에 불리고 된장을 끓여내고 계란찜을 준비했다. 그동안 진구는 집안을 살폈다. 10년 전에도 낡아 있던 집은 더 낡아 있었다. 지붕은 기와가 깨졌는지 방수포를 덮고 돌을 올려놓았다. 그 방수포도 햇빛에 삭아 뿌옇게 너덜거렸다. 흙벽에 슬레이트를 올린 창고는 무너지는 벽체를 받치기 위해 나무 기둥을 2개나 기대놓았다. 진구가 외면했던 어머니의 삶이었다. 아버지가 사라진 뒤로 어머니가 끊임없이 남자들을 만나야만 했던 한 이유이기도 했다.

진구가 늦은 점심을 먹는 동안 어머니는 집안의 작은 비닐하우스에서 뜯어온 유채 나물을 다듬었다. 어머니는 별말이 없었다. 진구는 식사 동안 어떻게 말을 꺼낼지 생각했다. 식사를 마칠 무렵, 진구가 말했다.

"묻고 싶은 게 있어서 왔어."

어머니는 나물 다듬던 손을 멈추었다.

"네 아버지 말이냐?"

"응."

"밥 먹고 나랑 같이 좀 가자."

"어딜?"

"가볼 데가 있어."

어머니는 더 설명을 않고 유채 나물 다듬는 손을 다시 놀렸다. 진구가 식사를 마치자 어머니는 진구를 데리고 동네 맞은편의 산으로 갔다. 숲길을 따라 10분 정도 걷자 그다지 크지 않은 올망졸망한 암릉지대가 나타났다. 암릉을 오른 어머니는 잠깐 멈추어 아래를 내려보다가 발을 옮겼다. 2~3분 더 걸어 도착한 완만한 경사지에서 어머니는 걸음을 멈추었다. 주변엔 인가도 없고 경작지도 없었지만 그 완만한 산속 경사지엔 사람이 손을 댄 흔적이 있었다. 우람한 참나무 한 그루가 우뚝 서 있는 몇 미터 위로 인위적으로 조성한 작은 공터가 보였다. 그 작은 공터를 가운데 두고 나무들이 반원을 이루어 자라고 있고, 야산에서 보기 힘든 수종의 나무도 그 반원의 절단면에 심겨 있었다. 살펴보니 반원을 이룬 나무는 단풍나무였다. 한편 절단면의 나무는 배롱나무였다. 어머니는 진구를 돌아보지 않고 말했다.

"여기가 네 아버지 무덤이다."

어머니는 진구가 묻고 싶은 것이 무엇인지 알고 제대로 대답한 셈이지만 실은 반만 대답했다. 진구는 나머지 대답을 기다렸다. 어머니가 말했다.

"좀 전에 지나온 그 바위에서 네 아버지가 떨어져 죽었다. 나는 신고할 엄두도 내지 못했다. 내가 의심받을 수밖에 없었다. 네 아버지를 칼로 찔렀으니까. 그래서 여기로 끌고 와 묻었다."

방금 지나온 암릉의 바위는 기껏 2m 남짓의 높이였다. 거기서 떨어져도 다리 정도는 부러지겠지만 아주 운이 나쁘지 않은 한 쉽게 사망할 것 같지는 않았다. 진구는 침묵으로 자신의 의문을 드러냈다.

"너를 위해서나 나를 위해서나 그때 네 아버지는 잘 돌아가셨다."

어머니는 진구가 던진 침묵의 물음에 답을 주었다. 어머니가 돌아섰다.

"만일 내가 네 아버지를 죽였다면 넌 신고할 거니?"

진구는 어머니를 똑바로 보았다.

"공소시효 만료됐잖아."

어머니의 표정엔 변화가 없었다.

"네 아버지 산소에 왔으니 절 올려야지."

어머니의 말에 따라 진구는 엎드려 절했다. 서류상으로는 사망 처리되었지만, 그 죽음을 인정하지도 않았고, 제사도 지내지 않았기에 처음으로 올리는 망자에의 절이었다. 마침내 이로써 진구의 아버지는 진구에게서 죽은 사람이 되었다. 그리고 그 죽음의 순간 진구는 알게 되었다. 어머니에게 아버지의 살해 여부를 묻기 위해 10년 만에 어머니를 찾은 것이 아니었다. 아버지를 죽이기 위해서였다. 아버지의 무덤에 절을 올림으로써 진구는 아버지를 죽였다. 진구가 아버지를 죽임으로써 어머니는 남편을 죽인 살인자가 아니게 되었다. 최소한 자신 아들에게서만은 어머니는 살인자가 아니었다. 진구는 마침내 어른이 되었다. 진구는 '남자 잡아먹은 창녀년'으로서의 어머니의 삶 전부를 사랑할 수 있게 되었다. 어머니를 찾은 이유가 바로 이를 위해서였다.

그날 밤은 집에서 묵었다. 어머니와 대화다운 대화도 나누었다. 어머니는 아버지 무덤 주변의 산지를 진구가 군대를 제대할 무렵 모두 사두었다고 했다. 2만 평이 조금 넘는 꽤 넓은 임야였다. 재작년부터 거기에 더덕이나 인삼, 산나물 씨를 뿌려놓았는데 올해부터는 수확이 있을 거라며 기대에 부풀어있었다. 사이사이 나무를 조금만 베어주어도 훨씬 수확이 많아질 텐데 그것이 아쉽다고도 했다. 진구에게도 취업에만 매달리지 말고, 더구나 요즘은 취직도 어렵다는데 아니다 싶으면 시골로 내려와 농사지으며 사는 것도 괜찮다고 했다. 귀농한 젊은이들 가운데 억대 수입을 올리는 이들도 많다면서. 가볍게 던지는 권유였지만 어머니는 아들을 기다리고 있었다. 진구는 생각해보겠다고 했다.

#20.
진구가 감추었던 말

다음날 진구는 울산행 버스를 탔다. 짐작이 맞다면 율아는 울산의 장생포 아트스테이에 있었다. 율아의 고향 친구 이수영이 장생포 아트스테이 직원이었다. 이수영은 소설가를 꿈꾸는 율아에게 아트스테이 입주를 권유했었고, 유현곤은 율아의 사직 이유가 글쓰기라고 했었다.

장생포는 외진 작은 동네였다. 바다가 내려다보이는 언덕에 자리 잡은 아트스테이는 쉽게 찾을 수 있었다. 주차장으로 사용되는 공터에서 짧고 좁은 골목을 지나 계단을 올랐다. 깔아놓은 철평석 사이로 잔디가 무성히 자란 마당이 나왔다. 그 마당 위로 마당이 하나 더 있었고 그 두 마당 사이에는 3단의 방부목 스탠드가 자리 잡고 있었다. 스탠드 위로는 겨울의 햇살이 따뜻이 내리쬐었다. 스탠드의 제일 아래 칸에 갓난아이를 안은 율아가 앉아있었다. 진구가 모습을 보이자 윗 마당에서 작은 개 한 마리가 나타나 짖어댔다. 아이를 어르던 율아가 고개를 들었다. 1년 전 그때보다 많이 야위어 보이는 그 얼굴은 초췌하고 수척했다. 율아는 놀라는 기색 없이 늘 보던 사람을 대하듯 진구를 쳐다보았다. 진구가 가까이 다가가자 율아가 말했다.

"날 죽이러 온 거야?"

진구는 선 채로 율아를 보았다가 율아가 안고 있는 아이를 보았다. 아이는 말똥말똥 진구를 마주 보았다. 그 눈이 참을 수 없을 정도로 예뻤다. 진구가 율아에게로 눈을 돌렸다.

"내가 왜 널 죽여?"

율아는 아이의 가슴을 토닥였다.

"녹음 파일 찾으러 온 거 아니었어? 그거 찾으려면 날 죽여야 할 거야."

진구가 아이를 보았다가 다시 율아를 보았다.

"내가 왜 녹음 파일을 찾으러 왔다고 생각해?"

"네 아버지 허주만이 시켰을 테니까."

"그 사람 내 아버지 아니야. 내 아버지는 죽었어."

율아는 희미한 웃음을 지어 보였다. 손은 여전히 아이를 토닥였다. 진구의 눈이 그 손을 따라갔다. 아이를 안은 엄마보다 더 아름다운 풍경이 있을 수 있을까. 그 풍경을 눈에 담고서 진구는 주저했다. 율아에게 그 말을 해야 했다. 율아를 찾아온 이유였다. 율아가 그와 눈을 맞추기만 하면 자신이 감추었던 그 말을 할 것이다. 그러나 율아는 진구에게 웃음을 지어 보인 뒤 아이만 내려다보았다. 아이를 토닥이는 손짓도 멈추지 않았다. 그 짧은 동안 진구의 진이 빠져버렸다. 삐친 것처럼 살짝 화가 나기도 했다. 진구의 입에서 엉뚱한 말이 튀어나왔다.

"궁금한 게 있어. 박중기와 윤명자 말이야. 왜 하필 내가 그 사람들을 만난 직후에 그들을 죽였어?"

아차 했지만 늦었다. 율아가 아이를 토닥이던 손을 멈추었다. 율아는 진구의 얼굴을 빤히 올려다보았다. 화가 나 있지는 않았다. 틀린 답을 말한 학생을 꾸짖는 선생님의 얼굴이었다. 진구는 틀린 질문을 했고, 그것은 율아에겐 틀린 답이었다.

"그게 궁금해서 여기까지 날 찾아온 거였어?"

율아는 진구의 눈을 깊숙이 한 번 들여본 다음 아이에게로 눈을 돌려버렸다. 율아는 다시 아이를 토닥였다. 진구는 잘못된 질문으로 선생님을 귀찮게 만든 못된 학생이 되고 말았다. 율아가 아이를 안고 일어섰다.

"오후에 아이 예방 접종 예약이 있어. 병원에 가봐야 해. 지금 막 가려던 참이었어. 여기서 기다려. 여기 1층에 카페 있어. 거기서 시간 보내고 있어. 내 친구 수영이 알지? 사무실에 있을 거야. 커피 한 잔 내려달라 그래."

율아는 마당을 지나 계단을 내려갔다. 율아는 좁은 골목을 통과해 공터에서 오른쪽으로 꺾었다. 율아가 시야에서 사라지자 진구는 방부목 스탠드에 털썩 주저앉았다. 자신이 정작 하려 작정했던 말은 아예 꺼내지도 못했다. 정작 해야 했던 말도 마찬가지였다. 율아가 안고 있던 아이를 두고 한마디도 묻지 못했다. 율아가 보기에 얼마나 바보 같았을까. 그렇게 자신을 나무라고 있을 때, 율아의 전화를 받았다며 이수영이 나타났다. 이수영은 아트스테이에서 운영한다는 그 카페로 진구를 안내했다.

전면을 폴딩도어로 시원하게 뚫어놓은 1층의 카페는 카페라기보다는 직원들과 입주 작가들을 위한 휴게실 비슷했다. 테이블이라고는 입식 탁자 하나와 좌식 탁자 하나가 전부로 손님은 아무도 없었다. 있을 것 같지도 않았다. 이수영은 진구에게 커피를 내려주었다.

"좀 늦으셨네요. 더 일찍 오시지 않고."

커피를 들고 온 이수영이 좌식 탁자를 사이에 두고 진구와 마주 앉았다. 먼저 자리를 잡고 앉아있던 진구는 폴딩도어 바깥의 장생포 항구만을 응시했다. 그것은 누구보다 진구가 더 잘 알고 있는 사실이었다. 좀 더 이르거나 늦음의 문제를 넘어서서, 진작에 잔혹 신화 2부를 읽었더라면, 좀 더 자신에게 솔직했더라면 율아가 연락을 끊을 일도 없었고, 이렇게 울산까지 율아를 찾아올 일도 없었을 것이다. 대답이 없자 이수영은 화제를 돌렸다.

"아이, 예쁘죠?"

진구는 정박 되어있는 항구의 배들로부터 눈을 뗐다.

"언제 낳았죠?"

"이제 두 달 되었어요."

두 달이라면 진구의 아이일 가능성이 컸다. 아닐 수도 있었다. 그의 아이라면 왜 지금까지 그에게 알리지 않았을까? 연락을 아예 끊어버리기까지 하면서.

"아직 율아에게 그런 것도 물어보지 않았어요?"

이수영이 커피가 든 종이컵을 두 손으로 말아쥐고서 진구를 빤히 쳐다보았다. 진구는 시선을 피하는 것으로 대답을 대신했다. 진구도 그것을 후회하고 있었다.

"짐작하셨겠지만 그 아이 진구 씨 아이예요."

염치없게도 화부터 먼저 났다. 잔혹 신화를 끝까지 읽지도 않고 율아의 물음도 알아차리지 못한 진구의 무심함에 연락을 끊을 수는 있다 치더라도, 진구의 아이를 갖게 되고 그 아이를 낳으려고 작정까지 했으면서도 연락을 끊어버린 건 너무했다.

"그런데 왜 나에겐 아무 말도--"

"알아요. 율아의 행동을 이해하기 힘들 거예요."

"사실입니다. 율아와 얽히면서 일어난 일들 이해되지 않는 게 많습니다."

"충분히 이해해요. 저라도 그럴 거예요. 어때요? 율아와 관계된 건 무엇이든 제가 다 설명해 드릴 테니 저한테 시간을 좀 주실래요? 그래도 더 알고 싶은 게 있으면 그때 물어보세요."

듣고 싶었다. 허주만과 윤명자, 김봉익 사장과 유현곤 선배에게서, 심지어는 율아의 숙모에게서 직접 듣거나 율아의 소설 '잔혹 신화'로 미루어 율아와 얽혀 벌어진 일들을 대략적이나마 파악해 냈지만, 그래도 아직 빈 곳이 있었고 채워진 부분도 대개가 짐작으로 메꾸어져 불확실한 곳이 많았다. 무엇보다 율아에 관한 것이라면 무엇이든 다 듣고 싶었다. 진구는 허리를 똑바로 세웠다. 이수영은 커피를 한 모금 마시고 잠시 생각을 가다듬은 뒤 이야기를 시작했다.

"율아의 어릴 적 일부터 얘기할게요. 율아를 이해하기 위해서는 필요해요. 율아에게 들은 것도 있을 거예요. 율아는 12살 때 큰아버지 댁에 맡겨졌어요. 부모님의 사업 실패와 이혼으로 가정이 풍

비박산 나버렸거든요. 사실 고아나 마찬가지였어요. 그 이후 부모님 중 아무도 율아를 찾지 않았죠. 학비도 생활비도 한 푼 보내지 않았으니 큰아버지 집에서 눈칫밥을 먹으며 살아야 했어요. 집안일은 율아가 도맡아 했어요. 틈틈이 농사일도 거들었고요."

진구는 '잔혹 신화'의 주인공 시두리를 생각했다. 시두리도 고아나 마찬가지로 돼지치기 농부에게 맡겨져 어릴 적부터 돼지치기 일을 하면서 자라났다. 이수영이 계속했다.

"율아를 더 힘들게 한 것은 율아보다 한 살 많은 율아의 사촌 오빠였어요. 율아가 고 1이 되었을 무렵부터 율아를 성폭행하기 시작했죠. 율아는 거부했지만 강하게 저항하지는 못했어요. 그 집에서 쫓겨나는 게 더 두려웠던 거죠. 그러다 숙모에게 들키게 되었는데 죽도록 얻어맞은 건 율아였어요. 그 이후로 같은 마을에 살던 저와 친해졌어요. 학교에서 이반, 레즈로 불리며 따돌림당하던 나와 동병상련 비슷한 게 있었을 거예요. 우리는 자주 만났고 서로를 위로해 주었죠. 저와의 관계에서 힘을 얻은 율아는 사촌 오빠를 강하게 거부했어요. 이에 화가 난 사촌 오빠는 율아에게 폭력도 휘둘렀어요. 그러다 우리 사이를 의심하게 되었고 우리 뒤를 밟아, 비어있는 농막에서 만나는 우리를 덮쳤어요. 술에 취한 그는 율아를 두들겨 패고 나를 강간했어요. 교정 강간이라 그러죠. 남자 맛을 몰라서 레즈짓 한다며. 그때 율아가 폭발했어요. 나를 성폭행하던 그의 머리를 삽으로 후려쳤어요. 그는 기절했고 율아는 보일러 유량 게이지 호스를 뜯어서 받아낸 기름을 그에게 뿌리고는 불을 질러버렸죠. 율아의 사촌 오빠는 그 자리에서 불에 타 죽었어요. 율아가 살인범으로 처벌받지 않은 건 음주 후 담뱃불에 의한 단순 실화로 처리해버린 시골 경찰들의 게으름과 무능 덕분이었어요. 율아 숙모가 그 사건의 내막을 알게 된 건 재작년 율아가 얘기해줬기 때문이에요. 아들의 죽음에 의심을 품고 있던 숙모가 손녀를 봐주러 대구의 딸네 집에 머물게 되면서 자주 율아를 찾아와 성가시게 했거든요. 화를 참지 못한 율아가 그때의 일을 다 퍼부어 버렸죠. 일종의 도발이었어요. '그래 내가 죽였다. 신고할 테면 해봐라' 이거였죠. 그 이후로 숙모는 신고는 않고 율아 주변을 맴돌았어요. 하긴 신고하더라도 재수사는 힘들었을 거예요. 10년이나 지났으니까요. 하여튼 이것이 율아가 사촌 오빠를 불태워 죽인 사건의 전말이에요."

이수영의 이야기는 '잔혹 신화'에서 시두리가 돼지치기 마누라를 불태워 죽이게 되는 과정과 큰 흐름에서 닮아 있었다. '잔혹 신화'는 역시 율아의 이야기였다.

"'잔혹 신화'는 율아의 자전소설이라 보면 돼요." 진구의 눈을 빤히 들여다보며 이수영이 말했다. "이후 율아가 겪게 되는 과정도 비슷해요. 율아는 그 사건 며칠 후 무작정 큰아버지 집을 도망쳐 나와 대구로 흘러들었어요. 대도시에서 율아는 그야말로 집도 절도 없는 고아였어요. 주머니에 돈도 한 푼 없었죠. 여자로서 당장 먹고 자고를 해결하면서 돈을 벌 곳은 그곳, 자갈마당이라 불렸던 집창촌밖에 없었어요. 거기서 김봉익 사장을 만나게 된 거예요. 김봉익은 나이가 어려 안 된다며 돌려보냈지만 율아가 성인이라고 우기며 막무가내였죠. 그때가 겨울이었는데 내쫓아버리면 길거리에서 얼어 죽을 것 같아서 단속의 위험을 무릅쓰고 받아 주었답니다. 율아는 거기서 열심히 살았어요. 악착같이 돈도 모으고 그 돈으로 대학도 졸업했어요. 그 일도 율아는 나름으로 즐겼어요. 바깥에서 보는 것과는 많이 달라요. 진상들도 많지만, 손님들 중에 연인 관계로 발전하는 이들도 있었고, 우정이나 신뢰 비슷한 것을 쌓아나간 이들도 있었어요. 진구 씨 선배 되시는 유현곤 사장이 그런 경우예요. 호감이 갔던 손님과 바깥에서 만나다 율아가 성폭행을 당했을 때 유 사장님이 참 많이 애써주었어요. 윤명자의 성폭력 상담소에도 연결시켜주고 직접 그 성폭력범을 만나 따지고 협박하기도 했어요. 그 이후로 율아는 유 사장님의 회사에서 일하게 된 거죠. 참 아이러니한 건, 선의로 행한 일이 이후 많은 끔찍한 일들의 시초가 되어버렸다는 거였죠. 윤명자로 시작해서 허주만, 박중기와 엮이면서 율아의 인생이 완전히 헝클어져 버렸어요. 그들은 말은 번드르르하게 하면서 율아를 대하기는 생식기 달린 암컷으로만 취급했어요. 처음엔 율아는 그들의 말에 속았어요. 그들의 말을 믿었죠. 율아가 찾아다니던 사람들이라고 생각했어요. 방화살인범에 매춘부였던 자신을 이해해주고 따뜻하게 포용해줄 수 있는 사람들이라고 믿었던 거예요. 사실 율아는 늘 실패하면서도 늘 그런 사람을 찾고 있었어요. 율아는 사랑 없이는 살 수 없는 여자였어요. 그건 율아의 간절함이었어요. 진정이었고요. 그들은 율아의 그 간절함과 진정을 이용했어요. 박중기와의 성관계 동영상이 그것이에요. 윤명자, 허주만, 박중기는 성적으로 자유분방했어요. 율아는 그들 셋 모두와 성적으로 어울렸고, 그들 셋은 또 서로 성적으로 어울렸죠. 율아에 의하면 쓰리섬 관계였던 것 같다고 해요. 믿기 힘들겠지만 사실이에요."

사실이지 믿기 힘들었다. 허주만과 박중기는 젊은 시절을 함께 보낸 같은 과 동기이긴 해도 엄연히 당을 달리하는 정치인으로서 같은 지역구에서 서로 부딪히는 정치적 적의 관계였다.

"그래서 허주만이 박중기와의 성관계 동영상 촬영을 요구했을 때 율아는 그다지 내키지는 않았지만 응했던 거예요. 아, 근데 그 동영상 처음 듣는 건 아니죠. 허주만이라면 율아와 진구 씨를 갈라놓기 위해 그것을 보여주었을 거예요."

진구는 동의의 뜻으로 짧게 고개만 끄덕였다.

"역시 허주만이네요. 아무튼 그때 율아는 자신이 그들과 똑같지는 않겠지만 최소한 그들의 무리에 속한다고 믿었던 거죠. 같은 무리끼리 재미 삼아 그런 동영상을 만들기도 하니까요."

"협박 같은 건 하지 않았나요? 사촌 오빠를 죽인 일을 들먹이면서."

"없지 않아 있었다고 해요. 암시 비슷하게. 하지만 그것 때문에 응한 건 아니에요. 그들 무리에 더 깊이 소속되고 싶은 마음이 율아에게 있었다고 해요. 그들에게서 희망을 찾으려 했었거든요. 어찌 보면 순진했었죠. 세상 물정도 잘 몰랐었고요."

"박중기와의 관계도 율아가 원했다는 겁니까?"

"처음엔 그랬어요. 하지만 성관계 동영상을 촬영할 무렵에는 아니었어요. 박중기는 너무 강압적이었고 권위적이었어요. 성관계도 서로 공감하는 방식이 아니라 일방적이었고, 마치 성폭행당하는 기분이었대요. '잔혹 신화' 2부의 바가쥬기가 그렇잖아요. 잔혹 신화 2부를 마저 읽으셨죠? 하긴 읽었으니 율아를 찾아왔겠죠."

진구는 또 짧게 고개만 끄덕였다. 유현곤 선배의 해석은 틀린 셈이었다. 유 선배는 동영상 촬영이 협박에 곁들인 번듯한 대의명분이나 교묘한 언설에 의해 이루어졌을 거라고 했었다. 유현곤은 그들 셋이 특히 허주만과 박중기가 비리로 서로 얽혀있다는 정도는 알았겠지만, 그들이 성적으로 얽힌 관계라는 사실은 몰랐었다. 그러니 그런 해석을 내리는 것이다. 뿐만이 아니라 유현곤은 율아가 허주만과 박중기, 윤명자에게 품었던 기대를 알지 못했다. 그것은 잔혹 신화 2부에서 시두리가 쨔가카미와 바가쥬기, 페니서유에게 품었던 그 기대였다. 그것은 살아가야 할 이유를 만들어줄 율아의 간절한 희망이기도 했다. 율아는 그 희망을 쉽게 포기할 수 없었을 것이다. 허주만이 성관계 동영상 촬영을 요구하더라도 쉽게 거부하기는 힘들었을 것이다.

"율아의 환상은 곧 깨어져요." 이수영이 말했다. "사실은 그들과 인연을 맺은 초기부터 좀 위태로웠어요. 윤명자가 성폭행 합의금의 일부를 사실상 착복했을 때부터 율아는 꽤 비판적이었었는데, 세상 바닥을 경험했던 율아로서는 그 정도는 눈감아줄 수 있다고 여겼죠. 하지만 허주만이 동영상을 이용하여 박중기를 협박하게 되자 그 환상은 완전히 깨어져 버렸죠. 자신은 그들의 무리가 아니라 그들의 먹이라는 걸 깨닫게 된 거죠. 박중기에게 폭행을 당한 직후에요. 그때의 배신감에 '잔혹 신화'를 썼어요. 그 글에서는 그들 셋을 모두 죽여버리죠. 아, 진구 씨가 읽은 2부까지는 둘만 죽이는구나. 하여튼 그러고 싶었던 거예요. 그래도 그때까진 자신의 글을 실행할 마음은 없었는데 서영미 씨가 죽임을 당하고 그들이 영미 씨를 죽였다는 사실을 알게 되자 자신의 글을 실행할 마음을 먹게 된 거예요. 그래도 율아는 망설였어요. 망설인 이유는 진구 씨 때문이었죠. 마지막 희망을 걸고 싶었던 거였어요. 그래서 소설 속 인물인 가르메쉬의 캐릭터를 진구 씨에게 맞추어 수정한 뒤, 급하게 진구 씨를 유혹하고는 '잔혹 신화'가 든 USB를 진구 씨에게 건네준 거예요. '난 이런 여자야. 네 생각은 어때? 나 사람을 또 죽일 거 같아. 네가 나라는 인간을 받아들일 수 있다면 제발 나 좀 말려줘.' 이런 거였죠."

진구가 탄식 같은 한숨을 토해냈다. 역시 그는 너무 늦게 '잔혹 신화'를 읽었고, 너무 늦게 율아가 숨긴 말인 율아의 물음을 알아차렸다. 이수영은 진구가 후회를 마음에 새길 시간을 주면서 기다렸다. 진구가 떨어뜨렸던 고개를 다시 들자 이수영이 계속했다.

"하지만 진구 씨는 율아의 소설을 완독하지도 않았고 율아가 던진 물음을 눈치채지도 못했죠. 율아는 초조했고 화도 났어요. 그래서 박중기가 자신을 성폭행했다며 거짓말도 충동적으로 내뱉어 버렸고, 진구 씨에게 살인 혐의가 씌어 지도록 진구 씨가 박중기와 윤명자를 만난 직후에 그들을 살해하게 되는데, '잔혹 신화'에서처럼 그 둘을 태워죽이죠. '잔혹 신화'로 진구 씨의 관심을 돌려보고 싶었던 거예요. 그러니까 이런 것들 전부는 말하자면 '나 좀 보아달라, 내 소설이 무얼 말하고자 하는지 아직도 모르겠니? 빨리 그 글, 마저 읽어봐.'라는 숨넘어가기 직전의 절박하면서도 자포자기적인, 어찌 보면 자학적이기까지 한 외침 같은 것이었어요."

진구의 의문은 풀렸다. 성폭행 거짓말과 진구에게 살인 혐의를 씌우려 했던 것, 그것들은 진구에게 화가 난 때문이었다. 너무 단순하면서도 너무 큰 이유였다. 그 너무 단순한 이유가 진구를 한없이 아프게 했다. 이수영이 계속했다.

"그래도 진구 씨는 반응이 없자, 율아는 진구 씨가 '잔혹 신화'를 완독하고도 아닌 척하는 것으로 의심하기도 했어요. 사실 1부만 읽어도 율아가 진구 씨에게 하고자 했던 말을 짐작할 수도 있잖아요. 2부에서 더 분명하게 전달되긴 하지만요. 그래서 율아는 '잔혹 신화'를 진구 씨에게 건네준 이유를 진구 씨가 알면서도 모른 척하는 것일 수도 있다고 생각하기도 했죠. 심지어는 서영미 살해범인 허주만과 한 편이라고 오해하기도 했고요. 그 오해는 곧 풀렸어요. 김봉익 사장이 살해당했다는 카톡을 율아에게 보냈죠? 그 카톡을 받고 30분가량 지나 허주만이 율아의 원룸을 침입해 뒤졌어요. 율아가 몸을 피한 직후에요. 율아는 진구 씨가 허주만과 함께 움직이지는 않는다고 믿게 되었죠."

이수영은 진구의 아픈 데를 콕콕 찔렀다. 모두 진구의 잘못 탓이었다. 진구가 잘 한 것이라곤 없었다. 하나를 제외하면.

"그러-니까, 나의 카톡이 율아를 살린 셈이라는 거네요."

이수영은 웃었다.

"살린 건 아니고 율아가 진구 씨를 의심하지 않게 만들어주었죠. 사실 율아는 진구 씨가 살인 현장을 마주하기도 전에 김봉익의 죽음을 알고 있었어요. 김봉익은 살해되기 직전 위험을 감지하고는 율아에게 몰래 전화를 걸어 자신이 살해되는 과정을 모두 듣게 했죠. 경황이 없어 녹음을 하지 못한 게 아쉬울 뿐이었죠."

진구에겐 자신의 카톡이 율아를 살리는 데 기여하지 못했다는 사실보다 율아가 김봉익이 살해되는 현장의 그 소리를 실시간으로 모두 들었다는 사실이 더 크게 다가왔다.

"김봉익이 허주만에게 살해되는 그 소란을, 그러니까 비명 같은 걸 율아가 전부 들었다는 겁니까?"

"그래요."

"아, 끔찍했겠습니다."

"그랬죠. 김봉익 사장은 율아가 믿고 의지하는, 율아의 전부를 알고 있는 몇 안 되는, 아마 유일한 사람이었으니까요. 나이 차이는 나지만 오래된 친구 같은, 어찌 보면 피를 나눈 가족 같은 사이였어요."

진구는 오래된 친구 같으면서도 가족 같은 관계라는 걸 이해할 수 있을 것도 같았다. 가족이라곤 하나 없는 혈혈단신의 율아로서는 가출 직후 오갈 데 없는 자신을 단속의 위험을 무릅쓰고 받아준 김봉익이 부모처럼 의지하고픈 존재였을 것이다. 김봉익으로서도 어린 나이에 자신의 가게를 찾아온 율아가 어미를 잃은 새끼새처럼 생각되어 부모의 심정으로 보호해 주고 싶었을 것이다. 김봉익 같은 인물이라면 얼마든지 그럴 수 있었다. 이런 두 사람이 같이 나이를 조금씩 먹어가면서 서로 신뢰할 수 있고 무엇이든 터놓고 얘기할 수 있는 마음 편한 오랜 친구처럼 되었을 것이다. 진구가 말했다.

"김봉익 사장은 말하자면 죽음의 순간에 율아를 위해 율아에게 달아날 기회를 만들어 준 거네요."

"그런 거죠. 김봉익 사장은 허주만이 그 녹음 파일을 자신에게서 빼앗은 뒤 곧바로 율아를 찾아가리란 것을 알고 있었어요. 서영미의 복수를 위해 율아가 박중기를 죽였음을 알고 있는 허주만이 율아를 가만 둘리가 없었죠. 단지 그 녹음 파일 때문에 율아를 건드리지 못하고 있었으니까요. 더구나 허주만은 율아도 그 녹음 파일을 갖고 있을 거라고 믿고 있었죠. 김봉익 사장이 가장 신뢰하는 사람이 율아였으니 만약의 사태에 대비해 예비용으로 그 녹음 파일을 맡겨둘 사람은 제1 순위로 율아였죠. 사실이지 율아도 그것을 갖고 있었고요."

"율아가 도망치지 않았다면 율아도 죽였겠죠."

"그렇죠. 죽여야 할 이유도 있었지만 허주만이란 그자는 얼마든지 그럴 인간이죠."

여간해서 감정을 드러내지 않던 이수영이 경멸과 적의를 내보였다. 진구는 그 화난 감정에 공감했다. 한편으로는 헛웃음도 나왔다. 살인자로서의 허주만의 그 뻔뻔함 때문이었다.

"당시에도 믿지 않았었고 허주만이 범인임을 곧 알아챘지만, 허주만은 박중기 쪽 사람들이 김봉익을 죽였다고 하더군요."

"그런 말 퍼뜨리고 다닌다는 소문은 들었어요." 그 사이 이수영의 감정은 수습되었다. 차분한 목소리로 돌아왔다. "자신의 범행을 감추기 위한 술책이겠죠. 김봉익과 박중기는 아무 문제도 없었어요. 김봉익 사장이 흘린 최초의 녹취록도 그쪽 것은 없었잖아요."

"역시, 그런데 허주만이 율아를 해치려 드는 건, 율아가 복수심에 그를 죽이려 하니 어떻게든 그럴 수 있다고 쳐요. 하지만 김봉익은 녹음 파일을 빼앗기만 하면 됐을 텐데, 아무리 저항이 있었다 하더라도 굳이 살해까지 해버린 건 이해하기 힘드네요. 허주만이란 자가 원래 그런 인간이라고 치부해버릴 수도 있겠지만, 혹시 두 사람 사이에 알려지지 않은 특별한 사정 같은 거라도…"

"그런 건 없었어요. 단지 감정적으로 쌓인 게 많았다고 해요. 그 출발은 돈이었어요. 허주만은 주문국이 받게 되는 50억에 비해 자신의 6억이 너무 적다며 불만이었다는 건 아시죠? 실명 녹취록의 부록에서 밝혀놓았으니까요. 허주만은 김봉익에게 자꾸 더 많은 것을 요구했어요. 그러자 김봉익은 주문국에게 허주만을 자제시켜 달라는 요청을 했는데 주문국은 알아서 하라는 투로 방관했어요. 이에 화가 난 김봉익 사장은 녹취록을 인터넷에 흘려버렸죠. 주문국에게도 한 방 먹이면서 허주만에게는 찍소리 말라는 거였죠. 효과가 있었죠. 사실 효과 정도가 아니었죠. 그 녹취록을 계기로 해서 한국의 정치판이 요동을 쳤으니까요. 한동안 허주만은 찍소리 못하고 얌전했었죠. 주문국에게 욕도 엄청 먹었을 거예요. 하여튼 속으로는 부글부글 끓었겠죠. 그런데 그 이후로 김봉익 사장이 조금 오버하긴 했어요. 미운 감정에다 내친김에 그 6억을 현찰이 아니라 통장으로 그것도 타인 명의의 통장에 입금하여 허주만 윤명자 두 사람에게 줘 버렸죠. 그런데다 허주만은 그 6억마저 배달과정에서 떼어버렸어요. 허주만은 한 푼도 주머니에 넣지 못한 거죠.

허주만은 악에 받쳤어요. 허주만도 이판사판이 되어버렸어요. 김봉익에게 요구가 아니라 아예 협박을 했어요. 돈을 더 내놓으라고. 이에 김봉익은 녹취록에 등장하는 인물들 모두의 실명도 공개하겠다고 맞받아쳐 협박했다고 해요. 김봉익 자신도 포함해서 허주만과 윤명자 모두요. 사실 김봉익은 펀드 사기 사건을 기획할 때부터 자신이 사기범으로 처벌받을 거라는 걸 계산에 넣었다고 해요. 누군가는 책임을 져야 했으니까요. 아무도 모르는 곳에 돈은 빼돌려 놓고 몇 년 감방 살다 나오는 거죠. 사정이 이러니 허주만으로선 어쩔 도리가 없었어요. 허주만에게 김봉익 사장을 향한 분통과 울화가 쌓여만 갔죠. 그런데 설상가상으로 서영미 씨마저 그 6억을 놓고 따지고 들었어요. 처음엔 서영미 씨는 순순히 돈을 인출해 주었답니다. 하지만 그 박중기 성추행 폭로 사건 이후 바뀌었죠. 그거 조작된 거였어요. 성추행 사건은 없었어요. 그 조작에 이용당한 서영미 씨가 반발하게 되면서 6억의 출처도 따지게 되었죠. 그 때쯤부터 서영미 씨는 윤명자의 그늘에서 벗어나려 했던 것 같아요. 경찰에 알리겠다고까지 했죠. 그래서 서영미 씨를 살해해야 했죠. 그 대가로 윤명자에게서 3억을 받긴 했지만 이 또한 그 근원을 따지고 보면 김봉익 사장 때문이니 악감정이 쌓일 대로 쌓이게 된 거죠. 허주만으로선 하찮은 포주 출신에게 당할 대로 당한 거였잖아요. 결국, 서영미 살해 후, 김봉익을 살해하는 데까지 나아가버렸죠. 녹음 파일을 빼앗으려다 우발적으로 살해한 것이 아니라 아예 죽일 작정을 하고서 그날 김봉익을 찾아간 거였어요. 이게 김봉익 살해사건의 전말이에요. 그리고 이건 여담입니다만, 결국엔 당하긴 했지만 어찌 보면 김봉익 사장도 보통이 아니에요. 여권의 실세 권력자의 이름을 까발리면서 녹취록을 인터넷에 흘려버린 것도 그렇고, 박중기에게는 6억을 현찰로 직접 건네주었으면서도 허주만과 윤명자에게는 타인 명의의 통장으로 보내버렸잖아요. 돈 더 달라고 징징대는 인간들, 한마디로 엿 먹으라는 거였죠. 실제로 엿을 먹었죠. 엄청난 빅엿이었죠. 돈의 출처를 따져대는 서영미 씨는 살해해야만 했고, 다른 한 사람은 그 돈을 꿀꺽해버렸으니까요. 혹시 아실는지 모르겠어요. 그 꿀꺽한 사람을 얼마 전에 알아냈는데, 이름이 조대홍이라고."

"네, 압니다. 조대홍 그 인간."

느릿하니 고개를 끄덕인 진구는 커피가 든 컵을 들어 입을 축였다. 많은 것들이 설명되었다. 세부적인 부분까지도. 하지만 진구가 가장 알고 싶은 것은 여전히 빠져 있었다.

"알겠어요. 그렇지만 왜--"

"두려웠던 거예요."

"네?"

"율아는 두려워서 진구 씨로부터 도망친 거예요. 임신 사실을 알리지도 않고."

이수영은 진구가 가장 궁금해하던 답을 주었다. 하지만 그 답은 다른 질문을 또 낳았다.

"두려워요? 뭐가요?"

"한 번도 경험하지 못했던 율아 자신의 감정이요. 율아는 윤명자를 죽인 직후 임신한 사실을 알게 되었어요. 그때 율아는 자신의 감정 또한 깨닫게 돼요. 그 이전엔 아무런 감정이 없었다는 말이 아니에요. 그 깨달음의 깊이를 말하는 거예요. 왜 있잖아요, 어느 날 갑자기 눈앞으로 화들짝 닥쳐온 아찔함 같은 거. 그것은 서영미 살해범을 향한 복수심마저 흔들어버렸어요. 율아가 그 녹음 파일을 갖고 있으면서도 언론에 흘리거나 경찰에 넘겨버리지 않은 건 자신의 손으로 범인들을 처단하고 싶어서였어요. 그리고 율아가 인터넷에 흘린 실명의 녹취록과 그 부록, 그거 윤명자와 허주만에게 경고한 살인 예고장 같은 것이었어요. 다음은 너희들이라는. 그런데 그 복수심이 흔들린 거예요. 그것이 율아를 더 두렵게 만들었어요. 그래서 도망친 거예요. 덕분에 허주만은 아직 살아있는 거죠."

진구가 커피가 든 컵을 입으로 가져갔으나 종이컵은 비어있었다. 진구는 빈 종이컵을 완전히 찌그러뜨리지는 않고 손아귀에 힘을 주어 쥐었다가 놓았다. 그간의 율아를 이제야 이해할 수 있을 것 같았다. 그러나 그 이해한 만큼 진구는 자신이 더 바보스러워졌다. 많은 것들을 놓쳤고, 많은 시간을 낭비했다. 무어라 할 말을 찾을 수가 없었다. 자신의 바보스러움을 책망하는 것 말고는 달리 할 말이 있을 리도 없었다. 손안의 우그러진 종이컵을 진구는 내려놓았다. 장생포항으로 큰 배가 한 척 들어오고 있었다. 진구가 마당에 발을 들여놓았을 때 짖어대던 그 개가 폴딩도어 바깥에서 귀를 세우고 안을 들여다보았다.

"'청이'에요."

"청-이요?"

"쟤 이름이 '청이'라고요. 멍청이를 줄여서 '청이'. 율아가 지어주었어요. 아마 진구 씨를 생각하면서 그렇게 지었을 거예요."

진구는 어색한 웃음으로 인정했다.

"이상하다는 생각 들지 않아요?"

이수영이 진구를 빤히 응시했다.

"뭐-가요?"

"내가 진구 씨 오기를 기다리면서 진구 씨에게 할 말을 미리 준비해두었다가 한꺼번에 쭉 풀어놓는 것 같지 않나요?"

사실 그랬다. 마치 율아에게 듣는 것만큼이나 이수영은 그간의 율아의 사정 전부를 세세히 알고 있었고 몇 차례 연습이라도 해본 것처럼 이야기를 풀어냄에 막힘이 없었다.

"율아가 저한테 부탁했어요. 진구 씨가 너무 늦게 찾아올지도 모르는데, 그때라도 모든 걸 다 들려주라면서요. 여기서 너무 늦는다는 건 율아가 죽은 뒤를 말하는 거예요."

담담하던 이수영의 얼굴에 붉은 기가 돌았다. 눈자위도 붉어졌다. 진구의 숨이 턱하고 막혔다.

"무-슨 말을 하는 거죠?"

이수영이 길게 숨을 들이켰다.

"율아, 아이 예방접종 맞히러 병원 간 거 아닙니다. 진통제 처방받으러 간 거예요. 율아 췌장암 말기예요. 임신 사실을 알게 되면서 동시에 암 판정도 받았어요. 의사는 유산하고 항암치료에 전념할 것을 권유했지만 율아는 거부했어요. 아이를 낳고 싶어했어요. 출산 후에 항암치료에 힘쓰겠다는 거였어요. 하지만 아이를 낳은 뒤에는 너무 늦어있었어요. 젊은 사람에게는 암세포도 성장이 빨라서 일 년도 안 되는 사이에 손쓸 수 없는 상태가 되어버렸어요. 정진이는, 아이 이름이 정진이에요. 진구 씨 이름의 앞 두 글자를 따온 겁니다. 정진이는 율아의 생명을 먹고 태어난 거예요."

이수영은 손가락 끝으로 눈물을 찍어냈다.

"약-물이든 수술이든 어떻-게든…"

진구의 목소리가 떨렸다. 이수영은 고개를 저었다.

"전이가 너무 심해요. 진통제로 겨우 버티고 있어요."

"얼마나 더…"

"의사는 한 달을 넘기기 힘들 거라고 했어요."

커다란 바이스에 물린 것처럼 가슴이 죄어왔다. 숨도 쉴 수 없을 것 같았다. 온 힘을 집중해 크게 숨을 들이켰다가 내뱉기를 여러 차례 반복하고서야 숨을 쉴 수 있을 정도로 겨우 가슴이 트였다. 진구는 얕게 내뱉어지는 호흡을 하나하나 세듯 가다듬으며 폴딩도어 바깥 장생포항을 바라보았다. 겨울답지 않게 따뜻하고 햇볕도 화창한 날 항구는 평화로웠다. 차라리 춥고 흐리고 흙먼지 날리는 바람이라도 몰아쳤으면 좋았을 텐데. 지리산 천왕봉을 오를 때처럼 아예 눈보라라도 휘몰아친다면 얼마나 좋을까. 그랬더라면 작은 위로라도 되었을 것이다. 자신과는 너무 다른, 그 선명한 대비가 잔인스럽기까지 했다. 자신에겐 행복이란 것, 기쁨이란 것은 허용되지 않는 그런 삶만이 주어진 것만 같았다. 힘든 길을 돌고 돌아 마침내 다다른 그곳에 율아는 없었다. 율아는 죽어가고 있었다.

"율아, 오늘 여기로 오지 않을 거예요." 이수영이 말했다. 이수영은 벌써 진정되어 있었다. "우리 집으로 바로 갔을 거예요. 정진이가 태어나기 좀 전부터 잠은 우리 집에서 잤어요. 저도 이혼하고 아이와만 살고 있어서 율아가 불편할 일은 없구요. 진구 씨는 오늘 밤은 여기서 보내세요. 입주 작가 공간에 게스트룸이 하나 있어요. 거기서 주무시면 될 거예요. 그리고 이거…"

이수영은 미리 준비해 왔던 듯 주머니에서 USB를 하나 꺼내어 진구에게 내밀었다.

"오늘 시간 날 때 보세요. 율아의 '잔혹 신화' 3부와 율아가 진구 씨를 위해 남긴 동영상 파일이 들어있어요."

"이거…"

"아니요. 녹취록을 떴던 녹음 파일은 없어요. 그것을 김봉익 사장에게서 받긴 받았지만 지금은 갖고 있지 않아요. 버렸대요. 대신 누군가 다른 사람이 갖고 있기는 있답니다. 율아에 의하면 진구 씨가 그것을 찾아야 한대요."

진구는 USB를 받아 주머니에 넣었다. 이후 둘은 서로의 신상과 관련된 주변 이야기들을 나누었다. 주로 이수영이 자신의 얘기를 들려주었고 진구는 듣는 편이었다. 이수영에 의하면 그녀는 율아가 사촌 오빠를 살해한 그 사건 이후 레즈의 길을 떠났다고 했다. 그날의 끔찍했던 충격 때문이었다. 의식적으로 남자들만 만나고 결혼까지 하고 딸도 하나 낳았다. 하지만 전혀 행복하지 않고 자신이 껍데기처럼만 느껴져 이혼할 수밖에 없었다는 것이다. 딸이 지금 다섯 살인데 진구가 힘들면 율아의 아이를 자기가 맡아 키울 수 있음도 내비쳤다. 진구는 거기까지 생각할 여유는 없었다. 생각할 시간을 달라며 얼버무렸다. 대화가 마무리될 즈음 울산 남구 문화원의 사무국장이라는 심 국장이 마당을 가로질러 걸어왔다. 이수영은 두 사람을 인사시킨 후 간단한 사정 설명과 함께 진구가 오늘 여기 머물 거라고 말해주었다. 심 국장은 잘 됐다며 저녁에 소주 한잔할 것을 제안했다. 소설 쓰는 국장의 친구가 입주 작가로 여기에 머물고 있는데 셋이서 간단히 한잔 먹자는 거였다. 진구는 동의했다.

그날 저녁 진구와 심 국장과 심 국장의 소설가 친구, 이렇게 셋은 말 그대로 간단히 한 잔만 했다. 아트스테이 주방에서 저녁 겸해서 마신 술은 반주의 경계를 살짝 넘어가는 정도였다. 대화는 제법 길었지만 가볍게 나누는 수준을 벗어나지는 않았다. 좀 더 정확 하자면, 그러려고 심 국장과 심 국장의 친구는 애를 썼다. 두 사람은 진구에게 아무것도 묻지 않았다. 진구가 관심 있어 할 율아 얘기만 지나가는 말처럼 들려주었다.

'처음 아트스테이에 왔을 때는 솔직히 좀 끔찍했었다. 극도로 예민하면서도 산만한 모습을 보였었다. 차츰 나아지더니 몇 달 지나자 여기 생활을 즐거워했다. 아프다는 얘기는 최근에 들었다. 몸이 그렇게 아픈데도 주위 사람들과 잘 어울렸다. 아픈 몸에도 아이에게 기울이는 정성은 참 대단했다.'

두 사람은 진구 앞에서 '암'이라는 단어를 한 번도 입에 올리지 않았다. '아프다'는 말로 대신했다. 진구에 대한 배려였다. 율아도 이곳에서 많은 배려를 받았음을 짐작할 수 있었다. 심 국장은 당분간 게스트룸에 머물러도 좋다고 했다. 원래 규정은 게스트의 경우 3일을 넘길 수 없게 되어있지만 그 정도는 살짝 눈감아줄 수 있다는 거였다. 진구는 감사의 인사를 했다. 그렇게 저녁 겸 술자리를 마치자 국장의 소설가 친구는 진구를 게스트룸으로 안내해주었다. 마침내 혼자가 되자 진구는 배낭에서 노트북을 꺼내 전원을 연결하고 이수영에게 건네받은 USB를 꽂았다. USB에는 파일이 두 개 들어있었다. 하나는 흔글 파일, 다른 하나는 동영상 파일. '잔혹신화' 3부로 짐작되는 흔글 파일부터 먼저 열었다. 2부는 위선자이자 사기꾼 교주인 쨔가카미가 시두리의 뼈 무더기 동굴에서 시두리를 죽이려는 장면에서 끝이 났었다.

#21.
잔혹 신화 3

황금 사과

　목소리들이 들렸다. 서로 격하게 거친 말을 쏟아내고 있었다. 주먹질도 주고받는지 툭탁거리는 소리도 섞여 있었다. 시두리가 눈을 떴다. 가르메쉬가 보였다. 가르메쉬가 쨔가카미를 동굴 벽으로 밀어붙였다. 쨔가카미도 가만있지는 않았다. 쨔가카미의 반격도 만만치 않았다. 쨔가카미의 주먹이 몇 차례 가르메쉬의 얼굴을 가격했다. 가르메쉬의 입과 코에서 피가 흘러내렸다. 주먹을 막아내기에 급했던 가르메쉬를 이번엔 쨔가카미가 밀어붙였다. 뒷걸음질치며 비틀대던 가르메쉬가 시두리가 뱉어낸 뼈 무더기에 발이 걸려 넘어졌다. 누군가의 정강이뼈를 집어 든 쨔가카미가 가르메쉬를 후려쳤다. 머리, 팔, 다리, 몸통 할 것 없이 인정사정없었다. 죽이려는 작정이었다. 시두리가 할 수 있는 것은 아무것도 없었다. 자신도 죽어가고 있었다. 굶주려 탈진 직전에 있었던 데다 목을 조르는 쨔가카미에게 저항하느라 너무 힘을 쏟아버린 탓이었다. 자포자기의 심정으로 눈을 감았다가 떴을 때 상황은 반전되어 있었다. 가르메쉬가 둥근 공 같은 무엇으로 쨔가카미를 내리찍고 있었다. 한 번, 두 번, 세 번, 쨔가카미는 팔다리를 부르르 떨다가 축 늘어졌다. 한동안 쨔가카미를 내려다보던 가르메쉬가 시두리에게로 다가왔다. 그의 손에는 공 같은 것이 그대로 들려있었다. 그것은 누군가의 머리뼈, 해골이었다. 그 해골에는 피가 묻어 있었다. 시두리 앞으로 다가온 가르메쉬는 그제야 자신이 해골을 들고 있다는 사실을 알아차렸는지 피 묻은 그것을 멀리 던져버렸다. 엉덩이를 깔고 땅바닥으로 내려앉은 가르메쉬는 시두리를 자신의 무릎 위로 들어 올려 눕혔다.

"네 뒤를 따라왔어. 저놈이 하는 말도 다 들었어."

위대하신 분이 저놈이 되어있었다. 시두리는 입을 열기 위해 힘을 짜냈다.

"그래도 너에겐 위대한 지도자였잖아."

"그건 환상이었어. 난 아버지 없이 자랐고 그래서 쨔가카미에게서 아버지를 찾았던 것 같아. 환상을 만들고 있었던 거야. 그것이 오늘 깨졌어. 너를 죽이려는 걸 보고는 눈이 확 떠졌어."

가르메쉬는 손가락으로 율아의 얼굴 위를 가만가만 더듬었다. 목을 조르는 쨔가카미에 저항하느라 화장이 지워지면서 얼핏얼핏 드러난 뱀 문신을 가르메쉬는 더듬고 있었다.

"그리고 난 해방돌격대 일이 싫었어. 가난하고 힘없는 농부들을 약탈해야 했거든. 쨔가카미가 그렇게 할 것을 명령했어. 타르구시 당국의 지시에 따르지 않는 놈들이라며."

가르메쉬는 자신의 옷소매로 시두리의 얼굴을 닦기 시작했다.

"그런데 그건 너 때문이었어. 너를 만나기 전엔 그 일이 싫지 않았어. 농부들을 약탈하면서도 난 지주들을 약탈하고 있다고 믿었었거든. 엄청난 착각이었지만 나는 알아차리지를 못했어. 너를 만나고부터 그 거짓 믿음이 보였어."

가르메쉬가 손동작을 멈추었다. 시두리의 화장이 깨끗이 지워지고 뱀 문신 전부가 선명히 드러났다.

"흉하지?"

가르메쉬는 고개를 저었다. 얼굴에서도 표정의 변화가 없었다. 가르메쉬는 시두리 얼굴 위의 뱀 문신을 흉하게 여기지 않았다. 그는 시두리가 사람을 잡아먹은 흔적인 뼈 더미도 이미 보았다. 시두리 가슴속의 그 불꽃이 심지를 돋운 것처럼 밝아졌다. 가르메쉬와 함께 있으면 늘 그랬듯이 환히 비추는 그 따뜻함의 밝음이었다. 그런데 그 정도가 이전과는 달랐다. 그것은 그 따뜻함과 밝기를 더해가면서 시두리의 가슴을 팽팽하도록 가득가득 채워나갔다. 끝없이 팽창하는 기쁨과도 닮아 있었다. 마침내 더는 시두리의 가슴이 그 충만한 빛을 감당할 수 없게 되었을 때, 시두리에게서 무언가가 툭 하고 부러졌다. 부러졌다기보다는 꽁꽁 묶여있던 것, 시두리를 옥죄고 있던 것이 툭 터지듯 풀려버린 것만 같았다. 그렇게 풀려난 그것은 그녀의 뼈와 살을 뚫고 쏟아져 나왔다. 그것은 침침하던 동굴을 환하게 밝히면서 동굴 벽에다 활동 영상을 비추었다.

시두리가 보였다. 지금의 시두리와는 어딘지 달랐다. 좀 더 우아하고, 더 아름답고, 그리고 투명한 빛이 그녀를 감싸고 흘렀다. 시두리는 기억해냈다. 저 시두리는 인간 시두리가 아니라 신으로서의 바나무허허였다. 먼 과거의 그녀 자신이었다. 그녀는 여신이었다. 여신으로서의 기억이 돌아온 것이다. 전부가 아니라 묶여있던 기억이 이제 하나씩 풀려나오고 있었다. 그 풀려나온 만큼을 벽면에 비친 영상은 보여주고 있었다. 곧 다른 여신이 나타났다. 아부카허허, 바나무허허의 어머니, 현상금 사냥꾼의 습격에서 구해준 뒤 시두리에게 바가쥬기와 페니서유, 쨔가카미를 찾아가 볼 것을 권유했던 그 여인이었다. 두 여신은 저녁놀을 등지고 강이 흐르는 들판을 마주하고서 대화를 나누고 있었다.

"인간을 너무 사랑하지 말아라. 우리 신들이 인간들을 위해 존재하는, 인간의 필요에 부응하는 존재인 건 맞지만 너처럼 온몸을 던지면서까지 애정을 보여줄 필요는 없다. 그들은 쉽게 속이고 쉽게 배신한다. 언제나 서로 싸우고 욕망의 포로가 되지. 늘 거짓을 입에 달고 다니고 야만적이고 거칠어. 그들은 삶 자체가 비루함으로 가득해. 자신들의 그 비루함으로부터 벗어나기 위해 그들은 우리 신들에게 의탁을 하지."

"어머니, 전 그들이 가진 그 모든 것들을 사랑하고 있을 뿐입니다. 그들의 흠, 약점, 욕망, 이율 배반을요. 완벽하지 않기에, 많은 흠을 가지고 있기에 도리어 그들이 아름답게 느껴집니다. 또 그러하기에 그들을 사랑하는 겁니다. 부족함을 감싸 그 틈을 메우는 것이 사랑 아니겠습니까. 그들에게 사랑을 가르쳐주어야 하는 이유이기도 합니다."

"무슨 말인지는 알겠다만, 넌 어쨌든 그들을 지나치게 사랑하고 있어. 그건 위험해. 사랑은 집착과 질투를 만들어내기도 하거든.

원한이나 증오, 적개심, 분노도 마찬가지. 사랑은 아름답긴 하지만 동시에 위험하기도 해."

"그렇지만 탐욕과 다툼을 줄여주기도 하지요. 지혜를 가르쳐주기도 하고요."

"넌 밝은 면만 너무 보려고 해서 탈이야."

"어머니 전 어린 소녀처럼 낭만적이지도 철없는 몽상가처럼 이상주의적이지도 않아요. 사랑이 인간이 가진 모든 문제의 해결책이라 믿지도 않아요. 다만 그들을 그 모습 그대로 사랑하는 것뿐이에요. 아무리 추하든, 아무리 끔찍하든 말이죠."

"그래서 내가 넌 밝은 면만 본다고 하는 거야. 넌 그들이 품은 악마를 온전히 보지 못하고 있어. 네가 만일 그 악마를 전부 겪고도 그들을 사랑할 수 있다면, 네가 만일 그 모든 악마와 마주하고도 너의 몸을 흐르는 뱀의 피를 잠재울 수 있다면 너를 말리지 않겠다. 너의 뱀 어머니에게서 물려받은 그 피, 그것이 너를 집어삼킬까 두렵구나."

딸 바나무허허는 말이 없었다. 그것은 약간의 주저로 읽혔다. 어머니 아부카허허가 말했다.

"그들 인간이 왜 우리를 필요로 하는지 아니? 그들 속의 바로 그 악마 때문이야. 그들은 악마를 가진 자신들이 싫은 거야. 그 악마로부터 도망치고 싶은 거지. 그래서 우리를 찾는 거야. 그들이 자신들의 악마마저도 사랑하게 된다면 우리를 찾지 않게 되고 우리는 이 세상에서 사라지게 될 거야. 그들의 악마는 그들의 결핍과 부조리야. 그들이 자신들의 결핍과 부조리마저 사랑하게 되는 순간 우리는 사라지게 되는 거지. 하지만 그런 일은 일어나지 않을 거야. 인간들은 영원히 우리를 필요로 하게 될 거야."

딸 바나무허허가 어머니 아부카허허에게로 돌아섰다. 불타는 노을이 바나무허허의 둥근 이마와 오똑 선 콧날과 다문 입술 위로 황금빛 붉은빛을 던졌다.

"어머니, 저는 사랑의 신으로서 그들의 결핍과 부조리를 모두 사랑할 거예요."

"악마를 사랑하겠다고?"

"그것들은 악마가 아닐 수도 있어요. 저의 몸에 흐르는 뱀의 피가 악마가 아닌 것처럼요. 그것들이 악마이면 저도 악마예요."

"네가 그리도 인간을 사랑하니 신들도 질투를 다 하는 거지."

동굴 벽면의 영상이 사라졌다. 가르메쉬의 무릎에 기대 누운 시두리는 홀린 듯 어두운 동굴 벽면에 눈을 고정하고 있었다. 가르메쉬는 시두리의 뱀 문신을 가만히 손가락으로 더듬었다. 그것은 분명 처음 보았을 때보다 희미해져 있었다. 초승달처럼 날렵한 곡선을 그리며 뾰쪽하던 이빨들과 칼날 같았던 두 눈의 날카로움이 사라졌다.

영상이 다시 나타났다. 바나무허허가 털이 부스스한 짐승인지 인간인지 구분하기 힘든 알몸의 남자와 걷고 있었다. 둘은 호숫가 나무 그늘 아래 앉았다. 바나무허허가 옷을 벗기 시작했다. 곧 알몸이 된 바나무허허는 풀밭 위에 반듯하게 누웠다. 짐승 같은 남자는 눈부시게 빛나는 바나무허허의 알몸을 내려다보며 당황하여 어쩔 줄 몰라 하였다. 그러나 그 남자는 곧 여신의 알몸 위로 자신의 몸을 던졌다. 둘은 거칠면서도 달콤한 사랑을 나누었다. 사랑이 끝나자 남자는 풀잎들을 엮어 제 몸을 가렸다. 바나무허허가 말했다.

"이제 당신은 영양과 황소들과 함께 뛰어다니는 들판의 야수가 아닙니다. 당신은 사랑을 알고 사랑을 바라는 인간으로 태어났습니다. 그 사랑이 당신을 지혜롭게 만들 것입니다. 세상을 이끌어가는 존재로 사랑이 당신을 성장시킬 것입니다."

남자는 존경과 감사를 담아 여신을 올려다보았다. 여신은 자애로운 눈길로 남자를 마주 보았다. 잠시 후 어두움과 함께 여신과 남자는 사라졌다. 곧 다시 밝아졌고 여신이 치르는 사랑의 장면이 연이어졌다. 바나무허허는 피부색이 밝은 사람 어두운 사람을 가리지 않았고, 늙은이와 젊은이를 가리지 않았고, 남자와 여자를 가리지 않았고, 추운 지방 따뜻한 지방 더운 지방을 가리지 않았다. 그렇게 널리 세상에 사랑을 퍼뜨리고 다녔다. 마지막으로 한 여인이 나타났다. 바나무허허는 그녀와 손을 잡고 봄날의 들판을 거닐었다. 산들바람은 실개천 가의 물풀과 두 여인의 치맛자락을 흔들었다. 새들은 하늘을 치솟아 오르며 사방으로 노래를 쏟아냈다.

"아, 인안나!"

비명과 같은 탄식이 탈진한 시두리의 입으로부터 터져 나왔다. 고통의 흔적도 시두리의 얼굴을 가로질렀다. 더 많은 기억을 짜내려 시두리는 이마를 찌푸렸지만 가두어진 기억은 쉬이 풀려나오지 않았다. 영상은 움직임을 멈춘 뒤 정지 상태를 유지했다. 그렇게 한동안 정지 장면이 이어지다 어둠과 함께 그것마저 사라졌다.

신들이 나타났다. 시두리, 즉 바나무허허를 포함 넷이었다. 나머지 셋은 가르메쉬의 눈에 익었다. 다름 아니게 바가쥬기, 페니서유, 쨔가카미였다.

"저기, 쨔가카미 아니야?"

"응, 쨔가카미는 원래 신이었어. 이름이 에넬이라고."

"에넬이었어? 최고신 한 호르마스트 텡그리의 화신이라더니 그것부터 거짓말이었어."

"텡그리는 힘을 잃은 뒷방 늙은이 신이지만 인간들에게는 최고신으로 알려져 있으니 그 이름을 팔아먹었던 거야."

"그랬었구나. 나머지 둘은 바가쥬기와 페니서유 같은데?"

"맞아. 그들이야. 저들도 신이었어. 저들 알아?"

"쨔가카미의 전령으로 몇 번 만나본 적이 있어. 저들 셋, 서로 거리를 두고 있는 것처럼 보여도 알고 보면 모두 한통속이야. 돈거래로 얽혀있고 은밀하게 이권을 주고받고 있어."

"기억이 다 되살아나지 않아 확신은 못 하겠지만 신이었을 때도 그랬던 것 같아. 한통속 말이야. 신으로서의 저들의 이름은 바가쥬기는 우하, 페니서유는 레페로 불렸어."

간신히 말을 마친 시두리는 숨을 헐떡였다. 시두리가 말을 하는 동안 멈추어있던 영상이 시두리의 거친 호흡을 따라 일그러졌다. 시두리의 호흡이 안정을 되찾고서야 영상도 정상으로 돌아왔고 움직이기 시작했다. 그들은 원형의 거대한 화강암 탁자를 둘러싸고 앉거나 서서 논쟁을 벌이고 있었다. 먼저 우하가 말했다.

"인간을 가장 사랑하는 방식은 그들이 무엇이든 마음대로 하게 놔두는 것이야. 자신들의 욕망을 마음껏 실현하도록 하는 것. 그 욕망이 그들을 발전시킬 것이야. 욕망을 추구하여 서로 싸우는 세상은 아름답기조차 해. 승자와 패자가 있겠지만 승자는 승리의 순간이 던지는 그 짜릿한 기쁨을 누리고 패자는 설욕의 기회를 찾아 자신을 더 갈고 닦지. 탐욕이 종국에는 파괴와 몰락을 가져올 거라는 주장은 다 거짓말이야. 왜냐면 탐욕에는 몰락을 피하길 바라는 탐욕도 포함하고 있으니까. 욕심 없는 자들이 오히려 몰락을 향해 질주하곤 하지. 풍족히 살고자 하는 욕심도, 유명해지고 싶은 욕심도, 지배하고자 하는 욕심도 없으니 어찌 되든 상관없지 않겠나. 망하든 흥하든 말이야. 나는 그들 인간의 지칠 줄 모르는 욕망을 사랑해. 그것이 내가 그들을 사랑하는 방식이야."

이어서 레페가 말했다.

"인간을 사랑하기 위해서는 인간을 보지 말고 여자를 보아야 해. 인간에게 있어서 남자와 여자는 엄연히 다른 계급이야. 그러니 그 둘을 하나로 뭉뚱그려 이해하려 하면 안 돼. 여자들은 피지배 계급으로서 남자들에게 착취당하고 지배당해 왔어. 여자들은 남자들의 소유물에 불과했어. 사고팔 수도 있는 물건이었지. 남자들은 여자를 쾌락의 대상으로만 생각했어. 남자들은 자신들의 성욕을 자극하기 위한 것들만을 여자들에게 강요했어. 여자들 몸을 치장하는 것들이 다 그런 것들이야. 그리고는 여자들을 규방에다 가두어놓고 권력은 남자들이 독차지했지. 나는 누구보다 이렇게 핍박당하는 여자들을 위해 싸우고 있어. 그것이 신으로서 내 방식으로의 인간 사랑이야. 가장 낮은 존재로서의 여자들만을 사랑하는 것이지. 여자로서 여자를 사랑하는 건 아름다운 일이야. 우리 여자들의 사랑은 너희 남자들의 이성애와는 달라. 우리의 사랑에는 계급으로서의 남녀가 없는 만큼 위아래도 없어. 가장 평등한 사랑이지. 가장 진정한 사랑이기도 하고. 가장 아름다운 사랑이기도 하고."

다음으로 에넬이 말했다.

"인간은 밥만으로는 살 수 없는 존재들이야. 그들은 자신들이 손에 넣을 수 없는 더 큰 것, 그들의 몫이 아닌 것을 원해. 심지어 불멸을 꿈꾸기도 하지. 하지만 그들도 바보가 아닌 이상 영생은 불가능하다는 걸 알아. 그래서 대체물을 찾지. 자신들의 초라함을 뛰어넘는 더 숭고한 것, 더 위대한 것. 나는 그들에게 그것을 주는 거야. 그들에게 살아가는 의미와 이유를 던져주는 것이지. 그럼으로써 그들이 혼란과 불안과 두려움이라는 미혹에 흐르지 않고 자신들의 삶을 충실히 살아갈 수 있게 해주는 것이지. 이를 위해 난 내가 건설하는 해방구에서 지상에서의 천국 건설을 설교하고 있어. 그렇다고 엉터리 종교지도자들이 떠벌여대는 그런 허무맹랑한 천국은 아니야. 매우 정밀하게 계산된 아주 근거 있어 보이는 천국이지. 인간이 각고의 노력으로 쟁취해서 얻는 천국, 싸우고 투쟁해서 만들어내는 천국, 그것을 그들의 손에다 쥐여주는 것이지. 물론 그들에게 진짜 천국을 줄 수는 없어. 그것은 오직 우리 신들만의 몫이니까. 그들에게는 천국의 꿈, 천국을 꿈꿀 권리만을 주는 것이지. 꿈꾸는 자가 가장 행복한 자 아니겠나. 그러니 그들의 노력과 싸움이 성공하고 말고는 나와 아무 상관 없어, 내가 던진 먹이를 삼키고 그들이 행복하다고 믿기만 하면 되는 것이야. 이것이 내가 그들 인간을 사랑하는 방식이야. 그들에게 신세계와 혁명을 꿈꾸게 하는 것. 그들의 영혼에 환상과도 같고 꿈과도 같은 미래라는 행복을 던져주는 것. 그 행복에 도취 되어 그 행복에서 깨어나지 않고 살아가게 하는 것."

조용히 듣고 있던 바나무허허가 입을 뗐다.

"나는 그들을 사랑하기만 할 것이야. 사랑만을 줄 것이야. 아무 조건 없이. 그들이 못나든 잘나든, 추하든 아름답든, 비천하든 위대하든, 가난하든 부자든, 남자든 여자든, 농부이든 왕이든 가리지 않고. 나의 사랑은 그들 모두의 영혼을 정화하여 아름다움을 알게 할 것이며, 이로써 세상을 바라보고 이해하는 눈을 넓혀주어 먹고 사는 문제를 넘어선 더 넓은 세계를 보도록 할 것이며, 그 결과 인간들이 지혜를 얻게 하여 신들에 의지하지 않고도 스스로 살아가게 할 것이야. 이것은 외부의 힘에 구속되지 않는 스스로가 스스로를 만들어가는 창조행위야. 사랑은 그 창조의 근원이자 힘이지. 언젠가 내가 풀어놓은 사랑으로 인해 이 세상에 신들이 필요 없는 때가 올 것이야. 인간이 인간을 온전히 사랑할 수 있는 때가 그때이지. 그때를 위하여 나의 사랑으로 그들을 지혜롭게 하는 것, 종국에는 그들이 우리 신들을 버리게 하는 것, 그것이 바로 나의 인간 사랑 방식이야."

바나무허허가 말을 끝내자 나머지 신들이 모두 웃었다. 비웃었다. 우하의 웃음소리가 가장 컸다.

"누구든 가리지 않고 사랑한다고? 그걸 두고 흔히 헤프다고 하는 거야. 인간들은 그런 여자를 창녀 년이라 부르지."

"우하, 너도 나와 사랑을 나누지 않았나? 레페, 에넬 너희 둘도 마찬가지. 그렇다면 너희들도 다 헤픈 거야. 너희들 설마 인간들을 질투하는 건 아니겠지. 너희들보다 내가 그들을 더 사랑하니까."

"남자는 필요 없고 여자만 사랑하면 돼." 레페였다, "남자들은 사랑할 능력이 없어. 그래서 늘 불행하고 불만투성이일 수밖에 없는 남자들이 천국이란 걸 발명해 낸 거야."

"반만 사실이지." 에넬이었다. "남자가 아니라 남자와 여자가 천국을 발명해 낸 거지. 난 그들에게 그들이 원하는 그 천국을 안겨 주는 것이고. 그것이 사랑이야. 그들이 원하는 그 하늘나라를 주는 것."

"사랑은 찌든 욕망도 아니고, 편 가르기도 아니고, 환각제도 아니야." 바나무허허가 말했다. "한계와 결점도 심지어 그들의 악도 모두 받아들이는 것이야."

"한계와 결점과 악은 받아들이기보다는 문제를 일으키지 않도록 지배하여 다스려야만 하는 것이지." 우하였다.

"한계와 결점과 악은 남자들만의 전유물이야. 여자와는 상관없어." 레페가 말했다.

"그게 쉽게 될까?" 에넬이었다. 그의 몸짓과 얼굴은 마뜩잖음 그것이었다. "인간이 가진 한계와 결점과 악을 전부 사랑할 자신 있어? 바나무허허 네가 진정으로 그럴 수 있다면 너의 인간 사랑을 인정하겠다."

"난 그렇게 할 수 있어." 바나무허허는 일말의 주저도 없었다. "인간에 대한 믿음을 가져. 그들은 바뀌어 가는 존재들이야. 그들의 한계와 결점과 악도 바뀌게 될 거야. 그들에게 내가 가진 사랑을 전부 주고 그 사랑의 힘으로 지혜와 창조의 능력을 품게 되면 그들은 달라질 거야."

"네가 가진 사랑을 전부 인간들에게 주어버린다고? 그냥 사랑만 하는 것이 아니라?"

에넬이었다. 희미하지만 적의가 말투에 담겨있었다.

"그래, 나의 사랑을 전부 그들에게 주는 것이지. 나의 신적 권능 전부를 그들 인간에게로 던져넣어 사라지게 하는 것, 그것이 그들을 진정으로 사랑하는 것이지."

"그래선 안 돼, 인간들에게 신의 힘을 주어서는 안 돼." 에넬의 목소리는 날카로웠다. "네가 인간들에게 주려는 지혜와 창조의 능력, 그것은 우리들의 몫이야. 잊지 마. 인간들에게 불을 넘겨주었던 그 오만했던 놈이 어떤 고통의 벌을 받았는지."

이것은 경고에 가까웠다. 바나무허허는 다른 신들로부터 거리를 두고 뒤로 물러섰다. 한편 우하와 레페는 에넬 옆으로 나란히 섰다. 에넬에의 동의를 의미했다. 그것은 위협이었고 그것은 질투 때문이었다. 그들은 바나무허허만이 가진 사랑의 힘을 갖지 못해 질투하고 있었다. 가르메쉬는 한눈에 알아보았다. 이를테면 저 신들은 인간을 가장 잘 사랑하는 방법을 두고 논쟁을 벌이고 있었는데, 가르메쉬가 보기에 승자는 바나무허허였다.

어두워졌다가 다시 밝아졌다. 어둠이 깔리기 시작하는 들판에 바나무허허가 등을 보이며 서 있었다. 그녀의 발치에는 한 남자와 한 여자가 쓰러져있었다. 땅 위로 어지럽게 널려진 핏자국들과 얼굴을 하늘로 두고 미동도 않는 것으로 미루어 둘은 죽은 것 같았다. 남자는 처음 보는 인물이었지만 여자는…

"인안나!"

시두리의 외침이 동굴을 울렸다. 이 외침에는 한마디를 내뱉을 때마다 헐떡이던 시두리의 모습은 보이지 않았다. 기적이라도 일어났나 싶게 격한 힘이 넘쳐났다. 그것이 가르메쉬로서는 더 불안했다. 마지막 불꽃을 피워올리는 흔들리는 촛불을 닮아 있었다.

"저 남자가 인안나를 죽였어." 시두리가 토해내듯 말했다. "아무리 구애해도 인안나가 거들떠보지도 않으니 죽여버린 거야. 질투에 눈이 먼 거였어. 인안나는 오직 나만 사랑했으니까. 나는 분노를 이기지 못하고 저 남자를 죽여버렸어. 내 혈관을 흐르는 뱀의 피가 되살아난 거야. 남자의 목을 물어뜯어 버렸어. 하지만 이 모든 게 실은 그들, 우하와 레페와 에넬이 꾸민 짓이었어. 저 남자를 부추긴 거였어. 저 남자의 영혼에 독액을 흘려 넣었어. 날 함정에 몰아넣은 거지. 그것을 알아차렸을 땐 이미 늦어있었어. 저 남자를 죽인 뒤였어."

영상 속 바나무허허는 땅을 파기 시작했다. 신으로서의 힘을 사용치도 않고, 누구의 도움도 받지 않고, 연장도 없이 혼자서 손으로 땅을 팠다. 어둠이 완전히 들판을 덮었을 때 바나무허허는 땅 파기를 멈추었다. 그녀는 인안나를 안아 올려 자신이 파놓은 구덩이에다 눕혔다. 무릎을 꿇고서 한동안 구덩이 안의 인안나를 내려다보던 그녀는 마침내 흙을 덮었다. 길쭉하고 나지막한 흙무덤이 만들어졌다. 그녀는 죽은 남자를 그 흙무덤 위로 끌어다 올려놓았다. 무덤으로부터 몇 걸음 물러선 바나무허허는 무덤 위에 올려놓은 남자를 겨냥해 두 팔을 들어 올렸다. 죽은 남자의 몸뚱이 여기저기에서 촛불과도 같은 작은 불꽃들이 팔랑팔랑 솟아올랐다. 곧 그 불꽃들은 죽은 남자의 몸 전체를 덮었다.

"저 남자는 인안나에게 바쳐지는 희생제물이야. 인안나의 새로운 생명을 위한 것이야." 시두리가 설명했다.

그 제물은 천천히 오래도록 불탔다. 아침이 되어서야 불은 꺼지고 남자는 재가 되었다. 그때까지 바나무허허는 미동도 않고 서 있었다. 들판 너머로부터 붉은 태양이 떠올라 그녀의 이마를 비추었다. 밤새 잠들었던 작은 생명들도 움직임을 시작했다. 들판이 살아나고 있었다. 바나무허허는 남자의 재로 덮인 인안나의 무덤 앞에 무릎을 꿇었다. 바나무허허는 눈을 감고 집중했다. 무덤에서 조그만 싹이 터져 올라왔다.

"사과나무 싹이야." 시두리가 나지막한 목소리로 말했다. "인안나가 사과나무로 생명을 얻어 다시 태어난 거야."

사과나무 싹은 순식간에 줄기를 만들며 뻗어 나갔다. 곧 잎이 달렸고 하얗고 탐스러운 꽃을 하나 피워올렸다. 그 꽃이 지고 그 자리에 손톱만 한 사과가 달렸다. 그것은 열 번의 숨쉬기를 반복하기도 전에 아기의 얼굴만 하게 커졌다. 그것은 곧 붉은색을 띤 황금빛으로 물들며 익어갔다.

"난 저 사과에다 나의 신으로서의 모든 권능을 쏟아부었어." 시두리가 말했다. "나의 사랑의 힘, 창조의 힘, 내가 품은 모든 지혜. 저 황금빛 사과는 나와 마찬가지야. 나의 생명인 거야. 난 벌을 받을 거라는 걸 알고 있었어. 사람을 죽였으니까. 신은 인간을 위한 존재이지 인간을 죽여서는 안 돼. 그래서 인안나이자 나의 모든 권능인 저 황금 사과로 복수를 계획한 거야. 내가 벌을 받게 되면 내가 직접 복수할 기회를 가질 수 없게 될 테니까. 인안나를 죽게 만든 그들, 우하, 레페, 에넬에게도 죽음을 선사하기로 작정했던 거였어. 그 때문인지도 모르겠어. 불의 능력만은 사과로 옮길 수가 없었어. 저 때에도 나의 가슴은 적개심과 분노로 불타고 있었으니까. 그것을 끄집어낼 수 없었던 거였어. 그래서 인간이 된 뒤에도 그 능력만은 갖고 있는 거야. 지금 생각해보니 그것이 나의 한계였어. 인간이 품은 악마마저도 사랑해야 했었지만 그러지 못해 인간을 죽여버렸었고, 복수를 꿈꾸며 적개심과 분노의 불도 버리지 못했으니."

영상 속의 바나무허허는 황금 사과를 가지에서 따서 두 손으로 들었다. 한참을 그 황금 사과를 손으로 부드럽게 쓰다듬던 바나무허허는 그것을 옷 속으로 감추었다. 바나무허허는 태양이 내리쬐는 들판을 천천히 걷기 시작했다. 길게 자란 풀들은 춤추듯 바람을 따라 일렁였다. 새들과 작은 개천들은 하늘과 땅에서 즐거운 노래를 시작했다. 이 풍경들은 연인의 죽음과 그 복수와는 너무 어울리지 않아 들판을 가로질러 걸어가는 바나무허허의 뒷모습에 오히려 비장감을 더하고 있었다.

뒤이어 나타난 영상은 바나무허허의 재판 장면이었다. 원형극장의 무대 위에 바나무허허는 서 있었다. 관중석에 올라선 족히 백 명은 될성싶은 신들이 그녀를 둘러쌌다. 재판관이나 재판장이라 불릴 만한 신은 눈에 띄지 않았지만, 한눈에도 이 재판을 주도하는 이들은 예의 그 셋, 우하와 레페와 에넬임을 알 수 있었다. 에넬이 입을 열었다.

"바나무허허, 당신은 사랑의 신입니다. 누구보다 인간을 애정으로 돌보고 감싸주어야 할 신이지요. 당신이 자신의 입으로 말한 것처럼 인간이 품은 악마마저도 당신은 사랑했어야 했죠. 분노와 증오보다는 이해와 관용을, 파괴와 죽음보다는 창조와 생명의 힘이 그대의 권능인 것이지요. 그런데 그런 신께서 살인을 저지르셨군요. 당신에게 주어진 권능을 당신 스스로 배신을 하셨군요. 결코 범해서는 안 될 악행을 당신은 저지르셨군요. 말하자면 당신은 사랑의 신으로서 실패한 신입니다. 당신을 기다리는 것은 오직 엄혹한 형벌만이 있을 뿐입니다."

신들에게서 웅성거림이 일었다. 에넬에 동의하는 이들도 있었고 바나무허허의 형벌에 반대하는 축도 있었다. 그러나 후자들의 목소리는 곧 잠잠해졌다. 모두 우하와 레페와 에넬의 눈치를 보았다. 그들에게 이 셋의 뜻을 거스를 의사는 없어 보였다.

"다 짜여진 각본이야." 시두리가 영상을 손가락질하며 말했다. "우하, 레페, 에넬이 미리 각본을 다 만들어놓았어. 웃기는 일이야. 저들은 인간이 마음에 들지 않는다며 홍수로 쓸어버렸던 자들이야. 한순간의 화를 이기지 못해 저지른 나의 실수가 저들의 계획된 집단 학살이라는 악행에 비교가 될까?"

"저들 셋이 신들을 이끌었던 거야?" 가르메쉬가 물었다.

"원래는 최고 신인 한 호르마스트 텡그리와 대모신으로서의 나의 어머니 아부카허허가 신들을 이끌었어. 저들 셋이 텡그리와 우리 어머니를 쫓아내고 두 분의 능력을 모두 빼앗은 뒤 권력을 차지한 거야. 저들은 내가 가진 능력도 탐을 냈었어. 나의 살인은 그저 핑계일 뿐이야. 저들은 내 능력을 빼앗을 기회를 잡은 셈이야. 사실은 기회를 만든 것이지. 나에게 죽임을 당한 그 남자가 나의 연인 인안나를 죽이도록 저들이 사주를 했었으니까."

신들의 웅성거림이 멎고 이번엔 우하가 나섰다.

"그럼 이제 살인자에게 어떤 벌을 내려야 할지 논의를 모아야 합니다. 제가 제안을 하나 하겠습니다. 바나무허허의 사랑의 신으로서의 모든 권능을 전부 내려놓게 한 뒤 무능력의 신으로 살아가게 하는 것입니다. 이것은 에넬과 레페, 그리고 저 우하에게 대항하여 전쟁을 일으킨 죄로 신으로서의 모든 능력을 박탈당한 한 호르마스트 텡그리와 아부카허허의 선례를 따른 것입니다."

"텡그리와 아부카허허가 저들에게 대항한 것이 아니라 저들이 두 분의 권력을 빼앗은 거야." 시두리가 말했다. "그 뒤로 폭정이 이어졌지. 신들은 그 폭정에 아무도 대항하지 못했었어. 지금 보이는 무기력한 저들처럼."

가르메쉬가 보기에도 신들은 무기력했다. 웅성거림 뒤 곧 조용해졌다. 그것은 강제된 동의를 의미했다. 저들 몰락의 운명을 보는 듯했다.

"가장 중요한 걸 얘기해야 할 때가 되었군요." 레페가 앙칼진 목소리로 나섰다. "바나무허허는 이제 사랑의 신으로서의 자신의 모든 권능을 빼앗기게 될 것입니다. 그렇다면 그렇게 빼앗은 그 권능은 어떻게 하죠. 버려둘 수는 없지요. 누군가 그녀가 하던 일들을 대신해야지요. 나도 제안을 하겠습니다. 바나무허허의 권능을 우하와 에넬과 저 레페가 나누어 가지는 것입니다. 왜 나누어 가지느냐? 특정의 한 신에게만 주어질 경우 그 신은 너무 강대해지기 때문이지요. 그것은 곧 우리들 사이의 균형을 깨뜨리면서 갈등을 부추길 것입니다."

"뻔뻔스럽지?" 시두리가 말했다.

"그렇네." 가르메쉬가 동의했다. "저기 모인 다른 신들은 나누어 줄 대상으로 아예 고려조차 않네. 줄곧 형벌이니, 권능을 빼앗느니 하더니 결국은 자신들만 나누어 갖겠다는 거였어."

"그리 할 수가 없습니다."

영상 속 바나무허허가 처음으로 나섰다.

"나의 권능은 쪼개질 수 없도록 하나로 모아놓았습니다."

바나무허허가 품속에서 황금 사과를 꺼내 들었다.

"이 사과에 나의 모든 권능이 하나로 뭉쳐져 있습니다."

신들의 시선이 황금 사과로 모아졌다. 그 눈길에서 욕망을 읽어내기는 어려운 일이 아니었다. 특히 우하와 레페와 에넬. 바나무허허는 신들 전부를 일별한 뒤 황금 사과를 우하와 레페와 에넬의 발 앞으로 던졌다.

"누구든 이 사과를 차지하는 자가 내가 가졌던 권능 전부를 갖게 될 것이오. 단, 나의 조건이 있소. 그것은 인간을 가장 사랑하는 자만이 이 사과를 가질 수 있다는 것이오.”

“누가 인간을 가장 사랑하는지 그 판단은 누가 내린다는 것이오?”

에넬이었다. 우하와 레페도 같은 의문을 드러냈다. 그 의문의 속내는 ‘사랑의 신, 바나무허허 당신이 이 황금 사과를 도로 되찾아 가려는 것 아니냐?’ 그것이었다. 바나무허허는 그들의 속내를 읽어 내렸다. 바나무허허가 말했다.

“나는 신으로서 그 경쟁에 참여할 생각이 없소. 그런 뜻에서 나에게는 다른 벌을 주시오. 나의 모든 기억을 지우고 인간이 되는 벌을 내려주시오. 혹 여러분은 내가 인간을 사랑했으니 인간으로의 전락이 벌이 아니라 생각할지도 모르겠소. 그러니 여기에 다른 벌을 더 추가해주시오. 묵형을 원하오. 나의 얼굴에 문신을 새겨주시오. 내가 뱀의 혈통을 이어받았으니 뱀 문신이 적당할 것 같소. 벌은 또 더 있소. 인간을 그리도 사랑했으니 자신의 생명을 유지할 음식으로 인간만을 먹을 수 있는, 인간을 잡아먹어야만 살아갈 수 있는 벌을 추가해 주시오.”

놀람의 웅성거림이 일었다. 자신만만하던 에넬과 우하와 레페에게서도 놀라움과 이해 불가의 표정이 그들의 얼굴 위를 가로질렀다. 웅성거림이 가라앉기를 기다렸다가 바나무허허가 말했다.

“이는 자기 파괴적 자학이 아니라오. 나는 인간이 품은 악마마저도 사랑할 수 있다고 큰소리치고 다녔으나 그것에 실패했소. 그러니 내가 사랑하지 못했던 가장 추하고 가장 악마적인 인간으로 살아가는 벌이 가장 적당한 벌이 되오. 물론 끔찍한 벌이오. 그 대신

나에게 이 지독한 저주 같은 벌에서 벗어나는 길 또한 열어주시오. 저주받은 인간으로서의 나를 있는 그대로 사랑할 수 있는 사람이 나타나면 그 저주 같은 벌에서 풀려나는 것으로."

"그럴 사람이 있을까?" 우하였다.

"비록 내가 인간을 죽이긴 하였으나 인간에 대한 믿음을 완전히 버리지는 않았습니다."

"다 좋은데, 벌에서 풀려나서 뭐하겠소." 레페였다. 경계와 의심이 되살아나 있었다. "풀려나봤자, 신으로서의 권능도 없이 어차피 인간으로 살다가 죽을 텐데."

"그것이 내가 바라는 바이오. 나는 인간으로 살다가 죽고 싶소."

재판정의 신들은 침묵했다. 에넬만이 예외였다. 그는 빙글대는 웃음을 빼물고 있었다.

"좋아요. 기회를 주겠소. 사랑의 신답게 사랑으로 저주를 풀 기회를 주겠소. 얼굴에 뱀 문신을 하고서 인간을 잡아먹는 여인을 끔찍이 여기지도 두려워하지도 않고 사랑해 줄 수 있는 그런 자를 만나게 되면 저주 같은 벌에서 벗어나는 것으로. 인간 중에 하나라도 그런 자가 있을지는 모르겠지만 말이오. 우리 같은 신들이라면 모를까."

에넬이 낄낄댔다. 우하와 레페도 따라 웃었다. 재판은 끝났다. 신들이 재판정에서 흩어지려 할 때 한 여신이 바나무허허 앞으로 다가왔다. 바나무허허의 어머니 아부카허허였다.

"네 생각은 알겠다. 저 황금 사과는 피의 전쟁을 불러올 거야. 너를 이 꼴로 만든 것들은 서로를 죽이고 죽이게 되겠지. 멋진 복수가 될 것이야. 하지만 너 자신에게 내린 그 벌은 나도 수긍이 가지를 않는구나."

"어머니 저에게 꼭 알맞은 벌이에요. 저는 인간을 믿어요. 제가 인간을 사랑했던 만큼 그들도 저를 사랑해 줄 겁니다. 제가 어떤 모습을 하고 있든 말이에요."

아부카허허는 딸 바나무허허를 말없이 안아주었다. 동굴 벽의 영상이 사라졌다. 기다렸지만 새로운 영상은 나타나지 않았다. 신계에서의 시두리의 기억은 이것으로 끝이 났다. 이후 신계에서 벌어진 일은 알 수 없었다.

"시두리 어머니의 말씀대로 하여튼 복수를 하긴 했는데, 어떻게 해서 저 셋이 인간이 되어 죽임을 당하게 되었지?"

"나도 그건 몰라. 재판 직후에 난 곧바로 인간으로 태어났으니까."

"내가 알지."

동굴 입구에 늙은 여인이 서 있었다. 여인이 다가왔다. 시두리의 어머니 아부카허허였다.

"아 어머니!"

"그래, 내 딸아."

아부카허허의 눈길이 가르메쉬의 무릎 위에 쓰러져 누운 시두리에게 한동안 머물렀다. 그녀의 눈은 가르메쉬에게로 옮겨갔다가 다시 시두리에게로 돌아갔다.

"얘기해 주마. 나의 딸아, 네가 바랐던 대로, 황금 사과에 눈먼 신들이 그것을 차지하기 위해 전쟁을 벌였다. 그들은 인간을 가장 사랑하는 신이 그 사과를 가질 수 있다는 너의 말은 아예 귀에 담지도 않았었어. 텡그리와 나를 몰아내기 위해 연합했던 우하와 레페와 에넬이 각자의 패거리로 나뉘어 죽자고 싸움을 벌인 거야. 그 결과 나처럼 방관하던 이들을 제외하고 신들이 거의 몰살을 당해버렸어. 최종적으로 저들 셋만 남게 되자, 그때야 네가 내건 조건을 생각해낸 거야. 사실은 서로 죽이기 싫었고 죽기 두려웠던 거지만. 어쨌건 인간을 가장 사랑하는 신이 그 사과를 갖기로 하자며 누가 인간을 가장 사랑하는지, 또 그 기준은 무엇이며 그 판단은 누가 내릴 것인지를 두고 논쟁을 시작했지. 그때 내가 나섰어. 비록 신으로서의 기억은 지워졌지만 네가 사랑의 신이었었고 현재는 인간이니, 너를 가장 사랑할 수 있는 자가 그 황금 사과를 갖도록 하자고 제안했지. 더구나 너는 인간들 가운데 가장 끔찍한 모습을 하고 있지 않니, 그러니 그런 너를 사랑할 수 있는 자라면 인간을 가장 사랑할 수 있는 자일 거라는 내 말은 설득력이 있었어. 그래도 동의를 얻어내기가 쉽지 않으리라 생각했는데, 의외로 모두 동의했어. 오만했던 거지. 자신들이 무엇이든 할 수가 있다고 믿고 있더군. 자신들이 진정으로 인간을 사랑하고 있다고 믿고 있었고, 너를 사랑할 수 있다고 믿고 있었어. 자기들만의 착각에 빠져 있다는 사실을 도무지 알아차리지를 못했어. 오만한 욕망 덩어리들, 저네들이 너에게 저지른 짓은 아예 생각에도 없었어. 황금 사과가 가진 권력에 눈이 먼 거지. 나는 그 사랑 시합을 위해서는 모두 신으로서의 기억을 지우고 인간이 되어야 한다고 했어. 자신들이 사랑 시합에서 경쟁하고 있다는 사실을 몰라야 공정한 시합이 될 테니까. 마침 저네들이 인간을 사랑한다는 명분으로 자신들의 아바타를 내세워 인간 세계에 건설하고 있던 저들만의 이상 세계가 있었으니 아바타를 대신하여 인간이 되어 그리로 내려가라고 했지. 거기서 인간으로 살아가면서 저네들의 이상과 인간 사랑을 실현하라고 했지. 그러면 내가 너를 그들에게 보내줄 거라고. 너에게 그들을 죽일 기회를 준거야. 너는 기대 이상으로 멋지게 복수를 했고.”

“서로 싸우게 되고 셋 중 누군가는 죽게 될 거라고는 짐작했었지만 모두 내 손으로 죽이게 될지는 몰랐어요. 아니구나. 에넬은 가르메쉬의 손을 빌렸구나.”

“사랑이었지.” 하부카허허가 말했다. 그녀의 눈길이 가르메쉬에게 잠시 머물렀다. “에넬인 쨔가카미를 죽인 건 가르메쉬의 너에게로 향하는 사랑이었어. 또한, 나의 딸아 네가 쨔가카미를 죽일 수 없었던 것도 사랑이었다. 너의 사랑. 너는 너 자신을 사랑하게 되었고, 세상을 온전히 사랑하게 되었고, 가르메쉬를 사랑하게 되었어. 네가 황금 사과를 만들면서도 끝내 끄집어내지 못했던 네 가슴에서 타오르던 그 불꽃, 그것을 가라앉혔던 건 너의 가슴에서 일어난 그런 사랑 때문이었어. 내가 인정하마. 나는 인간을 잘못 이해하고 있었어. 인간은 자신들의 결핍과 부조리를 사랑할 수 없는 존재가 아니었어. 그들은 미완성의 부족한 자신들을 사랑할 수 있는 존재들이었다. 너와 가르메쉬가 그 증거야. 나의 딸아, 네가 이겼어. 너와 우하, 레페, 에넬의 싸움에서 진정한 승자는 너야. 나만이 아니라 아무도 이런 결말을 예상하지 못했어. 난 그저 너와 나의 복수만 이룰 수 있다면 다행이다 싶었다. 세상에서 가장 밝은 눈을 가졌다는, 한 호르마스트 텡그리의 눈을 빌려 쓰는 눈먼 점쟁이 티이레스조차도 지금의 너를 볼 수는 없었어. 티이레스는 너에게 희망을 품지 말라고 하지 않았나. 그래, 이렇게 신들의 세계가 너로부터 무너지는구나. 신들이 만들어 나갈 수도 예측할 수도 없는 세계를 인간인 네가 써나가고 있는 거야. 그러니 이제 나도 그만 사라져야겠다."

"어머니 가지 마세요."

"내가 말하지 않았니? 인간들이 자신들의 결핍과 부조리마저 사랑하게 되는 순간 우리는 사라지게 될 거라고. 최소한 이 동굴 안에서만은 신인 내가 필요 없는 것 같다. 너의 뱀 문신이 자취를 감추었구나. 네 피 속의 뱀이 사라졌구나."

아부카허허는 총총히 동굴을 떠나갔다. 전후 사정은 다 밝혀졌다. 인안나를 죽인 자들을 향한 복수는 이루어졌다. 사랑도 얻었다. 그러나 시두리는 이 기쁨을 언제까지나 누릴 수 없었다. 이 지상에서의 할 일을 다 끝냈다는 듯 시두리의 호흡이 다시 가빠지기 시작했다. 촛불이 꺼져가고 있었다. 가르메쉬가 시두리를 안은 팔에 힘을 주었다.

"왜 그래, 안돼."

"너무 오래 굶었나 봐."

"저주가 풀렸으니 뭐든지 먹을 수 있잖아."

가르메쉬가 먹을 것을 찾아 주변을 두리번거렸다. 그러나 인골로 가득한 동굴에 먹을 것이 있을 턱이 없었다.

"나를 먹어. 나라도 잡아먹어."

고개를 젓는 시두리의 얼굴 위로 희미한 미소가 번져갔다. 뱀 문신이 사라진 그 얼굴은 새벽달 같은 아름다움으로 빛났다.

"알잖아. 난 하이에나만 잡아먹어. 넌 고래야. 파도를 가르며 대양을 유영하는 고래. 가르메쉬 네가 고래였어."

가르메쉬가 해 줄 수 있는 것은 아무것도 없었다. 시두리를 안고서 눈물을 흘리는 것이 전부였다. 그의 눈물은 시두리의 가슴 위로 방울방울 떨어졌다. 시두리는 여전히 희미한 미소를 얼굴 위로 그리며 가르메쉬를 올려다보았다. 동굴 바깥은 밤이 내리는지 동굴은 점점 짙은 어둠에 싸여갔다. 시두리의 가슴 위에서 빛을 본 것은 시두리가 탄식처럼 짧은 숨을 토해냈을 때였다. 노란빛이 시두리의 가슴을 뚫고 올라오고 있었다. 투명하게 빛나던 그것은 점차 단단해지더니 이윽고 공 모양을 이루며 시두리의 가슴 위로 솟구쳐올랐다. 그것은 사과였다. 황금빛으로 빛나는 사과, 바나무허허가 자신의 권능을 끌어내어 만들었던 사과이자 신들을 전쟁으로 몰아넣었던 사과, 인간을 가장 사랑하는 신만이 가질 수 있다는 그 황금 사과였다. 가르메쉬는 손끝으로 조심스레 그것을 더듬어보았다. 매끄러우면서 따뜻했고 어딘지 모르게 부드러웠다. 갓난아기의 따스한 등을 쓰다듬는 것처럼.

"시두리, 이것은 너의 것이야. 네 어머니의 말씀대로 승리자는 너야. 네가 이 사과의 진정한 주인이야."

시두리도 황금 사과를 두 손으로 가만가만 쓰다듬었다. 시두리의 눈에 눈물이 괴었다. 시두리는 두 손으로 황금 사과를 들어 올려 가르메쉬에게로 내밀었다.

"가져. 이것은 너의 것이기도 해. 내가 사라지면 온전히 너의 것이 될 거야."

"안 돼!"

가르메쉬의 외침은 동굴 벽을 울렸다. 그 울림이 사라지기도 전에 시두리는 몸에서 연기를 피워올렸다. 불꽃은 없었지만 시두리의 몸이 타고 있었다. 황금 사과를 들어 올리고 있던 시두리의 두 손이 맥없이 흔들렸다. 가르메쉬가 황금 사과를 받아 쥐었다. 시두리는 두 손을 떨어뜨리고 축 늘어졌다. 한번 뭉클하는 연기와 더불어 시두리는 온전히 사라졌다. 그 자리에서 새 한 마리가 날개를 치며 날아올랐다. 개똥지빠귀였다. 개똥지빠귀는 가르메쉬를 가운데 두고 동굴을 천천히 돌며 날았다. 개똥지빠귀는 인간의 목소리로 노래를 부르기 시작했다.

그녀의 이름은 개똥지빠귀.
혁명가도 예술가도 꿈꾸지 않았던 그녀
뒷골목의 냄새와 침실의 비밀을 일찌감치 알아버렸지.
희망은 품었으나 꿈을 꾸지는 않았다네.

개똥지빠귀는 겨울 철새.
대양을 유영하는 고래를 몽상한 적 없이
겨울을 살아남으려는 몸짓 하나로 세상을 배워버렸지.
겨울을 살아남는 그것만이 그녀의 소망.
세상이 아름답지 않다는 걸 알아버렸지만
그 아름답지 않음을 또한 사랑했었지.

포장도 꾸밈도 개똥지빠귀와는 먼 인연.

벌거벗은 날것 그대로를 사랑했다네.

사랑이란 애초에 그런 것.

욕망에 충실한 것, 가두지 않는 것.

녹슨 새장 안 개똥지빠귀는 노래를 멈추어버렸네.

개똥지빠귀는 5월의 꽃의 향연보다는

12월의 텅 빈 들판을 더 사랑하였네.

바람 부는 12월의 들판을 거닐며 홀로 노래를 불렀지.

사람들은 개똥지빠귀가 노래를 잊었다고 말하지만

사람들은 몰랐네.

개똥지빠귀의 심장이 얼마나 따뜻한지.

개똥지빠귀가 얼마나 멋진 목소리를 갖고 있는지.

바람 부는 12월의 들판을 거닐어 본 적이 없었으니

그들이 듣지를 못했던 거네.

개똥지빠귀는 방랑자.

믿지 않는 사랑을 찾아 겨울 들판을 헤매었네.

사랑하지 않음을 사랑하는 것

그것은 그녀의 운명이었지.

온전히 세상을 사랑하였으나 완전히 사랑하지 않았고

사랑받기를 원했지만 완전한 사랑을 바라지는 않았지.

멀지도 가깝지도 않게, 늘 그렇게.

또한 어둠과 혼돈의 세상을 설명하려 애쓰지도 않았고

그 세상으로부터 도망쳐 숨으려고도 하지 않았네.

혼란스러움을 도리어 즐겼지.

흙먼지 이는 골목길을 사랑하였고

눈 날리는 어두운 계곡을 즐겨 배회하였네.

물비린내, 고기 비린내, 사람 비린내,

선창가 질펀한 비린내를 헤치고 다녔지.

늙고 가난한 이들의

시든 아랫도리를 위로하여 주었지.

많은 이들이 많은 사랑을 개똥지빠귀와 나누었네.

개똥지빠귀는 그들에게 아무것도 바라지 않았다네.

그들이 그녀에게 아무것도 바라지 않기만을 바랐다네.

개똥지빠귀는 파도를 헤치고 달릴 수 없음을

대양의 고래가 아님을 알아주길 바랐었네.

사람들은 그러나 개똥지빠귀에게서 고래를 찾았네.

사람들은 달콤한 입술로 위대한 고래를 노래했으나

그들 아무도 사랑은 몰랐었지.

그들은 값싼 추파에 사랑을 팔아버렸지.

욕망은 뜨거웠으나 가슴은 차가웠고

사랑을 노래한 입으로 저주를 흘렸으며

천국을 설교하면서 악마와 거래했지.

그들의 향기 나는 언어는 대양의 파도를 넘나들었으나

그들의 몸뚱이는 배설된 오물 위를 기어 다녔고
그들의 얼굴은 고래 가면을 걸치고 있었지.

사랑을 찾지도 못하고
고래가 될 수도 없었던 개똥지빠귀
어둠과 침묵의 골짜기를 떠돌다 진흙탕 아래로 흘러들었지.
사람들은 그 위를 밟고 다니고
날개는 진흙 범벅으로 무거워졌네.
그러나 개똥지빠귀, 발아래 낮은 곳에서
그 아래서만 보이는 것들을 들었고 보았고 알았네.
거짓도 보았고 탐욕도 보았고 위선도 보았네.
인간 흥망의 위험한 비밀들도 들어 알았네.

바람에 실려
남쪽 내륙 깊숙이 다다른 개똥지빠귀
고래잡이를 꿈꾸는 소년을 만났네.
고래를 본 적 없는
두 눈이 푸른 바다로 가득했던 소년은
거친 바다와 고래를 사랑하였고
바다와 고래를 노래하는
소년의 눈은 무척이나 맑았었지.
세상의 깊숙한 비밀을 엿본 적도 없었고
아비를 살해하지도 못했던

소년의 그 눈은 가면이 아니었지.

작은 불꽃 하나가 개똥지빠귀의 가슴에서 피어올랐네.

마지막 작은 희망의 불꽃.

봄이 왔고 겨울 철새는 북쪽으로 떠나야 할 시간.

12월 들판 아닌 녹슨 새장 안 개똥지빠귀

겨울의 노래, 비릿한 선창가의 노래

개똥지빠귀의 노래를

그 소년만을 위하여 불러주었네.

또 그 소년을 위하여

아비를 살해할 칼의 노래도 들려주었지.

소년의 눈엔 그러나 개똥지빠귀가 없었고

소년의 귀엔 개똥지빠귀의 노래가 들리지 않았지.

소년의 눈은 멀리 보이지 않는 바다만을 바라보았고

소년의 귀는 들리지 않는 파도 소리만을 듣고 있었지.

소년의 뛰는 가슴은 고래만을 쫓고 있었네.

개똥지빠귀의 노래는 고래의 노래가 아니었고

소년에게 고래의 노래가 아닌 노래는 노래가 아니었지.

소년은 고래 노래를 부르지 않는

녹슨 새장 안 개똥지빠귀를 사랑할 줄 몰랐네.

고래 노래를 찾아 소년은 결국 바다로 떠났네.

길을 떠나며 새장 문을 열어놓았지.

개똥지빠귀를 위한 자유였다네.

녹슨 새장을 걸어 나온 개똥지빠귀는

날개를 흔들며 북쪽으로 날아갔다네.

홀로 노래 부르며 추운 지방을 떠돌아야 했다네.

계절이 바뀌고 해도 바뀌어 또 겨울이 찾아왔지.

남쪽으로 돌아온 겨울 철새 개똥지빠귀

바다 여행길에서 돌아온 소년을 다시 만났네.

소년은 지쳐 보였지만 지혜로워져 있었지.

소년의 눈은 더는 맑지 않았지만 이제 깊어져 있었네.

그 눈은 아름다움을 쫓지 않았고 진실을 찾고 있었지.

선창가 매음굴에서 아비를 살해했던 소년은

개똥지빠귀의 노래가 듣고 싶었네.

소년과 개똥지빠귀는 겨울 들판을 함께 거닐었고

소년은 개똥지빠귀의 노래를 처음으로 들었네.

소년의 바다가 거기에 있었네.

소년의 고래가 거기에 있었네.

마침내 소년은 개똥지빠귀를 사랑하는 법을 배우게 되었고

소년에게선 잘 익은 사과 향기가 풍겨 나왔네.

그렇게 소년은 죽었다네.

개똥지빠귀가 소년을 살해했다네.

그것은 사랑이었지.

그것이 사랑이었지.

이 노래는 가르메쉬를 위한 가르메쉬에게 바치는 노래였다. 노래를 마친 개똥지빠귀는 한 번의 격한 날갯짓과 긴 활공으로 동굴을 빠져나가 밤의 깊음 가운데로 사라졌다. 가르메쉬는 황금 사과를 안고 동굴을 걸어 나왔다. 지금은 봄, 추운 겨울이 돌아오면 겨울 철새 개똥지빠귀도 돌아올지 몰랐다. 돌아올 개똥지빠귀를 위해 그의 새장을 활짝 열어둘 것이다.

#22.
멀리 날아간 개똥지빠귀

　율아가 시두리이듯 가르메쉬는 진구이다. 율아가 허주만을 죽이지 못했듯이 시두리는 쨔가카미를 죽이지 못했다. 시두리를 대신하여 가르메쉬가 쨔가카미를 죽였다. 율아가 아이만 남기고 죽어가고 있는 것처럼 시두리는 황금 사과만을 남기고 죽었다. 그리고 그 녹음 파일이 어디에 있는지 알 수 있었다. 지난 1년 동안 진구가 늘 지니고 있었다.

　　또 그 소년을 위하여
　　아비를 살해할 칼의 노래도 들려주었지.
　　소년의 눈엔 그러나 개똥지빠귀가 없었고
　　소년의 귀엔 개똥지빠귀의 노래가 들리지 않았지.

　무엇보다 3부에서 율아는 진구에게 자신을 온전히 드러내 보여주었다. 시두리와 같은 사람을 사랑할 수 있겠느냐는 물음으로 에둘러 드러내기만 했던 진구를 향하는 자신의 가슴을 3부에서는 꽃이 개화하듯 활짝 열어 보였다. 진구의 심장은 뜨겁게 달아오르면서도 아팠다.

글을 읽고 30여 분이 지나서야 진구는 동영상 파일을 클릭했다. 화면에 율아가 나타났다. 율아는 자신이 박중기와 윤명자를 살해했음을 털어놓았다. 그 증거로 자신의 전화기에 저장된 사진들을 보여주었다. 둔기에 맞아 쓰러진 박중기와 윤명자, 쓰러져있는 그들의 머리맡에 놓인 기름통들, 기름에 젖은 박중기와 윤명자, 비어있는 기름통들, 증거는 충분했다. 살해 동기도 밝혔다. 자신이 사랑했던 서영미를 박중기와 윤명자와 허주만이 공범으로 살해했기에 그 응징의 차원에서 이루어진 복수극이었음을 설명했다.

컴퓨터를 끄고 일어선 진구는 게스트룸 창밖 어둠을 바라보았다. 율아는 진구를 위해 동영상 파일을 만들었다. 율아는 자신이 범인임을 밝힘으로써 진구를 박중기와 윤명자 피살 사건으로부터 자유롭게 해주었다. 또한, 이로써 율아는 자신의 죽음을 준비하고 있었다. 진구는 잠들 수 없었다. 아트스테이를 나와 항구를 걸었다. 겨울 늦은 밤의 항구는 인적이 드물었다. 고래 박물관 광장에 마련된 벤치에 앉아 항구를 내려다보았다. 그러나 오래 앉아있을 수가 없었다. 진구는 일어나 걸었다. 걷고 있을 때만이 그나마 마음이 조금은 편해졌다. 울산대교까지 걸어갔다가 아트스테이로 돌아왔으나 2층의 게스트룸으로 올라가지는 않았다. 낮에 율아가 정진이를 안고서 앉아있었던 방부목 스탠드에 잠깐 앉았다가 다시 항구로 나갔다. 진구는 다시 걸었다. 울산 대교까지 왕복을 두 차례 더 하고 나서야 진구는 겨우 잠들 수 있었다.

다음 날 아침, 정진이를 안은 율아는 이수영의 차를 타고서 아트스테이로 왔다. 율아는 자신의 작업실이 아닌 카페에 자리를 잡았다. 아이가 울거나 칭얼대기라도 하면 같은 층에 거주하는 작가들의 작업에 방해가 간다는 이유에서였다.

"3부 읽었어. 네 동영상도 보았고."

카페로 내려온 진구가 좌식 탁자에 마주 앉으며 말했다. 율아는 진구와 눈을 한 번 맞춘 뒤, 아이를 어르기만 했다.

"이름이 정진이라고? 어제 얘기 들었어. 임신 사실을 알았을 때, 그때 진작 내게 말해주었더라면 좋았을 텐데."

율아의 눈이 반짝 빛을 띠었다. 율아가 아이를 보았다가 진구를 돌아보며 미소지었다. 수척한 얼굴에 번지는 미소였지만 그 어떤 미소보다 아름다웠다. 진구는 좌식 탁자를 돌아가 항구를 마주하여 율아와 나란히 앉았다. 진구가 두 팔을 내밀자 율아는 아이를 넘겨주었다. 진구의 아들이었다. 진구는 율아 덕분에 아버지가 되었다. 진구는 자신이 훌쩍 커버린 것 같았고 갑자기 나이를 먹어버린 것 같았다. 아이 아버지가 된다는 것은 그런 것이었다. 아이는 낯을 가리지 않았다. 아이는 두 손으로 진구의 턱을 만졌다. 진구가 아이의 손을 살짝 쥐었다가 율아를 보았다.

"하고 싶은 말이 있어."

"뭔데?"

"어제 너에게 말하지 못했던 거."

"말하지 못했던 거?"

"여태까지 말하지 못했던 거."

"아… 그거?"

"응."

"그거라면 안 해도 돼. 벌써 그 말을 했어. 여기로 날 찾아왔고, 여기 이렇게 같이 앉아 있잖아. 그러니 안 해도 돼."

"그-런가…"

"응, 어떤 땐 말이란 것이 말하고자 하는 그것의 가치를 떨어뜨릴 때도 있거든."

율아는 익숙하지 않은 낯간지러운 소리를 피하고 있었다.

"그런 거야?"

"그래."

율아가 웃었고 진구도 웃었다.

"어, 그냥 궁금해서 묻는 건데, 언제부터였어?"

진구는 언제부터 자신에게 호감을 갖게 되었냐고 물었던 것이고 율아는 율아답게 뭔 그런 걸 다 묻느냐는 얼굴이었다. 그래도 대답은 주었다. 그 대답을 줄 수 있는 시간이 얼마 남지 않았다는 생각을 했을 수도 있었다.

"내가 김봉익 사장을 찾아간 적이 있었지? 네가 일하는 회사로. 같이 점심도 먹었고. 그때부터였어."

"그랬었구나…"

진구가 그때의 기억을 더듬어보았다. 율아도 그때의 기억을 더듬는 것처럼 회상에 잠겼다가 말했다.

"난 그때 사실 김봉익 사장의 부탁을 받고 간 거였어. 너의 정체를 파악하는 데 필요하다는 거였는데, 뭐냐면 김봉익 사장은 너를 의심하고 있었어. 허주만이 보낸 스파이일지도 모른다며. 그러니까 녹취록을 떴던 원본 녹음 파일을 찾아내기 위한 스파이. 그도 그럴 것이, 김봉익 사장이 인터넷에 흘려버린 주문국 녹취록으로 한창 시끄러울 때 네가 입사했잖아, 허주만의 소개로. 당연히 의심할 수밖에 없었지."

"역시, 그런데?"

"그날, 아니라는 확신을 했어. 김 사장이 주문국 녹취록으로 너를 슬쩍 떠보자 넌 흥분해서 김 사장에게 마구 대들었잖아. 허주만의 스파이라면 절대 하지 않을 행동이었어. 열혈 청년에, 낭만적 이상주의자는 스파이가 될 수 없을 것이라 확신했지. 아마 허주만도 널 스파이로 보내놓고는 기대를 접었을걸?"

그랬었다. 그때 진구는 사원으로서는 사장에게 해서는 안 되고 할 수도 없는 꽤 심한 말을 쏟아냈었는데, 김봉익은 전연 개의치 않고 도리어 활짝 웃었었다.

"김봉익 사장과 난 그때, 넌 허주만 같은 부류의 인간은 될 수 없는 사람이라는 걸 알아차렸던 거야. 그건 유현곤 사장도 마찬가지였어. 그날 있었던 일을 얘기해 줬더니 허주만과는 어울리지 않는다며 널 허주만과 떼어놓고 싶어했었어. 그래서 점심 같이 하자며 회사로 널 부른 거야."

"그랬었구나. 그래서 현곤 선배가 날 보자 했었구나. 김봉익 사장도 그럼 그래서 나에게 구정 상여금이라며 보너스를 준 건가? 자신이 싫어하는 허주만과는 영 달라서."

"보너스도 받았어?"

"응, 300만 원이나."

"김 사장답네. 그 사람 바닥 인생을 살았었고 나쁜 짓도 많이 했지만 자기 나름의 원칙이나 줏대 같은 게 있었어. 비타협적이기도 했고. 그런 점에서 너랑 좀 닮았어. 그래서 보너스를 줬을지도 몰라."

"그런가? 보기와는 많이 다르네."

"그래, 그런 일 하는 사람답지 않은 구석이 있었어. 허주만과 윤명자 엿 먹이려고 영미 언니와 조대홍의 계좌에 6억씩 넣어버린 거 봐. 그런 사람이야. 그것 때문에 영미 언니가 죽게 되었지만. 영미 언니도 그래. 그 6억 나한테 먼저 얘기했더라면, 난 그들 사이의 사정을 알고 있었으니까 다르게 일이 풀렸을 수도 있었는데, 내가 혹시 엉뚱한 일에 휘말려 다칠까 봐 아무 말 안 했던 것 같아. 너무 내 생각을 한 거야."

"영미 씨는 너무 착해서 탈이야."

"그래, 꼭 보면 제일 착한 사람이 제일 먼저 희생돼."

"근데, 박중기도 영미 씨 살해에 가담한 거 정말 맞아?"

"맞아, 내가 확인했어. 불태워버리기 직전에. 자기 입으로 털어놓았어. 허주만에게 협박당했다고. 그 동영상으로."

"그 동영상이라면?"

"응."

진구의 짐작대로였다. 그 동영상은 율아가 몰래 촬영한 율아와 박중기의 성관계 동영상을 말한다. 율아가 웃었다. 율아는 마치 야유회에서 촬영한 동영상을 얘기하듯 말했고, 진구도 그렇게 반응했다. 율아와 진구는 이제 막 서로의 감정을 확인한 연인처럼, 갓

결혼하여 첫 아이를 낳은 신혼부부처럼 대화를 나누었다. 멀리서 보면 누구나 그렇게 보였을 것이다. 그러나 가까이서 귀 기울여보면 그들은 온 나라를 떠들썩하게 만든 수천억 대 사기 사건 관련자들을 입에 올렸고, 그들의 죽음과 그들을 살해한 자들을 얘기했다. 그 살해범 가운데 한 사람은 이 자리에 같이 있었다. 진구도 알고 있었다. 이렇게 무겁고 어두운 소재들을 가벼운 담소 나누듯 다루고 있다는 것. 어쩌면 진구도 율아도 그렇게 위장하고 싶었는지도 몰랐다. 그들에게 남은 시간은 너무 짧았다. 그들에겐 무엇이든 소중했고 그 짧은 시간을 우울하게 보내고 싶지 않았다. 그들에게 율아의 '암'은 없었다. '아프다'는 말조차도 서로 약속이나 한 듯 입에 담지 않았다. 그럼에도 두 사람에게서 슬픔이 배어 나오는 건 어쩔 수 없었다. 대화가 가끔 끊어졌을 때가 그랬다. 그때마다 두 사람은 항구에 눈을 고정한 채로 침묵에 빠져들었다. 그들을 둘러싼 그 침묵은 그들에게 자연스러우면서도 한편으로 그들을 더 큰 슬픔으로 내몰았다. 그 슬픔이 두려웠다. 무엇이든 대화를 이어가야 했다.

율아는 김봉익을 자주 얘기했다. 그와 함께한 시간도 길었지만, 그와의 가족과도 같은 우정이 생각보다 깊었나 보았다. 율아가 가장 힘들었을 때 김봉익은 율아를 거두어 주었다. 율아는 어떻게 하든 김봉익을 살해한 허주만을 용서할 수 없다고 했다. 허주만은 율아에게서 소중했던 사람, 김봉익과 서영미 둘을 앗아갔다. 율아는 김봉익과 더 베스트 프라임 사기 사건과 관련된 깊숙한 정보들도 제법 들려주었다. 김봉익이 사기 사건의 틀을 짠 건 맞지만, 그 사건을 실제로 움직인 세력은 따로 있다고 했다. 함부로 건드릴 수 없는 자들인데, 언론에서도 그들을 직접 언급하는 건 피한다는 것이다. 그러니 허주만이 더 많은 돈을 요구해도 김봉익이 마음대로 그 요구를 들어줄 수 없었다는 것이다. 김봉익이 녹음 파일을 몰래 만들어 둔 이유도 이와 관련이 있었다. 권력도, 조직된 자기 세력도 없는 김봉익이었기에 안전과 보호를 위해 준비해 둔 것이었는데, 아이러니하게도 오히려 그것 때문에 죽임을 당했다며 안타까워했다. 율아는 김봉익과 허주만이 엮이게 된 이야기도 들려주었다. 그 두 사람이 연결된 건 율아를 통해서였다. 율아가 집창촌을 그만둔 직후에 김봉익 사장도 집창촌 업주를 그만두고 부동산업을 시작하게 되었는데, 그러자 처음에는 허주만이 다음으로 박중기가 율아를 통해 김봉익에게 접근하여 그들의 부동산 비리와 관련된 일을 꾸미게 되었다는 것이다. 이렇게 정치권과 엮이면서 발을 넓혀가다 가능성을 발견한 김봉익이 펀드 사기 사건을 기획하면서 일을 크게 벌이게 되었다고 했다. 따지고 보면 김봉익 사장과 허주만 박중기가 연결된 건 이제 4년 남짓이었다. 실명 녹취록에서는 허주만이 김봉익 사장과는 10년 가까이 같이 일해왔다고 했지만 그건 주문국을 안심시키기 위한 거짓말이라는 거였다. 그들이 서로 얽히게 된 건 펀드 사기를 꾸밀 당시에는 기껏해야 1년밖에 되지 않았다는 것이다. 허주만의 주문국을 위하는 충성심이라는 게 고작 그 정도라며 율아는 웃었다.

점심은 요리하기를 즐기는 심 국장이 준비해주었다. 주방에서 식사를 마치고 카페로 돌아와 커피를 내렸다. 오전처럼 둘뿐이었다.

심 국장도 이수영과 아트스테이 직원들도 입주 작가들도 약속이나 한 듯 카페엔 얼씬거리지 않았다. 두 사람을 위한 배려였다. 커피를 들고 오던 율아가 정진이가 변을 본 것 같다며 코를 쿵쿵댔다. 커피를 탁자 위에 내려놓은 율아는 진구에게서 아이를 받아 안아 바닥에 뉘었다. 율아는 능숙한 솜씨로 기저귀를 갈기 시작했다. 율아가 새 기저귀를 막 채우려 할 때였다. 진구의 눈에 무엇이 들어왔다. 아이의 가슴께에 붉은색을 띤 누르스름한 무엇이 있었다.

"이건 뭐지?"

진구가 아이의 윗도리를 올려보았다. 어른 주먹만 한 그것은 둥근 모양새를 하고 있었다.

"몰라, 태어날 때부터 그랬어. 크면 없어질 것 같다는데, 의사도 잘 모르겠대."

진구가 다시 자세히 살펴보았다. 무엇을 닮은 것 같기도 했지만 아무래도 그냥 희미한 원에 불과했다.

오후에는 바닷가 항구를 거닐었다. 그동안 정진이는 진구의 품에 안겨 잠들어 있었다. 장생포는 항구 말고도 둘러볼 곳이 제법 있었다. 고래 박물관이나 도시 재생 사업의 일환으로 조성된 문화 거리 등, 두 사람은 데이트를 즐기는 연인처럼 그 모든 것들을 며칠에 걸쳐 둘러보았다. 그 며칠은 진구의 인생에서 가장 행복했던 시간이었다. 율아도 말은 않았지만 무척 행복해했다. 그러나 그 행복은 일주일을 넘기지 못했다. 율아의 상태가 악화되었다. 진통제가 듣지 않을 정도로 통증이 심해져 입원을 해야 했다. 의사는 모르핀 처방을 권유했다. 율아는 처음엔 거부했으나 더는 견딜 수 없게 되자 최대한 약한 처방을 요구했다. 인생의 마지막을 마약에 취한 혼수상태로 보낼 수 없다는 것이 그 이유였다. 율아는 고통을 견디면서 반은 혼미해진 의식으로 버텼다. 진구의 거처는 아트스테이 게스트룸에서 병원으로 바뀌었다. 하지만 진구가 할 수 있는 것은 아무것도 없었다. 단 한 가지를 제외하고는. 그것을 해야 했다. 율아를 위해서, 진구 자신을 위해서. 무엇보다 아들 정진이를 위해서. 정진이를 사람 잡아먹은 창녀 년의 아들이 되게 할 수는 없었다. 진구가 치러야만 했던 그 길었던 자기 소모적 성장통을 아들만은 겪지 않도록 해야 했다. 또한 진구가 하려는 그것은 율아가 원했던 것이기도 했다. 진구에게 자신의 미완성 소설 '잔혹 신화'를 읽으라며 건네주고, 실명 녹취록과 그 부록을 인터넷에 흘렸던 이유 가운데 하나가 실은 그것 때문이었다.

진구는 대구를 다녀오겠다며 율아에게 말하고는 울산을 떠났다. 대구에 도착해서 찾아간 곳은 유현곤의 회사였다. 회사 정문에서 또 조대홍과 마주쳤다. 확성기를 둘러맨 그는 지난번처럼 해고의 부당성을 소리 높여 외치고 있었다. 그의 옆으로는 지난번처럼 해고자가 팻말을 들고 서 있었다. 팻말 위의 문구는 지난번과 똑같았다.

'해고는 살인이다. 유현곤 사장은 부당해고 즉각 철회하라!!'

진구가 정문으로 다가가자 조대홍은 확성기 마이크를 입에서 내렸다.

"변절자 자본가 놈 만나러 왔어?"

어찌 이리도 안 변하는지, 이 또한 지난번 들었던 그대로였다. 아마도 이런 무한 반복의 단순함이 그가 가진 행동의 에너지원인 모양이었다. 무식하면 용감하다 하지 않는가. 진구는 무시하고 지나쳤다. 이런 놈 상대하는 데 허비하는 시간이 아까웠다. 그러나 조대홍은 진구를 상대하는 일에 시간을 아끼지 않았다. 진구의 뒤통수에 대고 한마디를 날렸다.

"변절자와 살인자라, 환상의 콤비네, 환상의 콤비!"

'살인자' 저 사람들 무리에서 진구는 벌써 살인자로 통하는 모양이었다. 틀림없는 허주만의 작당이었다. 돈 앞에서는 불구대천의 원수지간이면서도 저런 짓거리에는 참 쉽게 의기투합하고 있었다. 진구는 화가 치밀었지만 눌렀다. 지금은 아니었다. 갚아주더라도 그건 돌아 나오는 길에 고려해볼 일이었다.

점심을 막 마친 유현곤은 진구를 반갑게 맞았다. 진구에게 점심을 권했지만 진구는 사양했다. 진구는 그에게 지난 일들을 모두 들려주었다. 지난 10개월여간 자신이 겪고 경험했던 일들, 율아와의 만남, 이수영에게 들어 알게 된 것들, 자신이 박중기와 윤명자의 살해범임을 밝힌 율아의 동영상, 마지막으로 아픈 율아의 근황을 얘기해주었다. 유현곤은 율아의 병 사정을 듣고는 진심으로 안타까워해 주었다.

"그래서 말인데요. 제 아들 정진이를 입양해주었으면 해서요. 혹 입양을 생각 중이라면 말입니다."

유현곤은 놀란 감정을 숨기지 않았다.

"마다할 일이 있겠나. 그렇지 않아도 바로 어젯밤 아내와 난 입양하기로 의견을 모았어. 이런 우연이 다 있나. 내가 유신론자였다면 신의 뜻으로 이해했을 거야. 입양 결정을 내리고 하루도 지나지 않아 네가 나타나 입양을 부탁하다니. 그것도 너의 아들을. 다만 나의 바람이나 너의 어쩔 수 없는 현실에서가 아니라 아이의 입장에서 한 번쯤 다시 생각해 볼 필요는 있다고 생각해."

"그것 때문에 입양 보내려는 겁니다. 아이에게 필요한 최선의 선택을 고민하고 결정한 겁니다. 아이를 살인자의 아들로 살아가게 할 수는 없었습니다."

"엄마가 살아있지 않는다면 사람들의 관심도 사라질 테고, 아이에게 그 사실이 알려질 일도 없을 거야."

"신상털기가 일상화된 인터넷 세상에서 사람들은 어떻게든 아이 엄마에 대해 알게 되고 아이는 그 소리를 들으며 자라게 될 겁니다."

"하긴…"

"그것은 입양되더라도 그리될 가능성이 큽니다. 그리고 아이 엄마만이 아닙니다."

"뭔 말이지? 아-이 엄마만이 아니라니?"

"반드시 해야 할 일이 있습니다."

현곤의 입이 살짝 벌어졌다.

"너, 설마?"

"내가 살아가려면 그 방법밖에 없습니다. 내가 가졌던 세계는 다 무너졌습니다. 나의 신이 죽어버린 겁니다. 신이 죽어버리면 살아가야 할 이유를 찾기 힘들겠지만 신을 죽여 버리면 다를 것 같습니다. 아버지를 죽여야 할 때가 된 겁니다. 나에게 아버지를 죽이는 일은 신을 죽이는 일입니다."

현곤은 말이 없었다. 현곤은 진구의 마음을 읽었고 진구의 심정도 충분히 이해했을 것이다. 그도 사회주의권 붕괴에서 신의 죽음을 경험했다. 그 절망의 세계와 그 절망의 세계가 품은 위험을 잘 알고 있었다. 그 위험은 이영운의 길을 의미했다. 또한 현곤은 진구가 뱉어낸 언어 너머의, 진구가 감추었던 의도와 계획도 알아차렸다. 진구는 자신만이 아니라 율아와 아들을 위해 그 일을 하려는 것이다. 그것은 진구가 죽어가는 율아를 위해 해줄 수 있는 유일한 것이었으며 그것마저 못하게 된다면 이 역시도 진구를 살아가게 할 수 없을 것이다. 그리고 그 일은 진구의 아들이 살인자의 자식이라는 손가락질을 결코 받을 일 없도록 만들어 줄 최선의 선택이기도 했다. 그 최선의 선택이 방해되거나 좌절된다면 이 또한 진구를 살아가게 할 수 없을 것이다. 현곤은 '남자 잡아먹은 창녀년'의 아들로 자라온 진구의 개인사와 성장 과정을 다 알지는 못해도 지금의 진구에게서 그 마음을 가슴으로 읽을 수 있었다. 하여튼 진구가 의도하여 품은 그 일은 율아와 아이를 위한 것이면서도 진구를 살리는 일이었다. 현곤에게 진구와 허주만 둘 중에 하나의 선택을 강요한다면 현곤은 1초의 주저도 없이 진구를 선택할 것이다. 한참을 말이 없던 현곤이 마침내 입을 뗐다.

"아이 잘 키우겠네."

"고맙습니다."

진구는 깍듯하게 고개를 숙여 보였다. 현곤도 마주 고개를 숙였다. 현곤의 태도는 정중했다. 후배를 대하는 태도가 아니었다. 현곤이 말했다.

"하지만 나는 아이에게 입양했다는 사실을 숨길 생각이 없네. 어차피 알게 될 것이고. 그러니 아이가 친부모를 찾게 되면 어떻게 하지? 엄마는 이 세상에 없다고 말하면 되겠지만, 아버지는 누군지 모른다고 아이에게 거짓말을 해야 하나? 공문서 상에 친부가 존재하질 않을 테니 그래도 되겠지만, 내 생각으론 자네를 말해주는 게 도리일 것 같아. 자네가 어떤 사람으로 세상에 알려져 있든 간에."

"아이가 아버지를 살해할 나이가 되면 아버지가 누구인지 얘기해줘도 된다고 봅니다. 그 전엔 아버지는 모른다고 해 주십시오. 선배님 말대로 저는 입양 서류상에도 존재하지 않을 사람이지 않습니까. 부탁입니다."

현곤은 잠깐 생각에 잠겼다가 대답했다.

"알겠네."

"고맙습니다. 그리고 일은 서둘러야 할 것 같습니다. 율아의 상태가 많이 안 좋습니다. 언제까지 버틸지 장담할 수 없습니다."

"내일 울산으로 가겠네. 아내와 함께."

"고맙습니다. 그런데 괜찮겠습니까. 선배님 혼자 결정할 일이 아니잖습니까."

"내일 만나보면 알 거야. 난 내 아내가 어떤 사람인지 잘 알고 있고, 내 아내에 대한 믿음을 가지고 있어."

"네, 알겠습니다."

진구는 깍듯하게 고개를 숙여 보였다. 유현곤과의 일은 다 끝났다. 다음 일을 시작해야 했다. 일생일대의 결단을 요구하는 일이었다. 그 무게감 때문인지 몸을 쉽게 일으킬 수 없었다. 대화가 끊어지자 들리지 않던 조대홍의 확성기 소리가 들려왔다. 진구가 말했다.

"또 저러네요."

"저놈, 돈 뜯어내려는 거야."

유현곤이 그답지 않게 격앙된 어조로 목소리를 높였다. 조대홍 때문에 화가 난 건지, 진구와 율아를 지금의 처지로 몰아넣은 그 사람들과 그 상황 때문에 화가 난 건지 알 수 없었다. 현곤은 애써 누르고는 있었지만, 진구와 대화를 시작한 이래로 특히 아이 입양을 논의하면서부터는 분개와 안타까움을 숨기지 못하고 있었다.

"조대홍이 저놈, 내가 적법한 절차로 해고했기 때문에 복직 안 된다는 거 알아. 그냥 시끄럽게 만들어서 내게 돈 뜯어내려는 수작이야. 대구의 여러 회사가 당했어. 그렇지만 나는 저놈에게 절대 돈 안 줘. 저놈, 뜯어낸 돈 저놈이 혼자서 다 먹어. 해고자는 푼돈 정도 받을 거야. 이용만 당하는 거지. 허주만의 6억을 저놈이 가로챘다는 네 말을 듣고도 조금도 놀라지 않았지. 그러고도 남을 놈이니까."

역시나 6억을 배달 사고 친 인간이 할 짓이었다. 저런 놈은 맞아야 한다. 진구는 일어섰다. 내일 뵙겠다며 사무실을 빠져나왔다. 막상 사무실을 나와 현관에 서니 울음이 나올 것 같았다. 이제 그의 아들을 아버지의 자격으로는 볼 수 없게 되는 것이다. 어쩌면 영영.

진구가 회사 정문으로 다가서자 조대홍은 또 변절자, 살인자 타령을 주절댔다. 진구는 참지 않았다. 조대홍의 멱살을 잡아끌었다. 조대홍이 저항하자 서너 번 연타로 주먹을 놈의 얼굴에다 박아넣었다. 조대홍이 두 손으로 얼굴을 커버하자 가슴과 옆구리를 가격했다. 팻말을 들고 있던 해고자가 말리려 들자, 진구는 그를 밀쳐내고 팻말을 뺏어 그것으로 조대홍을 후려쳤다. 팻말은 금방 너덜너덜 부서졌다. 걸레가 된 팻말을 집어 던진 진구는 발로 조대홍의 가슴, 머리, 배 할 것 없이 걷어차고 내리찍었다. 가슴에 쌓인 모든 응어리를 다 토해냈다. 진구가 발길질을 멈추었을 때 조대홍은 개똥 무더기처럼 길바닥에 널브러져 있었다.

"너 이따위 돈 뜯어내는 짓 또 하고 다니면 아예 네놈 명줄을 끊어버리겠어. 못 할 것 같아? 너도 알잖아. 나는 살인자야."

진구는 조대홍을 한 번 더 걷어찬 뒤, 바로 회사 정문을 떠났다. 이런 일에 더는 시간을 지체해서도 마음을 빼앗겨서도 안 되었다. 마침 지나는 택시가 있어서 잡아탔다. 택시 안에서 진구는 자신의 전화기를 꺼내 전원을 껐다. 이제부터 그의 동선은 파악되어선 안된다. 택시를 타고 가다 공중전화 부스가 나타나자 택시를 세웠다. 진구는 공중전화로 허주만에게 전화를 걸었다. 녹취록의 원본 녹음 파일을 찾아냈다며, 율아의 성관계 동영상과의 맞교환을 제의했다. 그 제의에 허주만은 웃었다. 순진한 로맨티스트라는 비웃음이었다. 허주만은 그렇게 믿었는지는 몰라도, 진구에게 녹음 파일과 동영상의 교환은 그 동영상을 실제로 없애버리는 데 그 목적이 있지 않았다. 맞교환한다고 해서 그 동영상이 이 세상에서 사라지지도 않을 것이다. 허주만이라면 복사본을 남겨놓을 것이다. 원본과 복사본의 차이가 없는 디지털 시대에 그것은 원본이었다. 진구에게 그 맞교환은 상징적 의미를 갖는 것으로 율아를 위해 자신이 무언가를 하고 있다는 자기 만족감 비슷한 것이기도 했다. 시간은 오후 7시, 장소는 앞산의 안지랑골 보문사에서 산책길을 따라 100여 미터 걸어 올라 길가의 벤치. 허주만은 시간과 장소에 불만을 드러냈지만 주도권은 진구에게 있었다.

7시 조금 지나 나타난 허주만은 제법 여유를 부렸다. 승리자의 여유 같은 것, 진구를 깔보는 여유였다. 그간 진구를 오해하고 함부로 대했다며 너절하고 뻔뻔한 변명도 진구 앞에 늘어놓았다. 듣기 싫어 진구가 그의 말을 잘라버렸다.

"당신이 서영미와 김봉익을 죽인 거 맞지?"

얼굴을 일그러뜨린 허주만은 주변을 재빨리 살폈다. 해가 떨어진 뒤 겨울의 산속 산책로에 인적은 없었다. 그래도 긴장을 풀지 않았다. 허주만이 진구에게 바싹 다가붙었다. 그는 진구의 귀에 대고 속삭였다.

"그래 내가 둘 다 죽였어."

진구도 허주만의 귀에 대고 속삭였다.

"그렇게 돈이 탐이 났었어? 결국은 돈 때문에 살해한 거잖아."

허주만은 뒤로 물러섰다.

"넌 아직 세상을 몰라. 우리 같은 지방대 운동권 출신들은 할 수 있는 게 없어. 서울의 명문대 출신들이야 국회의원에, 도지사에,

시장에, 장관도 해 먹지만 우린 기껏해야 시의원, 구청장이 전부야. 아니면 그들의 보좌관 정도. 이러니 어떡해. 돈이라도 벌어야지 않겠어? 지방대 운동권 출신의 비애 같은 거야."

"아, 운동권! 그렇지, 전경이 진압 들어오자, 남들은 열심히 싸우고 있는데, 혼자 살겠다고 2층에서 냅다 뛰어내려 자기 머리나 깨는 그런 운동권?"

허주만이 웃음을 터뜨렸다. 가소롭다는 그것이었다.

"바보 같은 놈, 이러니 넌 아직 세상을 모르는 거야. 이래 깨지든 저래 깨지든 전경이 치고 들어왔을 때 내 머리는 깨졌고, 나는 민주화 운동 포상에 보상금도 받았지. 그 덕에 정치권 진출도 쉽게 할 수 있었고, 알겠어? 넌 세상을 좀 더 배워야 해. 자, 쓸데없는 소린 그만하고 어서 파일이나 내놔. 니가 애타게 찾고 있는 그년의 동영상은 여기 있어."

허주만이 내민 손에는 USB가 들려있었다. 진구도 외투 주머니에 손을 집어넣었다.

"자, 나도 여기 당신이 그렇게도 애타게 찾고 있는 녹음 파일이 있어."

진구의 주머니에서 나온 손은 재빠르게 허주만의 배를 찔렀다가 다시 찌르기를 반복했다. 진구의 그 손에는 칼이 들려있었다. 허주만은 비명도 지르지 못했다. 무슨 일이 일어났는지 알아차렸을 때는 벌써 다섯 번은 진구의 칼이 그의 복부를 파고든 뒤였다. 허주만은 배를 움켜쥐고 땅바닥에 꼬꾸라졌다. 진구는 허주만의 등을 무릎으로 찍어누르고 그의 목에 마지막 일격을 가했다. 허주만은 비명 한 번 제대로 지르지 못하고 죽었다.

허주만의 손에서 USB를 낚아챈 진구는 허주만의 주머니를 뒤져 그의 전화기를 챙기고 그의 지갑에서 주민증을 꺼내 자신의 지갑에 넣었다. 그리고는 허주만의 시신을 개울로 밀어버렸다. 일을 마무리 지을 때까지 발견 시간을 최대한 늦추기 위함이었다. 진구는 지체없이 아래로 걸어 내려갔다. 10여 미터 정도 걷자 길가에 커다란 바위가 보였다. 그 바위 뒤로 피 묻은 칼을 던졌다. 그 전에 손잡이의 지문은 닦아냈다. 보문사를 지나 아래로 걸어 내려가면서 허주만의 전화기를 꺼내 전원을 켰다. 알고 있던 그대로 패턴 잠금장치가 설정되어 있었다. 전화기를 비스듬히 기울여 손때묻은 자국을 확인한 뒤, 손가락을 움직여보았다. 운 좋게 한 번 만에 잠금장치는 풀렸다. 다행이었다. 잠금장치를 풀지 못했다면 이제부터 하려는 그 일이 며칠 뒤로, 혹은 몇 주 뒤로도 밀려질 수 있었다.

산을 내려온 진구는 가까운 PC방을 찾았다. 거기서 허주만의 전화기와 주민증을 이용해 허주만의 이름으로 이메일 계정을 하나 만들었다. 그 계정으로 10여 개의 언론사에 메일을 날려 보냈다. 메일 명은 '주문국 녹취록 원본 녹음 파일' 첨부 파일 제목은 '개똥지빠귀1, 개똥지빠귀2' 메일 보내기를 마친 진구는 PC방을 나와 허주만의 전화기로 112에 전화를 걸었다. 진구는 이름을 말하지는 않고 자신이 허주만을 살해했음을 밝혔다. 살해 장소와 살해에 사용된 흉기를 버린 위치도 알려주었다. 자수할 것이라는 말도 덧붙였다. 다만 시간을 좀 달라고 했다. 전화를 끊은 진구는 전화기의 전원도 껐다. 진구는 허주만의 전화기와 주민증을 옷소매로 문질러 지문을 지운 뒤 그것들을 하수도 맨홀 구멍으로 밀어 넣었다. 진구는 바삐 서둘러 지하철과 고속버스를 이용해서 울산의 율아 곁으로 그날 밤 돌아왔다. 늦은 밤이었다. 율아는 마약성 진통제에 취해 잠들어 있었다.

다음 날 아침 뉴스 속보가 떴다. 속보는 대구 시의원 허주만의 피살 소식을 전했고, 진구가 보낸 녹음 파일을 공개하며 소위 '주문국 녹취록'이 사실로 드러났음을 알렸다. 진구가 보낸 녹음 파일은 개똥지빠귀1, 2로 두 개였지만 박중기와 그쪽 진영 고위 정치인이 등장하는 개똥지빠귀2는 상대적으로 관심을 끌지 못했다. 개똥지빠귀1이 대선 후보급 정치인과 여당 관계자들이 등장하는 데다 그 파일에 이름이 드러난 허주만의 이름으로 그 파일들이 전송되었고, 파일이 전송된 그 비슷한 시각에 메일 전송자인 허주만이 피살되었기 때문이었다. 언론은 허주만의 피살과 메일로 전송된 녹음 파일의 관련성을 놓고 다양한 해석들을 발빠르게 내놓았다. 제대로 들어맞는 해석은 하나도 없었다.

"니가 그런 거야?"

등 뒤로 율아의 소리를 낮춘 목소리가 들려왔다. 알아차리지 못했었는데 율아는 깨어있었다. 진구가 가까이 다가가 율아를 마주했다. 율아는 행위의 사실 여부를 물은 것이 아니었다. 왜 그랬냐고 물은 것이다. 진구가 병실을 살폈다. 율아 옆 침상의 환자는 잠들어 있고 보호자는 보이지 않았다. 그래도 조심은 해야 했다. 진구가 목소리를 낮추었다.

"정진이를 위해서였어. 엄마가 살인자라는 소리를 들으며 자라게 할 수는 없었어. 박중기와 윤명자도 내가 죽인 것으로 하면 돼. 정진이 아버지라는 사실을 세상 사람들은 모르는, 앞으로도 모를 내가 살인자가 되는 게 더 낫잖아."

율아가 떨리는 숨을 길게 들이켰다. 눈시울도 붉어졌다. 그러나 자신의 감정을 드러내지는 않았다.

"그럼, 정진이는 어떡해."

정진이는 사실상 고아가 되는 것이다. 율아가 어릴 적에 그렇게 되었던 것처럼.

"나보다 더 좋은 아빠를 만나게 해주면 되잖아. 유현곤 선배가 아이가 없잖아."

"유 사장?"

"응, 허주만을 죽이기 전에 유현곤 선배와 먼저 이야기가 되었어. 미안해, 너와 얘기 않고 일을 진행해서."

율아는 대꾸가 없었다. 진구는 알 수 있었다. 유현곤 선배라면 안심도 되고 믿을 만하지만 그래도 자신의 아이를 떼어 보내는 것이다. 자기 생명을 바쳐 낳은 아이였다. 진구가 조심스레 입을 열었다.

"오늘, 유 선배 부부 두 사람이 여기 오기로 했어."

"오-늘?"

율아의 얼굴 위로 고통의 그림자가 떠올랐다가 사라졌다. 그것은 암이 불러일으킨 고통이 아니었다. 아이를 떠나보내야 하는, 그것을 실감하는 엄마의 아픔이었다. 율아가 길게 숨을 들이켰다가 내뱉었다. 그 호흡이 또 파르르 떨렸다. 율아는 눈을 감았다. 율아는 탈진한 것처럼 맥없이 드러눕더니 몸을 웅크렸다. 율아의 어깨가 흔들렸다. 율아는 소리 죽여 울고 있었다. 율아의 감은 두 눈으로 눈물이 흘러내렸다. 진구는 한 손으로는 율아의 두 손을 모아 쥐고 한 손으로는 율아의 등을 쓰다듬어주었다. 율아의 울음은 잦아들지 않았다. 둑이 터진 것처럼 울음이 쏟아져나왔다. 마침내 율아는 꺽꺽 서러운 울음을 토해냈다. 진구는 침대에 율아와 나란히 누워 율아를 끌어안고 등을 쓸어주고 토닥여 주었다. 진구가 해 줄 수 있는 것이라곤 그것밖에 없었다.

오전 10시 무렵에 이수영이 정진이를 안고 병원으로 왔다. 출근 시간이 훨씬 지난 시각이었다. 아트스테이 직원들이 이해해준 덕분이었다. 밤에는 이수영이 정진이를 돌보았고 낮에는 진구가 병원에서 정진이를 맡았다. 이수영이 막 병실을 나서려 할 즈음 유현곤 부부가 왔다. 유현곤 선배의 부인은 진구로서는 처음이었다. 첫인상에도 좋은 엄마가 될 것 같았다. 정진이를 보는 눈이 기쁨으로 반짝였다. 이후 몇 분간의 대화로도 알 수 있었다. 따뜻한 마음을 가진 사람이었고, 사람을 사랑할 줄 아는 사람이었다. 세상의 추함보다는 아름다움을 먼저 보는 사람이었다. 혹시나 하는 진구의 염려는 완전히 사라졌다. 진구의 입에서 자신도 알지 못하는 사이에 형수라는 호칭이 튀어나왔다. 뒤따라 유현곤 선배도 형으로 부르게 되었다. 사실 어제 회사로 찾아갔을 때부터 형으로 부르고 싶었으나 진구는 그것을 신을 죽인 뒤의 일로 미루고 있었다. 자신이 살기 위해서였다. 이영운은 그만의 신이 죽은 뒤 진구를 처음으로 형이라 부르고는 다음 날 죽은 자의 모습으로 진구를 만났다. 그 과정을 밟고 싶지 않았었다. 유현곤을 형이라 부르는 순간 자신이 이영운처럼 약해지면서 신을 죽이지 못할 것만 같았다. 그것이 율아와 아들 정진이를 위한 일이기도 했었음에도 그랬다.

형수는 율아와 얽힌 모든 이야기를 다 들었다고 했다. 서영미와 김봉익, 박중기와 윤명자와 허주만의 죽음에 얽힌 것들, 어릴 적부터 현재까지의 율아의 굴곡진 인생 역정, 심지어는 유현곤이 율아를 알게 되고 회사에 취직하여 직원으로 일하게 되기까지의 그 역사도 전부. 형수는 사람을 가슴으로 안을 줄 아는 사람이었다. 그리고 그 가슴은 넓고 깊었다. 율아도 한결 편해 보였다. 생모와 양모가 될 사람, 이렇게 두 여자는 자매처럼 대화를 나누었다. 형수는 누구도 예상치 못한 제안도 했다. 입양 절차가 마무리되더라도 정진이를 데려가지 않고 생모 곁에 두면서 자신이 돌보겠다는 것이다. 여기에는 '율아가 세상을 떠날 때까지'가 생략되어있었다. 율아는 그 말에 또 울었다. 한 번 터진 울음보는 쉽게 다시 터졌다. 형수는 벌써 엄마 노릇을 하기 시작했다. 기저귀를 갈아야 한다며 아이를 안고 화장실로 총총걸음을 옮겼다. 10분쯤 지나 형수는 밝게 웃는 얼굴로 돌아왔다.

"아니, 왜 아무도 얘길 안 해줬죠? 아이가 가슴에 황금빛 빛나는 사과를 품고 있어요."

"황금 사과?"

유현곤이 아이를 받아 안았다. 현곤은 아이의 배냇저고리 앞섶을 들추었다. 진구도 알고 있는 주먹만 한 붉은색을 띤 누르스름

한 원이 드러났다.

"이런, 정말이네. 얘가 가슴에 황금 사과를 품고 있네. 이놈, 이거 크게 될 놈일세."

현곤이 활짝 웃었다. 현곤은 아이를 번쩍 들어 올렸다. 진구와 율아의 눈이 마주쳤다. 둘 다 어떻게 그 생각을 하지 못했을까. 듣고 보니 그것은 사과를 닮아있었다. 이것은 우연일까. 혹 '잔혹 신화'가 자기실현적 힘이라도 갖고 있는 것일까. 아무래도 좋았다. 그것을 아이의 신체적 흠으로 받아들이지 않고 황금빛 사과로 읽어내는 현곤 부부의 그 마음들이 고마웠다. 그것이 '잔혹 신화'에서처럼 진짜 황금 사과라면 그 주인을 제대로 찾은 셈이었다. 율아도 웃었고 진구도 웃었다.

율아는 편안하게 갔다. 어쩌면 암의 고통과 싸우던 그 마지막이 율아에게 있어서 가장 행복했던 시간들이 아니었나 모르겠다. 율아는 죽음이 덮치기 직전까지 아이를 안고 있었고, 진구는 그 곁을 지켰고, 형수의 살뜰한 보살핌을 받았다. 장례식은 따로 치르지 않았다. 코로나 시국이 아니어도 조문 올 사람도 없었다. 유현곤 부부와 이수영, 심 국장과 심 국장의 소설가 친구가 진구와 함께 화장장까지 동행했다. 화장이 끝나자 유현곤은 유골함을 든 진구를 자신의 차로 성주까지 데려다주었다. 고향 마을 앞에서 유골함과 작은 삽 한 자루를 들고 현곤의 차에서 내린 진구는 현곤에게 고맙다는 인사를 했다. 이제부터 혼자였다. 진구는 아버지가 묻힌 산속으로 유골함과 삽을 들고 갔다. 3월, 산에서는 봄이 시작되려

하고 있었다. 진구는 아버지 무덤 아래의 우람한 참나무 밑에 율아를 묻었다. 새 한 마리가 아직 잎이 돋지 않은 참나무 가지에 앉아 울었다. 새는 흰 배와 어두운 갈색의 등을 하고 있었다. 새는 긴 노래를 부르는 것처럼 한참을 울다가 멀리 날아갔다. 진구도 산을 내려왔다. 그날 밤은 어머니의 집에서 보냈다. 다음날 집을 떠날 때까지도 진구는 자신이 살인범이며 자수하러 갈 것이란 말을 꺼내지 못했다. 집을 나서기 직전, 자신을 뉴스에서 보게 되더라도 너무 놀라지 말라는 말만을 겨우 할 수 있었다. 진구는 어머니에게 엎드려 큰절을 올렸다. 어머니는 심상치 않음을 알아차렸으나 아들에게 묻지는 않았다. 집을 나온 진구는 달성서의 한재오 경사에게 전화를 걸었다.